天津《红楼梦》与古典文学论丛

赵建忠 ◎ 主编

红楼

陈洪 ◎ 著

HONGLOU
NEIWAI KAN BAITIAN

内外看稗田

知识产权出版社
全国百佳图书出版单位
——北京——

图书在版编目（CIP）数据

红楼内外看稗田 / 陈洪著 . — 北京：知识产权出版社，2020.7
（天津《红楼梦》与古典文学论丛 / 赵建忠主编）
ISBN 978-7-5130-6643-3

Ⅰ.①红… Ⅱ.①陈… Ⅲ.①古典小说 – 小说研究 – 中国 Ⅳ.① I207.41

中国版本图书馆 CIP 数据核字（2020）第 058535 号

内容提要

本书由多篇探讨《红楼梦》《水浒传》《西游记》《三国演义》等名著的文章组成，从中国古代小说批评发展史的角度进行深度解读，观点新颖，为中国古代小说研究开辟了新路径。

责任编辑：高　源　　　　　　　　责任印制：孙婷婷

天津《红楼梦》与古典文学论丛　赵建忠　主编

红楼内外看稗田

陈洪　著

出版发行：知识产权出版社 有限责任公司		网　址：http://www.ipph.cn	
电　话：010-82004826		http://www.laichushu.com	
社　址：北京市海淀区气象路50号院		邮　编：100081	
责编电话：010-82000860转8701		责编邮箱：laichushu@cnipr.com	
发行电话：010-82000860转8101		发行传真：010-82000893	
印　刷：北京建宏印刷有限公司		经　销：各大网上书店、新华书店及相关书店	
开　本：880mm×1230mm　1/32		印　张：17	
版　次：2020年7月第1版		印　次：2020年7月第1次印刷	
字　数：410千字		定　价：88.00元	

ISBN 978-7-5130-6643-3

出版权专有　侵权必究
如有印装质量问题，本社负责调换。

津沽红学研究概述
——《天津〈红楼梦〉与古典文学论丛》导言

"津沽红学"系指出生于或籍贯为天津以及长期在津工作的学者作出的学界公认的红学成果。早在中华人民共和国成立之初，周汝昌先生就出版了红学代表作《红楼梦新证》，奠定了其红学大家的地位。老一辈学者中取得重要红学成果的还有：出生在天津并且在这座城市学习、生活过的杨宪益先生及其英籍夫人戴乃迭女士共同完成的《红楼梦》英文全译本，得到了红学界和翻译界的广泛肯定，他们的译作在忠实原著的基础上，文学性和创造性都很突出；出生在天津的美籍华人学者余英时的文章《近代红学的发展与红学革命》，由于涉及百年红学发展历程的很多问题，在红学界产生了巨大反响，围绕此文论点中对索隐、考证、批评等红学主要流派的争鸣思想交锋激烈，至今余波未息；长期在南开大学任教的加拿大籍华人学人叶嘉莹先生，写过《从王国维〈红楼梦评论〉之得失谈到〈红楼梦〉之文学成就及贾宝玉之感情心态》的长篇论文，系统地评析了王国维红学的得失，这是一篇很有分量的红学力作；"脂学"是红学的重要分支，毕生致力于中国古代小说文献整理的南开大学朱一玄老教授，其红学资料整理方面的成果就包括《红楼梦脂评校录》。

由天津红学家与古典文学教授共同策划完成的《天津〈红楼梦〉与古典文学论丛》（以下简称"论丛"）即将由知识产权出版社郑重推出，这不仅是天津红学及学术圈的大事，也是值得进入天津文化史的事件！出版前夕，出版社审稿人和论丛撰稿人希望我写一篇"导言"性质的文字置于卷首，以便向广大读者介绍这套书的基本内容和特色，作为本论丛主编，于公于私都是义不容辞的。《天津〈红楼梦〉与古典文学论丛》收录的文章以红学为主，兼及明清小说及古典文学，本论丛集中收录了改革开放后天津学人取得的重要学术成果。下面按照出版社编排次序重点介绍本论丛收录的相关红学论述：

宁宗一教授《走进心灵深处的〈红楼梦〉》分为上、中、下三篇，上篇为小说研究总论性质，中篇为经典文本赏析，下篇专谈天才伟构《红楼梦》。其中，《心灵的绝唱：〈红楼梦〉论痕》，开宗明义强调"读者面对小说中人生的乖戾和悖论，承受着由人及己的震动。这种心灵的战栗和震动，无疑是《红楼梦》所追求的最佳效应"。《追寻心灵文本——解读〈红楼梦〉的一种策略》具体指出："《红楼梦》心灵文本的追寻，使这部旷世杰作的多义性成了它艺术文化内涵的常态，而对《红楼梦》任何单一的解读都成了它艺术内涵的非常态。事实上，对《红楼梦》心灵文本的追寻，极大地调动了读者思考的积极性。每一位读者都有可能根据自己的生活经验和审美体验，思考《红楼梦》文本提出的问题并且得出完全属于自己的结论。"面对《红楼梦》"死活读不下去"的尴尬与困窘，作者仍提出应努力进入心灵世界去解读曹雪芹这部文学经典，为读者构建一条心灵通道。本书结尾篇《为新时代天津〈红楼梦〉研究进言》，系作者在京津冀红学研讨会上所提三点建议，即：第一，珍重、维护和强化《红楼梦》研究共同体，使《红楼梦》研究群体得以健康发展；第二，"红学"永远在进行时，为此，反思旧模式，挑战新模式是必然的前进过程；第三，为了拓展《红楼梦》的研究空间，我们亟须创造性思维。此文最后仍满怀深情地呼唤"曹雪芹以他的心灵智慧创造了他的小说，我们同样需要智慧的心灵去解读《红楼梦》"，足见与作者倡导的回归"心灵文本"一脉相承。

陈洪教授《红楼内外看稗田》收《由"林下"进入文本深

处——〈红楼梦〉的"互文"解读》篇,该文结合《世说新语·贤媛》《晋书·列女传》记载,尝试对《红楼梦》的深层内涵进行探索。作者通过互文研究的方法,找到孳乳《红楼梦》的文化和文学的渊源。与此相联系,运用"互文"的思路,在《红楼"碍语"说"木石"》篇中对小说成书背景等方面的研究也有新收获。作者指出:"《红楼梦》中的'只念木石''偏说木石',和历代文士歌咏的'木石'有着文化血脉的联系,显示出作者在价值取向上的自我放逐,同时又是和当时统治者标榜的主流话语'非木石'构成特殊的互文关系,曲折地流露出作者倔强地'唱反调'情绪。""碍语"者何?该文认为"木石"系其首选,并引述瑶华对爱新觉罗·永忠《因墨香得观〈红楼梦〉小说吊雪芹三绝句》诗批注"此三章诗极妙。第《红楼梦》非传世小说,余闻之久矣!而终不欲一见,恐其中有碍语也"为证,可备一说。而《〈红楼梦〉中癞僧跛道的文化血脉》一篇,也是把目光向文化传统的深层透视,认为"癞"与"跛"承载了讽世、批判的思想内涵。至于《〈红楼梦〉脂评中"囫囵语"说的理论意义》篇,则是站在中国古代小说批评发展史的角度去论证,按脂砚斋批语云"宝玉之语全作囫囵意……只合如此写方是宝玉",而在贾宝玉囫囵难解的话语中,最有代表性,与全书主题密切相关的,莫过于"水、泥论",印证这观点的,正是所收《〈红楼梦〉"水、泥论"探源》。

《畸轩谭红》系笔者红学论文选,分四个专题:(1)红学新史迹。近年来笔者一直致力于红学史方面的探索,并获批2013年度国家项目"红学流派批评史论",有些思考形成文章已发表,如《红学史模式转型与建构的学术意义》等。(2)红学新观点。如笔者提出的《红楼梦》作者问题的"家族累积说"以及《曹雪芹家世研究存在的观点争鸣及当代新进展》《〈红楼梦〉后四十回的不同观点论争及新进展》等,介绍了改革开放以来较重要的红学争鸣。(3)红学新文献。

本专题侧重收录了一组与《红楼梦》续书新文献相关文章，如《新发现的程伟元佚诗及相关红学史料考辨》《红学史上首部续书〈后红楼梦〉作者考辨》《〈红楼梦〉续书的最新统计、类型分梳及创作缘起》等。（4）红学新视角。如收入本专题的《"非经典阅读理论"在〈红楼梦〉续书研究中的尝试》，系笔者为张云专著《谁能炼石补苍天：清代红楼梦续书研究》的书评。还有《大观园"原型"探索及〈红楼梦〉研究中的两种思路》，是笔者对大观园问题研究、思考的产物。《〈红楼梦〉小说艺术的现当代继承问题》一篇，系笔者为作家计文君《谁是继承人：红楼梦小说艺术现当代继承问题研究》写的书评，意在借助于《红楼梦》经典在传播中的呈现特别是对后世作家的影响，以逆向的方式显现《红楼梦》的文学意义和真实内容。另外，为方便读者明了红学发展史的轮廓概貌、脉络流变，书末附了"曹雪芹与《红楼梦》研究史事系年（1630—2018）"。

鲁德才教授《〈红楼梦〉——说书体小说向小说化小说转型》，专门收录有"红学篇"，其中《〈红楼梦〉读法》特别强调，第一回至五回是《红楼梦》总纲，读者尤其应该仔细品味，并具体指出"第一回开篇作者就明确向读者提示小说的创作意旨，不否认和作家的经历有关，可又特别强调将真事隐去，'假语村言（贾雨村言），敷演故事'，别把小说看成是作者的自传"；"第二回，积极入世的贾雨村充当林黛玉教习，不过是为日后由他护送林黛玉至荣国府做引线。而冷子兴向贾雨村演说荣、宁二府，则概括介绍了荣、宁二府的发展历史及主要代表人物的性格特征"；"第三回，由于小说家将宝、黛设置为表兄妹关系……这样，林黛玉进入荣国府同贾宝玉会合，透过林黛玉的视点介绍荣国府"；"第四回，贾雨村借贾政题奏，复职应天府……为小说中的人物提供了社会背景。贾家由盛而衰的历程，也影响了人物发展的轨迹，可能是小说家要表现的一种意旨，但不是主要主题。贾雨村为讨好薛家而徇情枉法的错判，却又把薛宝钗推进贾府,这样,宝、黛、钗拧在一起,展开了木石前盟与金玉良缘的矛盾冲突";"第五回,小说家虚构贾宝玉神游太虚境,看金陵十二钗正副册,听唱红楼梦曲子预示了贾宝玉与众裙钗的悲剧命运。红楼幻梦仍是小说的主色调,甚或是作家认识世界的主要视点"。此外,同专题文章还包括《传统文化心理与〈红楼梦〉的典型观念》《〈红楼梦〉打破传统写法了吗?》《贾宝玉的理想人格与庄禅精神》等,也颇给人启发。

《〈红楼梦〉论说及其他》系滕云先生所著,除外篇部分收录的评论明清小说《三国演义》《水浒传》《儒林外史》及当时的评点家李卓吾、金圣叹外,内篇全部讨论红学方面内容,如《也谈贾宝玉的鄙弃功名利禄》《曹雪芹典型观初探——〈红楼梦〉人物性格刻画的艺术成就》《〈红楼梦〉人物形象的客观性》《〈红楼梦〉文学语言论》等。值得注意的是,《抽丝剥茧说脂批》一文系统地表述了作者的学术见解,如认为脂批不具备李卓吾、金圣叹、毛氏父子、张竹坡之批所显示的世界观、历史观、政治观、哲学观、文学观、小说观,尤其是社会现实观的大理识。脂砚斋不懂得曹雪芹何以发愤、何所发愤、所发何愤作《红楼梦》……尽管脂砚斋作为评点名家成色不足,但脂砚斋毕竟做出了具有历史性的、属于他的大贡献:第一,脂评本有传承并开来的贡献。请注意笔者说的是脂评本而非脂评的贡献。脂评本是曹雪芹创作《红楼梦》未完成就已经以手抄本形式流传于世的众多抄本之一……第二,由于脂评本原藏带雪芹自评注,或混入小说正文,或被裹入脂批混同脂批,遂使在《红楼梦》文本之外,雪芹思想的另一种载体,记录雪芹初创《红楼梦》时措笔情形和想法的另一种亲笔,获得保存,这也是脂评本贡献于中国文化史的特功……第三,脂批提供了有关雪芹生平的若干信息……第四,脂批提供了有关《红楼梦》八十回后情节的若干信息,包括贾家及一些人物的命运变迁、结局，包括若干关目，以及八十回后全书回数规模的信息。

《〈红楼梦〉与明清小说研究》系李厚基先生遗著，由其早年所带的研究生林骅、郑祺整理完成。"明清小说研究部分"的文章有《〈聊斋志异〉刻画人物性格的几点特色》《浅谈〈聊斋志异〉的艺术心理节奏美》《〈三国演义〉的主题和它的认识作用》《试论〈三国演义〉的结构特色》等；红学部分主要包括《闪闪发光的思想性格 无法摆脱的悲剧命运——谈贾、林等为代表的恋爱婚姻悲剧》《漫话〈红楼梦〉的作者和读者——红楼艺苑掇琐之一》等。收入丛书中的《景不盈尺 游目无穷——从金钏儿事件看〈红楼梦〉艺术构思》，体现出作者的治学特色。文章透过金钏儿这个"小人物"，进入《红楼梦》的整体宏观艺术构思，诚如作者所论述的"从金钏儿事件来看，真是以小概大，咫尺千里。虽然景不盈尺，但令人游目无穷。一个情节包涵了多少丰富的内容：不仅清晰地写出了这个天真的少女惨遭残害，以此对封建社会提出强烈的抗议；通过这个事件也巡视了许多人物的思想性格，烛照了他们（她们）的灵魂；同时，从一旁有力地推进了全书的主要矛盾线索，用来揭示出恋爱婚姻悲剧的必然的社会原因，反映出这个行将崩溃的封建贵族家庭的真实的生活面貌。自然，还必须从整体来看，曹雪芹所创造的每一个情节、故事，每一个人物，既有独立存在的意义，又互相依存，与其他各个方面有千丝万缕的联系，如果脱离了整个作品，是难以理解它的作用和所居的地位的"，正所谓"景不盈尺 游目无穷"。作者毕业于北京大学，曾受教于中国红楼梦学会首任会长吴组缃教授，收入本丛书的文章就有《吴组缃先生教我们读〈红楼梦〉》。

《〈红楼梦〉与史传文学》系汪道伦先生遗著，宋健同志整理完成。红学部分主要由《人性发展的艺术画卷——试论〈红楼梦〉是怎样一部书》《〈红楼梦〉风格浅论》《无材补天 枉入红尘——〈红楼梦〉思想赘述》《中国传统文化中的情学与〈红楼梦〉》《中国封建伦理文化的解体与〈红楼梦〉女冠男亚的新座次》《〈红楼梦〉彼岸世界中的文化雏形》《〈红楼梦〉的真假两个世界》《〈红楼梦〉中的隐线脉络》《哲理与艺术的交融——〈红楼梦〉哲理内涵探微》《〈红楼梦〉"注彼而写此"的艺术手法管见》《〈红楼梦〉塑造形象中的人物相生法》《以虚出实 以幻出真——谈〈红楼梦〉中的虚幻手法》《〈红楼梦〉平中见奇的艺术》《以儿女常情谱写儿女真情——论林黛玉性格内涵》《〈红楼梦〉对曲艺的融会贯通》《〈红楼梦〉中的枢纽性人物——贾母》《试说"说不得"的贾宝玉》《美丑正反的辩证人物——王熙凤》《兼并立冠军之美而居殿军——秦可卿排位深思》等研究文章组成,文章侧重于《红楼梦》的艺术理论研讨,作者对古代史论、文论、诗论、画论和小说理论具有极为丰富的知识,且能融会贯通,左右逢源。此外,作者对中国古典小说与史传文学的关系问题也进行了探讨,收入本丛书的文章就包括《从踵事增华到虚实相生——中国古典小说与史传文学艺术渊源发微》《略其形迹 伸其神理——中国小说与史传文学艺术渊源探微》《文其言与文其人——谈经典与小说的渊源关系》《传奇事写奇人——谈经史与小说的渊源关系》《记言与写心——谈经史与小说的渊源关系》等。

孙玉蓉先生著《荣辱毁誉之间——纵谈俞平伯与〈红楼梦〉》,上编重点谈了俞平伯的学术经历及与友朋的交往,下编系俞平伯《红楼梦》研究年谱。作为"新红学"的开创者之一,俞平伯的《红楼梦辨》在红学史上具有不可替代的地位,但晚年对自己曾主张的"自传说"进行了反省,指出"自传之说,明引书文,或失题旨,成绩局于材料,遂或以赝鼎滥竽,斯足惜也",进而认为:"虚构原不必排斥实在,如所谓'亲睹亲闻'者是。但这些素材已被统一于作者意图之下而化实为虚。故以虚为主,而实从之;以实为宾,而虚运之。此种分寸,必须掌握,若颠倒虚实,喧宾夺主,化灵活为板滞,变微婉以质直，又不几成黑漆断纹琴耶。"他还进一步指出自己早年对高鹗续补的《红楼梦》后四十回肯定得不够。在他生命的最后时刻，念念不忘的是对《红楼梦》后四十回的再研究，感到自己对高鹗保全《红楼梦》的功劳评价得还不够。俞平伯认为《红楼梦》续书的版本很多，唯有高鹗是成功的。不管怎么说，《红楼梦》现在是完整的，如果只有前八十回，它是否能有现在的影响都很难说。他为高鹗辩护说：续书中有败笔，不能求全责备。前八十回就没有败笔了吗？他要重新撰文评论后四十回的价值，给高鹗一个公正恰当评价，然而，晚年的俞平伯已力不从心。

《文学·文献·方法——"红学"路径及其他》，系由南开大学两位青年博士孙勇进、张昊苏合著。他俩的共同导师陈洪教授在"序"中谈及高足时说："入选丛书的作者多为红学界的耆宿，八十高龄以上者超过半数。这显示了津门红学悠久而深厚的传统……不过，'江山代有才人出'，诸多前辈奠定了坚实的基础，发展还要寄希望于后昆……勇进、昊苏的研究，对于方法与路径有较多的关注。二十年前，霍国玲姐弟活跃于京师时，勇进便著长文讨论文献材料使用的学术规则问题。黄一农'e考据'提出后，昊苏也就其价值与限度著文讨论。"具体而言，"勇进篇"主要包括《"索隐"辩证》《索隐派红学史概观》《一种奇特的阐释现象：析索隐派红学之成因》《无法走出的困境——析索隐派红学之阐释理路》《〈红楼梦〉与中国人生悲剧意识》《〈红楼梦〉对中国古代小说叙事艺术的全面继承与创新》《〈红楼梦〉的写实艺术与诗化风格》等；"昊苏篇"主要包括《〈红楼梦〉文本研究的初步反思》《经学·红学·学术范式：百年红学的经学化倾向及其学术史意义》《对胡适〈红楼梦〉研究的反思——兼论当代红学的范式转换》《红学与"e考据"的"二重奏"——读黄一农〈二重奏：红学与清史的对话〉》《〈红楼梦〉书名异称考》《"作践南华庄子"考：兼及〈红楼梦〉涉〈庄〉文本的学术意义》《畸笏叟批语丛考》等。

收入本丛书中的《红楼与中华名物谭》与前九种写作风格迥异，作者罗文华多年来致力于文物收藏和鉴赏，因而从屏风、如意、茶具、钱币这四种《红楼梦》中的重要名物为主题和角度切入就比较得心应手。作者充分挖掘和利用历史文献和实物资源，详征博引，不仅提示和解读了《红楼梦》中一些很有价值的文化问题，而且在更加广阔深厚的中华文化背景下证实了这些名物的重要意义和特殊作用。从解读《红楼梦》的角度看，作者写出了名物在标志人物身份、塑造人物性格、展示人物关系、推动情节发展等方面所发挥的特殊作用。作者还通过很多名物与《红楼梦》文字之间关系的解读，印证了《红楼梦》的写作年代。如名物中的如意，是中国特有的一种象征吉祥的民族传统器物，古代帝王、豪族、文士、僧人等都有执握如意之好，以此求得称心如意与平安祥和。尤其是清代中期，是中国封建文化和传统工艺集大成时期，也是如意发展的鼎盛时期。帝王们的推崇，更使如意的制作水平登峰造极，而最喜欢如意的人则非乾隆皇帝莫属，他不仅刻意搜集民间的精美如意，还令宫中造办处制作如意，而且大量接受地方官员进贡的如意。作者介绍了很多乾隆皇帝喜爱如意的史实，指出"《红楼梦》中，对贾府这个皇亲国戚之家，多有关于如意的描写，尤其是元妃对贾府最高人物贾母的赏赐，首选金、玉如意，这些情节完全符合乾隆皇帝重视如意的历史背景。"证明《红楼梦》写作于乾隆时期，有力地支持了曹雪芹对《红楼梦》的著作权。

这套丛书是对天津地区《红楼梦》与古典小说研究成果的一次集中检阅。丛书中的老、中、青三代学人的十部著作，基本代表了天津该领域学人研究的总体水平，反映出天津《红楼梦》与古典文学小说研究的发展历程及方向。某种意义上讲，这套丛书也折射出天津

《红楼梦》与古典文学小说研究史。需要说明的是，上述文字只是作为丛书主编的简单介绍以便导读，作品究竟如何，读者才是最权威的裁判。

赵建忠　己亥仲夏于聚红厅

序

建忠老弟就任天津市红楼梦研究会会长以来，励精图治，成绩斐然。今又组织出版这一套丛书，既有检阅本地学术力量之意，也可促进与外地同仁的交流，洵为学术、文化建设之大手笔也。

承老弟美意，邀我加盟，既感荣幸，又复惭愧。

津门古代小说研究传统久远。以南开大学而言，半个世纪前即设有"古代小说戏曲研究室"，朱一玄、宁宗一、鲁德才诸先生，以及李剑国、孟昭连、陶慕宁、宁稼雨诸兄都曾在研究室工作。而天津师范大学、天津社会科学院文学所等兄弟单位，也各有自己的传统与特色。甚至在民间，街道一级的"红学会"坚持活动数十年，在全国也属绝无仅有的文化现象。

与诸位先贤、同道相比，我的涉猎范围较杂，如今检点起来未免有几分赧颜。虽然如此，稍可自我宽解的是，数量不多的一点点"成果"，还都是"自家凿破一片田地"（严沧浪语），还是努力争取做到"惟陈言务去"。仅就有关《红楼梦》的几篇小文章来讲，这个领域里索隐、考据、文艺美学，各路大军已是浩浩汤汤，于是不附骥尾凑热闹，而另辟蹊径，试图在文史互证，以及文化的、文学的血脉方面探寻一条新路。至于这条路上所采撷的果实成色如何，幸有建忠老弟搭起了这座平台，得以摆个小摊儿展示一下。如能有机会借此与海内外同仁切磋获教，则幸甚至哉！

若干年前，《明清小说研究》编辑部为百期华诞召开"英雄大会"。会上，自度《华屋曲》对这一公共学术平台表达敬意。现移用于此，表达对建忠老弟策划搭建的"津门红学"平台的感佩之意。其词云：

东方既明，天朗气清，稊稀一片盈盈。风乍起，却看红楼隔雨，水浒迷濛，吾侪于此独钟情。方留连，待共赏，倩谁伴我载酒行？

幸有平台，依山傍水，峨峨金陵。聚几多同道，说数番风流，不觉神驰一百程。逸气拏云，妙论滚雪，此时快平生！明朝锦帆高挂，又是云淡风轻。

航道初通，云帆高张，相信这套丛书会在学术史上留下或深或浅的一道痕迹。

戊戌将临，陈洪于南开西南村

目　录

由"林下"进入文本深处
　——《红楼梦》的"互文"解读…………………… 1
《红楼梦》"碍语"说"木石"…………………… 23
《红楼梦》"水、泥论"探源…………………… 44
《红楼梦》中癞僧跛道的文化血脉…………………… 57
自我遮蔽的"血缘"
　——《红楼梦》与"才子佳人"…………………… 70
《红楼梦》因果框架简析…………………… 85
《红楼梦》脂评中"囫囵语"说的理论意义…………………… 89
说说当下"红学"中的一笔糊涂账…………………… 99
《西游记》与全真教之缘补证…………………… 126
《西游记》"心猿"考论
　——西游与全真之缘再证…………………… 143
《心经》与"牧牛"
　——《西游记》与全真教之缘新证…………………… 158
"弼马温"："心猿"之缘的旁逸斜出…………………… 171
《西游记》的宗教文字与版本繁简问题…………………… 183
《水浒传》宋江"基因图谱"分析…………………… 194

从狂禅中走出的侠僧
　　——鲁智深形象新论……………………………………210
论《水浒传》与道教……………………………………………222
容与堂刊《水浒传》之李批真伪辨……………………………239
"演义"诸葛亮
　　——"帝王师"的大众版………………………………254
"关帝崇拜"文化现象三题………………………………………270
《三国演义》中的军事心理学…………………………………284
《三国演义》毛批考辨二则……………………………………296
"寻租"文学书写之滥觞（外三题）……………………………303
精神贵族的俯瞰
　　——论《儒林外史》的叙事态度………………………324
《天雨花》作者问题辨析………………………………………350
论《维摩诘经》对李卓吾思想及文学批评之影响……………362
"全璧"抑或"遗珠"
　　——论金圣叹易性写作兼及"全集"之编纂…………380
金圣叹姓氏辨疑及其字号的思想文化内涵……………………405
《水浒》金批"忠恕说"的理论内涵……………………………413
《聊斋志异》评论的双璧
　　——冯镇峦、但明伦评点衡估…………………………427
中国古代通俗小说宗教描写之人文主义传统…………………438
古代长篇小说的象征传统及其文化语码解析…………………450
长篇白话小说叙事艺术在明清之际的发展……………………469
折射士林心态的一面偏光镜
　　——清初小说的文化心理分析…………………………487
《中国小说通史》总序…………………………………………504
《民国中国小说史著集成》总序及各卷题解…………………511

由"林下"进入文本深处
——《红楼梦》的"互文"解读

一度显赫的"红学",近年来渐趋冷清。其中原因固然很多,但决定性的似乎要从研究路径方面寻找。所谓"红学",在很大程度上就是"寻根",即作品的故事由何而生。索隐派到历史中、政治中按图索骥;考证派到作者家世中、经历中考察原型。两派一度势成水火,遂有新红学、旧红学之称。不过,如果我们深入一层,新、旧红学在研究理路上实有高度吻合、会通的地方。简言之,两派都认为小说的故事是真实生活的"拷贝",小说中的人物是现实中人物的"镜像"。区别只在于:是向历史中寻"拷贝"之原版、"镜像"之真人,抑或到作者身世中寻找。

毋庸讳言,两派皆有其合理性,但也皆有其合理之限度❶。其实这属于文学理论的 ABC,但身处其中往往当局者则迷。而由于对所持方法之限度的忽视,以致花了大量功夫,路反而越走越窄。

其实,还有一条更宽广的道路。

一部文学作品的产生,有两个必不可少的前提:一个是文化和文学的血脉传承,一个是作者所在族群当下的生存状态(当然,前提条件要在创作主体的作用下方可体现到书写之中)。特别是对于长篇叙事文学来说,这两个前提和作品的关系可以用"皮之不存,毛将焉附"来形容。而文化和文学的血脉传承最直接的表现就是在作家使用的语

---

❶ 称"索隐派"有其合理性,是因为:一则历史事件、人物有可能影响作家构思,二则我国古代文艺思想中也确有比附、影射的主张。称"考证派"有其合理性,是因为:一则作者的身世、经历肯定会影响其思想与创作,二则《红楼梦》是以家庭、爱情为题材的作品,作家的生活体验也必然会进入作品。问题在于合理性有其边界、限度,而且不能简单地排他。

词上。

本文尝试从文化和文学血脉传承的角度对《红楼梦》的深层内涵作一探索。

一

《红楼梦》阅读、赏析、研究中有一个百年大难题，就是如何认识、评价林黛玉与薛宝钗，也就是所谓"林薛优劣辨"。清末，邹弢在《三借庐笔谈》中讲述了一个有趣的故事："许伯谦茂才绍源论《红楼梦》，尊薛而抑林，谓黛玉尖酸，宝钗端重，直被作者瞒过。……己卯春，余与伯谦论此书，一言不合，遂相龃龉，几挥老拳，而毓仙排解之，于是两人誓不共谈《红楼》。"那个时代谈论《红楼梦》，没有什么"先觉""叛逆"之类的视角或话题，所以"林薛优劣"几乎是人人要表态的问题。到了俞平伯的笔下，惟务折中，提出"双峰对峙，二水分流"，主张春兰秋菊各极一时之秀。

作品中是怎么描写的呢？我们不妨先胪列一下文本中的有关描写，然后再来思考如何解读。

以作者口吻比较林薛二人，首推第五回的一段文字。这是薛宝钗刚刚来到贾府寄居之时：

如今且说林黛玉自在荣府以来，贾母万般怜爱，寝食起居，一如宝玉，迎春、探春、惜春三个亲孙女倒且靠后；便是宝玉和黛玉二人之间之亲密友爱处，亦自较别个不同，日则同行同坐，夜则同息同止，真是言和意顺，略无参商。不想如今忽然来了一个薛宝钗，年岁虽大不多，然品格端方，容貌丰美，人多谓黛玉所不及。而且宝钗行为豁达，随分从时，不比黛玉孤高自许，目无下尘，故比黛玉大得下人之心。便是那些小丫头子们，亦多喜与宝钗去顽。因此黛玉心中便有些悒郁

不忿之意，宝钗却浑然不觉。❶

　　这一大段林薛比较，字面上全是薛优于林："年岁虽大不多，然品格端方，容貌丰美，人多谓黛玉所不及。""黛玉不及"，看似已作定评，但其实不尽然，因为前面还有一个限定"人多谓"。这句话怎么理解？作者在这里说的是"众人"的看法。于是，就有两层意思存在了：一层是薛宝钗确有很多长处，像"容貌丰美、品德端方"等，这是表面的意思，读者一眼就能看出来；还有一层是较为隐蔽的，读者会有感觉，但不细想便不显豁，这就是薛宝钗会赢得一般舆论的好评。

　　我国古代对于个人与社会的关系历来有两种倾向，一种是"克己复礼"——约束自己的个性与欲望，使行为合乎礼法的要求，也就是遵从社会通行的规则。这是孔子提出的。但是孔子又强调，这一倾向走向极端就是"乡愿"，"乡愿，德之贼也"：

　　子贡问曰："乡人皆好之，何如？"子曰："未可也。"

——《论语·子路》

　　孟子对此有更为激烈的论述，说明不讲原则赢得舆论好评对于社会道德的危害：

　　阉然媚于世也者，是乡原也……同乎流俗，合乎污世，居之似忠信，行之似廉洁，众皆悦之，自以为是，而不可与入尧舜之道，故曰"德之贼"也。

——《孟子·尽心下》

　　当然，不能说作者这里就是把薛宝钗判定为"乡愿"了——毕竟

---

❶ 本文《红楼梦》的文本使用人民文学出版社1982年版本。

此时的薛宝钗还只是个少女。但文本的叙事口吻却略有把读者的感受朝这个方向引导的嫌疑，如"故比黛玉大得下人之心""人多谓黛玉所不及"。"得人心""人多谓"，显然强调的是"人缘"。也就是说，薛宝钗一来，就在"人缘"上压倒了林黛玉。一般而言，在现实生活中对礼教反感、个性较强的人，都不会喜欢薛宝钗，根子就在这个地方种下。

不过，从整个文本来看，作者对待这两个形象的态度又不如此简单。后文的笔墨中，写薛宝钗善于笼络人心还有几处，不过贬斥的意味并不显豁。更多的毋宁说是刻画一个精明达理形象所必需。而在接下来的几十回中，作者写黛玉、宝钗的重点更多放到了对学识与才情的加意渲染上。如"宝玉悟禅机"，让钗、黛一起来与贾宝玉"斗机锋"，二人的才学与悟性不相上下。还有一段是结诗社，让钗、黛来显扬各自的诗才。结果，咏海棠二人平分秋色，咏菊花黛玉夺魁，咏螃蟹宝钗称绝。从这些小地方看来，作者对黛玉、宝钗都极为欣赏，是把她二人当作旗鼓相当的形象来刻画的。更有趣的一段是二十回的"俏语谑娇音"：

> 湘云走来，笑道："爱哥哥，林姐姐，你们天天一处玩，我好容易来了,也不理我一理儿。"……"他再不放人一点儿，专挑人的不好。你自己便比世人好，也不犯着见一个打趣一个。我指出一个人来，你敢挑他，我就服你。"黛玉忙问是谁。湘云道："你敢挑宝姐姐的短处，就算你是好的。我算不如你，他怎么不及你呢。"黛玉听了，冷笑道："我当是谁，原来是他！我那里敢挑他呢。"

三人斗嘴，薛宝钗虽不在场，却借史湘云之口使她出场——"你敢挑宝姐姐的短处，就算你是好的"；"我哪里敢挑她呢"。这样，薛宝钗在同龄人中的威信，特别是"无懈可击"的人格特点，便又一次得到了强化。同时，也表明薛的影子始终笼罩在林的心头，她的形象，不论她在场与否，总是在她们这几个小朋友的生活圈子里存在，并发挥着影响。

这一大段文字，使"双峰对峙"的意味进一步得到增强。薛宝钗身上的笔墨虽不多，但表现力很强。而林黛玉则"物极必反"，看似"小性"越来越厉害，其实从此开始出现转折，终至于"兰言解疑癖""互剖金兰语"❶，而后林薛竟成知交。总体看，这三个女孩子的"群戏"，作者的笔墨生动灵妙至极，而于彼此之间大多数场合是没有轩轾的。

现在我们可以得出一个结论：作为书中的主角，贾宝玉对薛宝钗的基本态度是喜爱加尊敬，对林黛玉的基本态度是怜爱加赞赏。作者曹雪芹的态度如何呢？在这一点上，可以讲，贾宝玉的态度就代表了作者的态度，亦即：基本态度都是肯定的，各有各的长处；对林黛玉的欣赏、怜惜，乃至悲悯更多一些。

接下来会有一个问题：薛宝钗、林黛玉，乃至史湘云等，是不是作者现实生活中的人物？我们知道，有所谓"红学家"认定《红楼梦》是严格的"自叙传"，所以得出了"曹雪芹最终娶了史湘云"这种类似关公战秦琼式的论断。其实，这是一个伪问题，既不可能证实，也不可能证伪，而且也没有什么意义。如果一定要认死理地问下去，那我的回答是：从曹雪芹生平遭际看，他不可能真实经过大观园那样的生活，倒是在文化传统中会给他塑造这样艺术形象的启发与灵感❷。

实际上，薛宝钗与林黛玉的"双峰对峙，二水分流"，可以追溯

---

❶《红楼梦》四十二回回目"蘅芜君兰言解疑癖"，四十五回回目"金兰契互剖金兰语"。"兰言""金兰"皆出《易·系辞》："二人同心，其利断金；同心之言，其臭如兰。"显见是正面的褒词。

❷ 由于"曹雪芹自传"之说面临这个难以逾越的"坎"，故又有"叔辈创作侄辈加工""二书合一"等弥缝之论。

到一种源远流长的"文化和审美"传统。

《世说新语·贤媛》篇中有一段影响广远的故事：

> 谢遏绝重其姊，张玄常称其妹，欲与敌之。有济尼者，并游张谢二家。人问其优劣，答曰："王夫人（谢道韫——今按）神情散朗，故有林下风气；顾家妇清心玉映，自是闺房之秀。"❶

这一佳话也见于《晋书》的《列女传》，文字小有异同：

> 初，同郡张玄妹亦有才质，适于顾氏。玄每称之，以敌道韫。有济尼者，游于二家。或问之，济尼答曰："王夫人神情散朗，故有林下风气；顾家妇清心玉映，自是闺房之秀。"

这里出现了两个相对峙的人物："王夫人（谢道韫）"与"顾家妇"；同时也产生了两个相对峙的评语："林下风气"与"闺房之秀"。

这位被形容为具有"林下风气"的谢道韫，还有一段在民间知名度更高的故事，就是以"未若柳絮因风起"来咏雪，从而获得了"咏絮之才"的美名❷。而"咏絮"也把《红楼梦》与《世说新语》拉上了关系。《红楼梦》第五回写贾宝玉在太虚幻境观看《金陵十二钗正册》，见头一页上"有四句言词"，道是：

> 可叹停机德，堪怜咏絮才。玉带林中挂，金簪雪里埋。

"玉带林"显然是"林黛玉"的倒置，而"咏絮才"三个字便十分明确地把林黛玉与"林下风气"的谢道韫联系起来了；同时，前面

---

❶ 《世说新语》引文据中华书局1984年版。
❷ 参见《世说新语·言语》，《晋书·列女传·王凝之妻谢氏传》。

两句以"咏絮才"与"停机德"相对举，也与"林下风气"与"闺房之秀"的对举产生了类似"同形同构"的关系。

我们不妨追问一句："林下风气"又是什么意思呢？

若仅从《世说新语》这一段文字看，"林下风气"就是"神情散朗"。可"神情散朗"又是什么意思呢？这很大程度上是可意会难言传了。不过我们可以把视野打开一些，从当时的思想文化背景来找答案。谈"林下风气"，离不开"魏晋风度"。我们都知道"竹林七贤"是魏晋风度的代表，而他们的另一称谓就是"林下诸贤"（《世说新语·赏誉》）。所以，"林下风气"就是竹林七贤们代表的风气。

"林"黛玉之"林"，经谢道韫而与"林下风气"有了关联，进而使林黛玉的精神气质与"竹林"七贤有了若隐若现的关联。这里还有一个重要的旁证，就是作品里安排林黛玉住到"潇湘馆"，又别号"潇湘妃子"，且反复渲染林黛玉喜竹、比德于竹（"潇湘"喻指斑竹）。这都使林黛玉之"林"与竹林七贤的"林"更清晰地关联起来——这在古代文化人通常的语境中，可不是什么偏僻而需要索隐的话语。

稍早于谢道韫时代的嵇康，是"竹林七贤"的领袖。《世说新语》形容嵇康是"爽朗清举"（与"神情散朗"相近），"若孤松之独立"，"肃肃如松下风"，也就是潇洒、脱俗、有独立人格。他提出了"越名教而任自然"的著名观点，把"自然"与"名教"对立起来。他在《与山巨源绝交书》中，表达自己不愿入朝为官的意愿时讲，自己好比一头野鹿，"虽饰以金镳，飨以佳肴，愈思长林而志在丰草也"。"长林丰草"，可以看作是"任自然"的象征性表达，与"林下"也有某种意味上的相通。刘义庆没有嵇康那么偏激，《世说新语》的《贤媛》篇赞美了谢道韫的"林下风气"，但也给"闺房之秀"留下了一定的空间。既称"闺房"，自然就不是"林下"的潇洒自在，一定程度上有"名教"约束的意味。刘义庆的基本态度是：高度赞赏谢才女的"林下风气"，但也肯定顾家妇的"闺房之秀"。

随着《世说新语》在士人阶层的广泛传播,"林下"逐渐成了常见的文化符号。如"林下"这一意象,便在《全唐诗》中出现了246次。著名诗人多有吟及"林下"意象之作,如太白《安陆白兆山桃花岩寄刘侍御绾》:"独此林下意,杳无区中缘。永辞霜台客,千载方来旋。"乐天《老来生计》:"老来生计君看取,白日游行夜醉吟。陶令有田唯种黍,邓家无子不留金。人间荣耀因缘浅,林下幽闲气味深。烦虑渐销虚白长,一年心胜一年心。"《狂吟》:"亦知世是休明世,自想身非富贵身。但恐人间为长物,不如林下作遗民。"宋人同样喜用这一意象,如司马光《野轩》:"黄鸡白酒田间乐,藜杖葛巾林下风。"邵雍《初夏闲吟》:"林下一般闲富贵,何尝更肯让公卿。"其中意味大体相同,都是表现文人雅士疏离礼教羁勒、摆脱利禄枷锁、向往潇洒人生的情怀。

而《世说新语》设立的"林下风气"及"闺房之秀"这两种相对比的理想女性类型,其影响在后世逐渐超出了"贤媛"的范围,甚至形成了更普世的二元"文化/审美"模式。

如明代万历年间的文坛领袖王世贞评论赵孟頫的书法作品道:

褚妙在取态,赵贵主藏锋;褚风韵遒逸飞动,真所谓"谢夫人有林下风气";赵则结构精密肉骨匀和,"顾家妇清心玉映,自是闺房之秀"。❶

这显然扩大了"世说"的"林下风气"的适用范围,而使其有了二元对峙的一般审美模式的意义。

把"林下风气"继续用于人物品评,特别是用于杰出女性品评的,我们可以举出明末沈自征的《鹂吹集序》。《鹂吹集》是叶绍袁的夫人沈宜修的诗集,沈自征则是她的弟弟。《序》云:

---

❶ 王世贞:《跋赵子昂枯树赋真迹》,见《弇州四部稿》卷一三一。

吾姊之为人，天资高明，真有林下风气。古来女史，桓孟不闻文藻，甄蔡未娴礼法，惟姊兼而有之……独赋性多愁，洞明禅理不能自解免……良由禀情特甚，触绪兴思，动成悲惋。❶

此文可注意的地方，首先是从"林下风气"的角度来赞美一位自己崇敬的女性；其次，作者把"林下风气"与"天资高明""赋性多愁""触绪兴思，动成悲惋"的形象联系到了一起。值得注意的是，作者虽高度称赞女性的"林下风气"，却又对"礼法"不能忘情，于是有"兼而有之"的理想。该文收辑在《午梦堂集》中。清前中期，《午梦堂集》因沈自征的外甥叶横山的刊刻，以及叶横山弟子沈德潜的揄扬，在文士中有相当广泛的传播与影响。

更有说服力的是纳兰性德的词作《眼儿媚》：

林下闺房世罕俦，偕隐足风流。今来忍见，孤鹤华表，人远罗浮。中年定不禁哀乐，其奈忆曾游。浣花微雨，采菱斜日，欲去还留。❷

这是一首悼亡词。纳兰深情回忆自己的心上人，认为她是无与伦比的——"世罕俦"。而她的不可企及之处就在于"林下"与"闺房"的兼具并融。惟其如此，方成为"偕隐"的理想伴侣，才会有"足风流"的人生。考虑到纳兰性德对曹雪芹的多方面影响（见后文），"林下闺房""偕隐风流"对于理解《红楼梦》的宝、黛、钗形象实为有力之启示。

就在曹雪芹的时代——乾隆朝的中前期，朝廷推出了一部大书《石渠宝笈》，其中收有永乐名臣姚广孝的一篇跋文。跋文是题在赵

---

❶ 叶绍袁：《午梦堂集》，中华书局1998年版，第18页。
❷ 纳兰性德：《纳兰词笺注》卷五，上海古籍出版社1995年版，第357页。

红楼内外看稗田

孟頫的夫人管道昇所绘《碧琅庵图》上的,文曰:

> 天地灵敏之气,钟于文士者非奇;而天地灵敏之气,钟于闺秀者为奇。管氏道昇,赵魏公之内君也。贞静幽闲,笔墨灵异,披兹图,捧兹记,真闺中之秀,飘飘乎有林下风气者欤!❶

这里,既是以"林下风气"来赞美脱俗的女才子,也是把"林下风气"作为一种普适的审美标准来使用了。其中还有两点可注意,一是他提出的"天地灵敏之气所钟"的话语,至少可与《红楼梦》中贾雨村"天地清明灵秀之气所秉"的话语发生互文的关系;二是同时使用"闺中之秀"与"林下之风"来评价同一个女性,也就是所谓"灵异"与"贞静"同时体现于一个女人的身上,这典型地表现出男人们对"兼美"的期待。

这些,对于熟悉《红楼梦》的读者来说,难免不引起更多方面的互文性联想。上面提到,曹雪芹在宿命性的判词——《金陵十二钗》正册第一篇中,便把林黛玉比作有"林下风气"的谢道韫,"林下风气"与"林"黛玉之间的关联,应是毫无疑义的事情。而沈自征在以"林下风气"赞美自己崇敬的女性同时,又使用了"天资高明""多愁""悲怆"的形容词,这几乎可以看作是为林黛玉量身定制的。可以说,沈自征的"兼而有之"与《石渠宝笈》里"闺中之秀兼有飘飘乎林下风气"所表现出的价值观,便不失为解开曹雪芹"兼美之想"的一把钥匙——这都是流行于《红楼梦》同一时代的著作。

---

❶ 《石渠宝笈》卷十四,见《四库全书》子部八。

二

  如果说，我们从《红楼梦》第五回的判词入手，通过互文的追索、分析，为小说中林黛玉的形象及林薛相对峙的关系，找到其文化和文学的血脉的话，那么，循此思路，继续通过互文研究的方法，也能找到孳乳《红楼梦》的更多文化和文学的渊源。当然，这种方法的延伸几乎是无穷的，本文只能举出一些最为直接、最为明显的例子。

  我们举出的第一部书是前面提到的《午梦堂集》。这是崇祯年间苏州吴江的叶绍袁所编的自家眷属的诗文。叶绍袁的妻子和三个女儿都是才情过人的诗人，但皆红颜薄命。女儿叶小鸾最称有才，十七岁临出嫁前早夭，随后其姊叶纨纨、其母沈宜修皆因哀伤过度而谢世。《列朝诗集小传》中并收母女三人的事迹。《午梦堂集》收集了叶绍袁一家的诗文，其中特别引人注目的是其妻女的诗词集六种。该书于崇祯九年初刊后，至清末的不足三百年间，便有不同的刻本八种，抄本一种，传播很广。八种刻本，其一由著名诗话作者叶燮（叶燮即叶绍袁第六子）编刻，其一由乾隆年间文坛大家沈德潜作序刊出，其一由晚清名士叶德辉刊刻，这几位都是能够影响文坛的人物，该书的流行与影响即此可见。这部书除了张扬女性的才华、惋惜她们不幸的命运之外，还有一部分奇特的内容，很可能对《红楼梦》产生过直接的影响。这就是其中详细记载的金圣叹的"无叶堂"构想。

  叶小鸾去世后，叶绍袁无比哀痛，亟思能召回灵魂再见一面。当时金圣叹正伙同几个朋友热衷扶乩。叶绍袁便请来家中，为叶小鸾招魂。金圣叹先后多次到叶宅，导演了几位亡灵到场"对话"，其间发明出"无叶堂"等话题，对当时及日后都有相当的影响。这些经过与金圣叹的话语均载入《午梦堂集》。读者虽大多不知与金氏有关，但他降神时托名于佛门"泐大师"却更容易耸动耳目。《红楼梦》的女性观及若干具体笔墨，都可以看出金圣叹观点及叶小鸾事迹影响的印痕。

《午梦堂集》中九次提到所谓"无叶堂",如:

无叶堂者,师于冥中建设,取法华无枝叶而纯真实之义。凡女人生具灵慧,夙有根因,即度脱其魂于此,教修四仪密谛。注生西方,所云天台一路,光明灼然,非幽途比也。俱称弟子,有三十余人。别有女侍,名纨香、梵叶、嬾娘、闲惜、提袂、娥儿甚多。

此是发愿为女者,向固文人茂才也。虔奉观音大士,乃于大士前,日夕回向,求为香闺弱质。又复能文,及至允从其愿,生来为爱,则固未注佳配也。少年修洁自好,搦管必以袖衬,衣必极淡而整。宴尔之后,不喜伉俪,恐其不洁也。每自矢心,独为处子。嘻!亦痴矣。今归我无叶堂中[1]。

综合其内容,金圣叹发明的这个"无叶堂"理想可以描述如下——这是凡尘之外的一个女性乐园,进入者都是有佛缘的才女之魂灵;主持其事的是半佛半仙的"泐大师",她既是乐园诸女性的精神导师,又是沟通女魂们与凡间的联系人、桥梁(实际是金圣叹幻想中的化身);"无叶堂"排斥男性,即使生前有亲属关系的"男魂",也只有住在外堂的份;这个"无叶堂"还带有处子崇拜的色彩,对于叶小鸾则强调其婚前去世而来至此地,对于叶纨纨则强调"琴瑟七年,实未尝伉俪也";"无叶堂"中,诸才女魂灵都有婢女服侍,过着舒适的生活。

类似这样专为女性设立的世外天堂,此前似乎没有见诸文字描写。而在此后清代的长篇小说中,却先后出现于《金云翘》《女仙外史》《红楼梦》《镜花缘》等作品里。特别是《红楼梦》中的太虚幻境,

---

[1] 叶绍袁:《午梦堂集》,中华书局1998年版,第519页。

上述"无叶堂"的特征几乎全都有所表现。考虑到林黛玉的形象与叶小鸾诸多相似之处（才高体弱，能诗，婚姻不谐等），考虑到《红楼梦》与《午梦堂集》其他方面的可比性，认为太虚幻境的构想很可能从"无叶堂"中得到过启发，恐怕也不能说成无稽之谈吧。

另外，"无叶堂"的构建（想象之中的）强化了两性差别的观念——不过是站在女性的立场上来强化的（男性只能停留在"外堂"）。从这个意义上说，"无叶堂"观念的提出与传播，对清代文坛的"才女崇拜"潮流具有很强的"加温"作用,这也是影响《红楼梦》"堂堂须眉诚不若彼裙钗"的潜在因素。至于说其中表现出的处子崇拜，更是与《红楼梦》中褒处女贬妇人的"怪异"见解遥相呼应了。

这里举出的第二部书是《平山冷燕》。这是一部典型的"才子佳人小说"，在文学史上至多算是二流半的作品，但在我们这个话题里，却有其特别的价值。自从曹雪芹借贾母之口贬抑才子佳人小说以后，人们多把《红楼梦》看作这类作品的对立面，是"拨乱反正"之作。其实，这只是问题的一个方面。若换个角度看，曹氏的议论恰好说明他读过不少才子佳人小说，对这类作品相当熟悉。其实《红楼梦》的直接源头之一恰在这些不起眼的作品中，只不过是化蛹成蝶，有了质的飞跃而已。我曾经写过一篇小文章,指出另一篇"才子佳人小说"《吴江雪》里的雪婆乃是《红楼梦》刘姥姥的"前身"。对于我们这个话题来说，《平山冷燕》有三点可注意：第一，不是一般地赞美少女的才情，而是一定要让她们"压倒须眉"。才女山黛才学不仅压倒满朝官员，还压倒了"才子"状元。作品写天子赐她一条玉尺，成为衡量天下人才的"裁判长"。作者还借"才子"燕白颔之口叹服："天地既以山川秀气尽付美人，却又生我辈男子何用！"第二，以两个隽才美女来对写，让二人才、美俱在伯仲之间；而其一名山黛，其一名冷绛雪——《红楼梦》则为林黛玉与薛宝钗，而薛宝钗的图谶以"雪"指代"薛"，薛宝钗又嗜服"冷香丸"。第三，书中有一小丑似的纨绔

13

子弟张寅，作诗出丑，与薛蟠作诗有隐约相似处。

第三部是《金云翘》。这是一部很有特色的小说，我曾专门写过一篇文章，讨论其中流露的清初汉族读书人"身辱心不辱"的复杂心态。这里提出它来，一则因为这是我国古代第一部以一个女性命运贯穿全书、以一个女性为唯一主人公的小说，而这位女性又是才情过人、性格刚毅，却又历经磨难的悲剧人物；二则因为其中有些笔墨似与《红楼梦》不无瓜葛。书中第二回写王翠翘梦遇刘淡仙，刘淡仙托断肠教主之名，请王翠翘题咏十首，为《惜多才》《怜薄命》《悲歧路》《哀青春》《苦零落》《苦相思》等，一一编入《断肠册》中。每一首均是对一个女性永恒之悲感主题的诠释，从而布下此一部"怨书"的基调，也成为王翠翘一生的预言。《红楼梦》的"太虚幻境""警幻仙子"，以及"金陵十二钗正副册"的思路，与此何等相似！

第四部是《纳兰词》。把纳兰性德与《红楼梦》联系起来，很容易被正宗的"红学家"讽为"索隐派"，讽为"荒诞不根"。清人传说乾隆皇帝指《红楼梦》所写为"明珠家事"，这当然是站不住脚的。但由此把纳兰性德与《红楼梦》的关系彻底割断，却也属因噎废食。纳兰性德作为清初影响最大的词人，又是著作宏富、交游广泛的学者，曹雪芹若是对他一无所知，那实在是不可思议的事情。何况纳兰与雪芹祖父曹寅有过从，有相赠诗词留存。我们特别要指出的有两点，一是纳兰作品中表现出的个人气质——看淡功名、多情哀怨、肝胆交友、忏悔人生，与曹雪芹笔下的贾宝玉颇有可比之处；二是其作品中与《红楼梦》意境乃至词语，相似、相同之处多多，假如理解为曹雪芹熟习纳兰词，深入骨髓，无意中自然流注于笔下，似乎也无甚不妥。

这样的例子颇多，我们只能举其中几个。如《摊破浣溪沙》：

林下荒苔道韫家，生怜玉骨委尘沙。愁向风前无处说，数归鸦。

半世浮萍随逝水，一宵冷雨葬名花。魂是柳绵吹欲碎，绕天涯❶。

以"冷雨葬名花"与"林下道韫家"相关联，其中"葬花""冷雨""林下""道韫"等意象，以及整体的境界，与《红楼梦》之互文关联，有目者皆不待烦言也。其他如前面引述的《眼儿媚》："林下闺房世罕俦，偕隐足风流。"《摊破浣溪沙》："人到情多情转薄，而今真个悔多情"（《红楼梦》"情不情"之说）；"方悔从前真草草，等闲看"（《红楼梦》开篇忏悔之语）。《念奴娇》："人生能几？总不如休惹、情条恨叶……愁多成病，此愁知向谁说？"《贺新郎》："便决计、疏狂休悔。但有玉人常照眼，向名花美酒拼沉醉。天下事，公等在。"如此等等，境界、意味也都与《红楼梦》有相通之处。而集子中，"葬花"凡两见，"红楼"凡三见；其中更有将"红楼"与"梦"相关联者一处（"今宵便有随风梦，知在红楼第几层？"《别意》六首之三）。

有鉴于此，王国维曾有一精辟论断：

> 自我朝考证之学盛行，而读小说者，亦以考证之眼读之。于是评《红楼梦》者，纷然索此书中之主人公之为谁，此又甚不可解者也。夫美术之所写者，非个人之性质，而人类全体之性质也……故《红楼梦》之主人公，谓之贾宝玉可，谓之子虚乌有先生可，即谓之纳兰容若、谓之曹雪芹亦无不可也……然诗人与小说家之用语其偶合者固不少，苟执此例以求《红楼梦》之主人公，吾恐其可以傅合者断不止容若一人而已。❷

静安先生对《红楼梦》的理解超迈群伦之处甚多，可惜一蔽于烦

---

❶ 纳兰性德：《纳兰词笺注》卷二，上海古籍出版社1995年版，第139页。
❷ 王国维：《红楼梦评论余论》，见《中国历代文论选》（第四册），上海古籍出版社1980年版，第518页。

琐之"曹学",二蔽于庸俗社会学,三蔽于炫奇索怪的"秦学"之流。

我们要举出的第五段文字是《金瓶梅》中的:

这李通判回到本宅,心中十分焦燥,便对夫人大嚷大叫道:"养的好不肖子!今天吃徐知府当堂对众同僚官吏,尽力数落了我一顿,可不气杀我也!"夫人慌了,便道:"什么事?"李通判即把儿子叫到跟前,喝令左右:"拿大板子来,气杀我也!"说道:"你拿的好贼!他是西门庆家女婿。因这妇人带了许多妆奁、金银箱笼来,他口口声声称是当朝逆犯寄放应没官之物,来问你要。说你假盗出库中官银,当贼情拿他。我通一字不知,反被正堂徐知府对众数说了我这一顿。这是我头一日官未做,你照顾我的。我要你这不肖子何用!"即令左右雨点般大板打将下来。可怜打得这李衙内皮开肉绽,鲜血迸流。夫人见打得不像模样,在旁哭泣劝解。孟玉楼立在后厅角门首,掩泪潜听。当下打了三十大板,李通判吩咐左右押着衙内:"及时与我把妇人打发出门,令他任意改嫁,免惹是非,全我名节。"那李衙内心中怎生舍得离异,只顾在父母跟前哭泣哀告:"宁把儿子打死爹爹跟前,并舍不得妇人。"李通判把衙内用铁索墩锁在后堂,不放出去,只要囚禁死他。夫人哭道:"相公,你做官一场,年纪五十余岁,也只落得这点骨血。不争为这妇人,你囚死他,往后你年老休官,倚靠何人?"……通判依听夫人之言,放了衙内,限三日就起身,打点车辆,同妇人归枣强县家里攻书去了。❶

熟悉《红楼梦》文本的朋友一定会感到惊讶:这段文字和《红楼梦》中"宝玉挨打"一段太相似了!父亲为官场受窘而痛打儿子,儿

---

❶ 这段引文用的版本是《皋鹤堂批评第一奇书金瓶梅》第九十二回(吉林大学出版社1994年版),与《金瓶梅词话》(后文简称《词话》)文字略有出入。有清一代,流行的主要是这个本子。

子为"情义"甘愿忍受,母亲苦苦哀求……不但基本故事情节相似,连"年纪五十余岁,也只落得这点骨血。……你囚死他,往后你年老休官,倚靠何人?"的语言也相似乃尔。

而李衙内的故事影响到了曹雪芹,还可举出一些旁证。如孟玉楼嫁入李府后,李衙内原来的通房丫头玉簪瞧不起她的出身,加以嫉妒,便骂闲街挑衅,而孟玉楼一味忍让。这一段的故事情节、人物关系,都和尤二姐嫁给贾琏后,与秋桐的关系有几分相似。再如孟玉楼为了自保,设计陷害陈经济的情节、情境,与王熙凤算计贾瑞一段,颇有神似处。

更有趣的是李衙内的名字——李拱璧。"拱璧"即"宝玉",如王世贞《题〈宋仲珩方希直书〉》:"百六十年间,学士大夫宝之若拱璧。"而类似用法历代不可胜数。

这些完全可以解释为"偶合",尤其是"拱璧"与"宝玉"。但是,多重"偶合"叠加到一起,意义就不同了。特别是就大端而言,《红楼梦》借鉴《金瓶梅》已是不争的事实。在这样的前提下,李衙内的故事,李衙内的人物形象和贾宝玉的多方面近似就不能简单视为偶合了。

在中国小说史上,李衙内本身是个甚为微末的存在,但如果瞻其前观其后,从"互文"的视角看去,却又会发现他不容忽视的意义与价值。指出这些,并无意说曹雪芹抄袭了《金瓶梅》,而是要说明,所谓"没有《金瓶梅》便没有《红楼梦》",其真实含义恐怕要超出人们通常理解的程度。

我们还可以举出一部作品——弹词体小说《天雨花》。《天雨花》成书于顺治前期,作者陶贞怀是江南才女❶。书成后,流传甚广,社会评价甚高,晚清时甚至有"南花北梦"之说,将其与《红楼梦》相提并论。该书也有若干情节使我们很容易联想起《红楼梦》来,如第十回《游春院公子赋新诗》中,写几位贵介公子诗酒聚会:

---

❶ 《天雨花》的作者众说纷纭。原著序言署有"梁溪陶贞怀",现在苦无坐实的旁证,更无证伪的材料。这种情况下,当以尊重原作署名为是。

秉衡公子开言道："弟等专来赏妙文，伏望四兄披彩笔，速题佳句显才情。"凤城春便忙凑趣，先请王臣公子吟。王臣便不来谦逊，欣然入坐便高吟。诗曰："小子王臣身姓周，今朝拨马闯红楼。……妙矣清歌呈妙舞，佳哉辣酒进金瓯。直须吃得昏昏醉，睡足兰房始罢休。"礼乾一见哈哈笑，楚卿永正笑难停，一齐都道"真佳作，字字珠玑吓死人。"王臣好不心得意，哈哈大笑说缘因："小弟这一首诗，虽不算作佳章，却也煅炼。所以中联切当，就前后也去得。"

这与《红楼梦》二十八回薛蟠作诗出丑情境颇相似：

薛蟠道："我可要说了：女儿悲——"说了半日，不见说底下的。冯紫英笑道："悲什么？快说来。"薛蟠登时急的眼睛铃铛一般，瞪了半日，才说道："女儿悲——"又咳嗽了两声，说道："女儿悲，嫁了个男人是乌龟。"众人听了都大笑起来。薛蟠道："笑什么，难道我说的不是？一个女儿嫁了汉子，要当王八，他怎么不伤心呢？"众人笑的弯腰说道："你说的很是，快说底下的。"薛蟠瞪了一瞪眼，又说道："女儿愁——"说了这句，又不言语了。众人道："怎么愁？"薛蟠道："绣房撺出个大马猴。"众人呵呵笑道："该罚，该罚！这句更不通，先还可恕。"说着便要筛酒。宝玉笑道："押韵就好。"薛蟠道："令官都准了，你们闹什么？"众人听说，方才罢了。

同是胸无点墨之人来作诗，同样写得鄙俗不堪，同样把"乌龟王八"一类写到了"诗"里。而且都被在场通人嘲讽，但本人毫不羞愧。

《天雨花》中的左维明与《红楼梦》中的贾政，在方正而近迂上有一二分相似，书中他也因儿子狎邪嫌疑而行家法。先是有一小人来进谗，然后左维明暴怒痛打：

且说，帝臣不免礼来行，口称：年伯容听禀：小侄无端不造门，只因用九兄多事，特来府上诉分明。正芳惊向何缘故？帝臣一一诉其情：左年伯也同在此，秉衡兄亦到来临，今朝小侄人四个，只为留宿共相争。小侄不敢虚言语，亲笔诗词可证明。言罢袖中来取出，正芳接了细观明，果是三人亲笔迹，两公俱各怒生嗔……公子心惊曲院事，低头失色不开声。……御史听了心增怒，叱令永正跪埃尘："左门家法从无此，名教全无堕畜生！尚敢支吾为抵赖，少迟不说立施刑。"公子一听惊呆了，问爹此语出何人？维明冷笑舒袍袖，掷下诗绫示秉衡："此诗却是谁人笔？"楚卿、永正各惊心：两诗怎得归爹手？令人不解半毫分。……言罢之时即起身，手携戒尺为惩戒，书房一众尽心惊。秉衡只得低头受，忍痛无言不则声，打了十数难熬住……致德前来与说情……维明回说：难饶恕，祖训谁人不凛遵？畜生胆敢逾闲走，九死难容剩一生！二弟不必多言语，回身举手再施刑。公子伤痛无地入，致德从旁莫理论。……将来若再这般行，立时毙汝于杖下，宁可吾宗绝后人！断不留你淫邪子！

显然，文本之间的联系是多维的。这在一定程度上证明了互文的"血脉"往往是意义可以相互发明的网络，而非简单的线性传承。

三

一切文本都具有与其他某些文本的互文性，一切话语表达也都必然具有互文性，这已经是常识性的命题。但在文学批评、文学研究之中，如何通过互文性的视角展开工作，以期取得更有启发性的认识，却还是见仁见智颇有不同的。

首先，对于"互文性"的认定，就有着宽狭不同的主张。而这几乎是运用这一理论解决问题的前提。如有的学者把互文性分为三种情况：第一是直接引语，或是重复出现的词汇、意象，也就是明显或有清楚标记的"互文"；第二是典故，其出处指向"互文"关系，也就是较为隐蔽的"互文"；第三是照搬，就是局部采取移录、抄袭的手法，但不加以任何说明。持不同见解的理论家，则批评这种分类不当，第三种情况根本不能算作"互文"。

其次，利用"互文性"进行文本分析，终极目的何在？与中国传统的笺注之学、"无一字无来处"的阅读方式有何区别？

最后，这种批评、研究的意义与后现代的文本颠覆、作者死去的思路有何异同？它能给我们的研究带来哪些"正能量"？

本文不可能对这些话题作全面的讨论，却应该、也必须说明自己的选择，以及选择的理由。

一种理论的有效性，主要不是表现为自身形式的优美，而是解决问题的实际能力。因此，本文采用的"互文"视角乃基于三点考虑：第一，"互文性"是一种客观存在，是由创作主体知识结构之形成及其创作使用语言符号之特性决定的。从这一视角观察、分析，不是去发明"互文"，而是要揭示"互文"，并作出有说服力的分析。第二，对于文学研究中，"互文性"的表现可以借鉴热奈特的说法而有所修正，也就是采取核心明确、边缘弹性的"广义互文"界定。"互文"的核心是相同语词、相同意象之间的关联，如前文揭示的"林下""红楼""葬花"等。稍微间接一些的则是通过典故发生的关联，如"潇湘+林"与"竹林"之间，便是由舜妃的典故连接起来。而更边缘一些的则是某些情节单元、结构方式的互仿，甚至某些"创意"的袭用。如"无叶堂"之于"太虚幻境"，一系列"林下风气"与"闺房之秀"相对待的结构模式等，在本质上都是与意象、语词的"互文"并无二致的。第三，"互文性"视角的运用，绝非是"掉书袋"式的炫学，其目的应是为了给文本找出赖以滋长的文化、文学血脉，从而更准确、更深入地理解文本的内涵，当然也给文学发展史的研究提供更为鲜活、具体的材料。

对于《红楼梦》的研究来说，这一视角的运用还有特殊的意义。如前所论，长时间以来，《红楼梦》研究的基本思路出了问题。这一点，有见识的红学前辈也颇有自省之词，如俞平伯先生，如周策纵先生。周先生更是直接以《论〈红楼梦〉研究的基本态度》为题写成专文，指出《红楼梦》研究如果不在基本态度和方法上改进一番，可能把问题愈缠愈复杂不清，以讹传讹，以误证误，浪费无比的精力。事实正是如此，红学家们用的大部分气力都是在为小说寻找现实生活中的"底本"。索隐派是如此，考证派也是如此，甚至最近热闹起来的作者"新探"，其隐含的目的也指向生活底本问题。而近百年的努力，并未让"底本"变得逐渐清晰，而是陷入一个又一个的怪圈，如作者的年龄、阅历与作品的故事情节不"匹配"，各种"底本"之间的互相冲突，等等，甚至出现了《红楼》的"底本"与"侠女刺雍正"相交集，或是推演出类似"搜孤救孤"式的桥段。至于小说本身的艺术得失、思想文化内涵，反而被视为"红外线"嗤之以鼻。现在，我们从"互文"的视角看过去，原来《红楼梦》中的偌多内容——人物的关系、性格的基调、情节的设计、意象的营造，等等，都可以从文学的、文化的长河中找到血脉之由来。这便给沉迷于索隐、考证之中的朋友们一个有力的提示："底本"绝不是全部，《红楼梦》的基本属性毕竟是文学，而非"自传"，或是"他传"。

对《红楼梦》的"互文性"观照，为这部作品找到了向上的文学史、文化史关联；而循此思路，又可把类似的关联向下延伸，突破人为的古代文学、现代文学的鸿沟。不妨随便举一个例子。《红楼梦》的"双峰对峙、二水分流"，我们从"林下之风"与"闺房之秀"的对峙中看到了历史的脉络；而这一脉络却又向下伸展，如林语堂便把这种"各有各的好处"的观念用到自己的小说创作中，创建了一种

"双姝模式"——《京华烟云》中的木兰与莫愁,《红牡丹》中的牡丹与素馨,《赖柏英》中的赖柏英与韩沁等,让每个男主人公都享受到"黛玉做情人,宝钗做妻子"的"人生至乐"。[1]

这种上下前后血脉贯通的现象,无疑对于我们深入剖析文本,以及讨论文学的传承流变,都是很有意义的材料。

---

[1] 陈千里:《"女性同情"背后的"男性本位"——林语堂小说"双姝"模式透析》,载《南开学报》2013年第3期。

《红楼梦》"碍语"说"木石"

《红楼梦》中,有一个词出现频度并不算高,但其意蕴之丰厚,堪称整部作品的"关键词"之一——那就是"木石"。小说中出现过两次,一次是作为全书纲领的第五回,"曲演《红楼梦》"的十二支曲子中第一曲《终身误》:

都道是金玉良姻,俺只念木石前盟。空对着,山中高士晶莹雪;终不忘,世外仙姝寂寞林。叹人间,美中不足今方信。纵然是齐眉举案,到底意难平。❶

以"木石前盟"与"金玉良姻"相对,既凸显了全书情感冲突的焦点,又表达了这一冲突在价值取向方面的意蕴,实在堪称全书一大"关目"。另一次则是第三十六回"识分定情悟梨香院":

这里宝钗只刚做了两三个花瓣,忽见宝玉在梦中喊骂说:"和尚道士的话如何信得?什么是金玉姻缘,我偏说是木石姻缘!"薛宝钗听了这话,不觉怔了。

这一笔在宝黛钗的情感纠葛中也是相当重要的,特别是对于宝钗的性格、形象刻画,含而不露又深有意味。

甲戌本第一回,脂批中也以"木石"指代宝黛情缘:

---

❶ 本文引文据人民文学出版社 2008 年 7 月第三版《红楼梦》。

以顽石草木为偶，实历尽风月波澜，尝遍情缘滋味，至无可如何，始结此木石因果，以泄胸中悒郁。古人之"一花一石如有意，不语不笑能留人"，此之谓也。❶

这段批语总体而言并不高明，但"结此木石因果，以泄胸中悒郁"一语，把"木石"与"胸中悒郁"关联，却有点题之功。

惟其如此，《红楼梦》中的这个"木石前盟"才历来备受读者及研究者重视，把它当作贾宝玉与林黛玉爱情的代名词，并对其中的思想文化意味多有阐发。但是，作品中出现这个词，既有历史文化的血脉可寻，又与当时政治文化背景关联，却还没有被充分揭示、阐发。

本文立足于一些新发现的文献材料，运用"互文"的思路，从两个方面作一番发掘工作，以期在理解作品、讨论小说成书背景等方面有所创获。

一

对于"木石"及"木石前盟"，学界早已给予了很多关注。有些学者的思路可谓愈出愈奇，兹举几例：

湘云姓"史"，原型姓李。姓李的原姓"理"，后逃生藏于一颗李树下，得以存活，遂改姓李。

"李"是木，不是"草"。

....

---

❶ 甲戌本《石头记》第一回 "那僧笑道：'此事说来好笑，竟是千古未闻的罕事。只因西方灵河岸上三生石畔，有绛珠草一株，时有赤瑕宫神瑛侍者，日以甘露灌溉，这绛珠草始得久延岁月。后来既受天地精华，复得雨露滋养，遂得脱却草胎木质，得换人形，仅修成个女体，终日游于离恨天外，饥则食蜜青果为膳，渴则饮灌愁海水为汤。只因尚未酬报灌溉之德，故其五内便郁结着一段缠绵不尽之意。'"的眉批。

总之,石头没有过第二个"前盟",这是"铁字眼",动是动不成的。❶

由一个绕了几道弯的所谓"原型",推导出史湘云原姓"李",而"李"指李子树,所以是"木"。于是乎,"木石前盟"就成了这样"射覆"式的"笨谜"(胡适讥讽蔡元培"索隐红学"用语),谜底指向了谁也不曾想到的史湘云。

再如一些所谓人类学、文化学的解读:

满族甚至其他一些古老的北方的民族都来自于木(柳树)和石头,都是"木"和"石"的后代传人。荣格认为,原始意象可以设想为一种记忆的埋藏。……经过时间的洗礼,"木"与"石"的原型没有消亡,来自祖先的成双成对的最为深刻的记忆在《红楼梦》这部伟大作品中显现了,成了宝黛"木石前缘"的文化原型。❷

这就更加玄奥了。把荣格的"设想"同民间的口头传说结合起来分析《红楼梦》作者的潜意识,这种方法用一个词来形容,就是"死无对证"。这种思路看似无稽,却颇有成为"显学"的苗头,如把"木石前盟"同辽东半岛的所谓"巨石崇拜"联系起来,如提出"木石崇拜是萌生于近古的遍及全球的文化现象……可以作出论断,'木石前盟'有着丰厚的民间文化信息"。❸

其实,"木石"在中华文学、文化传统中,是一个使用相当频繁且内涵基本明确的用语——特别是在修养较高的文人之中。若从最简单的地方入手,不妨看看《汉语大词典》中"木石"一词的义项:

---

❶ 周汝昌:《红楼夺目红》,作家出版社2003年版,第213页。
❷ 李烨:《红楼梦"木石前盟"原型的文化考察》,载《聊城大学学报》2006年第6期。
❸ 郑晨寅:《从木石崇拜看红楼梦之"木石奇缘"》,载《红楼梦学刊》2000年第3期。

【木石】①树木和山石。②指木头与石头。③比喻无知觉、无感情之物。④指刑具。⑤指山水画。⑥指宫室等建筑工程。⑦枳棋子的别名。❶

七项中六项为"指实",唯第三项为比喻,但这一项恰为文学作品所常见。不过,这七项看似完备,其实还缺少了一个重要义项,即"与'金玉'对举,指低劣无价值之物"。例文可列《颜氏家训》:"主人对曰:'夫命之穷达,犹金玉木石也。修以学艺,犹磨莹雕刻也。金玉之磨莹,自美其矿璞;木石之段块,自丑其雕刻。安可言木石之雕刻,乃胜金玉之矿璞哉?'"这一义项与第三项关联,但侧重点明显不同。

对于《红楼梦》而言,"木石"亦可视为此义项的典型文例。而和"木石"密切相关的文学意象则为"石头记"的石头。一定程度上,"木石"的意蕴是建立在石头意象基础之上的。

石头作为物理存在,既有坚硬不易变化的性质,又是冥顽不灵、俯拾皆是的普通物体。在中国传统文化的建构、传承过程中,这两面分别被赋予了比喻的意义,并积淀、凝固到汉语中,于是便有了"坚如磐石""海枯石烂"与"玉石俱焚""玉石杂糅"不同文化意蕴的词语。

当"石"与"玉"对称之时,其着眼点便是落在它的普通与无价值的意蕴上。这方面最早的经典性表述当属《老子》与《怀沙》:

不欲琭琭如玉,珞珞如石。

凤皇在笯兮,鸡鹜翔舞;同糅玉石兮,一概而相量。

前一句的阐释见仁见智,但玉、石对举,玉"贵"石"贱"的格

---

❶ 辞书中的文例从略。

局却是无异议的。后一句则为文人的牢骚语,可以说,开了以玉石意象发泄不平的先河。这样的文例,可以说不胜枚举,如:

飞霜匝地,兰萧衔共尽之悲;烈火埋冈,玉石抱俱焚之惨。(王勃《上皇甫常伯启》)

圭璧无卞和,甘与顽石列。(元稹《谕宝二首》)

我有昆吾剑,不将持试石。白璧隐荆山,剖出长虹色。(元稹《试剑石》)

深虑玉石难分,善恶同毙。今再为条例,各使得宜。(李德裕《赐党项敕书》)

我无燕霜感,玉石俱烧焚。但洒一行泪,临歧竟何云。(李白《送张秀才谒高中丞》)

南风吹野火,焰焰烧楚泽。岂复辨萧兰,焉能分玉石。(吕温《道州观野火》)

呜呼!麟非腾噬之俦,讵豺狼之共穴;凤实仁灵之类,岂鹰鹯之同列。惟玉石之明分,亦薰莸之自别。(欧阳詹《怀忠赋》)

觉百鸟声喈喈,独能辨鸳鸾;玉石方混淆,独能识真璞。(范仲淹《安道登茂材异等科》)

封建社会进入后期,失意知识分子出于疏离社会与怀疑人生的心理，常常在文学艺术中用象征手法表现出对社会通行价值标准的否定。从苏东坡的"市人行尽野人行"到张岱的《西湖七月半》，意义皆在于此。而石头由于其双重物理属性，更适于自嘲与嘲世，成为一种意味独特的文化语码。例如，米芾"性不能与世俯仰"，而爱石成癖，呼石为兄，论石则以"瘦、绉、漏、透"为尚。苏东坡有《双石》诗象征理想境界，有《怪石供》发泄牢骚："凡物之丑好生于相形，吾未知其果安在也。使世间石皆若此，则今之凡石复为怪矣！"他主张画石应"文而丑"，集子中凡"怪石"一词便出现了十八次。郑板桥是画石专家，认为画石须"陋劣之中有至好"。"丑""陋"，象征不合于社会通行价值标准；"文""至好"，象征对自我人格的信心。郑板桥有一首题画诗，集中表现出"石头"在这一类文艺作品中的象征意味：

顽然一块石，卧此苔阶碧。雨露亦不知，霜雪亦不识。园林几盛衰？花树几更易？但问石先生，先生俱记得。❶

曹雪芹生活的时代稍后于郑板桥，有趣的是，他也是画石好手。敦敏《题芹圃画石》诗云："傲骨如君世已奇，嶙峋更见此支离。醉余奋扫如椽笔，写出胸中块垒时。"其准确地揭示了雪芹画石自嘲、嘲世的象征意味。很显然，《红楼梦》中以石头作为贾宝玉的灵魂象征，是与雪芹画石象征自己的人格一脉相通的。而《红楼梦》的主要评点者之一，作者的长辈（此说权从众）——畸笏叟，以爱石成癖的米芾自居，更说明了这一象征手法的渊源。

在《红楼梦》中，贾宝玉有双重身份。作为"宝二爷"，他的身世、地位、相貌等都是世人欣羡的；作为"似傻如狂""不通世务"的"蠢

---

❶ 郑燮：《石》，见《郑板桥全集·板桥题画》，北京市中国书店扫叶山房本1985年版，第18页。

物",则被世人诟病、鄙夷。为了突出这双重身份的矛盾,作者以本体象征的方式来分别加以渲染。于是,写通灵宝玉象征前者,被世人珍视宝藏,其实已迷失了本性;写顽石则象征后者,而这才是其本来面目。顽石为女娲所弃,自在卧于青埂峰下,正象征了不合于世俗的价值观念,象征追求天真自然的人生理想——一句话,象征了"异端"贾宝玉的灵魂。

当然,这种象征是若即若离的,这就使它不同于一个简单的比喻,而具有了广泛的联想余地。另外,作者写道石头时,借助于古老的补天神话,又写了行踪恍惚的僧道;写道石头幻化成的通灵玉时,时而有灵时而不灵;有了石头幻化的情节,又写一个神瑛侍者,看似叠床架屋,实则都是一派水月镜花之笔,从而产生出浓厚的神秘氛围(试想若以通俗小说的惯常手法来写,使通灵玉成为一种真正的护身法宝,其意味竟何如)。

二

而当"石"与"木"连用时,它的双重文化意蕴同样倾向了无价值、无情感一面。早期的经典表述当首推《孟子》,其《尽心上》曰:

舜之居深山之中,与木石居,与鹿豕游,其所以异于深山之野人者,几希。

这里的"木石"与"鹿豕"并举,兼有写实与写意的修辞意味,但其指向是很明确的,就是礼法社会之外的"草野"。类似这样的用法——半写实半写意,后世亦不罕见,如:

岩栖木石已蟠然,交旧何人慰眼前?(苏轼《次韵参寥寄少游》)

郁离子冥迹山林，友木石而侣猿猱，茅径不开，草屋萧然。（刘基《九难第十八》）

故有是君则有是臣……方其未用，处木石友猿鹤，犹拥肿一夫耳。既用之，而功烈巍然，为后世师法。（刘基《送儒学副提举刘公序》）

不过更多的是只取"写意"一端，以"木石"比喻无价值、无情感的事物。但是，在很多才智之士的笔下，这种看似贬义的用法，其实是一种自嘲。而自嘲的背后，则是文人志士对朝廷及社会不辨贤愚的牢骚。如：

朝廷多贤才，何用蒯与菅。白发垂两鬓，黄金腰九环。奈何章绶荣，饰此木石顽。于国略无补，有惭常在颜。（欧阳修《与子华原父小饮坐中寄同州江十学士休复》）

既不能自辨，若又不识廉耻，顽如木石，遂安其位——陛下谓有臣如此，其可当国家之大任乎？（欧阳修《第三札子》）

"示谕处患难不戚戚，只是愚人无心肝耳。与鹿豕木石何异？所谓道者，何曾梦见！"（苏轼《答赵昶晦之四首》）（自嘲自贬）

有趣的是，对于"石""木石"的使用，一定程度地显示出语词偏嗜，如上述文例的作者欧阳修、苏轼、刘基便都曾使用多次，明显地成为话语习惯而有别于他人。

这种用法有时还会用于君臣之间，成为臣下表达感激"天恩"的一种特殊的角度。有时还带有夸张的自谦、自责的意味，如王阳明给嘉靖帝的《乞恩暂容回籍就医养病疏》：

> 君臣大义，天高地厚之恩。上之所以施于其下者，如雨露之沾濡，无时或息；而下之所以承乎其上者，乃如顽石朽株，略无生动——此虽禽兽异类、稍有知觉者，亦不能忍于其心！是以每一念及，则哽咽涕下，徒日夜痛心惕骨，行吁坐叹而已。❶

这里的"顽石朽株"，显然是"木石"的"强化版"，指斥不能感激皇帝恩德的无良负心的臣下。而君主也使用"木石"来指斥臣下，除贬斥其低能、麻木外，同样带有责备其忘恩负义——"辜负圣恩"的意思。如《明实录》所载万历帝斥刘光复：

> 刘光复高声狂吠，震惊圣母灵位。尔等皆木石所生！使朕心身至今未宁。却又恣肆狂悖，欺上越踰，甚无人臣礼。不惟朕怒此畜，神人亦皆怒此畜矣。❷

这已近于破口大骂了。

三

这种用于君臣之间的情况，到清代一度"蔚成大观"。

《四库全书》收有《世宗宪皇帝朱批谕旨》。这是雍正帝晚年亲手编订的一部十分特殊的书籍。其自序云：

---

❶ 王守仁：《乞恩暂容回籍就医养病疏》，见《王阳明全集》，上海古籍出版社1992年版，第522页。

❷ 《神宗显皇帝实录》卷五百三十三，《明实录》。

今检内外诸臣缴回朱批之折不下万余件，因思自古帝王治天下之道以励精为先，以息荒为戒。朕非敢以功德企及古先哲王，而惟此勤勉之心自信可无忝于古训，实未负我皇考付托之深恩也。又念此等批示之语，实出于朕之苦心，或可为人心风俗之一助。但本人承旨之时，不敢宣露于外，他人无由知之。今将外任之大臣官员奏折经朕手批酌量可以颁发者，检出付之剞劂。计算实不过十分之二三。俾天下臣民展读，咸知朕图治之念，诲人之诚，庶几将此不敢暇逸之心，仰报我皇考于万一耳。或人人观此而感动奋发，各自砥砺，共为忠良，上下蒙福，朕心愉快更当何如！特谕。雍正十年三月初一日，御笔。❶

雍正皇帝很自信，感觉自己对政事之勤勉图治，对臣下的诚挚关爱，都是可以厕身于古来贤君哲王之列的——序中谦逊之词正表露出自负之意。而这些批语对于天下臣民极具教育意义，"可为人心风俗之一助"，一旦编辑成书作为普天下臣民的必读书，将会出现"人人观此而感动奋发，各自砥砺，共为忠良，上下蒙福"的大好局面。看来这位皇帝的自我感觉是相当好，所以当他想象天下因此书而"蒙福"的时候，竟然写下了如此动情的句子："朕心愉快更当何如！"

这部书刊行天下是在乾隆三年。当时，弘历为父亲的大作写了后序，同样高调地张扬其对于世道人心所将产生的正能量："正人心，厚风俗，兢兢业业，儆戒无虞……即万世而下，尚如日月之临照，光景常新；春风之煦然，被物不自知其感动，奋发而兴起也。"❷ 与此同时，弘历在朝堂上"面谕九卿"，反复强调自己的施政方针是"无日不以皇考之心为心，皇考之政为政"，"朕凡用人行政，皆以皇考为法"❸。

---

❶《四库全书》史部六，卷首。
❷《皇朝文献通考》卷二百二十。
❸《高宗纯皇帝实录》卷六十二，《清实录》。

《红楼梦》"碍语"说"木石"

在这样的背景下,这部书受到朝野的重视是可以想象的。不仅如此,雍正、乾隆两朝还颁布了一系列政策,鼓励、推动"谕旨"类书籍在全国民间的传播,以期对人心、风俗产生最大的影响。

如果细读雍正这部书,会发现一个相当突出的特征,就是对"木石"这个词的高度偏嗜。检索全书,共计出现55处。而通检《四库全书》,"木石"使用之繁,无出其右者。绝大多数书籍,使用此词一两次而已。前述有所"偏好"如苏东坡等数人,亦不过五六次。只有卷帙浩繁近四百卷的《弇州四部稿》,超过了20次。所以,《世宗宪皇帝朱批谕旨》中"木石"一词的高度频繁出现,是很容易引人关注的特点。

这55处中,取"无情无义""不知感恩"之义者计47处。大体分类,首先是雍正皇帝的批语,其次是臣下的表态,再次是君臣就此的互动。

雍正的批语如:

(就高某弹劾牛某批示)牛钮所修工程,朕谓断不至如高矿所报之甚。伊受恩深重,谅非木石,何忍如此负朕!❶

(就李元英谢恩折批示)朕如此加恩,心非木石,宁不知感!何待奏陈!但恐思路一邪,而感激之忱随化为乌有耳。每观福量浅薄,不能承受之徒,往往如此。自御极以来,蒙朕特恩擢用者,颇不乏人。朕原期其感恩图报,庶几利济于社稷苍生。设或徇欲昧理,因私害公,而冀朕袒护姑息,不可得也。尔等汉军及满洲大小臣工,于利之一字,勘破者少。殊不悟因些微小利,致断送身家,丧失名节,为失计之大也。

---

❶ 以下奏章及批语,凡未另注出处者均见于《四库全书》史部六之《世宗宪皇帝朱批谕旨》。

尔乃朕十分赏鉴之人……今即尔身而言,若竟将年羹尧知己之情、荐举之德,一旦尽付之流水,人非木石,必无此理;感激思报,分所当然。但宜思所以报之之道耳。

朕实含泪观之。卿实可谓朕之知己……不但朱纲,闻此而不感发者,除非木石也。

郝玉麟不但受朕深恩当知奋勉,即卿此一番谆谆劝勉之友谊,闻之而不动心自励者,除非木石也。不但郝玉麟敛神听受,朕观览之下亦不觉踊跃生欢喜心矣。

朱藻若犹不知感激,除非木石耳。但能遂其图报之心与否,又看伊福量何如,难可预定。

读这些批示,雍正当时的形象似乎跃然纸上。他很自信,站在道德的制高点上,评骘着臣属们的品行善恶;他又很动情,觉得正在"推赤心置人腹中"(《后汉书》形容光武帝语)。"含泪观之""不觉踊跃生欢喜心",都是历代"御批"中十分罕见的表白。

君主如此,臣下自然更甚。所以在各督抚大员等奏章中,"木石"更是成为热门词汇。兹略举数则,以见仿佛。雍正四年十二月初六日署理江南江西总督印务的都统范时绎奏章:

幸得仰奉恩纶,过蒙勉励,鉴知于此任臣实有张皇莫措光景,俯加体恤,教导周详。似此圣恩,实有加厚于宠恤荣褒之外者。臣非木石,不禁稽首涕零,五中激切。

雍正口口声声要求臣子"非木石",臣下的表白也就相应地"非木石"了。又如雍正六年五月初三日广东巡抚杨文乾的奏章：

> 乃蒙天恩垂鉴，不即摈弃，将奏折发臣阅看，又俯赐臣朱笔谕旨，训勉开导，爱护保全之恩至矣！极矣！臣非木石，有不感悟动心，痛自刻责？

也是"非木石"的表白。显然，这在当时最高层次的"情感"互动中，已经近乎成为套语了。再如雍正七年七月二十九日云南巡抚沈廷正的奏章：

> 臣赋质庸愚，才识浅薄，屡蒙皇上谆切教诲，勉其不及，策其将来。臣心非木石，宁不自知？是以抵滇以来，早夜黾勉时深恐惧。今复蒙皇上朱批垂诫，言言金石，切中臣弊。臣敬遵宝训，刻骨铭心，惟有矢竭愚诚，效法臣督鄂尔泰之十一，以仰酬我圣主教诲之洪恩耳。

这种"心非木石""刻骨铭心"之类的套话，看似推心置腹，而下文"敬遵宝训""矢竭愚诚""圣主教诲"云云，便露出了地道的奴才诌媚和敷衍主子的真实面目。其余数十条，基本全属这一套路，兹不胪列。只是有几条互动的别有趣味，如雍正八年四月初八日江西南昌总兵官陈王章所上检讨错误、自我批评的奏章：

> 奉有朱批训旨，臣跪读纶音，感悚无地。伏念臣一介庸愚，荷蒙皇上天恩，简畀疆圉重寄，感戴鸿仁，勉图报称。自恨识短才疏，凡所陈奉办理之事，俱不能切合机宜。虚縻廪禄，扪心滋惧。且秉性暗劣，即一切用度，亦多糜费，不知惜福撙节。臣实有之。我皇上明同日月，无微不照。臣亦何敢稍有讳饰。今蒙圣主悯念臣愚鲁，不即严加处分，谆谆训责，勉臣改过。微臣跪读之下，感激涕零。臣非木石，敢不仰

遵圣训,悔过自新,痛加改勉,益励操守？断不敢自暴自弃,仍蹈故辙,上负我皇上生成化诲之德意也。

这位总兵循"天子圣明,臣罪当诛"的逻辑自我痛骂一番之后,也是以"臣非木石"来表态、表忠心。有趣的是,雍正这次拿"套话"当了真,针对性地加上一段批语：

汝心如木石与否,朕亦不得而知。但如此训诲,尚不能勉一是字,则木石之不若也。

皇帝拿"木石"当了真,臣子便越发惶惧,于是再奏：

仰蒙圣主批饬训诲,伏读前奉朱批"未知汝之心思更专注于何处"之训旨,臣实有愧惧交深、无以自容者；复奉严纶饬责,臣更切惭悚,刻不能安。惟有痛自刻责,益矢兢惕,以仰报我皇上优容之德意于万一耳。

雍正又回应道：

"仰报"与否,"保全始终"与否,总在汝自为也。

君主恩威并施,利剑高悬,臣下战战兢兢,奴颜婢膝,围绕着"木石"与否呈现出一幅生动的专制政体下君臣关系图。

这一段章奏中的君臣互动,使我们联想到《红楼梦》研究中时常被引述的一段类似的互动,即雍正二年初曹頫感恩"保全"的上折：

江宁织造奴才曹頫跪奏：为恭谢天恩事。

《红楼梦》"碍语"说"木石"

窃奴才前以织造补库一事,具文咨部,求分三年带完。今接部文,知已题请,伏蒙万岁浩荡洪恩,准允依议,钦遵到案。窃念奴才自负重罪,碎首无辞,今蒙天恩如此保全,实出望外。奴才实系再生之人,惟有感泣待罪,只知清补钱粮为重,其余家口妻孥,虽至饥寒迫切,奴才一切置之度外,在所不顾。凡有可以省得一分,即补一分亏欠,务期于三年之内,清补全完,以无负万岁开恩矜全之至意。谨具折九叩,恭谢天恩。奴才曷胜感激顶戴之至。

雍正朱批道:

只要心口相应。若果能如此,大造化人了!❶

这次互动关系曹家盛衰甚大,也可以说直接关系到《红楼梦》的写作、问世。

四

雍正这部《朱批谕旨》的编辑刊行,在当时是一件大事。

首先,无论雍正本人,还是继任的乾隆,都把此事的意义提到骇人的高度。正如前文所引述,雍正自己是要求"天下臣民展读"的。他一方面要借此树立自己的光辉形象——"咸知朕图治之念,诲人之诚",另一方面寄希望于自己为天下道德导师暨楷模的感召力量——"人人观此而感动奋发,各自砥砺,共为忠良",以致"上下蒙福",天下太平。这里值得注意的是"天下臣民展读""人人观此",也就是说要用这部书来教化全国的官吏、民众。对此,乾隆皇帝的调门更高

---

❶ 《江宁织造曹𬱖奏谢准允将织造补库分三年带完折》,见《关于江宁织造曹家档案史料》一百四十四回。

一些：这部书既是治国的利器——可以"正人心，厚风俗"，能够使官吏民众"不自知其感动，奋发而兴起"，于是"兢兢业业，儆戒无虞"；又是永垂不朽的——"万世而下，尚如日月之临照，光景常新；春风之煦然"。

现代人往往轻视了封建王朝掌控舆论的兴趣与能力。其实，细检二十五史，这方面时常会发现帝王们一些惊人之举，尤其是清代的康、雍、乾三朝。而雍正皇帝又是其中花样多多的一位。他处理吕留良案、僧诤案的手法都很奇特，突出的特点就是"发动群众"，最大范围地影响舆论。据《清实录》：

乙丑。谕内阁。……朕思天下读书之人甚多，或者千万人中尚有其人，谓吕留良之罪不至于极典者。又降上谕，令各省学臣遍行询问各学生监等，将应否照大逆治罪之处取具。该生结状具奏，其有独抒己见者，令自行具呈，学臣为之转奏，不得阻挠隐匿。今据各省学臣奏称，所属读书生监，各具结状，咸谓吕留良父子之罪罄竹难书，律以大逆不道实为至当。并无一人有异词者。普天率土之公论如此，则国法岂容宽贷。❶

这种"民意调查"，结果如何，自然毫无悬念。但有趣的是，如此操作一番，让所有读书人遵旨表态之后，雍正便得意洋洋地宣称"普天率土之公论如此"，"并无一人有异词"了。

兹事虽可笑，但其对天下读书人"洗脑"之渴望，以及实际操作能力，都确实不容低估。

雍正之后，乾隆即位，不仅继承了雍正的思想文化政策，还特别强调对雍正的崇仰，以及"学习"的虔诚。同样见于《清实录》：

---

❶《世宗宪皇帝实录》卷一百二十六，《清实录》。

（乾隆三年二月）壬辰。上御勤政殿听政，面谕九卿等：朕自临御以来，无日不以皇考之心为心，皇考之政为政。皇考至圣至神，聪明天纵，朕何能仰几万一。但亲见我皇考朝乾夕惕，敬天勤民，惟有夙夜励精，不敢稍自懈弛，以期无愧皇考付托之重……盖时时追慕皇考，宵旰不遑……即所以仰报皇考养育教诲之深恩也。可将此旨通行内外大小臣工知之。❶

他便在此年刊刻发行了《世宗宪皇帝朱批谕旨》，当时宣传、推行的力度不难想象。为此，他专门颁发了谕旨，首先强调把御刊、御纂的书籍推向民间，是"先皇"一贯的做法，雍正朝便将"御刊经史诸书颁发各省布政司，敬谨刊刻，准人刷印，并听坊间刷卖。原欲士子人人诵习，以广教泽"，然后制定有关政策，从地方到中央，一体动员起来，"御纂诸书内，有为士人所宜诵习，而未经颁发者，着该督抚奏请颁发，刊板流布。至于武英殿、翰林院、国子监，皆有存贮书版，亦应听人刷印。并从前内府所有各书，如满汉官员有愿购觅诵览者，概准刷印。其如何办理之处，着礼部会同各该处，定议请旨，晓谕遵行"。

刊刻发行《世宗宪皇帝朱批谕旨》，是当时的一件大事，《国朝宫史》《清实录》《皇朝文献通考》等都有记载。而据《四库全书总目提要》所记，当时的"盛况"达到"天下臣民循环跪诵，盖皆得而仰喻"，是"书契以来，所未尝闻见者"❷。也就是说，普天同"学"，古今仅见。

在这种情况下，作为一个生活在都城中的读书人，曹雪芹读到过这部书的概率是很高的。更何况，他还有一些特殊的原因。

织造兼有朝廷耳目的功能，故曹頫上奏雍正的折子当不在少数，而雍正的朱批也颇有特色鲜明的。前引的"但愿心口相应"是一例，

---

❶《高宗纯皇帝实录》卷六十二，《清实录》。
❷《江宁织造曹頫贺折》，见《关于江宁织造曹家档案史料》一百四十五回。

不妨再看一例：

> 江宁织造奴才曹頫跪奏：为边疆凯旋，普天同庆，恭贺圣功事。
>
> 窃奴才接阁邸报，伏知大将军年羹尧钦遵万岁圣训，指授方略，乘机进剿，半月之间，遂将罗卜藏丹金逆众羽党，歼灭殆尽，生擒其母女子弟及从逆之贝勒、台吉人等，招降男妇人口，收获牛马辎重，不可胜计。凯奏肤功，献俘阙下，从古武功无有如此之神速丕盛者也。钦为万岁仁孝性成，智勇兼备，自御极以来，布德施恩，上合天心，知人任使，下符舆论，所以制胜万全，即时底定，善继圣祖未竟之志，广播荒服来王之威。圣烈鸿麻，普天胥庆。江南绅衿士民闻知，无不欢欣鼓舞。奴才奉职在外，未获随在廷诸臣舞蹈丹墀，谨率领物林达、笔贴式等，望北叩头，恭贺奏闻。奴才曷胜欣忭踊跃之至。
>
> 朱批：此篇奏表，文拟甚有趣，简而备，诚而切，是个大通家作的。

曹頫极尽恭维之能事，雍正欣然笑纳之余，再说上几句风凉话，既显示自己的高明，又透着和近臣关系的亲昵。类似的奏章及御批，曹家应是珍藏、传习的。

更直接的原因，是这部《朱批谕旨》中有与曹家相关联的。统计一下，全书提到"织造"共 99 次，其中"江宁织造"17 次，提到曹頫名字也有 5 次。如：

> 雍正元年十二月初一日，巡视两淮盐课都察院右佥都御史臣谢赐履谨奏，为奏明解过织造银两事。……臣请将解过苏州织造银两，在于审理李煦亏空案内，并追将解过江宁织造银两，行令曹頫解还户部。伏乞圣恩俞允。

> 雍正五年三月初十日，巡视两淮盐课臣噶尔泰谨奏，为恭谢天恩

事。雍正五年二月二十七日，江宁织造曹頫，自京回南，至仪征盐所臣衙门，臣跪请圣安，曹頫口传圣谕，以臣等呈进龙袍及丰灯香袋等物皆用绣地，靡费无益，且恐引诱小民不务生产，有关风俗，特命传谕……

朱批：向来奢侈风俗，皆从织造衙门及盐商富户兴起。天津此等陋习，今被莽鹄立整饬，四年以来较前已改革八九。两淮地方，尔其竭力劝导之可也。

而和曹家兴衰直接相关的一份奏章、朱批也收在这部《朱批谕旨》中——而且是当时唯一的公开刊行的档案文献。那是雍正五年正月十八日巡盐御史噶尔泰的一份密奏，其中，他对两淮官员如扬州知府吕大云、江宁织造曹頫等都有一些"告黑状"的言辞。如谓曹頫：

访得曹頫年少无才，遇事畏缩，织造事务交与管家于汉臣料理。臣在京见过数次，人亦平常。

对于这个折子，雍正在常规的末尾朱批之外，又作多处夹批。前面有：

汉军纨绔子弟常态大率如此。"轻浮"二字更切。伊之行动、操守究竟何如，再加细访，据实奏闻。

后面直接针对曹頫又有两条：

原不成器。
岂止"平常"而已。

可以说，在曹家失去宠信，由盛转衰的过程中，这份奏折的"告密"，特别是雍正帝就告密内容的批示起到了相当关键的作用。那么，收有这些内容的《朱批谕旨》公开刊布，而且朝廷大力推广，以至于达到"天下臣民循环跪诵""皆得而仰喻"的地步之时，如果曹雪芹——自己家族与之密切相关，有着切肤之痛者，反而一无所知，不曾寓目，倒是很难理解的事情了。

五

一方面，雍正、乾隆皇帝强力刊行《世宗宪皇帝朱批谕旨》，其中高频度使用的"非木石"一语成为该文本的突出特色，成为雍正皇帝颐指气使训诫臣下的"套子话"。另一方面，与雍正皇帝有着切骨怨怼，家族命运与这部书的内容有着密切关联的曹雪芹，在他的《红楼梦》中，设置了以"木石"为主线的故事，并让主人公先是梦中听到（实际是唱出）"俺只念木石前盟"，后面更是在梦中"骂喊道"——情绪何等愤激——"我偏说是木石姻缘！"

这样，这两部书之间就构成了一种相当特殊的互文关系。两部著作，同一时代而前后接踵，都使用了某一词语，这两部书就构成了较为紧密的互文关系；两部著作，同一时代而前后接踵，都不同寻常地使用了某一词语，各自成为文本的鲜明标识，这两部书就构成了紧密的互文关系；两部著作，同一时代而前后接踵，都不同寻常地使用了某一词语，且各自成为文本的鲜明标识，而两部书的作者之间有某种重要的关联，后者很有可能读到前面一部书，那么，这两部书就构成了特殊紧密的互文关系；而这一词语的解读，应该甚至必须考虑到互文关系这一层面。

有鉴于此，我们再来体味"只念木石前盟""偏说是木石姻缘"，其意蕴就在一定程度上超越了爱情的选择，进而上升到了人生价值的层面。特别是考虑到"天下臣民循环跪诵"着"非木石"的社会现实，小说中"骂喊出""偏说木石"来，这种"唱反调"的感觉还是隐约存在的。

可以说，《红楼梦》中的"只念木石""偏说木石"，是和历代文士歌咏的"木石"有着文化血脉的联系，显示出作者在价值取向上的自我放逐；同时又是和当时统治者标榜的主流话语"非木石"构成特殊的互文关系，曲折地流露出作者倔强地"唱反调"情绪。

无怪乎脂砚斋有"结此木石因果，以泄胸中悒郁"的批语。

无怪乎这样一部表面似谈风月的小说，永忠会有"都来眼底复心头，辛苦才人用意搜；混沌一时七窍凿，争教天不赋穷愁"的闪烁隐晦的读后感；而瑶华更就此批道："此三章诗极妙。第《红楼梦》非传世小说，余闻之久矣！而终不欲一见，恐其中有碍语也。"❶

"碍语"者何？"木石"其首选也。

---

❶ 永忠诗与瑶华评，均见一粟编：《红楼梦卷》，中华书局1963年版，第10页。

《红楼梦》"水、泥论"探源

一

《红楼梦》中的贾宝玉是一个特立独行、与社会主流格格不入的人物。用仆役兴儿的话讲:"(宝玉)长了这么大……成天家疯疯颠颠的,说的话人也不懂,干的事人也不知。外头人人看着好清俊模样儿,心里自然是聪明的,谁知是外清而内浊,见了人,一句话也没有。"❶ 对此,脂砚斋的批语有一个概括:"宝玉之语全作囫囵意……只合如此写,方是宝玉,稍有真切则不是宝玉了。"❷ 而在贾宝玉囫囵难解的话语中,最有代表性,与全书主题密切相关的,莫过于"水、泥论"。

作为全书的一个引子,第二回"冷子兴演说荣国府"中,古董商冷子兴向贾雨村介绍宁、荣二府的情况时,二人有一大段别开生面的对话:

子兴叹道:"次年又生一位公子,说来更奇,一落胎胞,嘴里便衔下一块五彩晶莹的玉来,上面还有许多字迹,就取名叫作宝玉。你道是新奇异事不是?……如今长了七八岁,虽然淘气异常,但其聪明乖觉处,百个不及他一个。说起孩子话来也奇怪,他说:'女儿是水作的骨肉,男人是泥作的骨肉。我见了女儿,我便清爽,见了男子,

---

❶ 《红楼梦》第六十六回,人民文学出版社2008年版,第916页。
❷ 《脂砚斋重评石头记》(庚辰本)第七十七回夹批。脂批非一人所为,本文不作具体辨析,概以脂砚斋统称之。

便觉浊臭逼人。'你道好笑不好笑？将来色鬼无疑了！"雨村罕然厉色忙止道："非也！可惜你们不知道这人来历。……置之于万万人中，其聪俊灵秀之气，则在万万人之上；其乖僻邪谬不近人情之态，又在万万人之下。……如前代之许由、陶潜、阮籍、嵇康、刘伶、王谢二族、顾虎头、陈后主、唐明皇、宋徽宗、刘庭芝、温飞卿、米南宫、石曼卿、柳耆卿、秦少游，近日之倪云林、唐伯虎、祝枝山，再如李龟年、黄幡绰、敬新磨、卓文君、红拂、薛涛、崔莺、朝云之流，此皆易地则同之人也。"

"（甄宝玉）说起来更可笑，他说：'必得两个女儿伴着我读书，我方能认得字，心里也明白，不然我自己心里糊涂。'又常对跟他的小厮们说：'这女儿两个字，极尊贵，极清净的，比那阿弥陀佛，元始天尊的这两个宝号还更尊荣无对的呢！你们这浊口臭舌，万不可唐突了这两个字，要紧。但凡要说时，必须先用清水香茶漱了口才可，设若失错，便要凿牙穿腮等事。'其暴虐浮躁，顽劣憨痴，种种异常。只一放了学，进去见了那些女儿们，其温厚和平，聪敏文雅，竟又变了一个。因此，他令尊也曾下死笞楚过几次，无奈竟不能改。每打的吃疼不过时，他便'姐姐''妹妹'乱叫起来。后来听得里面女儿们拿他取笑：'因何打急了只管叫姐妹做甚？莫不是求姐妹去说情讨饶？你岂不愧些！'他回答的最妙。他说：'急疼之时，只叫"姐姐""妹妹"字样，或可解疼也未可知，因叫了一声，便果觉不疼了，遂得了秘法：每疼痛之极，便连叫姐妹起来了。'你说可笑不可笑？"❶

"甄宝玉"云云，人所共知，是作者在"真事"与"假语"之间的狡狯之笔。这里讲述的甄宝玉言行，其实就是贾宝玉的言行，"女儿两个字极清净"云云，实乃前面的"女儿是水作的骨肉"的进一步诠释。

这一大段的对话核心内容有三个方面：一是对贾府作一个鸟瞰式

---

❶《红楼梦》第二回，人民文学出版社2008年版，第27–31页。

介绍；二是对作品主角贾宝玉作一个总体性评价，既有悬而又悬的"二气交融"说，又有历史名人的类比；三是揭橥贾宝玉"水、泥"之说的高论。这第三方面看似是具体而微的话题，但作者十分重视。因而先从冷子兴的口中讲出，再有贾雨村借甄宝玉之名，活灵活现地渲染了一番。可以说，这一"水、泥"之说在一定程度上是贾宝玉思想、性格特质的集中表现，也是作者自己价值观的诗性表达。

"水、泥论"贯穿到《红楼梦》整部书中，既有显性的，也有（更多）隐性的。显性的，如第五回贾宝玉梦中进入"太虚幻境"，其中的女仙一见便质问："何故反引这浊物来污染这清净女儿之境？"以"清净女儿"与"浊物"男人对举，使贾宝玉"觉自形污秽不堪"。

第七回写贾宝玉初见秦钟，也是自惭形秽："天下竟有这等人物！如今看来，我竟成了泥猪癞狗了。"原因竟是秦钟的形象为"清眉秀目""有女儿之态"。

第十九回，宝玉见到袭人的表妹，立生感叹道："见她实在好的很，……正配生在这深堂大院里，没的我们这种浊物倒生在这里。"其后更有"须眉浊物"的自贬之词。"须眉"而"浊"，正与"男人""泥做的骨肉"同义。

第二十回，"（宝玉）有个呆意思存在心里……他便料定'原来天生人为万物之灵，凡山川日月之精秀，只钟于女儿，须眉男子不过是些渣滓浊沫而已'。因有这个呆念在心，把一切男子都看成混沌浊物，可有可无。"再次直言"须眉"而"浊"。

第三十六回，对于薛宝钗劝其留意功名极其失望，道："好好的一个清净洁白女儿，也学的钓名沽誉，入了国贼禄鬼之流。这总是前人无故生事，立言竖辞，原为导后世的须眉浊物。不想我生不幸，亦且琼闺绣阁中亦染此风，真真有负天地钟灵毓秀之德！"也是把"清净洁白女儿"与"须眉浊物"对立看待。

第四十九回，宝玉见到宝琴等女孩，情不自禁赞叹道："老天，老天,你有多少精华灵秀,生出这些人上之人来!"

第七十八回贾宝玉以《芙蓉女儿诔》悼念晴雯,其中自称"浊玉",称社会为"浊世",脂砚斋于此批道:"盖常以'浊'字许天下之男子……'女儿'称,妙!盖思普天下之称断不能有如此二字之清洁者。亦是宝玉真心。"

毫不夸张地说,仅以显性"水、泥论"而言,称为贯穿全书的一条主线亦不为过——何况还有浸透整部作品的隐性书写呢。正因为如此,"水、泥论"历来为研究者所关注,除了一般意义地称赞其性别观念外,也有对其思想、文化的深层内涵进行探究的。在脂批中,已有十分重视的意见:"真千古奇文奇情。""以自古未闻之奇语,故写成自古未有之奇文。此是一部书中大调侃寓意处。"研究性论著中最早发表专论的当属蔡元培。他在《石头记索隐》中讲:"《乘光舍笔记》谓'书中女人皆指汉人,男人皆指满人,以宝玉曾云:男人是土做的,女人是水做的也'。尤与鄙见相合。""书中女子多指汉人,男子多指满人,不独'女子是水作的骨肉,男人是泥作的骨肉',与'汉'字'满'字有关也。我国古代哲学以'阴阳'二字说明一切对待之事物。《易·坤卦·象传》曰:'地道也,妻道也,臣道也。是以夫妻、君臣分配于阴阳。'《石头记》即用其义。……以民族之对待言之,征服者为主。被征服者为奴。本书以男女影满汉,以此。"这里,全书的所有女性皆喻指汉人,所有男性皆喻指满人,实在是匪夷所思。中间的推论逻辑也是基本不成立的。但是,他指出"水、泥论"有深层含义,又从《易》的角度来理解,对于后世不无启发之功。

晚近以来,颇有学人试图从文化内涵的角度来解读这一段话:有的指为"呓语艺术";有的联系《西游记》的女儿国情节,认为是母系氏族遗风,是女性崇拜;也有的提出"水意象"是一种情结,以至联系《道德经》"上善若水"来解读,等等。应该说,这些观点都各有其合理因素,但似乎没有完全搔到痒处,所以还有再加分说的必要。

二

以相对峙的眼光来看男性与女性，并以比拟、象征的方式来表达，《周易》既是最早的，也是最典型的，同时又是在华夏文化系统中影响最大的。这样的观念与方式，浸透、贯穿在《周易》全书中。即以构成《周易》基础的"八经卦"而论，《说卦》云：

乾，天也，故称乎父；坤，地也，故称乎母。震，一索而得男，故谓之长男；巽，一索而得女，故谓之长女；坎，再索而得男，故谓之中男；离，再索而得女，故谓之中女；艮，三索而得男，故谓之少男；兑，三索而得女，故谓之少女。❶

也就是说，八经卦中，乾与坤、震与巽、坎与离、艮与兑，分别象征四个不同年龄段的男性与女性。而在具体的六十四卦的卦理阐释中，这种象征、比喻义更进一步成为分析的出发点。例如《归妹》：

归妹，兑下震上。
象曰：泽上有雷，归妹。
少女而与长男交，少女所不乐也。
归妹之义，非人情所欲，且违于匹对之理。❷

这一卦的卦象为"兑下震上"，转换为物象则是"泽上有雷"，也就是湖泊与雷霆，根据所象征的通义，就成了少女嫁给长男，换言之即老夫少妻，所以说"少女所不乐也"。

再如《咸》：

---

❶ 周振甫：《周易译注》，中华书局1991年版，第283-284页。
❷ 《周易正义》卷九，见《四库全书》经部一。

咸：艮下，兑上。

山上有泽。

柔上而刚下，二气感应以相与。

男下女，娶妇吉。

咸，感也。艮为山，兑为泽，山气下，泽气上，二气通而相应，以生万物。故曰咸也。其于人也，嘉会礼通，和顺于义，干事能正。三十之男，有此三德，以下二十之女，正而相亲，说娶之，则吉也。

咸既可以配天地……夫妇之道也。男女相配，故为咸也。

此卦明人伦之始，夫妇之义，必须男女共相感应，方成夫妇。既相感应，乃得亨通，利在贞正。❶

上引卦辞及易传、注释的内容较为复杂，大端而言，包含了以下四个方面的意思：第一，这个《咸》卦由上方的"兑"与下方的"艮"组成，"兑"为湖水，故称之为"柔"；"艮"为山石，故称之为"刚"。于是有"柔上而刚下"之说。第二，"兑"——湖水，象征少女；"艮"——山石，象征少男，少女与少男合为一卦，所以说是"娶妇"，也就是婚姻家庭。第三，"艮"——山石，在下方；"兑"——湖水，在上方，象征了男女关系中，男性要放低身段，尊重女性，是之谓"男下女"。第四，从物理的意义说，"山气下，泽气上，二气通而相应"；而从人情的角度说，则是只有充分尊重女性，才能"男女共相感应"，也就是才会有情感的交流，才能有和顺的家庭。

《周易》的传、注都着意把这一"象征以明理"的方式揭橥出来，作为《周易》全书甚至所有著述的通则：

---

❶ 《周易正义》卷六，见《四库全书》经部一。

子曰："圣人立象以尽意，设卦以尽情伪。" ❶

这是强调以某种物象来表达微妙意旨的重要及其普适性。王弼为之作注时，特意设立《明象》一节，略云：

夫象者，出意者也；言者，明象者也。尽意莫若象，尽象莫若言。若乾能变化，龙是变物，欲明乾象，假龙以明……龙则象之意也。❷

"尽意莫若象"，指出"象"对于表达意旨的特别有效性——"莫若"。下面一段则是以乾卦为例，说明天道变化的微妙意旨，是借助于龙的（飞腾变化）形象来表达的。

《周易》在华夏文化系统中，具有无比尊崇的经典地位。诚如《四库全书总目》："此其五经之首也。"《日讲易经解义》："传四圣之心，冠五经之首。"《经义考》："矧五经之首，实惟《周易》。始自伏羲画卦，而周文系以彖爻，孔子赞以十传，四圣之精具于是焉。"而《周易》的"以象尽意"，更成为后世论文衡艺，甚至讨论哲理的惯常用语。如陈仁锡的《史记序》："嗟乎！《易》，文章之法祖也。《诗》，文章之铃铎也。至哉，《易》乎！书不尽言，言不尽意，立象焉足矣，又多言乎哉！"张栻的《传心阁铭》："立象尽意，阐幽明微，圣学有传，不曰在兹！"可谓不胜枚举。

至于《咸卦》，也是六十四卦中被关注、引用较多的一个卦。仅以"男下女"这个特有的命题检索《四库全书》，就有四百六十二条之多。不但在有关《易》学的著作中有所涉及，而且在关于《仪礼》《礼记》《周礼》《春秋》《诗经》的论著中也被引证。在《诗补传》《毛诗李黄集解》等书中，对《桃夭》《竹竿》《何彼秾矣》《白华》《匏有

---

❶ 《周易正义》卷十一《系辞上》，见《四库全书》经部一。
❷ 《周易正义》，《周易略例》，见《四库全书》经部一。

苦叶》等篇的疏解中,都引用了"男下女"的命题。有的不仅是引用,而且借鉴其以象见意的方式,以及分析象与意的逻辑,对作品进行深入阐释,如《诗所》对《氓》的分析:

《易》曰:"泽上有雷,归妹,君子以永终知敝。夫以阳求阴,以男下女,正也;以泽感雷,非正也。君子知其终敝而不正者,不思其反也。"❶

这里,《兑》之泽即湖水、即少女;《震》之雷,即长男。而"泽上有雷",爻位与《咸》在逻辑上正相反,也就是"以泽感雷,非正也",所以最后的结局是悲剧性的。当然,这样来分析一首诗,把情感悲剧的最终原因归结到《易》理上,今天看来未免牵强,但在当时的语境中,能够到哲理的层面上寻找批评的依据,其思维的路径还是有些价值的。而从《易》"象"的关系角度分析,以"男下女"作为两性关系之"正",则反映出《咸》卦"柔上刚下""男下女"观念的广泛影响。

对于《咸》卦所表达的"男下女"——一定程度地尊重女性的观念,有两个重要的疏解、发挥。一个是唐代的孔颖达为《周易注》作的《疏》,其中讲道:

(艮,三索而得男,故谓之少男;兑,三索而得女,故谓之少女)"男下女"者,此因二卦之象释"取女吉"之义。艮为少男而居于下,兑为少女而处于上,是男下于女也。婚姻之义,男先求女,亲迎之礼,御轮三周,皆是男先下于女,然后女应于男。所以取女得吉者也。……咸道之广,大则包天地,小则该万物,感物而动谓之情也。❷

---

❶ 《诗所》,见《四库全书》经部三,诗类,卷一。
❷ 《周易正义》卷六,见《四库全书》经部一。

在这里，孔氏首先说明了"以象释意"的逻辑，由此明确地指出了"少男"需要尊重"少女"，在婚姻中才能有感情交流，才能"吉"。然后把这个建立感情的方式——"柔上刚下""男下女"推而广之，认为既适于万事万物，又通于天地之道。这几乎无以复加了。另一个是欧阳修的《〈易〉童子问》，其中有关于《咸》卦"男下女"的专题性讨论：

"曰：《咸》之辞曰：'取女，吉。'其为卦也，艮下而兑上，故其象曰'上柔而下刚，男下女'，是以吉也。《渐》之辞曰：'女归，吉。'其为卦也，艮下而巽上，其上柔下刚，以男下女，皆与《咸》同，故又曰'女归吉'也。《归妹》之为卦也，不然，兑下而震上，其上刚下柔，以女下男，正与《咸》《渐》反，故彼吉则此凶矣。故其象曰'征凶'，位不当也者，谓兑下震上也。童子曰：'取必男下女乎？'曰：'夫妇，所以正人伦礼义，所以养廉耻，故取女之礼自纳采至于亲迎，无非男下女。而又有《渐》也。故《渐》之象曰"渐之进也""女归吉也"者，是已。奈何《归妹》以"女下男"而往，其有不凶者乎！'"❶

欧阳修在充分肯定《咸》卦"男下女"的合理性之后，又举出《渐》卦为例，与《咸》卦相比较，指出二者同为"男下女"，所以结果都是"吉"。他又举出《归妹》作为反面的例子，指出其卦象"上刚下柔，以女下男，正与《咸》《渐》反，故彼吉则此凶矣"。"女下男"则必"凶"，这就更突出了"男下女"的必要性。对此，他加重语气强调说："奈何《归妹》以'女下男'而往，其有不凶者乎！"于是，就把婚姻家庭中"男性应该谦恭应该尊重女性"（当然是在一定的限度内）的观点普世化了。《周易》的孔疏是唐代以来科举考试的"指

---

❶ 欧阳修：《易童子问》卷一，《文忠集》卷七十六，见《四库全书》集部三，别集类二。

定"教材,而欧阳修的《〈易〉童子问》也是广泛传播颇有影响的经学名著。两部书的观点无疑会促使更多人关注《周易》"男下女"的主张,以及表达此种观点的逻辑——"取象"的、"兑—泽—少女;艮—山—少男"的表达方式。

显然,《红楼梦》中贾宝玉的"女儿为水,男人为泥""女儿尊贵,男人卑下"的说法,是与《周易·咸卦》"泽为少女,山为少男""男下女则吉"的说法基本同构的。

三

《红楼梦》的作者曹雪芹对于《周易》是了解的,也是饶有兴趣的。这不仅仅是从情理上论断——当时的饱学之士不可能不熟读"五经之首",而且更是从文本中可以看到非常明显的证据。第三十一回"撕扇子作千金一笑　因麒麟伏白首双星"里有这样一大段对话:

> 湘云听了,由不得一笑,说道:"我说你不用说话,你偏好说。这叫人怎么好答言?天地间都赋阴阳二气所生,或正或邪,或奇或怪,千变万化,都是阴阳顺逆。多少一生出来,人罕见的就奇,究竟理还是一样。"翠缕道:"这么说起来,从古至今,开天辟地,都是阴阳了?"湘云笑道:"糊涂东西,越说越放屁。什么'都是些阴阳',难道还有个阴阳不成!'阴''阳'两个字还只是一字,阳尽了就成阴,阴尽了就成阳,不是阴尽了又有个阳生出来,阳尽了又有个阴生出来。"翠缕道:"这糊涂死了我!什么是个阴阳,没影没形的。我只问姑娘,这阴阳是怎么个样儿?"湘云道:"阴阳可有什么样儿,不过是个气,器物赋了成形。比如天是阳,地就是阴,水是阴,火就是阳,日是阳,月就是阴。"翠缕听了,笑道:"是了,是了,我今儿可明白了。怪道人都管着日头叫'太阳'呢,算命的管着月亮叫什么'太阴星',就

是这个理了。"湘云笑道:"阿弥陀佛!刚刚的明白了。"翠缕道:"这些大东西有阴阳也罢了,难道那些蚊子,虼蚤,蠓虫儿,花儿,草儿,瓦片儿,砖头儿也有阴阳不成?"湘云道:"怎么有没阴阳的呢?比如那一个树叶儿还分阴阳呢,那边向上朝阳的便是阳,这边背阴覆下的便是阴。"翠缕听了,点头笑道:"原来这样,我可明白了。只是咱们这手里的扇子,怎么是阳,怎么是阴呢?"湘云道:"这边正面就是阳,那边反面就为阴。"翠缕又点头笑了,还要拿几件东西问,因想不起个什么来,猛低头就看见湘云宫绦上系的金麒麟,便提起来问道:"姑娘,这个难道也有阴阳?"湘云道:"走兽飞禽,雄为阳,雌为阴,牝为阴,牡为阳。怎么没有呢!"翠缕道:"这是公的,到底是母的呢?"湘云道:"这连我也不知道。"翠缕道:"这也罢了,怎么东西都有阴阳,咱们人倒没有阴阳呢?"湘云照脸啐了一口道"下流东西,好生走罢!越问越问出好的来了!"翠缕笑道:"这有什么不告诉我的呢?我也知道了,不用难我。"湘云笑道:"你知道什么?"翠缕道:"姑娘是阳,我就是阴。"说着,湘云拿手帕子握着嘴,呵呵的笑起来。翠缕道:"说是了,就笑的这样了。"湘云道:"很是,很是。"翠缕道:"人规矩主子为阳,奴才为阴。我连这个大道理也不懂得?"湘云笑道:"你很懂得。"❶

史湘云和一个丫鬟的对话,既与人物性格关系不大,也没有多少推进情节的作用,甚至也不是很有趣味,那作者铺陈出近九百字的篇幅,对于惜墨如金的曹雪芹来讲,恐怕只能以其对《易》学的特殊兴趣来解释了。实际上,史湘云所讲的"'阴''阳'两个字还只是一字,阳尽了就成阴,阴尽了就成阳,不是阴尽了又有个阳生出来,阳尽了又有个阴生出来",很有些思辨的意味,可以说是有一定哲理深度的《易》学话题。这样写多多少少也带有"炫学"的成分——如同写禅、

---

❶ 《红楼梦》第三十一回,人民文学出版社 2008 年版,第 425-426 页。

写《庄》那些笔墨一样。

指出曹雪芹了解《周易》并有一定的兴趣,指出《红楼梦》中贾宝玉的"水、泥论"——女孩似水、男人为泥,女孩高贵、男人低下,与《周易·咸卦》中的少女为泽(湖水)、少男为艮(山石),"男下女则吉"之间的同构、相似关系,并非是判定曹雪芹笔下的"水、泥论"直接出于《周易》,而是说,这一看似别出心裁之论,其观点、表达方式受到《周易》,特别是《周易·咸卦》的影响、启发,是一个大概率事件。

如前所言,贾宝玉的"水、泥论",其思想观念以或显性或隐性的方式浸透、贯穿于《红楼梦》整个文本之中。若从表面来看,"水、泥论"所表达的就是一种尊重女性的性别思想,而如果深入探究,会发现并不止于此。

第七十七回《俏丫鬟抱屈夭风流 美优伶斩情归水月》中有这样一段:

> 宝玉又恐他们去告舌,恨的只瞪着他们,看已去远,方指着恨道:"奇怪,奇怪,怎么这些人只一嫁了汉子,染了男人的气味,就这样混帐起来,比男人更可杀了!"守园门的婆子听了,也不禁好笑起来,因问道:"这样说,凡女儿个个是好的了,女人个个是坏的了?"宝玉点头道:"不错,不错!"婆子们笑道:"还有一句话我们糊涂不解,倒要请问请问。"

庚辰本在这里有一眉批:"'染了男人的气味'实有此情理,非躬亲阅历者亦不知此语之妙。""有此情理",倒是抓住了贾宝玉这一番"怪论"的核心。"女人"与"女儿"相比,区别在于出嫁组成了家庭。组成了自己的家庭,也就进入了人生"社会化"的阶段。

人一出生,就开始了由"自然人"向"社会人"演进的过程,其主要表现就是接受、适应社会的各种规则——包括行为道德的、利益分配的,等等。在曹雪芹的时代,这些规则的核心就是礼教与名利。在那个时代,男人比起女人,社会化的程度要高得多,也就是说对名利的追求、对礼教的奉行,承担得更多、更直接。相比之下,女孩子在深闺之中,保持"自然人"的成分会更多更长久些。所谓"清净""清纯",指的就是自然本性、自我个性保持较多,社会化程度较低。而一旦结婚组建家庭,新的角色必然要求更多适应各种"俗务",于是也就逐渐远离了少女的"清净""清纯"。贾宝玉所抨击的"染了男人的气味",指的正是这一过程。所以,表面上他恨的是"女儿"变"女人"这一过程,实质上发泄的是对名利与礼教的不满。

在这个意义上,贾宝玉的"水、泥论"与李卓吾的"童心说"正是一脉相承。不同的是,李卓吾是直接议论,曹雪芹是文学的表达。直接议论,显豁而明确;文学表达,模糊而多义。所以,贾宝玉"水、泥论"的反社会化倾向是在性别话题的外衣下表达的,是在"堂堂须眉,诚不若彼裙钗"的故事中呈现,是在"可使闺阁昭传"的目的下讲述的。因而,其表层是为女性张目的"女清男浊""男下女吉"的性别观念,而深层则是"越名教而任自然"的异端价值取向。

在作品的诸多女性形象中,林黛玉是兼具这两层内涵的典型。无论自身的精神气质,还是在贾宝玉面前的自尊、强势,都体现出"女清男浊""男下女吉"的特质。而作者以"林下之风"喻之,以"潇湘馆"居之,以"林"姓予之,更是明确地指向了"越名教而任自然"的竹林风气,可谓是"水、泥论"的第一承当者。也唯其有了林黛玉这一鲜活的艺术形象,才使作者别出心裁的"水、泥论"血肉丰满、栩栩如生。

当然,这种艺术表达的模糊性也有其缺欠。有的批评家从"水、泥论"中读出所谓的"处女崇拜""本质的男性中心",也是不足为怪的。不过,那已经超出本文的范围,此不具论了。

《红楼梦》中癞僧跛道的文化血脉

一

作为一部百科全书式的作品,《红楼梦》中对宗教的描写是相当丰富、复杂的,而最灵动的一笔是癞头和尚与跛足道人的形象。有的研究文章以"书中设置的一僧一道,非癞即瘸"来证明《红楼梦》"许多时候是毁僧谤道的"❶。这当然是皮相之论,但却提示我们,探索这两个艺术形象的文化意蕴,对于理解《红楼梦》的真谛还是很有必要的。

在《红楼梦》中,癞僧跛道是贯串全书的人物,其形象在第二十五回"红楼梦通灵遇双真"中描写最细。此回写宝玉和凤姐中了魇魔妖法,正生命垂危之际,来了两个救星:

众人举目看时,原来是一个癞头和尚与一个跛足道人,见那和尚是怎的模样:"鼻如悬胆两眉长,目似明星蓄宝光,破衲芒鞋无住迹,腌臜更有满头疮。"那道人又是怎生模样:"一足高来一足低,浑身带水又拖泥。相逢若问家何处,却在蓬莱弱水西。"❷

这个癞头和尚将贾宝玉的通灵玉擎在掌上,口诵了两段偈语,"念

---

❶ 陈景河:《〈红楼梦〉与长白山——"太虚幻境"辨》,载《文艺研究》1991 年第 5 期。
❷ 《红楼梦》第二十五回,人民文学出版社 2008 年版,第 346 页。

毕，又摩弄一回，说了些疯话"，便转身没了踪影，而贾宝玉与凤姐却因此而得救。

这一僧一道在前文还出现过三次。一次在大荒山青埂峰的仙境中，一次在甄士隐梦游的太虚幻境中，还有一次在苏州街头甄士隐的现实生活里。有趣的是，他们的形象随境而异，大不相同。第一回，青埂峰下：

> 俄见一僧一道远远而来，生得骨格不凡，丰神迥异，说说笑笑来至峰下，坐于石边高谈阔论。❶

太虚幻境中，因情节与青埂峰下的描写相衔接，故没有对僧道的形象再做描绘。但甄士隐梦中口口声声称"仙师"，实为不写之写，超凡的风神可想而知。而接下去，作品写甄士隐梦醒，来到街上：

> 只见从那边来了一僧一道：那僧则癞头跣脚，那道则跛足蓬头，疯疯癫癫，挥霍谈笑而至。及至到了他门前，看着士隐抱着英莲，那僧便大哭起来……士隐不耐烦，便抱女儿撤身要进去，那僧乃指着他大笑，口内念了四句言词道……❷

这癞头和尚发了一会疯后，便与跛道一去"再不见个踪影"。

和尚与道士的身份虽没作交代，但属菩萨、仙真之流无疑。菩萨、仙真"骨格不凡，丰神迥异"不足为奇，"癞头跣脚""跛足蓬头"则奇矣；而身现两种形象，回仙境则俊爽之至，入尘世则腌臜已极，就更出人意表了。这种描写因其反常而产生复杂的意味，也因自身反差极大，加深了癞僧跛道给读者留下的印象。

---

❶《红楼梦》第一回，人民文学出版社 2008 年版，第 2 页。
❷《红楼梦》第一回，人民文学出版社 2008 年版，第 10 页。

如果我们把眼光放开，就会在中国小说史上为这两个怪异形象找到不少"孪生"。

《西游记》第八回"观音奉旨上长安"中，观音携木叉到东土寻找取经人时，描写道：

师徒们变作两个疥癞游僧，入长安城里……隐遁真形。❶

第十二回"观音显像化金蝉"写道：

菩萨变化个疥癞形容，身穿破衲，赤脚光头……那愚僧笑道："这两个癞和尚是疯子！是傻子！"❷

而下面便写菩萨现出原身：

瑞霭散缤纷，祥光护法身。九霄华汉里，现出女真人……❸

以疥癞之形入世，以祥瑞之相归真，写作手法与《红楼梦》十分相似。

更为生动细致的是《说岳全传》。其七十回"灵隐寺进香疯僧游戏"与七十一回"东南山何立见佛"的主要篇幅用来写一个疯僧的故事。这个疯僧为地藏王菩萨显化，形象与癞头和尚大同小异：

那疯僧垢面蓬头，鹑衣百结，口嘴歪斜，手瘸足跛，浑身污秽。❹

---

❶ 《西游记》，人民文学出版社 1980 年版，第 91 页。
❷ 《西游记》，人民文学出版社 1980 年版，第 139 页。
❸ 《西游记》，人民文学出版社 1980 年版，第 145 页。
❹ 钱彩：《说岳全传》，上海古籍出版社 1980 年版，第 622 页。

有意思的是他与秦桧的一番对话。秦桧见他形容污秽，便作诗嘲笑道：

"你这僧人：蓬头不拜梁王忏，垢面何能诵佛经？受戒如来偏破戒，疯癫也不象为僧！"疯僧听了，便道："我面貌虽丑，心地却是善良，不似你佛口蛇心。"❶

随后，这疯僧将秦桧罪行淋漓尽致揭发了出来，待秦桧派人捉他时，留下偈语而后隐没：

（秦桧）随唤何立，带领提辖家将十余人，往灵隐寺去捉拿疯行者，不许放走。何立领命，同众人径到灵隐寺来。寻见疯行者，何立一手扯住道："丞相令来拿你，快快前去。"……何立无奈，只得取了小匣，同众家将等回府，将疯僧之事细细禀知。秦桧拆开，随内却是一个柬帖。那帖上写道：偶来尘世作疯癫，说破奸邪返故园。若要问我家何处，却在东南第一山。"❷

秦桧派捕役跟踪访拿，却发现疯僧原是地藏王菩萨的化身，并目睹了菩萨身居大寺院之内，"宫殿巍峨，辉煌金碧"，菩萨高坐宝殿，"钟鼓齐鸣"，正审判秦桧的灵魂。

这段故事虽属无稽，但反映出民众的善良愿望，故流传较广，在戏曲、曲艺舞台上改编上演，至今而不衰。

比这疯僧"知名度"更高的是济颠和尚。和《红楼梦》大致同时的《济公全传》写其疯癫言行。他本"西天金身降龙罗汉降世，奉佛

---

❶ 钱彩：《说岳全传》，上海古籍出版社 1980 年版，第 622 页。
❷ 钱彩：《说岳全传》，上海古籍出版社 1980 年版，第 627–628 页。

法旨为度世而来",而其形象却是:

脸不洗,头不剃,醒醒乜斜睁又闭。若痴若傻若颠狂,到处诙谐好耍戏。破僧衣,不趁体,上下窟窿钱串记,丝绦七断与八结,大小毵毵接又续。破僧鞋,只剩底,精光两腿双胫赤,涉水登山如平地,乾坤四海任逍遥。❶

连他的徒弟也是一副肮脏模样:

也是短头发有二寸多长,一脸的油泥,破僧衣短袖缺领,腰系丝绦,疙里疙瘩,光着两只脚,穿着两只草鞋。❷

书中还写了另一个同样"奉佛旨度世"的伏虎罗汉,入世后的形象是"又聋又哑的傻和尚"。

每当世人(包括道行低浅的僧道)以貌取人,过于不敬时,济颠和尚便显露金身罗汉的法相:

和尚摸着天灵盖,露出佛光、金光、灵光。老仙翁一看:和尚身高丈六,头如麦斗,面如獬盖,身穿织缀,赤着两只脚,光着两只腿,是一位活包包的知觉罗汉。

在早期的话本小说《济颠语录》中,这个又疯又脏的和尚已基本定型。但所写不过是"一只脚穿着蒲鞋,一只提着草鞋,口内唱着山歌",远不及《济公全传》的形象夸张。

类似的形象在我国古典小说中反复出现,几乎成为一种模式。这

---

❶ 《济公全传》,花城出版社1983年版,第7页。
❷ 《济公全传》,花城出版社1983年版,第649页。

一模式有两个基本特征：①都是两副形象，入尘世则穷、则脏、则病，归仙界、显真身则庄严妙丽。②之所以化为"癞头和尚"一类形象入世，目的皆在于济世度人；而初不为肉眼凡夫所识，然后显示神通，赢得崇拜。

这类形象起初多在佛门，为"疥癞游僧"之流，后渐浸渍及于三清弟子，乃有《八仙得道》中的李铁拐形象："又黑又丑，一只脚儿长一只脚儿短。黑如铁铸，浑身不见一点白肉。"这个拐仙分明是《红楼梦》中那位跛道的底本。当然，僧也罢，道也罢，只是一个外壳，其内在的精神本属一致，即外丑内秀，外痴内灵。

二

关于这类形象产生、流传的原因，曾有一种较为流行的看法，认为反映出城市贫民，特别是无业游民的趣味，是这一社会阶层的艺术化写照。这自有一定的道理，但全归之于此则有些表面化了。因为创造出"癞头""跛足"形象的及欣赏此类"癞""跛"之美的，大多数并非游民的同调。如果我们把目光向文化传统的深层透视，就会在"癞""跛"中有较多的发现。

首先，我们在中土佛典中可以发现一些踪迹，如《五灯会元》卷二：

> 金陵宝志禅师……发而徒跣，著锦袍往来皖山剑水之下，以剪尺拂子柱杖头，负之而行……（梁武）帝尝诏画工张僧繇写师象，僧繇下笔辄不自定。师遂以指䂸面门，分披出十二面观音，妙相殊丽，或慈或威，僧繇竟不能写。

> 天台山寒山子因众僧炙茄次，将茄串向一僧背上打一下。僧回首，山呈起茄串曰："是甚么？"僧曰："这疯颠汉！"

拾得拈扫帚扫地而去。寒山捶胸曰:"苍天,苍天!"拾得曰:"作甚么?"山曰:"不见道东家人死,西家人助哀。"二人作舞,笑哭而出国清寺。

明州奉化县布袋和尚,自称契此,形裁腲脮,蹙额皤腹,出语无定,寝卧随处,常以杖荷一布囊并破席,凡供身之具,尽贮囊中。入廛肆聚落,见物则乞……说偈曰:"弥勒真弥勒,分身千百亿。时时示时人,时人自不识。"偈毕,安然而化。其后复现于他州,亦负布袋而行。四众竞图其象。❶

这些人物在书中列于"西天东土应化圣贤"类,与文殊菩萨、维摩大士、那吒太子并列,自属临凡度世的活佛。"布袋和尚"一则卒章显志,更直接点明为弥勒菩萨化身。这些记载虽见于典籍,却有小说味道。我们所谓"癫头和尚"模式的要素——行为怪异、形象丑陋、真身庄严等,已基本包含于其中,而由于载入典籍,就很容易被信从。如弥勒的形象,据《弥勒下生经》等印度佛经的描绘,他为释迦佛的继承者,本是法相庄严,而由于上述布袋和尚之说的影响,在中土竟变成了大肚皮的笑和尚,赫然塑于各地寺庙,被善男信女普遍接受了。

《宋高僧传》中也有这类形象。如知名度颇高的懒残禅师,在衡岳寺中充执役僧,干粗活,吃剩饭,睡牛棚,燃牛粪煨芋而食,总是一副懒惰的样子,因"性懒而食残","故号懒残也"。后被李泌看破真相,便大显神通,驱逐群虎,踢开巨石,然后弄法隐去。这个形象对小说有很直接的影响。《济公全传》中济颠在灵隐寺的处境与此相似,也是初被凡僧轻贱,后显神通为寺庙解决了难题。《老残游记》更得名于此。开卷解题道:"却说那年有个游客,名叫老残。此人原姓铁,单名一个英字,号补残;因慕懒残和尚煨芋的故事,遂取这'残'

---

❶ 普济:《五灯会元》,中华书局1984年版,第117–122页。

字做号。"

和小说更为接近的《太平广记》中，记有玄奘取经事，谓路途遇阻玄奘无奈之际，"见一老僧，头面疮痍，身体脓血"，授他《多心经》❶，诵后，"山川平易，道路开辟，虎豹藏形，魔鬼潜迹"❷。这个老僧是地道的"癞头和尚"形象，他被吴承恩采用到小说中，一分而为二，其一是授《多心经》的乌巢禅师，其二便是上文提到的观音所化"疥癞和尚"。

如果我们把目光放得更远，就会很自然地追踪到老庄哲学。《老子》的"信言不美，美言不信"之说，成为后世提倡朴拙之美的理论依据。而《庄子》则更直接描述了体现这种审美状态的人物形象。如《让王》中的曾子：

> 曾子居卫，缊袍无表，颜色肿哙，三日不举火，十年不制衣……曳纵而歌《商颂》，声满天地，若出金石。天子不得臣，诸侯不得友。❸

又如《人间世》中的支离疏：

> 支离疏者，颐隐于脐，肩高于顶，会撮指天，五管在上，两髀为胁。……足以养其身，终其天年。❹

老、庄之说都含有对社会价值标准的批判：世俗所轻贱、蔑视的，却合乎自然大道，因而在精神上足以自傲于社会。在《大宗师》中，庄子更进一步提出了"畸人"的观念：

---

❶ 当作《心经》，前人失察致误。
❷ 参见《太平广记》卷九十二"异僧"类。
❸ 陈鼓应注译：《庄子今注今译》，中华书局1983年版，第760页。
❹ 陈鼓应注译：《庄子今注今译》，中华书局1983年版，第138页。

《红楼梦》中癞僧跛道的文化血脉

子贡曰:"敢问畸人?"曰:"畸人者,畸于人而侔于天。故曰:天之小人,人之君子;人之君子,天之小人也。"❶

这一观念对后世影响很大,成为不满于社会、嫉视礼法、有异端倾向的知识分子的人格范型。魏晋时期,嵇康、阮籍之辈是这一范型的代表人物。而在潇洒、放达的所谓"魏晋风度"中,也普遍渗透着"畸于人而侔于天"的精神。

魏晋时期,正是佛教逐渐被中国士人接受的时期,中土文化与西方文化间的影响是相互的。所以,源起于老庄的"畸人"精神也渗入了佛徒的队伍。前述那位诡言异行的宝志禅师生活在南朝前期,其时江左诸公的流风遗韵尚存,故他的不修边幅、惊世骇俗作法实乃嵇、阮一脉之流传。

这种精神与古希腊的犬儒主义有相通之处,其特点在于以反文化的态度来表现对社会价值标准及社会伦理秩序的批判,以抛弃社会(一定程度地也可说"被社会抛弃")为代价来追求个体人格的完整,以消极、玩世的态度来反抗现实。由于它体现出夸张而变态的自我肯定,所以特别得到受挫于社会的知识分子的青睐。

明清小说大多出自下层知识分子之手。如吴承恩、曹雪芹辈,皆大不得意于当时者。他们从狂禅乃至老庄中体会到"畸人"精神的真髓,共鸣于心,感动于意,从而熔铸进作品以寓愤世不平之气。《西游记》之孙行者可作如是解,"疥癞和尚"亦可作如是解;《红楼梦》中写宝玉、宝钗欣赏鲁智深形象与此不无关联❷,而"癞僧跛道"则更明显有这方面的意蕴。综观全书,"癞僧跛道"一方面是贾宝玉的守护神,一方面又时而点明贾宝玉的锦衣玉食生活乃"被声色货利

---

❶ 陈鼓应注译:《庄子今注今译》,中华书局1983年版,第194页。
❷ 见《红楼梦》第二十二回"听曲文宝玉悟禅机"。

所迷"的"沉酣一梦"。这样,他们又成了人生、社会的批判者,成了全书某种批判精神的人格化体现。❶ 而如此彻悟的、清醒的批判者,在世人眼目中,只能是肮脏癫狂的形象;只有回到他们自己的世界时,才显露出"骨格不凡,丰神迥异"的真象。联系书中所写道貌岸然、法相庄严的僧道,大多俗不可耐,这种"癫""跛"形象的讽世、愤世意味岂不愈加昭然吗?

三

"癫僧跛道",以其"癫"与"跛"承载了讽世、批判的思想内涵;而另一方面,他们又有"骨格不凡,丰神迥异"的一面,骨子里是高僧、仙长。既为高僧、仙长,必有"神通"。作品里同样有所表现,第二十五回"叔嫂逢五鬼"写道:

> 他叔嫂二人愈发糊涂,不省人事,睡在床上,浑身火炭一般,口内无般不说。……正闹的天翻地覆,没个开交,只闻得隐隐的木鱼声响,念了一句:"南无解冤孽菩萨。有那人口不利,家宅颠倾,或逢凶险,或中邪祟者,我们善能医治。"……众人举目看时,原来是一个癞头和尚与一个跛足道人。……贾政问道:"你道友二人在那庙里焚修。"那僧笑道:"长官不须多话。因闻得府上人口不利,故特来医治。"贾政道:"倒有两个人中邪,不知你们有何符水?"那道人笑道:"你家现有希世奇珍,如何还问我们有符水?"贾政听这话有意思,心中便动了,因说道:"小儿落草时虽带了一块宝玉下来,上面说能除邪祟,谁知竟不灵验。"那僧道:"长官你那里知道那物的妙用。只因他如今被声色货利所迷,故不灵验了。你今且取他出来,待我们持颂持颂,只怕就好了。"

---

❶ 《红楼梦》的批判精神体现于多层面,这里仅指对沉湎于名利场、温柔乡者的批判。

贾政听说，便向宝玉项上取下那玉来递与他二人。那和尚接了过来，擎在掌上，长叹一声道："青埂峰一别，展眼已过十三载矣！人世光阴，如此迅速，尘缘满日，若似弹指！可羡你当时的那段好处：天不拘兮地不羁，心头无喜亦无悲，却因锻炼通灵后，便向人间觅是非。可叹你今日这番经历：粉渍脂痕污宝光，绮栊昼夜困鸳鸯。沉酣一梦终须醒，冤孽偿清好散场！"念毕，又摩弄一回，说了些疯话，递与贾政道："此物已灵，不可亵渎……包管身安病退，复旧如初。"说着回头便走了。……至晚间他二人竟渐渐醒来，说腹中饥饿。贾母，王夫人如得了珍宝一般，旋熬了米汤与他二人吃了，精神渐长，邪祟稍退，一家子才把心放下来。

脂砚斋对此批道："通灵玉除邪，全部只此一见，却又不灵，遇癞和尚、跛道人一点方灵应矣。写利欲之害如此。"

石头本来是"通灵"的，其生存状态为"天不拘兮地不羁，心头无喜亦无悲"，变成了"宝玉"，实为"幻形"，而灵性也被遮蔽起来——"粉渍脂痕污宝光"。癞头和尚的神通表现为把玉"摩弄一回"，于是"此物已灵"，恢复了"通灵"的本性。

这一段神通描写，不是简单的小说家言，而是有一定的宗教文化内涵的。

禅宗的主要经典《坛经》有两段著名的偈语：

身是菩提树，心如明镜台。时时勤拂拭，勿使惹尘埃。
菩提本无树，明镜亦非台。佛性本清净，何处惹尘埃。

前者是禅宗北宗祖师神秀所为，后者是南宗祖师慧能所为。其中，"明镜"喻心灵，神秀认为心灵随时有被"尘埃"污染的危险，所以要勤加"拂拭"；慧能则认为如果能够认识到心灵的本相，"尘埃"根本不会沾染。二者看似相反，但存在互补的空间。于是后世就有了综合二者，"顿悟渐修"的主张。

心灵如果迷失本性，就可能被尘埃污染（不迷失，自然不会污染）；如果被污染，便需要"拂拭"除尘，从而恢复澄明的灵性。《红楼梦》中的"癞头和尚"正是这样做的——"摩弄一回"，"此物已灵"。

通观全书，曹雪芹对佛教，对禅理有着浓厚的兴趣，也有较多的了解。无论是整部作品"妙有真空"的基调，还是黛玉谈禅的机锋，都达到了一定的深度。对"拂拭"这一禅门掌故更是直接写入作品：

> 三人果然都往宝玉屋里来。一进来，黛玉便笑道："宝玉，我问你：至贵者是'宝'，至坚者是'玉'。尔有何贵？尔有何坚？"宝玉竟不能答。三人拍手笑道："这样钝愚，还参禅呢。"黛玉又道："你那偈末云，'无可云证，是立足境'，固然好了，只是据我看，还未尽善。我再续两句在后。"因念云："无立足境，是方干净。"宝钗道："实在这方悟彻。当日南宗六祖惠能，初寻师至韶州，闻五祖弘忍在黄梅，他便充役火头僧。五祖欲求法嗣，令徒弟诸僧各出一偈。上座神秀说道：'身是菩提树，心如明镜台，时时勤拂拭，莫使有尘埃。'彼时惠能在厨房碓米，听了这偈，说道：'美则美矣，了则未了。'因自念一偈曰：'菩提本非树，明镜亦非台，本来无一物，何处染尘埃？'五祖便将衣钵传他。今儿这偈语，亦同此意了。只是方才这句机锋，尚未完全了结，这便丢开手不成？"黛玉笑道："彼时不能答，就算输了，这会子答上了也不为出奇。只是以后再不许谈禅了。连我们两个所知所能的，你还不知不能呢，还去参禅呢。"宝玉自己以为觉悟，不想忽被黛玉一问，便不能答，宝钗又比出"语录"来，此皆素不见他们能者。自己想了一想："原来他们比我的知觉在先，尚未解悟，我如

今何必自寻苦恼。"想毕，便笑道："谁又参禅，不过一时顽话罢了。"说着，四人仍复如旧。

　　由此观之，作者描写癞头和尚，有意无意中也把自己佛教方面的文化素养灌注到了笔墨之间。

自我遮蔽的"血缘"
——《红楼梦》与"才子佳人"

一

《红楼梦》有两段直露的文学批评，历来为研究者所重视。其一是全书开端，空空道人读到"石头"所记的"亲自经历的一段陈迹故事"后，讨论起这段故事的价值，"石头"所作的自我说明：

> 至若佳人才子等书，则又千部共出一套，且其中终不能不涉于淫滥，以致满纸潘安、子建、西子、文君、不过作者要写出自己的那两首情诗艳赋来，故假拟出男女二人名姓，又必旁出一小人其间拨乱，亦如剧中之小丑然。且鬟婢开口即者也之乎，非文即理。故逐一看去，悉皆自相矛盾，大不近情理之话，竟不如我半世亲睹亲闻的这几个女子，虽不敢说强似前代书中所有之人，但事迹原委，亦可以消愁破闷……所以我这一段故事，也不愿世人称奇道妙，也不定要世人喜悦检读，只愿他们当那醉淫饱卧之时，或避事去愁之际，把此一玩，岂不省了些寿命筋力？就比那谋虚逐妄，却也省了口舌是非之害，腿脚奔忙之苦。再者，亦令世人换新眼目，不比那些胡牵乱扯，忽离忽遇，满纸才人淑女、子建文君红娘小玉等通共熟套之旧稿。❶

这一段说明，除了正面表白之外，还列举了若干反面的作品为例，

---

❶《红楼梦》第一回，人民文学出版社 2008 年版，第 5 页。

强调"我不是什么"。其中,特别拈出"佳人才子等书"——即今天习称的"才子佳人小说",旗帜鲜明地大张挞伐。"石头"所言,就是作者的夫子自道,所以这段话在一定程度上可以看作是曹雪芹的创作宣言。

到了第五十四回《史太君破陈腐旧套》,作者又让贾母出面,把类似的意思再次表述了一番:

> 贾母笑道:"这些书都是一个套子,左不过是些佳人才子,最没趣儿。把人家女儿说的那样坏,还说是佳人,编的连影儿也没有了。开口都是书香门第,父亲不是尚书就是宰相,生一个小姐必是爱如珍宝。这小姐必是通文知礼,无所不晓,竟是个绝代佳人。只一见了一个清俊的男人,不管是亲是友,便想起终身大事来,父母也忘了,书礼也忘了,鬼不成鬼,贼不成贼,那一点儿是佳人?便是满腹文章,做出这些事来,也算不得是佳人了。比如男人满腹文章去作贼,难道那王法就说他是才子,就不入贼情一案不成?可知那编书的是自己塞了自己的嘴。再者,既说是世宦书香大家小姐都知礼读书,连夫人都知书识礼,便是告老还家,自然这样大家人口不少,奶母丫鬟伏侍小姐的人也不少,怎么这些书上,凡有这样的事,就只小姐和紧跟的一个丫鬟?你们白想想,那些人都是管什么的,可是前言不答后语?"众人听了,都笑说:"老太太这一说,是谎都批出来了。"贾母笑道:"这有个原故:编这样书的,有一等妒人家富贵,或有求不遂心,所以编出来污秽人家。再一等,他自己看了这些书看魔了,他也想一个佳人,所以编了出来取乐。何尝他知道那世宦读书家的道理!别说他那书上那些世宦书礼大家,如今眼下真的,拿我们这中等人家说起,也没有这样的事,别说是那些大家子。可知是诌掉了下巴的话。所以我们从不许说这些书,丫头们也不懂这些话。这几年我老了,他们姊妹们住的远,我偶然闷了,说几句听听,他们一来,就忙歇了。"李

薛二人都笑说："这正是大家的规矩，连我们家也没这些杂话给孩子们听见。"

凤姐儿走上来斟酒，笑道："罢，罢，酒冷了，老祖宗喝一口润润嗓子再掰谎。这一回就叫作《掰谎记》，就出在本朝本地本年本月本日本时，老祖宗一张口难说两家话，花开两朵，各表一枝，是真是谎且不表，再整那观灯看戏的人。老祖宗且让这二位亲戚吃一杯酒看两出戏之后，再从昨朝话言掰起如何？"他一面斟酒，一面笑说，未曾说完，众人俱已笑倒。❶

小说中如此正面地、长篇大论地谈论文学批评的话题，在中国小说史上实属仅见。概括这两大段文字，主要包含了四层意思：一是才子佳人小说思想低俗，且全不近于情理。二是才子佳人小说艺术上"千部共出一套"，文字水平低劣，情节自相矛盾。三是才子佳人小说作者的创作动机，或是白日梦，或是居心不良，或是借机"发表"低劣的诗赋作品。四是与其划清界限，声明《红楼梦》是"半世亲睹亲闻"的故事，情理、格调与才子佳人小说全然不同。

应该说，这四方面意见都属真知灼见，在当时才子佳人小说泛滥的背景下作这样一番原则性"切割"也是十分必要的。

今天所谓的"才子佳人小说"，是起源于明末，历清代顺康雍三朝而迄乾隆前期，百余年间出现的一批二三十种白话中长篇小说。其特点是，不同于明代多数白话小说的世代累积或傍史演义，这些作品全是下层文人的独立创作；题材全属男女恋情，女主角全是才貌双全；基本情节套路化，大部分远离社会现实。其中，最早的当属崇祯年间的《吴江雪》❷，影响较大的则是《平山冷燕》《好逑传》，文学水平较

---

❶ 《红楼梦》第五十四回，人民文学出版社2008年版，第737—738页。

❷ 《吴江雪》，郑振铎、孙楷第、谭正璧等均认为系明代作品，但林辰等主张为清初。林辰以书中有雪婆自言"我辛丑生的"，据以推断年代，以史视稗似立论基础欠牢。

高的当推康熙年间的《林兰香》❶与顺治年间的《金云翘》。

这一批作品虽然有曹雪芹指出的种种缺欠，但也不宜一笔抹倒。如《好逑传》18世纪传入欧洲，成为文人们"东方想象"的蓝本。《金云翘》传入越南，经改写成为该国重要的文学经典。而在特定的意义上，《林兰香》可视为从《金瓶梅》到《红楼梦》之间的一个过渡。

那么，为何曹雪芹要讲得如此绝对？为何要贬抑毫不留情、不留余地呢？

这除却"切割要分明"的考量之外，大约还涉及文学家们并不罕见的一种微妙心理——我们后面再作分析。

在一定程度上，《红楼梦》既是对"才子佳人小说"的反拨，也是"才子佳人小说"自我救赎的特殊方式，因为它们的一些基因转移到了《红楼梦》之中。

二

自从曹雪芹借贾母之口贬攘才子佳人小说以后，人们多把《红楼梦》看作这类作品的对立面，是"拨乱反正"之作。其实，这只是问题的一个方面。若换个角度看，曹氏的议论恰好说明他读过不少才子佳人小说，对这类作品相当熟悉。我们且先拿出《吴江雪》来，看看其是否入过曹雪芹的法眼。

《吴江雪》写苏州才子江潮与佳人吴媛一见倾心，历经坎坷，终成眷属的故事。因为以较多篇幅写了为二人穿针引线的人物——雪婆，故作品题名《吴江雪》。这部作品受《西厢记》《金瓶梅》影响的痕迹很明显，而《红楼梦》中又留下了它的一些影子。因此，若研究我国婚恋题材的文学发展史，《吴江雪》是应予相当注意的一个环节。

---

❶ 《林兰香》，前人多指为乾隆间作品，实非。笔者据书中名物考定为康熙后期，见陈洪：《〈林兰香〉创作年代小考》，载《明清小说研究》1988年第3期。

红楼内外看稗田

　　这部小说对《红楼梦》的影响是多方面的，其中或隐或显，而最突出的一点表现在雪婆与刘姥姥这两个形象上。雪婆的身份是出入于官宦内宅穿珠点翠的老妪，兼擅提亲说媒——所谓"三姑六婆"一类的人物。但是，与大多数文学作品中的媒婆形象不同，作者把雪婆写成了"侠义可风"（郑振铎语）的人物。她为报答吴媛的知遇之恩，千方百计促成其好事。这一层关系与刘姥姥报答王熙凤有几分相似。不过，这个人物之所以活灵活现，给读者留下深刻印象，是因为作者没有简单把她写成义侠的化身，而是准确把握其身份、年龄特征，从细节着手，多侧面塑造复杂的性格。如近于贪心地索要财物，馋嘴贪杯，近于"装疯卖傻"地筵前讨好等。这些地方与《红楼梦》的刘姥姥都有较强的可比性。且看第七回中的一段：

　　夫人就留雪婆中堂酒饭，比了平日，多了几品嘎饭。夫人自己与他同坐，小姐自进绣房去了。雪婆开怀畅饮，夫人命非雾取大犀杯斟婆子，婆子连钦三四觥，竟烂醉了。向夫人道："夫人，你就是我的重生父母了，我如今借花献佛，就是夫人的酒，敬夫人一杯。"自去斟了一大觥，福了十数福，敬与夫人。夫人道："我是不会吃的，不消你劝。"雪婆道："夫人不喜欢寂寞酒，老身幼时学得几支曲儿，如今还记得在此，待我唱来，与夫人侑酒。"……老兴颇高，走出坐位来，一头舞，一头唱，真是好笑。唱道……雪婆唱时，这些丫环、妇人，个个笑得嘴歪。那婆子一口气唱了《皂罗袍》，一交跌在地上，口里喃喃的要到小姐房中去。众人丫环就扶他进去，拖的拖，拽的拽扛进了小姐外房藤榻上睡了。❶

　　读至此处，细心的读者自会想到《红楼梦》中一段脍炙人口的描写——刘姥姥二进荣国府。其中写道：

---

❶ 佩蘅子：《吴江雪》第七回，春风文艺出版社1986年版，第41–42页。

自我遮蔽的"血缘"

贾母，薛姨妈，王夫人知道他上了年纪的人，禁不起，忙笑道："说是说，笑是笑，不可多吃了，只吃这头一杯罢。"刘姥姥道："阿弥陀佛！我还是小杯吃罢。把这大杯收着，我带了家去慢慢的吃罢。"说的众人又笑起来。鸳鸯无法，只得命人满斟了一大杯，刘姥姥两手捧着喝。……王夫人见如此说，方将壶递与凤姐，自己归坐。贾母笑道："大家吃上两杯，今日着实有趣。"……当下刘姥姥听见这般音乐，且又有了酒，越发喜的手舞足蹈起来。宝玉因下席过来向黛玉笑道："你瞧刘姥姥的样子。"黛玉笑道："当日圣乐一奏，百兽率舞，如今才一牛耳。"众姐妹都笑了。

刘姥姥又惊又喜，迈步出来，忽见有一副最精致的床帐。他此时又带了七八分醉，又走乏了，便一屁股坐在床上，只说歇歇，不承望身不由己，前仰后合的，朦胧着两眼，一歪身就睡熟在床上。❶

夫人同坐、大杯劝饮、"出洋相"以助兴、众人哄笑、老妪大醉、醉卧闺房，两段文字的故事骨架完全相同。当然，曹雪芹写"二进"用了三回书，其中酒筵一节占据一半。其人物之生动、情节之委曲多姿，都与《吴江雪》有大辂椎轮之别。可以说，曹雪芹确有点铁成金的功力，但据以上点化的"铁胚"也自有其价值。当我们读到《红楼梦》这些描写文字时——"命人斟了一大杯,刘姥姥两手捧着喝""刘姥姥听见这般音乐，且又有了酒，越发喜的手舞足蹈起来""众人笑得拍手打脚""众人笑弯了腰""刘姥姥又惊又喜……又带了七八分醉……一歪身就睡熟在（宝玉的）床上"，对曹雪芹造刘姥姥时的"灵机"，曾由雪婆触发过这一判断，恐不会再有疑惑了。

不仅如此，《吴江雪》第十六回写江潮到老师家中吊丧，被其弟媳弄儿缠住，"啧啧羡慕"他的容貌，然后：

---

❶《红楼梦》第四十一回，人民文学出版社2008年版，第547页、549页、556页。

姆娌两个拖住了他，只管要留吃点心。江潮性急要归，与雪婆商议说话。怎当他如此歪缠。……（江潮）指望奔出门来，谁想弄儿动火了半晌，正要把江潮抚抱一番。见他要去，借此题目，把江潮一把抱住，死不肯放。急得江潮竟要哭将起来。❶

这里所写纯情少年在荡妇面前的窘迫之情，与《红楼梦》宝玉探晴雯时的一段描写可以一比：

灯姑娘便一手拉了宝玉进里间里……坐在炕沿上，却紧紧的将宝玉搂入怀中。宝玉如何见过这个，心内早突突的跳起来了，急得满面红涨，又羞又怕。❷

其间递嬗之迹也是显而易见的。

此外，二书内容与情节结构方面还可以找到一些近似点。如《吴江雪》虚写了一位李小姐，作为吴媛的衬托，二人命运相反却又相关联；《红楼梦》则有甄、贾宝玉的虚实笔法。更可注意的是《吴江雪》中，李小姐有焚稿断痴情的描写：

再说李小姐，名素，字素芳。他因有凤根，原是禅僧出世，现此美人身说法。十岁时，文墨精通，说什么班姬谢女，他可言迈唐人。诗词歌赋，比吴媛姝更觉高古。美貌虽则两般，然各有妙处。比较起来，不相上下。自十四岁错配了对头，他外面虽则喜欢，心中却有无穷愁恨，故心中却有无穷愁恨，故有辞世之想。……恍然大悟，口里咄哼一声，念偈四句道：情本业根，才为愁死，扯断线根，情空业止。偈毕，

---

❶ 佩蘅子：《吴江雪》第十六回，春风文艺出版社1986年版，第104页。
❷ 《红楼梦》第七十七回，人民文学出版社2008年版，第1086页。

自我遮蔽的"血缘"

即把那平日做的诗词歌赋,尽行焚化……只听外边鼓乐暄阗,迎娶新人的已在中堂了。……只听见堂中笙箫鼓乐,宾相念动上轿诗句。催请再三,仔细一看,已是冰冷无气的了。……夫尽道婚姻是夙缘,不如怨债苦相缠。相思总是前生业,断却情肠离恨天。❶

熟悉《红楼梦》的朋友,不难觉察到其中的几个情节要素:一是当李小姐对于婚姻爱情完全失望后,"即把那平日做的诗词歌赋,尽行焚化";而"林黛玉焚稿断痴情"则是《红楼梦》全书感情戏的最高潮。二是李小姐归天之际,外面是"鼓乐暄阗""笙箫鼓乐",而她孤独地"已是冰冷无气的了";这种气氛上的强烈对比,在"苦绛珠魂归离恨天"一节如出一辙——这边是林黛玉"身子便渐渐地冷了",外边却"远远一阵音乐之声"。三是李小姐原有"夙根",是高僧转世;林黛玉则是绛珠仙子下界。"相思总是前生业",可说适用于李、林二人。四是自幼聪慧,尤其文学才华超卓不凡。这也是林黛玉的突出之处。五是《吴江雪》书中另有一个才女,"美貌虽则两般,然各有妙处。比较起来,不相上下",也是双峰对峙、二水分流的格局。六是李小姐也是通禅悟,作偈语。七是作品哀叹其命运,道是"断却情肠离恨天",林黛玉辞世那一回的回目是"苦绛珠魂归离恨天"。

可以说,在林黛玉形象中,这七点都有或浓或淡的影痕。

如果把思路再开阔一下,这位李小姐的生平、命运与晚明著名的才女叶小鸾实在是太相似了。而记述叶小鸾事迹的《午梦堂集》在明清之际影响很大,而且与《红楼梦》也有多方面的血脉关联。虽然我们现在找不到更直接的材料证明曹雪芹与《午梦堂集》《吴江雪》的关联,但作品所呈现出的内容足以说明一个时代的文学活动、文化活动,内在的复杂关联很可能远远超出几百年后远远望见的表面情状。

我们还可以再举一个小例子,来看二书的相似点。本文开端曾引

---

❶ 佩蘅子:《吴江雪》第一回,春风文艺出版社1986年版,第117–119页。

述《红楼梦》两大段直露的文学批评,指出这种情况为中国古代小说所仅见。而《吴江雪》中也穿插了作者对"小说"的大段评论,且分小说为三等云云,与《红楼梦》不无可比,只是篇幅小了一些:

> 原来小说有三等:其一,贤人怀着匡君济世之才,其新作,都是惊天动地,流传天下,垂训千古。其次,英雄失志,狂歌当泣,嘻笑怒骂,不过借来抒写自己这一腔块垒不平之气。这是中等的了。还有一等的,无非谈牝说牡,动人春兴的;这样小说,世间极多,买者亦复不少;书贾借以觅利,观者借以破愁,还有少年子弟,看了春心荡漾,竟而饮酒宿娼,偷香窃玉,无所不至——这是坏人心术所为,后来必堕犁舌地狱。❶

如此等等,如只有其一,或为偶合,而其三其四,多方叠加,二者间存在基因转移、血脉相连,就是大概率事件了。诚然,这些地方不一定是曹雪芹自觉借鉴、"转基因"的结果,但至少可以说明:《吴江雪》是他熟悉的作品,对《红楼梦》创作有潜移默化的影响;《红楼梦》虽颇多自传因素,却同时也从文学传统的长河中多所汲取,包括被他贬斥的作品。

三

如果说,《吴江雪》的"基因转移"较为明显,较多"实体"文例可证;那么其他"才子佳人小说"与《红楼梦》的关系,就显得隐蔽一些,虚化一些。

曹雪芹批评"才子佳人小说",一个重要理由是"作者要写出自己的那两首情诗艳赋来",便假托男女情爱的故事为载体,以致小说

---

❶ 佩蘅子:《吴江雪》第九回,春风文艺出版社1986年版,第50页。

情理乖谬，结构粗糙等。从这个角度看，最当得起这份批评的"才子佳人小说"当属《平山冷燕》。《平山冷燕》全书10万字略多，却竟然内含了61首诗，还有20首诗赞。

而对于我们这个话题来说，《平山冷燕》有三点尤可注意。

第一，书中不是一般地赞美少女的才情，而是一定要让她们"压倒须眉"。才女山黛才学不仅压倒满朝官员，还压倒了"才子"状元。作品异想天开地写天子赐她一条玉尺，成为衡量天下士人才分的"裁判长"。作者还借"才子"燕白颔之口叹服："天地既以山川秀气尽付美人，却又生我辈男子何用！"鲁迅在《中国小说史略》中指出："二书大旨，皆显扬女子，颂其异能。又颇薄制艺而尚词华，重俊髦而嗤俗士。""显扬""异能"，十分恰当地概括出《平山冷燕》这方面的特点。而《红楼梦》在"大观园试才题对额"中充分写出了贾宝玉才情与天赋，但又反复设置他与林黛玉、薛宝钗较量才情的情节，每次都让他逊色三分。

第二，《平山冷燕》以两个隽才美女对照来写，让二人才、美俱在伯仲之间。其一名山黛，其一名冷绛雪。《红楼梦》则为林黛玉与薛宝钗对照来写，有所谓"双峰对峙，二水分流"之说。更有趣的是，《平山冷燕》中双姝的姓名。山黛之"黛"已属罕见之闺名，《红楼梦》中却又有"黛玉"。冷绛雪，"雪"而"冷"；《红楼梦》的薛宝钗，图谶中"金钗雪里埋"，正是以"雪"指代"薛"；而薛宝钗又嗜服"冷香丸"，把"冷"与"雪"集中到一人身上。

再看《平山冷燕》对山黛的介绍：

原来山显仁原是晋朝山巨源之后……女儿山黛却与父亲大不相同，生得美如珠玉，秀若芝兰，洁如冰雪，淡若烟云，此其容貌，一望而知者。至于性情沉静，言笑不轻，生于宰相之家，而锦绣珠翠非其所好。每日只是淡装素服，静坐高楼，焚香啜茗，读书作文，以自

娱乐。举止幽闲，宛如一寒素书生。闺阁脂粉，妖淫之态，一切洗尽。虽才交十岁，而体度已如成人。❶

"山黛"的"黛"与"黛玉"有互文关联，而"黛玉"之"林"与"山黛"之"山"亦有关联。从浅层讲，"山林"本为常见语词，与"市井""庙堂"皆相反对，指代淡泊名利、幽静高远的人生境界；若深入一层看，作者特意交代"山黛"祖上为"竹林七贤"中的山巨源，而《红楼梦》则称扬林黛玉有"林下之风"——"林下"者，正是"竹林之下"，直指"竹林七贤"越名教而任自然的人生态度。

这一段文字对山黛的描写——"洁如冰雪，淡若烟云"，"锦绣珠翠非其所好"，"举止幽闲"，"闺阁脂粉，妖淫之态，一切洗尽"，若放到《红楼梦》中作为林黛玉的写真，"其谁曰不宜"？

第三，书中有一小丑似的纨绔子弟张寅，作诗出丑，与薛蟠作诗亦有隐约相似处。

我们还可以再举出一部作品——《金云翘》。这是一部很有特色的小说，是我国古代第一部以一个女性命运贯穿全书、以一个女性为唯一主人公的小说。主人公王翠翘是一位才情过人、性格刚毅，却又历经磨难的悲剧人物。书中第二回写王翠翘梦遇刘淡仙，刘淡仙托断肠教主之名，请王翠翘题咏十首，为《惜多才》《怜薄命》《悲歧路》《哀青春》《苦零落》《苦相思》等，一一编入《断肠册》中。每一首均是对一个女性永恒之悲感主题的诠释，从而定下此一部"怨书"的基调，也成为王翠翘一生的预言：

翠翘题罢，情思不快，隐几而卧，朦朦胧胧。忽见一女子走近前来道："翠翘姐姐，如此春光，怎不去问柳寻花，却在这里打盹？"翠翘忙整衣相迎，见那女子淡妆素服，杏脸桃腮，袅袅娜娜，娉娉婷婷

---

❶ 《平山冷燕》第二回，春风文艺出版社1985年版，第11页。

婷,宛如仙姝,不减神女。各道万福坐下。翠翘道:"有劳光顾,未及远迎,多有得罪。请问娘行,珠宫何处?因甚降鸾?"那女子道:"流水桥边便是妾家,姐姐已曾到过,怎就忘了?妾今日在断肠会上道及姐姐的高才,并姐姐的芳名,断肠教主甚是欢喜。又知是会中人,因命妾将断肠题目十个,送与姐姐题咏。姐姐快些题了,待妾好送入断肠册去。"翠翘道:"这断肠教主在那里,可容我去参见吗?"那女子道:"姐姐此时不必细问,他日自明。"因取出十个题目递与翠翘。翠翘接了一看,却是《惜多才》《怜薄命》《悲岐路》《忆故人》《念奴娇》《哀青春》《嗟蹇遇》《苦零落》《梦故园》《哭相思》十样。翠翘道:"真好题目,待我题去。倘能在断肠册上挣得一个状头,也不负我王翠翘平生才调。"❶

兹举其中四首为例,以见其大体风格:

《哀青春》:"哀青春,娇花似美人。正是上林春色好,愿祈风雨润花神。润花神,哀青春。"

《嗟蹇遇》:"嗟蹇遇,好梦都醒去。非是逢人便乞怜,只因不识朱门路。朱门路,嗟蹇遇。"

《苦零落》:"苦零落,一身无处着。落花辞树自东西,孤燕失巢绕帘幙。绕帘幙,苦零落。"

《梦故园》:"梦故园,归魂谁肯援。松菊旧庐都不识,白云芳草默无言。默无言,梦故园。"

十首完卷,写翠翘出离梦境:

(仙姑道)"教主候久,妾身要去了。"翠翘道:"既承垂盼,定有

---

❶ 《金云翘》第二回,春风文艺出版社1985年版,第8–11页。

情缘。忽尔言旋,情缘又安在?况今此一别,未识何时再会。苟非无情,将何遣此?"那女子道:"姐姐情深,妾怀不薄,钱塘江上定来相晤。"言毕抽身往外就走。翠翘要赶去留他,忽被风敲铁马,铮的一声惊醒,却是一梦。只见月明如昼,花影参差,正是三更时分。

我们来看《红楼梦》第五回贾宝玉梦游太虚幻境一段:

那宝玉刚合上眼,便惚惚的睡去……早见那边走出一个人来,蹁跹袅娜,端的与人不同……见是一个仙姑,喜的忙来作揖问道:"神仙姐姐不知从那里来,如今要往那里去?也不知这是何处,望乞携带携带。"那仙姑笑道:"吾居离恨天之上,灌愁海之中,乃放春山遣香洞太虚幻境警幻仙姑是也。……新填《红楼梦》仙曲十二支,试随吾一游否?"……警幻道:"就将新制《红楼梦》十二支演上来。……"宝玉接来,一面目视其文,一面耳聆其歌。❶

这十二支曲子分别是《终身误》《枉凝眉》《恨无常》《分骨肉》《乐中悲》《世难容》《喜冤家》《虚花悟》《聪明累》《留余庆》《晚韶华》《好事终》。与《金云翘》中十支曲子相比,无论是情感基调,还是文字风格,相似度都是相当高的。我们也举其中几首为例,与前引《苦零落》等再作具体比较:

《恨无常》 喜荣华正好,恨无常又到。眼睁睁,把万事全抛。荡悠悠,把芳魂消耗。望家乡,路远山高。故向爹娘梦里相寻告:儿命已入黄泉,天伦呵,须要退步抽身早!

《分骨肉》 一帆风雨路三千,把骨肉家园齐来抛闪。恐哭损残年,告爹娘,休把儿悬念。自古穷通皆有定,离合岂无缘?从今分两地,

---

❶ 《红楼梦》第五回,人民文学出版社2008年版,第71—86页。

各自保平安。奴去也,莫牵连。

《喜冤家》 中山狼,无情兽,全不念当日根由。一味的骄奢淫荡贪还构。觑着那,侯门艳质同蒲柳,作践的,公府千金似下流。叹芳魂艳魄,一载荡悠悠。

《留余庆》 留余庆,留余庆,忽遇恩人,幸娘亲,幸娘亲,积得阴功。劝人生,济困扶穷,休似俺那爱银钱忘骨肉的狠舅奸兄!正是乘除加减,上有苍穹。

《好事终》 画梁春尽落香尘。擅风情,秉月貌,便是败家的根本。箕裘颓堕皆从敬,家事消亡首罪宁。宿孽总因情。

《金云翘》与《红楼梦》这两段都是别出心裁的重头戏,若从大端构思而言,二者皆为因梦而入幻境,幻境得见仙姑,而仙姑一名"断肠"一名"警幻":"断肠"命其题咏十首,皆为悲凉之词,"警幻"命其听曲十二首,亦皆为悲凉之词。若从文字细节而言,"苦零落,一身无处着。落花辞树自东西,孤燕失巢绕帘幞"与"一帆风雨路三千,把骨肉家园齐来抛闪。从今分两地,各自保平安。奴去也,莫牵连"相比,"梦故园,归魂谁肯援。松菊旧庐都不识,白云芳草默无言"与"望家乡,路远山高。故向爹娘梦里相寻告:儿命已入黄泉"相比,情调、意味都不无相近之处。

还是前面所申明的,拈出这些,绝非要指曹雪芹为抄袭,甚至也不是指其有意借鉴。但如此之多的近似"基因",再证以其一而再地批评、贬斥"才子佳人",断定其读过较多"才子佳人小说",且留下了较为深刻的印象,以至于自己开始创作构思的时候,这些"才子佳人"作品中的某些"基因"自觉不自觉地被转移到文本之中,想来也不能算是武断吧。

自从曹雪芹借贾母之口贬抑才子佳人小说以后,人们多把《红楼梦》看作这类作品的对立面,是"拨乱反正"之作。其实,这只是问题的一个方面。若换个角度看，曹氏的议论恰好说明他读过不少才子佳人小说，对这类作品相当熟悉。其实，《红楼梦》的直接源头之一恰在这些不起眼的作品中，只不过是化蛹成蝶，有了质的飞跃而已。指出这一点，对于把《红楼梦》简单看作曹氏自传或影射某历史事件的非文学批评，倒是多多少少有一点"拨乱反正"的意义。而曹雪芹对才子佳人小说的绝对贬斥，则既反映了小说创作思想的进步，也不乏自占地步之意，读者不可被他瞒过。

另外，曹雪芹明明受到了这一批小说的影响、沾溉，却绝口不提，甚至有严厉的批判，这种情况在文学史上并非个案。虽然没有一篇文学作品是"从石头缝里蹦出来的"，没有一个作家是完全置身于文学、文化传统之外的，但是当他们陈述自己所承接、所赓续的传统时，往往会有所选择。"穷居闹市少朋友，富在深山有远亲"，这句形容世态炎凉的俗语，也不妨移用到这里。一般来讲，一部前代的作品，其年代的遐迩，经典化程度的高低，与其被"认祖归宗"的可能性密切相关。对于时间较为晚近，评价较为低下的作品，在编制家谱时，其血缘关系被遮蔽的概率总是要高一些的。这也可看作是"互文"研究中衍生出的一个创作心理问题的副产品。

《红楼梦》因果框架简析

我国通俗小说盛于明清,明清佛教净土宗独盛。净土宗力倡业报轮回,一定程度上助长了小说中的因果描写。其表现之一便是借助报应、转世描写给作品以故事框架。这种结构形式在一部分作品里成了任意套用的简单模式,艺术上多不成功;但也有由此而增色者,如《红楼梦》。

长篇小说中常见的"转世"框架是在主要情节之外,套上一重因果,说明故事中发生的一切都是前缘注定,而结局则完全是宿命。例如《后水浒》《说岳全传》等。一般说来,这种框架有如下特点:第一,由佛教的"来生报"理论衍生,主要功能是为小说的主要人物、主要事件寻找"前生"的渊源。第二,大多属于"屋上架屋,头上安头",摘掉这个框架,对作品主要内容并无影响。第三,从叙述效果看,可加强故事的完整感,前有所始,后有所终,适合于大众的审美心理及理解水平。显然,这些都无助于小说艺术品位的提高。

《红楼梦》虽亦沿用这一模式,却能别出心裁,为作品增一道异彩。这固然由于作者笔力超群,而其之所以"化腐朽为神奇"的具体原因,也是值得探索的。

《红楼梦》的因果框架是双重的。一重是石头幻形入世,历劫以悟"色空";另一重则是神瑛侍者与绛珠仙子结下还泪前缘,下凡以了夙愿。整个贾府兴衰、木石盟、金玉缘的故事便都套这在两重框架之中。

神瑛、绛珠的前缘,作品是这样写的:

红楼内外看稗田

只因西方灵河岸上三生石畔，有绛珠草一株，时有赤瑕宫神瑛侍者，日以甘露灌溉，这绛珠草始得久延岁月，后来既受天地精萃，后得雨露滋养，遂得脱却草胎木质，得换人形，仅修成个女体，终日游于离恨天外，饥则食蜜青果为膳，渴则饮灌愁海水为汤。只因尚未酬报灌溉之德，故其五内便结着一段缠绵不尽之意。恰近日这神瑛侍者凡心偶炽，乘此昌明太平朝世，意欲下凡造历幻缘，已在警幻仙子案前挂了号。警幻亦曾问及，灌溉之情未偿，趁此倒可了结的。那绛珠仙子道："他是甘露之惠，我并无此水可还。他既下世为人，我也去下世为人，但把我一生所有的眼泪还他，也偿还得过他了。"❶

按照一般的写法，这段对宝、黛的悲剧情缘已经作出了因果性交代，而且以浇灌之因引出"还泪"之果，极富诗意地预示了命运的悲剧性，可以说很漂亮地完成了因果框架的使命。那么，作者再套上一个石头转世的框架，岂不属于叠床架屋之举？

且让我们来看看这个"石头"框架的概略：

原来女娲氏炼石补天之时……只单单剩了一块未用，便弃在此山青埂峰下……（此石）正当嗟悼之时，俄见一僧一道远远而来……齐憨笑道："善哉，善哉！那红尘中有却有些乐事，但不能永远依恃。况又有'美中不足，好事多磨'八个字紧相连属，瞬息间则又乐极悲生，人非物换，究竟是到头一梦。万境归空，倒不如不去的好。"这石凡心已炽，哪里听得进这话去，乃后苦求再四……那僧便念咒书符，大展幻术，将一块大石登时变成一块鲜明莹洁的美玉，且又缩成扇坠大小的可佩可拿。……袖了这石，同那道人飘然而去，竟不知投奔何方何舍。后来，又不知过了几世几劫，因有个空空道人访道求仙，忽从这大荒山无稽崖青埂峰下经过，忽见一大块石上字迹分明，编述历

---

❶《红楼梦》第一回，人民文学出版社2008年版，第8页。

历……便是此石坠落之乡，投胎之处，亲自经历的一段陈迹故事。❶

联系全书来体味，这段"石头所记"的框子有两方面的功能，一是属于艺术形式方面的叙事功能。有了这个框架，就给全书以特定身份的叙述人：书中所记为身历目击，故有自传性质；一切均从石头眼中见出，故作品叙事有主观性较强、往往为特定视角的特色。二是深化全书哲理意味的象征功能。这后一方面，意蕴深邃，有着丰厚的文化内涵。

本质是石头，幻形为宝玉（"大展幻术"，"大石登时变成一块鲜明莹洁的美玉"），故名为贾（假）宝玉——这正象征了小说主人公深刻的内在矛盾。

石，与玉对称，着眼点在它的普通与无价值上。在我们民族的传统文化中，以物比德源远流长且影响广被，如以松柏喻坚贞，以竹比孤直，以莲比高洁等。石之象征意味正类此，表现于成语，有玉石俱焚、玉石杂糅之类；表现于诗文，意味则较为深隐婉曲。有个性的文人往往以石自喻，正语反说，以寄托愤世嫉俗、自嘲嘲世的情感。如宋代米芾，"性不能与世俯仰"，他爱石成癖，呼石为兄，论石崇尚"瘦""陋"。又如苏东坡追求"市人行尽野人行"的境界，画石便主张"文而丑"。其趣味所在，皆如上述。

曹雪芹自己也是画石好手，敦敏《题芹圃画石》诗云："傲骨如君世已奇，嶙峋更见此支离。醉余奋扫如椽笔，写出胸中块垒时。"可见曹雪芹在《红楼梦》中写石头幻形入世而为贾宝玉，是与其日常以画石为寄托，象征自己与世扞格的人品一脉相通的，也是对托石寄慨的文化传统的自觉继承。

作品中，贾宝玉有双重形象。作为"宝二爷"，他的家世、地位、相貌等都是世人欣羡之极的，如同经过僧人幻化的美玉；作为"怡红

---

❶ 《红楼梦》第一回，人民文学出版社 2008 年版，第 3-4 页。

院浊玉",他的"似傻如狂""不通世务""不肖无双",则被世人诟病、鄙夷,如同未经幻术天然状态的顽石。明乎此,就不难体会到转世框架中由石化玉而后投胎入世之描写所蕴含的深曲意味了;"通灵宝玉"象征"宝二爷",虽高贵而非本来面目,为皮相,为幻化;顽石象征宝玉的本质、本性,虽拙朴而为性灵,为真实。石与玉二而一,正折射出贾宝玉形象的深刻的内在矛盾。

另外,在这个"石头所记"的框架中,作者还借僧、道之口,一再强调"到头一梦",使故事还未开篇,就定下了"色空"的调子。因此,可以说石头的框架与绛珠的框架在意味上也是有区别、有分工的。绛珠的框架以"还泪"为神髓所在,意味凄绝,对应于作品缠绵悱恻的情缘描写。石头的框架以"化玉"为龙睛,意味深迥,对应于作品冷峻超脱的哲理思考与批判笔墨。而这两个框架又以警幻仙子为纽带,互相联结,使宝玉与石头的关系若即若离,处于烟云模糊的状态,产生出微妙的象征效果。

这种双重因果框架,雪芹之前已有尝试者。如《金云翘》,主人公王翠翘梦见刘淡仙,得知自己为"断肠部"中人物,须谪降尘世以偿情孽;同时,又有仙人三合子对觉缘尼昭示王翠翘积善而得好报的因缘。这明显可以看出作者"改良"因果框架的意图。而所写梦中见女仙,得知有"断肠部"专收薄命女子,且吟组诗咏叹之,这对《红楼梦》所描写的警幻仙子"曲演《红楼梦》"及"薄命司"情景是有直接影响的。再如《梁武帝演义》写仙草转世历劫,亦与《红楼梦》不无瓜葛,而其结构框架恰恰也有"改良"之处。

可见,《红楼梦》的双重因果框架其来有自。从艺术形式上看,是在前人基础上的变化、提高;从文化内涵方面看,是对传统的继承、发扬。而这,只有在曹雪芹绝世笔力之下,才熔铸成个性鲜明、妙合无痕的"有意味的形式"。

《红楼梦》脂评中"囫囵语"说的理论意义

在进入正题前,我们先给本文所论之"脂评"下一界说。众所周知,现存的《红楼梦》诸钞本系一源分流,所附评语大同小异,习惯统称为"脂砚斋评说",其实并非脂砚斋一人所为。大致说来,这些评语可分为两部分:一部分出自曹雪芹至亲好友之手,一部分系后人所加。按照"脂评"自身的说法,当曹雪芹"于悼红轩中披阅十载,增删五次"之时,他周围的几位亲友关心并参与了《红楼梦》的创作。他们参与的主要方式就是评点,尽管当时参加这项工作的有数人,但在主要问题上,他们的意见是基本一致的。本文把这些意见作为一个整体来看。诸评点者中脂砚斋与作者关系最密切,我们便仍将这部分评语统称为"脂评",以区别于另一部分之后人评语。近年来,有关脂批本的真伪——包括文物意义与文献意义,皆有不同意见。本文意在理论意义的阐发,故"悬置"此类歧见,且于"脂评"中亦不一一推寻具体评者了。

"囫囵语"一说是脂评中最有独创性的命题,也是理论含义最深刻的命题之一。主要有这样几段评语,如己卯本、庚辰本第十九回:

此书中写一宝玉之为人,是我辈于书中见而知有此人,实未目曾亲睹者。又写宝玉之发言,每每令人不解;宝玉之生性,件件令人可笑。不独于世上亲见这样的人不曾,即阅今古所有小说传奇中,亦未见这样的文字。于颦儿处更为甚,其囫囵不解之(中)实可解,可解之中又说不出理路。合目思之,却如真见一宝玉,真闻此言者,移之第二人万不可,亦不成文字矣。余阅《石头记》中至奇至妙之文,全在宝

玉、颦儿至痴至呆囫囵不解之语中。"❶

这皆宝玉意中确实之念,非前勉强之词,所以谓今古未有之一人耳。听其囫囵不解之言,察其幽微感触之心,审其痴妄委婉之意,皆今古未见之人,亦是未见之文字。说不得贤,说不得愚;说不得不肖;说不得善,说不得恶;说不得正大光明,说不得混账恶赖,说不得聪明才俊,说不得庸俗平(凡);说不得好色好淫,说不得情痴情种,恰恰只有一颦儿可对。令他人徒加评论,总未摸着他二人是何等脱胎,何等骨肉。余爱此书亦爱其文字耳,实亦不能评出二人终是何等人物。❷

第二十回:

此二语不独观者不解,料作者亦未必解,不但作者未必解,想石头亦不解,不过述宝、林二人之语耳。石头即未必解,宝、林此刻更自己亦不解,皆随口说出耳。若观者必欲要解,须自揣自身是宝、林之流,则洞然可解;若自料不是宝、林之流,则不必求解矣。❸

就第一段评语而论,其理论含义主要有两层:一是《红楼梦》的价值首先表现于精妙的人物塑造。所谓《石头记》"至奇至妙之文",全在宝、黛形象的描写之中,而这些人物形象之所以达到"未曾面睹""却如真见"的高超地步,是因为其言行皆"移之第二人万不可",实现了充分的个性化。二是欲使人物个性化就必须摒弃从概念出发的写法,人物的性格表现往往"说不出理路","囫囵不解"。

---

❶ 朱一玄:《红楼梦脂评校录》,齐鲁书社1986年版,第268页。这几段批语,己卯本庚辰本,以及戚序本都有个别文字的出入,皆属抄录讹误,无关宏旨,不再一一指出。

❷ 朱一玄:《红楼梦脂评校录》,齐鲁书社1986年版,第277页。

❸ 朱一玄:《红楼梦脂评校录》,齐鲁书社1986年版,第303页。

第二段评语是这两点的进一步阐发，强调贾宝玉形象的个性特征，乃"古今未有之一人"，并指出，这一个性特征是难于靠几个习用的概念来说明的。

第三段评语则着重从心理分析的角度说明个性的塑造过程：作者是在"不解"——即没有形成明确的理念——的状态下表现人物性格的，他只是设身处地，让人物在自身性格的逻辑中活动。人物之所以言语"囫囵不解"，是因为他们的思想本非明晰，只是"确实之念"的"随口说出"。

综上所述，脂评中"囫囵语"之说主要是针对"刻画怎样的人物"和"怎样刻画"这两个问题提出的，又尤其着重于后一问题。

刻画怎样的人物，这是自李卓吾以来，小说评点家们最注目的一个理论课题。脂评的贡献在于总结《红楼梦》的创作经验，从新的高度来阐发所谓"今古未有之一人"，而以"说不得贤，说不得愚""作者亦未必解"来概括说明，都是发前人所未发之论。

脂评不仅要求形象有个性，而且强调"今古未有"的独特性，强调性格的多面性和非概念化。这是小说艺术巨大进步在理论上的反映。和《三国演义》《水浒传》乃至《金瓶梅》相比，《红楼梦》的人物塑造有长足的进步。他（她）们不再是某种理念，或某一、两种性格特征的化身，而是具有多侧面的血肉之躯。换言之，《红楼梦》对人物精神世界有多层次的挖掘，人物的性格更加丰满。这一点，于今已属通论，而在当时却是新说，脂评指出这一点乃是小说创作理论的一个进步。

我们重点论析的是第二个问题。怎样表现丰满而又生动的性格？脂评提出，要写"囫囵不解之语"。从上面三段引文看，所谓"囫囵语"，主要指人物语言的内容含混，表述的思想不够清晰明确。

脂评的这个主张是有生活现象作依据的。现实生活中，人们的心理活动及言语活动情况相当复杂。在一般的心理状态下，思想可以通过言语准确交流。但是，言语之中表现的不仅是思想，还有感情状态。可以说，思想、感情与语言是一个完整连贯的心理反应中的三个方面。在生活中，有些感觉及心理波动的细微之处，往往难以直接用语言表达。竭力表达，语言便囫囵不解。另外，人的大脑中，意识经常处于杂乱状态，明确、合乎逻辑的意识活动，是人们运用意志、集中注意力且在意识"乱流"中选择的结果。性格不同，境地不同，选择的程度也不同。于是，形诸言语，亦有清晰、囫囵之别。人们在生活中既会有类似的个人经验，也会在彼此间观察到这种现象，那自然也就会在文学巨匠的眼中见到，笔下写出。脂评特地把这一点拈出，反复强调，诚乃作者之知音。强调写"囫囵语"，实质就是强调心理描写。这种心理描写不是笨拙的"旁白"或作者出面介绍，而是和现实生活一样，融会于言语之中，描写出特殊的语言状态，以暗示心理的曲折起伏。

我们可以从《红楼梦》的具体描写中更具体地认识"囫囵语"之说的意义。脂评言及"囫囵语"十余处，大致可分四种情况。

一种是针对感情微妙的对话。如第二十回中贾宝玉、林黛玉之间的口角。黛玉道："我为的是我的心。"宝玉道："我也为的是我的心。难道你就知你的心，不知我的心不成？"脂评于此下一长批，称"宝、林此刻更自己亦不解，皆随口说出"。然后黛玉"低头一语不发，半日说道：'你只怨人行动嗔怪了你，你再不知道你你自己怄人难受。就拿今日天气比，分明今儿冷的这样，你怎么倒反把个青肷披风脱了呢？'"脂评于此批云："真真奇绝妙文，直如羚羊挂角，无迹可求。此等奇妙非口中笔下可形容出者。"这里移用沧浪论诗的话（"羚羊挂角，无迹可求"）来评黛玉之语，其意旨也在说明这种言语描写"不涉理路"的妙处。

第二种是情急之语。如第十九回宝玉撞见茗烟与万儿一段，先是"跺脚道：'还不快跑！'"然而"又赶出去叫道：'你别怕，我是不告诉人的！'"脂评云："此等搜神夺魄、至神至妙处，只在囫囵不解中得。""活宝玉。移之他人不得。"

第三种是针对贾宝玉"行为偏僻性乖张"的不合流俗之言。如第十九回写宝玉夸赞袭人的表妹："正配生在这深堂大院里，没的我们这种浊物到生在这里。"脂评曰："听其囫囵不解之言，察其幽微感触之心，审其痴妄委婉之意，皆今古未见之人。"正是指出了他与众不同的"心""意"，发而为言，遂至"囫囵不解"。

第四种则与宝玉无涉，乃指作品含蓄、微妙的叙事笔法，如写李嬷嬷、袭人的一些言行。这也可作为理解"囫囵"的佐证。

脂评认为"囫囵语"最宜于宝、黛二人的刻画，强调指出，"宝玉之语全作囫囵意……只合如此写方是宝玉"，"恰恰只有一颦儿可对"，"于颦儿处更为甚"。细玩全书，宝、黛二人确有很多"囫囵不解"的对话，这是在他人之间极少的。直至今日，不理解宝、黛其言其心的虽大有人在，但是，却很少有人否定自身形象的真实合理性。这是因为，宝、黛之间特殊的言语方式恰是他们特殊性格的自然表现。宝玉与黛玉感动千千万万读者之处，是他们在周围一片恶浊之气中特立独行的美好、生动的性格。在"孤标傲世"、不肯趋时附俗这一点上，他们互为知音。由知音而生感情，而在那样一个环境中，彼此有情而莫达。正如书中所写："（宝玉）早存了一段心事，只不好说出来，故每每或喜或怒，实尽法子暗中试探。那林黛玉偏生也是个有些痴病的，也每用假情试探。""（宝玉）心想这意思，只是口里说不出来。"（第二十九回）贾宝玉、林黛玉都是感情丰富、真挚而又细腻的人物。这样的性格处于令人窒息的环境之中，便不得不呈现为扭曲的形态，尤其表现在言语方式上。

一般地讲，人的言语也存在类型差异，这种差异与性格的类型差异是相应的。例如，有些人的言语中形象的、情绪的因素占较大比重，另一些人的言语中逻辑的、理念的因素居主导地位，等等。薛宝钗、王熙凤,乃至探春、李纨都可算作理智型的人物。而宝、黛则分明异于诸人,性格属于情绪型的人,对自我的情绪感受敏锐,体验深刻,言行多受情绪左右,于是便容易出现言语"囫囵不解"的情况。如前文提及的第二十回中,"我为的是我的心"一语,便含有很复杂的心理活动。其时,其人,只能是这样一番话,才能把宝玉那种急切、真挚、恳求的情态活灵活现地表现出来。倘代之以习用的山盟海誓,那就不成其为贾宝玉了。的确,很难诠释"我的心"究竟包含了什么意思,但又可以确知,这是渴望肝胆相照,却又猜疑重重的矛盾心理的表现,正是宝、黛特有的沉重而痛苦的爱情的反映。而下文黛玉突然文不对题地提出"怎么反把个青肷披风脱了呢",更是把她听到宝玉的表白后,既喜且悔而又矜持的复杂心理刻画得惟妙惟肖。第五十二回写宝玉和黛玉"心里有许多话,只是口里不知要说什么",黛玉"出了一回神,便说道:'你去罢。'"宝玉"想了一想,也笑道:'明日再说罢。'一面下了阶矶,低头正欲迈步,复又忙回身问道:'如今的夜越发长了,你一夜咳嗽几遍,醒几次?'"脂评曰:"此皆好笑之极,无味扯淡之极,回思则皆沥血滴髓之至情之神也。"此真会心之妙评。初看起来,宝、黛二人几番犹豫,郑重其事,竟只说这样两句话,确乎"无味扯淡";仔细玩味,这文不对题的费解之言,恰恰暗示出了微妙的心理。

情急之时言语囫囵不解,这亦可从心理学方面找到依据。人们对话时,虽不必预拟腹稿,但也有一个由内部语言转化为外部语言的过程。内部语言是片断简略的,只有展开后意义才趋于明晰。如果急于表达,便可能未经展开"脱口而出",其意义自不明晰。如上文所引第十九回一段,贾宝玉撞见茗烟与万儿,无暇细想,脱口便令万儿:"还不快跑!"这既不合于他的主人身份,且也无其必要。细推究起来,为什么要跑呢?逃避宝玉?宝玉本无心追究,逃避他人?宝玉不言,他人无从得知。这些,宝玉均未曾考虑,他只是替他们感到窘迫,替他们担心,于是一个念头涌出来:"一跑了之。"心方动而口已开,便有此没头没脑的言语，这种情况下的"囫囵语"虽然也反映人物的性格特征，但更主要是由外部境遇造成的。

《红楼梦》第二回中，贾雨村有一篇危言耸听的历史人物论。他称贾宝玉一流人物是秉正邪二气而生，"其聪俊灵秀之气，则在千万人之上；其乖僻邪谬不近人情之态，又在千万人之下"。这一番话虽仍不脱"禄蠹"见识，但见出宝玉的不同凡俗之处，且以矛盾集合体来看宝玉，皆可谓之知言。贾宝玉最突出的性格特征就是"乖僻邪谬不近人情"，他对女性的同情，对悲凉之雾的独特感受，对虚伪道德的鄙弃，都含有近代启蒙思想的味道。但在他生活的环境中，则不免时时被人误解了。书中这方面描写甚多。第十六回元春晋封，宁、荣府内"莫不欣然踊跃，个个面上皆有得意之状"，而贾宝玉"独他一个皆视有如无，毫不曾介意，因此众人嘲他越发呆了"。这里作者着意写出他与环境的不合，并刻画出他与众不同的孤独心理。第三十五回傅试家老婆子谈宝玉："我前一回来，还听见他家里许多人说，千真万确是有些呆气。……时常没人在眼前，就自哭自笑的，看见燕子就和燕子说话，河里看见了鱼就和鱼儿说话，见了星星月亮，他不是长吁短叹的，就是咕咕哝哝的。"这一则可见贾宝玉感情的丰富、细致，二则也显出其精神世界的寂寞。宝玉是比较同情下人的，然而下人们也不理解他。第六十六回兴儿谈起宝玉："他长了这么大……成天家疯疯癫癫的，说话人也不懂，干的事人也不知。"脂评称宝玉"发言每每令人不解""其囫囵不解之言"等，很多是针对这种"说话人也不懂，干的事人也不知"的情形而发。贾宝玉是封建末世的异端。他在一定程度上突破了旧思想的牢笼。但他周围绝大多数的人们仍囿于旧的思想观念，用正统的思想方式、道德规范衡量贾宝玉的言语行动，结果自然不能够理解。贾宝玉既经常处于这样一种另类者的孤独之中，心理上的隔膜就表现为言语上的隔膜。另外，他虽则厌恶"人情练达""世事洞明"的"混帐话"，可是，时代还没有前进到否定封建思想体系、产生系统新思想的阶段。因而贾宝玉一些与众不同的强烈的感受，既形不成明晰的思想，也找不到明晰的表达方式。诉诸语言，自然呈现囫囵不解的状态。如他对女性的尊重只好表现为对袭人表妹莫名其妙的赞叹，他处于萌芽状态的平等思想只好以"须眉浊物"这一类不近情理的极端说法出现，他对下人的同情只能通过"你别怕，我是不告诉人的"这种笨拙的方式表达，等等。可以说，贾宝玉言语的囫囵不解，主要的，是新的性格与旧的环境之间隔膜的反映。曹雪芹在"倩谁记去作奇传"中透露的"音实难知，知实难逢"的慨叹，和贾宝玉那种另类者的孤寂实际是相通的。换言之，曹雪芹正是通过贾宝玉"囫囵不解"的言语来刻画异端人物孤寂的心理，从而寄托自己相似的深切感受。

要之，脂评把"囫囵不解"的言语方式看作刻画贾宝玉个性的重要手段，是符合作者创作意图的。从理论上看，认识也是相当深刻的。

其实，"囫囵语"这种言语方式并非贾宝玉所专有。在文学名著中，如托尔斯泰笔下的彼埃尔、列文，普希金笔下的奥涅金，莎士比亚笔下的哈姆莱特等人物身上，都不乏类似妙笔。当然，在一般人物的对话中，如果此时此境人物有着心理异常、思想混乱或言不达意的情况，也可以通过其"囫囵不解"的对话来表现。从这个意义来说，"囫囵语"之说是具有一定程度的普遍意义的。

写人物的言语活动，是全部条理清晰，意义明确，还是适当写一些"囫囵不清"之语，反映出作者创作中不同的心理状态。脂评讲："此二语不独观者不解，料作者亦未必解……必欲要解，须自揣自身是宝、林之流。"指出了《红楼梦》的作者写这些"囫囵语"时，不是先对人物的思想、性格有了清晰的概念，从概念出发规定其言语、行动，主人公在他的脑海里始终是一个完整的、活生生的人。就创作意图的总体而言，人物的性格基调是明确的，而在具体的性格发展中，作者的意图却又表现为知性的模糊。他在创作过程中沉浸于人物中间，忘掉自我，与人物一起哭泣，一起欢笑，于是便得到了概念所不能准确表达的情态，尤其是心理动态。可以这样说，写"囫囵语"，就是要求作家通过言语描写不仅表现出人物"想什么"，而且同时表现出人物"怎样想"，写出人物彼时彼地的心理动态。这种心理刻画看似"囫囵"、模糊，实际上则准确地表现出复杂的精神现象，正是写人之上乘手法。

波德莱尔讲："艺术越想达到哲学的明晰性，便越降低了自己。"在中国的古典文论中，对文学艺术的这一特征早有认识。戴容州的"蓝田日暖、良玉生烟"之喻，司空表圣"象外象、味外旨"之说，严沧浪"不涉理路、不落言筌"之论，都是在努力揭示这一奥秘。而清代文论家叶燮则又有更为精辟的论述，他说："子但知可言可执之理为理，而抑知名言所绝之理之为至理乎？……可言之理，人人能言之，安在诗人之言？可征之事，人人能述之，又安在诗人之述之？必有不可言之理，不可述之事，遇之于默会意象之表，而理与事无不灿然于前者也。"（《原诗·内篇下》）小说与诗文不同，与其他艺术门类亦不同，但在基本的美学原则上，却又有相通之处。"囫囵语"一说所揭示的小说创作规律，与上述的诗文、艺术创作规律，在基本精神上是相通的。如果我们要在理论的递嬗方面为脂评寻找更直接的渊源，那就应该标举出李卓吾与金圣叹来。李卓吾主张人物描写"不惟能画眼前，且画心上；不惟能画心上，且并画意外"（容与堂本《忠义水浒传》二十一回）"意外"，就是人物的潜意识，人物心灵深处的底蕴。"并画意外"，要求作者写出人物不够自觉、不能自持的言语、行动。金圣叹有"因缘生法"之说，主张作者"于三寸之笔，一幅之纸之间，实亲动心而为淫妇，亲动心而为偷儿"（贯华堂本《第五才子书》五十五回），即作者沉浸到对象之中，体会其心理，揣度其行动，让人物自己行动起来。可以说，这些都开启了"囫囵语"说的先河。

文学是人学。小说尤以揭示人的精神世界为能事。丹纳曾提出，艺术品等级的高低取决于它所表现的心理特征的深度。小说在近现代的发展趋势，就是心理描写的比重增加，程度加深，不只是表面化地写思想观点、道德信念及功名事业等，也不只是简单地写一点感情、脾气、嗜好，而是着眼于人流动多变的心理活动，在细腻的心理刻画中完成人物丰富的多层次的性格。在中国，《红楼梦》可说是这种写法的开山之作。鲁迅先生所说，"自在《红楼梦》出来以后，传统的思想和写法都打破了"，也包含这方面的意思。《红楼梦》在中国小说史上的一个长足进步，就是改变了心理描写简单化的传奇式写法，把目光深入到人物心灵深处。《红楼梦》在实践方面取得了小说史上划时代的成就，而脂评从理论上总结、揭示这一成就，其在小说理论史上的意义也是不容低估的。

说说当下"红学"中的一笔糊涂账

(2008年11月,根据录音整理)

大家都知道,"红学"最好不要轻易涉足,"红学"是一个比较"可怕"的地方。据说当年钱锺书先生——公认的学贯中西的大家,说自己有两个领域不愿涉足——当然他是谦虚了——一个是"佛学",佛学浩如烟海;一个就是"红学"。他没有说为什么,我想跟"红学"的复杂是有关系的。

一、从刘心武说起

为什么要从刘心武说起,实际上,从刘心武说起,很大程度上就等于从《百家讲坛》说起。

当年,刘心武在《百家讲坛》推出了"说红楼"之后,《百家讲坛》立刻成为一个收视率非常高的栏目,但是很快也在红学界引起了争论。当时很多红学家在各种刊物上发表文章来批评刘心武;可是网友们,其中很多是大学生朋友,力挺刘心武,当时辩论得很厉害。

"拥刘者左祖",当时有什么理由让网友支持刘心武呢?三个理由:第一点,趣味性。刘心武讲得很好听。原来的学者讲《红楼梦》——别说讲《红楼梦》了,讲任何一个学术题目都很容易把大家讲得昏昏欲睡。刘心武一下子让栏目火了,既然市场评价很好,我们有什么理由反对他呢?第二点,"草根性"。"拥刘者"说你们不要把学术变成小圈子的事情,难道只有你有话语权吗?为什么刘心武他就没有话语权呢?刘心武自己也讲:"你们为什么不让我讲话?"这也是很有说服力的。第三点，创新性。"红学"搞了那么多年了，说来说去就那么几句话，而他的观点前无古人。

这是事情的来龙去脉。那么留下的问题是什么？这就是我们今天要讲的。刘心武对于《红楼梦》的解读完全不同于五十年以来所有红学家进行的研究。怎么看待这个问题？再深一步，提到"草根性"问题。过去认为很神圣的学术殿堂，究竟是照旧阳春白雪地办下去，还是在大众媒体日益发达的今天应该有一种新的路数呢？此外，对于青年学子来说，还涉及如何看待知识、看待学术的问题。这个问题很小，也可以很大，这就是一个"糊涂账"的话题。

二、刘心武发明了什么

两年前，我们在北方一些高校的大学生中进行过一项调查。这个调查分了好多个子课题，主要就是调查大家对于传统民族文化的了解情况。其中关于《红楼梦》的课题，总的标题就是："你对《红楼》知多少？"

有四个数据很有意思。第一个，知道《红楼梦》而且喜欢《红楼梦》故事的人，在被调查者中占49.1%，青年人对《红楼梦》还是有一些兴趣的。第二个，坐下来通读过《红楼梦》原书的人占5.7%，很多人可能翻过，但不一定读得很全，从电视剧、电影里知道的更多一些。第三个，知道刘心武点评、研究《红楼梦》而且很火这件事情的，占46.9%。第四个，知道刘心武的具体观点同时对这件事有自己的看法的，占3.2%。也就是说，《红楼梦》作为一个话题，还是一个有意思的话题，但是大家术业有专攻，不一定有很多时间了解得很具体。

《红楼梦》这本书对于今天一般的读者来说，它有什么价值？《红楼梦》在中国传统民族文化、在中国古代文学当中都是一本集大成的书。这个"集大成"是三个意义上的"集大成"。

第一个意义，它出现在整个中国古典文化发展到了乾嘉时代这个阶段，中国传统文化到了这个时代，本身就是一个集大成的阶段。以文学方面而论，无论是诗词曲还是散文、小说，经过一个很长的发展阶段后，作家有可能吸收和借鉴前面两千多年人们智慧的结晶。而创作《红楼梦》，曹雪芹恰逢其时。在这个意义上说，《红楼梦》里所包括的既是中国古典文学优秀传统的很多方面，也是传统文化的一个集大成。所以，读了这本书，可以感受到中华民族传统文化的很多东西。这就是曹雪芹———一个博学的富有天才的人——在这个时代他合乎时代脉搏做的这件事情。

第二个意义，从中国古代小说来说，《红楼梦》肯定是顶峰之作。在《红楼梦》之前，无论是《三国演义》还是《水浒传》，都不脱当初由话本转来的痕迹。到了《红楼梦》，它把小说艺术的方方面面发展到了最高峰。

第三个意义，从社会科学的角度，《红楼梦》带有百科全书的性质。当然，这个"百科全书"不能说是无所不包，但是它把封建时代的很多东西用具体生动的形象表现出来了，包含着那个时代的很多文化知识，也包含着很多智慧，所以这部书在今天还是非常有价值的一本读物，对于提高大家的修养也是很重要的一本读物。

可是《红楼梦》又有一个特点，就是任何一部文学作品都可以作多种解读，作品越丰富、越伟大，解读的可能性就越多。《红楼梦》就是这种情况，所以解读起来可能性非常多。为什么成为专门的"红学"？就是由《红楼梦》的这个特殊性质决定的。

(一) 创立"秦学"

刘心武为他的研究起了一个名字——"秦学"。为什么叫"秦学"？就是他从秦可卿这个人物入手，作出一个完全不同于前人的解读。

那么,"秦学"是什么?刘心武从《红楼梦》的字缝里看进去,看到许多隐而未彰的东西。作者藏在字缝里,藏在纸的背面,没有说出来,但是留下蛛丝马迹被他看到了。他就像老吏断案一样,把各种蛛丝马迹收集起来,经过剖析,组织成一个完整的故事。他认为这是《红楼梦》的真故事。

这故事是什么呢?大家看过电视剧《雍正王朝》吧?《雍正王朝》这个故事的大部分时段,有一个人一直在影响着事情的进展,就是废太子胤礽。这是康熙朝很有意思的一个事情,但也是中国封建王朝的一个普遍问题。什么问题呢?就是储君问题。康熙在位的时间太长了,有61年。那么,他的接班人处在一个接班的、候补的位置要几十年。这个位置太难坐了。所以胤礽做太子,两度被废,废掉了又扶起来,又被废掉了。也就是说,康熙朝中后期政治斗争的核心就围绕着胤礽。

那么,胤礽跟《红楼梦》有什么关系呢?刘心武看到了,说《红楼梦》实际写的就是胤礽被废这场政治斗争。大家说:"没看到呀,林妹妹和宝哥哥好像没什么搞政治的味道。"这是因为我们的眼不够亮。刘心武先生说了这件事情的关键在于秦可卿。他认为秦可卿就是胤礽的女儿,胤礽在第二次被废的时候,就像赵氏托孤一样,让人把还在襁褓之中的秦可卿偷运出王府,送到了贾府。而贾府的人想到这个太子上次被废又复起了,这次被废说不定还会复起,就在这里押上一宝,就像现在股市跌到最低的时候我们赶快入市,思维方式是一样的。这不是我讲的,当然也不是刘心武讲的,但他的意思就是这样,说这是政治下注的好时机,所以贾府就收下了这个孤儿。

收下孤儿之后,没想到这次太子一废废到底了,所以秦可卿在贾府是一个非常特殊的身份。一方面,成为宁府的孙媳妇儿,另一方面,她的身世一直是个谜,大家都搞不清楚。小说说她是从育婴堂里抱出来的孤儿。刘心武说哪有这种事情?一个来历不明的人在这么一个公侯之家会这么得宠、成为嫡孙的媳妇，于情理上不合。所以她一定另有来历，这个来历就是赵氏孤儿式的托孤。

贾府里接受托孤的人表现出了非常男子汉的气派，第一是担当，即使后来"胤礽"一蹶不振，他们仍然待她非常好，有一种报恩的心理，担着血海一样的干系保护她，同时又对她非常好。以后可能日久生情，又有了其他方面的感情上的纠葛，那就是另外的事情了。

后来小说里荣府的元春入宫做了妃子。按照刘心武的分析，说这个人不好，她为了邀宠，为了讨"雍正"皇帝的好，把她们家的大秘密出卖了，说"家里藏了一个钦犯，就是你二哥的孩子在我们家"。雍正半信半疑就开始调查，贾府就有人得到了这个信息，告诉了秦可卿，说"你现在很危险，你自己了断吧"，所以秦可卿就自杀了，这个事情就成了永久的谜案。

就这一个花前月下的《红楼梦》里，隐藏着一个腥风血雨的隐秘的宫廷斗争的内幕。这是我们这些迟钝的人没发现的，现在刘心武先生发现了。第一，是一个创新；第二，形成一个体系。从《红楼梦》创作的经过、作者的身世到最后文本的解读，整个一套全新的看法，而且他认为他是自圆其说的。这就是刘心武先生当时在《百家讲坛》演讲的主要内容。现在的问题是他怎么论证的——他的论证也很丰富，有很多证据。我只能举例来说。

（二）论证：月亮的故事

我举的例子就是"月亮的故事"。刘心武证明《红楼梦》就是影射胤礽太子被废的政治事件，一个根本性的论据就是《红楼梦》里很多地方写到了月亮。写道月亮能说明什么呢？他说因为在传统文化里君主的象征是太阳，太子、储君的象征就是月亮。写了这么多月亮，可见写的是和太子有关。

当然，后来就有学者质疑了，说你得拿出证据来，你有什么证据说古人都是用月亮比喻太子呢？比如写月亮最多的就是李白了，"床前明月光"，总不能说他想起太子了吧。想起太子的恩泽？不太可能。东坡的《水调歌头》好像和太子也没有关系。刘心武举不出具体的例子，但是他也有些具体的证据，他的一本书《红楼望月》就是从"月亮"意象解读《红楼梦》的。其中有一条证据，是说废太子很有文采，有一次康熙皇帝南巡，太子接驾——当时还不是废太子，是太子——并拟了一副对联，康熙皇帝御笔书写赐给了太子。这个对联是"楼中饮兴因明月，江上诗情为晚霞"。

为什么这个就和《红楼梦》有关呢？他认为《红楼梦》里有一副对联，里边也写到了月亮和霞，可见是隐指上述太子的对联。《红楼梦》里的对联在哪里？林黛玉在初入贾府的时候，处处小心，打量环境，看到大堂上挂着一副对联是"座上珠玑昭日月，堂前黼黻焕烟霞"。他说林黛玉进贾府印象最深的这副联，上联就有一个"月"字，下联有个"霞"字，巧了，太子当年作的这个联也是上联有个"月"、下联有个"霞"，可见曹是为了怀念太子而写了这个联。这个逻辑绕了很多圈，实际上其中有几个问题：

第一个问题，先说"楼中饮兴因明月"，这个联确实有，也确实是康熙写给太子的。但是这个联不是太子所作，是两句唐诗。康熙把两句唐诗写完赐给了太子，并不是太子自己作过这么一副对联。

第二个问题，即使是太子自己作的，里面说了明月，也不能证明明月本身象征太子，这中间好像没有逻辑联系。

第三个问题是最根本的——难道因为《红楼梦》的对联里有了个"月"和"霞"，那么所有"月"和"霞"的联都和它有关系吗？古人作诗、作对子有很多类书，有点像我们今天的考试指导手册之类，日对月、雨对风、大陆对长空……这种东西很多，"月"和"霞"相对也是此类一个很普通的小技巧而已。在历史上想找出月和霞相对的对子，大概可以找出很多来，不能因为《红楼梦》里有一副对联，前面有"月"字、后面有"霞"字，就说是怀念太子，这种逻辑好像太牵强了。

这是一个例子。他很多例子都是这样。你要说他没有证据，他也有证据：确实有过一副对联和太子有关系，这对联里有个"月"字、有个"霞"字，《红楼梦》里恰好也有一副对联里有个"月"字、有个"霞"字；接下去是推论了——可见这副对联就是影射那副对联，用了这副对联就是怀念和那副对联有关的太子，月亮就和太子有关。这是多重的逻辑，可是每一重逻辑都顶多是或然，没有一个是充分的理由。多重或然之后概率还有多少，不用我来说。

（三）论证：药方的故事

再举一个例子，也是很关键的：怎么能够证明秦可卿是因为宫廷里的事情被逼自杀的呢？刘心武从《红楼梦》的字缝里也读出了一个理由，什么理由？《红楼梦》里写秦可卿病重了，后来给她请了一个太医开了一个药方子。这个药方吃下去之后，没说怎么样，下一回里秦可卿就死了。由此刘心武说药方是关键。

是什么药方呢？这药方很简单，五味中药，各位如果对中医药有研究的话，就会看出来这个药方是最普通的药方——人参、白术、云苓、熟地、当归。我本人对中医药略知一二，中医里最一般的补药叫"四君子汤"，"四君子汤"就是人参、白术、茯苓、甘草。"云苓"就是云南出的茯苓，这是四味最常用的补药。再加上四味，其中就有熟地、当归，叫"八珍汤"，再加上两味叫"十全大补汤""十全大补丸"，这是中药里最一般的。

这个药方子很一般，但是可能我们大家都偏于愚钝，没有看出这里边潜藏的东西。刘心武在他的演讲里说这个药方子不能这么读，读成五味中药就错了，应该从中间切一刀，是前面五个字和后面五个字，前面是"人参白术云"，后边是"苓熟地当归"。怎么解释呢？前面是

"人云",就是有人来说的意思。后面是"苓归",就是命令你回姥姥家去吧。回哪儿?就是自杀!"人云苓归"(人云令归)——有人带来了信息,信息里怎么说的?命令你了断!秦可卿的组织纪律很强,一看,就了结了自己宝贵的生命。

三、事出有因

《红楼梦》自身的丰富与复杂造成了解读无穷的可能性,套一句时髦的话:说不尽的《红楼梦》。

先看一个权威的论断。和绍兴有最密切关系的鲁迅先生说,《红楼梦》这本书"单是命意,就因读者的眼光而有种种",不同的人会有很大的差别。"经学家看见《易》",研究经学的人觉得《红楼梦》太深刻了,讲的就是《周易》的道理,我们看不出来,经学家能看出来;"道学家看见淫",板着面孔的老先生说,不得了,《红楼梦》这书教人学坏,诲淫诲盗;"才子看见缠绵",对于"青年才俊"来说,太令人感动了,林花谢了春红,太匆匆;"革命家看见排满",(清末民初的)革命家们一看,《红楼梦》倒过来说是"梦红楼",红者朱也,"朱"就是朱王朝,就是明朝,所以梦红楼就是梦想回到朱明王朝去,所谓"反清复明"——这就是"革命家看到排满";"流言家看见宫闱秘事",好像鲁迅先生很有先见之明,早就知道有人会看到宫廷里发生的隐秘事件。

《红楼梦》这本书可以从很多角度、因人而异地作出很多解读。这个道理也不只体现在《红楼梦》里,凡是伟大的文学作品,长篇,容量大,解读的可能就多。中国古代最有名的文学批评家刘勰说过这样一句话——这话实际上和鲁迅先生的话同理,不过他说的是更普遍的道理——他以屈原的作品为例,说屈原的辞赋"故才高者菀其鸿裁,中巧者猎其艳词,吟讽者衔其山川,童蒙者拾其香草"。

一部作品很伟大，如同一座伟大的建筑，每个人看到的情况不一样，因为接受者水平的不同，接受的东西也会不同。这个道理也适用于理解《红楼梦》。

我不太认同刘心武"秦学"观点，但是我很理解他，因为秦可卿太可疑了。她叫秦可卿，实际上也可以叫"秦可疑"。

第一，出身与地位不甚合。马克思讲过，婚姻往往是社会政治关系的一种延伸、一种需要。过去讲门当户对，在这个公侯之家里，唯一一个出身小户之家的只有秦可卿。秦可卿的父亲是一个乡村的秀才，秦可卿本人还不是他的亲女儿，她是育婴堂的一个孤儿。身世不明的人怎么会在贾府有这样的地位？而且她得到了特别的疼爱，从上到下，包括像王熙凤这种人——凤辣子这么不容人的人，和秦可卿关系最好，这是第一点可疑的。

第二，"戏份"与定位不甚合。"戏份"是演艺界的一个行话，比如一个明星要拍一部电影，他（她）在里边能够出镜多少次，他（她）的对话台词的长短。戏份要和身份、身价相当。秦可卿在《红楼梦》里戏份很少，没出过几次面，而且早早地就消失掉了，可是她在《红楼梦》文本中定位很高，十二正钗之一。《红楼梦》的女性，有十二金钗，有正册、副册、又副册。既然她不是一个很重要的人，为什么要搁到十二金钗的正册里？既然搁到正册，为什么不给她设计戏份多一点？确实有点可疑。

第三，她的行为在太虚梦境里太暧昧。整个贾府里有很多问题，尤其是道德方面的问题，说是"淫自宁始"，淫乱是从宁府里开始的。我们看到直接描写的头一个就是秦可卿。贾宝玉到宁府里面去，倦怠了要找个地方休息，到哪里去？秦可卿说带到我那儿去吧！到了秦可卿的住地，先到了客房的正厅，贾宝玉一进去，看到一副对联，很有名的对联，"世事洞明即学问，人情练达皆文章"。这个对联我们觉得很一般，也没什么，但是贾宝玉一看很厌烦，说这个地方是断断不能待了。

贾宝玉讨厌这些事情，秦可卿说换个地方吧！就到了她自己的卧室。秦可卿的卧室里摆设的东西都有象征的味道，有赵飞燕用过的，有杨贵妃用过的，而且都不是好用处。

然后书中就有人讲了，哪有把叔叔领到侄媳妇卧室、睡在侄媳妇床上的道理？秦可卿说，他才多大的岁数，哪有那么多讲究，没关系，就在这里睡下好了。

贾宝玉睡下之后就进入了梦境，就是太虚幻境。在太虚幻境里，贾宝玉有了他平生第一次的性行为，这性行为是跟谁呢？是梦见的一个人，这个人叫兼美，长得又像林黛玉又像薛宝钗。发生了这种事情之后，他从梦中惊醒，就叫了"兼美"这个名字。秦可卿非常惊讶，说这是我的乳名他怎么会知道。那么，这段模糊的描写究竟是一场梦，还是类似于春梦的一种遭遇？作者用了一个很含蓄的笔法。

总而言之，《红楼梦》最大的特点就是整部书里几乎没有淫笔，它是写情不写性，这是它和《金瓶梅》最大的一个区别。可是唯独这个地方，它是比较实在地写了。而且写了贾宝玉醒过来之后，袭人帮着穿衣服，袭人的手伸到他的裤子里有一种异常的感觉——遗精了。这种写法在贾宝玉身上只有这么一次，而这一次恰好发生在他睡到了秦可卿的卧房里，睡到了秦可卿的床上，然后做了一场梦，梦里见到了一个人，这个人的名字和秦可卿一样。作者为什么会写这么一笔？这个事情只能用"暧昧"两字来形容。

第四，死得太突然，丧事太风光。尽管前面说了她的身体不太好，但是拿现在老百姓的一个俗语来说，就是她"嘎嘣就死了"，没有先兆。王熙凤正在睡梦之中，忽然听到外面云板响，醒了之后，听说是蓉奶奶过去了。当时王熙凤心中纳罕、纳闷、奇怪、惊讶。尽管王熙凤知道秦可卿身体不太好，但怎么会突然就死了？这个地方作者也是故意地用了这么一笔，让人觉得死得有点奇怪。

丧事办得特别风光，整个《红楼梦》里写的大场面就是两个：一个是元妃省亲，按照评论家的说法，这是影射当年康熙皇帝南巡——《康熙微服私访记》里有提及，是"微服"，但实际上康熙南巡的排场是相当大的。当时，曹家负责在扬州接驾，这一段据说是影射那个大场面。第二个大场面就是秦可卿出殡。秦可卿是什么人？是贾府里的晚辈又晚辈——孙媳妇，她的先生贾蓉没有任何功名，她自己又出身低微，这个丧事至于办那么大的动静吗？连王爷都出来？而且写她的公公整个人因为秦可卿之死痛苦得已经不成人样了，走路都要拄拐杖了。儿媳妇死了，公公伤心成这个样子，这个写法也比较少。

更可疑的是，秦可卿死了之后，她婆婆在整个丧事中不露面。这才给了王熙凤协理宁国府的机会——王熙凤大展宏图，集中精力协理宁国府，展现她的才干、能力。机会是谁提供的？是尤氏——秦可卿的婆婆。儿媳妇的丧事应该由她来主导，但她却身体不适，一次也不出面。这个可疑不是事件可疑，而是作者用的笔法可疑。

第五，畸笏叟葫芦里不知什么药。畸笏叟是谁？我为什么说《红楼梦》像个迷宫，一般人都不愿意涉足，一个原因就是我们今天看到的《红楼梦》哪一个版本真正是曹雪芹写的，说不清。我们通常看的是一百二十回的《红楼梦》，但是跟电视连续剧《红楼梦》的结局完全不一样，为什么？电视剧是按八十回及其中的批语来编剧本的。这八十回就是所谓的抄本，抄本里都附有评点。这个评点总的署名叫脂砚斋，但是在脂砚斋评点的《红楼梦》里，评语署名最多的其实是两个人，一个是脂砚斋，一个是畸笏叟。

这两个人及他们作的评语的性质，是"红学"一个最根本的争议焦点所在。这两个人是什么人，是"红学"到现在也说不清的话题。比如脂砚斋，有人说他是曹雪芹的堂兄弟，有人说他是曹雪芹叔父辈的某个人，有人说她就是史湘云——曹雪芹最后真正娶的是小说里史湘云的原型，史湘云就是曹雪芹的太太，这个太太在曹雪芹去世之后继承他的遗志写了评语。

另一个评点者就是畸笏叟。畸笏叟的评语在整个脂批里最大的特点是倚老卖老。其中关于秦可卿，他有条批语非常可疑。可以说，刘心武发明"秦学"，主要的起因就是由于畸笏叟的这条批语。畸笏叟说："秦可卿淫丧天香楼，这个事情本来是写了整整一回的，我念及她在临死的时候托梦给王熙凤，她对王熙凤说的这番话还是正大之词，所以我命令曹雪芹把他写的'秦可卿淫丧天香楼'这一节删去。"口气很大，是他命令曹雪芹删的。可是曹雪芹删得不够干净，就留下那么些疑点。

究竟有没有这样一个人？这个人是不是真的起了这么大作用？他和曹雪芹到底是什么关系？秦可卿这个事情是不是就如他评语里说的，由于他命令曹雪芹删去了很大一部分文字，所以留下了很多疑点？现在都是大问号。围绕着秦可卿，有了这么多疑点，使刘心武有了一个发挥的可能性。但是，所有研究《红楼梦》的人都知道这个疑点，为什么别人没有得出这样一种结论来，没有创立"秦学"？这里面可能有一个根本性的差别。

四、立论奇，必有邻

我们有必要回顾一下"红学"的小史。《红楼梦》研究历史，实际上从《红楼梦》手抄本刚刚问世的时候就有人讨论了。晚清的时候流行一句话："开言不谈《红楼梦》，纵读诗书也枉然。"《红楼梦》很时尚，就像现在大家不说"百家讲坛"，就好像你没有文化修养一样。当时就是这么一种感觉，所以很多人都来讨论《红楼梦》。在诸多讨论《红楼梦》的人当中，也有些人形成了系统，写了书。特别是在民国初的十几年中，有一系列的著作跟刘心武的思路非常相近。所以我说是"立论奇，必有邻"。

一是清代的《郎潜纪闻》。这本书有一个观点，认为《红楼梦》写的是明珠家事。明珠是康熙朝的权相。贾宝玉是谁呢？就是纳兰性德，纳兰性德是贾宝玉的原型。十二钗是谁呢？各位就想象不出来了，你们想一定是纳兰性德身边的女朋友。非也，按照《郎潜纪闻》的说法，十二钗是纳兰性德身边的十二个文人，包括著名词作家朱彝尊他们，到了曹雪芹的笔下，把他们变性了，变成了十二金钗。

二是《醒吾丛谈》。这本书认为，说写的是明珠家事是不对的，应该是理亲王家事。理亲王家里有很多女孩子，也有很多妃子争风吃醋，把这些事情记下了就是一部《红楼梦》。

三是王梦阮。他认为《红楼梦》写的是顺治和董小宛的故事，贾宝玉就是顺治帝，林黛玉就是董小宛。董小宛是晚明秦淮河上四大名妓之一，后来跟着冒辟疆从良了，从良之后，冒辟疆写了一个笔记叫《影梅庵杂记》，"影梅庵"是怀念董小宛的。王梦阮的逻辑和刘心武很相似。他说冒辟疆写的《影梅庵》，"梅"字的右边是个"每"，而林黛玉的父亲叫林如海，母亲叫贾敏，名字里都有一个"每"，可见这个"每"就影射了"影梅庵"，所以说《红楼梦》写的就是董小宛。这个逻辑很奇怪，但是想象力是可以的。

过去传说顺治帝出家就因为太后害死了董小宛，顺治帝一怒，要美人不要江山，跑到五台山出家了。后来，著名清史专家孟森先生有一个专门的考证文章说，顺治帝绝对和董小宛没有关系。何以证明呢？董小宛比顺治帝大26岁，过去是个妓女，又曾经嫁给冒辟疆做妾，顺治帝作为入关的异族的君主，会把一个大自己26岁的人抢来做自己的宠妃？这不太可能。

这一类的想法的通例是要从《红楼梦》里找出现实中的原型来，这原型最好是个历史名人，最好中间这个逻辑是别人看不到、想不到的。这几乎形成一个绵延不断的传统。

四是蔡元培。和刘心武观点更加类似的还有一位大名鼎鼎的人物，这个人是蔡元培。在20世纪20年代，蔡元培是研究《红楼梦》的一个大家，胡适研究《红楼梦》的时候主要对手就是蔡元培。

蔡元培说，整个《红楼梦》写的是一个解不开的反满的情结。具体怎么体现呢？贾宝玉就是废太子胤礽。林黛玉是谁？他综合了前面王梦阮、陈康祺《郎潜纪闻》的观点，认为林黛玉是朱彝尊。他也是从字缝里看出字来，和清代的政治斗争挂上钩，认为它是对贾府的揭露和批判。说"只有石狮子干净"，实际是说清朝已经腐朽透顶了。为什么叫贾府？"贾"就是"伪"，"伪朝"，不具有正统的地位。这是蔡元培的研究。

五是霍国玲。大家会说，这都是20世纪20年代的事情，和21世纪有什么关系？20世纪90年代中后期，北京也曾经出现过一个可以说是《红楼梦》研究者的人，这个研究者叫霍国玲。她让林黛玉的形象有了一个很大的变化。我对她研究《红楼梦》的热情真的很佩服，她和她的弟弟退休以后，一心一意，把全部精力都用在研究《红楼梦》上，从字缝里看出来一个被湮灭的史实。什么史实呢？就是林黛玉实际上是"侠女刺雍正"的那个侠女。说林黛玉本来和贾宝玉的原型曹雪芹青梅竹马、感情甚笃，但是被雍正横刀夺爱抢到宫里去了，她为了报仇含垢忍辱，最后找机会把雍正给刺死了。

从《红楼梦》里读出来这么了不起的一部新的清史，可以说"立论奇，必有邻"。

五、文化传统与刘心武的"继承创新"

（一）"诗无达诂"的阐释传统

为什么要用这句话引出讨论的传统问题呢？因为这极为典型地反映了一种解读文学作品的方法和态度。我们拿到一部文学作品、一部小说,它的基本品性应该是两点:第一点,它应该是虚构的,当然这不是绝对的,还有另类的写法,像实录体小说;第二点,它应该是审美的,是从艺术角度来记述虚构的事件。但是我们有一种传统,就是在阅读这些虚构的、本来应该成为审美对象的作品的时候,我们往往看它是不是隐藏着和政治、社会有关的目的。这种思维方法的影响应该说是很大的,尤其是对于如刘先生和我们这一代的人。

这有点思维定式,而这种定势我们可以往源头找,找得更远。中国古代的文学批评里有一词,叫"诗无达诂",它是一种阐释的理论,这个理论我认为是很深刻、很超前的,就是说一首诗并没有唯一的一个权威性解释,它往往可以因接受者不同而作出不同的解读,而这些解读都有存在的理由。这个阐释的传统应该是很好的,但是它有另一面。

当初提出"诗无达诂",这个"诗"不是泛指诗歌,是专指《诗经》。《诗经》当初产生的时候实际上就是民歌,后来有人把它们收集在一起。有人说是孔子收集的,但是现在的多数学者都不相信,有可能孔子整理过。民歌被整理起来,孔子拿它作教材,究竟想让它起什么作用,孔子也没有系统地讲。孔子说《诗经》可以"兴、观、群、怨"——让人丰富内心世界,"多识于鸟兽草木之名",涉及很多动植物,可以作为一种知识读本来读,可以增长很多知识。但是到了汉代,《诗经》被官方奉为经典之后,需要有权威性的解释。汉代的经学家们解释《诗经》的时候,换了一个角度,多半都把它比附到政治斗争当中。说某一首诗就是批评某一个君主的,是因为当时发生了某一个事件,所以有了这首诗。大半都是这么来解读的。

这合不合理?肯定有合理的地方。但是作为一种方法,实际上是很危险的。因为《诗经》多数是民歌,很多是情歌,情歌跟政治有什么关系?比如"关关雎鸠",是很一般的情歌,到了经学家那里却解释成周朝贤明的王后教导后宫的妃嫔们应该如何修身养性,实际上这之间根本就没有关系。这种例子可以举出很多。"诗无达诂"这样一个命题,造成了多种解读的可能性和一种理论支撑,而在特定的解读过程中,又形成了一种比附于政治的思维定式。

(二)小说写作的"实录"观

另外一种民族文学批评的传统就是愿意把小说看成实录。明代、清代的小说前面的序言里,很多都讲:不要小看我这本书,我这本书都是真事,完全实录,所以它有价值。包括《红楼梦》,一开始作者自己交代"字字看来皆是血,十年辛苦不寻常",说就是我耳目所及、亲眼所见的一些人,我把他们实在地写下了。这种实录观让人们愿意从虚构的世界里找背后那个真实的世界。

这也是一种传统的思维方式,造成了我们在阅读当中的两种态度:一种是审美的常态,它面对的是一个艺术的对象,给我们构造的是一个独立的艺术的世界。依此,我们看进去,看到的首先就是宝黛的爱情,然后是黛玉和宝钗两个性格完全不同的女孩子各自的命运,然后就是他们生活的大环境——这个大环境所代表的贵族钟鸣鼎食的富贵和不可避免的破落,"悲凉之雾,遍被华林"。这应该是我们阅读的第一感受——多数的、有着合理知识结构的人们共同的第一阅读感受,这种感受应该是一切批评建立的基础。这才是一种正常的审美的心理和心态。

有些人偏不满足于此,一定要挖出背后的东西来,要从字缝里看出东西。我认为这有"窥视"的心态,要看看人家有什么隐私,所以我说是一种另类的阅读心态。

(三)后现代的话语权理论

在我们的文化传统里,这种另类的阅读心态是可以找到根的。这种文化心态、这种阅读方式在特定的环境和背景下会膨胀。什么样的特定环境和背景呢?就是当下一种特别的文化潮流,即通常讲的后现代话语权的问题。后现代的话语权和这个问题有什么关系呢？这就是为什么一开始我说"拥刘者左袒"，我列出了三条：趣味性、创新性和草根性。

话语权的话题就是这样的。对任何一个事物的解读，我们传统的传播方式、文化存在的方式是强调权威的，权威造成了话语霸权，而现在应该解构掉这些话语霸权，大家都有平等的解说、解释、演绎文本的权力。这就出现了一种新的解释批评的理论，就是强调一个文学的过程，不是说我写成这本书就完了，而是要在你解释的过程中，经过读者的一种阅读接受，甚至经过读者一种带有创造性的重新"写作"才能算是完成。所以一部作品既有可读性，又有可写性，不是只读文本。既然有了可写性，每一个读者作为票友和专家，享有同等的权利，都可以把自己的理解讲出来。

这样一种思潮和我们前面讲的传统在某种意义上一拍即合，就是对于文学文本，不满足于文学的审美的阅读，要挖出底下的东西来，我们有这个权利，也有权利把自己挖出来的东西公之于众，当成一种学说。正是因为既有这样一种传统，又有现在的这么一种风潮，所以才有了这样一种解读。实际上，这与"大话西游"之类的所谓的"大话"都有相通的地方，在学理上、思潮上都有相通的地方。

这里面就有两个不太好区分的界限。一个就是个人阅读理解的权利正当与否，如何区分？特别是你利用一种公共的平台进行言说，影响了他人的这种权利的时候，这些听众并不享有和你共同的权利。实际上，在这里，这个界限应说是理论性很强的一个话题，甚至是涉及文学批评根本性的一个话题。颠覆话语霸权是不是这么有道理？是不是颠覆了话语霸权之后全世界60亿人就可以对文本有60亿同等的、平等的解说？这里面的界限究竟在哪里？这个地方不太好划分。

第二个不太好划分的地方就涉及《红楼梦》文本本身。文本的本身从逻辑上来说，确实存在一些问题。把这些问题揭示出来，进行分析，这应该是没有问题的。分析应该是有新意的，这也是没有问题的。但是怎么样的分析才是属于学术性的？怎么样的分析是离开了学术的轨道？这个地方可能也不是几句话就能够说清楚的。

六、"学""学术""规则"

（一）学术、评论、读后感

我们阅读一部作品，可能对它有进行阐释、分析的内在心理要求。当你把这种要求写出来的时候，至少应该先分清楚这三种不同的类别。

第一种是学术研究。学术研究最重要的应该是完全地从材料出发。胡适讲"有一分材料说一分话"，这个材料还必须是符合学术规范的。比如，不能是孤证，就好像自然科学里提出一个定理，要把它作为一个规律，要想大家来认可它，必须在实验室里，同等条件下能够复现——你给出条件，我再做一遍，还是原来的样子，它就站住脚跟了。同样道理，人文社会科学，你要说明这个事情，作为学术研究，你至少要有两个以上的证据，孤证是不行的。

学术有一系列的规则，要有材料，材料要可靠，还要有多重证据，或者是文献的，或者是地下文物的，它们相互之间还应有一种统一的逻辑结构。

第二种是评论。评论是在一个大家都能够认可的理论框架下，对作品作出一个阐释，作出一种评价。这种阐释、评价和学术研究不一样，它不强调你的发明，不强调原始资料。它是一种态度，但是这个态度要有一个理论框架作支撑和背景。

第三种是读后感。你自己读了，有自己的感想，理论深一点更好，浅一点也没有关系。大家看了，有人会心一笑，有人觉得没有意思。但是，读后感不同于评论，读后感、评论不同于学术，这一点是很重要的。

（二）另类读后感——当作家的"习惯"

刘心武发现了《红楼梦》里很多疑点。我认为秦可卿可以叫"秦可疑"，他对这一点分析得很深刻，想象很丰富。但是，总体来说这属于一种另类的读后感，它不太遵从大家公认的学术规则，包括逻辑推理，包括材料运用的合理性，这些规则基本都没有体现。作为一种读物是很好的，读着也很开心，好像在《红楼梦》之外又衍生出一部小说，这个小说富有趣味性。但是说它是一种"学"——"学"，有理论内在系统，是一种学问、一种学术，可能这中间隔着一层。

这和作家的想象力是有关系的，刘心武确实想象力比较丰富。王蒙也谈《红楼梦》，没有人对王蒙谈《红楼梦》有这样的批评，因为王蒙说是自己的感想就是自己的感想，绝对不另外构成体系。

七、说说"红学"自身的问题

《红楼梦》本身有很多疑点，"红学"本身也确实有很多有争议性的问题，甚至在一些基本点上，"红学"应该不应该是这个样子的，可能都有可质疑的地方。但是红学家们的分歧和我们所讲的刘心武关于《红楼梦》的言说有着一种本质的区别。

简单说一说"红学"的问题。第一个，什么叫"红学"？"红学"就是研究《红楼梦》的学问。事实上也不是那么简单。

第二个，何谓"红外线"？有人把对于《红楼梦》文本的艺术性分析都称为"红外线"，是"红学"的边缘性的东西。那么"红内线"是什么呢？主要就是刚才曹雪芹的家世问题、曹家这些人谁和谁是什么关系，祖上是河北还是辽宁等问题。

第三个，脂砚斋的大疑案。关于"红学"，一个集中性的问题就是围绕脂砚斋的大疑案。《红楼梦》版本、手抄本现在有不到20种，20种的先后关系问题，哪一个早一年，哪一个晚一年，是谁抄谁的，这些问题很多。我们现在读的《红楼梦》的本子，被认为权威的都是从署着所谓脂砚斋名字的手抄本来的。但脂砚斋是谁？有可能是他的太太，有可能是他堂兄弟，有可能是他叔父。说到是谁，都能够找出理由来，但是谁也不能说服对方。

第四个，"红学"还有一个根本性的问题，就是怎么看后四十回。和曹雪芹有没有关系？有没有价值？20世纪80年代拍的电视剧《红楼梦》最后的结局实际上在《红楼梦》书里都是没有的。"红学"有一个分叉叫"探佚学"，说《红楼梦》有哪些故事后来给丢掉了，就把它再挖出来，有这么一种做法。把这个写道电视剧里，就是80年代的那部电视剧。

有人认为"红学"这么下去没有出路——这是四川一个学者在所写的《红学末路》里提到的。我的结论就是，这些争论，甚至"红学"本身的学术品位，我们都会有不同的看法。"红学"集中在讨论作品文本以外的问题，究竟对还是不对？"红学"所争论的这些问题，是真问题还是伪问题？这些争论都可以来怀疑和讨论，但是这些讨论、他们写文章的基本方法、研究问题的基本路数，还是在学术这个范围之内的，遵从基本的规则。例如，你要有材料来说话，你这个材料够不够、对材料解读准不准，这是一个问题；你的材料是不是靠一种合乎逻辑的论说来组织。所以说"红学"本身确实有很多糊涂账，问题多多。可是，在"红学"的内部，它还是一个学术性的平台，是一种学术性的研究。

最后，我想说明两个观点。

第一点，"红学"应该因"红楼梦"而存在。这实际上是指要回到文学本身。那些问题的研究，中心应该在这里。把核心的东西划为"红外线"，把边缘的东西搁到"红学"的核心位置，这个倾向，我认为不太好。

第二点，《红楼梦》是大众的，这部小说是大众的，但是，"红学"是小众的。刘心武这个问题的出现，就是在小众和大众之间的界限没划好。原因有两条。

第一条，《红楼梦》在很早之前就成为一种大众的文化消费对象。学术是一种专门的东西，不是说它有多高尚，别人不能染指。它需要积累，有一定的规则。为什么你要读本科，要读研究生，再去读博士，它其实就是一个训练的过程，让你明白如何来进行研究，不是说跨一步就全进入这个平台了，所以学术是小众的。

第二条，大众传媒的发展。做大讲堂很好，但是有的讲堂变成了一种"文化快餐"，模糊了学术和非学术的关系，容易产生一种误导。

从这意义上说，《红楼梦》这部文学作品是大众的，是属于大家的，谁都有阅读的权利，谁都有解说的权利。任何一种读后感，多么另类，都可以写道自己的博客里。但是这不代表可以借助于一种带有相当官方色彩的媒体，把它传达给没有专门知识的听众，这会有误导。学术在很大程度上就是小众的，你可以把它通俗化了来介绍，但并不是简单的事情。

【互动交流】

学生：我想问一下陈教授，秦可卿生病的时候，既然贾府的人都知道秦可卿是个——就算是一个公主吧，为什么还要请太医？这不相当于把秦可卿推向火坑吗？

陈洪：这个事情我想从两层意思上来说。第一层，我们相信作者当时确实是费了很多心思来写秦可卿这个形象的，而且经过了反复的修改，并且最后由于他没有拿定主意，成了露出很多破绽和疑点的一个形象。也就是说,我们不能先预设我们所面对的这个文本就应该是一个天衣无缝的文本。任何一个文本都是被书写的文本,假设你是作者的话,你也会有些地方写得很圆,有些地方写得就不是那么圆。

我举一个小例子,比如我们读《水浒传》,你怎么看宋江这个人?宋江——"孝义黑三郎",他讲他自己最根本的人生准则是讲孝道,可是倒过来,他做的那些事情在当时来说都很危险,而这些危险的事情会累及他的家人,所以很早就被他父亲告忤逆,声明脱离父子关系。这么矛盾,怎么解释呢?只能解释说,作者在写作的过程中并没有把这个形象处理得很好,没有把复杂的写成圆融的,而搞得性格本身有分裂。

同理,秦可卿这个形象作者也并没有处理得非常圆满,他留下了一些破绽。

第二层,太医并不是只给王室或者王府看病的,而是一个身份。《大宅门》里,有这个身份的人,他同时也可以为别人服务。这一点不能说明太多的问题。另外,秦可卿是公主,这只是刘心武的一家言,不能作为讨论的前提。好,谢谢!

学生:还有一个问题,就是秦可卿的葬礼上尤氏没有出来,我认为是因为焦大说的一句话。焦大说:公公哭媳妇,婶婶和小叔子关系不明。可卿活着的时候,她算是一个公主,尤氏也不敢怎么样,但是可卿死了之后,尤氏应该可以发泄一下吧?谢谢!

陈洪:我听出来了,你可能是看过刘心武的观点,你觉得他的观点还是有点意思的。我想说的是,刘心武先生说他认为尤氏没出来,是可以解释的。我也不是说就不能解释,但是我认为这个地方是有疑点的。特意写尤氏不出来,当然是为了给王熙凤腾出一个空间。但是发生了这么大一件事情,尤氏不出面——她是婆婆,公公又表现得过于热心,这两个碰到一起,和旧时代通常的人情世故相距比较远，容易让人起疑窦，容易让人怀疑什么。但这绝扯不到"公主"的身份上。

学生：陈教授您好！最近我们在做一个研究，就是"李纨跟妙玉的比较研究"，我想请问您觉得这两个人有什么可比性吗？谢谢！

陈洪：有什么可比性？你是有备而来，已经做了一番研究，我没有做研究，咱俩不在一个平台上，但是我也可以说一下。这两个人都比较奇特，很有意思。我刚才讲秦可卿的时候，讲了一句话，说秦可卿有一个疑点，就是她的戏份和定位不甚合，这两人也有这个问题。妙玉也很可疑，像林黛玉、薛宝钗这种形象，可以有各种不同的分析，不会认为她可疑，而妙玉不。

妙玉的来历也比较奇特，地位也比较奇特，在贾府里她究竟算是个什么身份呢？比较奇怪。另外，她和贾宝玉之间的情感，也近于暧昧。所以妙玉这个形象也是属于比较另类的，好像是把林黛玉的毛病放大十倍以后就变成了一个妙玉。林黛玉有很多可爱的地方，但也有些毛病，如比较刻薄，比较小性子，孤高，把它放大了以后就变成了妙玉。林黛玉还是叫人喜欢的，妙玉就不太叫人喜欢了。她和李纨有什么可比性呢？好像是两个极端，妙玉目无"下尘"到什么地步！李纨是很随和的，这个相反也可以产生一种比较。

另外还有一点可以比较，就是她们俩都生活在一个常人的性情世界之外。妙玉有她的身份，李纨有她不幸的婚姻，但是写出来是完全不同的两个形象，一个是很厚道的寡嫂，但是有的时候绵里藏针；一个是看起来孤高、目无"下尘"的尼姑，但是我们有时候会发现她内心里的一种脆弱、一种特殊的波动。她们都有一种内在的矛盾，也许这里可以比较一下。供你参考。

学生：陈教授您好！我想请问一个问题，就是为什么曹雪芹要把王熙凤写得那么男性化，而把贾宝玉写得那么女性化呢？

陈洪：这个话题也非常有意思。先说贾宝玉女性化的问题，关于贾宝玉的性别问题，实际上在《红楼梦》解读里也是一个很大的话题。他的性别当然是男性，但是他行为里的女性化倾向是非常明显的。这个也可以有多种分析，刚才我讲了，文学的文本分析的角度可以有很多。

我现在可以试着给你提供一个比较独特的角度，就是我们可以理解成——曹雪芹这个人很天才，他可能是在无意当中写出了这么一个形象。这个形象除了在思想上表达对一种传统的、正统的价值观的疏离之外，实际上，《红楼梦》作为一种文学思潮、文化思潮，和当时的"性灵"是有很大关系的。当时有"性灵"一派，"性灵"一派是什么意思呢？就是讲你做事也罢，做人也罢，最重要的就是把你的真心表露出来。而真心是什么？就是没有被社会的价值观、功名富贵所污染的纯真的心，这叫"性灵"一派。袁枚、黄仲则都是这一派。甚至，早一点的吴敬梓也沾边。实际上，在思想观念上，应该说《红楼梦》里这种色彩是很明显的。当时表现"性灵"一派的这些人，在性别取向上都有一点自己独特的地方，比如袁枚——当时的袁才子，很有名的诗坛领袖，关于他的性别取向，就有很多不同的说法。

我前不久看到一篇文章，作者是一个从日本回来、在日本拿到医学博士学位的人。他分析了现代性学的一些观点，很有意思。他说过去我们讲性别，主要是从生理外观来讨论，这个小孩一生下来——这个是弄璋（男孩），那个是弄瓦（女孩）。实际上一个人的性别表现在很多方面，尤其是进入分子生物学的层面之后，你的基因结构里决定性别取向的因素往往和外在的性别是不完全一致的，所以就有相当一部分人的性别是非典型性性别，表现出一定程度的双性化。尤其是情感丰富、从事艺术活动、在艺术活动里表现出某种天才的，常常有这种非典型性的现象。

这不是我的发明，我是介绍这么一篇文章。那么倒过来回答你这个问题,就是《红楼梦》实际上是作者凭借一种天才的感受,写出了这么一个复杂的形象,而这个形象一定程度上表现出一种非典型性的性别——就是贾宝玉确确实实是个男孩子,没有问题,但是他有某种双性化的倾向,包括性取向上,包括行为方式上,这是贾宝玉。

再说王熙凤。王熙凤是另外一件事情,没有写王熙凤在性别取向上有什么男性化,一点都没有,主要是写她的干练。20世纪70年代末,有一个文学评论家写了厚厚一本书《论凤姐》,专门讨论王熙凤。王熙凤这个形象是作者态度最矛盾的一个形象。他并不是把王熙凤写得很坏,而写她的干练,写她处理问题的明快,写她聪明,这都是正面的地方。这是《红楼梦》的特点,作者不是喜欢的就捧上九天,厌恶的就贬下九地。

作者写出了一个复杂的人,写了王熙凤权力错位当中的悲剧。什么叫权力错位?我写过一篇小文章,就是《王熙凤不知道》。她看起来是贾府里最有实权的人,谁都怕她,大事小情都要请示她,任何一笔开销都是她一支笔签字生效;说惩罚谁就惩罚谁,说打谁就打谁,包括长一辈的,赵姨娘就不要说了,是个姨娘,甚至她的亲婆婆——邢夫人都忌惮她三分,所以为所欲为。一开始是在贾府里,后来手又伸出去,参与社会上很多事情,包括干预人家的婚姻,逼死了一对情侣等。但是她忘了一件事情,她的权力是谁给的?她的权力是借来的,她本身并没有一个扎扎实实的权力。所以到后来,当这个借给她权力的基础不再借给她权力的时候,她就一步一步地走了下坡路。

曹雪芹写了这么一个人——很能干的一个人自己定位错误,又卷入了一个正在没落的家庭里的一系列矛盾中,最后害了这个家,也害了她自己。他写了这么一个悲剧,但是,强调了她的才干,而不是写她性变态。刚才你所讲的性取向的一种特异,我觉得作品里没有。谢谢！

学生：陈教授，我们都知道宝黛情深，为什么到后来林黛玉死的时候，贾宝玉和薛宝钗要圆房，最后还有一个孩子呢？这是为什么，又意味着什么？

陈洪：这个话题有一个大前提，大前提就是后四十回是不是曹雪芹的本意？这是一个大前提。现在所有反对后四十回的人主要理由就在这里，说曹雪芹本来要写"色即是空，空即是色"，写最后"白茫茫大地真干净"。但是结果最后还让薛宝钗给他延续了一线血脉，最后还兰桂齐芳，家道复兴。这是高鹗续笔的拙劣之处，思想庸俗的表现。赞成后四十回的人就来反驳，这是一个争论。

所以大前提是这个故事是谁写的。我们可以评论这个写法好与不好，但是不能说它说明了整部《红楼梦》如何如何。这是理解问题的一个角度问题。

学生：陈老师您好！我想问一下，如果从"可疑的妙玉"这个人来研究的话，从哪里作为切入口能让人耳目一新，而不至于牵强附会、成为一笔糊涂账呢？

陈洪：研究妙玉这个形象，我想有这么几个话题可以讨论。

第一个话题——要说没有人研究过我也不敢保证，因为我没有专门上网去查——我所能想到的第一个话题就是，妙玉最后的结局是不是曹雪芹一开始设计《红楼梦》的时候所希望看到的结局？妙玉这种结局的描写风格和前八十回的写作风格是不是相合？

第二个话题，是不是还有一种宗教的角度？从宗教的角度可以讨论家庙。妙玉——刚才我讲她的处境很独特，这样一种独特的处境，是不是和当时这样一种家庙制度有关系？是一个另类还是一个通例？这需要一些史学方面的功夫，需要一些材料来证明。

作为一种形象分析，恐怕还是要在一种比较当中。可以讨论这几个最主要的人物之外的几个形象，作一下比较。比如，把黛玉抛开，把宝钗抛开，把探春抛开……实际上，有几个人作者对她们内心的评价是很高的，是很欣赏的，但是落墨都不多。如邢岫烟，像这样的几个人，着墨都不多，但是作者把她们看得很高。这样的形象之间作一个比较，好像没有人比较过，但还能够各有各的特点，这在艺术表现上有什么可以注意的地方？只能供你参考。

《西游记》与全真教之缘补证*

一

自"五四"以来,从鲁迅、胡适的"游戏说",到1949年后的"农民起义说",再到20世纪80年代之后出现的"市民观念说""人才观说"等,尽管研究者们对《西游记》主题的看法凡历几变,但其阅读研究的前提,都是以《西游记》为一部纯粹的文学作品。

判定《西游记》为一部文学作品、一部通俗小说本不成问题,但20世纪90年代以来,却陆续出现了一些不同的声音,如李安纲提出《西游记》是"以道教全真教经典《性命双修万神圭旨》为原型,混一三教,整合文化,从而建立自己的结构体系"的"觉悟之书"❶。我们且不评论这种说法正确与否,但看这种现象,就颇有令我们深思之处。何以言之?因为在《西游记》的阅读接受史上,李安纲的说法并不是前无古人的"旷世奇说",早在百回本《西游记》产生之初,人们就已经把它视作"道书"了。现在已知最早判定小说《西游记》为"道书"的,当为明万历二十年出版的世德堂本《西游记》陈沅之序里所提到的"旧有序":

> 其叙以为孙,犹也;以为心之神。马,马也;以为意之驰。八戒,其所八戒也;以为肝气之木。沙,流沙;以为肾气之水。三藏,藏神

---
* 本文与陈宏合作而成。
❶ 李安纲:《美猴王的家世》,中国社会科学出版社2002年版,第7–8页。

藏声藏气之藏；以为郛郭为主。魔，魔；以口耳鼻舌身意恐怖颠倒幻想之障。故魔以心生，亦以心摄。是故摄心以摄魔，摄魔以还理。还理以归之太初，即心无可摄。

若陈沅之所言不虚，则此序当为世德堂本《西游记》之"底本"的序言，此序以内丹思想涵摄小说人物情节，这说明在百回本成书之初，人们对这部小说的判定，就已经是"证道"之书。

整个明清两代，诠释者对《西游记》的看法基本上没有跳出"道书"的框框，大都认为《西游记》"作者极有深意。每立一题，必有所指，即中间科诨语，亦皆关合性命真宗，决不作寻常影响"，"此中妙理，可意会不可言传，所谓语言文字，仅得其形似"，是一部承载着微言大义的著作。其所关注的，是"文以载道"的那个"道"；至于丰富多样的故事、生动曲折的情节不过是为了这个目的服务，其本身并没有什么独立的意义和价值。而这种诠释的极端化表现就是清代那几部繁芜、庞杂的评点本，如陈士斌的《西游真诠》、刘一明的《西游原旨》等，他们认为《西游记》的哲理意义藏于小说的每一角落，甚至是每一个字词之上；提倡像读经书、道书一样，挖掘文字背后的意味，"学者须要极深研几，莫在文字上隔靴搔痒"，"读者须要行行着意，句句留心，一字不可轻放过去"❶。这种视《西游》为"道书"的看法，自鲁迅、胡适等人批判后，方才偃旗息鼓，在大半个世纪中暂时退出了评论及教科书。由此可见，李安纲之说，不过是古人对《西游记》性质之认定在现代的回响。

但问题并没有彻底解决。像《西游记》这样一部通俗白话小说，为什么在接受的过程中，被如此多的人解读为与小说毫无关系的"道书"呢？难道仅仅如胡适先生所言，是"这三、四百年来的无数道士

---

❶ 刘一明：《西游原旨读法》，见《西游原旨》卷首，《古本小说集成》，上海古籍出版社1990年版。

和尚秀才"盲求瞎寻的结果么？从传播学及接受史的角度看，胡适先生此言明显存在误区，大要有二。

一是明清两代出面诠释《西游记》者几乎无一不指此书为"证道之书"，言之凿凿。中间不乏一些有名的文人学者，如袁于令、谢肇淛、尤侗、刘廷玑等，他们或学兼三教，或富于文才，绝非那些满脑八股之徒可比。可以说，他们对《西游记》的看法平心多于臆解，并非一味地索隐求怪，盲求瞎寻。

二是较之现代人，明清两代的解读者与《西游记》作者处于同一个时代段落，同一种文化体系中，因而思维方式也更为接近。今人看不出其意蕴的词语文字，对当时人来说可能别有一番滋味。这是他们的诠释别于现代人，也是优于现代人之处。这样一批解读者，没有在《水浒传》或其他的神魔小说中发现什么微言大义，可见《西游记》本身还是有些独特东西的。

意大利文学理论家艾柯认为，对文本的解读应包含三个要素："第一，本文的线性展开；第二，从某个特定的期待视阈进行解读的读者；第三，理解某种特定语言所需的文化百科全书及前人对此本文所作的各种各样的解读。"❶ 简言之，其实也就是文本和读者两个基本要素。只要是严肃的解读，即便这种解读在我们看来是不符合作者原意的"过度诠释"，这两个要素也是缺一不可的。胡适先生将明清人视《西游记》为"道书"这一阅读现象的原因全推在了读者身上，这显然是片面的，因为他忽略了文本在阅读过程中所起到的重要作用。

《西游记》与同时期其他小说最大的不同之处，便在于叙事文本中夹杂了大量的宗教哲学观念、术语及文本资料，这些文字不乏前后映照，互为呼应之处，在若有若无之中暗示着某种抽象的思想观念，使读者隐约感觉到小说所要表达的并不仅仅是一种趣味和愉悦，还有某种"微言大义"。在一定程度上，那些视《西游记》为"证道之书"

---

❶ 艾柯等：《诠释与过度诠释》，王宇根译，生活·读书·新知三联书店1997年版，第175页。

的读者们,都是沿着小说中这些"路标"步入过度阐释之歧途的。

二

　　毫无疑问,《西游记》是一部通俗小说,但这部小说却与传统的宗教、哲学有着极为密切的关系。故事的基本框架取材于唐僧取经故事,自然多涉佛教内容,流传演变中一度也带有浓厚的佛教色彩,如《大唐三藏法师取经诗话》、明初杨景贤《西游记杂剧》,以及一些宝卷中的西游故事等。不过在今天读到的世德堂以还的各种繁本《西游记》中,都是全真教的色彩更浓一些。明清批评家纷纷以金丹大道解读《西游记》,却少有人以佛学解之,便证明了这一点。关于《西游记》与全真道之关系,海外学者柳存仁曾撰文专门探讨过。近些年来,国内有的学者,更将这部小说视为阐扬"金丹大道"的宗教手册。

　　对小说《西游记》与全真教之间存在某些联系的认定,小说中的一些全真教徒创作的诗文是十分有力的证据。柳存仁先生最先发现小说《西游记》中某些诗词来源于全真教;其他如冯尊师《苏武慢》"试问禅关,参求无数",马钰的《南柯子·赠众道友》"心地频频扫,尘情细细除"《瑞鹧鸪·赠众道契》"修行何处用功夫,马劣猿颠速剪除",以及张伯端《悟真篇》中《西江月》"前弦之后后弦前",等等。

　　除柳存仁先生的发现外,李安纲也从《西游记》找到了一些借用道教徒诗词的例证。如张伯端的诗词,摘自《悟真性宗直指》三首:《西江月》"妄想不复强灭",见《西游记》第二十九回;"即心即佛颂"一首,见《西游》第十四回;《西江月》"法法法原无法",见《西游记》第九十六回❶。摘自《悟真篇》一首,《西江月》"德行修逾三百",见《西游》第五十三回。又如第八十五回悟空所举:"佛在灵山莫远求,灵山只在汝心头。人人有个灵山塔,好向灵山塔下修。"李安纲认为

---

❶　这三首实出自《紫阳真人悟真篇拾遗》,引入《西游记》时文字与今道藏本稍有异同。

出自明中叶之全真教丹书《性命圭旨》。

细爬梳，还可举出一些，如柳存仁先生在引《鸣鹤余音》中收冯尊师《苏武慢》词时，漏引其八：

大道幽深，如何消息，说破鬼神惊骇，挟藏宇宙，剖判玄元，真乐世间无赛。灵鹫峰前，宝珠拈出，明显五般光彩，照乾坤上下群生，智者寿同山海。

最至极，翠霭轻分，琼花乱坠，空里结成华盖。金身玉骨，月披星冠，符合水晶天籁。清净门庭，圣贤风范，千古俨然常在，愿学人达此希夷，微理共游方外。❶

《西游记》取冯词上阕，仅将"玄元"改做"玄光"，余同。

不过，还应注意的是，道教内丹学说在逐渐形成和完善的过程中，大量借鉴吸收了禅宗的思想材料，前引张伯端《西江月》第四"法法法原无法"便非其本人所作，而是从南阳国忠禅师那里直接抄袭来的；"佛在灵山莫远求"一诗，也不是《性命圭旨》的首创，在其之前民间化的佛教经卷《金刚科仪》就已有了这首诗，明正德年间之罗教更是反复提及，说明这首诗在民间早广泛流行了，所以不能径指来自全真。但是，前引多数诗词还是直接来自全真一系无疑。

另外，百回本《西游记》中存在大量的内丹修炼术语，也是一个不争的事实。典型的有"金公""木母""黄婆""元神""姹女""婴儿""刀圭""水火"等。柳存仁还指出，《西游记》中使用了大量全真派诗文中的特殊名词，像"八百、三千""玉华会""六六、三三"等。这些名词术语，并非完全是随意点缀的，某些术语的运用或是与内容相关，或是影响到叙事结构。比如小说中以"心猿"指代悟空，便是有以悟空这一形象象征心性修炼之思想的用意，也直接影响到须

---

❶ 《西游记》第八十七回，人民文学出版社1980年版，第1104页。

菩提、六耳猴等重要情节的设计安排。关于这一点，已经有许多学者撰文指出❶。

特别应予指出的是，小说用"金公""木母""黄婆"指代悟空、八戒、沙僧，不是简单地以五行比配五众，而是建立在道教内丹修炼之"三五合一"思想基础之上的。所谓"三五合一"，即五行之中，西金、北水为一家，以"金"或"金公"代表，指代人体之精气；南火、东木为一家，以"木"或"木母"为代表，指代人体之元神；中央土自为一家，土又称"黄婆"或"刀圭"，指代人体之意念。这样金木水火土五行被简化为"金""木""土"三家❷。《西游》正是接受了这一观念并把这三个象喻性指代贯穿全文，时时呼应着文本的叙事，从而在文本叙述之上营构了一个颇具宗教象征意味的阐释空间。

小说叙事中借人物之口反复提及内丹理论，有些相当"专业"地道，如第三十六回"心猿正处诸缘伏，劈破旁门见月明"悟空所谈：

师父啊，你只知月色光华，心怀故里，更不知月中之意，乃先天法象之规绳也。月至三十日，阳魂之金散尽，阴魄之水盈轮，故纯黑而无光，乃曰晦。此时与日相交，在晦朔两日之间，感阳光而有孕。至初三日一阳现，初八日二阳生，魄中魂半，其平如绳，故曰上

---

❶ 见陈洪：《从须菩提看西游记的创作思路》，载《文学遗产》1993年1期。

❷ 一些研究《西游记》之内丹大义的学者认为"三五合一"乃金火一家，木水一家。如："'铅'字拆开为金、公，克金者为火，火即金之公；汞为水，水可生木，汞即木之母"（李安纲：《观世音的圆照》，中国社会科学出版社2002年版，第132页。）这种说法一是悖于全真教内丹修炼的一般观点。如《翠虚篇》云："金水合处，木火为侣，与中央戊己土合而为三也。"李道纯《中和集》"三五指南图局说"："东三南二同成五，东三木也，南二火也，木生火，木乃火之母。两姓一家，故曰同成五也；北一西方四共之，北一水也，西四金也，金生水，金乃水之母，两姓一家，故曰共之……五者，土之生数也，五居中无偶，自是一家。"二是"金公""木母"与"姹女""婴儿"一样，只是内丹修炼以男女比喻人体之阴阳。全真教称"金公"，实本金生水之说，加之古体"铅"字，即金公二字之合，如元李道纯说："乾之阳入坤成坎，坎为水，金乃水之父，故曰金公。以法象言之，金边著公字，铅也。"未见有什么火克金，故火为金公之说。

弦。至今十五日，三阳备足，是以团圆，故曰望。至十六日一阴生，二十二日二阴生，此时魂中魄半，其平如绳，故曰下弦。至三十日三阴备足，亦当晦。此乃先天采炼之意。❶

悟空在这里以月象变化为譬，阐明了内丹修炼的火候时机。此说本于道教内丹理论，张伯端对之有一更明晰的表述：

> 以丹田为日，以心中元性为月，日光自返照月，盖交会之后，宝体乃生金也。月受日气，故初三生一阳者。……一阳生于月之八日，而二阳产矣。二阳者，丹之金气少旺，而元性又少现。自二阳生于月之望，而三阳纯矣。……既至于此，而金丹且半，何也？且元神现矣，而未归于丹鼎，混精气而为一，所以为半矣。更所他后一半底道理。月既望矣，十六而一阴生，一阴者，乃性归于命之始也。自一阴生，至于月之二十三而二阴产矣。二阴者，乃性归于命之二也。自二阴生，至于月之三十日而三阴全矣。三阴者，乃性尽归于命也。……所谓性命双修者，此之谓也。"❷

《西游记》不过是将张伯端之说简约化了。即便是在三教合一的历史背景下，一个粗通道教之说的文人也很难说出这么深奥"专业"的理论。只有信奉道教内丹之说的人才能如此举重若轻地将如此深奥的理论信手化入小说叙述文本之中。

综上，明清两代人"证道"说，原不是阐释者一个巴掌所能拍响的。我们不否认阐释者的思维方式起到了同样重要的作用，传统的文史哲不分的观念在明清两代依旧有很大的影响，使人们不能够正视小说《西

---

❶ 《西游记》第三十六回，人民文学出版社1980年版，第468页。

❷ 《玉清金笥青华秘文金宝内炼丹诀》之《蟾光图论》，见《悟真篇浅解》，中华书局1990年版，第244–245页。

游记》首先是一部文学作品；好求微言大义的阅读习惯，也使读者们好从细节处着手，开掘文本之外的意义，等等。但我们不能因此回避《西游记》文本本就存在大量的道教诗词、术语；不能否认《西游记》中的诗词、术语曾经承载了宗教旨趣，因而具有一定的宗教象喻色彩；不能否认《西游记》叙述中的道教文字，是曾被某些精通内丹之学的人士，有意识地编织进叙事中间的。所有这些事实，都指向一点：《西游记》在流传过程中存在一个被全真教化的环节。

三

《西游记》故事是在一个相当长的历史时期发展、丰富起来的，宗教象征化是这个演变中的一个重要的环节。依据现在学术界普遍接受的说法，《西游记》流传之阶段，应分为唐宋著述或笔记中散见的取经故事，南宋"说经"说话中的《大唐三藏取经诗话》，元末明初的《西游记》杂剧，以及百回本《西游记》这几个阶段。但一部作品在历史上的流传，基本上呈现出线形的态势，在这几个大的阶段之间，《西游记》并没有在历史中缺失，而是以一种默默无闻的方式在社会上流传。

长期以来，《西游记》故事的传播基本集中在民间。不论是早期的诗话本，还是明初之戏剧，它的主要受众都是民间大众。从明初之《西游记》平话至百回本《西游记》出版的万历二十年的这二百余年间，虽没有什么完整的本子流传下来❶，但并不意味着《西游记》故事就没有在民间继续流传。恰恰相反，西游故事在民间宗教那里找到了生存的土壤。这既包括沉潜于下层民众中的全真教，也包括更纯粹意义上的民间宗教。

---

❶ 尽管有学者推断朱鼎臣本或杨致和本是百回本《西游记》的祖本，但皆为一家之言，并不能算作定论，因为有同样充分的证据表明朱鼎臣本或杨致和本很有可能是百回本《西游记》的删节本子。陈洪：《西游记的宗教文字与版本问题》，见《稗海新航》，春风文艺出版社1986年版，第143–151页。

目前，所见资料最早的是明正德初年的罗教创教经典《巍巍不动泰山深根结果宝卷》和《苦功悟道宝卷》❶，其中都载有简单的西游故事。如《苦功悟道宝卷》中云：

> 护法人，功德大，千佛欢喜。……三藏师，取真经，多亏护法。孙行者，护唐僧，取了真经。三藏师，取真经，多亏护法。猪八戒，护唐僧，取了真经。唐三藏，取真经，多亏护法。沙和尚，护唐僧，取了真经。老唐僧，取真经，多亏护法。火龙驹，护唐僧，取了真经。三藏师，度众生，成佛去了。功德佛，成佛位，即是唐僧。孙行者，护佛法，成佛去了。他如今，佛国里，掌教世尊。猪八戒，护佛法，成佛去了。他如今。现世佛，执掌乾坤。沙和尚，做护法，成佛去了。他如今，在佛国，七宝金身。火龙驹，护唐僧，成佛去了。

明嘉靖、隆庆、万历年间，是民间宗教颇为繁盛的时期，其时兴起的民间宗教有黄天教、红阳教、圆顿教等，在这些民间宗教的经典中保留了相当多的西游故事之片段。如已为大家所熟知的《销释真空宝卷》《清源妙道显圣真君一了真人护国佑民忠孝二郎宝卷》，再如属于黄天教系列的宝卷《普明如来无为了义宝卷》《普静如来钥匙宝卷》，以及红阳教之《混元弘阳临凡飘高经》等。流传于民间的西游故事虽然略显简单，甚至只是梗概，但这些西游故事的只鳞片爪就已经说明，明代西游故事一直和民间宗教结缘颇深。

在百回本《西游记》尚未问世或未曾广泛传播时，宝卷中提及西天取经故事的还有如嘉靖年间之《普明如来无为了义宝卷》：

---

❶ 过去一直认为最早的记载西游故事的宝卷是《销释真空宝卷》，其产生年代为元末明初。然据喻青松先生考证，《销释真空宝卷》实应为明万历年间的作品。参见喻青松：《销释真空宝卷考辨》，载《中国文化》1995年第11期。

锁心猿合意马，炼得自乾，真阳火为姹女，妙理玄玄，朱八戒按南方，九转神丹，思婴儿壬癸水，两意欢然，沙和尚是佛子，妙有无边。走丹砂，降戊已，水火安然，离四相，战天魔，万法归圆，舍全身，供龙天，普施贤良。

偈曰：一卷心经自古明，蕴空奥妙未流通。唐僧非在西天取，那有凡胎见世尊。古佛留下玄妙意，后代贤良悟真空。修真须要采先天，意马牢栓撞三关。九层铁鼓穿连透，一转光辉照大千。行者东方左青龙，白马驮经度贤人。锻炼一千八十日，整按三年不差分。龙去情来火焰生，汞虎身内白似金。一卷心经自古常明，混源到如今，旃檀古佛化现唐僧，六年苦行，自转真经，超度九祖，躲离地狱门。

万历初年之《钥匙佛宝卷》：

半句偈，要通晓，性命有一……当初有唐三藏，取经发卷。人朝化，普云僧，细说天机：心是佛，唐僧一粒；孙悟空，是行者，捉妖拿贼；猪八戒是我精，贯穿一体；沙和尚是命根，编我游记；有白马，我之意，思佛不断。走雷音，朝暮去，转转围围……唐僧转人间，传大道，半句真言。

百回本问世前的宝卷，所述取经故事，固与小说不同；百回本问世后相当长的一段时间内，宝卷仍与之大相径庭，如清初黄天教《太阳开天立极亿化诸佛归一宝卷》中有《取经歌》：

老唐僧去取经，灵山十万八千程，七十二座火焰山，三关九窍住妖精，诸佛参透取经难，降魔宝贝显功能，迦叶拈花真盗夺，老子骑牛杖头明，二郎担山收阳诀，太翁直钓水中金，真武剑诀龟蛇伏，达摩九采雪山经，韦驮捧定降魔杵，目连锡杖鬼神钦，洞宾常带雌雄剑，行者金箍棒一根。丹炉灶，能消能长，通天窍，饥吃灵丹，长寿药，闲时操演用时妙。十二时中棒欲举，灵龟海底常跳跃，虎好走，龙好飞，返还功，莫较迟，揽龙头，击虎尾，左边提，右边息，浑身使尽千斤力，肘后飞龙蟠金顶，回光返照真消息。穿尾闾，过夹脊，上玉枕，泥丸降下菠萝蜜，花池神水点丹田，倒下重楼降祗园，六年功满见唐君，封你个旃檀佛世尊。

以唐僧一行西游譬喻人之内丹修炼过程，诗中列举了西游路上诸神仙之降魔宝贝，与百回本《西游记》相同的只有孙悟空之金箍棒，老子、迦叶、二郎、真武也是百回本《西游记》中人物，提到他们也沾一点边。但诗歌中姜子牙、韦驮、目连、达摩、吕洞宾就与百回本《西游记》毫无关系了。《取经歌》之后，有四首西游故事之俗曲《玉娇枝》，叙述西游之情节也与百回本大有不同：

唐僧传令，师徒们去取真经，灵山十万八千程，暗藏九妖十八洞众，诸徒各显神通。

唐僧害怕，只妖魔委实的难拿，两道蛾眉似月芽，樱桃小口难描画，舞双刀，口吐朱砂。

妖精传令，洞门前要夺真经，行者金箍棒一根，变条金龙来显圣，把妖精吞在肚中。

旃檀佛降下，朱八戒九转丹砂，白马沙僧采黄芽，行者道：把青龙跨，老唐僧带上金花。

第一首俗曲中所言九妖十八洞与小说《西游记》有出入，小说中唐僧西行取经遇见妖魔，远多于这些；第二首的妖精未见于小说；第三首夺经书之情节亦未见于小说，悟空金箍棒变化为金龙将妖精吞在肚中，也是小说从未有之情节；第四首唐僧带金花、跨青龙，更为小说所无。

崇祯元年出现之弘阳教宝卷《弘阳后续天华宝卷》"西天取经品第十九"所述西游故事又是一种形态：

> 想当初，唐贞观皇帝，因斩白龙游狱，撞见众魂讨命。天子回阳，挂榜取得三藏真僧，给付通关御牒，西行路收行者八戒沙僧白龙马，经历千山万水，受过若干魔障，方到雷音寺，取得一卷《心经》，来到东土，超度亡灵，得升净土。我今持颂，甚是感戴。今同大众一起称赞偈曰：虔诚用意颂真经，忽然想起老唐僧；通关牒文西方去，收伏众魔一路行；锁住心猿休胡走，栓住意马莫放松；沙僧挑开双林树，八戒护持老唐僧；五人攒簇归一处，东边出现体西临；行过九妖十八洞，降伏魔王众妖精；大妖三百六十个，小妖八万四千零；有座火山实难过，醍醐灌顶往前行；来到人我山一座，内有黄风恶妖精；多亏行者神通广，降的魔王不见踪；加工进步三年整，到了灵山古寺中；师徒就上空王殿，点起无油智慧灯；灯光普覆经堂内，里外通明一片金；楼头鼓响钟不住，元明殿内见世尊；发下无字经一卷，成裹献与法王身；功完果满归家去，稳坐金莲不投东。

其中只有唐僧取经乃由太宗"因斩白龙游狱，撞见众魂讨命。天子回阳，挂榜取得三藏真僧，给付通关御牒"，与百回本《西游记》一致，此外无一相同，宝卷所述雷音寺的取《心经》，小说中是乌巢禅师传给唐三藏的；九妖十八洞与黄天教所传一致，与小说《西游记》不同；取经三年之说，也是承袭黄天教《普明如来无为了义宝卷》："锻炼一千八十日，整按三年不差分"；宝卷中黄风怪所居"人我山"，小说作黄风山；最有趣的是唐僧一行到灵山，要在空王殿点起无油智慧灯后，方才见如来，取得无字真经，小说无此情节。

明中后期至清初宝卷中的西游故事与百回本《西游记》之故事

情节和结构相异,这表明民间宗教演说西游故事,自有传承渠道,还没有受到一个统一的、为读者所共同接受的本子的拘束。通常情况下,"权威性"的作品版本出现后,很快就使自由改造的空间消失殆尽。但《西游记》的这个过程延长了近一个世纪。如果和清中叶前后的宝卷比较,差异是很明显的。如《多罗妙法经》中的西游故事:

再指汝,收猿意,后好入定。此个猿,原来是花果山出。一片石,结一卵,生成一猿。他元在,居住所,东胜神州。过了海,穿了山,西牛贺洲。又行到,山林中,参须菩提。学道妙,能神通,变树移山。被祖师,赶出来,恐惹是非,又走回,石洞里,变化难量。从桥下,到海底,寻一宝杖。能大小,法无边,他就带出。闹天宫,浪浮世,不遵规矩。世尊佛,五指山,把他压住。山面写,有真言,难开难浪。观音佛,来度世,见他普化。等后来,有唐僧,去取真经。汝可护,补过失,后好皈官。谁想他,又不服,能跳能走。一跳去,三千里,难得他住。观音佛,赐金箍,任有真咒。

又如《达摩宝传》:

唐三藏,过西天,辛苦不尽;九九灾,八一难,死中得生。悟空心,沙僧命,唐僧是性;白马意,八戒精,配合五行。五千四,成一藏,十四年正;行十万,八千里,始到雷音。先发下,无字经,有字后更。

其故事形态与百回本《西游记》基本一样,两者之承袭关系一目了然。清代中后期民间宝卷虽也根据自己需要有所改动,但基本故事情节与《西游记》一致。这说明:第一,被社会普遍接受的"权威"版本最终会影响到特殊的接受群体;第二,在明代,这个过程在民间宗教的亚文化圈中被其内在原因延宕了。

明代民间宗教中普遍演述西游记故事,并以之作为阐发教义的载体,给五众以修炼之术的象征意义,这与全真教思想的影响大有关联。全真依托蒙元而大盛,故元代之全真,在文人士子之间影响颇大,像元好问、虞集等文人与全真教皆有渊源。明代继元之后,太祖采取重正一而轻全真的政策,其在御制序文中云:"禅与全真务以修身养性独为自己而已,教与正一专以超脱,特为孝子慈亲之设,益人伦,厚风俗,其功大矣哉!"扬教门及正一,贬禅宗及全真之心灼然可见。明代正一教之天师登显位者多,而全真之籍籍无名者众。全真教的衰歇使全真思想向下移动,开始流入民间,与民间宗教合流。百回本《西游记》产生前的明正德至隆庆年间,也正是民间宗教开始兴旺之时,一批宣扬宗教思想之宝卷出现,其中绝大多数都受到全真教之内丹思想影响。最为典型的当是外佛内道的黄天教,该教教主李普明创教之初,便以唐僧西游譬喻演说大道❶。说起黄天教与全真教之间的联系,不仅是理论上一脉相承,而且其经典宝卷也自称"全真教":

普贤大道开全真,妙传般若了义经。非在念虑求假相,跳出三千六百门

普贤菩萨全真道,二九童颜不老年。古佛留下三乘教,超生了死总收元。

生仙生佛,不离人伦大道。本全真,性命相合。凡圣同根,先天真气,采取诸精,四时周转,八卦亦无停。

普明无为了义如来,普贤菩萨立于全真大道,后人都以无为行功,身心清净,锻炼四相五行,假借修真,调和大地黄芽。都以性命相合,

---

❶ 黄天教之《佛说利生了义宝卷》"戊午开道普明如来归宫分第十三"载:"普明佛,……戊午年,受尽苦,丹书来召;大开门,传妙法,说破虚空;炼东方,甲乙木,行者引路;炼南方,丙丁火,八戒前行;炼北方,壬癸水,沙僧玄妙;炼西方,庚辛金,白马驼经;炼中方,戊巳土,唐僧不动;黄婆院,炼就了,五帝神通。"戊午即嘉靖三十七年,李普明于此年开坛说法,以唐僧西游譬喻演说大道。

子母相见，不在万法所执，赖托一点天真。

古佛本是圣人转，全真大道乃是在家菩萨，悟道成真，身心清净。……在家菩萨智非常，闹市丛中作道场。都依普贤全真道，大小男女赴仙乡。

黄天教的思想主调也是全真教性命双修思想，主张："性要悟来命要做，都是先天出身路。性命双修体自真，一点灵光无遮护""炼金丹，无为老祖，说玄妙，先锁心猿合意马，日月光中采精源，铅汞两家同一处，二八相合炼先天。"

需要指出的是，明代各家宝卷涉及的民间传说往往不一，一般都是以所涉及之神仙命名宝卷的名称，像《伏魔宝卷》谈的就是关帝，《二郎宝卷》则是二郎神，《东岳天齐宝卷》的主神自然是东岳天齐大帝，《地藏十王宝卷》涉及佛教地狱的传说等，其来源也是五花八门。但是，还没有一个民间传说或故事有像《西游记》这么大的影响力，明中后期的主要民间宗教，如罗教、黄天教、西大乘教、红阳教、圆顿教等的宝卷中都有西游故事的影子，而且还程度不同地都有以五众作内丹术之象喻的内容。显然，这些不同宝卷中的西游故事有一个共同的根，就是全真教。

四

从以上材料可以肯定的是：第一，从今本《西游记》可以发现大量全真教的痕迹，说明在《西游记》成书的过程中有教门中人物染指颇深；第二，百回本成书之前，《西游记》的故事已在多种民间宗教中流传，而其情节及人物都与教义特别是内丹术产生了关联；第三，这些民间宗教多受到全真教或深或浅的影响。因此，判断《西游记》在成书的过程中存在一个"全真化"的环节当非牵强。

笔者曾接触到一条材料，或许还可给我们以启迪。山东快书高（元钧）派的《弟子名录》（抄本）有序一篇，内云："高派山东快书系（全真道）邱祖龙门派山东老张门……创立门户时，从《太山全真晚坛功课经》中取开头三十个字，作为本门辈字排列顺序：'道德通玄静，真常守太清，一阳来复本，和教永圆（元——原书如此，陈按）明。至理宗诚信，崇高嗣法兴。'山东老张门至今传到'至'字辈，整整二十一代传人。"这条材料应属可信，因为艺人们几无作伪的动机与可能。高元钧为十九代，其师戚永立为十八代，二人相差四十六岁。若以四十年为一代，上溯恰至金元之际。据此可知，山东快书的起源与全真道有关；反过来讲，全真道曾与说唱艺术有密切的关系❶。

翻检中国文学史，宗教与说唱关系甚密。佛教的俗讲，道教的道情，都是初为传教之工具，后渐掺入故事，成为相对独立的文学式样。而晚近之宝卷、鸾书，亦颇多通俗文学的成分。山东快书的源变，亦当作如是观。我们又知道，明代的长篇小说多为世代累积而成（包括《西游记》），经过由书场至案头的过程。多种"词话"即为这一过程的"中期成果"。《西游记》亦确有"诗话""平话"等"前期成果"。因此，我们有理由推测，很可能曾有过一种全真系艺人说唱的"板话"（或"词话""平话"之类）❷，其自然会有大量全真道内容掺杂在所演唱的故事（包括玄奘取经的故事）之中。借故事以传教，借教义以铺演故事。而这种说唱在民间的广泛流传，就成为民间宗教师法的对象。

但是，这样就出现了一个问题：小说中还有大量佛教的内容，且与道教内容相冲突，并非用一个"三教合一"就调和得了的。择要而言，其一，小说多次写道佛教与道教的矛盾，如车迟国、比丘国、灭法国等。而每次正义均在佛教一边，且结局均为僧人殄灭"妖道"。

---

❶ 当然，这条材料属于间接的孤证，因此本文也只是"假说"，远非定论，但对于解开死结却不失为一种思路。

❷ 全真道本有《长春真人西游记》。后世徒众（或"准徒众"）不察，在借故事讲唱布道时，以玄奘"西游"之事附会，铺演为某种"板话"，当亦在情理之中。

其二，孙悟空出身道门而皈依佛教，书中多次使用"改邪归正"之类的话语（如二十六回寿星道"闻大圣弃道从释"，九十回太乙天尊称悟空"弃道归佛"，等等）。其三，小说的神仙群体中，佛门的观音与如来虽偶有谑语，但法力无边，可亲可敬；而道教的最高神——老君相形见绌，不过是个二流人物。因此，我们今天看到的《西游记》，无论从笔墨本身还是从阅读效果来看，虽有以上大量全真印记，却绝不是阐扬道教之作。这似乎是一个死结。不过，如果考虑到《西游记》既经过全真化的环节，又最终成书于隆万之际某作家之手的复杂过程，也许不难化解这一矛盾。隆万之际，因对嘉靖帝佞道的反拨，朝廷多次打击道教，社会舆论也普遍扬佛而厌道，因此最后的写定者既承继了全真化了的某种"底本"，又自然而然地把当时"扬佛抑道"的舆论倾向带到了本属道教一脉的作品中——于是就在本文的书写中造成了这个"死结"；而作者创作时的游戏心态，使他根本不留意也不在乎此类矛盾的存在。吴承恩的兴趣本在文学方面，求仁而得仁，于是就有了这部杰出的文学作品。

《西游记》"心猿"考论
——西游与全真之缘再证

近些年来，随着研究方法的变化，人们对于《西游记》的宗教内容及相关的叙事特色逐渐给予了较多的关注。对于文本中频频出现的"心猿"一词的意义与功能，也在不少论文中有所涉及，甚至有了专题性研究❶。在这些文章中，研究者多把"心猿"的来历归于佛教，把"心猿"的频频出现归于明中叶阳明心学的勃兴，甚至有人把"心猿"具体化为"解读《心经》的老猿"，从而对孙悟空、唐三藏的形象作出新的阐释。

这些解释或多或少都有望文生义的嫌疑。"心猿"一词与《心经》之"心"毫无关系，与心学更是风马牛不相及也。廓清其来历的迷雾，对于认识这部奇书多重阐释空间的特色，以及探索其成书的过程，都是很有意义的。

实际上，对这一问题柳存仁先生早在二十年前就有了很好的见解❷。只是当时柳先生关注的重点不在于此，所以在《全真教和小说西游记》那四万余字的宏文中，正面讨论"心猿"来历及其意义的部分不到六百字。他指出"心猿意马的用语，是百回本《西游记》回目和若干文字里几个重要角色的代名词"，并强调"这些名词，也是宣传道教的人把这部小说的故事情节（民间的传说和《大唐三藏取经诗话》等著述的目标和立场本是佛教的）尽量道教化的一部分表现"。这些看法都是十分精辟的。不过柳先生论之未彻，诸多学者重

---

❶ 如王齐洲：《西游记与心经》，载《学术月刊》，2001年第8期；程毅中：《心经与心猿》，载《文学遗产》2004年第1期，等等。

❷ 柳存仁：《全真教和小说西游记》，见《和风堂文集》(下)，上海古籍出版社1991年版。

视不够，使这个问题仍存在上述认识误区。本文便是在柳先生文章的基础上，再作进一步的考察，试图在以下四点有更细致些的结论：其一，"心猿"的语源及在各类著作中使用的频度。其二，全真教代表人物著作中使用"心猿"的频度。其三，证明《西游记》中"心猿"一词的使用确与全真教有关。其四，说明"心猿"考论对于《西游记》研究的多方面意义。

一

首先来看"心猿"一词在《西游记》中使用的情况。这里以世德堂百回本为主进行统计，其他版本有差别的地方在论及时指出。

孙悟空在《西游记》中有多种称谓，其中多有可发覆的文化内涵❶，主要包括孙悟空、孙行者、孙大圣及心猿、金公等。从叙事学的角度看，前面三个与后面两个是功能有明显差异的两组。前者是故事内的称谓，即可以由讲述者使用，也可以由故事中人物（包括本人）使用；而后者则只能由讲述者使用，而且大多数情况只在某些特定的叙事方式中使用。

统计百回本中"心猿"及衍生出的少量"猿马""乖猿"等，共计有35处，主要分为三种情况。

第一种是回目。这种最多，共有19条，胪列如下。

第七回，八卦炉中逃大圣　五行山下定心猿；第十四回，心猿归正　六贼无踪；第三十回，邪魔侵正法　意马忆心猿；第三十四回，魔王巧算困心猿　大圣腾那骗宝贝；第三十五回，外道施威欺正性　心猿获宝伏邪魔；第三十六回，心猿正处诸缘伏　劈破旁门见月明；

---

❶ 即以"孙悟空"而论，他的开蒙师傅须菩提号称"解空第一"，其间关联颇可探究。参见陈洪：《从须菩提看〈西游记〉的创作思路》，载《文学遗产》1993年第5期。

第四十回，婴儿戏化禅心乱　猿马刀归木母空❶；第四十一回，心猿遭火败　木母被魔擒；第四十六回，外道弄强欺正法　心猿显圣灭诸邪；第五十一回，心猿空用千般计　水火无功难炼魔；第五十四回，法性西来逢女国　心猿定计脱烟花；第五十六回，神狂诛草寇　道昧放心猿；第七十五回，心猿钻透阴阳窍　魔王还归大道真；第八十回，姹女育阳求配偶　心猿护主识妖邪；第八十一回，镇海寺心猿知怪　黑松林三众寻师；第八十三回，心猿识得丹头　姹女还归本性；第八十五回，心猿妒木母　魔主计吞禅；第八十八回，禅到玉华施法会　心猿木母授门人；第九十八回，猿熟马驯方脱壳　功成行满见真如。

这些回目中的"心猿"，部分只是"孙悟空"的别称。作者之所以用别称，既有柳存仁所讲的"尽量道教化"动机，也有纯粹的行文需要。如"意马忆心猿""魔王巧算困心猿""心猿获宝伏邪魔"等，主要是追求行文变化及对仗所需，而字面上虽有些宗教色彩，却没有这方面的具体指涉。还有一部分是作者寄予了一定的宗教思想的内涵，如"五行山下定心猿""心猿归正""心猿正处诸缘伏""道昧放心猿"、"心猿遭火败""心猿妒木母"等。这些地方，"心猿"都有双关的意味。一方面，是作为孙悟空的代称；另一方面，试图揭示出孙悟空故事中含有的某种宗教哲理。特别要指出的是，作者还往往把"心猿"与"姹女""婴儿"，以及五行等的丹道话语连类使用，如"姹女育阳求配偶　心猿护主识妖邪""心猿识得丹头　姹女还归本性""婴儿戏化禅心乱　猿马刀归木母空"，使整个语境染上了更鲜明的道教色彩。

第二种是正文里的韵文。这种有13条，如：

"猿猴道体配人心，心即猿猴意思深。"（第七回）"金性刚强能克

---

❶ 世德堂本、卓吾评本皆如此，"新说"本为"猿马刀圭木母空"。当以后者为是。

木,心猿降得木龙归。金从木顺皆为一,木恋金仁总发挥。"(十四回)"乖猿牢锁绳休解,劣马勤兜鞭莫加。木母金公原自合,黄婆赤子本无差。"(二十三回)"意马心猿都失散,金公木母尽凋零。黄婆伤损通分别,道义消疏怎得成!"(三十回)"金顺木驯成正果,心猿木母合丹元。共登极乐世界,同来不二法门。"(三十一回)"未炼婴儿邪火胜,心猿木母共扶持。"(四十回)"性烛须挑剔,曹溪任吸呼,勿令猿马气声粗。"(五十回)"灵台无物谓之清,寂寂全无一念生。猿马牢收休放荡,精神谨慎莫峥嵘。"(五十六回)"此去不知何日返,这回难量几时还。五行生克情无顺,只待心猿复进关。"(五十七回)"赌输赢,弄手段,等我施为地煞变。自到西方无对头,牛王本是心猿变。"(六十一回)"木母遭逢水怪擒,心猿不舍苦相寻。暗施巧计偷开锁,大显神威怒恨深。"(六十三回)"猴与魔,齐打仗,这场真个无虚诳。驯猴秉教作心猿,泼怪欺天弄假象。"(六十五回)"正是:仙道未成猿马散,心神无主五行枯。"(六十五回)"咦!正是:心猿里应降邪怪,土木司门接圣僧。"(八十一回)

这里也有几种不同情况。一种是简单的情节复述,如"木母遭逢水怪擒,心猿不舍苦相寻。暗施巧计偷开锁,大显神威怒恨深。"一种是复述情节,同时为故事加上一些与丹道有关的哲理色彩,如"意马心猿都失散,金公木母尽凋零。黄婆伤损通分别,道义消疏怎得成!""此去不知何日返,这回难量几时还。五行生克情无顺,只待心猿复进关。"还有一种与正在发生的故事几乎看不出关联,自说自话地讲述宗教思想,如"性烛须挑剔,曹溪任吸呼,勿令猿马气声粗。"而这后两种情况恰恰呼应着回目中特殊的道教语境。

第三种情况是在故事的叙述中使用。这种情况只有3条,即"却说唐僧听信狡性,纵放心猿,攀鞍上马。八戒前边开路,沙僧挑着行李西行。"(十四回)"话表三藏遵菩萨教旨,收了行者,与八戒、沙

僧剪断二心，锁笼猿马，同心戮力，赶奔西天。"（五十九回）"难活人参十九难，贬退心猿二十难……"（九十九回）

其中第三条并非叙述故事，其实质与回目相类似。所以，《西游记》虽然大量使用了"心猿"一词，但几乎没有用在严格意义的故事叙述中。这一点，对于我们在后面的分析将很有意义。

二

"心猿"是个外来语。六朝以前的汉语中，似未见有其踪迹。传入中土的佛经，始把印度人常用的这个比喻结合着佛理掺入汉语中。这期间，影响最大的当属十六国时，鸠摩罗什所译《维摩诘所说经》。其《香积佛品》云："以难化之人，心如猿猴，故以若干种法，制御其心，乃可调伏。"而讲得更详细的则是稍晚些译出的《正法念处经》，其《生死品》云：

次复观察心之猿猴，如见猿猴。如彼猿猴躁扰不停。种种树枝花果林等，山谷岩窟回曲之处，行不障碍。心之猿猴，亦复如是。五道差别，如种种林。地狱畜生饿鬼诸道，犹如彼树。众生无量，如种种枝。爱如花叶，分别爱声诸香味等，以为众果。行三界山，身则如窟行不障碍。是心猿猴。此心猿猴，常行地狱饿鬼畜生生死之地。❶

显然，这种细微的描写是和印度的生态环境直接有关的。恒河流域多猴，印度人与其朝夕相处，观察、感触深入细致，自然而然写入到了佛典里。其他佛经，如《大日经》分述六十种心相，最后一种为"猿猴心"，比喻这种心态躁动如猿猴。《心地观经》则称："心如猿猴，游五欲树，暂不住故。"《大乘义章》亦有"六识之心……如一猿猴"

---

❶ 《大正藏》"经集部"四，《正法念处经》卷五，生死品之三。

之说。可见以猿喻放纵不羁的心灵为佛学常谈。

这一比喻随佛理进入了汉语，如果不计翻译、疏论性质的文字，那么首先进入的可能就是较有文学色彩的作品。而由于诗歌的比兴传统，这一比喻性词语很容易与其结缘。较早在诗歌中使用"心猿"一词的有南朝诗人萧绎等。而以萧绎帝王之尊，其作品影响自然远大于一般诗人。其《蒙预忏悔诗》中的"三修祛爱马，六念静心猿"便被收录到后世的多种类书里，成为"心猿意马"成语的出典。当然，这与作品的佛教题材直接相关。约略同时的北周诗人王褒也是在佛教题材的作品中使用了"心猿"。其《善行寺碑铭》曰："七华妙觉，三空胜境；意树已彫，心猿斯静。"到了唐代，我们可以在较多诗人笔下见到"心猿"或其衍生词。如初唐的萧翼，其《答僧辩才》云"酒蚁倾还泛，心猿躁似调"；其后如钱起《钞秋南山西峰题准上人兰若》之"客到两忘言，猿心与禅定"。

和我们现在讨论的问题直接相关的，有一条很有意思的材料，就是《西游记》的真正主角玄奘也曾使用过"心猿"这个词。他在《请入少林寺翻译表》中讲道："今愿托虑禅门，澄心定水，制情猿之逸躁，萦意马之奔驰。"❶ 这里的"情猿"就是"心猿"，以"情"代"心"，不过是一个避免重复的小小文字技巧。

不过，使我们稍感意外的是，如果做一下量化的统计工作，看看古代著述中"心猿"使用的频度究竟如何，那么就会发现结果令人吃惊。

如《四库全书》，经、史、子、集四类著作计3500余部，检索"心猿"一词，共有146条。去除重复、形近而非的9条，仅得137条。而且，其中绝大多数是一卷中只出现一次，只有5卷中出现过两次。有趣的是，这5卷中有4卷是类书，另外一卷是《悟真篇注疏》。《悟

---

❶ 石峻，楼宇烈，方立天等：《中国佛教思想资料选编》（第二卷第三册），中华书局1983年版。

真篇》出自张伯端之手，与全真道关系密切。也就是说，卷帙浩繁的"四库"中，除去这部与全真教有关的著作外，没有哪一位作者在自己的著述中，使用过两次或以上的"心猿"这个词。

再看《四部丛刊》，这部丛书有初编、续编、三编，包括释典道书在内，共计500余种。"心猿"一词，检索仅仅得到62条，其中还有一条是"心，猿"，去掉后为61条。尽管其中有若干佛典道书，总体看使用频率同样是相当低的。

我们再来看看佛教的典籍。一部《大正藏》，收释家经、律、论、史等共计3900余部，而检索"心猿"一词，却只得了37条。可见，虽然到了今天，"心猿意马"已是一个常用的成语，但在古代，它的使用频率却并不像我们想象的那么高。同时，我们也会诧异于相反的情况——《西游记》一部书中使用三四十次的"记录"，相比之下，《西游记》的作者未免太偏爱"心猿"这个词语了。难道说，这仅仅是作者个人的语言偏爱吗？

三

我们不妨循柳存仁先生的思路继续向前走，到全真教的著作中作一番过细的爬梳，量化一下，看他们使用"心猿"一词究竟到了何种程度。

先看教主王重阳。齐鲁书社的辑校本《王重阳集》[1]是迄今较为精审的王重阳著作整理本，共收入《重阳全真集》《重阳教化集》与《重阳分梨十化集》，以及《重阳立教十五论》等散篇，其中90%以上是诗词曲形式的韵文。经统计，其中出现的"心猿"及少量衍生词（如把"心猿意马"简称为"猿马"）共有38条。这38条自然都是在表述全真教理，但语境与功能仍有一定的差别。大致说来，有以下

---

[1] 王重阳：《王重阳集》，齐鲁书社2005年版。

三种情况。

第一种最为简单，就是袭用佛教的原意，用来比喻躁动的心灵。如"心猿紧缚无杂染，意马牢擒不夜巡"（《重阳全真集》卷之一《梦》）；"紧锁心猿，悟光阴，尘凡百年遄速"（《重阳全真集》卷之三《花心动》）；"如要修持,先把心猿锁"（《重阳全真集》卷之四《苏幕遮》）；等等。

第二种是把这种比喻与全真道的教理、修持方法联系起来，具有明显的全真道色彩。如"擒猿马，古来一句，柔弱胜刚强"（《重阳全真集》卷之三《满庭芳》）；"槌槌要，敲着心猿意马。细细而，击动铮铮，使俱齐擒下……明光射入宝瓶宫，早儿娇女姹"（《重阳全真集》卷之七《五更令》）；"不得受人钦重，不得教人戏弄。不得意马外游，不得心猿内动"（《重阳全真集》卷之九《四不得颂》）；"金关扣户，玉锁扃门，闲里不做修持。杳默昏冥，谁会舞弄婴儿。睡则擒猿捉马，醒来后，复采琼枝"（《重阳全真集》卷十一《声声慢》）；等等。

第三种是在原有的比喻意之上，又有所发挥。如"先且牢擒劣马子，且须缚住耍猿儿"（《重阳全真集》卷十三《望蓬莱》）；"莫放猿儿耍"（《重阳教化集》卷之一《黄鹤洞中仙》）；"猿骑马，呈颠傻，难擒难捉怎生舍"（《重阳全真集》卷之七《捣练子》）；"意马擒来莫容纵，长堤备，珰滴琉玎。被槽头，猢狲相调弄，攒蹄举耳，早临风，珰滴琉玎"（《重阳全真集》卷十二《风马令》）；等等。

从数量来讲，一个人的集子里，反复使用同一意象近40次，是不多见的。而当我们与前文提到的他人对"心猿"的使用情况相比时，会越发感到王重阳的用语偏好。不过，对于今天探索的问题来讲，后两种涉及内涵方面的情况更值得关注一下。

前文在分析《西游记》中"心猿"使用情况的时候，特别强调了它与"姹女""婴儿"及五行的连类、并提的形式。而在王重阳的集子里，上述第二种情况与《西游记》相同。至于第三种情况，则是又有新的意味。这里的"心猿"不只是比喻意义上的代称，还开始向有个性的形象方面发展。"耍""颠""骑马""调弄"，这些用语使一个较为概念化的用语有了生动的形象感。

在王重阳之前，似乎还没有哪个人如此集中、如此多样、如此生动地使用过"心猿"及其相关的话语。在王重阳的影响下，全真道的后来者很多人也对"心猿"的使用情有独钟。他的七大弟子，大多数都较多使用过这个词语❶，而大弟子马钰比起乃师更是有过之而无不及。齐鲁书社的辑校本《马钰集》，共收入其《洞玄金玉集》10卷、《渐悟集》2卷，以及《丹阳神光灿》《丹阳真人语录》等，其中绝大多数是诗词曲。经统计，其中出现的"心猿"及少量衍生词"猿马"之类，共计78条。这种情况实在令人叹为观止。

与王重阳相比，除去使用的频度更高之外，在与全真教理其他丹道术语连类使用，以及给"心猿"以生动形象方面，马钰也是继承乃师衣钵而又有所超越。连类使用的情况如"牢擒意马与心猿。先把龙虎收在鼎，自然铅汞得归元"（《渐悟集·玩丹砂》）；"炼要须教铅汞结，收心不放马猿颠"（《补遗·丹阳继韵》）。而《长思仙·赠小张仙》一篇讲得更明确："小张仙，小张仙，款款搜寻汞与铅，先须缚马猿。气绵绵，气绵绵，龙虎相交玉蕊鲜，金丹一粒圆。"（《渐悟集》）这就把缚住心猿意马列为修习内丹的三步骤之一了。

在这78条中，有4条值得特别注意。一条是《南柯子·赠众道友》：

> 心地频频扫，尘情细细除，莫教坑堑陷毗卢。本体常清净，方可论元初。性烛须挑剔，曹溪任吸呼，勿令猿马气声粗。昼夜绵绵息，端的好功夫。❷

---

❶ 其余诸子中，刘处玄《仙乐集》出现最多，谭处端次之。七子的术语使用差别很大，值得进一步研究。

❷ 马钰：《马钰集》，齐鲁书社2005年版，第185页。

一条是《瑞鹧鸪·赠众道契》：

修行何处用功夫？马劣猿颠速剪除。牢捉牢擒生五彩，暂停暂住免三涂。稍令自在神丹漏，略放从容玉性枯。酒色财气心不尽，得玄得妙恰如无。❶

这两条均见于《马钰集·渐悟集》，而同时见于百回本《西游记》的第五十回与九十一回，文字小有异同。这是证明《西游记》与全真道直接关联的最有力材料，柳存仁先生亦曾指出。而另外两条其实也有类似的价值，似尚未被充分注意。其一是马钰与王重阳的唱和。《重阳全真集》卷十二《风马令》曰：

意马擒来莫容纵，长堤备，玎滴琉玎。被槽头，猢狲相调弄，攒蹄举耳，早临风，玎滴琉玎。❷

马丹阳继韵唱和道：

意马癫狂自由纵，来往走，玎滴琉玎。更加之，猢狲厮调弄。歌迷酒惑，财色引，玎滴琉玎。（《补遗·丹阳继韵》）❸

师徒二人的两段小令，不但把"心猿""意马"形象化、生动化，而且给了二者之间一种新的关系：猴子是马匹的管理者，可以在"槽头""调弄"马匹；而马匹则服从它的调弄，"攒蹄举耳"。这不由得

---

❶ 马钰：《马钰集》，齐鲁书社2005年版，第201页。
❷ 王重阳：《王重阳集》，齐鲁书社2005年版，第185–186页。
❸ 马钰：《马钰集》，齐鲁书社2005年版，第285页。

使我们想到了《西游记》中的一段文字。第四回"官封弼马心何足"写道孙悟空被玉帝封为弼马温之后,勤劳王事的情形:

> 这猴王……昼夜不睡,滋养马匹。日间舞弄犹可,夜间看管殷勤:但是马睡的,赶起来吃草;走的捉将来靠槽。那些天马见了他,泯耳攒蹄,都养得肉肥膘满。❶

猴王看管"舞弄"("舞弄"一词,《西游记》多次出现,而《马钰集》亦见),马匹"泯耳攒蹄",无论其诡异景象之相似,还是罕见词语之类同,都使读者不能不在二者之间产生关联之想。❷

其二,《马钰集·丹阳神光灿》中有《赠曹八先生》一首,词曰:

> 妙玄易解,心意难善。穷究如何长便。牢捉牢擒,争奈马猿跳健!十二时中返倒,斗唆人、生情起念。当发愿,便至死来来,与他征战。
> 饶你十分颠傻,却怎禁,坚志专专锻炼。达悟知空,自是内观不见。才方生育天地,药炉中、日月运转。常清静,圣功生,神明出现。❸

这当然是在描写修行中"拴缚心猿意马"的过程、景象,可是其生动的描写却使读者仿佛看到了一段我们所熟悉的故事:"擒捉""跳健"的"马""猿",而这家伙颠倒反复,生出更大的贪念,为了"长便久安",于是决心"至死""征战"。而其中的"生育天地""药炉""锻炼"等词语,更会使熟悉《西游记》的读者会心一笑——何况这一段不长的文字中,竟然还出现了"达悟知空"的字样!

---

❶ 《西游记》,人民文学出版社 1980 年版,第 44-45 页。
❷ 对于《西游记》的"弼马温"来历,或言为马厩养猿可避马瘟,似亦有望文生义之嫌。揆情度理,封猴子以饲马之职,当与心猿、意马连类使用有些关系。参见陈洪:《"弼马温"再考辨》,载《文学遗产》2014 年第 5 期。
❸ 马钰:《马钰集》,齐鲁书社 2005 年版,第 227 页。

如果说只是在《马钰集》中出现了几条"心猿"的字样，我们没有足够的理由说"全真道与《西游记》有关联"，或是说"《西游记》中频繁出现的'心猿'为全真道影响所致"。但是，现在摆在我们面前的是一系列的材料。

第一，《王重阳集》《马钰集》是《西游记》之前使用"心猿"词语最多，且影响很大的两部著作；而《西游记》大量使用"心猿"是其行文的突出特征。

第二，《西游记》在使用"心猿"一词时，经常和"婴儿""姹女"及五行术语连类、并列；而这恰恰是《王重阳集》《马钰集》使用"心猿"的方式——"婴儿""姹女"及五行术语正是王重阳全真道内丹的常用语词。

第三，《西游记》使用"心猿"一词，大多是在韵文（广义，包括回目）中，全真道著作里的"心猿"，也同样大多在诗词之中。

第四，马钰及全真道其他人物的作品原文照录在《西游记》中。

第五，王重阳、马钰的作品中出现了把"心猿"形象化、生动化的趋势，其中猴子调弄马匹，猴子戏耍、跳健，猴子造反、至死征战的构想，以及有表现这些构想时使用的与《西游记》语汇近似的话语。

这些互相关联的材料叠加到一起，无疑足以说明《西游记》中大量使用"心猿"一词是直接受全真道的影响，而非其他；也可以进一步加强柳先生关于"全真道与《西游记》有关"的论断；还可以作为笔者数年前的一个观点的佐证：在《西游记》的成书过程中，曾经历过一个"全真化的环节"[1]。

四

回到我们最初的话题："心猿"作为孙悟空的代称，频频出现在

---

[1] 陈洪，陈宏：《论〈西游记〉与全真教之缘》，载《文学遗产》2003 年第 6 期。

《西游记》（百回本）的文本中，直接的源头并非佛教，更不是明中后期的阳明心学；这种特色鲜明的话语现象，是全真道带来的，再具体些，是受到王重阳、马丹阳著作影响的结果。

这样讲，并不是说《西游记》的创作就是全真道教理的展开。笔者的观点简言之可称为"环节说"。也就是说，唐玄奘取经的事迹的传播与演变，从最早的《大唐西域记》到明代中后期的百回本《西游记》，中间是经过若干错综复杂的环节的。而在"诗话""平话"环节之后，全真道染指于这一影响广泛的故事。教中某无名氏把已有的素材同自己的教义比附、熔渗，又发挥想象力，增加、丰满了不少情节，使《西游记》成为辅教、布道的讲唱材料——类同于晚唐五代的变文。其后，又有"华阳洞天主人"——对于道教不那么友好的人士在道教失势的时代背景下，从头整理、加工、定型，从而一定程度削减了全真道的色彩，并转变了全书的宗教立场（由道教辅教转为扬佛抑道），加入了玩世、骂世的内容，于是形成了"世德堂本"。

至于为什么会出现"全真化"的环节？换言之，全真教为什么会选择玄奘取经的故事来演唱推广自己的教义？原因可能有以下几个方面：一则这个故事历经七八百年的传播，已有相当广泛的影响，又有神秘色彩，本身适合做宗教宣传的材料；二则全真道本身有《长春真人西游记》，相近似的名称自然有移花接木的效果；而第三恐怕就是由于"心猿"这个媒介。众所周知，在北宋、西夏的中期，玄奘取经的队伍中就有了一个猴子成员，而在《取经诗话》中，猴行者的"戏份"已经与玄奘分庭抗礼了。到了明初杨景贤的《西游记》杂剧中，猴子已经俨然是取经故事的主角了。杨氏的杂剧写道猴子的时候，已经开始使用"心猿"的称谓。那是第十出"收孙演咒"中，山神的一个唱段：

（山神）小圣对师父说：前面有一河，名曰流沙河。河内有怪，能伤人。行者,你小心护持师父者。师父,好生加持者。

【尾】着胡孙将心猿紧紧牢拴系,龙君跟着师父呵把意马频频急控驰。一个走如风疾,一个脚似云飞。到西天取经回来,到大唐方是你。(下)

而全真教的创教祖师及重要人物的著作中既有大量的"心猿"使用,又开始把它形象化、故事化。于是,猴子取经的故事,与"心猿"这个意象便有了发生联系的可能。这个时候,全真道适有借助讲唱故事来传播教义的需要❶,于是取经的猴子与携带了大量全真信息的"心猿""一拍即合",成为挽结佛教取经故事与全真道的一个重要因缘。

这里要稍加说明的是,这一因缘之结成,更深层的原因在于全真道的基本教义。全真道教义有两个最重要的支撑点,一是"三教合一",一是佛禅与全真相通。正如王重阳主张:

儒门释户道相通,三教从来一祖风。❷(《孙公问三教》,《重阳全真集》卷一)

禅道两全为上士,道禅一得自真僧。❸(《问禅道者何》,《重阳全真集》卷一)

邱处机亦云:

仙佛原来共一源,蒙师指破妙中玄。❹(《杂咏》,《邱处机集》)

---

❶ 参见陈洪:《西游记成书过程的假说》,见《浅俗下的厚重》,南开大学出版社2002年版。
❷ 王重阳:《王重阳集》,齐鲁书社2005年版,第185—186页。
❸ 王重阳:《王重阳集》,齐鲁书社2005年版,第185—186页。
❹ 丘处机:《丘处机集》,齐鲁书社2005年版,第144页。

正是基于这两点，全真道大量抄袭了佛教特别是禅宗的观点、术语，其集子中可谓比比皆是，如：

从此不生应不灭，定归般若与波罗。❶
色即是空空是色，色空空色两具忘。❷（《赠耀州梁姑》，《洞玄金玉集》卷一）

所以，它对于佛教的理论、术语，乃至人物、故事，不仅绝无排斥之意，而且多方面借重。由此，才可能把玄奘取经的故事"全真化"，为我所用。

至于这个"全真化"环节的具体情况，目前我们掌握的更直接的材料还不够多❸。但是可以肯定的是，从百回本的文本看，《西游记》存在多重阐释的空间，其中全真道教义的空间虽然经过吴承恩的削减而支离破碎❹，但仍然不能完全忽视。而进一步分析其形态与功能，对于解读《西游记》这部奇书，以及厘清其成书过程、版本间关系，都是不无裨益的。

---

❶ 王重阳：《王重阳集》，齐鲁书社2005年版，第12页。
❷ 马钰：《马钰集》，齐鲁书社2005年版，第9页。
❸ 参见陈洪：《〈西游记〉与全真教之缘新证》，载《文学遗产》2015年第5期。
❹ 世德堂本《西游记》出于何人之手殆无定论。在没有更具说服力的新材料情况下，仍取旧说为宜。

《心经》与"牧牛"

——《西游记》与全真教之缘新证

一

关于《西游记》与宗教的关系，20世纪20年代，鲁迅先生在《中国小说史略》中宣称："此书则实出于游戏，亦非语道……尤未学佛。"❶ 胡适先生在《西游记考证》中讲得更为决绝："《西游记》被这三四百年来的无数道士、和尚、秀才弄坏了。道士说，这部书是一部金丹妙诀。和尚说，这部书是禅门心法。秀才说，这部书是一部正心诚意的理学书。这些解说都是《西游记》的大仇敌。"❷

由于两位学者崇高的学术地位，这种观点几为定谳。而国内的学术界由于长期特定意识形态的影响，宗教更是敏感话题，导致这方面的深入研究，在几十年中几乎绝迹。甚至海外的学者，也对胡、鲁之说持深信不疑的态度。即以夏志清先生的《中国古典小说导论》而言，对《西游记》的解读也是完全以"胡说"为立论的出发点：

> 传统的评论家因为更习惯偏重于小说中的神秘教义，从而一致强调它的寓言特征。从胡适开始，现代批评家却反其道而行之，否定小说的寓言意义，强调其深厚的戏剧性和讽刺性。在为韦利的英译本所作的序言中，胡适宣称："《猴子》不过是一部具有高级的诙谐、深

---

❶ 鲁迅：《中国小说史略》，上海古籍出版社1998年版，第115页。
❷ 胡适：《西游记考证》，见《中国章回小说考证》，上海书店1980年版，第366页。

刻的调侃、善意的讽刺的用来消遣的书，并没有和尚、道士、儒生们所理解的寓言意义。"❶

应该说，鲁迅、胡适及夏志清对这个问题的看法不无道理。作为对一部小说总体上的文学解读，他们无疑是正确的。而把《西游记》看作是纯然"证道"之作肯定是偏离了作品的大旨。但是，这并不意味着《西游记》整部书中不存在大量表现宗教性寓意的文字，更不能排除《西游记》之成书与宗教传播的密切关系。因为，《西游记》（繁本）中存在大量"辅教"性文字——包括与故事毫无关联的宗教内容——是一个不容忽视的文本现实，解读、研究《西游记》必须对此给出一个合理的解释。

突破胡适为代表的固化认识的学者，较早而又卓有成绩的是海外的柳存仁先生。他在 20 世纪 80 年代首次提出可能有一个"全真本西游记"存在。其理由主要有两点：其一，《西游记》里移录了全真道人马丹阳、冯尊师等人的作品。其二，《西游记》里有大量与全真教教义相关的术语乃至成段的文字。这是一个重要的发现，深化了对《西游记》成书过程的认识，指出了文本解读的另一种可能性。

其后，国内一些学者踵武柳氏，又陆续有所发现、发明。有的发现柳氏未曾提及的移录到《西游记》中的全真道士的其他诗词，有的对《西游记》中涉及的全真教教义再加分说，也有的把问题推向了极端，认为《西游记》纯然是修习内丹（或直言为"气功"）的教科书。笔者也在柳存仁先生工作的基础上做了一些工作，并有《〈西游记〉与全真教之缘》等文章发表，对上述几个方面的话题都有些微独到的贡献。我的观点是，在《西游记》成书的过程中，有两个先后的环节最为重要；第一个是元末明初的"全真化"环节，即全真道士借玄奘西游取经的故事做载体，铺演、宣传自己的教义，并冠以丘处机的大

---

❶ 夏志清：《中国古典小说导论》，安徽文艺出版社 1988 年版，第 149 页。

名增加影响力。第二个环节是明中叶的隆庆、万历年间,有作家对"全真本"大加增删——一是大量删除全真道的说教文字;二是顺应当时的社会宗教生态,改变了全书的宗教态度,褒佛而贬道;三是增加了全书的滑稽意味,提升了作品的文学水准。

现在,基于新发现的材料,对于《西游记》与全真道的关系,特别是"全真环节"之说再加证明。

二

这个新证据的发现源于《卍续藏经》的一条错误。《卍续藏经》,又称为《大日本续藏经》《卍续藏》《续藏经》,系日本明治三十八年至大正元年(1905—1912年)期间,由前田慧云、中野达慧等收录《卍大藏经》(《大日本校订藏经》)所未收之佛教文献编集而成此续藏。其收录九百余部佛典不仅为其他藏经所无,而且多为中国佛教著述,因此被研究中国佛教者予以特别重视。据民国十二年上海涵芬楼《影印续藏经启》云:"日本明治间,彼国藏经书院既以明藏排印行世,复搜罗我国古德撰述之未入藏者,汇辑成书,号曰'续藏',……凡此诸书绝迹于中土者,远或千有余载,近亦六七百年,苟得其一,珍逾球璧。今乃萃数十百种于几案之上,恣吾人之寻讨,可不谓非幸欤。"可见其价值及学界的重视程度。

该书第26册收有《般若心经注解》,卷末有日人訚正保二于己酉年(1909年)所写的说明性跋语,略谓:

> 夫《般若心经》者,诸佛肝心,众圣命脉也。以故自唐以降,释家甚多。比偶得无垢居士张九成之所注一本于书林,禅教并举,内外兼明,真暗夜明灯,雾海南针也!仍加和点,命工绣梓,欲广其传,

岂非佛法良财，色空之妙处哉！❶

跋语大致有三层意思：一是对《心经》的顶礼，二是对此注解本的推崇，三是指出作注解者是宋代著名的居士张九成。前两层可不置论，惟第三层当予以分析一番。

岜正保二之所以对注解者作如此判断，是因为原作下署名为"松溪道人　无垢子　注"。而据元人觉岸所撰《释氏稽古略》：

张九成。字子韶。号无垢居士。杭州盐官人。初绍兴二年三月。帝策试进士。九成第一。九成谓前辈搢绅所立过人。伊洛名儒所造精妙皆由悟心。因是参学究竟。初谒大通之嗣宝印禅师楚明。见佛日杲禅师于径山。明悟心要。穷元尽性。……谈经著书。皆学者之未闻。❷

张九成，号"无垢居士"，早年受教于大儒杨时，后虔心向佛，晚年闲居在家每日饭僧、供佛，研思儒、佛两家经典，每每以佛解儒。其学名噪一时，但多有争议。

岜正保二据"张九成号无垢居士"，而指此篇出于张九成之手，不仅所据实系疑似（"无垢居士"并非"无垢子"），而且并未细读全篇，忽略了很多明显的反面线索。

首先，注解文字中引述了不少他人的文字，如：

重阳祖师云："抱元守一是功夫，地久天长一也无。"❸
重阳祖师云："休教错认定盘星。"且道此句如何说！
太古郝真人在赵州桥下办道。忽一夜，闻众鬼于河畔共语云："明

---

❶ 何道全：《般若心经批注》，见《卍续藏》（第26册），第574页。
❷ 释觉岸：《释氏稽古略》，见《四库全书》子部十三，释家类。
❸ 何道全：《般若心经批注》，见《卍续藏》（第26册），第574页。

日有一戴铁帽人替我。"言讫，杳无音耗。至次日，将暮，大雨忽作。见一人头顶一铁锅遮雨，至桥下欲洗脚过桥。太古一见，喝云："不可洗！"……其时真人只在桥下，鬼不能见。

这里的"重阳祖师"是全真教开创者王重阳，"太古郝真人"是"全真七子"中的郝大通。王重阳生于1113年，卒于1171年，1168年始创全真教，并被称为"祖师"。张九成生于1092年，卒于1159年，所以在他的著述中绝不可能出现"重阳祖师"的名称及言论。至于郝大通，生于1149年，卒于1212年，在赵州行道乃1180年前后事，被敕封为"广宁通玄太古真人"更是迟至至元六年（1269年）的事情，距离张九成辞世有一百一十年了。

其次，注解文字中还引述了其他著作的文字，如：

《文始真经》云："天地虽大，不能芽空中之核；阴阳虽妙，不能卵无雄之雌。"

《文始真经》，全称《无上妙道文始真经》，又名《关尹子》，见《正统道藏》洞神部本文类，署名为周大夫关令尹喜。但据余嘉锡考证，应为南宋孝宗时人所假托。也就是说，此书问世已在张九成去世之后，当然也不可能被他引述了。因此，这部《心经注解》不仅时间上不可能出于张九成之手，而且从内容看，分明是一位道教人士所为。甚至可以判断，作者应是一位与全真教关系十分密切的人。

其实，关于"无垢子"，文本中有很明确的提示。

就在甾正保二的跋语前面，还有注经者的一段"准跋语"，略云：

注经已毕，更留一篇，请晚学同志详览研穷。二十年后，有出身之路，休要忘了老何。到岸高师不在此限。

这里明明自称"老何",可惜也被峕正保二忽略了。"无垢子"是谁?"老何"是否就是"无垢子"?

《正统道藏》太玄部收有《随机应化录》一种,题署作"松溪道人无垢子何道全述,门人贾道玄编集"。原来,"松溪道人无垢子"便在此处,分明与"无垢居士"大有不同。而且,这个"无垢子"何道全正是那个题跋的"老何"。

《心经注解》的作者,到此更无疑义,就是这个"松溪道人无垢子何道全"。日本人弄错了,而且错得有点离谱——这当然不是我们讨论的重点。重点问题是:这个何道全何许人?特别是他的时代与身份。

幸而《随机应化录》有序言一篇,对此说明甚详。序的作者是"昆丘灵通子",作于"洪武辛巳年六月上澣日"。"辛巳"其实是建文帝的建文三年,因永乐政争之故讳言,故称"洪武"。这证明了此序问世当在明永乐年间。序文略云:

> 陕有全真道者,祖贯浙之四明人也。父居钱塘,而生何君道全。君自幼修道,号无垢子,云游东海之上,人未之奇也。厥后西来终南,居于圭峰之墟而道成,人以为异。碑有载焉。洪武己卯孟春望后,君卒于长安医舍。王公赠以羽化之仪礼,葬群仙之茔。岁二载,孙寿通子来,以言而告曰:曩与何君交之已久,今已去世,无复可见。噫,何君之心高哉。复拜手而嘱之,乞文以冠其目。予慨然曰:……自何君去后,非寿通子,正教无复可传。何君长于寿通子,而寿通子敬礼之,往矣而又彰之,足可以知何君之德。❶

"洪武己卯",实为建文元年(1399年)。据序文可知,这位"松溪道人无垢子何道全"生活于元末明初,在明朝生活了32年,可以

---

❶ 《正统道藏·太玄部》(电子版),C1114-CH04090-O。

说主要的活动应是在明代。又可知，他是一位全真教的道士，长期活动在全真教的祖庭终南山一带，并且在教众中享有较高的声望。接下来的问题是：这位明初的全真教道士与《西游记》有何瓜葛呢？

三

《西游记》中有一段"奇怪"的文字，就是第二十回的开端。

第十九回主要是讲高老庄收八戒的故事，但后半回缀上了一段路遇乌巢禅师，乌巢禅师授予三藏《多心经》。其间，作者全文移录了《摩诃般若波罗蜜多心经》。结尾是悟空与禅师起了小冲突：

> 行者见那莲花祥雾，近那巢边。只得请师父上马，下山往西而去。那一去——管教清福人间少，致使灾魔山里多。毕竟不知前程端的如何，且听下回分解。❶

这一段中，全文移录一部佛经——《心经》，在全书已是仅有之事；另外，搬出乌巢禅师也显得很突兀——此后便从书中"蒸发"，没有一点"戏份"了。而接下来的第二十回，主体部分是遭遇黄风大王。可是，回首却是这样开篇的：

> 偈曰：法本从心生，还是从心灭。生灭尽由谁，请君自辨别。既然皆己心，何用别人说？只须下苦功，扭出铁中血。绒绳着鼻穿，挽定虚空结。拴在无为树，不使他颠劣。莫认贼为子，心法都忘绝。休教他瞒我，一拳先打彻。现心亦无心，现法法也辍。人牛不见时，碧天光皎洁。秋月一般圆，彼此难分别。

这一篇偈子，乃是玄奘法师悟彻了《多心经》，打开了门户，那

---

❶ 《西游记》，人民文学出版社1980年版，第250页。

长老常念常存，一点灵光自透。❶

这一篇偈来得更加突兀。首先，它与下文的黄风大王故事一点关联也没有；其次，若说是承接上文乌巢禅师、《心经》，那为什么要借"牧牛"的象喻呢？熟悉佛典的朋友当能察觉，这一篇长偈乃是宋元时广为流行的《牧牛图颂》《十牛图颂》的缩写。上文讲《心经》传授已经结束，本回转入取经历险，凭空插这么一段，实在有点不伦不类。另外，这篇长偈本身其实写得不错，不像是通俗小说常见的随手的"打油"之作。那么，它出于何处、成于何人之手——也是一个连带的问题。由于它的游离与突兀，在朱鼎臣《西游释厄传》与杨致和《西游记传》中都径直删掉了。

可是，当我们细检《卍续藏经》所收《般若心经注解》时，却发现了它出现的理由。原来，这篇《般若心经注解》在逐句解释了《心经》经文之后，是以一篇偈语作结的：

注经已毕，更留一篇请晚学同志详览研穷。二十年后有出身之路，休要忘了老何！到岸高师不在此限。"法本从心生，还是从心灭。生灭尽由谁，请君自辨别。既然皆己心，何用他人说！直须自下手，扭出铁牛血。绒绳蓦鼻穿，挽定虚空结；拴在无为柱，不使他颠劣；莫认贼为子，心法都忘绝。休教他瞒我，一拳先打彻。观心亦无心，观法法亦辍。人牛不见时，碧天清皎洁。秋月一般圆，彼此难分别。"❷

显然，《西游记》中的《心经》并非从佛门抄来，而是把全真道士"无垢子何道全"所注解的《心经》移录过来。不仅移录了正文，而且把"老何"的"准跋语"中的这篇长偈也全文照搬了。于是，接

---

❶ 《西游记》，人民文学出版社 1980 年版，第 251 页。
❷ 何道全：《般若心经批注》，见《卍续藏》（第 26 册），第 574 页。

下来便产生了两个问题：一个是，全真道士为什么要来注解佛门的经典呢？另一个是，这篇偈是偶然被移录到小说中，还是出于对其中义理的注意？这一义理在《西游记》中有何影响？

全真道士和佛教的关系，远比人们一般的印象要密切。从创教祖师王重阳开始，就从不讳言这一点，并一再强调："释道从来是一家，两般形貌理无差。""禅道两全为上士，道禅一得自真僧。""从此不生应不灭，定归般若与波罗。""仗起慧刀开般若，能超彼岸证波罗。"如此等等，可以说是不胜枚举。全真七子继承师风同样多用佛门义理、话头，如马丹阳"色即是空空是色，色空空色两具忘""个青牛，引白犊，向曹溪深处，往来相逐……显本来面目"这两段与何道全注《心经》，以偈语唱"白牛"，几乎如出一辙。

再说第二个问题。何道全的注解，与《西游记》（繁本，以下不赘）文本实有多方面呼应。先看小的方面。注解讲到《心经》的"心"字，有这样一段话："古云：三点如星象，横钩似月斜。披毛从此得作佛也，由他是也，上天入地，皆在自心所为，非他处所得。"《西游记》写猴王访道寻师，经人指引："此山叫做灵台方寸山，山中有座斜月三星洞。"二者不仅以"斜月三星"喻"心"完全一致，而且注解中所讲"披毛成佛""上天入地，自心所为"，与《西游记》下文的"猴子得道""心猿上天入地"也是深度契合。又如，注解中写道学习《心经》的效果："这点灵光道上来，只因逐妄堕尘埃。君今要见还乡路，悟得心经道眼开。"而《西游记》描写唐僧学习《心经》之后："玄奘法师悟彻了《多心经》，打开了门户，那长老常常念念存，一点灵光自透。""灵光""打开"，而这也颇相近似。

再来看大的方面。何道全的注解中，除了"准跋语"中的偈语以"牧牛"比喻"驯心"之外，行文中也多次用到类似的话语，如"洞仙云：人牛不见杳无踪，月色光含万象空""人牛不见杳无踪，尽道空来不是空。一片白云归去也，惟留明月照玄穹"。这让我们想到《西游记》的一个特别的情节，就是"牛魔王"的故事。

夏志清先生分析作品中的妖魔形象时，称"牛魔王"为"例外"。确实，与其他妖魔相比，牛魔王有太多的特殊之处。其一，有关他的故事断断续续贯穿了全书的三分之二；其二，这个妖魔竟然拥有完整的家庭，过着如同凡人一样的生活——有妻、有妾、有弟、有子，甚至还有酒友；其三，情欲丰富——好色、贪财、贪杯、斗气；其四，本与天界佛家全无关系，却被佛祖派遣十万"佛兵"，亲授机宜，"牵归佛前交旨"；其五，牛魔王到了最后关头，现出原形，"却是一头大白牛"；如此等等，都是与其他魔怪迥异的。可说是"不同凡妖"。

之所以享有如此"例外"的待遇，是与"牛""白牛"的宗教寓意相关的。"牛"在佛学著述中有两种相关但不相同的含义。一种是与"车"连到一起，如《坛经》："有无俱不计，长御白牛车。"含义与《法华经》"三车喻"大体相同。另一种则与放牧连到了一起，如《五灯会元》记长庆大安禅师论道，自称修持三十年，"只看一头水牯牛，若落路入草，便把鼻孔拽转来，才犯人苗稼，即鞭挞。调伏既久，可怜生受人言语，如今变作个露地白牛，常在面前，终日露迥迥地，趁亦不去。"水牯牛有野性，比喻凡俗大众，而由水牯牛变白牛，比喻凡心野性经过修持已经改造收敛。后来，有人绘出《牧牛图》，以连环画的形式形象地喻示这一修行途径，并配有《牧牛图颂》。自宋代以还，各种《牧牛图颂》多达五十余种，甚至超越国界，吸引了朝鲜、日本的佛门作者。流行最广的有师远禅师据清居禅师《牧牛图》作的《十牛图颂》，其中如"竭尽神通获得渠，心强力壮卒难除，有时才到高原上，又入烟云深处居""鞭索时时不离身，恐伊纵步入埃尘，相将牧得纯和也，羁锁无抑自逐人"，很形象地写出擒牛、牵牛终使其驯顺的过程，以喻修行阶段。又有普明禅师的《牧牛图颂》也很有名，逐步描写在放牧中使一头黑牛变白牛的过程，先头角，后牛身，再尾巴，最终通体洁白，以喻已证佛道。

与牛魔王的描写比较一下。《西游记》写道牛魔王现出原形的样子，是"口吐黑气，眼放金光"，"张狂哮吼，摇头摆尾"，"东一头，西一头，两只铁角，往来抵触"，和《牧牛图颂》对未驯之牛的描写——"狰狞头角""咆哮""癫狂""劣性"等相比，十分相像。而《牧牛图颂》的"芒绳骞鼻穿""手把芒绳无少缓""癫狂心力渐调柔"的情境，则与小说中诸神合力擒住牛魔王、牵牛归佛的描写用语十分相似。

由此可见，在《西游记》的创作过程中，把牛魔王"牵"入作品的人，是了解白牛、牧牛的宗教寓意的，是相当自觉地塑造这一"不同凡妖"的牛魔形象的。

宋元两代，侈谈牧牛、白牛的佛门人物虽大有人在，却没有发现一个和《西游记》有些许瓜葛者。而另有一些宗教人物，他们与小说《西游记》关系十分密切，同时也在大谈牧牛与白牛——所使用的词语比起佛门人物来，距离小说作品却是更接近一些。这些人物就是金元之际的全真道的领袖们。

全真道的创始人王重阳以牛喻道的议论颇多，如：

款款牵回六只牛，认水草，便风流。浑身白彻得真修，无上逍遥达岸舟。❶

牛子却如浇墨，牵拽不回头。向川原，贪水草，骋风流。禁得这茫儿燥，加力用鞭勾。浑身都打遍，变霜球。❷

他的大弟子马丹阳、谭处端、刘处玄等均有继承其衣钵之作：

马疯子，凭仗做修持。恰到人牛俱不见，澄澄湛湛入无为，正是

---

❶ 王重阳：《双雁儿》，见《王重阳集》，齐鲁书社2005年版，第177页。
❷ 王重阳：《憨郭郎》，见《王重阳集》，齐鲁书社2005年版，第211页。

月明时。❶

咄！这憨牛，顽狂性劣，侵禾逐稼伤踩。鼻绳牢把，紧紧力须收。旧习无名长乱，加鞭打，始悟回头。……黄昏后，人牛归去，唯见月当秋。❷

外奔驰，痛鞭持，习性调和路不迷。清溪香草肥。芒儿归，牛儿随，明月高空照古堤，人牛不见时。❸

四假似浮沤，真明月正秋。人牛都不见，光耀照山头。❹

人牛不见，悟个不生不灭。❺

同时，"白牛""牧牛"的话头也是全真教中师弟之间相互切磋教义的内容：

问曰："假令白牛去时，如何擒捉？"诀曰："白牛去时，紧叩玄关，牢镇四门，白牛自然不走。"❻

这里对于不驯顺的牛的擒捉、鞭打、牵拽，还有把黑牛驯服成为"霜球"一样的白牛，等等，当然是心性修持的比喻之词。和前面提到佛教典籍及禅门语录相比，全真道领袖们讲得更生动更形象；和《西游记》擒捉牛魔王的情节比较，特别是王重阳的《金关玉锁诀》，彼此可以引发联想的地方也更明显一些。而与前面引述的《西游记》第二十回那篇卷首偈语相比，诸全真所作的类同地方就更多了。偈语曰："人牛不见时，碧天光皎洁。秋月一般圆，彼此难分别。"而马丹

---

❶ 马钰：《马钰集》，齐鲁书社 2005 年版，第 173 页。
❷ 谭处端：《满庭芳》，见《水云集》，齐鲁书社 2005 年版，第 30 页。
❸ 谭处端：《长思仙》，见《水云集》，齐鲁书社 2005 年版，第 51 页。
❹ 刘处玄：《五言绝句颂》，见《仙乐集》，齐鲁书社 2005 年版，第 148 页。
❺ 郝大通：《无俗念》，见《太古集》，齐鲁书社 2005 年版，第 432 页。
❻ 王重阳：《金关玉锁集》，见《王重阳集》，齐鲁书社 2005 年版，第 283 页。

阳曰："人牛俱不见，正是月明时。"谭处端曰："人牛归去，唯见月当秋。""明月高空照古堤，人牛不见时。"刘处玄曰："人牛都不见"，"真明月正秋"。这里不仅是景象、境界相同，何道全注解中反复出现的"人牛不见"及《西游记》的"人牛不见时"，语句也与谭处端的字句完全相同。可见，《西游记》中这篇看似突兀的偈语，虽是移录何道全注解时一并带过来的，但也是接受了"牛"的宗教寓意后自觉的行为。同时，这一寓意是与全真教诸位元老的传教话语中"涉牛"内容高度吻合的。

四

综上所述，我们可以得出以下几点结论：第一，《西游记》第二十回篇首那段偈语出于明初全真教道士何道全之手。第二，不仅如此，《西游记》第十九回全文移录的《心经》，也是来自何道全的注解本。第三，何道全的《心经注解》在若干方面都显示出与《西游记》的瓜葛。第四，《西游记》浓墨重彩塑造的牛魔王形象是有特殊宗教寓意的，这一寓意在全真教诸元老的著述中多有表现；同时，也是何道全《心经注解》中多处着意表现的内容。第五，《心经注解》，特别是其中的"牧牛偈语"，是《西游记》具有全真教血缘的又一直接佐证；在《西游记》成书过程中，被全真教染指这个环节为作品增加了宗教色彩的寓意。第六，由何道全的卒年推算，何氏《心经注解》的流行当在明初的半个多世纪中，其影响及于《西游记》当亦在此时段中。换言之，《西游记》的"全真化"环节可能延续了元末到明初较长的一段时间，这个"全真本"《西游记》也不是一次成型，出于一人之手的。

"弼马温"："心猿"之缘的旁逸斜出

《西游记》的第一主角是孙悟空。他的"戏份"当然是最多的，有趣的是，他的"名号"也是最多的。

按理说，把主人公的名字搞清楚，应该是阅读小说的一个基本前提。但弄清《西游记》里这只猴子的所有名号却是个比较麻烦的事情，一则猴子的名号相当多；二则有些名号的来历、含义颇有名堂；三则数百年来谬解流传，似乎已成定谳。

我们先来作一番"定量"的工作，数数他到底有哪些名号、称谓，各自出现的频度又如何。先从回目上看。回目中他的名称可分七类，具体为十一种，共出现四十七次。其中有"弼马温"一次，简称为"弼马"；"齐天大圣"八次，简称为"大圣"或"齐天"；"心猿"十七次；"孙行者"十次，或简称为"行者"；"悟空"八次；"美猴王"两次，或简称为"猴王"；"金公"三次，或简称为"金"。这十一种在正文中都出现过，而以"大圣""行者""悟空"为最多。此外，正文中还另有"猴头""猴子""泼猴"等称谓。从功能看，这些名号、称谓使用的语境明显不同。从来源与含义看，有些相对简单，无甚深义，而"弼马温""金公""心猿""悟空"等却是各有名堂，很值得我们逐一来分说一番。其中，"弼马温"又是最为怪异的一个。

"弼马温"这个名号是心高气傲的孙大圣终身的心灵之痛，而他的敌人们也总是拿这个名号来羞辱他。何谓"弼马温"？从故事中来看，答案很简单，就是"马夫"的头儿。小说这样写道：

玉帝宣文选武选仙卿，看那处少甚官职，着孙悟空去除授。旁边转过武曲星君，启奏道："天宫里各官各殿，各方各处，都不少官，只是御马监缺个正堂管事。"玉帝传旨道："就除他做个'弼马温'罢。"众臣叫谢恩，他也只朝上唱个大喏。玉帝又差木德星君送他去御马监到任。❶

但是，马夫头儿为什么叫"弼马温"呢？这究竟是个什么样的职级呢？这一点，孙猴子本人也很纳闷。作品接下来对此解释道：

不觉的半月有余，一朝闲暇，众监官都安排酒席，一则与他接风，二则与他贺喜。正在欢饮之间，猴王忽停杯问曰："我这'弼马温'是个甚么官衔？"众曰："官名就是此了。"又问："此官是个几品？"众道："没有品从。"猴王道："没品，想是大之极也。"众道："不大，不大，只唤做'未入流'。"猴王道："怎么叫做'未入流'？"众道："末等。这样官儿，最低最小，只可与他看马。似堂尊到任之后，这等殷勤，喂得马肥，只落得道声'好'字，如稍有些尪羸，还要见责；再十分伤损，还要罚赎问罪。"猴王闻此，不觉心头火起，咬牙大怒道："这般藐视老孙！老孙在花果山，称王称祖，怎么哄我来替他养马？养马者，乃后生小辈，下贱之役，岂是待我的？不做他！不做他！我将去也！"忽喇的一声，把公案推倒，耳中取出宝贝，幌一幌，碗来粗细，一路解数，直打出御马监，径至南天门。众天丁知他受了仙录，乃是个弼马温，不敢阻当，让他打出天门去了。❷

说到底，在这一段中只有两句"官名就是此了""受了仙录，乃是个弼马温"的含混之词。于是把难题与疑惑留给了后世的读者。后世读者却发现，这个词，不但在古今"干部序列"中都不曾见，而且

---

❶《西游记》，人民文学出版社1980年版，第38-39页。
❷《西游记》，人民文学出版社1980年版，第39-40页。

除却《西游记》,其他任何地方也没发现过这个官名,或者"私名"。

人民文学出版社 1985 年版的《西游记》,在"弼马温"一条下加注:"民间传说,猴子可以避马瘟。"至于这个"民间传说"从何而来却是语焉不详。而随着两岸关系的变化,人们找到了一个源头。原来中国台湾的学者苏同炳在他的《长河拾贝》有一篇三四百字的小文《"弼马温"释义》,其中讲道:

> 明人赵南星所撰文集中,曾有这么一段话,说:"《马经》言,马厩畜母猴辟马瘟疫,逐月有天癸流草上,马食之永无疾病矣。《西游记》之所本。"……"弼马温"者,乃是"辟马瘟"三字的谐音。❶

此书于 1998 年印行于大陆,其后这一观点屡经征引。如 2003 年《文汇读书周报》刊《〈马经〉·弼马温》,称"(苏同炳教授)揭开'弼马温'之谜,功不可没"。2003 年,《羊城晚报》也有署名文章《"弼马温"何解》,其中引述苏文,并赞叹:"历来研究、注释《西游记》的学者都没有把这个问题解释清楚……《赵忠毅公文集》,国内无存,藏于美国国会图书馆,中国台湾有胶卷翻印本,苏同炳先生读后写成文章,使我们得以知道了'弼马温'的真相。"于是,"母猴月经可辟马匹瘟疫"之怪说不胫而走,"弼马温"之"猴月经"内涵似为不刊定论。"百度"输入"弼马温、猴",可检索到 581,000 条,绝大多数是在重复此说。有人甚至从中还读出了某些微言大义,认为"以母猴月经'避马瘟'来封孙悟空的官,玉皇大帝的轻视人才到了何等地步","这是极其辛辣的讽刺"云云。这一名号的解读有了如此微言大义,更使我们不能不认真对待一番。

事实真相究竟如何呢?

因苏同炳的文章是随笔写法,对于出处只是含糊地说"(赵南

---

❶ 苏同炳:《长河拾贝》,百花文艺出版社 1998 年版,第 176 页。

星）文集中曾有这么一段话"，使我们核实起来十分困难。幸亏现在的数字技术提供了检索的可能性。实际上，《赵忠毅公文集》现存两种版本，一种是明崇祯十一年范景文等刻本，署《赵忠毅公诗文集》，是最早的刊本；另一种是清同治求是斋刊《乾坤正气集》中的《赵忠毅公文集》，较之前者少了六卷诗集，其余并无二致，显然系出于前者。当我们分别以"西游""西游记""母猴""马经"等关键词对《赵忠毅公诗文集》进行检索时，显示均为"0"❶。甚至我们到"明文海"中检索"母猴"时，也只有一篇文章中出现，而且是抄录《吕氏春秋》中的一则寓言而已，与养马并无半点关联。

是否苏先生看到的美国版本与明崇祯初刻本、清同治复刻本皆不一致，倒也不敢断言。但就其行文出处含混，以及上述多方检索结果而言，我们只能得出一个结论"母猴月经辟除马瘟"与东林党领袖赵南星似乎难以拉上关系，因而借他名义所讲"《西游记》（弼马温）之所本"更属无稽。

不过，有《西游记》爱好者出于对此说的兴趣，又无法到美国国会图书馆核查，便另觅途径，终于到《本草纲目》里找到了出处，于是便把李时珍拉来做了"赵南星"的同盟军❷。而李时珍的民间声望自然而然为这一说法做了"背书"。于是，一个东林党，一个"药圣"，一部美国国会图书馆的孤本文献，一部中华药学"圣典"，这些光环给了这个名号考索小问题的怪异"答案"以不容置疑的光环。

其实，问题还是大有可讨论的空间。《本草纲目》中确有马厩里养猴子之说，而且还不止讲了一次。我们需要分析的是：其说的来龙去脉及可靠程度；更重要的是，这与《西游记》孙悟空的雅号——"弼马温"究竟有无关联。

---

❶ 《中国基本古籍库》，国家重点电子出版物，北京爱如生数字化技术研究中心研制，黄山书社出版发行。

❷ 《百度百科》：明赵南星《赵忠毅公文集》、明李时珍《本草纲目》曾引述过该书一句话，《马经》言："马厩畜母猴辟马瘟疫，逐月有天癸流草上，马食之永无疾病矣。"

"弼马温":"心猿"之缘的旁逸斜出

先来看前一方面"马厩养猴之说"的来龙去脉。明代关于"马厩养猴"的说法,现在能查到的,当以《本草纲目》为最早。其中在卷五十"马"的条目下,有"集说"子目,其中有这样一段话:

以猪槽饲马,石灰泥马槽,马汗着门,并令马落驹。系猕猴于厩,辟马病。皆物理当然耳。❶

这段话是在"时珍曰"的下面,应看作是李时珍自己的看法。略晚于《本草纲目》的,则有徐光启的《农政全书》。略云:

以猪槽饲马,以石灰泥马槽,马汗系着门,此三事皆令马落驹。术曰:常系猕猴于马坊,令马不辟恶,消百病故也。❷

显然,这两段话文字十九相同,必有相当密切的关联。而《农政全书》一段文字中的"术曰"给了我们提示。原来,这个"术"指的是《齐民要术》。在这部北齐贾思勰的著作中,有这样的一段话:

凡以猪槽饲马,以石灰泥马槽,马汗系着门,此三事皆令马落驹。术曰:常系猕猴于马坊,令马不畏,辟恶消百病也。❸

毫无疑问,《本草纲目》与《农政全书》都是从这里抄录的。只是《农政全书》老老实实注明了出处,而《本草纲目》省了这一环节。但二者抄录不谨,致使意思全变,难以索解。《齐民要术》的意思是,把猴子拴在马厩里,逐渐使马匹适应"不再惊恐"——"不畏",

---

❶ 《本草纲目》卷五十(下),见《四库全书》子部,医家类。
❷ 《农政全书》卷四十一,见《四库全书》子部,农家类。
❸ 《齐民要术》卷六,见《四库全书》子部,农家类。

有助于提高马匹免疫力。《农政全书》漏抄一个"畏"字,便成了"令马不辟恶"的不词之文。而《本草纲目》更是大而化之,以"物理当然耳"应付过去。

那么,《齐民要术》的这一说法又是从何而来呢?莫非当时真的马厩里都拴着猴子吗?这实际很难确切考证,因为文献中几乎没有旁证,而现实生活中也并无遗存。不过,《格致镜原》中倒是有一段说明:

> 《独异志》:"东晋大将军赵固所乘马暴卒,令三十人悉持长竿,东行三十里遇丘陵社林即散击。俄顷,擒一兽如猿,持归至马前。兽以鼻吸马,马起跃如旧。"今以猕猴置马厩,此其义也。❶

看来,古人对于为何要讲"猕猴入马厩",也是莫名所以,乃至附会出如此怪异之谈❷。

不过,李时珍对于猴子这个"特异功能"情有独钟。他在"猕猴"之"皮"条目中,本已引述唐慎微的《证类本草》对猴皮药用功能的说法——"治马疫气",但不知出于何种考虑,又加上了一段与"猴皮"完全无关的话:

> 时珍曰:"《马经》言:马厩畜母猴辟马瘟疫,逐月有天癸流草上,马食之,永无疾病矣。"❸

他可能是引述《证类本草》时,见到"疫"字,联想到"避马瘟疫",便插入了这段话。若从体例上讲,不免稍显乖违(这段与"猴皮"

---

❶ 《格致镜原》卷八十五,见《四库全书》子部,类书类。
❷ 这段奇谈出于《搜神记》,本为宣扬郭璞法术,后经《艺文类聚》《太平广记》等多种类书传播,影响广泛。但其中并无"猴入马厩"之说,后世耳食异说,不敢置疑,特以此附会耳。
❸ 《本草纲目》卷五十(下),见《四库全书》子部,医家类。

完全无关）。这且不论，问题是比起前面所抄《齐民要术》来，给马治病的猴子又多了性别因素，防治马病的"原理"也有了根本的变化：由惊扰运动的"心理锻炼"，变成了包治百病的"排泄物""内服"。

奇怪的是，就在"猕猴"这一条里，李时珍明明考辨过一段：

> 猴好拭面如沐，故谓之"沐"；而后人讹"沐"为"母"……（母猴）即"沐猴"也，非牝也。❶

就是说，因为猴子性喜洗面，所以称为"沐猴"。世人误解为"母猴"，其实与猴子性别无关。可是一转眼，他就拿猴子的性别大做文章。

其实，这与李时珍一个不算太高明的癖好有关。《本草纲目》裒辑前人大量"本草"类著作，又广收偏方验方。好处是广采博收，有"汇编"之价值；缺点是未经实践，不加拣择，作为药方未免过于芜杂。而且，李时珍有好奇喜怪的倾向，《本草纲目》中所收各类排泄物入药治病的"偏方"，无论数量之多，还是用途之怪，都令人瞠目结舌。如关于猪屎就有十七个方子，从"小儿夜啼"到"妇人血崩"，都可以服用猪屎治疗，其中有七个特别标明"母猪屎"。而最厉害的一个方子竟然声称"母猪屎水和服之，解一切毒"。至于人的各种排泄物用途就更广大了，大便可以治病三十三种，小便则治病四十五种，多为匪夷所思。而妇女月经入药也有十二个方子，适应证从"霍乱"到"中毒药箭"。看了这些，我们还能把他讲的"母猴月经避马瘟"当真吗？

我们要辨析的另一个方面，就是无论"母猴月经"说多么怪诞，毕竟是有此一说，关键在于它是否"《西游记》之所本"。《本草纲目》初版于万历二十四年，即公元1596年；而世德堂本《西游记》刊于

---

❶ 《本草纲目》卷五十（下），见《四库全书》子部，医家类。

万历二十年（公元 1592 年），也就是说，繁本《西游记》的成书下限也要早于《本草纲目》的刊出时间。所以，无论《本草纲目》关于"马厩养猴"之说怪诞与否，都和《西游记》没有关系。

那么，孙猴子去养马，做了"弼马温"，这一思路究竟由何而来呢？其实，答案就在作品的文本之中。小说第七回"八卦炉中逃大圣"有诗赞曰：

猿猴道体配人心，心即猿猴意思深。大圣"齐天"非假论，官封"弼马"是知音。马猿合作心和意，紧缚牢拴莫外寻。❶

作者唯恐读者不懂"弼马温"的含义，在此专门作了说明。

这段诗赞的第一层意思是说明猴子的形象另有"心猿"的寓意，比喻人躁动的心灵；第二层意思是说，以"齐天"为封号，正是着眼于"心"（当取"心比天高"之意），所以说是"非假论"；第三层意思则专门来解释"弼马温"的含义。作者把这个名称看作是对"心即猿猴"的"知音"之笔，指出之所以设计出"弼马温"的官职就是要把猴子与马联系到一起，凸显"心猿意马"的寓意。"是知音"，所知者何？便是下一句的"马猿合作"，也就是把猿和马写道一起，让人们关注"心猿意马"这层意思。第四层意思是强调这些名号是体现全书"紧缚牢拴"的主旨，告诫读者莫要另生歧解。注意，"是知音"与"莫外寻"相互呼应，作者显然预见到对于"猴子养马"这一情节误读的可能性，所以预加告诫。

这段诗赞对于全书是重要的点题文字。此前的第四回回目已明确标识为"官封弼马心何足 名注齐天意未宁"，表明了作者编织"闹天宫"情节的目的——心意躁动、膨胀，造成了"原罪"。这里既首次"心""意"连用，开启了"心猿意马"话语的模式，又把心意膨胀

---

❶ 《西游记》，人民文学出版社 1980 年版，第 72 页。

与"弼马""齐天"两个官职联系起来,和后文形成了呼应。而自 20 世纪 50 年代以来,学术界囿于当时意识形态的先验前提,简单地把"闹天宫"解释为歌颂反抗专制,结果造成了整个文本阐释的分裂,也形成了对上述点题话语的盲点。

对这段诗赞的意指,我们还可以找到进一步的旁证。其实,小说之所以写玉皇大帝派猴子去管马,绝非有正常的或是怪诞的饲养经验作依据,更不是由谐音而生奇想,其中原因涉及宗教文化,且与《西游记》复杂的成书过程直接相关。这一关联在于全真教❶。全真教是金元之际兴起的道教一个支派,其创教祖师是王重阳,门下马丹阳、丘处机等七人称为"全真七子"。

王重阳有赠马钰之作《风马令》,而马丹阳又有唱和。王重阳词曰:

意马擒来莫容纵,长堤备,珰滴琉玎。被槽头,猢狲相调弄,攒蹄举耳,早临风,珰滴琉玎❷。

马钰和道:

意马癫狂自由纵,来往走,珰滴琉玎。更加之,猢狲厮调弄。歌迷酒惑,财色引,珰滴琉玎❸。

师徒二人的两段小令,不但把"心猿""意马"形象化、生动化,而且给了二者之间一种新的关系:猴子是马匹的管理者,可以在"槽

---

❶ 《西游记》与全真教之间有密切的关联。经柳存仁肇端,众多学者踵武,揭橥大量内证,已成不刊之论。

❷ 《重阳全真集》卷十二,见王重阳:《王重阳集》,齐鲁书社 2005 年版,第 185 页。

❸ 《补遗·风马儿》,见马钰:《马钰集》,齐鲁书社 2005 年版,第 285 页。

头""调弄"马匹;而马匹则服从它的"调弄","攒蹄举耳"。这不由得使我们想到了《西游记》中的"官封弼马心何足"的一段文字,小说写到孙悟空被玉帝封为弼马温之后,"勤劳王事"的情形:

> 这猴王……昼夜不睡,滋养马匹。日间舞弄犹可,夜间看管殷勤:但是马睡的,赶起来吃草;走的捉将来靠槽。那些天马见了他,泯耳攒蹄,都养得肉肥膘满。"❶

猴王看管"舞弄",马匹"泯耳攒蹄",无论其诡异景象之相似,还是彼此间"舞弄"与"调弄","攒蹄举耳"与"泯耳攒蹄"这样的罕见词语之类同,都使读者不能不在二者之间产生关联之想。

现在,我们从王重阳、马丹阳的两首词与小说的比较可以知道,小说之所以安排猴王进马厩,是因为"心猿"与"意马"词义上的关联,特别是"槽头""调弄""攒蹄举耳"这些生动的意象的启发。于是,作者假借玉帝之手,把猴王派到了"弼马温"的职位上。

这一点,清人在评点中已有模糊的认识,如黄周星讲:"未得意马,先见天马。天马千匹,何如意马一缰。""可见猿马原不相离。意马未到,天马已驯矣。"❷ 张书绅则评曰:"马即意也。弼即正也。""不肯弼马,就是不肯诚其意。"❸ 不过,他们无缘见到王、马这两首词,竟不能完全搔到痒处。

要而言之,小说写猴王去管马厩,起因是"心猿"与"意马"的关联,直接原因是王重阳、马丹阳都有"心猿"调伏"意马"的描写——《西游记》与全真教的渊源有很多表现,此仅一端而已❹;而

---

❶ 《西游记》,人民文学出版社1980年版,第39-40页。
❷ 《西游记:黄周星定本西游证道书》第四回夹评,中华书局1998年版,第35页。
❸ 《新说西游记图像》第四回夹评,中国书店1985年影印,第2-3页。
❹ 《西游记》中全文移录全真教道士的诗词多达十余种。

"弼马温":"心猿"之缘的旁逸斜出

所谓"弼马温",绝非"母猴月经"之谬说,"弼"为矫正、纠正之意,"马温"即"马瘟",也就是"马的毛病"("马温"还有一种解读的可能性。道教神祇系统中有"马温"一词,或为"缚龙灵官马温",或为"神霄大将军",或为"发放大将军",也就是说,"马温"是道教一个多义的神职。小说由"心猿意马""收心正义"产生了"弼马"之名,顺手缀以习见的职位称号,似不无可能),"弼马温"其实就是"调驯意马"的别样表达。

笔者曾做过一个统计,在我国古代浩如烟海的著作中,"心猿"以及"心猿意马"的使用频率最高的三部书,乃是《西游记》与全真教教主王重阳的《王重阳集》和全真七子之首马丹阳的《马钰集》。王重阳集子中出现"心猿"计38次,如"猿骑马,呈颠傻,难擒难捉怎生舍"❶,"槌槌要,敲着心猿意马。细细而,击动铮铮,使俱齐擒下"❷。马丹阳集子中更是多达78次,如"牢擒意马与心猿。先把龙虎收在鼎,自然铅汞得归元"❸,"心净缘擒马与猿,神清因炼气和精"❹。更有趣的是,《马钰集·丹阳神光灿》中有《赠曹八先生》一首,词曰:

> 妙玄易解,心意难善。穷究如何长便。牢捉牢擒,争奈马猿跳健!十二时中返倒,斗唆人、生情起念。当发愿,便至死来来,与他征战。饶你十分颠傻,却怎禁,坚志专专锻炼。达悟知空,自是内观不见。才方生育天地,药炉中、日月运转。常清静,圣功生,神明出现。❺

这当然是在描写修行中"拴缚心猿意马"的过程、景象,可

---

❶ 《捣练子》,《重阳全真集》卷七,见王重阳:《王重阳集》,齐鲁书社2005年版,第114页。
❷ 《五更令》,《重阳全真集》卷八,见王重阳:《王重阳集》,齐鲁书社2005年版,第127页。
❸ 《渐悟集·玩丹砂》,见马钰:《马钰集》,齐鲁书社2005年版,第179页。
❹ 《补遗·丹阳继韵》,见马钰:《马钰集》,齐鲁书社2005年版,第281页。
❺ 《丹阳神光灿·赠曹八先生》,见马钰:《马钰集》,齐鲁书社2005年版,第227页。

是其生动的描写却使读者仿佛看到了一段我们所熟悉的故事："擒捉""跳健"的"马""猿"，而这家伙颠倒反复，生出更大的贪念，为了"长便久安"，于是决心"至死""征战"。而其中的"生育天地""药炉""锻炼"等词语，更会使熟悉《西游记》"大闹天宫"故事的读者发会心一笑——何况这一段不长的文字中，竟然还出现了"达悟知空"的字样！

《西游记》中的大量出现的"心猿"也罢，奇特的名号"弼马温"及"猴子驯马"的情节也罢，显然都与全真教密切相关。或者更明确地说，就是在《西游记》漫长复杂的成书过程中，全真教曾经染指其中留下的痕迹❶。

解读"猴子驯马""弼马温"，有助于了解《西游记》成书的过程。而对《西游记》成书过程的全面考察，也有助于理解这些看似奇特的描写。人们之所以宁信如彼不经之说，而忽视文本中如此清晰的自我说明，很大程度上就是盲目相信了胡适、鲁迅当年绝对排斥《西游记》宗教性话语及其内涵的偏见之故❷。

---

❶ 《西游记》世代累积的成书过程中，曾有过一个"全真化"的环节。这一点，参见陈洪，陈宏：《论〈西游记〉与全真教之缘》，载《文学遗产》2003年第6期；陈洪：《〈西游记〉"心猿"考论》，载《南开学报》2009年第1期。其要旨谓：唐玄奘取经的故事，在两宋时期已有多种形式在民间流传。入元之后，全真道势力大张，教众以多种方式演绎、传播教义，丘处机的门徒依傍祖师曾作《长春真人西游记》的名头，把民间西游故事与全真内丹之说杂糅在一起，借故事演说教义，于是就有了"全真化"的西游取经故事。到了二百年后，明万历中期，某作家（或许就是吴承恩吧）对此"全真化西游记"大加删削改写，增加文学趣味与社会批判内涵，于是成了今天看到的样子。

❷ 胡适、鲁迅都对《西游记》中的宗教性内容不屑一顾，认为浅陋错误，没有意义。其观点影响学界与读者大半个世纪。

《西游记》的宗教文字与版本繁简问题

在《西游记》版本研究中，吴❶、朱、杨三本之关系问题最为棘手。自鲁迅先生开始讨论这个问题以来，胡适、孙楷第、郑振铎、柳存仁、苏兴、陈新、黄永年、李时人等均有专题论述，然见仁见智，迄今未有定论。诸家之说虽歧见纷纭，但最根本的疑点只有一个，就是繁简之先后问题。孙、郑等主"删繁为简"说，柳、陈等主"扩简为繁"说。这个问题涉及文字比勘、版本鉴定、作者及编者考察、内容分析等诸多方面，彼此牵缠，难以遽断。本文仅从一个特定角度切入，以吴本与杨本（兼及朱本）中涉及宗教内容的文字相比勘，来寻觅一些版本演化的蛛丝马迹。

一

长期以来，学术界对《西游记》的宗教内容多不屑一顾，或视作游戏之笔，或视作比附之词。近些年，情况稍有改变。有的学者指出，作品中涉及道教的内容甚多，不仅有贯串全书的金丹理论、术语，而且已"和叙述文字打成一片，情节的描述和修炼的功夫在篇幅里融合无间，却仍旧不失其宗教的本色"❷。也有的学者认为，《西游记》中的佛教内容并非全属浅率、游戏之笔，有些颇含作意在内。但是，随之又出现了新的矛盾：《西游记》到底是阐扬玄门，还是彰显释教？

---

❶ 《西游记》是否为吴承恩所著，迄无定论。为行文方便，将世德堂本（繁本）称为"吴本"。

❷ 柳存仁：《全真教和小说〈西游记〉》，见《和风堂文集》，上海古籍出版社1991年版，第1369页。

于是，又有学者以"三教合一"来解释，认为宋、元、明之三教已彼此打通，故对涉及宗教内容的文字，均不必认真看其教义内涵。这样，问题转了一圈，似乎又回到了原处。

如果我们对中晚明的士林风气了解得更多、更细些，或许会有些新的认识。

首先，全真道人明后虽不得势，但内丹、炼气之说却在读书人中颇有影响。如阳明大弟子王龙溪论良知："良知觉悟处谓之天根，良知翕聚处谓之月窟。……情反于性，谓之'还丹'……息息归根、谓之'丹母'。"❶ 另一位王门大将赵大洲绘七图以示道妙，分别以混元、出庚、浴魄、伊字三点、卍字轮相、周子太极与河图，其中"出庚""浴魄"皆出自《参同契》，是以月象附会纳甲的内丹术语。再如徐文长，亦有"金是吾身之水，金砂是吾身之木汞，向来泄漏则出五内矣，今不泄漏而积，而至于结丹""今学丹者，不知吾身中有一种日月之火候，即天地日月之火候；吾身之结婴，即天地之生万人万物，而妄谓须取彼家然后成丹"❷ 之类言论。这些人均生活于明嘉、隆年间，因此可知《西游记》成书之际，颇有一些读书人研究道术丹学。故绝不能见到"金公""木母""姹女""婴儿"的字样，就认定出于道士之手。

其次，这些读书人往往既抱定三教融通、一以贯之的宗旨，又于释、道两家下过些真功夫，并以此自炫、自负。徐文长有《分释古注参同契》《首楞严经解》，并多次致书辩难阐扬己作，以《广陵》绝响自况。袁中郎则自称"唯禅宗一事，不敢多让"，而他编撰的《净土合论》一书被选入《净土十要》，成为净土宗重要论著。释明善赞道："《西方合论》一出……可破千古群疑矣。"稍后一些的钱谦益用七年时间，五易其稿，对《楞严经》进行了疏解，其《楞严经疏解蒙抄》被近世佛学家称作"详细博雅，固读《首楞严经》者不可少之书"。

---

❶ 王畿：《答楚侗》，见《明儒学案》卷十二，中华书局1985年版，第248页。
❷ 徐渭：《答人问参同》，见《徐渭集》卷十六，中华书局1983年版，第478页。

而金圣叹则有佛学专著多种，其中《西域风俗记》被清人杨复吉誉为"三藏贯彻""宏畅宗风"，远胜于僧人所作。由此可知，一些留意于佛、道的读书人，在表现自己这方面修养时，往往以相当认真投入的态度、相当"专业"化的水平来进行。故不可见到一些游戏之笔、谐谑之词，就将《西游记》中占有相当分量的宗教文字全以"戏论""浮泛之词"轻轻抹倒。

更何况，在《西游记》的成书过程中，曾经有过一个全真教染指的环节。虽然最后的成书有"去全真"的工作，但还是保留了前一环节的诸多痕迹——如道教术语、道士诗词，甚至直接从道士著作中移录的段落。这些内容彼此呼应，对小说的形象、情节都有一定的影响。

这两点，应成为我们具体分析《西游记》中有关宗教文字的前提。

二

比起早期的取经故事，吴本也罢，杨本也罢，都有一个根本的不同，就是主角由唐僧变成了孙悟空。而在这两种本子里，孙悟空有一个共同的别称——"心猿"。这是个典型的宗教用语，源出于佛教，如《大日经》分述六十种心相，最后一种为"猿猴心"，指躁动如猿猴的心态。《心地观经》则称："心如猿猴。游五欲树，暂不住故。"《大乘义章》亦有"六识之心……如一猿猴"之说。可见以猿喻放纵不羁的心灵乃佛学常谈。这自然与印度恒河流域多猿猴有直接关系，而由于其设譬贴切，传入中土后即被普遍接受，并衍生出"心猿意马"之成语。十分有趣的是，历史上的玄奘在《请入少林寺翻译表》中曾化用这个佛典："今愿托虑禅门澄心定意，制情猿之逸躁，絷意马之奔驰。"他之所以称"情"猿意马，自是为了行文避开前一句的"心"字。小说《西游记》连篇累牍写玄奘调弄"猿熟马驯"，与此有何种关联，也值得研究。

"心猿"一词，被用来表现佛理，如钱起《杪秋南山西峰题准上人兰若》："客到两忘言，猿心与禅定。"而至金元之际，又随佛理传入全真道，成为该教派内丹术的重要用语，屡见于王重阳、马珏等人的诗文。❶

《西游记》中使用"心猿"一词，显然不是率意的，而是着眼于其宗教喻义，即以孙猴子象征未驯之"心"，而把取经过程视为驯"心"的经过。虽然在实际的创作中，作品远远突破、超逸出这一预设的哲理性框架，但作者的这方面意图还是很显然的。

吴本中，这一作意贯穿于全书，既被反复点题、强调，又彼此联系、照应，形成有机的寓意系统。其主要表现可归为两大方面，一是回目、诗赞，二是情节、内容。以五十六回至五十八回（"真假悟空"一节）为例，可以看出这两方面在作意上的关联。这三回书的回目分别为"神狂诛草寇 道昧放心猿""真行者落伽山诉苦 假猴王水帘洞誊文""二心搅乱大乾坤 一体难修真寂灭"。三回书中，非描写性的诗计有五首，略云：

> 灵台无物谓之清，寂寂全无一念生。
> 猿马牢收休放荡，精神谨慎莫峥嵘……
> 保神养气谓之精，情性原来一禀形。
> 心乱神昏诸病作，形衰精败道元倾……
> 身在神飞不守舍，有炉火无怎烧丹……
> 五行生克情无顺，只待心猿复进关。
> 人有二心生祸灾，天涯海角致疑猜……
> 禅门须学无心诀，静养婴儿结圣胎。

---

❶ 柳存仁的《全真教和小说〈西游记〉》已指出这一点，并作为有"全真本"的证据，但其忽略了引语的佛门渊源。全真道将佛教义理为己用，"心猿"乃一突出样例。

中道分离乱五行，降妖聚会合元明。
神归心舍禅方定，六识祛降丹自成。❶

这三回的中心内容是真假猴王的故事。由于猴王在前文已有"心猿"之喻，所以这个故事自然而然地产生出"二心"的象征意味；而真假猴王上天入地斗得无法调停的情节，也加深了"二心"不得安宁的象征之意。三回书正是循此展开情节的，即真心放逸，邪心即生，二心争斗，神宇不宁，收真灭邪，心归神定。上述回目与诗赞，则唯恐读者只看到猴王的故事而忽略了这深层意义，故不吝辞费一再点明。我们姑不论这种点透题旨的手法高明与否，只就回目、诗赞与内容、情节的关系，以及这种题旨与整部作品的关系来看，彼此间互相照应、联络，从而形成意义统一的有机整体，则是毫无疑义的。可以说，吴本中对"心猿"一语的宗教性内涵及哲理意味，是以十分自觉、认真的态度对待，并把这种态度体现于作品的一枝一节，形成一个象征意味与寓意风格统一的叙事文本。

再来看杨本。其卷三"猪八戒请行者救师"写黄袍怪一事，卷末有诗赞：

意马心猿都失散，金公木母尽凋零；
黄婆伤损通分别，道义消疏怎得成！❷

这首诗赞又见于吴本三十回中，文字完全一样。无论二本承袭关系如何，诗中的"心猿"喻指悟空，是确然无疑的。而真假猴王的故事在杨本中为卷四之一节，标目为"孙行者被弥猴紊乱"。由于朱本

---

❶《西游记》，人民文学出版社1980年版，第718–752页。其中，"灵台无物""保神养气"等诗句均出自道教经典。

❷ 杨致和：《西游记传》，人民文学出版社1984年版，第268页。

此处基本全同于杨本,就排除了杨本流传中脱、错的可能性。此前,既然文本中已出现过"意马心猿"的字样,表明已接受了猴王的象征义。但这一节文字中,对此没有任何表现或暗示,只是粗陈梗概地讲述了一个普通的降妖故事。对此,只能有两种解释:一是杨本以"粗陈梗概"的方针删略吴本,以至把故事以外的象征、哲理性的文字尽量删去;另一是杨本自来如此,吴本乃踵事增华。

这两种解释,哪种较为圆通、合理呢?我们先不忙于结论,且换一段文例再作考察。

三

与"心猿"的象征相呼应,吴本中还有一个贯穿始终的宗教性内容:《心经》。有关情节分别见于第十九、二十、三十二、四十三、九十三等回之中,其中第十九回"浮屠山玄奘受《心经》"用了半回篇幅,且移录了全部经文。

《心经》的情节由来有自。《心经》全称为《般若波罗蜜多心经》,有八种汉译本,以玄奘所译最为流行。因此,就有了玄奘西行途中遇异僧"授《多心经》❶一卷……虎豹藏形,魔鬼潜迹"的传说(见《太平广记》卷92)。而《大唐三藏取经诗话》则以整整一节文字写定光佛向玄奘授《心经》事,且云"此经上达天宫、下管地府,阴阳莫测"。可见,在早期的取经故事中,《心经》是玄奘西行的重要成果,"授经"也是着意渲染的情节。

吴本作者承继了这一思路,故有上述围绕《心经》的多处文字。同时,他又望文生义,把《心经》之"心"("心要""核心"意)误读为"心猿"之"心",使这方面的描写也纳入全书"驯心""求放心"

---

❶ 此经正确的简称当作《心经》,自《太平广记》误作《多心经》之后,后世取经故事多沿其误。

这一寓意系统。

关于这方面的内容，杨本有两点应注意。一是脱略了乌巢禅师授经一段，使上下文不相衔接；二是全书只在卷二提到一次《多心经》，文字也颇有可议之处。

先看第二点。卷二"唐三藏被妖捉获"一节中，写虎精败阵逃走，"路上那师父正念了《多心经》，被他一把拿住"。这段文字很突兀，有两个疑点：杨本数十个降妖情节，只有这里有念经的描写，而这一笔毫无意义；《多心经》前无来历，后无照应，令读者莫名其妙。吴本则不然。其第二十回也有"路口上那师父正念《多心经》，被他一把拿住"，但前文却有三处有关的铺垫，一是乌巢禅师授经时所言"若遇魔障之处，但念此经"；二是第二十回卷首"那长老常念（《多心经》）常存，一点灵光自透"；三是虎精出现时，"三藏才坐将起来，战兢兢的，口里念着《多心经》不题。这与"正念"一段彼此照应，是一条连贯、完整的线索。而后文又多有照应，如第九十三回，孙悟空批评三藏对《多心经》"只会念得，不曾解得"，正是点明了第二十回三藏诵此经，但"战兢兢"而未曾解得，因此才被妖魔捉去的题旨。显然，围绕《心经》的文字，情况与前述"心猿"相类，吴本有机而系统，杨本突兀而零散。

解释同样有两种可能：一种是杨本删之未净，漏存片言只语，故既无照应，也无意义；另一种是杨本原文如此，乃早期草创之痕迹。对于第二种解释来说，经之莫名其妙而来是个不易克服的难题。这便牵涉到前面所讲的第一点——脱略问题。

在"唐三藏收伏猪八戒"一节的末尾，杨本是这样写的：

师徒上山顶而去。话分两头，又听下文分解。……道路已难行，巅崖见险谷。……行者闻言冷笑，那禅师化作金光，径上乌巢而去。长老往上拜谢。行者不喜他说个"野猪挑担子"，是骂八戒；"多年老

石猴"是骂老孙,举棒望上乱捣……❶

吴本相应的段落则是:

师徒们说着话,不多时到了山上……那禅师见他三众前来,即便离了巢穴,跳下树来(以下是禅师点悟三藏及传《心经》的描写)……那禅师笑道:道路不难行……行者闻言……行者道:"你哪里晓得?他说'野猪挑担子',是骂的八戒;'多年老石猴'是骂的老孙。你怎么解得此意?"❷

互相比较,杨本在两个地方留下了删节的破绽。一个是删去了乌巢禅师授经而代之以"话分两头,又听下文分解",以致"道路已难行"变成了说书人的诗赞,而下文的"那禅师"也莫知所云。对此,或以"脱漏和错简"解释,其实很勉强。❸另一个是删去了行者与三藏的对话,结果出现了"行者不喜他说个'野猪挑担子'是骂八戒;'多年老石猴',是骂老孙"这样不通的句子。通观全书,说书人称孙悟空为"老孙",既无此文理,亦无此文例。这断是删节过于草率留下的痕迹,若无成心,绝不会作他种解释。❹

四

无论吴本还是杨本,所写诸妖魔中有一个共同的特例:牛魔王。数十个妖魔中,唯有它具有若干"妖"际关系,铁扇公主为其妻,玉

---

❶ 杨致和:《西游记传》,人民文学出版社1984年版,第147页。

❷ 《西游记》,人民文学出版社1980年版,第248—250页。

❸ 由于朱本此处基本全同于杨本,就排除了杨本流传中脱、错的可能性。

❹ 杨本因删节草率留下痕迹之处颇多,而以此节为甚。察其缘故,似本欲删去乌巢的内容却又犹豫不定,以致如此。

面狐狸为其外室，红孩儿为其子，如意真人为其兄弟，碧波潭老龙为其酒肉朋友，等等。

这种特殊的安排在吴本中具有明显的作意。吴本中的牛魔王过着凡人一样的生活：有妻有妾有弟有子，既贪财又好色❶，闲时赴朋友宴请，气时与人争斗。作者对这个与众不同的妖怪特别看重，不仅用长达三回书写他与悟空的较量，还伏线千里，把他处理成唯一与孙悟空"有旧"的精怪；涉及他的笔墨散见于大半部书中。就是他的被降伏，也有特别的写法。六十一回"孙行者三调芭蕉扇"，写牛魔王智竭计穷时，"现出原身——一只大白牛"，然后被"佛兵"（"佛兵"）捉住，"牵牛径归佛地回缴"（"径归佛地"）。作者于此作诗点题："牵牛归佛休颠劣，水火相联性自平。"

一个反复提到的"大白牛"，一个"牵牛归佛"的点题语，提醒我们：牛魔王不同他妖，是具有佛学寓意的形象。白牛是佛学中常用的象征物，其义为脱离欲界凡尘而证道归佛，引申一步，便以"牧牛"比喻收束心性归于佛境的修持过程。《阿含经》《大智度论》等经典都曾反复提及，而中国禅僧在中唐以后以此为禅喻的常用语。到了金元之际，"牧牛""白牛"更成为全真教徒借用过来传教阐道的惯用话头。吴本第二十回的偈：

绒绳着鼻穿，挽定虚空结。拴在无为树，不使他颠劣。
人牛不见时，碧天光皎洁。秋月一般圆，彼此难分别。

其语、其境皆由宋代禅僧的《牧牛图颂》化出，而"绒绳着鼻穿""不使他颠劣"云云，又与降伏牛魔王一节的文字相类。这样，我们就不难了解作者之所以写一个有妻妾、儿子、兄弟、朋友的牛魔王，是有意刻成陷溺于人欲的形象，而其被擒归佛就自然具有了脱离

---

❶ 牛魔王入赘到玉面狐狸家，是因为玉面狐狸有"百万家私"，让他去掌管。

欲海的象征意味。

要之，吴本之所以用大量笔墨写出一个牵三挂四的"特殊"妖魔——牛魔王，是有其特殊用意的；而这种宗教内容，是精心贯穿于作品并着力点明的。

杨本中的牛魔王也是唯一牵三挂四的"特殊"妖魔，远在"唐三藏收妖黑河"一节，就特地交代"洞中有一魔王，是牛魔王的儿子，叫做红孩儿"，两节之后又加上一笔，写如意真人自称"我乃牛魔王哥子"。但是，令人不解的是，这样一个经过特殊安排，伏线于数节之前的形象，本身的故事只有一小段文字，字数仅170个，几乎是所有魔怪中最简略的，自然也就不可能有什么象征、寓意了。这不能不令我们奇怪：既然是一个最不受重视的形象，又何必伏线于前，做那样一番特殊安排呢？何况，吴本的这方面文字多有榫卯相接，如写红孩儿为牛魔王之子，下文便有孙悟空变牛魔王进火云洞，以及罗刹女记恨不肯借扇的生动情节。杨本则一概皆无。而这样一来，写红孩儿为牛魔王之子便成了毫无意义、没头没脑的一笔。对此，怕也只能以"删之过糙"，才解释得过去吧。

五

综上所述，《西游记》中关涉宗教意义的文字，如"心猿""白牛"、《心经》等，杨、吴二本皆有。吴本中，这些文字含有特殊的作意，并互相照应，构成了一个有机的寓意系统。杨本则不然，这类文字大多孤单而突兀。我们知道，某个具有特殊意味的词语，只有当它反复呈现或进入相应的符号系统时，才会产生出象征、隐义一类深层含义。因此，杨本这类文字显得毫无必要，并因其无意义而特别显得与整个文本不协调。如果认定杨本在先，那便很难解释其中这些赘附、扞格的文字因何而来。

此外，还有一些可资旁证的内容，因篇幅所限，这里略示一二。杨本节末诗赞文野不一，凡与吴本同者则文，异者俚俗至甚。如前引"意马心猿都失散，金公木母尽凋零。黄婆伤损通分别，道义消疏怎得成"分别见于杨本卷三与吴本第三十回，吴本其他诗赞风格全与此同，而杨本却除与吴相同、相近之不足十首外，其他则大抵为"猪妖强占人家女，行者持棒赶上他""太子闻言心怀虑，急回后宫问母娘"之类，显然与"意马心猿"非出一人之手。

杨本卷二写观音向太宗献袈裟后，"唐王见他苦辞，随命光禄寺大排素宴，菩萨坚辞不受，飘然而去，依旧望东海而来隐避不题。词曰：'日落烟迷草树，帝都钟鼓初阳（鸣）……禅僧入定理残经，正好炼丹养性。'"这段文字有三个疑点。一是"东海"，因前文已交代观音落脚长安城隍庙中，故此为明显的草率致误。二是"禅僧"而"炼丹"，大悖常识。尽管《西游记》诸本皆有写佛教不确处，然绝不至这等地步。吴本此处作"炼魔"，便可说通（朱本作"炼心"，亦可通）。三是这段词描写佛寺夜景，在吴本置于玄奘归寺，文曰："玄奘直至寺里，僧人……各归禅座，又不觉红轮西坠。正是那：'日落烟迷草树……禅僧入定理残经，正好炼魔养性。'"。文畅意顺。而杨本描写观音归东海景象，却是风马牛不相及。只能看作是草率删掉玄奘归寺的情节后，词赞盲目上移，造成了明显的文字脱榫。

当然，如本文开始所言，这个问题纠葛甚多，不是一篇文章所能全部理清的。但是，就大端而言，似以"删繁为简"说较胜。"扩简为繁"且不论其不合于写作常理，就是本文所提出的宗教文字问题，怕也很难有圆通的解释。

《水浒传》宋江"基因图谱"分析*

《水浒传》的诸多人物形象中，以宋江性格最为复杂，甚至有分裂之嫌，如一方面以"纯孝"的面目出现，赢得了"孝义黑三郎"的美誉，另一方面却结交江湖"不法分子"，并为避祸预先脱离父子关系；一方面随处标榜自己对朝廷的"忠心"，另一方面酒后吐露的心声却是"他时若遂凌云志，敢笑黄巢不丈夫"；一方面在众人面前表现出对于"朝廷法度"的无比敬畏，另一方面却竭力招降纳叛，手段无所不用其极；等等。这种复杂、分裂的阅读效果当然不是作者创作的初衷，但也不能简单看作是写作水平的欠缺。究其原因，在很大程度上与作者据以加工的原型，以及对原型加工时的理念有关。

在《水浒传》成书前有关的史料、话本、杂剧中，宋江的故事十分简单，其形象亦十分简单，除去"剧贼"的恶谥、山大王的身份，就只有"勇悍狂侠"（陈泰《江南曲序》）一语而已。这种性格可能接近于历史上的宋江，但与《水浒》中塑造出的"孝义黑三郎"形象实在是相去甚远。

那么，《水浒传》之宋江原型何在呢？完全是施耐庵（此非定论，暂从众）的心营意造，还是另有所本而经过加工呢？细究小说本文，至少有两个历史人物的影子会浮现在我们脑海中，与宋江的形象具有某种程度的印合。

---

* 《水浒传》版本比较复杂，本篇引文均据人民文学出版社1997年整理本。该本以"容与堂"本为底本，参照其他而成。

《水浒传》宋江"基因图谱"分析

一、"江湖基因"的由来

《水浒传》中宋江形象、性格的描述可能接近于历史上宋江的真实面目,但是和《水浒传》中塑造出的"孝义黑三郎"形象实在是相去甚远。那么,《水浒传》的宋江形象是怎样诞生的呢?完全是施耐庵的心营意造,还是另有"配件"而经过他"组装加工"呢?这里我们不带任何褒贬的意图,只是做一做类似考古的工作,或者说是"基因图谱"的分析工作,看看在施耐庵以前浩如烟海的各类文献中,有哪些隐现"宋"的影像,潜藏着宋江的基因呢?

我们最先发现的是《史记》。司马迁在《游侠列传》中饱含深情地描写了一个另类人物的悲剧一生。这个人物就是郭解。我们不妨抄录《列传》中的一段:

(郭)解入关,关中贤豪知与不知,闻其声,争交欢解。解为人短小,不饮酒,出未尝有骑。已又杀杨季主……乃下吏捕解。解亡,置其母家室夏阳,身至临晋。临晋籍少公素不知解,解冒,因求出关。籍少公已出解,解转入太原。所过辄告主人家。吏逐之,足迹至籍少公。少公自杀,口绝。久之,乃得解。穷治所犯,为解所杀皆在赦前。轵有儒侍使者坐,客誉郭解,生曰:"郭解专以奸犯公法,何谓贤!"解客闻,杀此生,断其舌……❶

太史公对郭解的评论是:

吾视郭解,状貌不及中人,言语不足采者,然天下无贤与不肖,知与不知,皆慕其声,言侠者皆引以为名……❷

---

❶ 司马迁:《史记·游侠列传》,中华书局1959年版,第3188页。
❷ 司马迁:《史记·游侠列传》,中华书局1959年版,第3189页。

把这个郭解和宋江先生相比,类似的地方实在不少,大的地方至少有四处,小的地方还有若干。先说大的地方。第一,侠义之名满天下。司马迁对郭解的介绍是"无贤与不肖,知与不知,皆慕其声",翻译成现代白话,就是"社会各界都有他的很多忠实粉丝"。这样的评价,在整部《史记》中,好像还没有第二个。甚至在二十五史中,这样评价、介绍一个人,也是极为罕见的。可是如果把太史公对郭解的这一评语移到《水浒传》的宋江身上,却好像是量身定做一样。初读《水浒传》时,印象很深的一个地方就是其中不厌其烦地重复着类似的情节:各个地方、各种身份的好汉们只要一听到宋江的大名,立刻"纳头便拜"。显然,这是作者刻画宋江时特别着力的笔墨。第二,因为亡命出逃而连累到好朋友。郭解本来在地方上声誉很高,官场民间的人缘也都很好,可是卷进了一场人命案,于是辗转出逃。关于他逃亡的路线,司马迁记下的地名就有夏阳、临晋与太原。一路上郭解留下了一些踪迹,官差便跟踪紧追不舍。为了掩护郭解,他的一位"粉丝"籍少公不惜自杀来中断线索。而《水浒传》集中写宋江的"宋十回"里,重头戏正是宋江的亡命出逃过程。宋江无意中卷入了阎婆惜的命案,出逃中先后到沧州柴进的庄上、青州白虎山孔家庄上与清风山清风镇花荣的寨里,得到柴进、孔明孔亮和花荣的掩护,最后几乎连累花荣送命。显然,这段吃了人命官司后的亡命经历,宋江与郭解也是大体相同的。第三,受某个儒生进谗言之害,其友人代为残酷报复。郭解案发被捕后,本来有"客"为他讲好话,也还有一线生机,可是有一个多嘴的"儒生"对审理案件的官员讲:"这个郭解所作所为都是触犯刑律的。"直接影响了官员的看法。而这个儒生最终被郭解的"粉丝"杀死,而且手法很残酷——割下了儒生的舌头。看官们一定记得,类似的故事情节在宋江故事中也是一场重头戏。宋江被捕刺配江州后,得到了戴宗等人的庇护,却不幸碰上了个"多管闲事""维护法纪"的黄文炳,到太守那里告发宋江的不轨言论,害得宋江上了法场。而这个黄文炳自己落得个被李逵碎割的下场。这个倒霉的黄文炳,与《列传》中这个"侍使者坐"而多嘴多舌且被杀"断其舌"的儒生,从身份、行为到下场,真是"何其相似乃尔"!第四,形象反差。《水浒传》写梁山好汉都是熊躯彪体,独独为其领袖设计了一副"面黑身矮""文不能安邦,武不能附众"(宋江自评)的形象。这初看十分奇怪,细想来却实在是生花妙笔。形象上的巨大反差会在众人中显得很特殊,而且更显示出他做领袖"以德不以力"的特质。可是以前的野史或杂剧中诸多"宋江"都不具有这种形象上的特色或是劣势。"勇悍狂侠",绝不是这种看起来总是有几分窝囊的形象——到了电视连续剧中,李雪健把这一特色演绎到了十二分。

这样的形象反差——和周边的反差,和自己行迹的反差,在正史与稗官中同样属于珍稀现象。可是,无独有偶,太史公笔下的郭解也正是如此。值得注意的是,《游侠列传》中,太史公不是偶然提到一句半句郭解的形象,而是着力来描写、予以特别强调的,如"解为人短小""状貌不及中人,言语不足采"等。

这一点,恰恰也是《水浒传》一再强调的。甚至到了决定梁山领袖归属的关键时刻,还让宋江出来自我批评一番:

小弟德薄才疏……第一件,宋江身材黑矮,貌拙才疏……❶

这和《游侠列传》最后还要由太史公自己出面来议论一番郭解的形象、状貌,真有异曲同工的意味:

太史公曰:吾视郭解,状貌不及中人,言语不足采者……谚曰:"人

---

❶ 《水浒传》,人民文学出版社1997年版,第873页。

貌荣名，岂有既乎！"於戏，惜哉！ ❶

这么多近似相合的地方，而且都是宋江一生的"大关目"，这就等于我们给宋江与郭解做了一次基因检测，而所测的等位基因高度相合。

此外，《列传》有些小地方和《水浒传》的宋江故事也有近似的地方。例如，郭解虽然在江湖有很大的名声，日常在乡里却是谦恭有礼的姿态——"解执恭敬，不敢乘车入其县廷"；宋江也是一样，平日里对周边的各色人等都是谦逊和善，甚至对小商小贩也是如此。又如，郭解好客疏财——"邑中少年及旁近县贤豪，夜半过门常十余车，请得解客舍养之"；宋江则是"平生只好结识江湖上好汉，但有人来投奔他的，若高若低，无有不纳，便留在庄上馆谷"（"庄上馆谷"几与"客舍养之"同义）。再如，郭解偶遇一人，对他傲不为礼——"独箕踞视之"，后来却折服向他谢罪；这和宋江初遇武松一节，也有几分相似。如此等等，虽然看起来只是一些细节，但也属于两个形象之间相合度很高的对位基因。

因此，我们完全有理由断定，《水浒》的写定者是一位相当熟悉《史记》的人物（经过"唐宋八大家"们的鼓吹，宋元明的文人对《史记》的兴趣是相当普遍的），因此当他要描写一个领导江湖群雄的义侠形象时，郭解的形象、事迹便自觉不自觉地浮现出来，成为他创作加工的"毛坯"。

二、"'庙堂'基因"的由来

《史记》虽然被列入所谓"正史"，但其中颇有一些"异端"因素时而被统治者惊觉、排斥。如《汉书》就批评司马迁，说他"是非颇

---

❶ 司马迁：《史记·游侠列传》，中华书局1959年版，第3189页。

缪于圣人",而列举的主要错误就在于《游侠列传》中对郭解等侠士的同情——"序游侠则退处士而进奸雄"。所以,我们在分析宋江基因时,不妨把来自郭解的基因称为"江湖基因",也就是不占有意识形态地位的"草根基因"。那么,宋江除了"江湖基因"之外,是否还有其他性质的基因呢?

我们还是从具体的材料出发,来分析宋氏基因图谱的另外一些节点。说宋江身上有郭解的影子,人们虽可能有些意外,但较为容易接受。如果现在我说宋江的形象与《论语》有关,与《孔子世家》有关,恐怕大家都会感觉是风马牛了。金圣叹曾指出,施耐庵刻画宋江形象时,一个特别值得注意的手法是"把李逵与宋江合写"。不管他的具体分析是否完全准确合理(特别是痛贬宋江的话语),作品中存在大量二人合写的段落却是千真万确的。而把一个谦谦"君子"与一个"黑凛凛"的莽汉组合到同一场景,相互映衬,也为突出彼此的性格特点起到了事半功倍的作用。

谦谦有礼的孔子身边是否也有类似的莽汉呢?且来看《史记》。太史公在《史记》的《孔子世家》中,写道孔子与弟子言谈往来的地方共有十九处,其中与子路合写的就有十处,在"七十二贤"中不仅最多,而且超过半数(在《论语》中,子路言行在众弟子中约占八分之一,也是最多的几人之一,但不像《孔子世家》这样突出)。更有趣的是,这八处中有六处是从反面落墨来衬托孔子的品行、道德,与其他弟子的写法大不相同。

大家知道,在孔门七十二贤人中,子路颇有点与众不同的色彩。本来孔子经常被社会闲杂人等欺侮,可自从有了子路做门徒,"恶声不闻于耳"——子路拳头的威力可想而知。孔老夫子提议学生们谈理想,别人都谦虚两句,"不敢不敢,请有水平的同学先讲",可是子路这兄弟毫不谦让("率尔而对"),而且大讲军事战略思想,博得老师摇头苦笑。在我国叙事文学中，以"莽汉"衬托"君子"❶的笔法，孔子与子路这一对可算是滥觞。

在《水浒传》的宋江、李逵合写情节中，最富有戏剧性的是李逵闹东京前后的一连串冲突，而其中故事的核心是宋江探访名妓李师师的情节。作者饶有兴味地描写宋江见名妓李师师的情景。宋江为了谋求政治出路，不得已设计了一条曲线求仕的路径，放下领袖的架子，带上柴进、燕青等，拜访了李师师，并一起饮酒谈笑。于是有了李、宋冲突一段：

李逵看见宋江、柴进与李师师对坐饮酒，自肚里有五分没好气，圆睁怪眼，直瞅他三个……头上毛发倒竖起来，一肚子怒气正没发付处……李逵道："哥哥，你说什么鸟闲话！"❷

"我当初敬你是个不贪色欲的好汉，你原来是酒色之徒：杀了阎婆惜，便是小样；去东京养李师师，便是大样……"❸

这一段非常富于戏剧性。在书中不仅是梁山聚义后最为热闹的一段，就是全书范围也是别开生面的一场好戏。那么，它的戏剧性是怎样产生的呢？说通俗点，为什么这么热闹，这么好看呢？

现代京剧《沙家浜》久唱不衰，主要魅力来自胡传魁、刁德一、阿庆嫂的三角对手戏。李逵闹东京这场大戏也类似，里边也有两个很特别的三角关系。一个三角是皇帝、李师师和山大王宋江。其中，李师师居于中间的"顶角"位置，山大王要在她身上下功夫，实现曲线从政；她却要在皇帝面前掩饰一切——这种场面、关系的设计，也

---

❶ 张飞之于刘备，牛皋之于岳飞，程咬金之于秦叔宝等，都属于这一类。
❷ 《水浒传》，人民文学出版社1997年版，第916—923页。
❸ 《水浒传》，人民文学出版社1997年版，第923页。

有些类似于《十日谈》甚或莎翁喜剧的情节。另一个三角是皇帝情妇李师师、山大王宋江和莽汉李逵。其中，宋江居于中间顶角位置。他一方面要讨好李师师（可谓"有欲则柔"），另一方面要面对李逵的误解。这两个三角的叠加，就把宋江置于最尴尬的境地。而其中三个形象的对比则是产生戏剧效果的重要因素。如此精彩的情节，有关宋江的正史、野史都不见端倪。那么，它是从哪儿来的呢？我们要做的仍然是与上节一样的"基因考古"工作。

《史记》的《孔子世家》所记孔子与子路的第一个冲突，性质与"李逵闹东京"时宋江与李逵的冲突颇为相近：

> 灵公夫人有南子者，使人谓孔子曰："四方之君子不辱欲与寡君为兄弟者，必见寡小君。寡小君愿见。"孔子辞谢，不得已而见之。夫人在绨帷中。孔子入门，北面稽首。夫人自帷中再拜，环佩声璆然。孔子曰："吾向为弗见，见之礼答焉。"子路不悦。孔子矢之曰："予所不者，天厌之！天厌之！"❶

这段文字历来为人们予以特别关注，因为其中关于孔子处境描写，颇有几分尴尬，甚至还有一点暧昧。而这种意味因"子路不悦"四字而分外彰显。至于孔子指天誓日的辩解，其情态也是其他任何关于孔老先生的描写中所没有的。

孔子见南子与宋江见李师师，在基本情节上有三点是相似甚或相同的：第一，孔子与宋江都有求于君主而不得已见君主的宠姬和宠妓。不同的是，孔子较为被动，宋江出于主动。第二，孔子与宋江身边都有一个性格鲁莽的侍从，都对此产生误解，并且都公开表示了自己的不满。第三，孔子与宋江都因此事处于尴尬之地，也都不得已而在对自己误解的莽汉面前剖白、解释。

---

❶ 司马迁：《史记·孔子世家》，中华书局1959年版，第1920页。

除了"子见南子"与"宋见李妓"两段情节"基因"的高度近似之外，《孔子世家》中孔子与子路的关系还有两个"基因"也被改造、移植到了宋江李逵的 DNA 之中。

一个是因出仕而产生分歧。李逵对宋江本是言听计从，五体投地的，后来之所以屡生冲突，根源乃在招安。宋江急于投靠、报效朝廷，而李逵不肯屈从，于是产生了一连串的矛盾、冲突。而《史记》中，子路对孔子有所不满的事件也大半与孔子急于用世有关。如：

公山不狃使人召孔子。孔子欲往。子路不悦，止孔子。❶

孔子为政。（鲁君）怠于政事，子路曰："夫子可以行矣。"孔子曰："……吾犹可以止。"❷

佛肸畔，使人召孔子。孔子欲往。子路曰："由闻诸夫子：'其身亲为不善者，君子不入也。'今佛肸亲以中牟畔，子欲往，如之何？"❸

可以说，太史公塑造"孔圣人"的生花妙笔就在于设置了子路这一"善意"的矛盾对立面，从而表现出孔子性格、心理的微妙、复杂处。为此，他舍弃了《论语》中孔子赞誉子路的内容，突出了二者之间的差异。李逵在《水浒传》中，一个附带的功能，同样是由于他的反招安，从而反衬出宋江性格的特点与心理的微妙复杂。

另一个是子路之死与李逵之死。《孔子世家》在写道孔子临终时，以不同寻常的笔法，把子路与孔子的命运联系到了一起：

子路死于卫。孔子病，子贡请见……因叹："太山坏乎！梁柱摧乎！哲人萎乎！"因以涕下。谓子贡曰："天下无道久矣，莫能宗予。

---

❶ 司马迁：《史记·孔子世家》，中华书局 1959 年版，第 1914 页。
❷ 司马迁：《史记·孔子世家》，中华书局 1959 年版，第 1918 页。
❸ 司马迁：《史记·孔子世家》，中华书局 1959 年版，第 1924 页。

夏人殡于东阶，周人于西阶，殷人两柱间。昨暮予梦坐奠两柱之间，予始殷人也。"后七日卒。❶

无论有意还是无意，这一悲凉之笔使孔子、子路二人合写、彼此映衬的味道更加显豁了。

令人惊讶的是，《水浒传》为宋江临终时安排的情节与此颇相似：宋江知大限将至，特意"连夜使人往润州唤取李逵"，以药酒毒死，然后：

（宋江）心中伤感，思念吴用、花荣，不得会面。是夜药发临危，嘱咐从人亲随之辈："可依我言，将我灵柩，安葬此间南门外蓼儿洼高原深处，必报你众人之德。乞依我嘱。"言讫而逝。❷

刻意安排李逵先于宋江一步而死，突出彼此之间不同他人的特殊关系；然后写宋江临终对丧事——特别是安葬的地点安排，作出具体细致的嘱托，这些地方和《孔子世家》上述悲凉之笔也是明显类似的。

作者为李逵设计的情节中，还有些似乎也与子路有蛛丝马迹的关联，虽不及前面几例重要，但也可作旁证。如第七十四回《李逵寿张县乔坐衙》描写李逵断案：

李逵道："哪个是吃打的？"原告道："小人是吃打的。"又问道："哪个是打了他的？"被告道："他先骂了，小人是打他来。"李逵道："这个打了人的是好汉，先放了他去。这个不长进的，怎地吃人打了！

---

❶ 司马迁：《史记·孔子世家》，中华书局1959年版，第1944页。
❷ 《水浒传》，人民文学出版社1997年版，第1259页。

与我枷号在衙门前示众！"李逵起身……大踏步去了。❶

有趣的是，《论语》中恰好也有子路断狱的话题：

子曰："片言可以折狱者，其由也与！"❷

"由"就是子路。细微说来，这段话的理解历来有歧义。不过，大致的意思没有问题，就是由于性格原因，子路如果断狱的话，会十分简单、利落。"片言"，多理解为"片面之词"。若以孔夫子这段话来描述、评价《水浒传》的李逵断狱，岂不是有如量体定做吗？

综上所述，我们可以得出三点结论：其一，《史记》在刻画孔子形象的时候，使用了"合写——反衬"的手法，从而使子路与孔子的形象密切联系在一起，相形而益彰。其二，《水浒传》在刻画宋江及李逵形象的时候，也使用了"合写——反衬"的手法，其中在若干具体情节中出现与《史记》十分相似的安排。其三，虽然我们不能据此简单得出施耐庵有意以孔子为宋江原型的结论，但考虑到那个时代文人（特别是《水浒传》作者这样的文人）对于《史记》的了解，对于孔子事迹（主要来源于《史记》）的了解，指出《水浒传》的宋江在行迹、性格等方面与《史记·孔子世家》的孔子有或隐或显的相近基因——"庙堂基因"，应该说还是有较为充分理由的。

三、基因重组的结果

经过上面的检测分析，《水浒传》宋江的 DNA，是由两条基因链缠绕、互补构成的，从而造成了中国文学史上独一无二的"忠义'山

---

❶ 《水浒传》，人民文学出版社 1997 年版，第 939 页。
❷ 《论语·颜渊》，见朱熹：《四书章句·论语集注》，齐鲁书社 1992 年版，第 121 页。

大王'"形象。这两条基因链都含有"领袖"的因素。但是，一是江湖的领袖，一是庙堂认可的道德领袖。郭解基因的加入，使宋江不再等同于以"勇武"立身的寨主、强人头领，而是以"义侠"服众的江湖领袖。施耐庵有意无意之间为宋江准备了两个反衬，一个是王伦，一个是晁盖。这两个形象着墨都不多，但性格基调还是相当清晰的。王伦的狭隘、刻薄、小气，晁盖的粗豪、简单、率直，都可做小团体的首领，而不可能成为号令江湖的领袖。

宋江的"义侠"一面，作品里有实写有虚写。前文已经交代，他与武松、与李逵的初次见面，只是几个很小的细节，就显出了"江湖"真"大哥"的气质。这很像《三国演义》"温酒斩华雄"一节，曹操为关羽斟酒的细节。那一杯酒就凸显了曹操不同于袁绍的领袖气质。宋江抚慰武松、包容李逵，事情都不大，但同样凸显了不同于王伦、晁盖的领袖气质。对于一般读者而言，看到这里，不仅会喜欢上这个武功不高、其貌不扬的小个子，而且不知不觉间会在心中形成一种朦胧的预期，预期他必将接替晁盖，领袖群伦。

宋江的"忠孝"一面，是施耐庵特别重视的。施耐庵写这些，初衷绝不是要刻画一个伪君子，绝不是要曲笔描写两面派。施耐庵的本意就是要写一个道德上无可挑剔的人，要写一个因道德楷模而具有"领袖"资格的人。这一点，正是孔孟毕生为之呼号的儒家政治哲学的核心。《论语》的《为政》篇有十分明确的表述：

为政以德，譬如北辰，居其所而众星拱之。❶

《孟子》也反复拿这种观点去游说梁惠王等君主，可惜那些君主们都缺乏理想色彩，所以孔孟的政治理想两千多年只能停留在纸面与口头。到了宋代以后，程朱理学的"书呆子"们，更把这种观念推到

---

❶《论语·为政》，见朱熹：《四书章句·论语集注》，齐鲁书社1992年版，第9页。

了极致，于是引发了一场著名的政治哲学性质的辩论——这一话题，我们后文再说。

还是回到基因移植的话题上来。施耐庵正是深受儒家政治哲学的影响，要让自己笔下的宋江登上道德制高点，成为"为政以德"的典型，于是反复在他如何不肯上山落草，如何时刻惦念朝廷，如何挂牵老父，如何为孝亲不顾生死这些"忠""孝"品质上浓墨重彩地渲染。而在这个渲染过程中，孔子的某些行迹也就自然而然地影响到了有关情节的构思，上面提到的那些基因也就不自觉间移到了宋江的 DNA 中。

可是，令施耐庵始料不及的一个严重的问题出现了：江湖领袖的基因和道德领袖（庙堂所提倡、认可的道德）的基因组合到了同一对 DNA 中，但二者并不能水乳交融，而是如油入水，彼此排异。金圣叹在分析宋江形象时，敏锐地指出了其中的矛盾之处：若江湖领袖是他的真实面目，那道德领袖就不可避免地有虚伪的嫌疑。这种分析甚有道理，比起跟着施耐庵称许"忠义"要透辟得多，不过仍不免有简单化、片面化的毛病。问题的最大症结在于，施耐庵组合两类基因时，到底是没有料到彼此会排异呢，还是故意找来排异的基因，作为塑造"奸雄"的非常手段呢？显然，是前者而非后者。看看同一时代的小说，类似的人物形象无独有偶。

这首推《三国演义》中的刘备。作为"为政以德"的领袖，作者极力渲染他的仁德，如"携民渡江"呀，"摔孩子"呀，等等。可是，效果却同宋江差不多，"仁德"的高调与"枭雄"的身份很难协调，怪不得鲁迅先生要说"欲显刘备之长厚而似伪"了。

另外还有《西游记》里的唐僧。作为西行五众的领袖，他的能力是最差的。那他的领袖资格靠什么呢？和宋江、刘备一样，靠的是道德制高点。历史上的"勇悍狂侠"变成了"孝义黑三郎"；历史上的一代"枭雄"变成了仁厚长者；历史上刚毅卓绝的玄奘变成了教条至上的唐僧……这种变化的共同点就是历史上带有英雄气的人物，都被小说作者移入了道德领袖的基因。至于这些作家为何不约而同地从事类似的"基因工程"，我们不妨从一段历史公案说起。

揭示出《水浒传》宋江形象的基因来历，并非为了索隐炫怪，而是借以加深我们对这一形象的理解，尤其是理解本文开始提出的性格之"复杂——分裂"问题。《水浒传》之宋江形象，实由三种成分构成：一为"山大王"身份，此乃与生俱来，无可更改。二为"义侠"领袖，此为作家创造，亦为性格基调，与主要故事情节密切相关，是宋江形象的光彩所在；"孝义黑三郎"之"义"，浔阳楼反诗中"凌云志""敢笑黄巢"，都是这种成分的表现。三为"忠孝"楷模，此为作家的社会道德理想干预创作所致，欲使人物臻于完美却反成疵累；"孝义黑三郎"之"孝"，浔阳楼反诗中"曾攻经史"云云，都是这种成分的表现。

金圣叹在分析宋江形象时，敏锐地指出了其中的矛盾之处，他认为那是作者有意以春秋笔法写奸雄。这一论断无疑不合于大多数读者的阅读经验。作者塑造宋江这样一个名动江湖的道德楷模，本意并不是要曲写奸雄（想来作者还以为他写出的是一个光明磊落的宋江），但是上述三种成分彼此扦格，从本质上无法圆融，以至产生了相反的效果。既然如此，作者为何还要费力不讨好地强行把"孝忠"与"义侠"捏合到一起呢？这除了作者个人的知识结构、社会地位等因素外，中国文人群体性的白日梦——"内圣外王"的古老理想也是一个重要的甚或是支配性的因素。

《水浒传》里的宋江与《三国演义》里的刘备相似，都体现了作者这样一种理念：领导者不必靠个人的智谋、武技之优长，而是靠个人"仁德"的品格及由此形成的声誉、威望。靠德行即可以超越智谋、武技，奄有一方天下，或统领一方江湖。这实际就是儒家尤其是孟子极力鼓吹的由内圣而外王的政治理念。这种理念，带有强烈的理想主义色彩,但经不住现实的考验。《韩非子·五蠹》中早就说过,孔子天下圣人,学说风行海内,但只有七十二个弟子追随他。而像鲁哀公这样的下才之主,只要身为君主,境内的百姓,没有敢起不臣之心的。宋代陈亮与朱熹辩论义利王霸的关系,其背景正是千余年间义利王霸的分裂:真正道德比较高尚的君主政治上难有大的作为,凡一代雄主道德皆大有可议之处。历史证明,道德楷模与雄图伟略基本不能相容,更不要说由内圣而自然至于外王,由道德而自然天下景从了。

《水浒传》作者的人格理想,无疑是(忠)孝、义(气)两全,但可惜的是这两者很难能圆融地统一于一体。孝是一种垂直的伦理,它注重的是秩序、服从;它的性格是保守的。由孝放大出来,就是忠。义是一种横向的伦理,它追求的是热血担当,以及相连带的放纵、自由;它的性格是开放的。由义推衍开来,就是侠。在生活的常态下也许能够相容于一时,但一旦出现了变态,很可能便是孝、义不能两全。依违摇摆于两者之间,人格的分裂就难免了。宋江人格里潜藏的这一矛盾,注定了他独特的人生轨迹,注定了读者从中觑见难以弥合的裂缝。

四、"转基因"的理论基础

儒学史上有一桩著名的公案,就是南宋时陈亮与朱熹的"王霸义利"之辩。淳熙九年,朱熹以茶盐司使臣的身份到衢州巡查,陈亮以布衣的身份登门求教。两个人讨论起"王霸义利""天理人欲"这些儒学的根本性命题,意见出现严重分歧。朱熹的基本观点就是,好的政治领袖,最重要的是自己的道德修养;道德上有了瑕疵,功业再大也是枉然。陈亮和他大唱反调,认为衡量政治领袖的标准与常人不同,应首先看他们的成就,特别是给国家和百姓带来的利益。两个人谁也说服不了谁,一直辩论了十天没有结果。过了两年,陈亮因为批评时政而入狱。在他出狱后,朱熹去信劝诫,认为他的灾祸根源是错误的政治、道德观点，要他放弃自己的"义利双行、王霸并用"理论，和自己一样奉行"醇儒之道"。陈亮依旧不服气，写信和他争辩，你来我往的笔墨官司又打了多年，到头来各自坚持己见，这桩公案也就不了了之。

在这场辩论中，双方的一个焦点是对历史上政治领袖的评价。唐太宗李世民是双方争辩的标靶。陈亮称赞唐太宗的功业："其国与天地并立，而人物赖以生息。"他反问，如果这样给民众带来生存发展福祉的人物不合乎"天理"，那么"天理"还有什么存在的理由呢？朱熹先后回复了十五封书信反驳陈亮，认为只有上古时的政治才合乎天理，尧舜都是因其道德高尚而成为伟大的领袖，到了后世，大多政治领袖道德败坏、人欲横行，如实现"贞观之治"的李世民也不过是"以智力把持天下"而私德甚亏，"专以人欲行"的庸劣之主。由此，他把历代英雄人物一笔抹倒。

对于朱熹持论之偏，后人多有讥弹。杨慎尖锐指出："朱文公评论古今人品……亹亹千余言，必使之不为全人而已。盖自周、孔而下，无一人得免者。"确实，以常理常情衡量，朱熹的这些观点都是"违公是而远人性"的。但是，平心而论，他又并非信口雌黄。他的臧否标准是明确的，就是"内圣外王""致君尧舜""修齐治平"的儒家理想政治观。而以此衡量现实中的历史人物，没有一个可以及格。陈亮与朱熹的辩论，从口舌角度看，谁也不退让，可以说是打成了平局。但是朱熹的观点是宋明理学的主流观点，也就成为其后很长一段时间里的官方意识形态。

从狂禅中走出的侠僧
——鲁智深形象新论

一

《水浒传》的流传过程中,有关鲁智深形象的阐释是非常有趣的现象。以影响最大的两种评点——李卓吾的"容与堂本"和金圣叹的"五才子书"来看❶,二人的理解实有相当大的差异。李卓吾的代表性评语是:

> 此回文字分明是个成佛作祖图。若是那班闭眼合掌的和尚,决无成佛之理。何也?外面模样尽好看,佛性反无一些。如鲁智深吃酒打人,无所不为,无所不作,佛性反是完全的,所以到底成了正果。
>
> 如今世上都是瞎子,再无一个有眼的,看人只是皮相。如鲁和尚却是个活佛,倒叫他不似出家人模样。❷

其着眼点是鲁智深言行中体现的特殊的佛理。而在全书的夹批中,凡遇到描写鲁智深的文字,李卓吾差不多都要批上一个"佛"字,有时意犹未尽,还要加上"真佛,真菩萨,真阿罗汉,南无阿弥陀佛"之类。

---

❶ 容与堂本的批语,或以为出自叶昼之手,非是。参见陈洪:《李贽》(春风文艺出版社1999年版)。

❷ 李贽评点:《忠义水浒传》,见《明容与堂刻水浒传》第四卷,上海人民出版社1973年版,第21页。

而金圣叹的代表性批语是：

> 写鲁达为人处，一片热血直喷出来，令人读之深愧虚生世上，不曾为人出力。孔子云"诗可以兴"，吾于稗官亦云矣。❶
>
> 句句使人洒出热泪，字字使人增长义气，非鲁达定说不出此语，非此语定写不出鲁达。……使我敬，使我骇，使我哭，使我思。写得便与剑侠诸传相似。❷

其着眼点是鲁达（注意，金氏这里不称"智深"）言行中流露的侠情。金圣叹不仅盛赞，而且感动、共鸣，批语中也流露出燃烧的义侠血性。

这两种阐释在后代均得到了认同与发挥。循前一思路的如清初邱园《虎囊弹》传奇所塑造的鲁智深形象，其中《醉打山门》一折，让鲁智深自我表白道：

> 漫揾英雄泪，相离处士家。谢慈悲剃度在莲台下。没缘法转眼分离乍。赤条条来去无牵挂。哪里讨烟蓑雨笠卷单行，一任俺芒鞋破钵随缘化。

这段《寄生草》唱词深受曹雪芹喜爱。他在《红楼梦》的"听曲文宝玉悟禅机"中，先是浓墨重笔地写宝钗对这支曲子的激赏，然后写宝玉"听了，喜的拍膝画圈，称赏不已"，并由"赤条条来去无牵挂"一语"解悟"，"亦填一支《寄生草》……自觉无挂碍，中心自得"❸。淑女薛宝钗、贵公子贾宝玉欣赏鲁智深的自白，并从中得到共鸣与启

---

❶ 金圣叹评点：《第五才子书施耐庵水浒传》，中州古籍出版社1985年版，第67页。
❷ 金圣叹评点：《第五才子书施耐庵水浒传》，中州古籍出版社1985年版，第943页。
❸ 《红楼梦》，人民文学出版社1982年版，第303–307页。

示,这乍听起来似乎不可思议,但深入分析却自有其道理。

循后一思路的如当代中国台湾学者乐衡军在《梁山泊的缔造与幻灭》一文所讲:

> 鲁智深原来是一百零八人里唯一真正带给我们光明和温暖的人物。……他正义的赫怒,往往狙灭了罪恶(例如郑屠之死,瓦官寺之焚),在他慷慨胸襟中,我们时感一己小利的局促(如李忠之卖药和送行)和丑陋(如小霸王周通的抢亲),在他磊落的行止下,使我们对人性生出真纯的信赖……这一种救世的怜悯,原本是缔造梁山泊的初始的动机……水浒其实已经把最珍惜的笔单独保留给鲁智深了,每当他"大踏步"而来时,就有一种大无畏的信心,人间保姆的呵护,笼罩着我们。

这显然是着眼于鲁智深的侠肝义胆。

二

这两种阐释看似差距很大,其实各有其道理,因为在鲁智深的形象中原本就包含着两种与之相关的因素。

在《水浒传》的人物中,鲁智深形象的演变过程最为奇特。早期龚圣与《宋江三十六人赞》称"有飞飞儿,出家尤好。与尔同袍,佛也被恼",语不甚详,给人印象似乎与"精精儿""空空儿"有些类比的关系。《宣和遗事》则仅有"僧人鲁智深反叛"数语而已。另外,《醉翁谈录》虽有《花和尚》的说话名目,详情却无从查考。就现有的资料看,早期的鲁智深故事中,既未发现佛理,也无侠情的踪迹。

到了元明杂剧中,鲁智深的性格出现了复杂的色调。他不仅具有"喜赏黄花峪"的雅兴,甚至还"难舍凤鸾俦"。当然,此类色调并没有被吸纳到《水浒传》之中。

至于"佛理""禅味"的掺入,其演化缘由自非一端,但最主要的却是在《水浒传》的成书过程中,作者参照了禅门大德丹霞天然和尚的事迹,从而为鲁智深的形象涂上了别具意蕴的一笔。

天然的事迹主要见于《五灯会元》卷五"石头迁禅师法嗣"(文中序号为笔者所加,功能下文自见):

> 邓州丹霞天然禅师……偶禅者问曰:"仁者何往?"曰:"选官去。"禅者曰:"选官何如选佛?"①曰:"选佛当往何所?"禅者曰:"今江西马大师出世,是选佛之场②。仁者可往。"遂直造江西,才见祖,师以手托幞头额。祖顾视良久,曰:"南岳石头是汝师也。"遽抵石头,还以前意投之。头曰:"著槽厂去!"③师礼谢,入行者房,随次执炊役,凡三年。忽一日,石头告众曰:"来日划佛殿前草④。"至来日,大众诸童行各备锹钁划草,独师以盆盛水,沐头于石头前,胡跪。头见而笑之,便与剃发,又为说戒。师乃掩耳而出,再往江西谒马祖。未参礼,便入僧堂内,骑圣僧颈而坐⑤。时大众惊愕,遽报马祖⑥。祖躬入堂,视之曰:"我子天然。"师即下地礼拜曰:"谢师赐法号。"因名天然。
>
> 后于慧林寺遇天大寒,取木佛烧火向⑦,院主呵曰:"何得烧我木佛?"师以杖子拨灰曰:"吾烧取舍利。"主曰:"木佛何有舍利?"师曰:"既无舍利,更取两尊烧。"
>
> 元和三年,于天津桥横卧,会留守郑公出⑧,呵之不起。吏问其故,师徐曰:"无事僧。"留守异之,奉束素及衣两袭。
>
> 长庆四年六月,告门人曰:"备汤沐浴,吾欲行矣。"⑨乃戴笠策杖受屦,垂一足未及地而化。❶

---

❶ 普济:《五灯会元》第五卷,中华书局1984年版,第261–264页。

在《水浒传》有关鲁智深的故事中，我们不难发现与之十分相似的情节，其中有的描写存在某种影响痕迹。下面按上文中序号对应顺序列举有关情节：

①第六回，反复写智深在"选佛场"中念念不忘做官，道："本师真长老着洒家投大寺讨个职事僧做，却不教俺做个都寺、监寺……""洒家……杀也要做都寺、监寺！"

②第四回，"智深回到丛林选佛场中"。

③第六回，智深先到五台，后被智真长老介绍到大相国寺智清长老处；讨"官"未得，方才去管菜园。

④第四回，智真为其剃度时，口念："寸草不留，六根清净。"

⑤第四回，智深对其他僧人无礼，长老却"只是护短"，"说道他后来证果非凡"；又，他醉后把"下首的禅和子""劈耳朵揪住"。

⑥第四回，智深闹禅堂，"监寺慌忙报知长老，长老听得，急引了三五个侍者直来廊下"。

⑦第四回，智深打坏了山门金刚，长老道："休说坏了金刚，便是打坏了殿上三世佛，也没奈何，只得回避他。"——金圣叹就此批道："真正善知识！胸中便有丹霞烧佛眼界。"

⑧五十八回，"鲁智深却正好来到浮桥上，只见人都道：'和尚且躲一躲，太守相公过来。'鲁智深道：'俺正要寻他……'""虞侯……对鲁智深说道：'太守相公请你赴斋。'"

⑨九十九回，"鲁智深笑道：'洒家今已必当圆寂。烦与俺烧桶汤来，洒家沐浴。'道人烧汤来，与鲁智深洗浴，换了一身御赐的僧衣，自迭起两只脚，左脚搭在右脚……众头领来看时，鲁智深已自坐在禅椅上不动了。"

如果以上情况仅出现一二则，那不妨以偶合视之。但像列举的这样，丹霞天然事迹的主要环节几乎全在鲁智深的故事中以相似乃至相同的面目出现，便无论如何也不可漠视了。当然，这并不一定说明作者是完全自觉地以天然为原型来塑造鲁智深的形象——如果要说原型的话，智深的原型也不止一个，至少《西厢记》的"法聪／惠明"和尚可算其一。但是，我们可以肯定的是，作者十分熟悉丹霞天然的事迹，而且欣羡得很。所以，在总揽旧有之"花和尚"材料进行再加工、再创作时，天然的这些极富个性的言行便自然流入笔下了。

鲁智深的身上带有了丹霞天然的影子，其意义绝不止于使故事更加丰富、生动，而是使人物形象及作品的相关部分都发生了质的变化。

早期"花和尚"的形象不过是一个武勇、反叛的僧人，没有更多的文化内涵，而融入天然的投影后，也同时摄入了半部禅宗史所有的思想内涵。丹霞天然是禅宗由祖师禅向越祖分灯禅发展过程中的代表人物之一。他出自石头希迁门下，却与马祖道一有极深渊源❶，因此在一定程度上可以说具有禅宗这两大统系的特点。他的"无道可修，无法可证""佛之一字，永不喜闻"之说，骑僧颈、焚佛像之举，夸张地表达了主体至上、任性率真、蔑弃戒律、破除迷信的新的禅学观念。这种即心即佛、当下解脱的修养观、人生观，大受为宗法礼教所困的才士、狂生欢迎，"吾子天然""烧佛取舍利"的事迹也就在他们之中广为传颂，并成为"呵佛骂祖"的狂禅作风的催化剂。当小说中的鲁智深做出类似丹霞天然的"壮举"时，这些读书人同样体会到任性之痛快，解脱之愉悦，有的甚至会产生禅学的联想——于是，人物形象的深层文化内涵便由此形成了。

三

说到惠明和尚的影响，虽不如丹霞天然这样显豁，却也颇有踪迹可求。

---

❶ 马祖为怀让弟子，石头为行思弟子。而天然剃度于石头，却得法号于马祖。详见《五灯会元》卷五。

当然，惠明的形象本身也有一个演化过程："王西厢"的惠明是由"董西厢"的法聪而来。"董西厢"流传之时，恰是《水浒》故事酝酿、累积的时候。所以，追踪寻迹，应从法聪说起。

董解元偏爱法聪的形象，给他的"戏"相当多（与"王西厢"比，这一点尤为明显），既有挺身而出的场面，又有与孙飞虎及其部将几场大战的正面描绘。其中，三个方面可以看到鲁智深的依稀身影。

一是性格的基调。法聪的形象有两个突出的特点，一是武勇，二是侠烈。作品浓墨重彩渲染他的武勇过人。为表现法聪这方面的超凡绝伦，作者多次使用反衬手法。先写一员敌将，"担一柄截头古定刀，如神道"，"雄豪，举止轻骁"，看起来十分威风。可是与法聪交手，不过"三合以上"，便是"气力难迭"，"把不定心中拘拘地跳"。而法聪"叫声如雷炸"，"只喝一声，那里唬煞"。然后写孙飞虎，不仅是"担一柄簸箕来大开山斧"，"雄烈超古今，力敌万夫"，而且诡计多端，惯于暗箭伤人。可这一切在法聪面前全不堪一击，法聪"铁鞭举大蟒腾空，钢箭折流星落地"，"禁持得飞虎心胆破"。于是，作者作一总评道：

粗豪和尚，单身鏖战，勇如九里山混垓西楚王；独自征战，猛似毛驼冈刺良美髯公。❶

至于侠烈的一面，作者则主要通过法聪的心理活动来表现：

大丈夫之志决矣！既遇今之乱，安忍坐视？非仁者之用心也。❷

而当他不顾安危，挺身而出时，僧众齐呼："愿从和尚决死！"

---

❶ 《董解元西厢记》卷二，见王实甫：《西厢记》，人民文学出版社1995年版，第295页。
❷ 《董解元西厢记》卷二，见王实甫：《西厢记》，人民文学出版社1995年版，第288页。

这也直接衬托出法聪之侠烈品性。

熟悉《水浒传》的读者都知道，鲁智深的性格基调也正是侠烈与武勇。

二是故事的骨架。"董西厢"中有关法聪的情节主要是：一个强徒率众来抢民女为妻；法聪和尚挺身而出；法聪主张"我若敷陈利害，必使逆徒不能奋武作威"；法聪与强徒大打出手，并战而胜之。巧得很，在《水浒传》有关鲁智深的故事中，几乎可以一一找到类似的情节。最明显的如桃花庄：周通率众来抢民女为妻；智深和尚挺身而出；鲁智深提出由他先向强徒"说因缘"来敷陈利害，促使其回心转意；鲁智深与周通大打出手，并战而胜之。再如"拳打镇关西"，其主要情节也是强占民女——挺身而出——战而胜之。

显然，如果把这些全视为巧合或互不相干的"套子"，是忽略了宋元之际《西厢记》的广泛影响，是难以服人的。

三是文字的细节。大家知道，鲁智深的随身武器是镔铁禅杖与戒刀，而法聪的武器也同样是铁棒与戒刀。如果说这可能是行脚僧的通常"装备"，那么进一步的相似处就难以轻轻放过了。《水浒传》在写道鲁智深大闹五台山时，以相当细致的笔墨描绘了他到镇上打造随身武器的情状。其中写鲁智深要打造重达百斤的铁杖，工匠认为太重；鲁让步为八十一斤，工匠仍不同意；而最后工匠提出六十二斤，鲁智深便欣然同意了。这一段从情理分析颇有莫名其妙之处，特别是这六十二斤的依据是什么，工匠并未加任何解释，而鲁智深竟痛快答应了。如果我们对照"董西厢"，这原因可就随手拈出了。因为"董西厢"特意写法聪吓敌将道："待不回去只消我这六十斤铁棒苦。"

更为有趣的是，"董西厢"中竟也出现了名唤"智深"的人物。此人虽非重要人物，但与法聪同寺修行，同堂议事，文中称为"执（职？）事僧智深"。而《水浒传》写鲁智深到大相国寺,对清长老道："本师真长老着洒家投大刹讨个职事僧作。"两个"智深"皆称"职事僧",其间有无瓜葛,亦不应漠然视之。

至于"王西厢"中的惠明,形象与法聪大体相同,只是作者的笔墨更空灵些。王实甫侧重写他的豪情、侠胆,对具体的战争场面就虚化省略了。最为传神的笔墨如:

"瞅一瞅古都都翻了海波,晃一晃厮琅琅振动山岩;脚踏得赤力力地轴摇,手扳得忽剌剌天关撼。"

"绣旗下遥见英雄俺。"❶

其中神韵颇与《水浒传》之"倒拔垂杨柳""怒打镇关西"相仿佛。另外,关于惠明性格的一些细节似乎也投射到鲁智深身上,如平时"则是要吃酒厮打"——吃酒、厮打,几乎可说是鲁智深在五台山生活的全部;如惠明自言"这些时吃菜馒头委实口淡",《水浒传》中智深也自叹"这几日又不使人送些东西来与洒家吃,口中淡出鸟来";又如称惠明"从来欺硬怕软,吃苦不甘",写众僧临事无能以衬托惠明武勇等,也都可在鲁智深身上找到一些影子。

综合以上种种,说《水浒传》的鲁智深直接脱胎于《西厢记》中的法聪及惠明,证据可能仍嫌不足,但广义的血脉相通则应是确凿无疑的了——特别是在"僧而侠"这一点上。

四

一个人物形象,涵摄了这看似风马牛不相及的文化元素,却毫无抵牾、分裂之感,原因何在?

首先,这与鲁智深的形象基础有关。他的最初始材料是"僧人/强盗",僧人自然可以包容禅意,强盗也不妨演化为侠盗。当然,如

---

❶ 王实甫:《西厢记》,人民文学出版社 1995 年版,第 77—78 页。

果从创作过程分析，毋宁说作品的写定者正是由"僧人/强盗"的奇特身份才会产生联想，从而把自己熟知而又感兴趣的材料组织到形象中，使其丰富、生动起来。

不过，另一个原因恐怕更重要一些，就是狂禅与武侠在内在精神上的相通。南宗禅在"自性本觉"的基础上进一步发挥，不重打坐，反对偶像与教条的崇拜，主张"即心即佛""本来是佛""一切现成""当下即是"，把主体的地位提升到至高无上。当这种倾向趋于极端时，就表现为唯我独尊，反对任何清规戒律，认定"率性不拘小节，是成佛作祖根基"，于是一切率情任性，务求惊世骇俗，世人遂称之为"狂禅"。而这一"狂"，所有的外在束缚全部摆脱，心灵实现了空前的解放，主体生命达到了一种极致的自由（当然，这只是理想化的说法。事实上，"狂禅"中装疯卖傻者大有人在）。而所谓"侠"，则"以武犯禁"，置个人于社会之上，以个人的力量充当正义的代表，以个人的意志充当道德的裁判。其实质也是追求个人自由意志的张扬，从而蔑弃权力的偶像，轶越既有的轨范。所以说，在放大个人、张扬主体、超越常规、自由行动诸方面，狂禅与武侠的精神是相通的。金圣叹分析鲁智深言行、性格时，曾以"菩萨，英雄也"来概括❶，正是感觉到二者在鲁智深身上的融合，可惜未作深论。

唯其如此，"禅"与"侠"才有可能在同一个艺术形象身上并存而不悖。

但是，可能性并不等于实然性。鲁智深身上的"禅"与"侠"的妙合，还得力于作者恰如其分的处理。

"禅"与"侠"相比，前者虚而后者实，前者静而后者闹，前者远不如后者之"有戏"。"禅"如写不好，极易成为"释氏辅教之书"。察鲁智深身上的"禅意"之所以能够圆融，乃在于作者虽借用了天然和尚的行迹却未刻意写"禅"，"禅"的味道全在若有若无之间。不

---

❶ 金圣叹评点:《第五才子书施耐庵水浒传》,中州古籍出版社1985年版,第90页夹批。

过作者又唯恐读者一无所感,"浪费"了这一重意味,于是时而点醒一二,为读者提供联想到狂禅的思路。如第五十七回中鲁智深的诗赞:

自从落发寓禅林,万里曾将壮士寻。臂负千斤扛鼎力,天生一片杀人心。

欺佛祖,喝观音,戒刀禅杖冷森森。不看经卷花和尚,酒肉沙门鲁智深。

"欺佛祖,喝观音","不看经卷"固然是狂禅做派,"一片杀人心"其实也是"狂禅"常说的话头❶。又如第一百十九回,鲁智深杭州六合寺坐化前,作偈道:

平生不修善果,只爱杀人放火。忽地顿开金绳,这里扯断玉锁。咦!钱塘江上潮信来,今日方知我是我。

其中禅悟的意味就更为显豁了。

另外,《水浒》中的一些看似无稽的笔墨,却因其乖悖而产生意味。如第九十回,宋江和鲁智深来见智真长老,长老一见鲁智深便道:"徒弟一去数年,杀人放火不易。"鲁智深的反应是"默然无言"。长老的话与鲁智深的默然都似有弦外之音。最有意思的是第五十八回,宋江与鲁智深第一次相见时道:"江湖上义士甚称吾师清德,今日得识慈颜,平生甚幸。""清德""慈颜"云云,用在杀人放火的鲁智深身上未免可笑,这固然可以理解为宋江顺口掉文,但结合上引几段来看,说作者此处是有意嘲谑调侃固然未尝不可,但再进一步,从中读出些许狂禅意趣,似乎也未尝不可。

---

❶ 如《无门关》第1则:"如夺得关将军大刀入手。逢佛杀佛。逢祖杀祖。於生死岸头得大自在。向六道四生中。游戏三昧。"见电子佛典《大正藏·诸宗部》,T48,No.2005。

由此而反观鲁智深的故事，也就不难明白为什么李卓吾、曹雪芹等会从中读到禅味、禅趣。其实，今天的读者同样可以从花和尚醉闹五台山、赤条条来去无牵挂的痛快与决绝中，读出禅的顿悟，而同时也可以感受到侠的豪情。从这个意义上讲，如果水浒世界里少了鲁智深，那么它在文化内涵上会明显减少，整体品格上也将是一大降低。

　　文章写到这里，似乎已无剩义。不过，我们不妨再作一联想，增加一点思考的趣味。《水浒传》究竟作于何时，学术界是有不同见解的，彼此间甚至差异很大。但有一点大家看法一致，就是这部著作的广为流行，并产生大的社会影响是在明代嘉、隆、万的百年之间。从特定的意义上讲，也不妨说《水浒传》的"社会生命"从此开始。而在这一时段里，另一部伟大的白话小说《西游记》也开始了它的"社会生命"。我们细品《西游记》的主人公——孙悟空，它的形象基本特征与鲁智深可以说是"异性同构"：疏狂、打翻秩序而终成正果，忠诚、扶弱除强而正义无畏，正是"狂禅与义侠"的结合。这对于认识那个时代的风潮，思考文学创作和传播的某些规律，可能都不无启迪的意义。

论《水浒传》与道教

左袒：作者鲜明的宗教偏向

近年来，讨论《水浒传》中宗教内容的文章渐多，其中有一种看法时有所闻，就是作品"三教会通""佛道并行"。表面看来，此说似乎不无道理——书中确实既写了道教，也写了佛教；与道教有关的人物、情节有褒有贬，与佛教有关的人物、情节同样有褒有贬。但是，如果我们深入一些，纵向地从《水浒传》成书过程，横向地对文本有关道教与佛教的内容进行具体对比的话，这部小说的宗教倾向还是较为鲜明的，那就是"左袒道教"。

《水浒传》（这里指以容与堂刊《忠义水浒传》为代表的繁本系统）成书过程中受到《大宋宣和遗事》（以下简称《遗事》）的较大影响，这是尽人皆知的事实。《遗事》中直接涉及"水浒"的文字计两千八百有余，内容包括：杨志失陷花石纲、卖刀杀人，智取生辰纲，宋江私放晁天王，宋江杀惜，九天玄女庙得天书，天罡星三十六员下凡，招安征方腊。可以说，《水浒传》的情节大框架乃由《遗事》发展而来。在《水浒传》承袭《遗事》故事框架的过程中，"施耐庵"[1]对其中宗教内容、宗教倾向持何态度呢？

我们先看一看上述涉及"水浒"的这部分内容。这段文字中涉及宗教的内容计有两节。一节较为复杂，也较为重要，就是"玄女庙得天书"：

---

[1] 由于《水浒传》的时代与作者皆迄无定论，而近年争议尤烈，故这里的"施耐庵"只是小说作者代称，以利行文而已。

宋江已走在屋后九天玄女庙里躲了……见官兵已退，走出庙来，拜谢玄女娘娘；则见香案上一声响亮，打一看时，有一卷文书在上。宋江才展开看了，认得是个天书；又写着三十六个姓名，又题着四句道，诗曰："破国因山木，兵刀用水工；一朝充将领，海内耸威风。"宋江读了，口中不说，心下思量："这四句分明是说了我里姓名。"又把开天书一卷，仔细观觑，见有三十六将的姓名……宋江把那天书，说与吴加亮等道了一遍。吴加亮和那几个弟兄，共推让宋江做强人首领。❶

显然，"九天玄女"身处道教神祇系列，这段文字是给道教"加分"的重头戏。而"施耐庵"很看重这一情节，几乎移植到自己的作品中，并且在此基础上让九天玄女直接出面，使读者更加深了印象。

另一节十分简略，只有一句话：

有僧人鲁智深反叛，亦来投奔宋江……来后，恰好是三十六人数足。❷

由于鲁智深的僧人身份，这可以说是间接涉及佛教。这一句话包含了两个要点，一是"反叛"，二是最后入伙。"施耐庵"把这两点接受过来并大力铺衍，使之成为《水浒传》的重头戏。他同样把鲁智深加入梁山的时间放到后面，并用了"众虎同心归水泊"作为回目，在总体结构上基本保持了《遗事》的安排。他又把"反叛"的文章作足，《水浒传》里的"僧人鲁智深"既有反抗官府及其社会秩序的内容，又有反抗佛门清规戒律的内容。如果说《遗事》这一段里关于佛

---

❶ 朱一玄：《水浒传资料汇编》，南开大学出版社2002年版，第41页。
❷ 朱一玄：《水浒传资料汇编》，南开大学出版社2002年版，第43页。

教的简略书写并无任何倾向性可言的话，那么"施耐庵"的踵事增华却是意味复杂了许多。鲁智深的形象颇有狂禅意味，在突出了他个人的英雄狂侠的同时，却严重解构了佛教的庄严。就鲁智深的故事而言，比起《遗事》，《水浒传》对佛教的态度调侃、解构显然要增多了一些。

接下来，我们把眼界拓宽一些，看一看《遗事》更多的宗教内容。《遗事》中最为集中、最为大量的宗教描写是围绕林灵素的内容。林灵素是徽宗朝真实存在的一个道士❶，"遗事"围绕他的记述将近五千四百字，几乎是上述水浒故事的两倍。这些文字主要是四个方面：一是林灵素及其他道士的法术；二是林灵素及其他道士的逢迎、误国劣行；三是徐知常、吕洞宾等有道之士与林灵素的对比；四是林灵素倡言扬道灭僧，引发僧道斗法，结果大败亏输。《遗事》在第一方面用墨不多，但作者是肯定林灵素确有法术的。第二方面则有些与《水浒传》可能发生瓜葛的线索，如花石纲的由来，如林灵素与高俅的关联等。第三方面则是通过对比说明道教自有高明之士。第四方面乃述说的重头戏，计有一千六百余字，情节颇有起伏变化，详细讲述了林灵素倡言灭僧的理由、经过，以及僧人的反抗，双方斗法的情形，还有林灵素由此的失势与结局。这一僧道斗法的描写是《遗事》中最为生动形象的段落之一。

可以说，上述林灵素的故事是具有被"施耐庵"采用、改写道《水浒传》之可能性的——有瓜葛、道教故事、热闹，但是终于却被"施耐庵"弃之不顾。其中原因我们当然无法确知，但是有一点可以肯定，就是林灵素的故事总体上对道教不利，特别是在"僧道争雄"的问题上明显左袒佛教。

横向来看，我们不妨选取作品中佛教、道教的人物，分别同类做一比较，看看作者是否有所轩轾。

先看梁山好汉中的人物，道教的"代表"为公孙胜，佛教的代

---

❶ 《宋史》列传第二百二十一有传，见《四库全书》史部有关记载140条。

表为鲁智深。初看,自然是鲁智深更可爱些,公孙胜虽然神通广大、贡献多多,但作为文学形象却乏善可陈。不过,我们如果换一个角度,看看作为各自宗教的"代表",他们为佛教、道教的形象起了哪些作用。公孙胜在作品中的表现有三个特点:一是总是在梁山遭遇危机、他人一概束手的情况下出手;二是只要他出手,从未遇到挫败,每每使梁山义军转危为安;三是他的成功完全依赖道教的法术。鲁智深在作品中的表现有两个突出特点:一是佛教清规戒律的颠覆者,无论是在五台山,还是在大相国寺,他完全无视寺庙的规条,吃酒打人,我行我素;而到了江湖上,则更是"两只放火眼,一片杀人心"。至于所写"杀人放火"不妨终成正果,充其量可算作佛门的异端。二是他的可爱,全在锄强扶弱时的刚直勇猛、毫无计较,而这也不是正统佛教所主张的,而是武侠传统披上了袈裟而已。所以,这两个形象的比较,可以说公孙胜是道教形象的完全正面的"代表",为道教"加分"不少;鲁智深为作品增添了可贵的侠义精神,并没有正面为佛教"加分",倒是把对佛教具有颠覆意味的狂禅色彩带入了作品。

  接下来,我们再选取佛、道二教的高端人物作一比较。《水浒传》中佛教的最高端形象应属"准"高僧智真长老,但他的本领只限于"入定"观看因果,却不能解决任何现实问题,此外便没有写任何一个在故事中具有超凡法力的佛门人物(另一个地位与智真相当的智清长老,则是连看因果的本领也没有了,世俗而势利)。可是看看道教的"高端",九天玄女不仅法力无边,而且就是天意的直接代表;罗真人也是神通广大,几乎无所不能。而这个罗真人的言行还妙趣横生,显示出举重若轻而掌控一切的能力。至于作品开端所写神龙见首不见尾的张天师,更是一开篇就把道教的仙真渲染得神奇无比。与佛教的长老们双方对照,高下立判。❶

---

 ❶ 明代白话长篇涉及宗教者,往往从佛、道人物的法力高低显示作者的轩轾态度,如《封神演义》神通最高为道教的鸿钧道人,扬道之意甚明;《西游记》《西洋记》则反之。

然后,再选取作品所写佛教与道教的反面人物比一比。《水浒传》第四十五回整回书细写僧人裴如海的淫行并引申出对整个僧团乃至佛教的攻击之词。

接下来,作者让石秀把裴如海"赤条条不着一丝"地"三四刀搠死了",又填两支曲子来嘲讽这个可怜的和尚,略云:"堪笑报恩和尚,撞着前生冤障;将善男瞒了,信女勾来,要他喜舍肉身,慈悲欢畅。""淫戒破时招杀报,因缘不爽分毫。本来面目忒蹊跷,一丝真不挂,立地放屠刀!大和尚今朝圆寂了,小和尚昨夜狂骚。头陀刎颈见相交,为争同穴死,誓愿不相饶。"金圣叹于此回批道:

> 佛灭度后,诸恶比丘于佛事中,广行非法……或云讲经,或云造象,或云忏摩,或云受戒,外作种种无量庄严,其中包藏无量淫恶……我欲说之,久不得便,今因读此而寄辩之。
>
> 速敕国王、大臣、长者、一切世间菩萨大人,欲护我法,必先驱逐如是恶僧,可以刀剑而斫刺之,彼若避走,疾以弓箭而射杀之。在在处处,搜捕扫除,毋令恶种尚有遗留。❶

由此,既可见小说中描写僧人淫行的内容很容易使人产生共鸣,也说明《水浒传》这种宗教态度具有的强烈的煽惑性。至于道教方面的负面人物,或是如逞弄妖术的郑魔君、包道乙一类,或是如蜈蚣岭王道人一类,"施耐庵"都没有把他们的"负面"行为同其宗教身份联系起来,这与借裴如海痛斥佛教的态度也可形成鲜明对照。

除此之外,《水浒传》全书的"星宿下凡""天罡地煞"之说,情节大关目的"罗天大醮"等,也全是道教观念、学说的发挥。所以,尽管《水浒传》的基本性质属于英雄传奇,宗教的内容并非题旨的主

---

❶ 金圣叹:《金圣叹全集》之《第五才子书施耐庵水浒传》,凤凰出版社 2008 年版,第 812–814 页。

体,而且也有一定的自相矛盾、碎片化的情况,但全书的宗教倾向、宗教态度还是很鲜明的,就是扬道抑佛,左袒道教。

明了这一点,对于更深入、更透彻地解读作品不无帮助。另外,由此出发,联系时代的宗教生态,也许对于揭开作品成书年代的谜团会有一定的启迪。

错位:玄女与真人的功能互补

罗真人与九天玄女都是道教系统的神仙,又都是梁山的护佑神,似乎功能上大体重迭,那作者为什么做这叠床架屋的事情呢?

我们先来看看九天玄女,看她是怎样成为"不可或缺"的护佑神祇的。《水浒传》中,九天玄女正面出场两次,都是在宋江最狼狈的时候。第一次是第四十二回"还道村受三卷天书 宋公明遇九天玄女",宋江被官差追得走投无路,躲入"玄女之庙"。在玄女的庇佑下,躲过一劫,并最终死心塌地上了梁山。玄女还对宋江前程作出"遇宿重重喜"的预言,又传授给他三卷天书,并对他提出"汝可替天行道"的要求。后世的批点者很看重这一情节,有的甚至认为"是一部作传根本"(袁无涯本眉批)。玄女的第二次出场是第八十八回"颜统军阵列混天象 宋公明梦授玄女法"。宋江统兵征辽,与兀颜统军决战,兀颜统军摆出混天象大阵,连败宋江三次。宋江、吴用,甚至公孙胜也束手无策——这在《水浒》中是很少有的。正当宋江"寝食俱废,梦寐不安"之时,九天玄女又及时降临了:

玄女娘娘与宋江曰:"吾传天书与汝,不觉又早数年矣!汝能忠义坚守,未尝少怠……可行此计,足取全胜……吾之所言,汝当秘受。保国安民,勿生退悔……"❶

---

❶ 《水浒传》第八十八回,人民文学出版社1997年版,第1103页。

而宋江按照玄女所授秘计，一战成功。

综合两次描写，可以把九天玄女这个形象归纳为：①代表上天指点宋江走"忠义""替天行道"之路；②利用法术、神通救助宋江，帮助他逢凶化吉，取得胜利；③始终关注宋江的行事（"未尝少息"云云可证），故能在困厄时随即赶到。这种"定向"庇佑的描写，强化了作品将梁山好汉造反行为"正当化"的努力，是"替天行道"主题的点题之笔。

九天玄女是何方神圣？作者因何选她来当此重任？这位女仙隶属道教，《道藏》《云笈七签》都有她的传。其《传》略云：

> 九天玄女者，黄帝之师，圣母元君弟子也。（黄帝）战蚩尤于涿鹿。帝师不胜……帝用忧愤，斋于太山之下。王母遣使……玄女降焉，乘丹凤，御景云，服九色彩翠之衣，集于帝前。帝再拜受命……玄女即授帝六甲六壬兵信之符，《灵宝五符》策使鬼神之书……帝乘龙升天。皆由玄女之所授符策图局也。❶

而《云笈七签》的《西王母传》《轩辕本纪》也记叙这一传说，细节处有所不同。《轩辕本纪》所记为：

> 黄帝即与蚩尤大战于涿鹿之野……未胜，归太山之阿，惨然而寐。梦见西王母遣道人……天降一妇人，人首鸟身，帝见稽首，再拜而伏。妇人曰："吾玄女也，有疑问之。"……玄女教帝《三宫秘略五音权谋阴阳之术》，传《阴符经》三百言，帝观之十旬，讨伏蚩尤。授帝《灵宝五符真文》及《兵信符》，帝服佩之，灭蚩尤。❷

---

❶ 张君房：《云笈七签》卷一一四，记传部。

❷ 张君房：《云笈七签》卷一〇〇，记传部。

《西王母传》则为:

蚩尤幻化多方,征风召雨,吹烟喷雾,师众大迷。帝归,息太山之阿,昏然忧寐。……王母乃命一妇人,人首鸟身,谓帝曰:"我九天玄女也。"授帝以三宫、五意、阴阳之略,太一遁甲、六壬步斗之术,《阴符》之机,《灵宝五符》《五胜》之文。遂克蚩尤于中冀,剪神农之后,诛榆冈于阪泉,而天下大定,都于上谷之涿鹿。❶

三处所记都突出了九天玄女作为战争之神的神通、威力,也都写道对黄帝雪中送炭的帮助。不过,后面两则对黄帝困窘之状的描写——"惨然而寐""昏然忧寐",与《水浒传》所写宋江的窘境更近似一些。而《本纪》写黄帝见玄女时"再拜而伏"的情状,也与宋江初见玄女情状相似——短短一段文字,五次写宋江"再拜",如"躬身再拜,俯伏在地"。

显然,《水浒传》塑造的九天玄女形象,不折不扣从道教典籍中脱胎而来。"九天玄女"的事迹最早见于汉代纬书《龙鱼河图》:"黄帝仁义,不能禁止蚩尤,遂不敌,乃仰天而叹。天遣玄女下,授黄帝兵信神符,制伏蚩尤。"《旧唐书·经籍志》"兵家类"著录有《黄帝问玄女兵法》,似为南北朝到隋之间的托名之作。晚唐五代时,道士杜光庭综合前代材料,作《九天玄女传》,列入他的《墉城集仙录》。北宋真宗时,张君房编辑《云笈七签》时,一方面编入了杜的《九天玄女传》,另一方面又把《九天玄女传》的材料用到了《轩辕本纪》中。由于《云笈七签》的广泛传播,九天玄女的故事——特别是作为道教谱系中"善良"的女战神形象也得到更为普遍的信仰。于是,她先是被《遗事》"相中",开始成为宋江的保护神;继而被"施耐庵"

---

❶ 张君房:《云笈七签》,卷一一四,记传部。

进一步塑造成《水浒传》中天意的最高代表。不过,九天玄女"荣膺"此任,并不完全凭自己的神通、声誉,以及在神仙谱系中的地位,而是颇有一些"攀龙附凤"之嫌。

《云笈七签》是奉宋真宗御旨编纂的,有很强的官方色彩。其中有一个非常有趣的情况,就是在第十七卷的道教神祇的传记中,轩辕黄帝被排在了第一位,甚至是在"元始天王""太上道君"之前。《轩辕本纪》的篇幅也大大超过了这两位道教领袖的传记。

黄帝的好运来自皇帝——宋真宗巩固政权的一个小把戏。当年,李唐政权为巩固政权而炮制了一个神话,说自家的远祖是老子李耳,于是把太上老君奉为道教最高神。宋真宗效法这一套,又要压倒李唐,便搞了一串装神弄鬼的把戏。对此,《宋史》《续资治通鉴长编》等史籍有相当详细的记述。近年来,学者如杜贵晨等也进行了角度不尽相同的研究。❶ 宋真宗的祖宗神话无论内容,还是操作,都用了一些小心机,搞得比较复杂。比如说,老赵家的祖宗可以上溯到"人皇",为九大"人皇"中的一个;然后转世即为"轩辕黄帝"——世传黄帝的家谱是错误的,应该统一到这一官方新版本上来;几千年后,奉上天之命,为拯救黎民,他又降世是为赵玄朗,为赵匡胤祖父(这个关系较为含混,有其他解读)。而这一切,既有神人托梦报告,又有现场降神。当然,这一降神的情景也是宋真宗自己讲述给朝臣们听的。

简单说,按照赵宋王朝官方的谱系建构,轩辕黄帝实为老赵家的祖先,所以此时编纂的《云笈七签》就把《轩辕本纪》放到了第一位。而曾经护佑、辅弼过轩辕黄帝的九天玄女也就被"躐等擢升",成为地位特别重要的女仙了。皇室里有"母以子贵"之说,神仙谱系中竟也出现了"师以徒贵"的情况,可发一笑。

皇室的态度影响了著作,著作影响了社会、民间,社会、民间又与著作一起影响到小说,于是就有了《水浒传》中至高无上的九天玄女。

---

❶ 杜贵晨:《"九天玄女"与〈水浒传〉》,载《济宁师范专科学校学报》2006年第5期。

说到这里,另一个问题又产生了:作为道教神的代表,作为天意的代言人,这个九天玄女在故事中的作用已经足够了;那么,既生"玄女",何生"真人"?难道不给公孙胜设计一个师傅,就表现不出道教的法力吗?当然不是。

罗真人在作品中的"功能"是与九天玄女错位的,因此并无叠床架屋之虞。

我们先来看看罗真人和道教的关系。《云笈七签》的《太清存神炼气五时七候诀》给"真人"下的定义是:

(信众)专心修者,百日小成,三年大成……自然回颜驻色,变体成仙,隐显自由,通灵百变,名曰度世,号曰真人,天地齐年,日月同寿。❶

而《云笈七签》中言及"真人"计有二二〇处,如"九晨真人""紫阳真人"等。其中号"罗真人"的有一位,见于卷一一九的《道教灵验记部》,题为《罗真人降雨助金验》。这个罗真人的形象、行迹是:"隐见于绷口、什邡、杨村、濛阳、新繁、新都、畿服之内,人多见之。不常厥状,或为老妪,或为丐食之人。"看来,《水浒传》的罗真人与此并无直接关联。不过,我们从中可以看到,道教里的真人比起那些什么"天尊""帝君"来,和民众更加亲和一些。其中不少就是从凡人中修炼而成,成仙后仍然"生活在群众之中"。《水浒传》中罗真人的"功能"正是基于"真人"的这一特性。

罗真人在作品中的正面出场也是两次。一次是第五十二回,梁山好汉遭遇了妖人高廉,屡战屡败,只得派戴宗与李逵去请公孙胜。公孙胜的师傅正是罗真人。由于他反对公孙胜出山,因而和李逵发生了一系列冲突。另一次是第八十五回,梁山好汉征辽路过蓟州,宋江便

---

❶ 张君房:《云笈七签》卷三三,杂修摄部。

和公孙胜顺路去拜望了罗真人。这一次，除了罗真人为宋江写下八句法语作为预言之外，便只是一些惯常的客套话。

显然，这里的罗真人从凡人中修炼而成，仍然"生活在群众之中"，和民众"零距离"，而不同于九天玄女的"高高在上"。这种存在方式使他在故事的发展中具有特别的"功能"。

设若我们把罗真人这两个情节删去，会有什么变化呢？首先，可以肯定，对全书的情节发展毫无影响。其次，全书的思想内容、人物关系也几乎不会产生什么变化。如果说有影响的话，倒是李逵的形象会因之减色。古代白话小说中有一个莽汉形象系列，如张飞、李逵、牛皋、焦赞、程咬金等，但同为一个系列，恐怕也只有李逵当得起"说不尽"三字，至少，在这个形象系列中，李逵的喜剧色彩是他人远远不及的。一出场，他就碰上了浪里白条，被淹得双眼翻白；后面和吴用同去大名府，一路扮哑巴；和燕青去东岳庙争跤，归来到寿张县坐衙审案，等等，时时处处他都有可能闹出笑话，惹出麻烦，而这些笑话与麻烦把弥漫全书的血雨腥风冲淡了不少。

在围绕李逵演出的滑稽剧中，最热闹、最搞笑、最有喜剧意味的一出就是他和罗真人的对手戏。如果认真推敲起这场戏，肯定会发现很多不近情理的地方，如罗真人既然知道梁山好汉上应天星，就不应该留难公孙胜；罗真人既已得道成仙，怎么还会设圈套耍弄李逵，等等。明代的读者中就曾有过类似的质疑，所以李卓吾就此专门做了驳正。李卓吾讲：

> 有一村学究道："李逵太凶狠，不该杀罗真人；罗真人亦无道气，不该磨难李逵。"不知《水浒传》文字当以此回为第一。试看种种摩写处，哪一事不趣，哪一言不趣？天下文章当以趣为第一。既是趣了，何必实有是事并实有是人？若一一推究如何如何，岂不令人笑杀。[1]

---

[1] 容与堂刊《水浒传》第五十二回，上海人民出版社 1973 年影印本。

金圣叹也讲:"此篇纯以科诨成文,是传中另又一样笔墨。"❶

他们都看到了这一回的喜剧特性,但不足之处在于没有点破这一特性的奥秘,也就没有讲出"趣"与"诨"是怎么产生出来的。

这出喜剧的奥秘就在于罗真人与李逵之间的"信息不对称"。李逵处处凭借着自己的小狡狯,想出一个又一个自以为是的"好主意",不断地暗自得意。而罗真人时常不动声色,一切全在他的眼底心中,实际上一切全由他在安排。罗真人看李逵,如同我们在实验室里看东跑西撞的小白鼠。由于作者的叙事安排,读者便以全知全能的眼光来看这故事,而这种眼光大体是与罗真人的眼光重合的。于是,读者也就有了"俯瞰"李逵的机会。仰视出悲剧,俯视出喜剧。在全知全能的罗真人面前,李逵越表演便越可笑。

可以说,罗真人给了李逵充分展示其天真烂漫(特定意义上的)的机会,而这种天真烂漫,又在一定程度上把李逵板斧上的血腥洗刷掉些许。在这个意义上讲,罗真人是为了李逵而存在的。这样一个角色,既要有神通,又要使李逵能够接近,那只有"真人"这种"平易近人"的神仙才能完成任务。所以,九天玄女之外,《水浒传》中还要再安排一个罗真人。

斗法:公孙胜存在的理由

以道教的身份来直接帮助梁山事业的是公孙胜。而在梁山好汉中,公孙胜与众不同之处也正在于他的道法。公孙胜的道法表现为两种情况:一种是用来对付没有法力的凡人,如上梁山前夕打败巡检何涛,他就"祭风"以助火攻;另一种是与同属道教但持邪法者"斗法",先后有高廉、樊瑞、贺重宝、乔道清、包道乙与郑魔君。前一种情况在书中很少出现,出现时也是一笔带过,原因是有"恃强凌弱"之嫌;后一种情况是作者着意之处——法力相斗,夹杂在朴刀杆棒之

---

❶ 金圣叹:《金圣叹全集》之《第五才子书施耐庵水浒传》,凤凰出版社2008年版,第947页。

中，别有一种热闹。两种之间有一个转折，就是前面提到的李逵搬救兵，公孙胜二次出山。前一次出山是加盟"七星聚义"，截取生辰纲。那一次，公孙胜的作为几乎全等于刘唐之类的江湖好汉。他的道法只发挥了一次作用，就是对付巡检何涛。因为对手实在太弱，所以这次发挥便写得十分草草。等到二次出山，任务很明确，公孙胜面对的是同样道法（也不妨称为"邪术"）高强的高廉。于是，深知底细的师傅罗真人怕他完不成任务，临别时赠言：

> 弟子，你往日学的法术，却与高廉的一般。吾今传授与汝五雷天罡正法，依此而行，可救宋江，保国安民，替天行道。❶

于是把"五雷天罡正法"传授给了公孙胜。公孙胜靠此法术果然战胜了高廉。其后公孙胜碰到的对手都是道教门里的高手，而战胜或是收降他们，他靠的也全是这一"天罡正法"。如收降樊瑞，"宋江立主教公孙胜传授五雷天心正法与樊瑞，樊瑞大喜"。又如田虎帐下的乔道清道术高强，是公孙胜的劲敌，二人斗法也是全书最热闹的法术描写，很像《西游记》中孙悟空与牛魔王的赌斗。结果也是靠五雷法：

> 乔道清再要使妖术时，被公孙胜运动五雷正法的神通，头上现出一尊金甲神人，大喝："乔冽下马受缚！"乔道清口中喃喃呐呐的念咒，并无一毫灵验。❷

公孙胜自己也讲：

> 适才见他（乔道清）的法，和小弟比肩相似，小弟却得本师罗真

---

❶ 《水浒传》第五十四回，人民文学出版社1997年版，第693页。
❷ 《水浒全传》第九十六回，上海人民出版社1975年版，第1147页。

人传授五雷正法，所以破得他的法。❶

由此可见，公孙胜的法力中，这个"正法"实在是制胜的法宝。

不过，细心的读者可能发现，这么重要、关键的"法术"，作品的前后名称却不一致。前面罗真人传法时称为"五雷天罡正法"，后面讲到宋江做主传法时，作者又称为"五雷天心正法"。这是怎么回事？

实际情况还要更复杂一些。前面的"天罡正法"，在容与堂百回本和袁无涯百二十回本中是一致的，而金圣叹的贯华堂七十回本却变成了"天心正法"。而后面的"天心正法"，三种本子却又一致起来。这种情况是怎样产生的？这已经超出了本文讨论的范围，我们要说的只是"公孙胜的法力"。这个话题其实挺复杂。

说它复杂，主要不是指版本文字方面，而是这个话题所指向的现实生活中的一个特殊宗教现象。北宋初，淳化年间，有某饶姓道士自称掘地三尺得到"金版玉篆《天心秘式》"一部，并自称得到神人讲解而尽得其妙。于是，他就依靠所谓"天心正法"，创立了一个小的派别，自命为"天心初祖"。这个派别并没有形成气候，但他们鼓吹的"天心正法"却产生了不小的影响。苏东坡就有《记天心正法咒》一文。苏子由《龙川志略》中也记述道士蹇某所习"为天心正法"云云。而在南宋人编纂的《夷坚志》中，则有不少行"天心正法"而显效的传说故事。稍后，所谓"天心正法"又增加了内涵。有道士刘某，自称得张姓仙人秘传《天心五雷法》，从而"名著江湖"。这样，就有了"五雷天心正法"的名堂。由于所谓"天心"指的是北斗，而北斗又称为"天罡"，所以在《水浒传》里，时而称"五雷天罡正法"，时而称"五雷天心正法"。对此，刘黎明的《宋代民间巫术研究》中有更为具体的材料。❷

---

❶ 《水浒全传》第九十六回，上海人民出版社1975年版，第1149页。
❷ 刘黎明：《宋代民间巫术研究》，巴蜀书社2004年版，第322-326页。

由于"天心正法"盛行一时，也就招来了一些反击与挑战。此类传说在《夷坚志》中也收录了几段，如某"常持天心法"的道士，无缘无故被杖死在道观中，或为天谴，或为报复；某贵公子"初学天心正法"，遭遇一连串的恐怖事件，"自是不敢轻习行"；又有赵氏父子皆"习行天心法"，其子遇到同行暗中挑衅，"仗剑诵咒，临以正法"，结果铩羽"趋避之"。

由此可见，《水浒传》中公孙胜持"五雷天心正法"与一连串的邪术、妖道"斗法"，正是宋代（特别是南宋）道教内部斗争的一种反映。而这种情节又影响了后代小说，直到《蜀山剑侠传》之类——当然，这种影响不止于《水浒传》一端。

结构：罗天大醮的意义

如前所说，《水浒传》中涉及道教的笔墨，一则是强化"替天行道"的主旨，一则是添了不少趣味和热闹。这既有作者个人对道教的兴趣的缘故，也是当时社会宗教状况的折光。就后一方面而言，还有一个话题应该再稍加分说。

小说中除了道教的神祇、法术之外，还描写道教的科仪。近年来，研究者已有所关注，甚至给这方面的文字以相当深度的解读，颇有见仁见智之处。❶ 这一科仪就是道教的"罗天大醮"。

以百回本、百二十回本而论，"罗天大醮"共出现了三次。第一次是全书的开端，因为瘟疫流行，所以宋仁宗派洪太尉去请出张天师，"修设三千六百分罗天大醮"。这个情节的作用全在于引出"洪太尉误走妖魔"一节，所以对于"罗天大醮"只是虚写一笔，着墨甚少。正如金圣叹所讲："瘟疫亦楔也，醮事亦楔也，天师亦楔也，太尉亦楔也。既

---

❶ 吴真：《罗天大醮与水浒英雄排座次》，载《读书》2009 年第 5 期。

已楔出三十六员天罡,七十二座地煞矣,便随手收拾,不复更用也。"❶

第三次更简单,宋江征方腊获胜,"想起诸将劳苦,今日太平,当以超度",便"做三百六十分罗天大醮"。仅此一句而已。不过奇怪的是,前面的"罗天大醮"都是"三千六百分",这次却一下子缩减为"三百六十分"。

只有第二次的罗天大醮,作者用了将近半回书的文字,把仪式前前后后细加描写。先是宋江提议:"我心中欲建一罗天大醮,报答天地神明眷佑之恩:一则祈保众弟兄身心安乐,二则惟愿朝廷早降恩光,赦免逆天大罪……三则上荐晁天王早生天界,世世生生,再得相见。"这就把"罗天大醮"的功能全面揭示出来——佑生,荐亡,祈福。

然后,细细写了做醮的场所与过程:

> 向那忠义堂前挂起长幡四首,堂上扎缚三层高台,堂内铺设七宝三清圣象,两班设二十八宿、十二宫辰、一切主醮星官真宰,堂外仍设监坛崔、卢、邓、窦神将。摆列已定,设放醮器齐备,请到道众,连公孙胜共是四十九员。
>
> 当日公孙胜与那四十八员道众,都在忠义堂上做醮,每日三朝,至第七日满散……公孙胜在虚皇坛第一层,众道士在第二层,宋江等众头领在第三层,众小头目并将校都在坛下。

不仅如此,作者还写了长篇的颂赞:

> 香腾瑞霭,花簇锦屏。一千条画烛流光,数百盏银灯散彩……金钟撞处,高功表进奏虚皇;玉佩鸣时,都讲登坛朝玉帝……道士齐宣宝忏,上瑶台酌水献花;真人秘诵灵章,按法剑踏罡步斗……❷

---

❶ 金圣叹:《金圣叹全集》之《第五才子书施耐庵水浒传》,凤凰出版社2008年版,第53页。
❷ 《水浒传》第七十一回,人民文学出版社1997年版,第894页。

这样的文字并不见得有多么高明,但是,一则可以看出作者确实非常认真描写这一重大场面,不带一丝玩笑,不含些微轻忽;二则对场面、过程的刻画完全是写实的态度。令我们惊讶的是,如果对照道教典籍中有关记述,这些刻画基本上是符合的。特别是如果对照前面鲁达五台山受戒的草率描写——与佛门常识殊多不合,作者对道教的偏爱,以及对这次做醮的重视,就更为明显了。

下面我们要讨论的是,这次罗天大醮的功能或者说效用是什么?作者和读者对效用的看法是否一致?

上述宋江对这次罗天大醮的看法,基本合乎道教教理,从叙事口吻看也可以认为代表了作者的看法——做此大醮,就是为了沟通天人、仙凡,从而救拔亡友,保佑生者。可是,奇怪的是,读者却不一定这样看。例如李卓吾,他就认为这是宋江和吴用、公孙胜合谋的一个把戏,为的是"以鬼神之事愚弄"众人,一是进一步树立宋江的权威,二是便于内部管理,排定座次,各无争执。而金圣叹更进一步,认为固然是宋江装神弄鬼的把戏,但在作品里的主要功能却是结构上的:既然是梁山"聚义",就需要有个总结性的大名单,这是全书的"大眼节"。借做醮带出石碣,借石碣提供大名单,这场罗天大醮的任务就完成了,其他的根本不必深究。

为什么作者抱着十分认真的态度描写的,带着神圣意味的道教内容,在某些读者心中却完全变了味呢?这里固然有卓吾、圣叹惯于批判,惯做翻案文章的缘故,但也有作品自身的问题。作者为这场罗天大醮设定的那些"虔诚"的、堂而皇之的目的(荐亡、祈福),实现与否是看不到的;而巩固地位、稳定秩序的效果却是立竿见影。这就难怪读者要猜疑一番了。何况,从互文的意义上讲,历史上类似的神道设教、英雄(或曰奸雄)欺人之举数不胜数,也便自然给了这次大醮以"政治权谋"的意义。作者心中未必有,读者眼底未必无。这正是内容丰富、复杂的文学作品题中应有之义。

容与堂刊《水浒传》之李批真伪辨

晚明至清中叶是中国古代小说理论批评史的黄金时代,而李卓吾乃是开启这一黄金时代的关键性人物。

明万历年间,出现了评点本白话小说——余象斗评《新刻按鉴全像批评三国志传》。随后又有《唐书志传通俗演义题评》《忠义水浒志传评林》刊行。就在此时,李卓吾也开始了对《水浒传》的评点。刻于万历十九年的《焚书》中,已收有《忠义水浒传序》。次年,袁中道过访,见到卓吾正在评点《水浒传》。由于李卓吾屡遭迫害,故此评本在其生前未能问世。万历三十年前后,容与堂刊行《李卓吾批评忠义水浒传》。万历四十二年,袁无涯刊行《李卓吾评点忠义水浒全传》。这两部评点本在社会上产生了极大的影响。署名袁宏道的《东西汉通俗演义序》记:

里中有好读书者,缄默十年,忽一日拍案狂叫曰:"异哉!卓吾老子吾师乎?"客惊问其故。曰:"人言《水浒传》奇,果奇。予每拣十三经,或二十一史,一展卷,即忽忽欲睡去,未有若《水浒》之明白晓畅,语语家常,使我捧玩不能释手者也。若无卓老揭出一段精神,则作者与读者,千古俱成梦境。"

可见李氏评点在读者心目中的崇高地位。两部署名李卓吾的评点,在当时都对"小说评点热"起了很大的加温作用,于是托名李卓吾的评点频频出现。如《李卓吾先生批评西游记》《李卓吾先生批评三国志》等。这些托名之作,"套先生之口气,冒先生之批评",但优孟衣冠，终无李卓吾那样精光四射的思想。在李批的影响下，这一时期还产生了假借杨慎、徐渭、钟惺等人名义的小说评点，如《杨升庵评隋唐两朝志传》《徐文长先生评唐传演义》《钟伯敬先生批评封神演义》等。虽大多无甚理论价值，但蜂拥而起形成了浓厚的小说批评氛围，为金圣叹、毛纶父子等一批小说评点大家的出现营造了文学环境。

因此可以说，正是从李卓吾开始，中国的小说批评才出现了繁荣的新局面，小说理论方得跻身于文学理论的园地。但是，遗憾的是，这个成就长期没有得到足够的认识，原因之一是李卓吾在这方面的著作权成了一桩聚讼纷纭的老公案。两部署名李卓吾的评点，从思想倾向、文学观点到文字风格，都有明显差异，当有一伪托者。而孰真孰伪，莫衷一是。此案不明，不仅卓吾的理论成就难于肯定，而且给《水浒传》版本的研究带来了困难。因此，辨明《水浒传》李卓吾评本的真伪，便是一件很有必要的工作了。

一、问题的产生、发展与现状

李卓吾是否评点过小说？他评点的小说是哪一部书，哪一种刊本？李卓吾身死不久，这些问题便引起了争论，直到现在仍是学术界悬而未决的一个难题。大体说来，这桩学术公案经过了三个阶段：明末清初，其时"卓吾死而其书重。卓吾之书重而真书、赝书并传于天下"。社会上一度出现的"李卓吾热"，达到了"咳唾间非卓吾不欢，几案间非卓吾不适"的地步。针对这种情况下出现的真伪杂糅、鱼目混珠现象，很多人纷纷出来辨伪，而由于他们各自掌握的情况不同，互相之间便又矛盾起来。一种观点认为李贽根本不曾评点过小说。如钱希言在《戏瑕》卷三《赝籍》条中讲："比来盛行温陵李贽书，则有梁溪人叶阳开名昼者，刻画模仿，次第勒成，托于温陵之名以行。往袁小修中郎尝为余称李氏《藏书》《焚书》《初潭集》《批点西厢》

四部,即中郎所见者,亦止此而已。数年前,温陵事败,当路命毁其籍,吴中锓《藏书》版并废,近来始复大行,于是有李宏甫批点《水浒传》《三国志》《西游记》《红拂》《明珠》《玉合》数种传奇及《皇明英烈传》,并出叶笔,何关于李?"周亮工则以此为据,在《书影》卷一中写道:"叶文通名昼,无锡人,多读书,有才情……当温陵《焚书》《藏书》盛行时,坊间种种,借温陵之名以行者,如《四书第一评》《第二评》《水浒传》《琵琶记》《拜月》诸评,皆出文通手。"他们不仅否定了李卓吾在小说戏剧批评中的著作权,而且煞有其事地指出《水浒传》评点的作伪者——梁溪人叶昼。而李卓吾的一个学生汪本珂在《续刻李氏书序》中称:"夫伪为先生者,套先生之口气,冒先生之批评,欲以欺人而不能欺不可欺之人。世不乏识者,固自能辨之。第浸至今日,坊间一切戏剧淫谑,刻本批点,动曰卓吾先生,耳食辈翕然艳之,其为世道人心之害不浅。"据此说,也似乎李卓吾根本不曾进行过小说戏剧的批评。至于相反的观点,可以前引署名袁宏道的《东西汉通俗演义序》为例,其中对李卓吾的《水浒传》评点给予极高评价。稍后的许自昌、徐谦等人则以笔业之类罪名攻击李卓吾对《水浒传》的评点,他们也是承认李氏确是做过《水浒》评点的。

　　这个问题在当时自然不会有什么结论,直到"五四"以后,人们对通俗小说重视起来,围绕着《水浒传》版本的考证,又开始谈论起这桩公案。那时的权威性观点是否认李贽进行过评点。如鲁迅先生在《中国小说史略》中断定"一百二十回《忠义水浒全书》……亦有李贽评,与百回本不同,而两皆弇陋,盖即叶昼辈所伪托"。胡适在《中国章回小说考证》中也持类似的意见。

　　中华人民共和国成立以来,专家学者们进行了深入研究,大都肯定李卓吾确曾评点过《水浒传》,于是,问题转而集中到他评点的是哪一种本子。在同题署着"李卓吾批评"的百回本和一百二十回本之间辨伪,便成为这个问题的焦点。一种意见认为袁无涯刊行的百二十回本,即《忠义水浒全传》(以下简称"袁本")是李卓吾评点的真本,而容与堂刊行的百回本,即《忠义水浒传》(以下简称"容本")是叶昼伪托。另一种观点则恰恰相反,主张容本真袁本伪。持两种观点的人各自从当时的人事关系及版本演变等方面作了大量考证,由于尚缺铁证,彼此一时互不相下。

现在,我们要研究李卓吾的文学思想,特别是其小说理论,便不得不勉为其难,来试为这桩老公案作一个判断。

二、容与堂刊本当非伪托

首先要肯定的是,李卓吾确实评点过《水浒传》。这有《与焦弱侯》为证。信中李卓吾自称:

> 古今至人遗书抄写批点得甚多,惜不能尽寄去请教兄。……《水浒传》批点得甚快活人,《西厢》《琵琶》涂抹改窜得更妙。❶

袁中道在《游居柿录》中也说曾亲眼看到过李卓吾在评点《水浒传》。据此,李卓吾评点过《水浒传》当属无疑。以此为前提,剩下的问题便是要在袁本与容本间辨伪了。

这项工作已有不少专家学者做过,对有关的人物,如杨定见、怀林、袁无涯等进行了详细考证,剔隐抉微,颇有发现,对最终解决问题是具有一定价值的。但是,这些毕竟是间接的材料,直接的证据应该从两种本子的评点本身去找。如果我们仔细考察一下这两种不同的评点,逐一进行对照的话,我们会发现十分有意思的现象。这两种就整体而言,思想内容、文字风格截然不同的评点,竟然有若干相似乃至相同之处。

---

❶ 李贽:《与焦弱侯》,见《续焚书》,中华书局1975年版,第34页。

先看相似的例子。黄文炳首告宋江，从而引起梁山好汉闹江州。容本眉批认为，黄是尽责于朝廷，指斥乃兄息事宁人的处世态度道："国家之事付之谁人？"袁本眉批亦认为黄的做法是对地方治安负责，指斥"畏事不言"者道："朝廷安用此人？"二者均与原作的意旨相反。

王伦嫉才，为林冲所杀。容本回评道："秀才造反，十年不成。岂特造反，即做强盗也是不成底。"袁本眉批亦称："腐儒无学，连贼盗也做不得。"如是等等，在观点、语言上都是接近的。这还不足为奇，我们再来看几个例子。

第六回"九纹龙剪径赤松林，鲁智深火烧瓦罐寺"，开头有一段形容瓦罐寺的文字，容本眉批为"形容败落寺院如画"。袁本眉批为"前前后后，形容败落寺院如画"。

第二十一回"虔婆醉打唐牛儿，宋江怒杀阎婆惜"，容本回评云："此回文字……不惟能画眼前，且画心上；不惟能画心上，且并画意外。"袁本在回初眉批中亦云："此一回不惟能画眼前，且画心上；不惟能画心上，且并画意外。"

第二十四回"王婆贪贿说风情，郓哥不忿闹茶肆"，潘金莲勾引武松不成，武大郎向武松赔小心，容本在这一段上的眉批是："将一个烈汉、一个呆子、一个淫妇人，描写得十分肖像，真神手也。"袁本的眉批是："将一个烈汉，一个呆子，一个淫妇，描写得十分肖像，真神手。"

这几段评语的主要部分，两种本子竟会一字不差，这一个简单的事实实际上为我们判断那桩老公案提供了关键性的铁证。如果说前面列举的二本评语相似之处可能是"所见略同"，是巧的话，那么，这些相同的评语却不能这般解释了。二者相合，只能有两种情况，一种是出版较晚者抄袭了较早者，一种是二者出自一人之手。不论是其中哪一种情况，这个事实都排除了先出版者伪托的可能性。道理很简单,伪托者不可能预先卜算出别人的秘稿,"预抄"到自己的评论中。

我们知道,容与堂刊本印行是万历三十八年之前,而袁无涯刊本则是在万历四十二年。因此可以断定,容与堂刊本比袁无涯刊本要可靠。

还有一个证据,也可以确定袁本参看了容本,而不是相反。前引《与焦弱侯书》中,李卓吾自称"《水浒传》批点得甚快活人,《西厢记》《琵琶记》涂抹改窜得更妙"。前者称"批点",后者称"涂抹改窜",并非偶然率意。李卓吾出于对《水浒传》的高度重视,曾致力于"原本"的搜求(《与焦弱侯》)。他对自己所评点的本子中某些文字颇有不满,认为"非原本,真不中用"。在容与堂本《水浒传》的评点中,批点者正是如此,对不满意之文字或直言批评,或勾乙标出,以示当删。揆情度理,这种做法是符合李卓吾一贯标榜的自娱性批点宗旨的。而到了袁本,却把容本勾乙之处径行删去。这只能以两点理由来解释:第一,袁本的批点、整理者见到过容本,并以之作为工作的底本。第二,袁本的批点、整理是为了刊刻出版,而非自娱。兹举一例:

《水浒传》第四十一回写长江景色:"那条大江,周接三江……古人有诗为证:万里长江水似倾,重湖七泽共流行……此时正是七月尽天气,夜凉风静……"这一段显然是作品脱胎于说话艺术留下的痕迹,就是说书人惯用的"赞儿"。容本对此上下乙之,旁批"可删"。袁本便参照容本之勾乙与批语,将"此时正是"以前完全删去。❶

类似的文例是无法逆向来解释的。

---

❶ 此条为左君东岭发现,参看其《李贽与晚明文学思想》。

三、两种版本并非出自一人之手

初看起来，容本与袁本的评点在思想观点上没有什么大差别，都是称赞《水浒传》、同情梁山好汉的。这是否能够说明两种本子出自一人之手呢？不能。具体理由有以下三点。

首先，对《水浒传》和梁山好汉持这种看法在当时并非凤毛麟角。明代嘉靖年间，郭勋整理出版《水浒传》❶，便显示了对这部书的基本肯定。郎瑛在《七修类稿》中也称宋江诸人为"非礼之礼，非义之义"。万历年间，汪太函、张凤翼为《水浒传》作的序言则更明确地表现出肯定与同情。汪序称《水浒传》为"权教"，是益世之药，认为梁山好汉"有侠客之风，无暴客之恶"，"是亦有足嘉者"。张序则认为《水浒传》"传行而称雄稗家，宜矣"，梁山好汉是可为国家"御寇"之人。他们的基本出发点则又都是对蔡京、高俅等形象的深恶痛绝，这自然和当时吏治日趋腐败，国势江河日下的背景有直接的关系。这两篇序都在李卓吾《忠义水浒传序》之先，足见李贽的观点不是孤立形成的，也可以说明容本和袁本在这种基本观点上的一致并不为奇。何况伪托者还有"套先生之口气"的办法呢。

其次，如果我们把这两种版本的评点对照读一下，感受是明显不同的。容本嬉笑怒骂，全以己意为是非，对作品与其中人物纵情抑扬，一个愤世嫉俗、狂放不羁的批评者的形象跃然于字里行间。其中对人才沉沦的愤慨，对官吏腐败的痛恨，对道学虚伪的鄙夷，处处使人感到激情涌荡。如第十一回的评语："李生曰：尝笑天下忌才之人，狗也不值。彼既有了才了，忌他何益？且他岂终为你忌了，适以杀其躯而已矣。……你若不信，王伦便是样子。"第十七回的评语："先生曰：鲁智深、杨志却是两员上将，只为当时无具眼者，使他流落不偶。若庙堂之上得有一曹正、张青其人者，亦何至此哉！李卓吾为之放笔大

---

❶ 对此，有学者认为《水浒传》实乃郭勋门客所为。亦可备一说。

笑一场。"又如第五十回眉批："不知强盗是知府，知府是强盗！"第五十八回评语："李生曰：近来太守姓贺的最多，只少史大官人、花和尚这样不怕太守者耳。"第四回评语："算来外面模样看不得人，济不得事。此假道学之所以可恶也与！此假道学之所以可恶也与！"诸如此类锋芒毕露的评论在容刊本中比比皆是。袁本则不然。袁本的评论也有涉及人才、吏治、道学等问题的，但完全是一派冷眼旁观的语调。如第十四回评语："柴王孙一封书变为雪冷，高衙内相思症空尔火热。"第二十三回评语："柴王孙一味招延豪杰，而座上亦无俗客，是孟尝君反逊一筹矣。"而相当多的评论则着眼于行文之法，甚至注音释字上面。袁刊本的《发凡》自述评点宗旨："有关于世道，有益于文章。"所以其评点不像容本那样着眼于根本性的文学理论问题，而是多从文章行文布局之法评论。如"先论后述，理事俱明""得制诰体"等。很明显，其眼界较容本窄狭。总之，容本的评点是以"我"为主，借文说"我"；袁本的评点则是以文为主，"我"来说文。

这样两种不同的态度，哪一种更符合于李卓吾的实际情况呢？李卓吾在《藏书》《续藏书》《初潭集》等书中的评点，无不是任情使气，随"我"抑扬的。这正是他所自诩的"出词为经，落笔惊人，我有二十分识，二十分才，二十分胆"。李卓吾评点《水浒传》不是为了推广《水浒传》，不是为了给别人看，而是"夺他人酒杯，浇自家垒块"，借题目发抒自己的一腔愤激之情，所以才会有"《水浒传》批点得甚快活人"之说。容本中处处可以感受到此老批点时的"快活"，而袁本所缺少的恰好是这一点。况且，卓吾批点《水浒传》之时，正值与耿定向反目之后，避居龙湖，对伪道学满腔愤懑，其一肚皮不合时宜皆发泄于评点之中。这也只有在容本里才可以感受到。

正因为李卓吾不是为书贾评点，所以对《水浒传》的得失直言不讳，而且高屋建瓴，颇具卓识。如指出后半部是"强弩之末"，指出"《水浒传》文字，不好处只在说梦说怪说阵处"。"斗阵法处，则村俗不可言矣。"而袁本则是一味赞扬，甚至在明显败笔如第八十八回铺叙"混天阵"处也批以"真有森罗万象，役使百灵气象"。

综上所述，容本的评点使气任性，借题发挥，恣意发抒不平之气，符合李卓吾晚年的思想观点和思想作风；袁本的评点则拘守于文章字句，很少有"过激"的言辞，对情节人物的评论也大多平庸，缺乏思想锋芒，与李卓吾其他作品相比形同泾渭，二者分明不是同出一手。把袁刊评点同卓吾评点对照来读，感受大不相同，其差异好比一个疏略的天才同一个聪明的庸人之间的区别。李卓吾的评点高屋建瓴，思想精光四射，然略有不辨骊黄之憾；袁刊评点规行矩步，虽未掣鲸鱼，却也拾得一些珠玑。

我们再举出一些例子作比较，这种差异就可以看得更清楚了。

容本的评语对鲁达的赞扬无以复加，称他是"仁人、智人、勇人、圣人、神人、菩萨、罗汉、佛"，对鲁达使气任性的做法也予以极高的评价。如第四回评语：

> 此回文字分明是个成佛作祖图。若是那班闭眼合掌的和尚，决无成佛之理。何也？外面模样尽好看，佛性反无一些。如鲁智深吃酒打人，无所不为，无所不做，佛性反是完全的，所以到底成了正果。❶

第五回评语：

> 率性不拘小节是成佛作祖根基，若瞻前顾后，算一计十，几何不向假道学门风去也。

第六回评语：

---

❶ 以下引文均见容与堂刊《水浒传》，上海人民出版社1973年影印本。

鲁智深却是个活佛，倒叫他不似出家人模样。请问似出家人模样的毕竟济得恁事？

这些见解和李卓吾一贯的思想作风完全一致。袁小修在《游居柿录》中记载，李卓吾称"鲁智深为真修行，而笑不吃狗肉诸长老为迂腐"。与此评一一吻合。且当时为卓吾誊抄《水浒传》评点的侍者常志，受卓吾影响，"时时欲学智深行径"，也可想见卓吾激赏鲁智深的情形。

袁本之评则对鲁达之任性颇有非议。如第四回评语：

赵员外剃度鲁达，非仅教彼避难也，只因其刚心猛气，始劝他做和尚，庶几可以摧抑之。

第六回评语：

清长老着智深去管菜园，亦是消磨锐气一法。

与小修所记正相抵牾。

容本评语中不仅对鲁智深见义勇为倍加称赞，对其他人不避危难，奋然挺身的精神亦夸奖不已。如第四十回评语："李大哥独自一个，两把板斧，便自救人，是如何胆略！如何忠义！或曰：若无晁盖、张顺等众人，终须丧了三人性命。卓吾曰：如此一算便无胆略，便不是忠义了。若是忠义汉子，即事不济亦不碍其为忠义也。"第四十三回眉批："李大哥好处正在一毫不计利害。"第六十回评语："若夫依彻顾盼，算利算害，即做天官，何能博李卓老一盼乎？"这正是李卓吾一贯的观点，是表现出其性格特征的地方。李卓吾十分佩服颜山农、何心隐的"杀身不悔之气"，佩服王艮的"气骨高迈，危不惧祸，奋不顾身",称他们是"龙生龙子"。他还称赞杜甫不肯屈节于严武,道"渠当时也不暇计他杀与不杀,直是胸中豪气不可忍耳。即杀也顾不得"。袁本的评论中却往往与此相左,如五十八回评语"鲁智深救史进,以浅躁而取败",七十二回评语"李逵劈打杨太尉,意气粗豪"等,不必举更多的例子,仅此已不难判断孰是李氏真评,孰是他人伪托了。

四、结论

李卓吾确曾评点过《水浒传》,而且不曾评点过两次。把同题署名为李评的容本与袁本进行比较,容本的评语无论其思想观点,还是文学风格,都和李卓吾晚年其他著作一致,而且更由于二者有若干相同的段落,可以确证先出的容本绝非伪托,乃是李卓吾评点的真本。

袁本除思想观点、文字风格方面与李卓吾不类外,尚有以下疑点。

一是《焚书》所载的《忠义水浒传序》表明李卓吾批的是百回本,并无征田、王的二十回,而袁本公然自行增入。这增入部分的评语当然不可能和李卓吾有关。而通体观之,这些肯定无疑的伪托评语与袁本其他部分评语并无二致。

二是为了掩盖对小说文本的增加,袁本把李氏序言中"愤南渡之苟安,则称灭方腊以泄其愤"改作"剿三寇以泄其愤"。

三是袁本在《发凡》中称"其于寇中去王、田而加辽国,犹是小家照应之法。不知大手笔者,正不尔尔"。这不但与李氏序言矛盾,而且是指着鼻子训斥李卓吾了。至于其中所称评点宗旨——"有关于世道,有益于文章",亦与李氏伤时骂世的评点旨趣不合。

四是袁本较容本晚出四年以上,其时容本久已流行,而袁本在引言、发凡中对容本真伪不置一词。

五是袁本第三回回评中引有陈眉公"天上无雷霆,则人间无侠客"的话,而陈继儒此文在李卓吾生前还不曾写出(详见萧伍《试论李卓吾对〈水浒传〉的评点》一文），自无称引之理。

六是袁本第一百一十五回回评："众英雄之死，宋公明之哭，公义私恩各极其至，若捉方天定则又张睢阳'厉鬼杀贼'肝肠也。出色处佳甚。"而《藏书》卷五十在张巡"为厉鬼以杀贼"语下批曰："胡说甚！"显见不合。

七是李卓吾的《初潭集》等书评点，眉批大多简短，数量亦少，主要意见集中在书评中发表。容本亦如此例。而袁本恰恰相反，眉批的分量大大超过回评。

综合上述理由，我们只好把袁本断为伪托。这在作伪风盛行的明季，是丝毫不值得惊奇的事情。

五、几点必要的说明

上述的分析主要是在内证方面，而孰真孰伪，已洞若观火。不过为了消除疑问，彻底了此公案，还有必要就外证方面有争议的问题，作几点简单的说明。

第一，有人曾指出，钱希言《戏瑕》刊行在明万历四十一年，当时袁刊《水浒传》未出，可见所说的伪作是专指容刊本的。这似乎是一条很有力的证据，其实不然。因为钱氏这些话的准确性大可怀疑。钱氏之所以指李卓吾批点《水浒传》为伪托，根据是所谓"往袁小修中郎尝为余称李氏《藏书》《焚书》《初潭集》《批点西厢》四部，即中郎所见者，亦止此而已"。可是袁小修明明是看到过李卓吾躬行其事的情形，也看了评点中的本子。而且袁小修还于万历三十七年在"夏道甫寓，见卓吾所批陶靖节集"，次年又在同处"见李龙湖批评《西厢》、'伯喈'"并倾倒之至，称"极其细密，真读书人"（袁中道《游居柿录》）。他怎么会去告诉钱氏，说李卓吾的著作只有《藏书》《焚书》《初潭集》《批点西厢》四部呢？可见，钱氏所言，若非出于误解，便是臆断之词，其根据既然全不可靠，推论自然也不足为训了。

第二，左袒袁本的还举了杨定见与李卓吾的师生关系、袁无涯与小修的道义之交为证，认为杨、袁二者人品一定不错，不会有作伪的可能。首先应该指出，这样的论证方法本身就是不甚可靠的。这一类的臆测、估计，充其量可以用作旁证，作主要依据是缺乏说服力的。即以袁无涯而论，他和小修的交往主要还是书贾与作者的交往。万历四十二年，他赴公安访小修，并非为送新梓《水浒传》，而是要搜求袁中郎的秘稿——实际并不存在的"谭性命之书五十余卷"（袁中道《游居柿录》），以供出版之需。要知道，当时袁中郎的作品是正在坊间大走红运的。何况，就在袁刊第一百二十回《水浒传》中，公认的作伪处便有《发凡》与田、王二传，而《忠义水浒传序》的改动处与评点中所引陈继儒语也是作伪的凿凿铁证。既然承认袁无涯同其他书贾一样有作伪的事情，那么建立在对其人格臆测之上的一切推论岂不全都失去了意义？至于杨定见，他和袁刊《水浒传》的关系仅见于这个刊本的《小引》中，既然这个刊本的《发凡》可以伪造，《小引》也不能完全排除类似的可能性。因而，以杨定见的人格作根据也同样是不牢靠的。

另外，袁刊评点还有一个值得注意的问题。就形式而言，这部书眉批的数量大大超过回评；就内容而言，回评全属就事论事，有理论意义的评论都在眉批中，而且，明显的伪托之痕也集中在回评里。这一现象很可能和作伪过程有关，似乎袁刊评点不是出于一人之手。当然，要证明这一点，尚须假以时日。

第三，肯定袁本者还有一条重要理由，是袁小修在《游居柿录》中称："袁无涯来，以新刻卓吾批点《水浒传》见遗，予病中草草视之。记万历壬辰夏中，李龙湖方居武昌朱邸，予往访之，正命僧常志抄写此书，逐字批点。……今日偶见此书，诸处与昔无大异，稍有增加耳。"据此，便认为袁小修已清清楚楚说明了袁无涯刊行的本子和当年在卓吾处所见抄本"无大异"，袁本的可靠性无可置疑。

其实，这一段话中颇有模糊之处。"诸处与昔无大异"，指的是《水浒传》本文呢、还是兼指批点呢？从"稍有增加"一语看，主要还是指本文。并且，"无大异"也只能说是模棱之语，等于说"差不多"。因为小修毕竟是二十二年之前，偶然看了一下李卓吾的稿本，而他又是对小说不感兴趣的人（这同一条日记中便有"此等书是天地间一种闲花野草，即不可无，然过为尊荣，可以不必"之说，适与卓吾唱反调），所以只能是就大致印象得出一个模棱的结论。何况容本与袁本就本文而言，也确是"无大异，稍有增加耳"（袁本多田、王二传）。因而，据此肯定袁本，理由也是很不充分的。

第四，有的文章指出，容本的回评中多冠以"李载贽""李卓老曰""秃翁曰"等语，而李卓吾自己不会到处标出自己的名号，所以这正是作伪心虚的表现。这种见解是由于对李卓吾的文字风格了解不够的缘故。试看《藏书》，其批语往往冠有"卓吾子曰""李生曰""卓吾曰""李秃翁曰"，等等。再看《初潭集》，亦多冠有"李温陵曰""卓吾子曰"之类字样。相反，那些已确知为他人托名的李卓吾评《三国》、李卓吾评《残唐五代史演义》等书的评点中反而没有一个李卓吾的署名，有的还间有作伪者自己的名号如"梁溪叶仲子"。可见从署名情况看，恰恰利于容本，不利于袁本（袁本只有一处署名，还是在增加的田、王二传之评语中）。

第五，关于怀林的问题。容本卷首有一篇《述语》，落款为"小沙弥怀林"。从李卓吾的《哭怀林》诗中可知怀林在万历二十七年前后去世，而容与堂本在此后方刊出，这里似可怀疑。对这个问题，质疑是有些道理的，但据以下结论则不妥。因为李卓吾对《水浒传》的批点是在万历二十年前后，怀林生前为这个批点本写一段"述语"是完全可能的。而万历二十八年李卓吾的著作遭禁，这篇《述语》与李卓吾的稿子一起被收藏起来，直待禁令松弛后才拿出来，亦合乎情理。当然，李卓吾的批点本曾在友人间传阅，其中窜入一些他人的名字，也不无可能。

本来，这个真伪之辨，在二本的内证材料中已经解决，上述各条，不过是澄清疑云的一些赘语而已。

"演义"诸葛亮
——"帝王师"的大众版

一

毛纶父子批《三国演义》，把诸葛亮与曹操、关羽并称"三绝"，认为作者把他的奇绝才略写到了绝诣，而小说的艺术魅力亦大半由此而生。此说甚有见地，但稍有不足。作为一个艺术形象，诸葛亮的特色不仅在于才略奇绝，还在于其典型的"帝王师"角色。所谓"帝王师"，是封建时代读书人的一种理想，或是梦想，指的是士人的一种双重身份：既是君主的臣下，又是君主的导师——当然，更强调的是后一方面。《三国演义》塑造诸葛亮形象时，在这方面刻意倾注了大量笔墨。举其大要，有以下数端。

其一，改变历史事实，夸大诸葛亮的能力及功绩。作为小说，《三国演义》的精彩之处大半与诸葛亮的形象有关。自"未出茅庐已知三分天下"，至"五丈原大星陨落"，近三十年间的历史完全围绕着诸葛亮展开。正如众所周知的那样，草船借箭、筑坛祭风、智算华容、三气周瑜等，诸葛亮这些传奇式的功绩大半出于作者虚构，有的甚至不惜掠他人之美。兹举一例以见其余：赤壁大战后，东吴提出越荆取蜀的建议，据《三国志》，识破东吴用心并献计抵御的，是荆州主簿殷观：

> 有荆州主簿殷观进曰："若为吴先驱，进未能克蜀，退为吴所乘，即事去矣。今但可然赞其伐蜀，而自说新据诸郡未可与动，吴必不敢

越我而独取蜀。如此进退之计,可以收吴蜀之利。"先主从之,权果辍计。迁观为别驾从事。❶

这里,献策拒吴的是殷观。而据《献帝春秋》,则是刘备自行陈词拒吴,且亲自阻挡孙瑜(并非周瑜)的水军:

> 孙权欲与备共取蜀,遣使报备……备欲自图蜀,拒答不听。……权不听,遣孙瑜率水军住夏口。备不听军过,谓瑜曰:"汝欲取蜀,吾当被发入山,不失信于天下也。"使关羽屯江陵,张飞屯秭归,诸葛亮据南郡,备自住潺陵。权知备意,因召瑜还。❷

很清楚,决策与指挥全盘的是刘备,而在整个过程中,诸葛亮的作用只是率一支偏师驻扎南郡而已。可是到了《三国演义》里,殷观其人无影无踪,刘备也变得极度低能,只会不断向诸葛亮求教"子敬此来何意""何以答之""此是何意""如之奈何"等。更有甚者,作者为突出诸葛亮,处处有意贬低他人以衬托之,如庞统、周瑜等形象,都成为这一创作意图的"牺牲品"——当然,从通俗小说的角度看,这亦无可厚非。

其二,贬抑刘备的能力与作用。在极力抬高诸葛亮的同时,作者刻意贬低刘备的能力,在二者之间形成巨大反差。据《三国志》,刘备实为当世之豪杰,曹操称其为"英雄",周瑜称其为"枭雄",皆非虚誉。《世说新语·识鉴》:"曹公问裴潜曰:'卿昔与刘备共在荆州,卿以备才如何?'潜曰:'使居中国,能乱人,不能为治。若乘边守险,足为一方之主。'"而到了《三国演义》中,刘备的才能、智力皆不足以当"枭雄"之目,特别是自得诸葛之后,更是急剧下降。最典型

---

❶ 《蜀书·先主传》,见陈寿:《三国志》,中华书局1999年版,第655页。
❷ 《蜀书·先主传》,见陈寿:《三国志》,中华书局1999年版,第656页。

的如第五十六回，周瑜设假道收荆之计：

> 瑜笑曰："子敬真长者也。你道我真个去取西川与他？我只以此为名，实欲去取荆州，且教他不做准备。东吴军马收川，路过荆州，就问他索要钱粮，刘备必然出城劳军。那时乘势杀之，夺取荆州，雪吾之恨，解足下之祸。"
>
> 鲁肃大喜，便再往荆州来。玄德与孔明商议。孔明曰："鲁肃必不曾见吴侯，只到柴桑和周瑜商量了甚计策，来诱我耳。但说的话，主公只看我点头，便满口应承。"计会已定。鲁肃入见。礼毕，曰："吴侯甚是称赞皇叔盛德，遂与诸将商议，起兵替皇叔收川。取了西川，却换荆州，以西川权当嫁资。但军马经过，却望应些钱粮。"孔明听了，忙点头曰："难得吴侯好心！"玄德拱手称谢曰："此皆子敬善言之力。"孔明曰："如雄师到日，即当远接犒劳。"鲁肃暗喜，宴罢辞回。
>
> 玄德问孔明曰："此是何意？"孔明大笑曰："周瑜死日近矣！这等计策，小儿也瞒不过！"玄德又问如何，孔明曰："此乃'假途灭虢'之计也。虚名收川，实取荆州。等主公出城劳军，乘势拿下，杀入城来，'攻其不备，出其不意'也。"玄德曰："如之奈何？"孔明曰："主公宽心，只顾'准备窝弓以擒猛虎，安排香饵以钓鳌鱼'。等周瑜到来，他便不死，也九分无气。"便唤赵云听计："如此如此，其余我自有摆布。"玄德大喜。❶

诸葛亮与刘备计议，全然无视其统帅地位，竟吩咐其"但说的话，主公只看我点头，便满口应承"，将刘备视如傀儡。当刘备向他请教"此是何意"时，他"大笑曰：'这等计策，小儿也瞒不过！'"简直就是当面侮辱了。可是刘备还是毫无觉察，仍一再追问"此是何意""又问如何"。小说这种过分的描写，连毛氏父子也看不过眼去，

---

❶ 罗贯中：《三国演义》，人民文学出版社1973年版，第449—450页。

旁批道:"小儿瞒不过,大人倒不晓得!"

而对于史籍所载的刘备功绩,《三国演义》中或被故意忽略,或被移到孔明身上。如博望坡之火攻,《三国志》之《魏书·李典传》《蜀书·先主传》均载为刘备亲自将兵,亲自设计;其他史籍并无异词,更无一语及于孔明。《三国演义》却一股脑归功于孔明,以"初出茅庐第一功"大事铺陈。至于刘备扮演的角色只是"以剑印付孔明",看着孔明指挥调度而已。而诸葛亮对一切举措均不解释说明,使刘备"亦疑惑不定",全无置喙之余地。再如赤壁战后的抗拒东吴、率部西进图蜀等,皆属刘备的勋业,亦被罗贯中一笔抹去,甚至让其充当误事的角色,把事情弄糟后再由诸葛亮来收拾。

其三,着力渲染、夸大诸葛亮对刘备的指导作用。若据史籍,诸葛亮之于阿斗,称为"帝王师"庶几不远;而对于刘备,则不过一位杰出的辅弼而已。但在《三国演义》中,刘备也变成了诸葛亮的"阿斗"。这位"枭雄"自隆中聆教以后,对诸葛亮不仅是言听计从,而且完全丧失主见。最典型的如江东招亲一节,此事之始末见于《先主传》及《载记》,特别是《江表传》:

> 备叹息曰:"孤危急不得不往,殆不免周瑜之手。孔明谏孤莫行,亦虑此也。"❶

可见无论入吴就婚,还是摆脱牢笼归还,都是刘备自作主张。诸葛亮反而谏阻此行,意见未被玄德采纳。可到了《三国演义》中,刘备自始至终蒙在鼓里,先是担心"岂可以身轻入危险之地",而孔明却根本不顾其"怀疑未决""竟教孙乾往江南说合亲事"(五十四回)。而后,刘备"怀疑不敢往","心中怏怏不安",孔明却依然以"锦囊妙计"的方式调度着一切。一个锦囊又一个锦囊,孔明在千里外"裁

---

❶ 卢弼:《三国志集解》,中华书局1982年版,第730页。

处"、包办着婚姻的全过程，而玄德只能"依计行事"。这些情节很有趣味，但大不合于情理。书中此类描写还有不少，显然作者在心理上认同于诸葛亮，故极力把他塑造成"天人大导师"，而把刘备写成乖乖的小学生。我们遍览三国时期的史籍，孔明在刘备手下献策建功的记载甚少，他支配全局的作为几乎全在后主时代。可以说，演义悖于史实之处，莫此为甚。更为有趣的是，刘备得孔明之后本来也有失败或挫折，如长坂坡、白帝城等，作者皆为孔明开脱，不仅使其"不在现场"，而且明确把责任归之于刘备偶然的"不听教导"。

> 却说先主每日自下教场操演军马，克日兴师，御驾亲征。于是公卿都至丞相府中见孔明，曰："今天子初临大位，亲统军伍，非所以重社稷也。丞相秉钧衡之职，何不规谏？"孔明曰："吾苦谏数次，只是不听。今日公等随我入教场谏去。"当下孔明引百官来奏先主曰："陛下初登宝位，若欲北讨汉贼，以伸大义于天下，方可亲统六师；若只欲伐吴，命一上将统军伐之可也，何必亲劳圣驾？"……先主掷表于地曰："朕意已决，无得再谏！"……先主已择期出师。大小官僚，皆随孔明送十里方回。孔明回至成都，怏怏不乐，顾谓众官曰："法孝直若在，必能制主上东行也。"❶

诸葛亮再三劝谏，而刘备执意不听，终于把大好局面丧失殆尽。写孔明三次进谏，既把刘备的刚愎自用充分刻画出来，也把后面失败的责任完全从诸葛亮身上卸去。刘备长坂坡之败，《三国志》的记载是"先主弃妻子，与诸葛亮、张飞、赵云等数十骑走"，诸葛亮是在败军之中的。而《三国演义》却特意写"孔明允诺，便同刘封引五百军先往江夏求救去了"，其用意与前文所述"再三苦谏"是一样的。

综观《三国演义》全书，诸葛亮的形象具有几个突出的特点：第

---

❶ 罗贯中：《三国演义》，人民文学出版社1973年版，第449–450页。

一，书生出身而具有将略；第二，与君主关系甚洽；第三，事实上指挥、控制着一切。而当我们把眼光放远，便会发现，《三国演义》之后，中国小说史上陆续出现了一批类似的人物形象，如《水浒》之吴用、《女仙外史》之吕师贞、《野叟曝言》之文素臣、《说唐》之徐茂公等，甚至《封神演义》之姜子牙，都在很大程度上具有这些特点。其中，吕师贞、文素臣的基本特点尤近于诸葛。因此，我们有理由认为，《三国演义》中的诸葛亮形象具有某种"范型"的意义。研究形成这种"范型"的社会文化及作家心理方面的原因，是深入理解此类作品的重要途径之一。

二

若追踪于思想史，便会发现"帝王师"的观念与儒家政治思想的演变甚有瓜葛。孔子虽热衷于政治，对自己的身份却从未有过如此奢望。而到了孟子之时，则以"说大人则藐之"的气概，提出了"王者师"的主张。《滕文公上》：

> 人伦明于上，小民亲于下。有王者起，必来取法，是为王者师也。❶

表面看，这里"王者师"指滕国的善政，其实是指实行善政的人，即儒家政治理论的奉行者——孟子这样的人物。这层意思，他在《公孙丑下》中说得更明白：

> 天下有达尊三：爵一，齿一，德一。朝廷莫如爵，乡党莫如齿，辅世长民莫如德。恶得有其一以慢其二哉？故将大有为之君，必有所不召之臣；欲有谋焉，则就之。其尊德乐道，不如是，不足与有为也。

---

❶ 杨伯峻译注：《孟子译注》，中华书局1960年版，第118页。

故汤之于伊尹，学焉而后臣之，故不劳而王；桓公之于管仲，学焉而后臣之，故不劳而霸。今天下地丑德齐，莫能相尚，无他，好臣其所教，而不好臣其所受教。❶

孟子认为，朝廷以爵禄为贵，而儒者以德行为贵，二者足相抗衡；有为的君主对待贤人，首先是"受教""学焉"，然后才是"臣之"。这种观点贯穿于整部《孟子》之中，成为其政治学说的一大特色。大要言之，孟子的"王者师"思想包括三个方面的内容。

一是为人臣者可分两类，一类是供君主驱遣的普通臣子，人格上自然低于君主；另一类则是从仕的儒者，特别是自己这样的大儒，在人格上是与君主平等的。他举费惠公为例："费惠公曰：'吾于子思，则师之矣；吾于颜般，则友之矣；王顺、长息，则事我者也。'"（《万章下》）又奉尧、舜为楷模，称道其"天子而友匹夫"的做法，认为"用下敬上，谓之贵贵；用上敬下，谓之尊贤。贵贵尊贤，其义一也"。由此，他主张"君之视臣如手足，则臣视君如腹心；君之视臣如犬马，则臣视君如国人；君之视臣如土芥，则臣视君如寇雠"（《离娄下》）。在另一面，他则提倡为人臣者要有独立的人格，斥责"以顺为正者，妾妇之道也"（《滕文公下》），鼓吹"富贵不能淫，贫贱不能移，威武不能屈"，甚至主张"贫贱骄人"，"说大人则藐之"。

二是大儒出仕，首要之责是以仁义之道教育、指导君主。孟子政治思想的核心是义利之辨，他反复痛斥导君以利的人物，明确提出："君子之事君也，务引其君以当道，志于仁而已。"在应对梁惠王"将有以利吾国乎"之问时，劈头便是："王，何必曰利！亦有仁义而已矣。"在批评宋牼"以利说秦楚之王"以罢兵时，也是高倡"何必曰利"（《告子下》）。而显然，"曰利"者为顺君主之意，为仰承之势；"引君志仁"为逆责之势，须居于导师的地位。《孟子》

---

❶ 杨伯峻译注：《孟子译注》，中华书局1960年版，第89页。

中,梁惠王称"愿安承教",齐宣王请孟子"明以教我",正表现出孟子自居于师位的态度。

三是君主对待有德有守、堪为精神导师的重臣,必须给予充分的礼遇。《孟子》中,多处记述有关礼遇的事情,如汤三顾伊尹之善举、鲁君怠慢子思之失德等,并因之提出了"天子不召师,而况诸侯乎"的观点,主张"君欲见之,召之,则不往见之","王公不致敬尽礼,则不得亟见之。见且由不得亟,而况得而臣之乎"(《尽心上》)。孟子本人与各国君主打交道时,正是恪守这一原则,当齐王托病不肯登门而召孟子上朝时,孟子便同样托病不去朝见,并就此发表了"君必尊德乐道"、必"学焉而后臣之"的一篇宏论。

整体观之,孟子的"帝王师"主张表达了一种人生理想:既入世辅佐君主以建功立业,同时又维护自己的人格与道术的尊严。这与其重义、民贵君轻、大丈夫等思想观点紧密相关,也是他所处的特定时代的产物。战国之时,士无常主,因而也便具有相对独立的地位。孟子得以"说大人则藐之",实根基于此。后儒批评他"未能尽脱战国策士之习",虽为偏隘之见,却也事出有因。

汉初,随大一统政权的建立与巩固,君权日重,而儒者社会角色亦渐异于孟子的时代。其时以儒术用事者,首推叔孙通与公孙弘,司马迁述其行事皆有微词。如谓"叔孙通儒服,汉王憎之;乃变其服,服短衣,楚制,汉王喜","(鲁生斥叔孙通曰)公所事者且十主,皆面谀以得亲贵……吾不忍为公所为……公往矣,无污我。"又历载公孙弘两面三刀以邀宠幸之事:"每朝会议……不肯面折庭争……习文法吏事,而又缘饰以儒术,上大说之。""尝与公卿约议,至上前,皆倍其约以顺上旨。""……弘推其后,天子常说。"显然,在君主与士人的关系方面,孟子的时代已一去不复返了。人格的独立与平等,和功业、富贵之间,如鱼与熊掌之不可兼得。此时,仍存"帝王师"情结的儒者命运大都多舛。如申公为楚太子之师,严格要求,恪尽职守,结果被处腐刑。辕固生曾斥公孙弘"曲学以阿世",在景帝前直言"独夫可诛",因而屡遭罢黜。而一代大儒董仲舒,其学说皆自居于帝王导师的地位,反对公孙弘"从谀"的态度,结果数遭打击,"恐久获罪,疾免于家"。至于司马迁的遭遇,更是人所共知的了。在这种情况下,"帝王师"只能"托诸空言"了。《太史公自述》中隐微而又深切地表达了这种无奈的执着。其先借他人之口,称"孔子之时,上无明君,下不得任用,故作《春秋》,垂空文以断礼义,当一王之法",后又强调"夫《诗》《书》隐约者,欲遂其志之思也……大抵贤圣发愤之所为作也。此人皆意有所郁结,不得通其道也,故述往事,思来者",然后,他又自称绍孔子之志而"继《春秋》","小子何敢让焉"!特别值得注意的是,司马迁对《春秋》情有独钟,这既表明其史学抱负,又与汉初儒学的传承颇有关联(司马迁青年时得董仲舒亲炙),也与我们讨论的问题有关。司马迁之前,稍早些的《韩诗外传》对"帝王师"有十分明确的表述,其一为李克论为相之道:

(魏文侯欲置相,李克曰)……是以知魏成子为相也……东得卜子夏、田子方、段干木,此三人,君皆师友之。❶

他认为"君皆师友之"的人物远高于"君皆臣之"的人物。其二为子夏论帝王之道:

(鲁)哀公曰:"然则五帝有师乎?"子夏曰:"臣闻黄帝学乎大填,颛顼学乎禄图,帝喾学乎赤松子,尧学乎务成子附,舜学乎尹寿,禹学乎西王国,汤学乎贷子相,文王学乎锡畴子斯,武王学乎太公……未遇此师,则功业不能著乎天下,名号不能传乎后世也。"❷

---

❶ 《韩诗外传》卷三,见《四库全书》经部三。
❷ 《韩诗外传》卷五,见《四库全书》经部三。

其三为楚庄王论王霸之道：

> 庄王曰："吾闻诸侯之德，能自取师者王，能自取友者霸，而与居不若其身者亡……"故先生者❶，当年而霸，楚庄王是也。❷

《韩诗外传》还有一些相近的记述，足见韩婴对"帝王师"思想的重视。在他看来，国君须求贤人而以师礼待之，贤人则当为帝王之师，从而在道德与治国两方面给予指导。韩婴为今文大师，而司马迁亦属今文家数❸。今文学派的《春秋》公羊之学于儒学流派中最贴近于政治，且以"三统""三世"之类臆说为大言，颇有"政治导师"的味道。司马迁受董仲舒之影响，这是一个重要的方面。故《史记》中也多处论及"帝王师"，如：

> （黄石公）出一编书，曰："读此则为王者师矣……"❹
> 留侯乃称曰："……今以三寸舌为帝者师，封万户，位列侯，此布衣之极，于良足矣。愿弃人间事，欲从赤松子游耳。"❺

为帝王之师，虽语出《留侯世家》中之黄石公与留侯，表现的实为司马迁本人的某种政治理想，也是他对儒者社会地位的理想化判定。《史记·儒林列传》：

---

❶ 先生：犹言"先醒"也。
❷ 《韩诗外传》卷六，见《四库全书》经部三。
❸ 司马迁的学术思想受多方面影响，但董仲舒的《春秋》学对《史记》旨趣的影响尤应重视。
❹ 司马迁：《史记》，中华书局 1959 年版，第 2035 页。
❺ 司马迁：《史记》，中华书局 1959 年版，第 2048 页。

> 自孔子卒后，七十子之徒散游诸侯……如田子方、段干木、吴起、禽滑釐之属，皆受业于子夏之伦，为王者师。❶

由于《史记》对后世文人的深远影响，使"帝王师"的思想得到了传承不已的活力。然而，在现实的政治生活中，这种理想却越来越远离实际，越来越像是一个美丽的梦。韩退之以刚直之态谏迎佛骨，表称"安有圣明若此，而肯信此等事哉"，很有些"帝王师"的口气，但随即得重罪，于是上表乞怜："臣以狂妄戆愚，不识礼度，上表陈佛骨事，言涉不敬，正名定罪，万死犹轻。陛下哀臣愚忠……圣恩弘大，天地莫量，破脑刳心，岂足为谢……伏惟皇帝陛下天地父母，哀而怜之。"终贻千古之羞。苏东坡亦以自诩刚直得祸（《咏双桧》："根到九泉无曲处"），同样有"圣主如天万物春，小臣愚暗自伤身"的乞怜语。当然，在封建专制的高压之下，士人既要从政，又要百分之百维护自己完整的人格，是根本不可能的。我们提到韩、苏之事，绝不是苛求古人，只不过借以说明"帝王师"之说越来越远离现实罢了。而到了明清两代，君权愈重，臣下动辄得咎，廷杖、抄没成了家常便饭，致有"伴君如伴虎"之说，"帝王师"就更加谈不到了。

一方面是严酷的现实，另一方面是美好的理想，在二者无法调和的情况下，如何使郁结之情得以抒发，使愤懑之意得以平和？李卓吾的《杂说》恰似在回答这一问题："世之真能文者，比其初皆非有意于文也。其胸中有如许无状可怪之事，其喉间有如许欲吐而不敢吐之物，其口头又时时有许多欲语而莫可所以告语之处，蓄极积久，势不能遏，一旦见景生情，触目兴叹，夺他人之酒杯，浇自己之磊块；诉心中之不平，感数奇于千载……余览斯记，想见其为人，当其时必有大不得意于君臣朋友之间者，故借夫妇离合因缘以发其端。"于是，现实中的"帝王师"越来越不见踪影，而文学作品之中却反反复复

---

❶ 司马迁：《史记》，中华书局1959年版，第3116页。

地圆着这个古老的梦。即以辛稼轩之词为例,明言者如《木兰花慢》:"汉中开汉业,问此地,是耶非?想剑指三秦,君王得意,一战东归……一编书是帝王师,小试去征西。"《菩萨蛮》:"功名饱听儿童说,看公两眼明如月。万里勒燕然,老人书一编……他日赤松游,依然万户侯。"《太常引》:"一杯千岁,问公何事,早伴赤松闲?功业后来看,似江左风流谢安。"《水调歌头》:"相公倦台鼎,要伴赤松游。高牙千里东下,箫鼓万貔貅。"如此频繁提及留侯的功业,自与《史记》之影响有关,而无论是许人抑或自诩,亦都可见其对"帝王师"理想向往之深切。有趣的是,稼轩词中同样频繁提及的另一位历史人物是诸葛孔明,其间似也有某种内在的联系。如《满江红》:"箫鼓归来,举鞭问何如诸葛?"《阮郎归》:"挥羽扇,整纶巾,少年鞍马尘。"《水龙吟》:"更想隆中,卧龙千尺,高吟才罢。"《贺新郎》:"把酒长亭说。看渊明风流酷似,卧龙诸葛。"此外,辛词中尚有"功名事,身未老,几时休?诗书万卷,致身须到古伊周。莫学班超投笔,纵得封侯万里,憔悴老边州。""不念英雄江左老,用之可以尊中国。叹诗书万卷致君人,翻沉陆。""算平戎万里,功名本是,真儒事,公知否?"一类期许与感叹,也与"帝王师"的政治理想有关。当然,我们知道,终稼轩之一生,与此理想(或曰梦想)也没有纤毫之缘。可能正因为如此,求之不得反而思之愈切,便有了上面这些文学之梦。

三

以白话小说来圆此梦的,无疑首推罗贯中。罗贯中的身世几乎全在雾中,但仅就可知的一点蛛丝马迹来看,由他扮演这一文学史角色,实有其必然性。《录鬼簿续编》所记罗贯中事迹,有三点值得注意:一是时代问题。因其中称"与余为忘年交,遭时多故,各天一方。至正甲辰复会,别来又六十余年……",故可知罗贯中的确生活于元末易代之际年龄大致在不惑间。二是《续编》记罗贯中"号湖海散人，与人寡合"。此语似与《三国志·陈登传》之典有关。《传》云："（刘）表与备共论天下人，（许）汜曰：'陈元龙湖海之士，豪气不除。'"下文便是那段有名的"求田问舍，怕应羞见"故事。因此典人所共知，故罗贯中自号"湖海散人"显然是和"与人寡合"的高傲性格有关的，也间接表现了他处乱世而怀大志的胸襟。三是《续编》著录罗贯中作杂剧《宋太祖龙虎风云会》。该剧写赵匡胤"雪夜亲临赵普第"，与《三国演义》的"顶风冒雪访诸葛"十分近似；而赵普素有"半部《论语》治天下"的美誉，也是儒生们寄托"帝王师"理想的一个偶像。罗贯中选择这一题材，足见其"帝王师"情结之深固。

《水浒传》的吴用与宋江之关系，颇似孔明与刘备的关系。而吴用的形象可视之为"准帝王师"。有意思的是，明代很多人认为《水浒传》的作者也是罗贯中，或至少是作者之一。无论此说可靠与否，它都提醒我们注意这两部白话小说开山之作之间的某种联系——相同时代背景下的相似文学创造物。

《三国演义》及《水浒传》在明中叶开始广泛传播，并受到越来越多士人的欢迎，其原因固然有很多方面，但"帝王师"观念的复兴是值得注意的一个方面。王阳明复兴心学，公然提倡"狂者胸次"，所作所为已有"帝王师"的味道。他的门徒们也是这样看待自己的偶像的。到了他的得意弟子、泰州学派的创始人王艮那里，便毫不掩饰地以"帝王师"自居了。"出则必为帝者师，处则必为天下万世师"，这是王艮自己的抱负，也是他为读书人标举的人生理想。他作《王道论》，认为："有王者作，必来取法，是为王者师也。使天下共明此学，则天下治矣。"嘉靖、隆庆、万历的百年间，泰州学派风行天下，"一时天下之士，率翕然从之，风动宇内"（袁承业《明儒王心斋先生师承弟子表·序》）。王艮的人生理想自然也在士人中产生广泛的影响。这对于《三国演义》及《水浒传》的被接受，是或多或少会有些推波助澜作用的——泰州后学李卓吾,以及李卓吾后学袁中郎均为通俗小说的热心推动者,当非偶然。

小说史上,另一位自觉以作品来圆"帝王师"之梦的,是清初的吕熊。他在《女仙外史》中塑造了一个"吕军师"的形象:

> 洛阳布衣吕律,字师贞,道号御阳子,有经天纬地之才,内圣外王之学。家无恒产,短褐不完,蔬食不充,而意气扬扬自得,常曰:"王景略、刘道冲,几填沟壑,而逢时遭会,身为霸者师。当今之世,舍我其谁与?"
> 师贞道:"非也。如汉高必有子房,先主必有孔明,高皇帝亦必有青田,学生岂卖弄些须才学者哉!"❶

显然,这就是他本人的自画像,自比于张良与孔明,似乎也受到了一些《三国演义》的影响。当然,他自己的"偶像"或是"奋斗目标"首先是诸葛亮,所以两次从吕律口中说出月君访他是"枉顾茅庐""枉过茅庐",并让月君仿照刘备的模式向他请教:"武侯未出茅庐,三分霸业,了然于胸中。今燕之巢穴在北,帝阙在南,二者先何所定,请试言之。"

最有意思的是,作者还借吕律之口发表了长篇大论的"帝王师史论":

> 月君欲用吕师贞为军师,恐众心未服,乃问曰:"古来用兵者,孰得孰失,先生其一一敷陈之。"师贞曰:"善用兵者,有军师、名将之别。折冲樽俎,军师之职也;智勇兼备,名将之任也。不但为六军之师,直可以为帝王之师者,方称得军师二字。若名将,则专主军旅而已。尚父为军师之祖,继之者子房、孔明与青田也。三公之才略相垺,

---

❶ 吕熊:《女仙外史》,百花文艺出版社 1984 年版,第 220 页。

品节相似。赤松子与五丈原,易地皆然。青田末路受谮见疑,稍昧知几。武侯躬行讨贼,将士敬之如神,爱之若父。留侯一椎击秦,万乘丧胆,四海惊心,皆青田所未逮也。次则管仲父,作内政而寄军令,出自创始,真霸才也。而且尊周室,攘夷狄,所持者正,勋烈烂然。王景略可谓流亚,独是屈身于氐羌,名号不正,犹赖识得小晋为正朔,识者谅之。李药师才智有余,学术稍逊,然而规模弘毅,有帝师之气象焉。……其有似军师而非军师者,如范蠡之用柔近于污,陈平之用智过于贪,庞统临机失之执,道冲运筹失之泛,齐丘之画策则失之忍矣。是皆谓之谋臣则可。……其有有才略而未用,或始用之而终弃之,或虽用之而又制之,不得展其施为者,概置勿论。"诸将士听了这篇侃侃凿凿的话,莫不竦然。月君已知将士心服,问道:"如吕律,可做得你们军师否?"董彦杲等齐声应道:"真军师也!愿听指挥。"❶

历数两千年"军师"优劣,提出自己的评价标准,明确提出要作"帝王之师"。此人的"帝师"白日梦真正近于走火入魔了。

有趣的是,作者如此用笔,尚不足以消解胸中坚牢的"帝王师"情结,又特地用半回多书来写吕军师与诸葛亮梦中相会,彼此以知己相许——既是毫不掩饰地以诸葛自许,也反映出他的创作受到《三国演义》诸葛"范型"的影响。他的友人刘廷玑在《在园杂志》中揭示其小说创作动机:"先年所衍《女仙外史》百回……平生之学问心事,皆寄托于此。"一语道破了吕熊"帝王师"白日梦的真相。

到了乾隆时代,夏敬渠作《野叟曝言》,心理机制颇近于吕熊。正如西岷山樵的序所云:"是书抒写愤懑,寄托深远,诚不得志于时者之言。"书中所写文素臣,也是一个典型的"帝王师";而全书的笔法同样是纯粹的"白日梦"。如东宫太子宴请文素臣,"定素臣南面,专席",然后专申悃诚道:"古有师臣,何况储贰……异日拥经求

---

❶ 吕熊:《女仙外史》,百花文艺出版社1984年版,第225-227页。

教，方将隆师傅之仪，报弟子之礼。区区南面之席，岂足以重先生哉！……寡人何心，不以父师视之、拜稽尊之？""说罢，垂泪下跪。"后文一次又一次描写太子对文素臣行跪拜礼，且一次又一次地申说理由："一切不足以报先生，惟有扣头出血而已。"至于天子，每与文素臣议事，言听计从且不论，还经常是"听素臣讲毕，拱手而谢"，"天子悚息而听"。甚至到弥留之际，他仍须文素臣来教导一番，然后表示："朕若早逝一日，不闻正教，即目亦不瞑矣！"作者还借这个皇帝之口，把文素臣比作白帝城托孤时的诸葛亮。显然，作者在构思文素臣的形象及他和皇帝父子关系时，是受到《三国演义》有关描写，特别是诸葛"范型"启发的。早有研究者指出，文素臣就是作者的自我寄托。一介寒儒，在帝王权威臻于巅峰的乾隆时代，写出这样的文字，若究其原因，儒家传统自是其一，而稗官野史的传统也不能忽视。

在专制制度下，"帝王师"的理想永远不可能真正实现；但正是在专制制度下，"帝王师"才会成为一部分读书人的梦想。至于小说中，这类梦似乎也早已无人再做。但是，作为一种文化传统，其影响并非日出而烟消。在分析中国古代知识分子的政治心态、文化心态时，这种影响是应加以考虑的，而《三国演义》及其学步者，正可以为我们提供极好的范例。

"关帝崇拜"文化现象三题

一、"关帝崇拜"与三次造神

关羽祭祀的"推广"与三次神异之说有关。明代嘉靖、万历年间的大名士王世贞就此曾有一段疑问之词：

> 汉寿亭侯，初不闻为神；后至隋世，于荆州玉泉寺见灵迹，尚未表章；至宋崇宁时，以破蚩尤、复盐池见灵，遂封为崇宁真君。今香火徧天下，儿童妇女皆知崇重，则又久而始见神，不可晓也。❶

他的意思是说，关羽被擒身死之后，并没有神异的表现，也没有享受祭祀封赠，直到隋代才有了玉泉寺显圣，但影响力还不够大。到了北宋崇宁年间，由于他与蚩尤作战，大显神威，得到了朝廷的册封，于是乎逐渐广受崇敬。至于为什么时间久远神灵才能表现出来并越来越显著，这就不是常理所能说明的了。在他之后，清代初年的另一位文坛名流姜辰英更详细地梳理了这一过程，他在《汉寿亭侯关公遗像赞并序》中讲：

> 公之忠义着于当时，而神灵显于后世。其祠在当阳者，始于陈光大中；唐贞元十八年荆南重修玉泉寺遗庙，董侹记之。相传为其寺伽篮，则因缘智者大师传。而元虞集《广铸禅师塔铭》，所为述其事者也。其在解州者，为宋大中祥符时建。然此二庙特其生没之地，犹

---

❶ 王世贞：《宛委余编》，见《弇州四部稿》卷一七四，《中国基本古籍库》万历刻本，第1888页。

未及他处也。自宋南渡,及元而赐号,称王庙,祀益盛。明嘉靖间,贼徐海就擒,着有灵异。督师立庙常州,唐顺之记,谓"侯庙盛于北,而江南诸郡立庙自此始"。然则当嘉靖前,大江以南尚未有祀公者矣。今闻东南、日本、琉球诸国,西北、口外无不转相崇奉。极土木之丽,而其像设之雕塑图绘,如世俗所传修髯而美视者。❶

他把关公崇拜的三个阶段分说得十分清楚,特别是在王世贞所讲两阶段之后又补充了第三阶段,并强调了经过第三阶段,关公祠庙才遍及全国乃至于海外。

值得注意的是,此时的关帝崇拜已经渐达顶峰,同时也得到朝廷更多的推崇,所以姜辰英的描述比起王世贞来,态度更加恭敬,话语更加详细,而那种略带质疑的诘问之词也就自然绝迹了。

王、姜所讲的关公神灵初显的神异之说产生于陈隋之际,是天台宗创始人智者大和尚讲述的。而今日所能见到的最早最详细的记述则出于北宋中期的张商英之手。其后著名文人如元代的虞集、明代的王世贞都有详略不一的记述。张商英是一位虔诚的佛教徒,北宋末年一度为相,有很大的社会影响。在张商英的笔下,关公的这次显圣完全如同于一篇神怪小说:

(陈隋间,有大法师名曰智顗)自天台止于玉泉,宴坐林间,身心湛寂。此山……即现种种诸可怖畏,虎豹号踯,蛇蟒盘瞪,鬼魅嘻啸,阴兵悍怒,血唇剑齿,毛发鬖鬖,妖形丑质,剡然千变。法师愍言:"汝何为者?生死于幻,贪着余福,不自悲悔!"作是语已,音迹消绝,顾然丈夫鼓髯而出曰:"我乃关某,生于汉末,值世纷乱,九州瓜裂,曹操不仁,孙权自保,虎臣蜀主,同复帝室。精诚激发,洞贯

---

❶ 姜宸英:《汉寿亭侯关公遗像赞并序》,见《湛园集》卷七,《中国基本古籍库》四库本,第186页。

金石，死有余烈，故主此山。谛观法师，具足殊胜，我从昔来本未闻见。今我神力变见已尽，而师安定，曾不省视。汪洋如海，匪我能测。大悲我师，哀愍我愚，方便摄受。愿舍此山，作师道场。我有爱子，雄鸷类我，相与发心，永护佛法。"师问所能，授以"五戒"。帝诚受已，复白师曰："营造期至，幸少避之。其夕晦冥，震霆掣电，灵鞭鬼棰，万壑浩汗，湫潭千丈，化为平址。黎明往视，精蓝焕丽，檐楹阑楯，巧夺人目。海内'四绝'，遂居其一。以是因缘，神亦庙食千里内外。"❶

到了元代，虞集的《广铸禅师塔铭》中也提到了这个传说，但是远没有这么详细，也没有这么怪诞。王世贞有《天台智者智顗传》，比起张商英来，他没有让关公在开始时装妖弄鬼，而是一出现就直奔主题，和智者讨论起建庙的事宜。而结尾处则多了两项内容，一是杨广因关公神迹而为玉泉寺"赐名"，即智者大和尚向隋炀帝（当时还没有登基，是"晋王"）杨广报告了关公的神异表现，杨广为玉泉寺赐名——这似乎可以解释智者编造这一篇"志怪小说"的直接动机；二是说明后世以关羽作佛寺中的护法伽蓝。

第二次神异表现乃发生在宋朝。说的是关羽大战蚩尤的事迹。与此传说相关的记载也有若干，彼此不尽一致。其中最详尽的当属《关帝圣迹图志古记》：

宋大中祥符七年，解州奏"解盐出于池，岁收课利以佐国用。近水减盐少，亏失常课，此系灾异，不可不察。"奏入，上遣使往视。使还，报曰："臣见一父老，自称城隍神，令臣奏云'为盐池之患者，蚩尤也'，忽不见。"上怪而疑之，顾问左右，皆以灾异之生，有神主之为言。上乃诏近臣吕夷简至解州池致祭。事讫之夕，夷简梦神人，戎衣怒而言曰："吾蚩尤也。上帝命我主盐池。今者天子立轩辕祠。轩辕，

---

❶ 张商英：《重建关圣帝庙记》，见《古今图书集成·博物汇编·神异典》。

吾雠也。我为此不平，故绝水。尔若急毁之，则已。不然，祸无穷矣。"夷简还白其事。侍臣王钦若曰："蚩尤，邪神也。臣知信州龙虎山张天师者，能驱鬼神。若令治之，蚩尤不足虑也。"于是召天师赴阙，上与之论蚩尤事，对曰："此必无可忧。自古忠烈之士，没而为神。蜀将军关羽，忠而勇。陛下祷而召之，以讨蚩尤，必有阴助。"上问："今何神乎？"对曰："庙食荆门之玉泉。"上从其言。天师乃即禁中书符焚之。移时，一美髯人，擐甲佩剑，浮空而下，拜于殿廷。天师宣谕上旨曰："蚩尤为妖如此，今天子欲命将军为民除害，何如？"对曰："臣敢不奉诏！容臣会岳渎阴兵至彼，并力为陛下清荡之。"俄失所在。上与天师肃然起敬。左右从官悉闻，莫不赞叹。忽一日，黑云起于池上，大风暴至，雷电晦冥。居人震恐，但闻空中金戈铁马之声，久之云雾收敛，天日晴朗，池水如故，周匝百里。守臣王忠具表以闻，上大悦，遣使致祭，仍命有司修葺祠宇，岁时奉祀。❶

这篇《记》只见于平阳的地方志，不见于宋代其他官方文献。平阳是内陆重要的食盐产地，方志中盐政内容甚多，这篇只见于"外编"，并且无篇名、无作者，可见有存疑的考虑。另外，《古今图书集成》的《神异典》收录本文，题名为《古记》，很可能是当地关帝庙的碑刻。关于解州盐池出问题，倒是另有一些记载，不过各不相同。如《广见录》之类的野史笔记说成是宋徽宗时，张天师到解州亲自平定了蚩尤的祸乱，其中并没有关羽什么事。而李焘的《通鉴长编》则记载确是宋徽宗时，解州盐池出了问题，但只是年久失修，修好后便恢复了生产，既没有张天师的事，也没有关羽的事。由此看来，这段关帝战蚩尤的故事，分明是道士看到僧人借助关公扩大影响效果很好，于是也来效颦的结果。关公大战蚩尤，虽然和历史对不上号，但经过文人生花妙笔渲染，也就在百姓中广泛传播了。这个传说对于关羽的崇拜

---

❶ 见《古今图书集成·方舆汇编·职方典·平阳府部》。

同样有很大的推波助澜作用，明人俞汝为的《河东瑞盐赋》描述道："宋祥符七年，蚩尤为祟。召关将军，会岳渎阴兵殄之。崇祀至今加侈焉。士女摩击若狂者数日，有司莫以禁。"简练而又生动地描写出因这种神异传说而加温的关公崇拜。

按照前面引述的姜辰英及唐顺之的话，佛道两家的神异虽大大推动了关羽崇拜，但尚未波及江南地区——原因据说是这里过去地属吴国，是关某的敌国，故百姓不拜。可是到了明嘉靖三十四年，第三个关羽的神异事迹出现，一下子改变了这种局面。唐顺之在《常州新建关帝庙记》中有详细描述：

嘉靖三十四年，倭寇继乱东南。天子命督察赵公文华统师讨之。师驻嘉兴，军中若见关帝灵响，助我师者。已而，师大捷。赵公请于朝，立庙嘉兴以祀帝。事具公所自为庙碑中。

明年，倭寇复乱。赵公再统师讨之。师过常州，军中复若见帝灵响，如嘉兴。赵公喜曰："必再捷矣。"未几，赵公协谋于总督胡公宗宪，渠魁徐海等悉就擒。赵公益神帝之功，命有司立庙于常州。

帝之庙盛于北，而江南诸郡庙帝，自今始。或谓"江南，古吴也。吴，帝雠国。吴不宜祀帝，帝亦未必歆吴祀。"此未为知帝之心与鬼神之情状者也。先儒有言，人皆谓曹操为汉贼，不知孙权真汉贼也。按帝所事与所同事，当时所谓豪杰明于大义者，先主武侯而已。武侯犹以吴可与为援，而不可图。先主亦甘与之结婚而不以为嫌。惟帝悠然绝其婚，骂其使，摈不与通。窃意当时能知吴之为汉贼，志必杀之者，帝一人而已。权、逊君臣亦自知鬼蜮之资，必不为帝所容，非吴毙帝，则帝灭吴。此真所谓汉贼不两存之势也。帝不死则樊襄之戈将转而指于建业、武昌之间矣。然灭吴者帝志也。帝之志必灭吴，岂有所私雠于吴哉？诚不忍衣冠礼乐之民，困于奸雄乱贼之手，力欲拯之于鼎沸之中而凉濯之。使吴民一日尚困于乱贼，帝之志一日未已也。然则

"关帝崇拜"文化现象三题

帝非雠吴,雠其为乱贼于吴者也;雠其为乱贼于吴者,所以深为吴也。帝本欲为吴民毙贼,而先毙于贼,赍志以没。帝之精灵宜其眷眷于吴民矣。由此言之,帝之所雠莫如乱贼,其所最雠而不能忘、尤莫如为乱贼于吴者。倭夷恣凶稔恶,以毒螫我吴民,是乱贼之尤,未有甚焉者也。其为帝所震怒而阴诛之所必加。翼王师而助之攻也,亦何怪乎!神人之情不相远,未可以为杳冥而忽之也。窃谓吴人宜庙帝,帝亦必歆吴之祀。

于是郡守金君豪以赵胡二公命,择地得城东隅,巍然一突,下视城郭,方可二亩。相传云"中军帐"者,以为庙旁,莫此地宜。于是,树以穹宫,而地益胜。古树数株,适当宫前,林阴倏忽,若帝降止。郡人来观,莫不喜跃。强者益勇,弱者思奋,抵掌戟手,若神恁之。然而诸公之为此举,此特以答帝之功。其所以作郡人敌忾之气以待寇者,所助不小也。

久之,金君迁去,郡君维中代守,有嘉成绩增之式廊,爰俾勒碑以纪其成,而请文于郡人唐顺之。其词曰:"揭揭关帝,惟万人敌。天禀异姿,必歼贼北向挥戈,七将皆殪。匪曰后吴,势有未及。欲拯吴民,为贼所先。精灵在吴,死而炳然。阴骘吴民,至千余年。东南不淑,天堕妖星。岛酋海宄,凶逖复生。竞为长蛇,荐食我吴。帝灵在吴,能无怒乎?夷刀如雪,手弯不展。渠魁倔强,悉就烹窴。帅臣避让,岂我之力,阴有诛之,实徼帝福。徼福维何?作庙以祀。东南庙地,自今以始。毘陵巽隅,古称将坛。若有待帝,鬼兵踞蟠。天阴髣髴,长刀大旗。生欲拯吴,没而来思。帝德吴民,无间生死。幺么小丑,永镇不起。郡人入庙,踊跃欢喜。竞起赴敌,强跳弱起。谁鼓舞之,帝有生气!"❶

显然,这两次的关帝显灵都是赵文华激励士气"神道设教"的手

---

❶ 唐顺之:《常州新建关帝庙记》,见《古今图书集成·博物汇编·神异典·关圣帝君部》。

段,是师狄青的故智❶。唐顺之的赞语中实际透露了这一"底牌":"郡人入庙,踊跃欢喜。竞起赴敌,强跳弱起。谁鼓舞之,帝有生气!"建庙及关帝助战的传言极大地鼓舞了士气,勇敢者奋勇,懦弱者振作——"竞起赴敌"。这一行动与大得人心的平倭联系在一起,使得关帝崇拜更加普及,更加深入人心。

唐顺之的这篇文章特别有意思,用了相当长的篇幅来解释关羽为何可以庇佑吴地百姓。他先是区分吴地百姓与孙权、陆逊,指出关帝只敌视后者,而倭寇本质上与孙、陆"逆党相同";再说关羽的英灵念念不忘的是要造福吴地百姓;最后结论是关帝一定会庇佑吴地,吴地百姓一定要祭祀关帝。如此费心"说理",在当时的"唐宋派"散文中实属罕见。看来为完成赵文华神道设教的任务,唐顺之真是用了心思。

从佛门大德智者法师开始,道教的超级大护法——宋真宗接续,明代赵、胡两位高官与时俱进的渲染,经过佛、道、儒三家的"合谋",关羽终于由一员勇猛的战将,成了神州大地万家崇仰的神祇。此后的三百余年里,这一崇敬心理由于接踵不断的神异传说而巩固、加强。唐顺之之后四十年,又有于慎行撰文描写关公显灵相助淮河防汛,也是绘声绘色,在"雷雨交作,西风骤急,高堰将危"的关键时刻,忽然看到"有黄云一片,笼罩武安王庙上,良久方散","须臾,风转雨收,水势遂定,高堰溢而后安"。如此这般,经过类似的一次次神迹的叠加,关公终于成了具有多方功能,享有普遍崇信的"全能神"。

二、"关帝"头衔的升级

关"帝"庙的建立,其实是比较晚的事情。明代,关羽祭祀的称

---

❶ 北宋名将狄青出征,决战前假借祈祷号令全军,说是神必保佑,于是士气大振,战胜了强敌。

谓五花八门，而在大部分时间里，是多称作"汉前将军关公祠"或"汉寿亭侯关公庙"的——这是个纯写实性称谓，和当时大多数历史人物的祠庙相似（如"文丞相祠""狄梁公祠""岳武穆祠"等）。作为官方的祭祀，关羽的"头衔"有一个变化的过程，还伴随着一场不大不小的争议。据晚明《帝京景物略》记载：

（关庙）独著正阳门庙者，以门于宸居近，左宗庙，右社稷之间，朝廷岁一命祀；万国朝者，退必谒；辐辏者，至必祈也。祀典：岁五月十三日祭汉前将军关某，先十日太常寺题遣本寺堂上官行礼，凡国有大灾祭告之。万历四十二年十月十一日，司礼监太监李恩赍捧九旒冠玉带龙袍金牌，牌书勅封三界伏魔大帝神威远震天尊关圣帝君，于正阳门祠建醮三日，颁知天下。然太常祭祀则仍旧称，史官焦竑曰："称汉前将军，侯志也。"❶

孙国敉的《燕都游览志》有类似的记载：

原关帝庙在正阳门月城之右，每年五月十三日致祭，先十日太常寺题遣本寺堂上官行礼。是日，民间赛會尤盛。凡国有大灾则祭告之。庙有董太史书焦太史所撰《碑记》，时称"二绝"万历末，特加封三界伏魔大帝神威远镇天尊，旨由中出，未尝从词臣拟定也。❷

这段记载信息相当丰富，包含了以下六方面内容：

其一，直到明天启四年，官方祭祀才正式定名为"关帝"。天启四年为公元 1624 年，已经进入十七世纪，距离明亡也只有二十年了。

其二，此前祭祀关羽的庙，称号是"汉前将军关公祠"，显然层

---

❶ 刘侗：《帝京景物略》卷三，见《中国基本古籍库》崇祯刻本，第 61 页。
❷ 孙国敉：《燕都游览志》卷四十三，见《日下旧闻考》四库本，第 4 页。

次是不够高的。

其三，关羽被尊称为"伏魔大帝""关圣帝君"，始于明万历四十二年十月十一日。而在当时看来是有争议的。万历四十二年为1614年，也就是说，从关帝"得名"到列为国家正式祭典，这中间又经过了十年。当司礼监秉万历皇帝旨意，以"大帝""帝君"尊号对关羽进行"非常规"祭祀，而负责国家常规祭祀的太常寺却仍然遵从旧制，称"汉前将军"。对此，《帝都游览志》讲得更透彻些："万历末，特加封三界伏魔大帝、神威远镇天尊。旨由中出，未尝从词臣拟定也。"也就是说，这是皇帝自己决定的，并没有经过朝廷上的讨论。而从引述的焦竑这段话看，也能感觉出其中颇具辩解的意味：称关某为"汉前将军"是根据正史《三国志》的本传——是有充分理由的。

据《续文献通考》，此事背后还有朝臣与权监角力的味道。《通考》引述刘若愚《芜史》的记载，称"掌道经厂太监林朝最有宠，封号实所奏请"。关帝若有知，似当不以此封号为荣的。

其四，"关帝庙"里保留了焦竑与董其昌合作的碑——因为这是当时的文化名人，所以被称为"双绝碑"。

其五，万历年间这次为关公"上尊号"，不仅是在京城建醮祭祀三日，而且昭告天下。显然，这对于日后关帝庙遍布海内是有直接影响的。

其六，具体祭祀的程序：五月十三日（农历）——关公诞辰为祭奠正日；前十天有一预演式祭告；而若遇国家大事——主要是灾荒，可临时祭告。

由"汉前将军"到"大帝""帝君"，这样一来祭祀的层级及尊神的影响力自然就提高了。以清初的河北束鹿为例，小小县城中就有五座关帝庙：

关帝庙六：一在县治前丁字街，创建无考，明万历间重修；一在县治西石桥北，崇祯间乡人张天秩建，一在东瓮城，弘治间乡人赵安创建，嘉靖间乡人赵锦、崇祯间知县徐维鼎相继重修。皇清康熙九年，监生张鼎铭、王绍刚增修新旧像二尊；一在北关，明崇祯十三年创建；一在旧城，崇祯二年，滹沱河冲没，重建。一在城北三十五里田村，创建无考，万历四十年重修。❶

县志有记载的六座庙，五座是在县城；而六座庙或修或建，都是在明万历后期以至康熙，这不能不说与"上尊号"及当时的社会舆论氛围有关。

有趣的是，尽管到了天启年间，朝廷已经正式决定把关公的祠庙称为"关帝"庙，但由于惯性，地方上的称谓却是五花八门。即以北京周边各府、县为例，据清康熙年间所编《古今图书集成》：保定府志所载为"'汉寿亭侯庙'，府城共五处，春秋祀。府治内者，各州县俱有"。另有一处，则是"皇清康熙十一年，张其珍重修'伏魔大帝庙'，在治东"。同一地方，两种称谓。安肃县有两处，都称作"关圣庙"。满城县的"合乎标准"，称作"关帝庙"，而且有关记述巨细无遗："在县治前，明嘉靖十二年知县汪滋重修，附碑记。万历十二年，知县曹永年增廊三间。三十三年，知县李峨修寝宫三间。崇祯九年，知县张以谦重修马殿三间。皇清康熙十七年，庠生彭昌龄暨子太学生如捐资重修，大殿、寝宫、马殿、戏楼，一概建新。"其他如博野县、容城县、蠡县、深泽县、束鹿县等也都像满城一样"改口"称"关帝庙"了。而邻近的新城县、雄县却是别出心裁，称为"关王庙"——京剧《玉堂春》有"关王庙赠银"一出，可见称"关王庙"并非特例。而坚守旧规的则有高阳县的"汉前将军关公祠"、新安县的"汉前将军关公庙"等。

---

❶ 见《古今图书集成·方舆汇编·职方典·保定府部》

三、"武圣"普及与小说功能

还有一种情况也值得注意，就是在关帝庙之外，相当多的府、县同时还有"三义庙"——祭祀关羽和他的"兄弟"刘备、张飞。如深泽县，就有两座"三义庙"，"一在邑治北五里李家庄，创建无考。明嘉靖二十六年，乡人刘廷汉、张得高等重修，有香火行粮地八亩、军地五亩。一在邑治北四里贾家庄、小王家庄儿。明嘉靖四十二年，乡绅刘素创建，皇清康熙十三年甲寅，知县许来音、生员刘灏重修"。无论是在香火、修缮方面，还是在方志的描述上，"三义庙"受重视的程度比起关帝庙来也不遑多让。

我们还是以北京周边府县为例，看看截至康熙年间，二者并存的情况：保定县，"关帝庙"和"三义庙"各有两座；文安县，"关王庙"与"三义庙"各有三座；涿州，"关帝庙"有六座，"三义庙"一座，还有祭祀张飞的"张恒侯庙"两座，祭祀刘备的"昭烈庙"一座——这种情况显然是和涿州作为张飞故里有关；香河县，"关帝庙"有两座，"三义庙"一座；其他如良乡县、固安县、三河县等，也都大同小异。

还可以看一看山东境内，寿张、汶上、巨野、郓城、博兴、滕县等也都是关帝庙与三义庙并存。其中有趣的是沂州的有关记载：

三义庙在沂州南门瓮城内，万历十六年建。原奉祀武安王，神不欲独祀，忽凭卒语，欲刘、张共之。遂塑三像于其中。❶

说这个庙原为"关帝庙"，庙里的关公有一天忽然不忍心独自享受人间的香火了，就附体到守庙人身上，告知大众，要和自己的"兄弟"一起接受供奉。于是，信众们就把关帝庙改成了"三义庙"。可是奇怪的是，就在这座"三义庙"的附近，还有一座"关帝庙"，似

---

❶ 见《古今图书集成·方舆汇编·职方典·兖州府部》。

乎这座庙里的关帝就没有那座庙里的关帝的兄弟之情。好在古人不会这样刨根问底，所以关帝庙和三义庙就普遍地并存下来了。

"三义庙"所着眼的显然是所谓"桃园三结义"所彰显的"义气"，这一角度比起"关圣帝君"来，民间的色彩是更浓厚些了。"三义庙"的普及，自是与"桃园三结义"的动人故事相关，而这个故事其实并不见于《三国志》。按照《三国志》，只不过是"先主与二人，寝则同床，恩若兄弟"而已。"若"，就是"好像"，并没有结拜一类的内涵。可是经《三国演义》一写，就变成了不言自明的事实了。以至于自诩见识过人的李卓吾，歌颂起关帝，主要的角度也落到"义气"上，而且以"桃园三结义"为依据：

世人结交须黄金，黄金不多交不深。谁识桃园三结义，黄金不解结同心。

我来拜祠下，吊古欲沾襟。在昔岂无重义者，时来恒有白头吟。三分天下有斯人，逆旅相逢成古今。天作之合难再寻，艰险何愁力不任。桃园桃园独謷声，千载谁是真弟兄？千载原无真弟兄，但闻季子"位高金多"能令嫂叔霎时变重轻。❶

这一层意思，李卓吾在诗文中反复吟咏，如他的《题关公小象》：

古称"三杰"，吾不曰萧何、韩信、张良，而曰刘备、张飞、关公。古称"三友"，吾不曰直、谅与多闻，而曰"桃园三结义"。呜呼！唯"义"不朽，故天地同久……唯其义之，是以仪之；唯其尚之，是以像之。❷

---

❶ 李贽：《过桃园谒三义祠》，见《续焚书》卷五，中华书局1975年版，第103页。
❷ 李贽：《题关公小象》，见《焚书》卷四，中华书局1975年版，第145页。

又如其《谒关圣祠》：

> 交契得如君，香烟可断云。既归第一义，宁复昔三分？金石有时敝，关张孰不闻！我心无所似，只是敬将军。❶

过去的关帝庙，匾额的文字，最多的就是"义气千秋"，也说明民众评价的角度。

在关帝庙之前，"武圣"的桂冠很长时间是戴在姜子牙头上的。从唐代到明初，朝廷每年的祭祀活动中，"文圣"祭的是孔子，"武圣"祭的便是姜尚。其实这一安排很合理。理由有三点：其一，姜子牙作为兴周伐纣的统帅，取得了吊民伐罪的伟大胜利；其二，其军事理论著作《太公六韬》是最早的成体系的军事著作❷；其三，《诗经》中描写他在战阵中的姿态："维师尚父，时维鹰扬。凉彼武王，肆伐大商。"完全是一位冲锋陷阵的勇将的形象。

但是，朱元璋不喜欢姜子牙，因为他毕竟是"以下犯上"推翻了暴君商纣王。于是废黜了他的"武圣"头衔，停止了有关祭祀。从此，相当长的时间里，国家级的"武圣"祭祀呈现空缺，以至于到万历初年，王世贞还专门为此上奏，试图恢复姜子牙的身份：

> 臣又考得：唐宋以来，天下郡国俱设太公望庙，配以穰苴、孙、吴、韩信、诸葛诸名将。今独两都有武学，而南不为太公立庙。国家采其筴而罢其祀，读书而忘其本，甚缺典也。合无于南武学隙地更创太公庙一所，仍查前代旧典，以诸名将配。俾师生于丁日释奠先师，以戊日释奠太公庙行礼，庶使缨弁之徒少知报本之谊，而于振扬武功，

---

❶ 李贽：《谒关圣祠》，见《焚书》卷六，中华书局1975年版，第245页。
❷ 现在的流行本已不是原作。

作兴士气，亦不无小助。伏惟圣裁。❶

不过，此时关帝的崇拜已经成为朝野共同的趋向，而两部畅销小说——《三国演义》《封神演义》也对这一趋势"合谋"推波助澜，于是，到了清代，"武圣人"的更替终于从形式上到心理上彻底完成了。

---

❶ 王世贞：《为申饬部规傍及时务少有献纳以効裨补疏》，见《弇州山人四部续稿》卷一四三，《中国基本古籍库》四库本，第1532页。

《三国演义》中的军事心理学

与我国其他古典长篇小说相比，《三国演义》对读者有独特的吸引力。除了一般的文学审美魅力之外，它对于读者益智求知欲望的满足，也是其广泛流传的重要原因。明清两代笔记杂著中，关于学兵法、权谋于《三国演义》的记载颇多，如《小说小话》云："海兰察目不知书，而所向无敌，动合兵法，而自言得力于译本《三国演义》。……张献忠、李自成，及近世张格尔、洪秀全等，初起众皆乌合，羌无纪律。其后攻城略地，伏险设防，渐有机智，遂成滔天巨寇；闻其皆以《三国演义》中战案为帐中唯一之秘本。则此书……有实验战术学之价值也。"即以民间，亦有"老不读《三国》"之说，对书中多谋善诈悚然有戒心焉。

《三国演义》的智慧主要表现于兵法，但以"实验战术学"称之则不妥。实际上，《三国演义》中关于具体行军布阵、逗引埋伏的描写，很多并不可靠，如两军交锋只需主将决战——"两阵对圆，两骑相交，大战五十回合"之类，便属小说家言。书中真正有价值的是蕴含在战争描写中的哲理性内容，即矛盾抗争中双方消长之道。而这对于军界与非军界的读者都有启发意义。在这些哲理性内容中，有关军事心理学的描写更是引人注目。

军事题材的文学作品，不止于描写战场情形，而着眼于兵法，着眼于军事心理学，当自《左传》始。晋楚城濮之战前的谋略战就含有深刻的军事心理学内容。余如长勺之战、鄢之战等很多战役皆然。这一传统也表现于《史记》的战争描写中，如司马穰苴、孙膑、王翦、田单等人的用兵。这些对罗贯中无疑是有影响的。而罗贯中本人又是

"有志图王者",不得其时而"传神稗史"(王圻《稗史汇编》)。故作品中人物的斗智竞谋,往往似有罗贯中本人的影子投射其中,故而写得分外生动、机智。

我国古代并无军事心理学的名目,但很多兵法书中都论及有关的内容,如唐李靖云:"攻者不止攻其城,击其阵而已,必有攻其心之术焉。"❶ 宋张预云:"心者,将之所主也。夫治乱勇怯,皆主于心。故善制敌者,挠之而使乱,激之而使惑,迫之而使惧,故彼之心谋可以夺也。"❷ 罗贯中继承了前人的学说,运以一己之妙心,然后附会于三国之人物,写出了一系列深合军事心理学的故事情节。其中,有的是史传本有其事,罗氏加工使之丰富;有的史传无考,纯然是罗氏慧心妙笔的创造。本文拟就有关军事心理学的描写中属于作战心理、备战心理、管理心理等诸方面的典型情节,分析罗贯中的军事心理学思想。由于《三国演义》中这方面内容甚多,故概举其要。

一、富有戏剧性的反推描写

反推,是作战决策中的重要心理活动。孙子曰:"知己知彼者,百战不殆。"又曰:"夫未战而庙算胜者,得算多也。"❸ 此所谓"知"与"算"中,就包含着反推在内,而反推实属于"知"与"算"的高级阶段。了解、分析敌我双方的各种情况,是"知"与"算"的第一步;把敌我双方放到想象的战场之上,非是一般的料敌,而是料敌之料我,在此基础上进行决策,是"知"与"算"的第二步,军事心理学称为"反推"。

反推是把对抗双方料敌之心理过程在想象中进行的实践演习,是

---

❶ 李靖:《李卫公问对》,见《四库全书》子部二,兵家类。
❷ 张预:《孙子注》,见《十一家注孙子》卷中,《中国基本古籍库》。
❸ 《孙子兵法·谋攻篇》《孙子兵法·始计篇》,见《四库全书》子部二,兵家类。

决策人物在较高层面的智谋较量。我国古代兵法家阐述谋攻、计争时亦有更具体的论述,如明人何良臣《阵纪·因势篇》中讲:"是以用兵之术,惟因字最妙。或因敌之险以为己固,或因敌之谋以为己计,或因其因而复变用其因,或审其因而急乘其所因。"❶他所说的"因其因而复变用其因"与"审其因而急乘其所因"都属于反推。"其因"是敌人对我方的判断,因之、乘之,是我方反推后的决策。《三国演义》并没有类似的概念性表述,但大大小小的战役描写中,充满了反推过程的形象描述。而就其典型、准确、复杂而言,超过了古代其他的兵法著作。

《三国演义》中最典型的反推描写是华容道。赤壁鏖兵的决战前夕,诸葛亮分派诸将截杀曹兵,最后授计关羽:"云长可于华容小路高山之处,堆积柴草,放起一把火烟,引曹操来"。关羽疑问:"曹操望见烟,知有埋伏,如何肯来?"孔明回答道:"岂不闻兵法'虚虚实实'之论?操虽能用兵,只此可以瞒过他也。他见烟起,将谓虚张声势,必然投这条路。"结果正如诸葛亮所预言:曹操败退至路口,见大路平静、小路烟起,便下令走小路。诸将问:"烽烟起处,必有军马,何故反走这条路?"曹操分析说:"岂不闻兵书有云:'虚则实之,实则虚之。'诸葛亮多谋,故使人于山僻烧烟,使我军不敢从这条山路走,他却伏兵于大路等着。吾料已定,偏不教中他计!"结果,华容道撞入了诸葛亮的圈套,从而演出了关云长义释曹操这极富人情味的一幕戏。

考之史实,赤壁大战后,曹操败走华容道,只是"遇泥泞,道不通""死者甚众"云云,并无关羽埋伏及大小路的情节。至《三国志平话》始有关羽出现,但仍无大小路的斗智。围绕华容道斗智的反推描写纯然是罗贯中的虚构,是为了表现诸葛亮的军事才能,特别是军事心理学方面的见识而精心创造的。

---

❶ 何良臣:《阵纪》,见《四库全书》子部二,兵家类。

这是典型的反推战例。大路平静,小路烟起,一方要选择逃路,一方要选择设伏点,若两方都未曾料敌设谋,则自然是大路安全小路危险。此时没有反推过程,心理学称为0级反推。曹操根据兵法常规对敌人意图做了分析,得出了"虚则实之,实则虚之"的结论。他把敌手设想为和自己具有同等兵法修养的人,这是反推,但比较简单,只是"我料敌",称为1级反推,而诸葛亮则是"我料敌必如此料我",从而"虚则虚之,实则实之",他的反推多了一层,称为2级反推。在敌我双方的反推较量中,高级胜低级,诸葛亮心多一窍,故胜券在握。

罗贯中设计的另一次反推较量是空城计,也是诸葛亮的2级反推战胜了对手的1级反推。但情节曲折变幻,反推较量的多次反复则又超过华容道。这一较量是在诸葛亮与司马懿之间进行的。诸葛亮一出祁山,连战连捷,魏主不得已起用司马懿。消息传来,"孔明大惊",对马谡讲:"所患者惟司马懿一人而已。"罗贯中用略带夸张的笔法渲染了司马懿的登场,从而揭开了二人间波澜迭起、实力相当的长期反推较量的帷幕。而空城计是第一个高潮。罗贯中为了写好这个高潮,设置了两个铺垫性情节:擒孟达与失街亭。这两个铺垫也是两次小小的反推较量,诸葛亮所料与司马懿所料完全相同,都是1级反推。故司马懿很感慨地讲:"世间能者所见皆同。"作品中这一笔颇有深意,由于司马懿把诸葛亮当作了与自己智计相当的对手,故在空城计的面对面反推较量中,过于相信自己对对手的判断,以致坐失战机。司马懿兵临西城,面对意外的空城,他的心理活动是:诸葛亮平生不肯弄险,所以空城定非险招,必有伏兵在内。仍是1级反推。诸葛亮则进行了2级反推:司马懿对我的判断是谨慎,我则反其道而冒险,于是2级反推战胜了1级反推。

从作品中大量战争描写看,罗贯中特别有兴趣的是智计的较量,尤其是反推的较量。如果说是赤壁大战等情节中,反推的描写往往消融于戏剧性的文学描写之中,那纯粹的反推描写则集中在六出祁山的诸葛亮与司马懿之争。如三出祁山一役,魏蜀三度交锋,每次都是司马懿料敌设谋,而诸葛亮的二次反推破之。故作品中写诸葛亮多次讲:"司马懿之计安能瞒得过吾?""司马懿料吾……却中吾之计也。"司马懿也讲:"孔明智在吾先。"罗贯中还特意写了一个小插曲,借魏将郭淮、孙礼之口比较诸葛亮与司马懿智计之高低,把读者的注意力集中到智的较量上,而作者甚至直接以赞语方式表示有关的见解:"强中自有强中手,用诈还逢识诈人。""势弱只因多算胜,兵强却为寡谋亡。""棋逢对手难相胜,将遇良才不敢骄。"❶

在反推较量中,制胜者往往不止于静态的分析,而是主动地制造一些假象,造成对手的错觉以致错误判断,这在心理学中被称为反推控制。《三国演义》中这方面的描写也颇见精彩。华容道上的烟火、空城计中的临敌抚琴都是妙笔。余如诸葛亮与司马懿对阵于渭南,诸葛伪作粮尽退兵诱魏兵入彀,四出祁山的减兵添灶之计等皆兵法之窍要。

二、精密入微的"伐交"心战

《孙子兵法·谋攻篇》称:"上兵伐谋,其次伐交,其下攻城。……故善用兵者,屈人之兵,而非战也。"伐交有多重含义,历代注者各有发明。宋王晳的见解最具精义,曰:"间其交,使之解散。"张预则以"夺人之心"❷解之。纵览全书,《孙子》中"伐交"的一个重要含义是离间,故书中专设"用间篇",并对离间的心理战性质有所揭示。如:"三军之事,莫亲于间,赏莫厚于间,事莫密于间……非微妙不

---

❶ 《三国演义》,人民文学出版社1973年版,第150页,253页,806页。

❷ 均见《十一家注孙子》卷中,《中国基本古籍库》。

能得间之实。微哉微哉，无所不用间也。"❶《孙子》中依用间的方式分出五种类型，即因间、内间、反间、死间、生间。唐人李靖则依用间的对象而分出"间其亲"等八类。罗贯中在继承前人的基础上又加以综合变化，从而写出了一系列伐交心战的情节。大略言之，亦可分为"有为而间""无为而间""因间而间"等三类。

"有为而间"，指采取主动措施进行挑拨，使敌方分裂。《三国演义》中最巧妙的"有为而间"是曹操抹书间韩遂。韩遂、马超联兵反曹，大小数战之后，战局开始不利于韩、马，曹操将要发动致命一击。为确保彻底胜利，曹操在决战前夕设计了一个巧妙的反间计：先是在阵前与韩遂单独会见，"只把旧事细说，并不提起军情"，从而使马超"心甚疑，不言而退"。然后又亲作一书与韩遂，中多涂抹、含混处，马超见到越发疑心。最后又使曹洪当面指实，使韩遂无以置辩，终于与马超反目，而曹操乘其内讧一击成功。这件事见于《三国志·魏志·武帝纪》，不是罗氏心营意造。但罗贯中的艺术加工使本来简短一事成为复杂生动的心战战例，创造之功亦不可轻忽。为了使这一心战更典型、更完整，罗贯中虚构了三个情节：一是反间之初，曹操调遣兵马，迫使韩、马分兵拒敌，造成设疑、离间的机会；二是韩遂被疑而欲释疑，邀马超同出会曹，曹操却令曹洪出面指实了马超之疑；三是反间有效，韩、马火并，马超杀二将伤韩遂，从而被曹军乘虚而入。前两个情节不见于史传，是纯然虚构。第三个情节则与史传相悖。按《武帝纪》载，此计虽妙，不过使韩、马生疑而已，并无火并情事，而曹军获胜是"纵虎骑夹击大破之"。韩、马战败，一同逃奔凉州。而罗贯中改动史实，竭思尽虑的这一番加工，不仅使故事更生动、丰富，而且使这一计谋更加微妙精致，更富成效，使读者至此深叹阿瞒心机之深，计谋之诡，使马超无论如何也不能逃出这张精心编织的罗网。经过罗贯中的一番努力，史传中七八十字的小文章竟铺衍成了二千余

---

❶《孙子兵法·用间》篇，见《四库全书》子部二，兵家类。

字的半回书，可见他对这一计谋所灌注的兴趣与重视了。

在这半回书中，曹操始终是在主动行动着，而其要旨就是制造一系列反常的现象，借以引起对手的猜疑。看来曹操，或者说罗贯中，是深通心理变化之道了。因为从心理学的角度来讲，人们的怀疑与恐惧往往产生于对反常现象的无知。

"无为而间"是察知对方有分裂的趋势，而我方减轻压力，静以待变。《三国演义》中"无为而间"最漂亮的战例是曹操破二袁（袁谭、袁尚），这一情节也是本于史传而又精心加工而成的。《三国志·魏志·郭嘉传》载："（嘉）从讨谭、尚于黎阳，连战数克，诸将欲乘胜遂攻之。嘉曰：'袁绍爱此二子，莫适立也。……急之则相持，缓之而后争心生。不如南向荆州若征刘表者，以待其变。变成而后击之。可一举定也。'"《武帝纪》则有袁尚逃辽东，诸将欲击之，曹操却静以观变，遂使公孙康主动斩袁尚等来降的记载。罗贯中采纳了这两段记载，同时又有多处改写加工，比较重要的有三处：一是设谋之初不是"连战数克"，而是"连日攻打不下"。这一改动使设此伐交之谋更显必要，且体现了伐交高于攻战的军事思想。二是曹操静待辽东之变并非全出己意，而是郭嘉临终留下的密封妙计。这一虚构富有戏剧性，增加了计谋的神秘感，并唤起读者的充分关注。三是写袁尚入辽东前后，公孙康与袁尚各自心怀鬼胎，彼此算计的情形。这一段写得很细，系史传所无，而通过细微的描写，表现出使用"无为之间"须对敌人心理有十分准确之把握。

"无为而间"，看似无为实则有为。正如孟子所云："无敌国外患者，国恒亡。"当敌手面对着趋避选择的动机冲突时，我方以无为的姿态减掉敌手对所避的心理压力，一心于所趋，便为我方造成可乘之机。当然，正如罗贯中所描写的，这是建立在对敌手心理的把握上。

"因间而间"的典型描写则属人们熟知的蒋干盗书。蒋干本是曹操说降周瑜的"间谍"，周瑜佯做不防，使其窃伪书回报，骗得曹操杀了蔡瑁、张允。这段故事也是罗贯中生花妙笔的创造物。《三国志》裴注中只有蒋干游说周瑜，不遂而归，没有盗书等情节。罗贯中在编造这一戏剧性情节时，准确地抓住了这类反间计的关键：佯做不知对方身份，利用敌人潜在嫌隙。作品中描写周瑜伪作疏狂之态，假装酣醉，又佯作警觉，皆花费了很多笔墨，用生动丰满的形象把这一伐交战例表现得淋漓尽致。皇太极曾仿此而设计杀了劲敌袁崇焕，足见罗贯中智计之高明。

纵观《三国演义》全书，大大小小的伐交心战计数十例，写得千姿百态，颇见罗贯中在这方面的见识与想象力。但大要而论，不出上述几种类型。而其设谋及描写，亦有共同之特征。如：离间计的描写揉于情节发展之中，并与人物形象相关联。书中使用离间计最多、最巧妙的是曹操，什么"二虎竞食"之计、"驱虎吞狼"之计，全是曹操纵横捭阖于群雄之中的克敌制胜法宝。反之，刘备与离间计则无缘，智计过人的诸葛亮也很少在这方面显手段，偶一用之，如一出祁山前离间曹睿与司马懿，也是简简单单，质朴无华。看起来，罗贯中虽然重视伐交之功效，却又似乎有憾于其中的诡诈，故把这方面的描写集中于诡诈成性的曹操身上。又一共同特征如：罗氏所写离间计多含有对敌人心理状态的分析，通过分析找到敌方潜在的裂痕再用间，从而突出了伐交"心战"的性质。

三、风险判断的决策心理

《三国演义》中写道不少关键性的决策。于一计兴邦、一计丧邦之际，既刻画出决策者的性格、心理素质，也表现出罗贯中的决策心理观。

决策，是军事心理学研究的重要内容。决策是建立在风险判断之上的，而风险判断往往体现出决策者心理素质的特征。例如，在无风险获小利与有风险获大利之间抉择,经实验统计,大多数人选择前者,表现出趋利决策的保守倾向;在不可免的小损失与可免的大损失之间抉择,大多数人选择后者,表现出避害决策的冒险倾向。而在这两类决策中,作出与众不同抉择的,往往性格、经历也异于常人。

在袁、曹官渡决战中,罗贯中用对比的手法写了袁绍、曹操在决策中截然不同的表现。在战前,袁绍一方面不把曹操放在眼里,另一方面对关系存亡的伐曹之策,却彷徨无定;而曹操则一开始就定下决战决胜的大计。两军对垒于官渡之后,七万曹军对抗七十万袁军,形势很危殆。曹操问计于荀彧,彧献计曰:"此用奇之时,断不可失。""曹操得书大喜",遂下决战之计。实际上,这个计划风险度是很大的,正如荀彧所讲:"若不能制,必为所乘。"故是奇计而非正计。结果大获全胜,奠定了曹魏政权的基础。与此同时,许攸献奇计于袁绍,袁绍若采纳,虽无十分把握,但如成功,曹操将一败涂地,袁绍却充耳不闻,结果坐失战机。袁绍的决策心理是常人类型的,即趋利的保守型。这与全书中袁绍"庸碌"的性格基调是一致的。曹操的心理则属冒险型(或称进取型),也和他的一代"奸雄"形象相合。而二者决策心理放到一起,对比写来,作者是有用意的。从中可以看出作者的决策心理观:"色厉胆薄,好谋无断;干大事而惜身,见小利而忘命:非英雄也。"❶

《三国演义》所写诸葛亮的战略决策有两次,一是未出茅庐定鼎足三分之策,一是六出祁山伐魏之策。前一决策虽含军事因素,但主要是对政局大势的筹划,是诸葛亮毕生得意之作,故作者极口称赞:"孔明未出茅庐,已知三分天下,真万古之人不及也!"后一决策是纯军事性质的,史家颇有歧见,褒贬不一。罗贯中在作品中多次提到这一决策,虽未正面评论,却透露出自己的倾向。

《三国志·蜀志·魏延传》载:"延每随亮出,辄欲请兵万人与亮异道会于潼关,如韩信故事。亮制而不许,延常谓亮为怯,叹恨己才

---

❶ 罗贯中:《三国演义》,人民文学出版社1973年版,第175页。

用之不尽。"裴注引《魏略》说明此事,魏延反对稳扎稳打的祁山战略,主张两路并进、奇兵突袭。而诸葛亮的态度是:"以为悬危,不如安以坦道,可以平取陇右,十全必克而地无虞。"诸葛亮的这一决策心理是典型的趋利保守型。陈寿虽对孔明景仰钦佩,对此也是有微词的。"治戎为长,奇谋为短,理民之干优于将略。"其中就隐含有对祁山决策的批评。但司马光、胡三省等人不以为然,认为魏延之计是"乘险侥幸"。至于《三国演义》,由于明显地神化诸葛亮,贬斥魏延,故在这个问题上的描写,给读者的表面印象也是赞同祁山决策的。但细读来,作者却是别有看法的。

第九十二回关于北伐战略决策的描写几乎全抄《魏略》。孔明认为魏延之计"非万全之策","遂不用"。这里无明显轩轾之意,但让魏延充分表述了意见:"丞相兵从大路进发,彼必尽起关中之兵,于路迎敌,则旷日持久,何时而得中原!"至孔明三出祁山而无功,第四次兴兵时,作者写了一段魏延的牢骚:"丞相若听吾言,径出子午谷,此时休说长安,连洛阳皆得矣!今执定要出祁山,有何益耶?"这是罗贯中的虚构,主旨在写魏延的桀骜不驯。但于此时重提决策之争,似对祁山决策若有隐憾焉。更能表明作者观点的,是九十五回司马懿的旁观之言:"诸葛亮平生谨慎,未敢造次行事,若是吾用兵,先从子午谷径取长安,早得多时矣。他非无谋,但怕有失,不肯弄险。"这段话亦属作者虚构。很明显,是罗贯中借以分析诸葛亮的决策心理,并婉转地表达了对趋利决策中求万全、避风险的保守心理的批评。

要之,罗贯中注意到了决策人物心理素质对决策的影响,而通过作品中人物的表演,也透露出他对趋利决策的进取倾向。

四、治军先治心的管理观念

管理心理学是军事心理学的一个分支,关于这方面的内容在《三国演义》中也有很多描写，比较突出地体现出罗贯中治军先治心的管理观念。

《孙子兵法》开卷列用兵必察五事，首推统帅之道，曰："道者，令民与上同意也。故也，故可以与之死，可以与之生，而不畏危。"张预注曰："以恩信道义抚众，则三军一心，乐为其用。"贾林注曰："将能以道为心，与人同利同患，则士卒服，自然心与上者同也。使士卒怀我如父母，视敌如仇雠者，非道不能也。"❶罗贯中很重视这些治军治心的思想，在作品中通过形象化的方式，将其体现到诸葛亮等统帅人物身上，借以塑造出高低有别、性格各异的帅才。

写诸葛亮治军治心，花费笔墨较多的有两个情节：挥泪斩马谡、卤城破凉兵。前者是流传最广的三国故事之一。这一情节虽有史实作依据，但罗贯中为了突出诸葛亮治军治心的思想，在"挥泪"上着力渲染：先是马谡"泣曰"，"言讫大哭"；继而"孔明挥泪"，"流涕而答"，"大哭不已"；最后，"大小将士，无不流涕"。蜀营这一片哭声使上下同心，由失败的沮丧转向了哀痛。接下去，诸葛亮亲祭马谡，加意抚恤，坚持自贬，更是赢得将士之心。"诸将皆服其论"，"惜军爱民，厉兵讲武"，为再伐中原打下了基础。卤城破凉兵的记载见于裴注所引郭冲《五事》，而裴松之有详细考辨，结论是"乘剌多矣"。罗贯中明知"乘剌"而采用，并改写以避其与下文矛盾之处，可见是很欣赏这一情节的。在这段描写中，蜀兵前后士气的变化很明显。正当换班当归的蜀兵"收拾行程"时，雍凉魏兵二十万来袭（这里原作有疏漏），"蜀兵无不惊骇"。而诸葛亮体恤人情，断然拒绝停换助战的建议，"传令教应去之兵，当日便行"。于是，"众军闻之，皆大呼曰：'丞相如此施恩于众，我等愿且不回，各舍一命，大杀魏兵，以报丞相！'""众兵领命，各执兵器，欢喜出城，列阵而待。""蜀兵一拥而进，人人奋勇，将锐兵骁"，"奋力追杀"。由惊骇转为欢喜，转为奋勇，

---

❶ 均见《十一家注孙子》卷上，《中国基本古籍库》。

使局势转危而安,全在于诸葛亮的一个姿态一席话。这似乎有些夸张,但在作者笔下却显得入情入理,因为与诸葛亮一贯的惜军爱民作风相一致。而略带夸张的士气转变则有助于突出诸葛亮把握、控制军队心理的能力。

《三国演义》中,另一个治军治心的高手是曹操。在作者笔下,他治心的能力不逊于孔明,但二人治心之道却迥然相反。孔明治心的基础是以德化人,而曹操则是以诈驭人,像望梅止渴、借首安众,都是有名的诈术之例,而最典型的是征张绣途中的割首代发:曹操为了"服众",先是假意自刎,然后以剑割发,"传示三军","于是三军悚然,无不懔遵军令"。从效果看,曹操"治心"之术也是成功的,故作者以诗论之:"十万貔貅十万心,一人号令众难禁,拔刀割发权为首,方见曹瞒诈术深。"虽为诈术,亦可约束军心。作者对曹操之诈,从道德上是批判的,从效用上则有几分欣赏。这大约与唐宋以还某些兵法理论的影响有关。如宋人孟氏注《孙子》,对上述统帅之道解释为权术,认为"用兵之妙,以权术为道","故其权术之道,使民上下同进趋,共爱憎,一利害","百万之众,其心如一,可俱同死力动,而不至危亡也"。也许在事实上,此类治心之术(包括诸葛亮所为)皆含不同程度的权术成分,所以罗贯中对阿瞒这一类行为,并不十分反感,而是作为勾画奸雄形象的有力一笔。故毛纶父子在曹操祭大宛马一节后批:"奸雄可爱!""不是为马,正欲感人。得将士心惯用斯法"。相反的一例是,当写道同样性质的"刘备摔孩子"时,由于作者要借此写出纯然的忠厚长者,结果南辕北辙反而显得诈伪了。

《三国演义》中涉及军事心理学的描写还颇有一些,如疑兵计、激将法等,限于篇幅,不拟俱述。通过以上分析,既可以对作品的丰富内涵有进一步的认识,或许也能够带来某些益智的启示。

《三国演义》毛批考辨二则

一、毛纶、毛宗岗及杭永年

毛批《三国演义》在小说史与小说批评史上的地位，近年来逐渐受到重视。但是，它究竟出于何人之手，其实还是一个悬案。

综观近年研究小说评点的文章，多承旧说，认为毛批出于毛宗岗之手，叶朗先生的《中国小说美学》可为代表。该书第四章标题即为《毛宗岗的小说美学》，其中讲："毛宗岗的父亲叫作毛纶，字德音。据记载，毛纶曾对《三国演义》作过笺注的工作。毛宗岗的评点是否利用了他父亲的成果，已经不得而知。认为毛纶笺注过《三国演义》，而《三国演义》的修订与评点系毛宗岗所为，二者不是一回事。《花朝生笔记》引《坚瓠补集》："毛德音先生纶，……有三国笺注、琵琶评行世。"然后断定"二书已不传"，显然以为"笺注"与流行的评点并不相关。与此相似的观点也见于《辞海》（一九七九年版）之中，文学分册"毛宗岗"条："清初小说评点家。字序始，长洲人。曾评刻《三国演义》，将罗贯中原本加以修订。"主旨与叶说相同。

这种观点由来有自。晚清邱炜萱《菽园赘谈》已有"《三国演义》是茂苑毛序始手批"的说法。其后，鲁迅先生的《中国小说史略》及胡适《中国章回小说考证》也持此说。于是，这个问题几成定谳。但是，其中有两个疑点始终没有澄清：一是清代坊刻《三国演义》，卷首大多题署"声山（即毛纶——今按）别集"，有的本子，如乾隆三十四年世德堂本扉页题"毛声山评三国志"，同治二年聚盛堂本扉页题"毛声山批点三国志"。二是清代坊刻本卷首还多有"圣叹外书"及"吴门杭永年资能氏定"的题署。刘廷玑《在园杂志》且有"再则《三国演义》……杭永年一仿圣叹笔意批之，似属效颦，然亦有开生面处。"同一评点，似又有金、杭二氏染指。可见，毛批的作者问题仍有探索的余地。

实际上，《三国演义》的修改与评点主要出自毛纶之手。

毛纶在《第七才子书》(《琵琶记》)的总论中讲："罗贯中先生作《通俗三国志》，共一百二十卷，其纪事之妙，不让史迁，却被村学究改坏，予甚惜之。前岁得读其原本，因为校正，复不揣愚陋，为之条分节解，而每卷之前，又各缀以总评数段。且许儿辈亦得参附末论，共赞其成。书即成，有白门快友，见而称善，将取以付梓，不意忽遭背师之徒，欲窃冒此书为己有，遂使刻事中搁，殊为可恨。今特先以《琵琶记》呈教，其《三国演义》一书，容当嗣出。"

这段话把问题讲得很清楚：第一，毛纶托言古本，对《三国演义》进行了全面的修订加工，包括文字的润饰（所谓恢复"纪事之妙"）、回目的整理等。而由于他托言古本，自称"校正"，所以有了后人的"笺注"之说。第二，毛纶在修订加工的同时，对全书作了评点，回前总评多出其手。而毛宗岗只是被允许"参附末论"。第三，曾有某门徒"窃冒"此修订评点本为己有，以致引起一些纠纷，使毛纶的刊刻工作受阻。

毛纶后半生以评点为精神寄托。浮云客子讲："（毛纶）不幸两目失视，乃更号声山，学左丘著书以自娱。"❶ 毛纶也自述其评点情况道："予之得见《琵琶行》，虽自幼时，然尔时不过记其一句两句吟咏而已。十六七岁后，颇晓文义，始知其文章之妙乃至如此。于是日夕把玩，不释于手，因不自量，窃念异日当批之、刻之，以公同好。不意忽忽三四十年，而此志未遂。盖一来家无余资，未能便刻，二来亦

---

❶ 清雍正成裕堂刊《第七才子书》序。

身无余闲，未暇便批也。比年以来，病目自废，掩关枯坐，无以为娱，则仍取《琵琶记》，命儿辈诵之，而后听之以为娱。自娱之余，又辄思出以公同好。由是乘兴粗为评次。我口说之，儿辈手录之，既已成帙，将徐为剞劂计。"❶ 与前引文相参照，可以知道，毛纶评点《三国演义》与《琵琶记》是在双目失明之后，年纪约在五十岁至六十岁之间。评点工作是在极端困难的条件下进行的，由毛宗岗诵读，毛纶即兴口述评论意见，再由毛宗岗记录下来。然后，毛宗岗将自己的看法附在后面。这样执着地从事小说、戏剧评点，只有金圣叹才能与之相比。

又，《第七才子书》总论写于康熙乙巳、丙午之间，其时毛纶年纪当接近于六十岁（据上文，十六七岁又过三四十年，再加上数年评点、刊刻）。而金圣叹前此四年遇难时五十四岁，因而可知毛纶与金圣叹年齿相近。关于毛纶的生平，其材料不多。我们只知道他在当地文坛有一定声望，本名纶，字德音，大约在五十岁前后双目失明，乃更号为声山。《坚瓠补集》收有他六十岁时汪啸尹的祝寿诗，其中两首云："两字饥寒一腐儒，空将万卷付嗟吁。世人不识张司业，若个缠绵解赠珠。""久病长贫老布衣，天乎人也是耶非！止余几点穷途泪，盲尽双眸还自挥。"据称，"四诗（原为四首——今按）绝非祝嘏常套，先生所以独喜之欤。"可见，这两首诗所描写的"久病长贫"的生活，自负才学而又终生不偶的命运，都是毛纶一生的真实写照。

至于毛纶的思想倾向，由《三国演义》《琵琶记》的评点可以看得很清楚。《琵琶记》开场有一段副末念白："不关风化体，纵好也徒然。"李卓吾批道："丑！便妆许多腔。"而毛纶则批道："作传奇耳，却说出风化二字。""所以胜人处在此。"两种观点针锋相对。在这方面，毛纶完全立足于封建正统的文学思想，看重封建伦常，主张以小说、戏曲进行教化，而从毛批《三国演义》全书看，这可说是他评点工作的主要倾向。

---

❶ 清雍正成裕堂刊《第七才子书》总论。

毛纶所提到的背师之徒窃稿冒名一事，也很值得注意。此事当别有缘故，否则不至于阻碍了书稿的刊刻。毛纶对此十分气恼，在《第七才子书》总论中一再提及："予因叹高东嘉《琵琶记》与罗贯中《三国演义》皆绝世妙文，予既皆批之，则皆欲刻之，以公同好。而一则遭背师之徒而中搁，一则遇知音之友（指蒋新——今按）而速成""予固不足论，独念罗贯中何不幸而遭彼背师之徒"，等等。这个背师之徒是谁，毛纶没有明言。除却不为已甚的因素外，恐怕对方亦执有相当的理由，此亦一是非，彼亦一是非。据情理推思，很可能这个"背师之徒"也参与了《三国演义》的修订工作，否则无缘无故"窃冒"乃师的作品，而其师竟无可奈何，反受其制，则不可理解了。诚如是，这个"背师之徒"不是别人，应该就是那个不见首尾的神秘人物杭永年。所以，毛纶在世时，师徒龃龉，该书未能刊行。毛纶去世后，由毛宗岗主持刊行，署名上搞了个"折中方案"，题作：

圣叹外书　茂苑毛宗岗序始氏评
声山别集　吴门杭永年资能氏定

把参与其事的三个人都列到了上面。当然，要完全证实这一假说，还需要继续做工作。但在目前所能挖掘到的材料基础上，这一假说对解释种种矛盾现象似乎还算圆通。

关于毛宗岗的生平，材料同样不多。浮云客子在《第七才子书序》中称赞他"予喜其能读父书，以为有子若此，尊人虽失视，可无憾焉"。可见他继承家学渊源，而且是毛纶的一个不错的助手。他与褚人获为好友，《坚瓠集》收有多篇他的文字，如《戒角文》《猫弹鼠文》《咏鹙鹤茧鹤》《诗隐美女》《焚书自叹》等，《坚瓠三集》并由他作序。除这篇序言外，其余多为游戏文字，如康熙三十九年住宅失火，所藏书籍俱焚，他作《临江仙》词云："焚砚虽然常发愤，并书焚去堪伤。从今遭闷更无方，将何来下酒，一斗竟荒唐。"看来也还有些疏狂意态。

二、金圣叹序文辨伪

毛批《三国演义》前冠有一篇序，署名为"时顺治岁次甲申嘉平朔日，金人瑞圣叹氏题"。这篇序言，学术界或断为伪托，或存疑，但大多未作深论。今特从思想观点与题署两个方面来稍加辨析，以彰作伪之迹。

就思想观点而言，这篇序言有两点与圣叹一贯的见解相左。其一，金圣叹极力推崇《水浒传》，贬低《三国演义》。他认为："(《水浒传》)有许多胜似《史记》处。若《史记》妙处，《水浒传》已是件件有。"而"《三国演义》人物事体说话太多了，笔下拖不动、趁不传，分明如官府传话奴才，只是把小人声口替得这句出来，其实何曾自敢添减一字。"[1]而序言中却讲："(余)忽于友人案头见毛子所评《三国志》之稿，观其笔墨之快、心思之灵，先得我心之同然，因称快者再，而今而后，知第一才子书之目，又果在《三国》也。"《三国演义》命名为"第一才子书"，已隐然含有压倒《水浒传》之意。况且毛纶父子在《读三国志法》中又明言"读《三国》胜读《水浒》"，金圣叹怎么会"得我心之同然"呢？其二，金圣叹小说观的一个重要方面，就是肯定虚构，反对实录，提倡艺术创造。如《读第五才子书法》讲："某尝道《水浒》胜似《史记》，人都不肯信，殊不知某却不是乱说。其实《史记》是为文运事，《水浒》是因文生事。以文运事，是先有事生成如此，却要算计出一篇文字来，虽是史公高才，也毕竟是吃苦事。因文生事即不然，只是顺着笔性

---

[1] 金圣叹：《金圣叹全集》之《读第五才子书法》，凤凰出版社2008年版，第29页。

去,削高补低都由我。"这种观点不是金圣叹偶一言之,而是他批点《水浒传》的基本指导思想。而序言中却大唱反调:"近又取《三国志》读之,见其据实指陈,非属臆造,堪与经史相表里。由是观之,奇文莫奇于《三国》矣。"这种提倡实录的观点是《三国演义》毛批的基本立足点,是与金批最明显的理论差别。毛纶讲:"《水浒传》题目不及《三国志》。……《水浒传》所写萑苻啸聚之事,不过因宋史中一语,凭空捏造出来。既是凭空捏造,则其间之曲折变幻,都是作者一时之巧思耳。若《三国志》所写帝王将相之事,则皆实实有是事,而其事又无不极其曲折、极其变幻,便使捏造亦捏造不出。此乃天地自运其巧,凭空生出如许奇奇怪怪之人,因做出如许奇奇怪怪之事也。"❶这实际就是在批驳金圣叹的《读第五才子书法》。序言的那段话正是由毛纶这种观点化出,自非圣叹所为。

而且,伪托者为了掩盖"第一才子"与原有的"六才子"成说的矛盾,两次提到"近又取《三国志》读之",试图造成一种印象,仿佛金圣叹之所以排定《庄子》《离骚》《史记》《水浒传》《西厢记》,以及杜诗为"六才子书",是当时未见到《三国演义》。可是,如前所引,金圣叹明明在《读第五才子书法》中已将《三国演义》与《水浒传》做了对比。伪托者这种掩盖适足彰明其作伪的用心。

就题署而言,疑点有三:其一,清兵占领苏州是在乙酉年六月,甲申年腊月(即"嘉平"——今按)苏州尚在南明小朝廷(福王)控制下,题署不应是"顺治岁次甲申"。其二,据廖燕《金圣叹先生传》,金圣叹系"鼎革后更名人瑞"。甲申年清兵尚未下江南,署名当为金采。其三,由前引材料看,毛纶评点《三国演义》在康熙初,上距甲申有二十年左右,金圣叹当时是无缘看到这个未出世的产品的。

从这些疑点看,这篇序言实为刊行之时所伪造,却把题署时间上推了数十年。伪造这篇序言的目的自然是为了借助金圣叹的名气来招

---

❶ 清雍正成裕堂刊《第七才子书》总论。

徕读者,于是,在毛批《三国演义》上便莫名其妙地出现了"圣叹外书"的题署。至于伪托者,似乎非毛宗岗莫属了。

附带提几句,毛宗岗与金圣叹有交往。《国朝三邑诸生谱》载:顺治八年毛宗岗经岁试入长洲县学,与金圣叹为同窗学友。且金圣叹曾写信给毛宗岗,讨论律诗分解的问题,并要他"得便过我,试取唐律细细看之。"❶似乎二人关系还挺密切。明人喜伪托,小说评点中此风尤甚。由毛宗岗事观之,清代初期这种习气尚有流风余韵也。

---

❶ 金圣叹:《与毛序始》,见《金圣叹选批唐诗》(附录"圣叹尺牍"),浙江古籍出版社1985年版,第524页。

"寻租"文学书写之滥觞（外三题）

《金瓶梅》一书，形象鲜活之人物，首推潘金莲，其次西门庆，其余李瓶儿、应伯爵、孟玉楼等，论之者皆夥颐。而一些作者落墨不多，甚或寥寥数笔的人物，往往为论者忽略。殊不知，其中也颇有意味深长、别具特色者，如蔡御史，如王招宣，如李衙内等。人弃我取，特分说如下。

千古"寻租"第一人——蔡御史论

首先说明，这个"第一人"指的是在中国文学形象的长廊中，最早的具有典型意义的"寻租者"。

《金瓶梅》情节的主干是西门庆的发家史。和主干紧紧缠绕在一起的是以潘金莲为主的妻妾们的命运史。如果把《金瓶梅》比作一棵大树的话，主干是西门庆的发家和纵欲，枝干是那些女性的命运，另外还有枝干上附着的大量小枝小叶——包括西门家族的亲友和婢仆，以及帮闲、伙计等。这样就把这个大商人、高官、富豪、恶霸的大家庭写得有血有肉。而这棵大树是与其赖以生存的生态环境息息相关的，也就是说西门的家庭生活离不开社会活动。于是作者写官场。

为什么会有这本书？作者创作目的何在？是为了暴露官场而写西门的家庭，还是为了西门的家庭而涉及官场？这几乎是个鸡生蛋、蛋生鸡的无解问题。因为作品中对官场的刻画太用心了，和对西门家庭生活所用的力量毫无差别。笔者认为作者和官场必有很密切的关系。作者虽然不是一个高官（不倾向于王世贞所作），但必定是一个与官场距离很近的观察者。所以他的观察十分细致和透彻，尤其是对官场"寻租"现象的描写，入木三分，若不是有某种亲身经历绝写不出来——"寻租"，虽然是一个现代才有的名词，但是用来概括此书一些核心性内容却毫不牵强。

"寻租"这个词用于政治经济学领域，是在20世纪70年代，主要意思是：在不合理的政治制度下，某些特权脱离制约，利用行政力量造成产生超额经济利润的机会；而在此吸引下，企业家、商人等以行贿的手段得到这些机会，从而以非市场方式获利，导致收入的不合理分配。这种官商勾结扭曲市场的行为便称为"寻租"[1]。当然，在经济理论界，这个概念还有广义、狭义之分，而在此我们不去细究。人类历史已经证明，封建特权与商品经济的遇合，则是"寻租"现象的最佳温床。

由于我国的史学传统注重帝王将相的家谱，所以对社会经济活动的记载往往轻轻带过。在这样的情况下，野史、笔记，乃至通俗小说反而承担了保存经济史料的重要责任。而在这方面，《金瓶梅》可以说是最有价值的一部。尤其是关于明代后期，一方面是商品经济的急剧膨胀；另一方面是吏治的加速败坏，新兴的商人阶层出于逐利的本能，想方设法取得权力的庇佑，而官场的风气又使"出让"权力成为共同的潜规则。这些，在所谓"正史"中很难看到的情状，却在《金瓶梅》中成为作品重要的组成部分，有相当生动、细腻的描写。

蔡御史的形象就在数次"寻租"过程中逐渐丰满起来。

第三十六回，写一个名叫蔡蕴的寒家子弟中了状元，立刻认太师蔡京做了干爹。蔡状元要回乡，太师的管家翟谦就提醒他可以顺路结交西门庆：

---

[1] 参见邹薇：《寻租与腐败：理论分析和对策》，载《武汉大学学报》2007年第2期。

"寻租"文学书写之滥觞(外三题)

翟谦已预先和他说了:"清河县有老爷门下一个西门千户,乃是大巨家,富而好礼。亦是老爷抬举,见做理刑官。你到那里,他必然厚待。"❶

这层关系前面也有伏笔:翟谦曾经委托西门庆给自己买了一个妾,西门庆由此搭上这条线,便上京给蔡京送礼。正好皇帝给了蔡京几个空头委任状,蔡京就把本是一介平民的西门庆封了五品理刑副千户——这也是一次权力的交易,不过不是直接与商业活动关联;由于这层关系,西门庆也就算是出于太师门下了。这里有趣的是翟谦为此写给西门庆的信:

新状元蔡一泉,乃老爷之假子,奉敕回籍省视,道经贵处,仍望留之一饭,彼亦不敢有忘也。

这一句"彼亦不敢有忘也",提醒西门庆投资是有回报的,把此事的钱权交易性质点得明明白白。

于是,蔡蕴拉着同行的安进士就来到了西门庆家里,西门庆竭尽所能地招待,令其喜出望外,临别时还各送厚礼:

蔡状元是金缎一端,领绢二端,合香五百,白金一百两。安进士是色缎一端,领绢一端,合香三百,白金三十两。

在《明史食货志》中,身为正一品的宰相一个月的工资是 87 石

---

❶ 以下六段引文见于《金瓶梅词话》第三十六回,人民文学出版社 1985 年版,第 449–455 页。

米❶，一石米在万历年间折合成现金大约是 7 钱银子，也就是说当时宰相理论上的"月工资"还不到 80 两银子。由此可见西门庆的"大方"了。

这里作者还使用了反讽的手法。蔡状元和西门庆在其府上宴会，请人唱曲，内容大都是讲人伦道德。他们也一本正经地高谈阔论。可是，转眼间酒罢宴散，他们私底下干些什么呢？

> 原来杭州人，喜尚男风，（安进士）见书童儿唱的好，拉着他手儿，两个一递一口吃酒。

西门庆投其所好，特意安排这个书童"答应"安进士安歇。西门庆的曲意逢迎由此可见一斑。这番盛情令两位新贵十分感动，不住口地谢道："此情此德，何日忘之！""倘得寸进，自当图报。"但是，可以看出，刚刚踏入官场的蔡蕴，胆子还不够大，门道还不够精。例如，他初到西门宅的花园，作品描写：

> 以目瞻顾西门家园池花馆，花木深秀，一望无际，心中大喜，极口称羡，夸道："诚乃胜蓬瀛也！"

"一望无际"云云，很有些刘姥姥进荣国府的味道。西门庆即便豪富，花园也到不了这样"无际"的程度。"无际"是寒家子弟蔡蕴眼中所见，所以才会"极口称羡"。作者看似无意的"称羡"二字，真切写出骤贵未富的蔡蕴心态，也预示了后面他的"寻租"的行迹。"胜蓬瀛"云云，虽是场面上的套话，但也显示出有意讨好的心理，显示出他初入官场的青涩。

后面一个细节把这种青涩渲染得更加醒目。西门庆盛宴款待之

---

❶ 《明史·志五十八·食货六》，中华书局 1974 年版，第 2003 页。

后，给了蔡蕴的随从赏钱，留下他和安进士下棋听唱吃酒，吃到掌灯时分，西门庆始终不提送礼的话头，蔡蕴便沉不住气了，作品写道：

> 二人出来更衣，蔡状元拉西门庆说话："学生此去回乡省亲，路费缺少。"西门庆道："不劳老先生吩咐。云峰尊命，一定谨领。"

沉不住气，又无他法，只得张口讨要，大失"状元"体面。这种"没见过世面"的做派，还表现在见到西门庆礼物之后"受宠若惊"的表态上："何劳如此太多！""此情此德，何日忘之！""倘得寸进，自当图报！"

这一回是刻画蔡蕴的第一笔，也是描写"寻租"活动的第一个环节。从西门庆的角度看，是他在"寻租"老手翟谦指教下的自觉"投资"；从蔡蕴的角度看，则是官场新手开始进入"潜规则"逻辑轨道的"领悟"过程。

到了第四十九回，西门庆当年的"投资"果然就有了回报，而蔡状元则经过不到一年的官场历练，应对此类事情已由青涩进于圆融。

这个时候，新科蔡状元已经摇身一变，成为巡盐御史到江南巡查盐政，路过山东。"那时，东平胡知府，及合属州县方面有司军卫官员、吏典生员、僧道阴阳，都具连名手本，伺候迎接。帅府周守备、荆都监、张团练，都领人马披执跟随，清跸传道，鸡犬皆隐迹，鼓吹迎接。"西门庆更是先行而动，让家人出郊五十里迎接到新河口，并把蔡御史接到了自己家里。大张宴席之外，西门庆和这位御史很斯文地讨论一些"文艺"问题。

这里，作者颇用了一些皮里阳秋之笔。

一是不经意间写出蔡某的"老练"，如西门庆请蔡御史代为邀请宋巡按，为使西门庆充分"领情"，蔡特意渲染宋的固执："头里他再三不来，被我学生因称道四泉盛德，与老先生那边相熟，他才来了。"

而前文写宋巡按并无"再三不来"之事。又如宋巡按告辞后，西门庆觉得他有些冷淡，担心其遇事不肯通融，蔡御史便道："只是今日初会，怎不做些模样。"作者这里加了传神的一笔："说毕笑了。"短短四个字，写出了蔡御史对自己已经谙熟官场潜规则的得意之情。相比于前文他初入官场时青涩情状的描写，官场的污染不言而自显。

这种变化还表现在其他细节中。前次西门庆招待时，请蔡状元点曲子，蔡点的都是当时的"主旋律"——孝敬思亲之类。虽有虚伪之嫌，却也表现出装门面的一面。这次席上，蔡御史直截了当点的都是艳曲。作者未加一词，细心的读者却不难品出意味。

二是写出蔡御史在诱惑面前的丑态。西门庆为蔡御史安排了两个女子，先命她们陪酒下棋。下了两盘，蔡便声称"夜深了，不胜酒力了"，并自顾"走出外边来"。西门庆没有察觉其"急色"的心理，看了看，"月色才上"，便道："老先生，天色还早哩。"蔡只得又"立饮一杯"，随即道："今日酒太多了，令盛价收过去罢。"一副猴急的模样跃然纸上。

三是写其虚文假醋。蔡御史拿古人的风流韵事来遮掩自己内心的些许不安："恐我不如安石之才，而君有王右军之高致矣。"拿自己与一代名相谢安相比，已是大大不伦；而把目不识丁的西门庆比作王羲之，可谓荒诞绝伦了。后来，这个蔡御史忽然觉得自己的"风流"还没充分表现出来，便暗示对方索题，然后"乘兴"题写七绝一首。尾联为："邂逅相逢天未晚，紫薇郎对紫薇花。""天未晚"分明映照着前面他口口声声的"夜深了"，是不露痕迹的讽刺。

特别有意思的是，蔡御史还对西门庆讲：

> 贤公盛德盛情，此心悬悬。若非斯文骨肉，何以至此……倘我日后有一步寸进，断不敢有辜盛德。❶

---

❶ 以下四段引文见于《金瓶梅词话》第四十九回，人民文学出版社1985年版，第621–629页。

"斯文骨肉"用到西门庆身上,真是滑天下之大稽。而作者丝毫不动声色,完全是写实的笔调。而到了这个时候,"斯文骨肉"的西门庆便开始了毫不"斯文"的交易:

去岁因舍亲在边上纳过些粮草,坐派了些盐引,正派在贵治扬州支盐。望乞到那里青目青目,早些支放就是爱厚。因把揭帖递上去,蔡御史看了。上面写着:"商人来保、崔本,旧派淮盐三万引,乞到日早掣。

蔡御史是巡盐御史,负责管理盐业贩卖,比如允许何时何地可以什么样的价钱贩卖食盐等。西门庆的意思说,我这里有三万引贩盐的额度,可不可以允许我的盐比其他家的盐早几天时间上市贩卖?

这里要简单解释一下明代的食盐专卖制度❶。自明初,朝廷即实施食盐专卖。盐的生产是在朝廷的统一监督下进行,所有产品为官仓统管。商人是以粮换盐的方式从官仓获取盐货,再运往指定的地点销售。也就是"召商输粮而与之盐"。而商人以交纳粮食的"发票"换取食盐的"提货单",这个"提货单"就称为"盐引"。"盐引"上标明提货的数量与指定的销售地。可以说,这是相当成熟的专卖制度。但是,其中也有很大的腾挪空间。一是朝廷为了解决眼前的财政困难,往往不顾盐的实际产销量,多收粮食多开"发票",使得"发票"兑换不到"提货单",或是不能马上提到货,甚至有积压三五年乃至十余年的"旧引";二是每年的盐货上市的各具体环节须经主管官员批准。这样,主持盐政的官员就有了很大的控制市场的权力。到了万历四十年以后,这种专卖制度出现了很大的问题,几乎不能运转下去,

---

❶《明史·志五十六·食货四》,中华书局1974年版,第1935–1947页。

和这种权力介入市场的状况有很直接的关系。

西门庆的要求包括两个方面,一是保证他手里的"盐引"——提货单能正常提货,不要被拖延积压成为旧引,那样会损失资本的利息;二是特批提前提货,使他的盐比他人早进入市场,利用供求的不平衡牟取额外的利润。

由于西门庆先后在蔡御史身上的高额"投资",令蔡无法不回报。何况此时的蔡已深谙官场门道,于是:

> 蔡御史看了,笑道:"这个甚么打紧!""我到扬州,你等径来察院见我,我比别的商人早掣取你盐一个月。"

他的大方让贪心的西门庆都喜出望外,连说"十天就够了"。因为提前十天上市就足以大赚一笔了。

从西门庆前后两次的招待——特殊的投资,到蔡御史几次说出的报答的承诺,再到蔡御史使用权力为西门庆牟取市场竞争之外的超额利润,这一次完整的、典型的"寻租"过程就活灵活现地呈现在读者的面前了。

这里还可以说一点题外的话,在盐业史的领域内,通常认为"大量史料表明,所有这些(食盐的出售)价格都是由朝廷或朝廷命官确定的"[1]。显然,所说的"大量史料"没有包括《金瓶梅》。因为上述描写分明告诉我们,盐的价格是和市场供求有关的,是大盐商可以操纵的。

与这一"寻租"过程相纠结的,还有另一笔双重的钱权交易。

西门庆买官之后就有了两重身份,既是朝廷命官又是市场上的商人。作为商人,他需要"租借"官吏的公权力来牟利;而作为官员,他又把手中的权力"出租"给商人得到经济利益。

---

[1] 参见汪崇筼:《明清淮盐经营中的引窝、税费和利润》,载《安徽史学》2003年第4期。

商人苗青谋杀了家主，侵吞了两千两银子的货物。事发后，他把货银全给了西门庆及其情妇。西门庆就开脱了他。后来，此事曾被巡按纠弹。西门庆除了求蔡京庇护外，又想到了蔡状元（蔡御史）。正巧新任巡按宋御史与蔡御史同行。西门庆就通过蔡来买通宋。他先到蔡御史船上拜见了他，备言邀请宋御史之事。蔡御史为了报当年的恩情，也就爽快地答应了——按道理说，宋御史作为按临当地的主官，是不应有这样的私下会晤的。等到见过诸位地方官员之后，蔡御史就找到宋御史来下说辞：

"清河县有一相识——西门千兵，乃本处巨族，为人清慎，富而好礼，亦是蔡老先生门下，与学生有一面之交。蒙他远接，学生正要到他府上拜他拜。"……宋御史令左右取手本来看，见西门庆与夏提刑名字，说道："此莫非与翟云峰有亲者？"蔡御史道："就是他。如今见在外面伺候，要央学生奉陪年兄到他家一饭。未审年兄尊意若何？"宋御史道："学生初到此处，只怕不好去得。"❶

宋御史的意思是，自己是当地最高长官（代天巡狩），跑去见一个下级恐怕不太合适。蔡御史就说："年兄怕怎的？既是云峰分上，你我走走何害？"于是吩咐看轿，就把宋"挟持"到了西门府上。宋御史毕竟心有顾虑，在西门家草草吃了几口饭就要起身。西门庆想要行贿似乎都无从下手。若是直接送银子，宋御史是肯定不会收的。西门庆其实早想到这一层，当即命令手下，把两桌的金银酒器餐具，都装在食盒内，共有二十抬，叫下人送到宋御史住处。其中包括"两坛酒、两腔羊、两对金丝花、两匹段红、一副金台盘、两把银执壶、十个银酒杯、两个银折盂、一双牙箸"。宋御史正在推让间，

---

❶ 兰陵笑笑生：《皋鹤堂批评第一奇书金瓶梅》第四十九回，吉林大学出版社1994年版，第750页。

酒席已经被打包好送出门了。于是，宋御史作出不得已的样子，只好收下。等到蔡在西门家过夜、享受了"特别招待"之后，蔡御史欠西门庆的情就更多了。西门庆顺势说起这个人命官司。蔡御史爽快答道："这个不妨，我见宋年兄说，设使就提来，放了他去就是了。"后来蔡御史果然对宋御史提到这个案子，说这件案子是前任巡按留下的，你管它干什么。于是宋巡按就把这件案子一笔抹平！这个事件可说是前一个的"寻租"事件的延续，蔡御史的形象经此一次渲染，愈加复杂了。

作者对蔡御史形象不是简单地处理为脸谱化的"贪官"，而是恰如其分地多角度描绘。作者有一貌似闲笔的插曲，写西门庆纵欲亡身后，家里家外都是"树倒猢狲散"的态势，而蔡御史却到灵前祭奠，并拿出五十两银子，说是偿还当年的借贷。蔡御史为何如此，作者没有交代。但这一笔写得很自然，既非褒亦非贬，蔡的形象因此而更见丰满。

此前的文学作品写官场黑暗容或有之，写得如此确切、细致的，却是非《金瓶梅》莫属，而其中又以官商勾结的"寻租"描写最为细腻生动，最有时代色彩，也最具典型意义。蔡御史的形象虽着墨不多，却是文学长廊中十分有特色的一个，要而言之，在三个方面具有很高的艺术价值与认识价值。其一，作者纯用客观叙事的笔法，通过一系列细节的对比，写出了一个人物的变化。动态写人，这在我国古代小说中可说是凤毛麟角。其二，蔡御史身上浓缩了"寻租"官员几乎所有的元素——商人的先期"投资"，出让掌握在权力手中的商机，提供保护伞，"寻租"官员之间的权力"互借"，等等。其三，作者的讽刺、抨击都是通过客观叙事不动声色表现出来的。蔡御史的所言所行毫无丑化的痕迹，而细体味，可丑可恶可悲实无以过之。这一点可视为开《儒林外史》之先河，某些方面甚或为后者所不及。

多情谁似贾宝玉——李衙内论

"《金瓶梅》中没有正面人物",这是20世纪50年代以来十分流行的一种观点。这种看法有相当的道理,但也未免失之绝对。至少,古代最有影响的"金学家"张竹坡就有不同的意见。张竹坡认为,孟玉楼是作者最欣赏的人物形象,甚至寄托有作者自己的人生遭际与感慨。

他的理由之一是作者为孟玉楼设计了美好的收场,而这是其他人物都不能比的。在作品写道孟玉楼随李衙内远走他乡的时候,张竹坡批道:"写玉楼得所托矣。""至此方结玉楼……是即所为仁也,是即所为孝也。"❶ 且不论"仁""孝"之评是否贴切,他为孟玉楼庆幸终身有靠,所托得人的心情,还是显而易见的。

作品写李衙内和孟玉楼的姻缘,开始并不见出奇。李衙内名叫"李拱璧",是个"一生风流博浪,懒习诗书"的公子哥。他偶遇孟玉楼,看上的也不过是孟的姿色。而孟玉楼看上他,一则是其家世,"田连阡陌,骡马成群,人丁无数,走马牌楼";二则是"看见衙内生得一表人物"。孟为了终身有托,还把庚帖上的年龄改小了三岁。这些,可是说是和全书写实、批判的笔调基本一致的。

二人成亲后,感情日笃,"每日燕尔新婚,在房中厮守,一步不离"。不料好事多磨,陈经济忽生非分之想,数百里路找上门来,企图讹诈、骗奸孟玉楼。孟玉楼出于自卫,设下计策陷害了陈经济。不想计谋败露,并连累到公公李通判。这里,作品出现了一个小高潮:

这李通判回到本宅,心中十分焦燥,便对夫人大嚷大叫道:"养的好不肖子!今天吃徐知府当堂对众同僚官吏,尽力数落了我一顿,

---

❶ 兰陵笑笑生:《皋鹤堂批评第一奇书金瓶梅》第九十二回张竹坡批语,吉林大学出版社1994年版,第1537页。

可不气杀我也!"夫人慌了,便道:"什么事?"李通判即把儿子叫到跟前,喝令左右:"拿大板子来,气杀我也!"说道:"你拿的好贼!他是西门庆家女婿。因这妇人带了许多妆奁、金银箱笼来,他口口声声称是当朝逆犯寄放应没官之物,来问你要。说你假盗出库中官银,当贼情拿他。我通一字不知,反被正堂徐知府对众数说了我这一顿。这是我头一日官未做,你照顾我的。我要你这不肖子何用!"即令左右雨点般大板打将下来。可怜打得这李衙内皮开肉绽,鲜血迸流。夫人见打得不像模样,在旁哭泣劝解。孟玉楼立在后厅角门首,掩泪潜听。当下打了三十大板,李通判吩咐左右押着衙内:"及时与我把妇人打发出门,令他任意改嫁,免惹是非,全我名节。"那李衙内心中怎生舍得离异,只顾在父母跟前哭泣哀告:"宁把儿子打死爹爹跟前,并舍不得妇人。"李通判把衙内用铁索墩锁在后堂,不放出去,只要囚禁死他。夫人哭道:"相公,你做官一场,年纪五十余岁,也只落得这点骨血。不争为这妇人,你囚死他,往后你年老休官,倚靠何人?"……通判依听夫人之言,放了衙内,限三日就起身,打点车辆,同妇人归枣强县家里攻书去了。❶

这里有两个情节特别值得注意。一个是李通判痛责之狠:"雨点般大板打将下来,可怜打得这李衙内皮开肉绽,鲜血迸流。""把衙内用铁索墩锁在后堂,不放出去,只要囚禁死他。"另一个是李衙内的痴情。在生死关头,甚至还有不可知的后患(陈经济讹诈的罪名非同小可),他不顾父亲的淫威,当李通判要他"即时与我把妇人打发出门"的时候,他是:

心中怎生舍得离异,只顾在父母跟前哭啼哀告:"宁把儿子打死

---

❶ 这段引文用的版本是《皋鹤堂批评第一奇书金瓶梅》第九十二回(吉林大学出版社1994年版),与《词话》本文字略有出入。有清一代,流行的主要是这个本子。

爹爹跟前,并舍不得妇人。"

这一段文字向来未曾被研究者注意,其实颇有独特的价值。

我国封建时代,儿女的婚姻向来要由父母做主。《礼记》对此有十分详细的规定,其中就有:

> 子甚宜其妻,父母不悦,出。子不宜其妻,父母曰"是善事我",子行夫妇之礼焉,没身不衰。
>
> 子有二妾,父母爱一人焉,子爱一人焉,由衣服饮食,由执事,毋敢视父母所爱,虽父母莫不衰。❶

《大戴礼》则把"不顺父母"列为"七出"的第一条❷。

这里的规定非常之严酷:明明是夫妻"甚宜",但只要是"父母不悦",便不带任何条件地——"出。"其中没有丝毫回旋的余地。第二条虽说的是侍妾,但对前者也有强化的意味。因为"父母爱一人,子爱一人"的对比效果十分强烈,于是突出了当事人情感的完全无价值。为《礼记》作注的金华应氏阐发道:

> 妾,虽吾所甚爱,不敢与父母所爱者敌;妻,虽吾所甚宜,不敢以父母不悦而留……妻、妾,吾所亲昵,亦唯父母是听——知有亲,而不知有己也。❸

"不知有己",揭示出一个残酷的事实:在礼法之下、在父母面前,个人主体地位是彻底丧失的,夫妻感情是没有任何意义的。

---

❶《礼记·内则》,见《新刊四书五经·礼记集说》,中国书店1994年版,第238页。
❷《礼记集说》所引如此,今本《大戴礼》为"七去"。二者同义。
❸ 卫湜:《礼记集说》卷六十九,四库全书本。

如此不近人情甚至灭绝人性的"礼",在两千多年里被视为天经地义,几乎没有遇到过挑战。即使是歌颂男女恋情的文学作品,即使突破了媒妁之言,却几乎没有胆敢正面描写子媳为情感对父母的抗争者。写这方面题材最为有名的是《孔雀东南飞》,其中描写了"父母不悦,出"的具体情形:

> 阿母谓府吏:"何乃太区区!此妇无礼节,举动自专由。吾意久怀忿,汝岂得自由……便可速遣之,遣之慎莫留!"府吏长跪答,伏惟启阿母:"今若遣此妇,终老不复取。"阿母得闻之,搥床便大怒:"小子无所畏,何敢助妇语!吾已失恩义,会不相从许。"府吏默无声,再拜还入户。举言谓新妇,哽咽不能语:"我自不驱卿,逼迫有阿母。卿但暂还家,吾今且赴府。不久当归还,还必相迎取。以此下心意,慎勿违吾语。"

在母亲"搥床大怒"之下,儿子只能"默无声",所能做的只有拿"不久当归还"的空话来安慰无辜的爱妻。诗歌以悲剧的结果来表达对专横的婆母的谴责,但也只限于含蓄地质疑而已。

在现实的生活中,类似的悲剧不知发生了多少,绝大多数都湮没无闻了。流传下来的都是借助于文学的力量,如陆游的《钗头凤》、沈复的《浮生六记》等。这些脍炙人口的作品,虽然写出了动人神魂的悲剧,但男主人公都是在礼法威压下退缩了,把沉重的悲剧命运放到了女性一人身上,最终把她们压垮。戴震讲"上以理责其下,而在下之罪,人人不胜指数。人死于法,犹有怜之者;死于理,其谁怜之?"[1]正是揭示出个人在这种悲剧宿命面前的无奈。

在这样的背景下,观照《金瓶梅》塑造的李衙内形象,其价值就很明显了。他为了自己的感情,正面反抗父亲,不仅反抗,而且是在

---

[1] 戴震:《孟子字义疏证》,见《戴震集》,中华书局1980年版,第275页。

自己遭受酷刑，面临性命之忧的情势下——这样的形象，此前的文学作品中从未有过。同时，作者对这样的形象，这样的举动，显然是同情的，甚至可以说是赞扬的，因而为这一对苦命鸳鸯安排了光明的结尾：父亲终于退让了，二人离开是非之地，还乡继续共建爱巢。

空前，是李衙内这个形象的重要价值所在；而"有后"则是价值的另一个方面。

这所谓的"有后"，是指这个形象对《红楼梦》的影响。

李衙内形象对《红楼梦》的影响，有较为明显的，也有虽隐约但足资旁证的。最明显之处是《红楼梦》第三十三回宝玉挨打一节。宝玉为了和"唱小旦的琪官"的感情，得罪了忠顺王府，致使父亲贾政受了窝囊气，引出了痛打宝玉的激烈冲突。在下面的描写中，有这样一些细节：

> 贾政听了这话，又惊又气，即命唤宝玉来……便问："该死的奴才！你在家不读书也罢了，怎么又做出这些无法无天的事来……如今祸及于我。"
>
> （贾政）咬着牙狠命盖了三四十下。
>
> 王夫人连忙抱住哭道："……我如今已将五十岁的人，只有这个孽障……"❶
>
> （宝玉）长叹一声，道："……便为这些人死了，也是情愿的。"❷

这些细节都可以在前面引述的"李衙内挨打"段落里发现相当近似的影像。我们当然不会得出《红楼梦》模仿《金瓶梅》的简单结论，但"李衙内挨打"一节给曹雪芹留下深刻印象，影响到他的构思、写作，应该说几近定谳。

李衙内的故事影响到了曹雪芹，还可举出一些旁证。

---

❶ 《红楼梦》三十三回，人民文学出版社 2008 年版，第 440-444 页。
❷ 《红楼梦》三十四回，人民文学出版社 2008 年版，第 451 页。

一是孟玉楼嫁入李府后，李衙内原来的通房丫头玉簪瞧不起她的出身，又出于嫉妒、争锋，便骂闲街，挑衅，而孟玉楼一味容让。这一段的故事情节、人物关系，都和尤二姐嫁给贾琏后，与秋桐的关系有几分相似。

二是孟玉楼为了自保，设计陷害陈经济的情节、情境，与王熙凤算计贾瑞一段，颇有神似处。

三是李衙内的名字——李拱璧。"拱璧"即"宝玉"，如王世贞《题〈宋仲珩方希直书〉》："百六十年间，学士大夫宝之若拱璧。"这类用法历代不可胜数。

这些完全可以解释为"偶合"，尤其是"拱璧"与"宝玉"。但是，多重"偶合"叠加一起，意义就不同了。特别是就大端而言，《红楼梦》借鉴《金瓶梅》已是不争的事实。在这样的前提下，李衙内的故事，李衙内的人物形象和贾宝玉的多方面近似就不能简单视为偶合了。

在中国小说史上，李衙内本身是个甚为微末的存在，但如果瞻其前观其后，却又会发现他不容忽视的意义与价值。

栋蛀梁朽国何堪——王招宣论

王招宣是《金瓶梅》中极为特殊的一个人物：他根本没有出过场——故事开始时他已经死了，但是他的名字却几乎伴随了西门庆与潘金莲故事的始终。

关于他的情节主要内容有，第一回介绍潘金莲身世时，提到她九岁卖到王招宣府，学会了"描鸾刺绣，品竹弹丝"，"做张做势，乔模乔样"，直到十五岁离开——这一年王招宣死去。六十九回续上这一伏笔，写王招宣的遗孀林太太耐不住寂寞，与西门庆勾搭成奸。这里顺势穿插进王招宣的身世——"他祖爷太原节度邠阳郡王王景崇"，"世代簪缨，先朝将相"。接下来十分讽刺的一笔是王招宣的儿子王三官拜了西门庆做干爹。到七十八回，再写"西门庆两战林太太"，而紧接下来就是七十九回西门庆的纵欲亡身。

招宣，并不是一个确定的职官名称，而是招讨使、招抚使、宣慰使、宣谕使一类官职的泛称。之所以作品中使用这个泛称，是因为这一类官职性质相近，隶属相同，职级近似。如《宋史·职官志》载，大都督府下属有宣谕使、宣抚使、招讨使、招抚使等，"招讨使，掌收招讨杀盗贼之事，不常置。建炎四年，以检校少保、定江昭庆军节度使张俊充江南路招讨使，定位在宣抚使之下、制置使之上，著为定制"。"招抚使，不常置。建炎初，李纲秉政，以张所为河北招抚使，未及出师而废。绍兴十年，刘光世为三京招抚使，逾年而罢。""宣抚使，不常置，掌宣布威灵、抚绥边境及统护将帅、督视军旅之事，以二府大臣充。宣抚副使，不常置，掌贰使事。"❶ 显然，在宋代，这是个临时性的但位高显要的职位。

到了明代，这些名目依然存在，但实质却有了很大变化。据《明史·职官志》，天子"征行"之时，武官临时"兼领"的职衔中，"有招讨使、招安使（或云捉贼、招安、安抚使名者）"❷。而地位一般在从五品到从三品之间❸。若从作品安排的人际关系看，王招宣的地位是以明代制度为蓝本的。

至于书中所写王招宣的祖上王景崇，则是个历史上实有的人物——《金瓶梅》的一个特点就是把历史上的人物与虚构的人物混在一起编织故事，增强作品的历史真实感。有人统计，姓名与历史人物相同者，涉宋为59个，涉明为85个❹。一般来说，高层人物多由宋

---

❶ 《宋史·志一百二十·职官七》，中华书局1977年版，第2472-2481页。

❷ 《明史·志五十六·食货四》，中华书局1974年版，第1935-1947页。

❸ 沈德符：《万历野获编》卷三十（土官职名）有此类官职演变沿革的缕述。

❹ 霍现俊等：《金瓶梅词话中明代同名同姓人物考》，见《金瓶梅文化研究》第五辑，群言出版社2007年版，第410页。

代朝堂借来，下层人物重名者多为偶合——但王崇景是个例外。

早有研究者指出王崇景为唐代大臣，但这只是问题的一部分。《金瓶梅》中的王崇景其实杂糅了多种元素而成。晚唐有重臣名王崇景，懿宗朝至僖宗朝任成德军节度使，并加开府仪同三司，封忠穆王，死于中和三年，其子王镕继承为节度副使知留后事。从"节度使"、官高位显而"封王"，以及荫及后人等几个方面来看，《金瓶梅》的王崇景确有他的影子。不过，比他略晚一些还有一个王崇景，名气也不小，欧阳修的《新五代史》有传。这一王崇景先后事后唐、后晋、后汉，做过宣徽使、左金吾卫大将军、岐阳节度使等。有趣的是，他被任命为"邠州留后"，即代理邠州节度使，并因此爆发与朝廷的冲突，最终全家自焚。从"宣徽使""节度使""邠州留后"来看，他和《金瓶梅》的血缘也同样不可忽视。

晚唐王崇景的地位、荫泽，加上五代王崇景的"宣徽使""邠州留后""节度使"，就构成了小说中的王崇景。小说人物与历史人物这种种元素的高度密合，令我们感到惊讶。可以肯定，多元素重合绝不是偶然所能解释的。

上述"王崇景"的历史材料主要见于《资治通鉴》，一般的饱学之士是不难接触到的。由《金瓶梅》为王崇景这个人物设定的身份细节，我们可以知道，《金瓶梅》的作者有一定的史学修养，而且对《资治通鉴》较为熟悉。

现在问题是，作者如此认真地写出王招宣这个特殊的人物、特殊的家世，到底为的是什么？可以肯定的是，这个人物出现在作品中，绝非只是为了让他的太太成为西门庆又一个泄欲的对象。那样的话，就不必开篇把潘金莲的出身安到王府，再费恁多笔墨写他的先祖。要回答这个问题，我们还是看看作品写道这个人物时的具体笔墨。西门庆初次与林太太幽会，所见的招宣府是一派高贵气象：

只见里面灯烛荧煌，正面供养着他祖爷太原节度邠阳郡王王景崇的影神图，穿着大红团袖蟒衣玉带，虎皮交椅坐着观看兵书，有若关王之像，只是髯须短些。旁边列着枪弓刀矢。迎门朱红匾上"节义堂"三字；两壁书画丹青，琴书潇洒；左右泥金隶书一联："传家节操同松竹；报国勋功并斗山。"❶

庄严肃穆，格调高雅，特别是"有若关王"云云，以及"节义堂""传家节操"的字样，一本正经写来，让读者产生肃然起敬的感觉。这是全书之中很少有的氛围，而作者不吝辞费，后面又有两次类似的描写：

（西门庆）至厅上叙礼。原来五间大厅，毬门盖造，五脊五兽，重檐滴水，多是菱花槅扇；正面钦赐牌额，金字题曰："世忠堂"，两边门对写着："启运元勋第，山河带砺家。"厅内设着虎皮公座，地下铺着栽毛绒毯。❷

（西门庆）转过大厅，到于后边，进入仪门，少间住房，掀起明帘子，上面供养着先公王景崇影像，陈设两桌春台果酌，朱红公座，虎皮校（交）椅，脚下氍毹匝地，帘幙垂红。❸

后面两处，再写"王崇景影像"，再写牌匾与对联，又写虎皮、公座，都到了看似重复的地步。以至于"崇祯本"加工时，把"供养着先公王景崇影像""虎皮""公座"都精简掉了。可是细读上下文，词话本中的这种重复并非冗笔，实际上它在文本中起到的渲染、强调作用，正是作者的苦心所在。当读者看到后面林太太的所作所为，真

---

❶ 兰陵笑笑生：《金瓶梅词话》第六十九回，人民文学出版社 1985 年版，第 965 页。
❷ 兰陵笑笑生：《金瓶梅词话》第七十二回，人民文学出版社 1985 年版，第 1027 页。
❸ 兰陵笑笑生：《金瓶梅词话》第七十八回，人民文学出版社 1985 年版，第 1174 页。

不免要为作者迹近刻薄的这些笔墨忍俊不禁了。

总括前后有关王招宣的描写，可以归纳出对这个人物的以下认识：第一，他有着十分显赫的家世背景——祖上是开国元勋，其"君子之泽"荫及后人。第二，本人托祖上福，做过一段武官，短命早逝。第三，本人在世时，已是耽于声色——买进少女，教习弹唱。第四，去世后，妻子林太太不安于室，多方寻欢。第五，其子王三官，迷恋花柳，致使妻子多次寻死；遇事胆怯无用，只知惊恐躲藏；愚蠢痴呆，拜西门庆为义父；附庸风雅，装腔作势。第六，家世虽然烜赫，内里已然空虚——王三官寻欢要当掉皮袍来付费。

可以看出，这个没有出过场的王招宣，实际上联系着历史、现在与未来。在这样的联系中，产生出巨大的反差：创业与败家，威武与猥琐，节操与放荡，崇高与邪恶——历史的荣光已经彻底消散，现实的窳败已是不可挽回。

如果把这个人物放到作品的整体大格局中来看，就会看出作者特别的命意。作品所写官场人物大体分为五类：一类是权奸——卖官鬻爵，结党营私，把持政柄，是政局的污浊混乱的祸首；一类是暴发户式的贪官墨吏——不择手段贪赃枉法，与权奸相互勾结；一类是昏庸无能之辈——似无大恶，尸位素餐；一类是凤毛麟角的清正官员——秉持正义，孤掌难鸣，凄惨结局。这四类人物是一组共时性的存在，是令人痛心疾首、灰心丧气的官场现实。而王招宣则是第五类——祖上开基创业，一世之雄，而后人托福承荫却一代不如一代，致使门风堕落，破败在即。有了这一类，就把批判的锋芒加强了一层，揭示出当年的栋梁已经蛀空朽败，而大厦的倾圮已成大势。

写阀阅之家的衰败，思路、笔调都和《红楼梦》有可比之处，换言之这也是影响《红楼梦》的又一个方面。

作者塑造这一个特殊的形象，在艺术上也有可称道之处：一是不动声色的嘲讽，特别是写王崇景"有若关王之像，只是髯须短些"之类的笔墨，在若有若无之间解构了庄严。二是处处用王招宣的名字，然而上写王崇景，下写王三官，都有个形象、面目，唯独本人只是有名无"实"，收到很好的虚实相生的艺术效果——当然，这一点未必是作者的自觉。

精神贵族的俯瞰
——论《儒林外史》的叙事态度

一

与明代的"四大奇书"不同,清代的《儒林外史》和《红楼梦》都带有自叙传的成分。众所周知,《儒林外史》中的杜少卿和《红楼梦》中的贾宝玉身上隐约可见二书作者的影子。而《儒林外史》的"影子"似乎更加清晰一些,因为书中一大批人物都能找出其原型——吴敬梓周边的儒林人物。这一点,金和《儒林外史跋》讲得十分具体:

> 书中杜少卿乃先生自况;杜慎卿为青然先生;其生平所至敬服者,惟江宁府学教授吴蒙泉先生一人。故书中表为上上人物(今按,即虞博士)。其次则上元程绵庄、全椒冯萃中、句容樊南仲、上元程文:皆先生至交。书中之庄征君者程绵庄,马纯上者冯萃中,迟衡山者樊南仲,武正字者程文也。他如平少保之为年羹尧,凤四老爹之为甘凤池,牛布衣之为朱草衣,权勿用之为是镜,萧云仙之姓江,赵医生之姓宋……全书载笔,言皆有物,绝无凿空而谈者。若以雍乾间诸家文集紬绎而参稽之,往往十得八九。[1]

但是,我们又必须指出,有自叙传的成分,不等于就是自传。小

---

[1] 金和:《儒林外史跋》,见《儒林外史资料汇编》,南开大学出版社1998年版,第280页。

说就是小说，虚构及对"原型""本事"的改造是其文学生命的源泉。所以，即使《儒林外史》这样的作品，也不能一一对号入座。一般来说，金和的跋中指名道姓的"原型"，基本可信；至于只出其姓的，大半可疑。

《儒林外史》五十六回的"各省采访已故儒修人物表"列书中人物九十二名，又登上所谓"幽榜"者五十五人。这一回的真伪是《儒林外史》研究中颇为纠结的问题，我们不作深入讨论。我的意见倾向于是后人伪托。"幽榜"可取者，将书中主要人物分为三甲，一甲、二甲为正面人物（又分等级为一、二），大体合乎全书之描写态度，可以作为我们分析作品的一个切入角度。但"三甲"就莫名其妙了。不同版本的"三甲"名单不一样，但问题差不多。一是明显反面角色何以上榜？如严贡生、假牛布衣，或是权勿用、洪憨仙之流。二是这些人竟与凤四老爹、荆元、盖宽这些作者的心仪人物并列，显见伪托续貂者并未认真对待作品。

不过，"幽榜"所分一二甲虽未必尽为妥当，但可以成为我们分析作品的一个有效视角。作品写及人物一百有余（不算只出姓名的），绝大多数皆有所讥刺。粗粗看来，几乎没有什么"好人"——连庄征君都连遭窘境，意味复杂，以致后世评论者或指其过于"刻薄"。

其实不尽然。吴敬梓如同书中的杜少卿，眼界极高。以此眼界，俯瞰众生，自无完人（事实上也不存在"完人"）。但是，在书中他还是很有分别的。大体说来，对他身边人物或与他间接有交谊的人物为原型的，他是一种态度；对于从未"靠近"于他的，特别是出自社会下层而跻身"儒林"的人物，则是另一种态度。前者包括以"纯儒"面目出现的虞博士、迟衡山、庄征君等，以及一方长官的蘧太守、汤总镇、萧云仙等，还有大家子弟的娄氏兄弟、杜慎卿、汤氏兄弟等。后者则如周进、范进、张静斋、严贡生、匡超人、牛浦郎、权勿用、杨执中、梅玖、荀玫等。其中又大体分三种情况：一种是起身寒微，用八股作敲门砖，终于攀缘到社会上层，如周进、范进、匡超人、荀玫等；一种是地方绅士，科举得到功名后危害一方，如王惠、张静斋、严贡生等；一种是攀缘富贵而不得，如牛浦郎、权勿用、杨执中等。

二

作者把最辛辣、最无情的讽刺都给了后者这些人。我们不妨找两个代表，看看作者是怎样勾画这些形象的。

这一类，当然首推范进。范进中举是全书最精彩的段落，可以说中国的读书人不知道这个故事的几乎没有。这个故事给人印象最深的可能是三个情节：一是范进喜极而疯；二是胡屠户的戏剧性表现；三是中举后范进生活的一步登天。作为对科举制度的讽刺批判，这三点确实深刻而生动。不过，还有一些讽刺性笔墨也很值得体味。

一是范进大半生蹭蹬，而后突然时来运转，很有"大贤虎变愚不测"的感觉。这里自然就会产生一个问题：作为读书人，范进的学问究竟如何。对此，作者没有正面回答，却不动声色地讲述了一个小插曲，道是范进钦点山东学道，临行前周进嘱托他关照荀玫，他遍查考卷也没找到：

> 内中一个少年幕客蘧景玉说道："老先生，这件事倒合了一件故事。数年前，有一位老先生点了四川学差，在何景明寓处吃酒，景明先生醉后大声道：'四川如苏轼的文章，是该考六等的了。'这位老先生记在心里，到后点了三年学差回来，再会见何老先生，说：'学生在四川三年，到处细查，并不见苏轼来考，想是临场规避了。'"说罢，将袖子掩了口笑。又道："不知这荀玫是贵老师怎么样向老先生说的？"范学道是个老实人，也不晓得他说的是笑话，只愁着眉道："苏轼既文章不好，查不着也罢了。这荀玫是老师要提拔的人，查不

着不好意思的。"❶

中了举又中了进士,做过御史又来做学道,竟然不知道苏轼,竟然听不出这样的笑话中讥讽味道,范进的"学问"可想而知,范进的见识可想而知。这件事,在三回之后,作者借牛布衣之口又讲了一遍,可见作者对这一情节的得意。而牛布衣讲述的对象是蘧公孙与娄府两位公子,其中另有意味——我们留待后面再讲。

和这一情节呼应的还有范进与张静斋、汤知县谈论刘伯温一节,几个人信口开河,强不知以为知。其中写范进一本正经地讲:"想是第三名?"若了解话题之虚妄必忍俊不禁。

二是写范进中举后,乡绅们来联络,周边的人来巴结,生活一步登天。作者忽然插进一笔,写范进的老娘乐极生悲:

> 老太太起来吃过点心,走到第三进房子里,见范进的娘子胡氏……督率着家人、媳妇、丫环,洗碗盏杯箸。老太太看了,说道:"你们嫂嫂、姑娘们要仔细些,这都是别人家的东西,不要弄坏了!"家人媳妇道:"老太太,那里是别人的,都是你老人家的。"老太太笑道:"我家怎的有这些东西?"丫环和媳妇一齐都说道:"怎么不是?岂但这个东西是,连我们这些人和这房子都是你老太太家的。"老太太听了,把细瓷碗盏和银镶的杯盘逐件看了一遍,哈哈大笑道:"这都是我的了!"大笑一声,往后便跌倒。忽然痰涌上来,不省人事。❷

前面写范进喜极而疯,作者意犹未尽,再让他的老娘喜极而死,让这一幕悲喜剧再生波澜。从文法的角度看,这确是高明的一笔。否则将直接写范进中进士做官,故事发展未免一览无余。这一来又可生

---

❶ 吴敬梓:《儒林外史》第七回,人民文学出版社 1958 年版,第 74 页。
❷ 吴敬梓:《儒林外史》第三回,人民文学出版社 1958 年版,第 38 页。

出许多曲折,并引入了张静斋、严贡生这些丑角。当然,让一个可怜的老太太一天好日子都没过上就撒手归西,作者似乎心肠有点硬。可如果把这一笔同范进发疯的描写细细对照,这一笔的真实底蕴所在——作者的叙事态度便凸显出来。

范进发疯时,是这样描写的:他看到中举的报帖,"看了一遍,又念了一遍","笑了一声道:'噫!好了!我中了!'说着,往后一跤跌倒,牙关紧咬,不省人事"。"他只因欢喜狠了,痰涌上来,迷了心窍。"与上引描写范母的文字两相比较,诸如"看了一遍""大笑一声""我的了(我中了)""往后跌倒""痰涌上来""不省人事",几乎是完全重复的摹写。粗看似乎是作者低级的重复,但细品味,这种重复却是可以带来特殊的强化效果——两个人都是因"我"的意外的发迹而承受不起,从反复的"痰迷心窍"中流露出了作者对暴发户的鄙薄、轻蔑。

这种鄙薄、轻蔑不止于此:就在范母去世不久,范进外出打秋风,在宴席上,做出哀伤尽礼的姿态,对餐具器皿多有挑剔,让主人十分尴尬,担心没法安排饮食。可是:

> 知县疑惑他居丧如此尽礼,倘或不用荤酒,却是不曾备办。落后,看见他在燕窝碗里拣了一个大虾元子送在嘴里,方才放心。❶

这一笔,过去多解释为讽刺范进虚伪,前面对器皿的挑剔是假惺惺。其实不尽然。其讽刺重点在于穷措大未见过世面。那个时代最重丧礼,是"孝"否的重要标准。而丧礼中,孝子的饮食节制有明确的规定:

> 亲始死……水浆不入口,三日不举火。故邻里为之糜粥以饮食之。

---

❶ 吴敬梓:《儒林外史》第四回,人民文学出版社1958年版,第47页。

夫悲哀在中,故形变于外也;痛疾在心,故口不甘味,身不安美也。❶

父母之丧,既殡食粥:朝一溢米,暮一溢米。齐衰之丧,疏食水饮,不食菜果。大功之丧,不食醯酱。小功缌麻,不饮醴酒。此哀之发于饮食者也。❷

可见按照礼制,父母之丧,只能食粥。"疏食",即粗糙的饭食,连菜都不应该吃,何况荤腥。范进的违制,一是讽刺其平日寒酸,乃至于禁不住美食的诱惑;二是通过"拣"虾元子的细节,嘲笑其低贱的出身——燕窝自比虾元名贵,而范进不识,平日可望而不可得者,虾元已为极致。用一个"拣"字,嘲讽之意尽出。

匡超人则是另外一种情况。他也是出身寒微,但未能如范进直接靠八股文跻身上层社会。作者更多着眼在其道德沦丧的过程,在其无耻的人格。

匡超人原是做小本生意的穷人,勤奋,孝顺。作者先是极力渲染他朴实、敦厚的人品。他家境贫寒,父亲偏瘫。他从外地回来后,一力担起养家、孝亲的责任:

清早起来,先把猪肩出一个来杀了,烫洗干净,分肌劈理的卖了一早晨;又把豆子磨了一厢豆腐,也都卖了钱,拿来放在太公床底下,就在太公跟前坐着。见太公烦闷,便搜出些西湖上景致,以及卖的各样的吃食东西,又听得各处的笑话,曲曲折折,细说与太公听。太公听了也笑……到晚,又扶太公坐起来吃了晚饭。坐一会,服侍太公睡下,盖好了被,他便……坐在太公旁边,拿出文章来念。太公睡不着,夜里要吐痰、吃茶,一直到四更鼓,他就读到四更鼓。太公叫一声,就在跟前。太公夜里要出恭,从前没人服侍,就要忍到天亮。今番有

---

❶ 《礼记·问丧》,见陈澔:《新刊四书五经·礼记集说》,中国书店1994年版,第474页。
❷ 《礼记·间传》,见陈澔:《新刊四书五经·礼记集说》,中国书店1994年版,第480页。

儿子在旁伺候,夜里要出就出。晚饭也放心多吃几口。匡超人每夜四鼓才睡,只睡一个更头,便要起来杀猪、磨豆腐。❶

这一段写匡超人的勤奋与孝顺,笔墨十分细腻。古人讲"色养为难"。吴敬梓特意写他不仅勤劳、勤快,而且在照顾生活的同时,竭力给老父亲创造温馨、快乐。老父亲由于儿子周到耐心的侍奉,不再担心大小便,因而能够放心多吃几口饭。而这一番天伦情感,作者写得十分自然,使读者如同亲眼看见一块天然璞玉。

此时的匡超人虽在乡野,虽是贫寒,生活却是有滋有味:

> 这匡超人精神最足:早半日做生意,夜晚伴父亲,念文章,辛苦已极;中上得闲,还溜到门首同邻居们下象棋。那日正是早饭过后,他看着太公吃了饭,出门无事,正和本家一个放牛的,在打稻场上将一个稻箩翻过来做了桌子,放着一个象棋盘对着。只见一个白胡老者背剪着手来看,看了半日,在旁边说道:"喂!老兄这一盘输了。"❷

乡野小民那种"帝力于我何有哉"的自在生活如在眼前。

由于他的勤学与孝顺被李知县赏识,敦促他弃商就学,并一力保举他考中了秀才。于是,匡超人离开了经营小本生意的人生道路,接着又因事离开了乡土。到了外面的花花世界,匡超人先是图"名"交往了一群假名士,接着又图"利"结交了潘三,从此毫无廉耻,为虎作伥,再也见不到那个淳朴少年了。

作品写匡超人最后做了国子监的教习,可他的学问如何呢?作者用了讽刺范进同样的手法:

---

❶ 吴敬梓:《儒林外史》第十六回,人民文学出版社1958年版,第165页。
❷ 吴敬梓:《儒林外史》第十六回,人民文学出版社1958年版,第167页。

匡超人道："我的文名也够了……此五省读书的人，家家隆重的是小弟，都在书案上，香火蜡烛，供着'先儒匡子之神位'。"牛布衣笑道："先生，你此言误矣！所谓'先儒'者，乃已经去世之儒者。今先生尚在，何得如此称呼？"匡超人红着脸道："不然！所谓'先儒'者，乃先生之谓也。……小弟的选本，外国都有的！"❶

　　"先儒"的荒谬，借牛布衣之口揭露出来；"外国"的牛皮，则不动声色，留给读者自己会心一笑。一个国子监的教习，知识水平如此，八股之空疏害人，概可想见矣。

　　而他的堕落始于"名""利"的诱惑。先是去省城的路上遇到附庸风雅的商人景兰江，当听到"我杭城多少名士都是不讲八股的""新学台是湖州鲁老先生同年，鲁老先生就是小弟的诗友""作时文的朋友……我们杭城名坛中，倒也没有他们这一派"这派大言时，"匡超人听罢，不胜骇然"。作者这一笔，是典型的"乡下人进城"的写法。"骇然"一词用得非常有力度，写出匡超人一下子大开眼界。为了混进这个圈子，他临阵磨枪买了一本《诗法入门》，连续看了两夜，自觉已经超过了景兰江之流。作者这里刻意写了一句："要已精而益求其精。"把一个"精益求精"的成语拆变成这个样子，讽刺的口吻越发强烈。接下来，他又结识了潘三。如果说景兰江用虚名让他"大开眼界"，那么潘三就是通过"欲"和"利"。匡超人初见潘三，本想拿几个"点心"来招待一下，谁知潘三不屑一顾，转去饭店用酒肉招待他：

　　饭店里见是潘三爷，屁滚尿流，鸭和肉都拣上好的极肥的切来；海参杂脍，加味用作料。两人先斟两壶酒。酒罢用饭，剩下的就给了店里人。出来也不算账，只吩咐得一声："是我的。"那店主人忙拱手

---

❶ 吴敬梓：《儒林外史》第二十回，人民文学出版社1958年版，第204—205页。

道:"三爷请便,小店知道。"❶

这些吃饭的细节都是从匡超人眼中见出,从叙述的口吻自可感到他又被震慑了,又开了眼界——原来可以活得如此恣肆!

于是,那个乡野间的质朴少年不见了,一个在名利场中没有底线的人开始了他的表演。比起范进、周进来,匡超人的无知、浅薄并无二致,但有过之而无不及。作者写他的堕落过程,有一个重点是写他的忘恩负义。他由一个贫寒的小商贩,走上"文士"的人生之路,并得以攀龙附凤,先后多次得到他人帮助。这些人既有马纯上这样古道热肠的"好人",也有潘三那样横行一方的恶棍,还有招赘他的郑老爹、李给谏。无论这些人各自为人如何,都曾经给匡超人很大帮助,有些甚至是雪中送炭。但匡超人统统以怨报德。对马纯上,他肆意贬损,大拆其台;对郑老爹,则是停妻再娶;对李给谏,他谎话连篇;更突出的是对潘三。潘三虽是恶人,但对匡超人很好(当然是同恶相济了)。潘三因为包揽讼词、科场舞弊等罪名被抓了起来。这些事本也有匡超人一份。潘三没有"出卖"匡超人,只是希望匡超人能来探望一下,帮一点忙,但匡超人此时已经攀上了李给谏的高枝,便立刻换了一副面孔,一本正经地讲:

  本该竟到监里去看他一看,只是小弟而今比不得做诸生的时候,既替朝廷办事,就要照依着朝廷的赏罚,若到这样地方去看人,便是赏罚不明了。

  潘三哥所做的这些事,便是我做地方官,我也是要访拿他的。如今倒反走进监去看他,难道说朝廷处分的他不是?这就不是做臣子的道理了。况且我在这里取结,院里、司里都知道的,如今设若走一走,

---

❶ 吴敬梓:《儒林外史》第十九回,人民文学出版社1958年版,第191页。

传的上边知道,就是小弟一生官场之玷。这个如何行得!❶

潘三最后竟瘐死在狱中。虽然他是罪有应得,但匡超人之无良、无义却使读者不禁心寒齿冷。和匡超人行径近似的还有牛浦郎,也是贫寒出身,爱慕虚荣,弄虚作假。

作者在描写这些人物的时候,一种精神的优越感总是不期然地流露在笔墨间。对他们的鄙俗、无知,他笔下充满了轻蔑;对他们的堕落,往往处理得较为率易,一点点诱惑就足以使其动心。

三

相形之下,他对笔下的另一类人的态度就有所不同了。

这些人物的原型或为他的身边人物,或为一时勋贵戚属。据以写出的形象,大体又可区分几种情况,我们分别来看。

吴敬梓不吝辞费加以嘲讽的,那就是若干大家子弟,如娄氏兄弟、汤氏兄弟、杜慎卿、蘧公孙、胡八侉子等。在全书的人物图谱中,此类"官二代"所占比例不算小。把这些形象抽绎出来,比较之后我们会发现,作者虽不满意这些人的行为,但笔下揶揄多于讽刺,类似于朋友间的嘲讽、调笑,态度与写前一类时颇有差异。

例如,对娄氏兄弟的描写,书中以娄氏兄弟为中心铺演出的文字,由第八回至十三回,足足有五回之多。而周进与范进两个人的"戏份"加起来还不足三回书。可见对娄氏兄弟的描写是作者着力的地方。

娄氏兄弟是相府子弟,失意于科举考试,"激成了一肚子牢骚不平",平居乡里,总想做出些不平凡事情,结果连续上当,闹出一连串笑话。他们把书呆子杨执中、无赖权勿用当成高隐大贤,把江湖骗

---

❶ 吴敬梓:《儒林外史》第二十回,人民文学出版社 1958 年版,第 204 页。

子张铁臂当成武林异侠,归根结底是把自己定位在"巨眼""英主"。而残酷的现实粉碎了他们的幻梦,证明了他们只不过是涉世不深的纨绔子弟而已。

作品描写娄公子寻访杨执中一节的叙事手法很有特点,一方面写两位公子自以为"得遇高贤"的错觉,一方面写杨执中的鄙陋、迂呆。交错出现的场景,对比强烈,虽叙述者不加一字说明,而揶揄的意味、戏剧的效果自然产生。

> 娄公子……心里觉得杨执中想是高绝的学问,更加可敬。一日,三公子向四公子道:"杨执中至今并不来谢,此人品行不同。"四公子道:"论理,我弟兄既仰慕他,就该先到他家相见订交,定要望他来报谢,这不是俗情了吗?"
>
> 四公子道:"你这里有个杨执中老爹,你认得他吗?"那小孩子道:"怎么不认得?这位老先生是个和气不过的人,前日趁了我的船去前村看戏,袖子里还丢下一张纸卷子,写了些字在上面。"……两公子打开看,是一幅素纸,上面写着一首七言绝句诗道:"不敢妄为些子事,只因曾读数行书。严霜烈日皆经过,次第春风到草庐。"后面一行写"枫林拙叟杨允草"。两公子看罢,不胜叹息,说道:"这先生襟怀冲淡,其实可敬!只是我两人怎么这般难会?"❶

情境的设置,议论的语言,都使人想到《三国演义》中刘玄德三顾茅庐的著名情节,而两位公子的言谈也透露出他们刻意效仿古代圣贤的用心。可是,与这些文字平行的却是另一番景象:

> 杨执中这老呆直到晚间才回家来。老妪告诉他道:"早上城里有两个什么姓柳的来寻老爹。"……杨执中自心里想:"哪个什么姓柳

---

❶ 吴敬梓:《儒林外史》第九回,人民文学出版社1958年版,第97–101页。

的？"忽然想起当初盐商告他，打官司，县里出的原差姓柳，"一定是这差人要来找钱！"因把老妪骂了几句道："你这老不死，老蠢虫！这样人来寻我，你只回我不在家罢了，又叫他改日来怎的？你就这样没用！"老妪又不服，回他的嘴。杨执中恼了，把老妪打了几个嘴巴，踢了几脚。自此之后，恐怕差人又来寻他，从清早就出门闲混，直到晚才归家。❶

娄公子幻想出来的是颇有古道高风的"三顾茅庐"式的韵事美谈，现实中确是如此鄙俗不堪的情景。这里的误会与错位，很像刘宝瑞相声《连升三级》《黄半仙》一类段子的手法。

至于权勿用、张铁臂的故事，幻境与现实的落差就更大了。娄公子们被作者描写得可笑之极。但是，如果我们停止了笑声，深入地追问一句："公子们可恶吗？"答案一定会有些意外，特别是对比前面提到的张静斋也罢、匡超人也罢。

娄公子只是涉世不深而已，至多还有些食古不化、自我膨胀。而在日常言行中，不仅不恶，甚至还真的有几分古道高风。例如，听说读书人杨执中吃官司，就愤怒地说："穷乡僻壤，有这样读书君子，却被守钱奴如此凌虐，足令人怒发冲冠！我们可以商量个道理救得此人吗？"然后就拿出七百五十两银子替杨执中还了债。此事虽不无是非不明的嫌疑（杨执中无心为恶，却是过错一方），但终究显示出古道热肠、仗义疏财的气质，只是有点"明珠暗投"了。再如，二位公子轻车简从下乡"访贤"，路遇"李鬼"冒名横行，他们的处置也很有气度："你们在河道里行凶打人，却使不得……你们也是知道的，我家从没有人敢做这样事。你们起来。就回去见了你们主人，也不必说河里遇着我的这一番话，只是下次也不必如此。难道我还计较你们不成？"完全是居高临下的气派、风度。至于他们的被骗，也不完全

---

❶ 吴敬梓：《儒林外史》第九回，人民文学出版社1958年版，第100页。

是愚蠢所致。杨执中的高谈阔论，以及那首言志诗，却也不俗；张铁臂的武术也确实出类拔萃。前面提到，牛布衣曾对娄氏兄弟和蘧公孙讲述范进不知苏轼的笑话，而"两公子与蘧公孙都笑了"，可见作者笔下的娄氏兄弟要比胸无点墨的范进高明许多。

杨执中那首七绝，实为元代吕思诚的作品，故历来研究者多指为讽刺杨执中抄袭与娄氏兄弟不学无术，其实并不尽然。其一，杨执中只是自家抄写自娱，不是借此求名；其二，吕某不是有大名气的人，诗也不是传世名作，如作者借此讽刺娄氏学养不足，未免选择失当，并没有说服力——这与不知道苏轼其人根本不是一回事。其三，小说作者借现成诗文用到作品中，在明清两代并非仅见。所以，这里毋宁说是为了使情节更接近"三顾"，增加揶揄感与趣味感，也为娄氏兄弟上当"开脱"一二，而借来一用而已。

《吕氏春秋》有"疑似"之论，讲的就是疑似之间最容易误判。作者写娄氏兄弟的笔墨，既有揶揄他们的意思，也有锋芒向"外"，指向社会，感叹假冒伪劣太多，古道不可行的意味。

这种有限度的嘲讽还表现在"名士大宴莺脰湖"。书中写道：

> 此时正值四月中旬，天气晴和……在会的是：娄玉亭三公子、娄瑟亭四公子、蘧公孙駪夫、牛高士布衣、杨司训执中、权高士潜斋、张侠客铁臂、陈山人和甫……当下牛布衣吟诗，张铁臂击剑，陈和甫打哄说笑，伴着两公子的雍容尔雅，蘧公孙的俊俏风流，杨执中古貌古心，权勿用怪模怪样：真乃一时胜会。两边船窗四启，小船上奏着细乐……饮到月上时分，两只船上点起五六十盏羊角灯，映着月色湖光，照耀如同白日。一派乐声大作，在空阔处更觉得响亮，声闻十余里。两边岸上的人，望若神仙……❶

---

❶ 吴敬梓：《儒林外史》第十二回，人民文学出版社 1958 年版，第 129 页。

这段文字肯定有讽刺之意,"真乃一时胜会"就是明显的反话。可是细推敲,一次春游怎么成了讽刺的对象呢?原因乃在于参与的人。如果我们把从游的杨执中、权勿用和张铁臂删去,岂不真成了一次"胜会"?其过程无非游湖、奏乐之类,虽略有豪奢,却也说不上恶俗,特别是绝无欺人、害民的举动。

与此极为相似的情节是杜慎卿"逞风流高会莫愁湖"。也是贵公子有雅兴,出资兴办,参会者同样良莠不齐(这一点很值得注意,这一类描写难以作出简单的评判,与参与者良莠不齐直接关联);也是在湖面上逞弄风流,同样是昼夜相继、秉烛以尽兴。连文字都有相近处,如:

诸名士看这湖亭时,轩窗四启……到晚上,点起几百盏明角灯来(今按——即羊角灯),高高下下,照耀如同白日(今按——此句全同);歌声缥缈,直入云霄。城里……来看,看到高兴的时候,一个个齐声喝彩,直闹到天明……❶

很明显,作者心目中,莫愁湖之会类似于莺脰湖之会,杜慎卿之为人行事类似于娄家两公子。而作者不厌其烦,甚至不避重复地描写"高会",说明他对此的兴趣。历来研究《儒林外史》,对范进、匡超人的形象、事迹都很容易评论,而对这类文字则往往难下断语。其原因在于作者描写这些人、这些事的时候,态度不是黑白分明的。杜慎卿也罢,娄公子也罢,都是附庸风雅而境界不够,故风流之中有庸俗,求高明而反露笑柄。

但是,说到底,这是吴敬梓的"自己人",所以庸俗归庸俗,笑话归笑话,作者笔下的这些人都没有恶行,庸俗与笑话也多是在"高层面"上出现的。"自己人"也不免被嘲讽,这正是作者自居于精神

---

❶ 吴敬梓:《儒林外史》第三十回,人民文学出版社 1958 年版,第 299 页。

生活的制高点且目无下尘的表现，但写穷措大、暴发户的无耻与写贵公子的无聊，笔墨的浓淡还是一目了然的❶。

四

作者这种目无下尘的态度，甚至表现在极力塑造的"正面楷模"上。"幽榜"的所谓"一甲"计有三人，相当于金圣叹批《水浒传》的"上上人物"，是虞博士、庄征君与杜少卿。杜少卿的原型是作者自己，当然众善归焉，这里且不论。虞博士没有多少"戏"，过于概念化，这里也不论。我们还是分析一下作者对庄征君的态度。

《儒林外史》中带有核心性的事件就是祭泰伯祠，而祭泰伯祠的事件又与庄绍光密切相关。

杜少卿为结交朋友耗尽家财，移居到了南京，然后结识了诸多"真儒"。其中第一个就是迟衡山。迟衡山对他建议道："我们这南京，古今第一个贤人是吴泰伯，却并不曾有个专祠。那文昌殿、关帝庙，到处都有。小弟意思要约些朋友，各捐几何，盖一所泰伯祠，春秋两仲，用古礼古乐致祭。借此大家习学礼乐，成就出些人才，也可以助一助政教。"杜少卿立即赞同并捐钱——实际他当时已经把家财挥霍完了，实在是勉为其难。此事便引出了庄绍光和后面一批所谓"真儒"的故事。

围绕着泰伯祠活动的这群人物里面，特别值得注意的是庄绍光，因为作者在他身上着墨最多。这个人怎么看？前文我们已经谈到，庄绍光的身上有程廷祚的影子。程廷祚是颜李学派的传人，与吴敬梓谊兼师友。庄绍光的主要事迹与程廷祚的经历颇相似，所以许多研究者认为作者写这个人物，就是为了表达对程廷祚的尊敬。但是这么看，

---

❶ 作品后半部集中写了五河县的风俗与人物，褒贬尤其明显。因其意图过于明显，文学性反而受到影响。

可能稍显简单了一点。就如同认为写泰伯祠就是寄寓理想一样，把作品的复杂意味忽略过去了。

作者态度如何，唯一的根据是文本。所以，下面我们来回顾一下情节，看小说是如何描写庄绍光的。

描写庄绍光的情节主要有五段：一是决定接受征辟；二是赴京来回途中的奇怪遭遇；三是在北京的表现与遭遇；四是庇护卢信侯；五是安享玄武湖的皇家待遇。而核心就是接受征辟，作者的微妙态度也主要对此而发。

庄绍光出山，接受征辟，到底该是不该？作者设置了两重对比，而没有明确的按断。一重是明比，即同时被征辟的杜少卿与庄绍光的对比。在面临出与处的选择时，两个人各有一段对夫人的解释。杜少卿是解释为何坚辞：

娘子笑道："朝廷叫你去做官，你为什么装病不去？"杜少卿道："你好呆！放着南京这样好玩的所在，留着我在家，春天秋天，同你出去看花吃酒，好不快活。为什么要送我到京里去？假使连你也带往京里，京里又冷，你身子又弱，一阵风吹得冻死了，也不好。还是不去的妥当。"❶

这番话半认真半玩笑地就把夫人说服了。但其隐含的核心思想是个价值观问题：功名富贵是次要的东西，不过过眼烟云而已，人生的价值应放在性灵的自然实现——这很有魏晋风度，也是与"楔子"中的王冕作一呼应。而庄绍光解释为何应征则是另一番逻辑：

娘子道："你往常不肯出去，今日怎的闻命就行？"庄绍光道："我们与山林隐逸不同。既然奉旨招我，君臣之礼是傲不得的。你但放心，

---

❶ 吴敬梓：《儒林外史》第三十四回，人民文学出版社 1958 年版，第 330 页。

我就回来，断不为老莱子之妻所笑！"❶

　　他的理由是两个：一个是君臣之礼，一个是敷衍一下就回来。比起来，这两个理由都有些勉强，有些违心之论的味道。

　　另一重是暗比，即与"楔子"里王冕的事迹对比。如前文所述，写王冕是给全书树一个标杆，而作者对王冕事迹的重要改动就是他决不应征辟。这两番对比，应不难看出作者的"微词"所在。而庄绍光一行的奇怪遭遇则加强了"微词"的说服力。

　　庄绍光应征一行遭遇三险，作者描写三险的笔法都是"怪力乱神"之类，与前半部作品迥然不同。第一险是路遭劫匪。这一回带有些许武侠小说的风格。庄绍光与同路的押运官住进了一家黑店，上路之后就遇到响马打劫。同行的一个镖客萧昊轩于是出马。这个萧昊轩有一绝技"神弹子"，百步之内，用弹子击物，百发百中。不料这次他拿出弹弓，"啪"的一声，弓弦断了——原来是黑店店主搞的破坏。萧昊轩人急智生，拔了一缕头发续好弓弦，飞马回来，打得贼人抱头鼠窜。这些情节和全书的行文风格很不一样。第二险是在庄绍光见皇帝时，皇帝问他经国大计，本来庄绍光已经准备好了奏对，却忽然头顶剧痛，只好咬着牙说："容臣回去细思，再来回奏。"下来之后，发现头巾里面有一个蝎子。这一情节未免有些荒诞的色彩了。第三险是返程中遇到尸变，这更是无意义的插曲。这些插曲隐含的意义就是"不该去"——动了心，"怪力乱神"都会趁机而入。

　　有趣的是，作者描写庄绍光这一番出山，虽未做成大官，却也颇有收获。一是皇帝把南京的玄武湖赐给他，后来写道庄绍光和妻子在玄武湖凭栏看水，得意洋洋："你看，这些湖光山色都是我们的了！我们日日可以游玩，不像杜少卿要把尊壶带了清凉山去看花。"这句话的口气和内容很像范进中举之后范进的母亲看着众人送来的种种

---

❶ 吴敬梓：《儒林外史》第三十四回，人民文学出版社 1958 年版，第 336 页。

东西时说的话——"这些都是我们的了"。二者遥遥相对,作者是否有此深意,并未呈露,但文本自身却隐隐显出反讽的意味。庄绍光得意之余,拿杜少卿携妻出游来做反衬。他提到杜少卿刚到南京时,趁着一日春光融融,一手拉着自己的娘子,一手握着金杯,里面斟满了酒,大笑着在清凉山上走了一里多地,两边的人看的是目眩神摇,不敢仰视。这个行动是杜少卿得意之笔,而在庄绍光的眼里是有些可笑的事情。其中的微词也需体味方知。

庄绍光此行还有一个收获就是结交了很多权贵,变得很有"势力"了。这从他救卢信侯时表现出的能力可以看出。卢信侯卷入了一场文字狱被官府缉拿,庄绍光立即修书给朝中的大臣们,于是这个天大的官司就被压了下来。作者未加评论,但是却同样耐人寻味。总之,围绕庄绍光应征的一大段书,是意味最为复杂的部分。

分析、评价庄绍光出山,还有一个角度值得注意,就是庄绍光在体制中的角色设定。明嘉靖皇帝宣召庄绍光的圣旨写道:

> 朕承祖宗鸿业,寤寐求贤,以资治道。朕闻师臣者王,古今通义也。今礼部侍郎徐基所荐之庄尚志,着于初六日入朝引见,以光大典。❶

这里的"师臣者王,古今通义也"一句不完全是套子话,至少吴敬梓这样写是把"征辟"与"帝王师"的观念联系到一起了。虽在两千年前的封建时代,文人从未真的做成了"王者师""帝王师",但这一理想、梦想,却世代传承。吴敬梓把"师臣者王"写到这里,至少说明他也有此观念。至于有无深意,我们还要细读文本。有趣的是,庄绍光因皇帝的"帝王师"观念而来到朝廷,结果却因另一桩"认老师"的冲突离开了。冲突起因是权臣"太保公"示意庄绍光来拜自己做老师,而庄绍光本想来做皇帝的老师,岂能一降两辈向权臣俯首,所以

---

❶ 吴敬梓:《儒林外史》第三十五回,人民文学出版社 1958 年版,第 341 页。

讲了"除了孔子,我谁也不拜"的狂话。结果,因为不能屈尊认权臣作老师,也就不能扬眉做皇帝的老师。

由于有了这一笔,庄绍光出山一节就多了一层含义:世道如此,"帝王师"之理想亦不可行了。

庄绍光回到南京,于是再续前约,祭泰伯祠的大典正式举行。综合全书来看,泰伯祠大典无疑是作者正面的笔墨,寄寓了对纯正礼乐文化的向往。这一回的文字对于小说来讲,过于呆板枯涩,不能算是成功,但极力渲染的气氛及主其事者,确都具有高雅的气质。

然而,如果我们细从字缝中看,作者却还有一些微妙的思想表达。

到底作者是以何种心态来描写泰伯祠和围绕着泰伯祠的这些人物呢?首先,他写了修建泰伯祠和礼乐大典,这跟作者接受颜李学说的影响有关。颜李学说的精髓就是"原儒"精神,要超越和抛弃宋明理学,直接回到儒学的源头孔子那里去。孔子主要思想是讲"仁"和"礼"。仁是内心的一种修养,礼是在操作层面上的一种体现。礼乐制度是儒学得以寄托的一种形式化的物质化的东西,而颜李学说就是讲儒生应当把这种传统接续下来。所以作者用这么多的笔墨来表现对程朱理学的反叛,以此来提高社会人群的思想境界。但是,作者又清醒地知道这些观念在现实人群中是不可行的,所以呈现出一种无可奈何的心态,具体体现在文本中就有了一些不协调的细节。第一,事情本是十分庄重的,倡导者也是十分高尚的,可要完成如此繁复的仪式,就一定要一批人共同来做。现实中,并没有这多理想化的人,只能是"将就材料"了,于是不可避免地出现流品之复杂。如前文刚刚讲过金东崖在替儿子找枪手作弊,这里就摇身一变成为祭典当中重要的司仪;前文描写过十分可笑的大骗子张铁臂,这里就写他成了圈子里的人物。第二,作者采用了如此呆板和枯燥的笔法来写这场祭典,可能也是要表达自己的这种感觉,就是这些礼仪在现实生活中已经没有什么生命力,徒具仪式的功能。第三,作者刚刚写了这么隆重的祭典,典礼之后借周围老百姓的口说:"从不曾看见这样的礼体,听见这样的吹打。老年人都说这位主祭的老爷是一位神圣临凡,所以争着出来看。"接下来就写了参加完祭典中的四个人回到旅店,没有房钱,只好请杜少卿来解围。然后张铁臂来见杜少卿聊天,恰巧知道张铁臂老底的蘧公孙提醒杜少卿小心骗子,张铁臂只好狼狈逃掉了。而这样一写,立即把前文中的庄严和神圣解构掉不少。如此等等,这些不协调的笔墨,表现的是作者心灵深处的矛盾。

庄绍光的形象、泰伯祠的祭典,都反映了作者的理想主义价值观在现实面前的无奈。

五

吴敬梓对儒林中普遍存在的无知、无聊、无能洞若观火,而在作品中却并没有直言指斥,也并没有黑白分明。我国古代小说中讽刺现实的笔墨很多,《西游记》《金瓶梅》《醒世姻缘传》《何典》等都有精彩的讽世笔墨,而论讽刺手法之丰富、幽默意味之隽永,还是要首推《儒林外史》。

《儒林外史》中常见的一种笔法是纯用白描,让人物自身的言论、行动出现较大的反差,从而产生讽刺的效果与幽默的意味。如匡超人结识的一批假名士,个个自诩风流,自命风雅,集合到一起要搞诗酒雅集。这群人跟着一个胡公子去租场地开会吟诗,作品这样描写:

众人都倚着胡公子,走上去借花园吃酒。胡三公子走去借,那里竟关着门不肯。胡三公子发了急,那人也不理。景先生拉那人到背地里问,那人道:"胡三爷是出名的吝啬!他一年有几席酒照顾我?我奉承他!况且他去年借了这里摆了两席酒,一个钱也没有!去的时候,他也不叫人扫扫,还说煮饭的米剩下两升,叫小厮背了回去。这

样大老官乡绅,我不奉承他!"一席话,说的没法,众人只得一齐走到于公祠一个和尚家坐着。❶

好不容易租到于公祠,接下来就要去买些酒宴的东西。这本是太"形而下"层面的事情,作者却"不怀好意"地细加描写:

>三公子便拉了景兰江出去买东西,匡超人道:"我也跟去顽顽。"当下走到街上,先到一个鸭子店。三公子恐怕鸭子不肥,拔下耳挖来戳戳脯子上肉厚,方才叫景兰江讲价钱买了……还要买些肉馒头,中上当点心。于是走进一个馒头店,看了三十个馒头,那馒头三个钱一个,三公子只给他两个钱一个,就同那馒头店里吵起来。景兰江在傍劝闹。劝了一回,不买馒头了,买了些索面去下了吃,就是景兰江拿着。又去买了些笋干、盐蛋、熟栗子、瓜子之类,以为下酒之物。匡超人也帮着拿些。来到庙里,交与和尚收拾。支剑峰道:"三老爷,你何不叫个厨役伺侯?为甚么自己忙?"三公子吐舌道:"厨役就费了!"又秤了一块银,叫小厮去买米。

最后吃的骨头满地,方才开始分韵作"诗"。作了几首,又吃了几杯酒后,各自散去。书中描写道:

>匡超人与支剑峰、浦墨卿、景兰江同路。四人高兴,一路说笑,勾留顽耍,进城迟了,已经昏黑。景兰江道:"天已黑了,我们快些走!"支剑峰已是大醉,口发狂言道:"何妨!谁不知道我们西湖诗会的名士!况且李太白穿着宫锦袍,夜里还走,何况才晚?放心走!谁敢来!"正在手舞足蹈高兴,忽然前面一对高灯,又是一对提灯,上面写的字是"盐捕分府"。那分府坐在轿里,一眼看见,认得是支锷,

---

❶ 吴敬梓:《儒林外史》第十八回,人民文学出版社1958年版,第186–188页。

叫人采过他来，问道："支锷！你是本分府盐务里的巡商，怎么黑夜吃得大醉，在街上胡闹？"支剑峰醉了，把脚不稳，前跌后偾，口里还说："李太白宫锦夜行。"那分府看见他戴了方巾，说道："衙门巡商，从来没有生、监充当的，你怎么戴这个帽子！左右的！挝去了！一条链子锁起来！"浦墨卿走上去帮了几句，分府怒道："你既是生员，如何黑夜酗酒？带着送在儒学去！"景兰江见不是事，悄悄在黑影里把匡超人拉了一把，往小巷内，两人溜了。

后来众人回家后分别把这些"诗"写在一个纸上，共写了七八张。匡超人也把自己的作品贴在壁上反复欣赏，感觉甚好。只是这个支锷因此把巡商的位子给丢掉了。

这里作者一句评论褒贬的话也没有讲，只是专注地描写众人的表现，特别是他们的话语。而这些人一边以诗仙李太白自比，一边作出诸多俗不可耐的举动，为了"一个钱"的馒头价与小贩吵得不可开交，如此巨大的反差自然而然地使假名士的三花脸呈现在聚光灯下。

金庸的小说《神雕侠侣》结尾处有一段滑稽的描写：武林中本有"华山论剑"的美谈，是前辈的绝顶高手之间切磋武技的一次盛会，不意数十年后又有山寨版的"华山论剑"。其意味似与《儒林外史》有相通处。

《儒林外史》的另一常见讽刺手法是冷眼旁观，让撒谎、吹牛者自曝其丑。作者特别讨厌社会上装腔作势、吹牛撒谎的现象，所以多处描写此类人物的种种表演，而读者"犹如诸天观下界"，看着他们的表演心里"偷着乐"。

如第二十二回，写牛玉圃的装腔作势——牛玉圃到了大观楼，上得楼梯，只见楼上先坐着一个戴方巾的人：

那人见牛玉圃，吓了一跳，说道："原来是老弟！"牛玉圃道："原来是老哥！"两个平磕了头。那人问："此位是谁？"牛玉圃道："这是舍侄孙。"向牛浦道："你快过来叩见。这是我二十年拜盟的老弟兄，常在大衙门里共事的王义安老先生，快来叩见。"

牛浦行过了礼，分宾主坐下……三人吃着。牛玉圃道："我和你还是那年在齐大老爷衙门里相别，直到而今。"王义安道："那个齐大老爷？"牛玉圃道："便是做九门提督的了。"王义安道："齐大老爷待我两个人是没的说的了！"

正说得稠密，忽见楼梯上又走两个戴方巾的秀才走了上来。两个秀才一眼看见王义安，一个说道："这不是我们这里丰家巷婊子家掌柜的乌龟王义安？"那穿元色的道："怎么不是他？他怎么敢戴了方巾在这里胡闹！"不由分说，走上去，一把扯掉了他的方巾，劈脸就是一个大嘴巴，打的乌龟跪在地下磕头如捣蒜，两个秀才越发威风。牛玉圃走上去扯劝，被两个秀才啐了一口，说道："你一个衣冠中人，同这乌龟坐着一桌子吃饭！你不知道罢了，既知道，还要来替他劝闹，连你也该死了！还不快走，在这里讨没脸！"牛玉圃见这事不好。悄悄拉了牛浦，走下楼来，会了账，急急走回去了。这里两个秀才把乌龟打了个臭死。❶

前面一本正经地讲什么九门提督、齐大老爷的交情，一转眼却被两个穷秀才打了个臭死。有趣的是，从后文看，这个"九门提督""齐大老爷"肯定是牛玉圃编造出来装门面的话头，而乌龟王义安却十分自然地"顺杆儿爬"——开始还不知"哪个齐大老爷"，转眼就附和"齐大老爷待我两个人是没得说的了"。究竟这些话是不是扯谎，作者始终没有挑明，只是让人物充分表演，留给读者自己评判

《儒林外史》的讽刺还有一个特点，就是无所不在。不但对几个主要人物、"儒林"，而且对整个社会，各色世态人心，只要落到他的

---

❶ 吴敬梓：《儒林外史》，第二十二回，人民文学出版社1958年版，第223-224页。

笔下,就不免刺上两笔。而这些地方,他同样是保持"冷面幽默"。

叙事中把作者的主观介入降到最低,就如同戏剧舞台上是演员自行表现一样,而观众只要有一定的理解力,就会看出可笑之处。我们再随便举一个例子:"楔子"之后的第一回书,周进将出场,要去薛家集教书。他是由一个叫夏总甲的人介绍去的。所以在周进露面之前,有一段"过场"。那是薛家集的村民约齐到观音庵商量"闹龙灯"的事情。村子里一个头面人物叫申祥甫的倡议大家凑钱。这时候申祥甫的亲戚夏总甲来了。后面接着写大家商定如何出钱,并强摁着土财主荀老爹出了一半的钱,把"闹龙灯"的钱给凑齐了。这个看似很小的事情却可以看出作者的"浑身是刺"的讽世手法。夏总甲一出场,就说道:

"想新年大节,老爷衙门里,三班六房,那一位不送帖子来?我怎好不去贺节?每日骑著这个驴,上县下乡,跑得昏头晕脑。打紧又被这瞎眼的王八在路上打个前失,把我跌了下来,跌得腰胯生疼。"申祥甫道:"新年初三,我备了个豆腐饭邀请亲家,想是有事不得来了?"夏总甲道:"你还说哩!从新年这七八日,何曾得一个闲?恨不得长出两张嘴来,还吃不退。就像今日请我的黄老爷,他就是老爷面前站得起来的班头;他抬举我,我若不到,不惹他怪?"申详甫这时候接话道:"那个黄老爷,不说出差还没有回来吗?"夏总甲道:"你又不知道了。今日的酒,是快班李老爷请;李老爷家房子窄,所以把席摆在黄老爷家大厅上。"❶

"黄老爷变李老爷"一节,显然是吹牛露了底,但作者只是点到为止,并不戳破。他把说书人降低到在场的乡民水平,"自手写自眼",整个叙事则皮里阳秋,让读者们自己咂摸滋味。这样写法

---

❶ 吴敬梓:《儒林外史》第二回,人民文学出版社1958年版,第16页。

的好处是并不强加给读者,只是把一个类似于地方保长的人物,又能吹牛,又能在别人面前装幌子的形象摆出来,让读者享受"看穿"骗子的快感。

与明代的"四大奇书"相比,清代的《儒林外史》《红楼梦》有一个很大的不同,就是体现出很高的自我指涉度。《红楼梦》超越时空的魅力主要不在于故事,而在于作者通过故事表达的对于社会、人生的感悟。而正是由于这些感悟是从作者自己生命历程中滴髓淌血得来的,所以格外深刻、格外真切。《儒林外史》在这方面与《红楼梦》有所不同。杜少卿身上有吴敬梓的投影,可是全书的大半情节与杜少卿并无关系。《儒林外史》的自我指涉更多是透过作者本人"所见""所思"来体现的。而他"见"与"思"的时候,自然流露出"冷面幽默",也自然而然地表现出作者自己精神贵族的高傲。另外,作品借杜少卿之口表现了作者的见识、学养,如第三十四回大讲对《诗经》的新解读,以及对家庭、性别与婚姻制度的观念等:

> 杜少卿道:"朱文公解经,自立一说,也是要后人与诸儒参看。而今丢了诸儒,只依朱注,这是后人固陋,与朱子不相干。小弟遍览诸儒之说,也有一二私见请教。即如《凯风》一篇……这便是三代以上修身齐家之君子。这个前人也不曾说过。"
>
> 杜少卿道:"……娶妾的事,小弟觉得最伤天理。天下不过是这些人,一个人占了几个妇人,天下必有几个无妻之客。小弟为朝廷立法:人生须四十无子,方许娶一妾;此妾如不生子,便遣别嫁。是这等样,天下无妻子的人或者也少几个。也是培补元气之一端。"❶

---

❶ 吴敬梓:《儒林外史》第三十四回,人民文学出版社1958年版,第334页。

作为小说的组成部分，这种说教实在不是什么高明的笔墨，但其中流露的那种自负心态，确实和讽刺他人不知苏轼相表里。

《儒林外史》在古代小说史上是唯一的，但是到了现代小说史上，《围城》的出现标志着《儒林外史》精神的复活。两者都讽刺儒林人士的种种丑态，作者都带有一种精神贵族的味道。对照来读，当别有领悟之处。

《天雨花》作者问题辨析

弹词《天雨花》❶全书三十回，九十余万字，在二三百年间拥有广泛的读者和听众，在女性中影响尤大。论者甚至有"南'花'北'梦'"的提法，把它与《红楼梦》相提并论。这虽有溢美之嫌，却可见当时风行的程度。

这样一部重要作品，作者却面目模糊。自清代嘉庆以来的刻本皆首弁《原序》，署名"梁溪（今江苏无锡）陶贞怀"，并明白表示女子身份：

> 家大人……惜余缠足，许余论心，谓余有木兰之才能，曹娥之志行，深可愧焉。……别本在清河张氏嫂、同里蒋氏姊、高氏姊、管氏妹，并多传抄讹脱，身后庶将此本丁宁太夫人寄往清河。❷

上段不但有所明示，而且就身后作品流传的思虑与叮咛也分明呈露出女性的特点。但是，近人对此颇多质疑。理由主要为三点：第一，《原序》最早见于清嘉庆九年遗音斋刻本，而嘉庆五年孔庆林氏据《天雨花》作杂剧《女专诸》，在序言中称原作出于"浙中闺秀某"，可见其未见"遗本"之《原序》，从而足证"陶贞怀"之说为后出。第二，清嘉庆、道光年间某抄本结尾有"要知执笔谁人手？前人留下劝后人"，亦可见其时并无"陶贞怀"之成说。第三，晚清《闺媛丛谈》又有出自男性作家徐致和之手的说法，谓其尽孝娱母，作此弹词"以

---

❶ 从较为宽泛的意义上讲，《天雨花》也不妨视为韵、散相间型的小说。
❷ 陶贞怀：《天雨花》卷首，中州古籍出版社1984年版。

为承欢之计"。此外还有"江西女子刘淑英"及"康熙初年某男性遗民"等观点,皆对"陶贞怀"说形成挑战❶。

应该承认,这些理由动摇了"陶贞怀"说的权威地位,但是也应该指出,这不足以完全推翻此说(《原序》有"别本……并多传抄讹脱"之说,至少可以减轻两条理由的分量)。所以,在发现新的材料之前,《天雨花》的作者具体为何人存疑较妥。

实际上,在目前的情况下,比起具体判断作者姓甚名谁来,分析、判断文本的性别意识,对于深入理解作品,对于发掘作品特有的文化意义,都更为重要一些。因为《天雨花》所流露的女性创作意识,在同类作品中,甚至在整个文学史上,是十分突出且富于典型意义的。这主要表现为:贯穿于作品的反抗男权统治的描写;对于多妻制的敌视;女性的评判尺度;写婚姻家庭而绝无秽笔。

一

作者用浓墨重彩刻画了两个理想人物——左维明与左仪贞。父女二人都是德才兼备、文武双全、品貌皆优的完美形象。但奇怪的是,二人之间经常发生冲突,有时还相当激烈,甚至到了性命相搏的地步。而作者对于冲突双方,却是左右双袒——左维明总是符合伦理纲常、道德准则,而且总是最后的胜利者;左仪贞总是占人情物理一面,并通过作者的叙述笔调而充分赢得同情。第十六回,左仪贞的堂妹秀贞因陷贼被判死罪❷。作为一个弱女子,她完全是政治斗争的无辜受害者,但其生父左致德与伯父左维明都怪她玷辱门庭,见死不救。左仪贞出于姐妹情谊与二人发生剧烈冲突:

---

❶ 详见陶贞怀:《〈天雨花〉前言》,中州古籍出版社1984年版。
❷ 此事件后来发生戏剧性转折,但在左氏父女冲突时,二人所了解的情况就是如此。

〈仪贞〉:"若言三妹这件事,实因叔父害她身。……如何责在一女子,此言太觉不通情。……但把三妹救了出来,也是人情天理。"

致德起身来一唾:"我今当你梦中人!……不打之时了不成!"

小姐听了心中怒,又复开言冷笑云:"只怕梦中人还有些仁义之心,梦中语还稍存公道,不似梦外之人……"

左公离坐便抽身,道言:"兄弟休与辩,畜生放肆不成文!惟有重责无他说。"❶

接下来的近两万字集中写父女之间的意志较量。左仪贞私改手谕,再三跪求,透露信息,甚至自杀、绝食,不救出秀贞誓不独生。而左维明不仅屡屡设计谋杀秀贞,而且对仪贞也毫不容情,张口便是:"今朝必要来打杀,莫要轻饶逆畜生!""我也不必来问你,只立时打死有何论?""从今与你断绝天伦之义,父女之情,任你饿死便了。"作者对这一冲突过程的描写,有两点特别值得注意:一是左维明责骂时总要点明仪贞的性别,由此凸显其行为的越轨,如"小小一个闺中女,如此施为了不成""你道那个闺门女,怎般大胆胡乱行"等,并且直言:"惟女子与小人为难养也!近之则不逊,远之则必怨。"二是强调二人意志间的较量,如左仪贞在父、叔逼迫之下明白宣告:"违拗父亲难免罪,任从责罚死应该。三军可以来夺帅,匹夫立志不能更!钢刀加首难从命,总是今朝不顺亲。"而左维明则反复强调仪贞的"拗":"女子执性""其执拗处,原是生性使然""这般拗性怎区分""执拗之人曾见有,从来不及这仪贞"等。尤其是围绕仪贞绝食的大段描写,焦点就是谁的意志更坚强。这两点合观,文本表现性别冲突的意味十分明显。

有趣的是,凡写道左维明与奸党、匪徒冲突时,作者总是把他写得不仅刚直不阿,而且有情有义;而一写道他与左仪贞的冲突,就立

---

❶ 陶贞怀:《天雨花》第十六回,中州古籍出版社1984年版,第636–637页。

刻变得蛮横、偏执。作者虽写二人互不让步，但左维明以威势压人，左仪贞为情义抗争，笔墨间的轩轾是十分明显的。

意味更明显的文例是左仪贞为母抗父一段。第二十二回写由于左维明"闺门严禁，不得出游"，以至左夫人"到此八年，连房屋还未曾全识"。左夫人不甘心，便带领仪贞姐妹数人到自家花园游玩。左维明发现后，以"内则""闺训"为据，对母女大加训斥，结果夫妇反目。他先是要以家法责打，又将夫人深夜锁闭于园中。左仪贞认为"父亲言语多尖利，总来铲削母亲身。欺人太甚真不服，我今怎肯顺爹心？"于是挺身而出，持剑救出母亲，并以理相争，驳得左维明"默默无言难理论"。接下来一段，男权与反男权的斗争更为激烈。左维明理屈词穷之下祭出"夫权"与"父权"的法宝，命仪贞"速跪尘埃受责刑"，"今朝不是来责你，借你之身责母亲"，以此逼迫夫人就范。然后又得寸进尺，强令仪贞之母饮酒，而且一定要连饮数杯；继而逼迫其吃饭，而且一定要连吃三碗。夫人恨道："欺人太甚真堪恨，算来非止一桩情。受他委屈多多少，各人心内各自明。"当然，结局是仪贞与母亲不得不屈服，但作者的感情态度却显然是倾向于弱者一边。

这样的家庭冲突在其他作品中同样存在，但相比之下有一明显相异之点。其他作品若同情女性，必对男性人物贬抑；反之则反。而此书的左维明却是第一号正面人物。他不仅在政治斗争中人格高尚，而且在上述性别冲突中，见解、智慧也总是高人一等的——从道理上讲，左维明每次都是"正确"的；只是他居于支配地位的权力令人（包括左仪贞、左夫人，其实首先是叙述人）反感。有趣的是，作者笔下的左仪贞从整体人格上看，也是名教卫士，纲常伦理一丝不苟。父女间的冲突其实无关乎作品宣扬的大"原则"。表面看，二人立场有别：父讲理而女讲情；但细推敲，父之理女并不反对，女之情父亦理解，所以二人间的冲突实质乃是一种权力意志的冲突。左维明扮演的是居于优越的权力位置的父亲、男性,左仪贞代表的是有才智、合情理却被迫居于臣服地位的女性❶。

在同时代男性作家的笔下,绝无这样的写法。例如《野叟曝言》,取材与思路与《天雨花》十分接近,《好逑传》也颇有相似之处,稍晚的《儿女英雄传》立意也相通,然丝毫没有对男权抗争之笔。《红楼梦》及稍前的《林兰香》、稍后的《镜花缘》,都批判男权,但作品中男权的代表都属被批判之列。唯独此书,男权的代表在作品的整体中是赞颂的对象,甚至男权本身也得到理性的肯定,而同时又在感情态度上、在具体描写中对其提出挑战。

这种矛盾的写法是封建时代知识女性矛盾心态的不自觉流露。一方面,她们认同封建伦理(被迫的,或者自愿的);另一方面,她们又深切地感受到父权制社会中男女二元对立的严酷现实,感受到男权无所不在的压迫。这种感受因其才智、能力之不凡而较一般女性更为强烈。从《天雨花》对左仪贞才智权变的刻意描写中,我们感觉到,作者正是在这方面特别自负,因而才塑出以才智权变见长的"女强人"左仪贞,才有意识地安排她与男主角的才智较量,最后无意识地表现为性别间的意志冲突,并把同情的笔墨洒向冲突中女性的一边。

对于女作家在写作中,特别是在小说写作中的这种矛盾态度,朱丽叶·米切尔认为具有相当程度的普遍性。她称女作家的小说"既是妇女小说家对妇女世界的拒绝,又是来自男性世界内的妇女世界的建构"❷,即一方面遵从父权制的秩序来构建艺术世界,一方面又抗拒这种秩序,从事着一定程度的颠覆。"陶贞怀"通过左仪贞的形象,正是发出了这样一种女性的"双重"的声音。

---

❶ 小说中四次写父亲企图逼死亲生女儿的情节,过高的"复现率"自然产生出特殊的意味——女性对无法摆脱的男权畏惧而又敌视的心理。

❷ 转引自张岩冰:《女权主义文论》,山东教育出版社 1998 年版,第 98 页。

二

《天雨花》的女性意识还表现于对婢妾的敌视。清代描写家庭生活的文学作品，大多有婢妾的形象，并程度不同地涉及妻妾关系。在男性作家的笔下，婢女小妾往往是楚楚可怜的，这在明末清初的"冯小青"题材中尤为明显。冯小青为冯某之妾，才华绝代，而冯某性情粗豪，冯妻悍妒非常，终使小青备受磨难而死。清初以此为题材的小说、戏剧有十余种，另外涉及的还有多种。这充分表露出身处多妻制矛盾漩涡中的男性的某种心理。在男作家笔下，即使写婢妾之恶，如《林兰香》的任香儿、《红楼梦》的赵姨娘，也只是个人品质，同时往往另有可怜可爱之其他婢妾，如《林兰香》的女主角燕梦卿、《红楼梦》的香菱、尤二姐等，作者因其为妾为婢而笔墨之间格外予以同情。

《天雨花》却大不相同。全书的女性反派角色大多安排给婢妾，如左维明之妾桂香、左致德之婢（后为郑国泰之妾）红云等，皆用相当多的笔墨来写其恶。桂香为左维明自家人众的唯一反派，正面形象的树立、故事情节的发展，与她关系甚大。作者把她刻画成淫贱、愚蠢、恶毒的形象，极力加以丑化。笔墨中流露出强烈的轻贱、敌视态度。这个人物身世背景与《红楼梦》的几个丫鬟颇有相似之处，但作者的感情态度却判若云泥。她八岁被卖进府，在老夫人身边"服侍随身十五春"，待老夫人安排她出嫁时，由于"志气多高傲"，眼中只有左维明一人，便道：

小婢八岁来卖进，恩养如今十五春。夫人待我如亲女，义重恩深不忍分。情愿一世来服侍，不愿终身配下人。❶

---

❶ 陶贞怀：《天雨花》第四回，中州古籍出版社1984年版，第150页。

当老夫人答应放她回家时,她历数自己家人的不是:"他乃丧尽良心辈","狗肺狼心不是人","今朝若是回家去,正好卖我身来做本银"。本来这样的经历很容易被处理为可怜可爱可惜的形象,但《天雨花》的作者却笔锋一转,把她写成处处流露出邪恶的可鄙可恶可笑的人物。值得注意的是,桂香的"邪恶"并非完全出于个人品质,很大程度是其欲邀夫宠的妾妇身份。字里行间似乎都有作者这样的潜台词:"凭你,也配?!"从这个意义上讲,作者敌视的不是桂香这个人,而是其婢妾的身份。

这种敌视心理甚至有病态的表现。作者一而再,再而三地安排桂香被毒打,拳脚、皮鞭、棍棒,无所不用其极,最后还让她"绑缚云阳身首分"。每逢写到这里,作者总是津津有味地描写,仿佛在品味"贱婢"的痛苦。如第四回:

> 使尽平生之气力,照其粉面就施刑。二十巴掌来打罢,满口鲜红眼鼻青,双腮足有一寸厚,有口难开泪直淋。……维明喝令从重打,肉绽皮开鲜血淋。桂香倒地身难起,哀哀哭得好伤心。……衣衫首饰来卷起,隔窗掷与贱妖精。
>
> 维明喝令来扯过,菱花拖过地中心。一鞭抽去鲜红冒,背上油皮揭一层。桂香号哭声震屋,恨无地洞便钻身。刚刚打到十数下,桂香死去又还魂。❶

第十一回:

> 左右家人齐应是,即揪贱婢在庭心。麻绳几道来捆缚,左安执棍便施刑。迎风起落难禁架,桂香痛哭震厅门,看看打到三十棍,肉绽

---

❶ 陶贞怀:《天雨花》第四回,中州古籍出版社 1984 年版,第 169–176 页。

皮开鲜血喷……桂香半身如血裹,哀哀凄惨地埃尘。❶

作者真是"情不自禁"了,特别是第十一回这段,用了一千三百多字来写行刑,几近残酷的笔墨与全书的格调殊不相合。而书中另一个初为婢女后作侍妾的红云,作者也给她安排了身首两分的下场。还有黄御史小妾吕巧莲被沉江溺死,左家冒充小姐邀宠的婢女凤楼被"绑下枭首级",如此等等,不一而足。小说史上写小妾受虐的作品并不罕见,但大多是作为被侮辱被迫害的形象出现,如《金云翘》《醋葫芦》等。像本书这样明显敌视婢妾的情感态度,在男作家笔下似未曾有,我们只能视之为女性对于自己婚姻地位的危机感的变相表现。

由此进一步通观全书,作者上述笔墨虽不高明,甚至有刻毒之感,但其背后隐含的婚姻家庭观念却是应予充分肯定的,即明确否定多妻制,而且是带着强烈的感情色彩,这在中国小说史中同样是十分罕见的。

三

作品女性意识的另一表现是情节安排中流露出的衡量男性的价值尺度。《天雨花》中的左维明是个封建社会的理想型人物。他文武双全,"家资巨富",少年中第,位极人臣。特别是智谋与武略超人,所以不论何种情势,何等对手,他都能应付自如。在这些方面,他与后出的《野叟曝言》的主人公文素臣极为类似。不过,二者的差异也是相当明显的。

与男作家笔下的理想人物比,左维明的特色首先在于生平不近二色,正如他本人自夸的:

---

❶ 陶贞怀:《天雨花》第十一回,中州古籍出版社1984年版,第405页。

> 我在杭州三载春,爱我之人多不少:妙莲庵内众尼僧,荀家献尽殷勤意,妖狐变作美人身。我身若是心不正,安得性命转回程。❶

作者对这一点十分在意,反复写其在这方面经受的"考验",如狐精迷惑有三次之多,"贱婢"引诱竟达五次,几乎终其一生都要接受"忠贞"的检验。当然,左维明过一关又一关,从无"失足",从而完成了自己的高大、完美、理想的形象(当然,也就是作者心目中的理想形象)。

即以狐精"考验"而论,一次是"月貌花容美十分"的女子自荐枕席,结果被左维明把"细软娇柔"的手指"只一掐","中指齐齐断骨筋",于是现出狐狸的丑形;一次是"玉质香肌软又温"的黎又娇与其同床,结果同样被左维明"掐断指中筋,大叫一声原形现"。其他宫女的"考验"都差不多:任妖娆百般,左自岿然不动,而最后一定要把这些妖精及"准"妖精杀死——尽管她们或百般求饶,或本属无奈。

与文素臣比,二者在不断经受"色"的考验方面颇相似,但结果却大不相同。文素臣所经"考验"多为是否不欺暗室,而送上门的女人骨子里大都是可亲可爱的,故开始文虽峻拒,结局却照单全收。这与《天雨花》为左维明设计的决不二色表现大相径庭。

《天雨花》的作者不仅安排左维明顺利通过一次次"考验"而终于"守身如玉",还多次让左维明就此直接表态。如第十七回:

> 夫人道:"你为何不寻几个姬妾?……"左公便道:"言差矣,为何反愿这般行?我曾当日亲言誓,再不将心向别人。如何纳甚偏房宠?只愿夫人有妒心。"❷

---

❶ 陶贞怀:《天雨花》第七回,中州古籍出版社1984年版,第246页。
❷ 陶贞怀:《天雨花》第十七回,中州古籍出版社1984年版,第686页。

第四回：

左公暗笑回身转，温言来慰左夫人："……当初赵松雪作词示管夫人云：'我为学士，你做夫人……我便多娶几个胡姬、赵女，也不为过分。'管夫人答词云：'我侬两个忒杀情多……我的泥里有你，你的泥里有我。'赵览之，大笑而止。……有才有智多权术，愿卿须学管夫人。"❶

让男主人公立誓不近二色，而且期盼夫人有权术、有妒心以利于"监督、保证"，这种笔墨如果出于男性之手恐怕就有些不正常了。类似情况，《野叟曝言》的描写也可作对比。文素臣与妾刘氏谈论夫妻问题，文自述其"理想"是一妻四妾，"一室之中，四美俱备"。刘氏则大加赞扬，道是：

有大志者，必有奇缘；有奇才者，必有奇遇。……这等机缘，在他人实属万难，在相公则易如反掌。❷

让女性如此衷心拥护一夫多妻，若非男作家所为，也恐怕有些不正常的。

左维明的另一特色是对日常家庭生活的浓厚兴趣。书中反复写他与妻子、女儿嗑嘴磨牙，其兴味浑不似经天纬地朝堂重臣所当有。兹略举一二：

夫人笑道："好意作诗奉贺新婚，不蒙称赏，反要问起罪来，真

---

❶ 陶贞怀：《天雨花》第四回，中州古籍出版社1984年版，第179–180页。
❷ 《古本小说集成·野叟曝言》第六回，上海古籍出版社1994年版，第141页。

是奇事！"维明道："胡说！什么新婚，你捉弄丈夫，该当何罪？"夫人道："你使妾当夕，可有罪么？"维明笑道："你自让妾当夕，与我何干？"夫人笑道："休强辩，……"维明笑道："此言虽是，然总因是你误人。今日只是打了桓清闱，方消此恨。"夫人道："听你便了，我手无缚鸡之力，自然任你欺凌，有甚说得。"御史挽住佳人袖，勾抱怀心笑语云："以卿如此娇柔质，细雨微风也不禁，当恐窗开来日晒，每愁帘动有风侵……"夫人笑唾抽身起，侍儿暗笑尽含春。❶

小姐说罢连冷笑。左公见说许多论，不禁说笑称奇事："为人子者这般行，果然半点无忌讳！乃尊度量太慈仁！累次被你来毁骂，不还一字死其心……"小姐道："孩儿怎敢骂父？只是爹爹扭住仪贞寻事，觉得可笑耳……"左公笑道："此论甚是有理，家里自出了那精灵，到今已二十四岁矣（按：指仪贞）……"小姐冷笑回身转："这般乔话说谁听？……"左公暗笑自思寻："枉称她是聪明女，这样机关辨不明……"❷

显然，这里谈话的内容并不重要，作者所着力表现的是夫妇、父女之间的拌嘴之乐。而左维明尽管时有"霸气"，但对家庭生活的浓厚兴趣却颇显其可爱——这一评价角度在众多男性作家的世情小说中也是未曾有过的。

左维明还有一个特点，就是给女性以充分的安全感——家里家外，无论何种危机，妻女皆可完全依赖之。作者特别强调他文武双全，不同于一般的书生：

锦绣珠玑随口出，万字千言不费心。三教九流无不晓，百家诸子尽知能。兵机阵法多精熟，天文地理更深明。更兼武艺般般好，打拳

---

❶ 陶贞怀：《天雨花》第四回，中州古籍出版社1984年版，第171-172页。
❷ 陶贞怀：《天雨花》二十九回，中州古籍出版社1984年版，第1204页。

舞棒胜于人。将门之子英雄种，迂腐全然没半分。❶

并以他人作反衬：

却教老杜如何处？眼看娇妻送贼人。此时之乎也者全无用，子曰诗云怎当兵？毛锥杀不得诸强盗，文章唤不回枕边人。❷

书中三次写强盗劫持妇女，被劫者一次是左家的乡邻，一次是左家的亲友，一次是左家自身。三次全赖左维明的胆略与武勇化险为夷。不厌其烦写同类情节，可以看出作者对于男主人公"护花使者"形象的厚爱乃至偏爱❸。

文素臣、铁中玉也是文武双全的人物，也扮演"护花使者"的角色，但与左维明相比有明显差异之处：二人均曾落难，均被女子救命且加以呵护。而左维明从始至终如根深蒂固的大树，周围的女性皆可依偎于他而获得稳定与安全，却不必为他提供保护，为他操心。两种形象所反映的创作心理显然是十分不同的。

总之，从《天雨花》文本所流露的性别意识看，具有相当鲜明的女性特色，与当时（甚至古今）男性作家的作品大不相同。因此，其作者当以女性为是。而作品此种性别意识之流露，也使其成为女性写作的典型文本，从而具有了多方面的研究价值。

---

❶ 陶贞怀：《天雨花》第一回，中州古籍出版社1984年版，第16页。
❷ 陶贞怀：《天雨花》第一回，中州古籍出版社1984年版，第36页。
❸ 这一点似可作为写作于清初乱离之世的旁证。

论《维摩诘经》对李卓吾思想及文学批评之影响

一

一部中国思想史,自汉武罢黜百家后,特立独行的人物便寥若晨星了。因此自觉居于"异端"的李卓吾实应引起我们特别的关注与研究的兴趣。

李卓吾的思想言行皆与佛教有十分密切的关系。他自述中年皈佛的经过:

> 为儒已半世,贪禄又多年。欲证无生忍,尽抛妻子缘。
> 空潭一老丑,剃发便为僧。愿度恒沙众,长明日月灯。❶

一部《焚书》,所论强半与佛相关。故欲全面、准确地认识李卓吾,不能不深入细致地研究其佛学思想。但是,长期以来,研究者对此见仁见智,颇有出入。有的浅尝辄止,在李氏的《评传》中只是泛泛提到"接触佛学""接受了一些宗教唯心论"而已;有的不作任何具体分析,只是简单袭明人话头,笼统称为"狂禅";有的则断言李卓吾的佛学归趣是"净土"。讨论李氏佛学思想的专门性著作当推台湾学者林其贤的《李卓吾的佛学与世学》。他据"李卓吾接触的典籍如禅宗语录、净土、华严……,均未脱离真常系的范围""理解仍是真常

---

❶ 李贽:《剃发》,见《焚书》卷六,中华书局1975年版,第231页。

系的立场",以及李著《净土诀》等,断定李氏"确为本色的净土思想"。其说不为无稽,但未免失之于片面——因为非真常系的,反"他力增上"净土观的《维摩诘经》,同样对李卓吾的思想与写作产生了重大的影响。这一点,李卓吾本身有明确表述:

> 且佛之世界亦甚多。但有世界,即便有佛;但有佛,即便是我行游之处、为客之场。佛常为主,而我常为客,此又吾因果之最著者也。故欲知仆千万亿劫之果者,观仆今日之因即可知也。是故或时与西方佛坐谈,或时与十方佛共语;或客维摩净土,或客祇洹精舍,或游方丈、蓬莱,或到龙官海藏。天堂有佛;即赴天堂;地狱有佛,即赴地狱。何必拘拘如白乐天之专往兜率内院;天台智者永明寿禅师之专求生西方乎!……若公自当生彼,何必相拘! ❶

显然,李卓吾不是哪一门哪一派所能限制的。他对李惟清专注西方净土的态度颇不以为然,指为"声闻",为甘心做"他人儿孙"。其中,李卓吾特别提到"客维摩净土",这是与"净土宗"的"净土"迥异其趣的。他这种以我为主的态度,恰恰是维摩诘居士"游戏神通"的姿态。故约之以"真常系",归之以"本色净土",实在不能中其肯綮。

推究形成以上状况的原因,除去意识形态及治学态度等因素外,还与研究者持今人所写佛教史之框架,强纳李卓吾入内有关。殊不知李卓吾的特点是师心自用,他虽自称"学佛人也"❷,却从未正式拜在任何一个僧人门下。他与佛教的关系是"我转法轮",而非"法轮转我",所以无法以现成的、固定的宗派框架来套入。科学的研究方法应该超越这些框架,由李卓吾关乎佛教的具体所读、所写、所行入手,

---

❶ 李贽:《与李惟清》,见《焚书》卷二,中华书局1975年版,第62页。
❷ 李贽:《答李如真》,见《焚书》增补一,中华书局1975年版,第253页。

来揭示李卓吾之所以为卓吾的特殊因缘。而在其所读、所写、所行之中,《维摩诘经》的影响具有特别的地位。

《维摩诘经》是一部相当特异的佛典。其中心不是记载释迦的言论,而是描写维摩诘的种种神通及其超迈群伦的佛学见解。维摩诘是一位"资财无量"的富翁,过着"有妻子""有眷属""获俗利""服宝饰"的凡俗生活,甚至"至博弈戏处","入诸酒肆","入诸淫舍"。但是,其目的全在渡化众生。而他本人也具有不可思议的"游戏神通",并且"辩才无阂"。以"无阂"之"辩才"著称,已与佛门惯常规范不合;而以"游戏"姿态来显示"神通",更属佛门罕见。这部佛经初译于东汉,至唐玄奘凡有七译,而以姚秦时鸠摩罗什的译本流传最广。由于维摩诘的富贵与修行"两不误"的生活方式,以及恣肆张扬的思想个性,所以在历代文人中都受到了特别的关注,如王维、李白、苏轼、黄庭坚等,都把维摩诘作为自己向往的生存范型。

李卓吾与《维摩诘经》关系密切,这在《焚书》中几乎随处可见形迹。例如,他初到麻城,友人周友山、曾承庵为建修持之所,即名为"维摩庵";而李卓吾后来专为此写下《维摩庵创建始末》一书。又如在《与李惟清》书信中,他谈到自己修行的理想时讲:"或时与西方佛坐谈,或时与十方佛共语,或客维摩净土,或客祇洹精舍……"其他如《题绣佛精舍》一诗:"可笑成男月上女,大惊小怪称奇事。陡然不见舍利佛,男身复隐知是谁。我劝世人莫浪猜,绣佛精舍是天台。天欲散花愁汝著,龙女成佛今又来。"此取《维摩诘经》卷六《观众生品》"天女以神通力变舍利弗令如天女""维摩诘室有一天女,……以天花散诸菩萨大弟子上""至大弟子便著不堕"的意旨乃至文字。又如《十八罗汉游戏偈》云:"不去看经念偈,却来神通游戏。"语出《维摩诘经》卷二《方便品》:"有长者名维摩诘……辩才无阂,游戏神通。"再如《答刘敬台》"迭辱盛教,愧感!愧感!

素饭过于香积,非即文殊化见欲以饭维摩乎?公今真文殊也"乃化用《维摩经》卷八《香积佛品》中维摩诘运神通取香积佛之饭招待文殊等的事典,且隐含自比于维摩诘之意。还有"为有玉田饭,任从金粟过""欲证无生忍,尽抛妻子缘"等,也用的是《维摩诘经》中的话头。

二

当然,《维摩诘经》对李卓吾的影响,更主要是表现于他的思想、行为及文学批评之中,可以说,李卓吾在这些方面的惊世骇俗,大半拜《维摩诘经》之赐。

《维摩经诘》对卓吾人生方式的影响,可从三个方面来看:一是恣意任性,游戏人间的狂放态度;二是怀入世之心,言出世之语,行世间之事;三是强烈的"教主"情结。

《焚书·寒灯小话》记卓吾与侍者怀林的一次出游:

> 是日忽逢暴雨,势似天以同来,长者避雨于秀士门下。……坐未一茶,长者果起。至道中,问林曰:"何此家妇人女子尽识李卓吾耶?"林曰:"偏是妇人女子识得,具丈夫相者反不识也。此间男子见长者个个攒眉。"……疾行至万寿寺,会其僧。其僧索书,书数纸已,其徒又索联句。联句曰:"僧即俗,俗即僧,好个道场;尔为尔,我为我,大家游戏。"是夜雨不止,雨点大如车轮。长者肩舆淋漓带雨而归,大叫于舆上曰:"子看我与尔共作雨中游,何如?"林对曰:"真可谓游戏三昧,大神通自在长者矣!"❶

这段有声有色的记载,把李卓吾狂放、游戏的生活情状表现得淋漓尽致。其中特别值得注意的是:第一,李卓吾是有意表现自己的

---

❶ 李贽:《寒灯小话》,见《焚书》卷四,中华书局1975年版,第192页。

狂放与自在，并自觉地以维摩诘为榜样。怀林所作的"游戏""神通"之评价，其实就是李卓吾的自我设计、自我评价。第二，"妇人女子"云云，并非偶然。李卓吾在麻城、龙潭均得女子青目，也与若干女子有各种关系，他为此付出了沉重的代价❶。而支撑他淡化乃至泯没男女界限的，正如前引"陡然不见舍利佛"诗句一样，也是《维摩诘经》中关于"一切诸法，非男非女"的观点❷（文中"具丈夫相者"之用语，即含有"其男身不过幻相而已"的意思）。第三，所撰联语的"僧即俗，俗即僧"云云，亦取《维诘摩经》"不二法门"之意。而"大家游戏"语，更说明了李卓吾是相当自觉地以《维摩诘经》指导具体人生的。

崇拜者对李卓吾上述"游戏"之举莫测高深，纷纷猜测乃至推崇其中的"禅机"。对此，李卓吾自行澄清道："我则皆真正行事，非禅也。"又再三声称"到处从众携手听歌，自是吾自取适，极乐真机"，"时时出游，恣意所适"，"自取快乐，非机也"❸。置身于众生欢乐场中，然后才能证得大道，才能渡化众生，这是《维摩经》特别强调的观点。例如，"一切烦恼为如来种"，"不入烦恼大海，则不能得一切智宝"，"火中生莲花，是可谓希有。在欲而行禅，希有亦如是"。并批评"独善其身"的"声闻"是"根败"之种，永无希望。而"在欲行禅"又不能刻意，正如维摩诘告诫舍利弗的："若求法者，于一切法应无所求。"（僧肇于此加注曰："真求乃不求。"）可以说，希慕"维摩人生"的文人大有人在，而自觉且彻底付诸实践的，李卓吾之外并不多见。

也许苏轼可算一个（至少精神气质上比较接近）。而李卓吾在前代文人中，最感兴趣的恰恰就是苏轼。他亲手抄录东坡作品成《坡仙

---

❶ 耿定向与友人书信往还中屡屡抨击"卓吾狎妓""卓吾将优旦调弄""卓吾曾率众僧人一釐妇之室"，以致地方士绅声称："不递解此人，我等终正不得麻城风化。"事见《焚书》增补一、《续焚书》卷一。
❷ 《维摩诘经》卷六《观众生品第七》，上海古籍出版社 1994 年版，第 133 页。
❸ 李贽：《答周柳塘》，见《焚书》增补一、中华书局 1975 年版，第 262 页。

集》四册,自谓:"《坡仙集》虽若太多,然不如是无以尽见此公生平。心实爱此公,是以开卷便如与之面叙也。"又作《书苏文忠公外纪后》,以挚友焦弱侯比苏轼,自比黄庭坚,可见对苏黄的心仪程度。那么,他仰慕东坡的是什么呢?在《文公著书》中,他这样概括东坡的一生:"据其生平,了无不干之事,亦了不见其有干事之名,但见有嬉笑游戏,翰墨满人间耳。"正是"大神通"而"大游戏"的典型"维摩人生"。

李卓吾一方面辞官不作,隐居龙潭,完全是出世的姿态;另一方面激扬文字,高树异帜,完全是入世的举动。一方面遣妻别女,剃发居寺,完全是绝欲的姿态;另一方面酗酒贪肉,收女弟子,完全是纵情的行为。这看似矛盾的现象,在李卓吾却是完全的统一。他《答邓明府》曰:

间或见一二同参从入无门,不免生菩提心,就此百姓日用处提撕一番。如好货,如勤学,如进取,如多积金宝,如多买田宅为子孙谋,博求风水为子孙福荫,凡世间一切治生产业等事,皆其所共好而共习,共知而共言者,是真迩言也。于此果能反而求之,顿得此心,顿见一切贤圣佛祖大机大用,识得本来面目,则无始旷劫未明大事,当下了毕。❶

他认为好货、聚敛等都是悟道的条件,由此证悟,才是"一切贤圣佛祖"的"大机大用"。这种观点正是《维摩诘经·佛道品》所云:

譬如高原陆地不生莲花,卑湿淤泥乃生此花。如是见无为法入正位者,终不复能生于佛法;烦恼泥中,乃有众生起佛法耳。❷

---

❶ 李贽:《答邓明府》,见《焚书》卷一,中华书局1975年版,第40页。
❷ 《维摩诘经》卷七《佛道品第八》,上海古籍出版社1994年版,第140页。

而李卓吾的行为方式也正是维摩诘所示范的方式。

《维摩诘经》还有一个与他经不同之处，即反复描写释迦佛的弟子们在神通及辩难上输给维摩诘，从而树立起与释迦分庭抗礼的维摩形象。李卓吾后半生自觉不自觉地也在树立自己类似的形象，不过抗礼的主要对象是孔子罢了。他反复非议世人对孔子的崇拜："夫天生一人，自有一人之用，不必取给于孔子而后足也。若必待取给于孔子而后足，则千古以前无孔子，终不得为人乎？"❶ "何必专学孔子而后为正脉也？"并托"刘谐"之名"呼仲尼而兄之"❷。对于自己，他毫不含糊地宣称："吾身之所系于天下者大也！"以"载道而承千圣绝学"自命，以"如凤凰翔于千仞之上，谁能当之"自诩，甚至公然把自己与释迦佛、孔子相比，来说明自己的初志❸。当然，也可以说由于李卓吾秉有狂放的气质，所以才会喜爱《维摩诘经》。但他毕竟从维摩诘身上看到了向慕的人生范型，毕竟从中得到了启发与鼓舞。

三

若论李卓吾思想与《维摩诘经》的联系，可谓千丝万缕。但其中情况又须区别。李卓吾所受的有些影响可能是间接得来，如禅宗宝典《坛经》颇有借鉴《维摩诘经》之处，禅宗的著名公案亦有从《维摩诘经》中化出的❹，因此李卓吾的相关议论可能来自《维摩经》，也可能由禅宗间接而来。而有些观点并非《维摩诘经》所特有，我们也不宜遽下"影响"之断语。下面仅就较为明显者，拈出两点。

---

❶ 李贽：《答耿中丞》，见《焚书》卷一，中华书局1975年版，第16页。
❷ 李贽：《赞刘谐》，见《焚书》卷三，中华书局1975年版，第130页。
❸ 《焚书》之《又答耿中丞》《与耿司寇告别》《书黄安二上人手册》。
❹ 如"谁缚汝"公案，即出于《香积佛品》："若本无缚，其谁求解？"

(一)"佛魔不二"论

李卓吾很喜欢谈论"佛"与"魔"之类的话题,如:

> 我说达摩正是魔,寸丝不挂奈余何!腰间果有雌雄剑,且博千金买笑歌。❶
>
> 今我等既为出格丈夫之事,而欲世人知我信我,不亦惑乎!……若我直为无可奈何,只为汝等欲学出世法者或为魔所挠乱,不得自在,故不得不出头作魔王以驱逐之。❷
>
> 第亦未可全戒,未可全瘳。若全戒全瘳,即不得入阿修罗之域,与毒龙魔王等为侣矣。❸
>
> 经云:"尘劳之俦,为如来种。"彼真正具五力者,向三界中作如意事,入魔王侣为魔王伴,全不觉知是魔与佛也。❹

如是等等。而他的朋友也与他讨论这一话题,如梅衡湘致信李卓吾,云:

> 世但有魔而不佛者,未有佛而不魔者。……佛而魔,愈见其佛也。❺

他们的意思听起来很有些奇特,主要是讲:在大神通者看来,佛与魔是相互依存的,真正大乘佛法须由魔中修成;菩萨之行为不可纯洁无瑕,因其必须身处秽土、地狱,与魔王为侣,才可救拔众生;为救众生,有时须自身化为魔王。

这种种观点正是《维摩诘经》反复涉及的话题。李卓吾这方面的

---

❶ 李贽:《和韵》,见《续焚书》卷五,中华书局1975年版,第113页。
❷ 李贽:《与明因》,见《焚书》卷二,中华书局1975年版,第62页。
❸ 李贽:《与李惟清》,见《焚书》卷二,中华书局1975年版,第62页。
❹ 李贽:《又与从吾孝廉》,见《焚书》增补一,中华书局1975年版,第256页。
❺ 梅衡湘:《答卓吾》,见《焚书》卷二,中华书局1975年版,第66页。

见解确乎来自《维摩诘经》。如上面的"经云"便是引自卷七《佛道品》，李卓吾由经文之"尘劳"引申出"魔"义，再引申为"与魔王伴""不觉知是魔与佛"。而化身"魔王"之说则见于《不思议品》：

> 尔时，维摩诘语大迦叶："仁者，十方无量阿僧祇世界中，作魔王者多是住可不思议解脱菩萨，以方便力教化众生，现作魔王。"❶

另，《文殊师利问疾品》也有维摩诘以"一切众魔及诸外道"为侍从的奇特言论❷。《菩萨品》又详细描写了维摩诘与波旬魔王打交道的过程，其中魔王向维摩诘索要天女，而维摩诘即以"一切众生"的愿望俱应满足为由，将天女舍之，并劝慰众天女安心居于魔宫，说是"汝等虽住魔宫"，也是在"报佛恩"，"亦大饶益一切众生"。这些显然是卓吾"佛、魔"之论的源头。

李卓吾由此"佛、魔"之论转生出一套迥异于正统尺度的价值、是非标准。他以井水与海水对比，井水"清洁""甘美"，但"欲求三寸之鱼而不可得矣"。而：

> 今夫海，未尝清洁也，未尝甘旨也。……盖能活人，亦能杀人，能富人，亦能贫人。其不可恃之以为安，倚之以为常也明矣。然而鲲鹏化焉，蛟龙藏焉，万宝之都，而吞舟之鱼所乐而游遨也。

这不尽清洁（甚至不尽良善）的海水却有其大机大用。而评价社会的人才，也是同样的道理：

---

❶ 《维摩诘经》卷六《不思议品第六》，上海古籍出版社1994年版，第120页。
❷ 此所谓"奇特"，相对于常识、常见而言。若就《维摩诘经》自身论，则完全合乎其内在逻辑。

> 人犹水也，豪杰犹巨鱼也。欲求巨鱼，必须异水；欲求豪杰，必须异人。此的然之理也。……今若索豪士于乡人皆好之中，是犹钓鱼于井也，胡可得也！……古今圣贤皆豪杰为之，非豪杰而能为圣贤者，自古无之矣。

所谓豪杰即有个性甚或有缺欠的人物，所以不能"乡人皆好"。但李卓吾认为，只有这样的人物才可能成为"圣贤"，而那些看起来纤尘不染者反无一点希望。这分明是"佛、魔"论的翻版。

他的这种论调是有很强针对性的。首先是为自己的性格、行为作辩护：

> 今人尽知才难，……才到面前竟不知爱。……夫凡有大才者，其可以小知处必寡，其瑕疵处必多，非真具眼者与之言必不信。
>
> 若夫贼德之乡愿，则虽过门而不欲其入室，……盖论'好人'极好相处，则乡愿为第一；论载道而承千古绝学，则舍狂狷将何之乎？

这种赞赏"有瑕疵"之"真"的观点，在当时产生了相当大的影响，出现了一批不护细行、恣肆张扬的人物，形成了晚明狂放思潮的中坚。而"公安派"的理论宣言——《叙小修诗》，则完全据此而发挥之。

其次，这种论调也是针对社会现状有感而发的，他曾满怀激愤地讲：

> 嗟乎！平居无事，只解打恭作揖，终日匡坐，同于泥塑，以为杂念不起，便是真实大圣大贤人矣。……盖因国家专用此等辈，故临时无人可用。又弃置此等辈有才有胆有识之者而不录，又从而弥缝禁锢

之……当此时,正好学出世法,直与诸佛诸祖同游戏也❶。

这种不平之感在他的文学批评中得到了充分的发挥,并成为分析人物形象的一个重要角度。

另外,和"佛、魔"论密切相关的是如何看待现实人生,如何看待人间情欲的问题。这便是李卓吾从《维摩经》中得到的"人间净土"观念。

(二)"人间净土"观

《维摩诘经》中谈论"净土"及相关话题之处甚多,如首章《佛国品》:

若菩萨欲得净土,当净其心。随其心净则佛土净。❷

因此,尽管现实世界"秽恶充满",而由于"菩萨于一切众生悉皆平等",所以从中"能见此佛土清净"。僧肇在此加注:

净土必由众生。譬立宫室必因地,无地、无众生,宫、土无以成。❸

后文还有一段戏剧性的对话:

是时,佛告舍利弗:"有国名妙喜,佛号无动,是维摩诘于彼国没而来生此。"

舍利弗言:"未曾有也。世尊,是人乃能舍清净土而来乐此多怒害处?"……

---

❶ 李贽:《因记往事》,见《焚书》卷四,中华书局1975年版,第156-157页。
❷ 《维摩诘经》卷一《佛国品第一》,上海古籍出版社1994年版,第23页。
❸ 《维摩诘经》卷一《佛国品第一》,上海古籍出版社1994年版,第19页。

维摩诘言:"菩萨如是。虽生不净佛土,为化众生。不与愚暗而共合也,但灭众生烦恼暗耳。"❶

这样的"净土"观,显然与净土宗的"阿弥陀佛净土"观大异其趣。首先,"心净土净",随处可得净土;其次,对于菩萨来讲,必须处秽,又必须处秽如净。

李卓吾的"净土"观比较复杂,两种对立观点兼容并包。而代表"维摩净土观"的典型言论是前引《与李惟清》:

蒙劝谕同皈西方,甚善。但仆以为西方是阿弥陀佛道场,是他一佛世界,若愿生彼世界者,即是他家儿孙。……(仆)以西方佛为暂时主人足矣,非若公等发愿生彼,甘为彼家儿孙之比也。且佛之世界亦甚多。但有世界,即便有佛;但有佛,即便是我行游之处、为客之场。……是故或时与西方佛坐谈,或时与十方佛共语,或客维摩净土,或客祇洹精舍,或游方丈、蓬莱,或到龙宫海藏。天堂有佛,即赴天堂;地狱有佛,即赴地狱。

这段话的潜台词是"我即佛""我即菩萨",故字里行间狂态可掬。而其中明确提到"维摩净土",且主张随处有净土,认为菩萨当下地狱,这些观点与上述"维摩净土"的思想显然合拍。

李卓吾不仅接受了"维摩净土"的观点,还将其上升到哲理的层面:

若无山河大地,不成清净本原矣,故谓山河大地即清净本原可也。若无山河大地则清净本原为顽空无用之物,为断灭空、不能化生之物,非万物之母矣,可值半文钱乎?然则无时无处无不是山河大地之生

---

❶ 《维摩诘经》卷九《见阿閦佛品第十二》,上海古籍出版社1994年版,第183页。

者，岂可以山河大地为作障碍而欲去之也？清净本原，即所谓本地风光也。……是以谓之盐味在水，唯食者自知，不食则终身不得知也。又谓之色里胶青。盖谓之曰胶青，则又是色；谓之曰色，则又是胶青。胶青与色合而为一，不可取也。是犹欲取清净本原于山河大地之中，而清净本原已合于山河大地，不可得而取矣；欲舍山河大地于清净本原之外，而山河大地已合成清净本原，又不可得而舍矣。故曰取不得，舍不得，虽欲不放下不可得也❶。

这是一段意蕴相当丰厚的议论。就表层看，讨论的是佛教教义，与"维摩净土"观有些关联，也与佛性观相关。不过，由于李卓吾使用了较为抽象的议论方式，又多用比喻之词，就产生了涵盖广泛的哲理意味。若从这一层面理解，则涉及现象与本质、现实与理想等范畴之间的辩证关系。应该说，李卓吾的议论是非常透辟、深刻的。

正是站到了这样的哲理高度，李卓吾由"人间净土"观中转生出肯定现实人生、肯定人间情欲的可贵思想。他在《答邓石阳》的信中讲：

穿衣吃饭，即是人伦物理；除却穿衣吃饭，无伦物矣。世间种种皆衣与饭类耳，故举衣与饭而世间种种自然在其中，非衣饭之外更有所谓种种绝与百姓不相同者也。学者只宜于伦物上识真空，不当于伦物上辨伦物。

"真空"即前文所谓"清净本原"。李卓吾提出"于伦物上识真空"，又把"伦物"明确指为百姓的"穿衣吃饭"，这就把思想家、学者的情怀拉回到人间，给当时蓬勃发展的市民文化提供了有力的理论支持。

类似的主张，李卓吾在其他地方还曾反复说明，如前面引述的

---

❶ 李贽：《观音问·答自信》，见《焚书》卷四，中华书局1975年版，第171–172页。

《答邓明府》所讲:"生菩提心,就此百姓日用处提撕一番。如好货,如好色,如勤学,如进取,如多积金宝,如多买田宅为子孙谋,博求风水为子孙福荫,凡世间一切治生产业等事,……反而求之,顿得此心,顿见一切贤圣佛祖大机大用。"等。这些观点的源头肯定并非《维摩诘经》一端,但《维摩经》是源头之一当可无疑。

实际上,《维摩诘经》除却"人间净土"的观念外,其整个"菩萨乘"的思想都指向关切现实的人间情怀,如"不舍道法而现凡夫事","不断烦恼而入涅槃","若菩萨行于非道,是为通达佛道。……示有资生而恒观无常,实无所贪;示有妻妾彩女,而常远离五欲淤泥"等,这些显然也都与李卓吾肯定现实人生的思想有密切的关系。

四

李卓吾是开一代风气的文学批评家,而在他的文学批评活动中同样深深打有《维摩经》的印痕。此点向来无人注意,今举数端以见一斑。

(一)《水浒传》批评中的"游戏"说❶

李卓吾的侍者怀林介绍其《水浒传》评点之缘由与特色道:

> 和尚一肚皮不合时宜,而独《水浒传》足以发抒其愤懑,故评之为尤详。据和尚所评《水浒传》,玩世之词十七,持世之词十三。然玩世处亦俱持世心肠也,但以戏言出之耳。……和尚读《水浒传》,第一当意黑旋风李逵,谓为梁山泊第一尊活佛。❷

一是借题发挥,抒写不平;二是游戏笔墨,玩世不恭——这确乎

---

❶ 此指明容与堂刊《李卓吾先生批评忠义水浒传》。关于评点真伪之辩证,可参见陈洪:《李贽》,春风文艺出版社1999年版。

❷ 《李卓吾批评忠义水浒传》,见《古本小说集成》,上海古籍出版社1994年版,第1—6页。

是李卓吾评点的突出特点。而后一方面又集中表现在关于李逵的形象分析、议论中。如第七十四回回评：

> 李卓老曰：燕青相扑已属趣事，然犹有所为而为也。何如李大哥做知县、闹学堂，都是逢场作戏，真个神通自在！未至不迎，既去不恋，活佛！活佛！❶

"神通自在""逢场作戏"云云，如前所述是《维摩诘经》所倡的境界，亦是李卓吾的人生追求。他把李逵尊为"活佛"，有三重意味：首先是赞赏其朴野真纯，借以贬斥世风（特别是道学）的虚伪；其次是借此宣扬他的"游戏神通"人生理想；最后是由李逵形象中的"戏"与"趣"，引申到创作本身对"戏"与"趣"的追求。关于"戏"与"趣"的问题，在第五十三回回评中有更显豁的表述：

> 有一村学究道："李逵太凶狠，不该杀罗真人；罗真人亦无道气，不该磨难李逵。"此言真如放屁。不知《水浒传》文字当以此回为第一。试看种种摩写处，那一事不趣？那一言不趣？天下文章当以"趣"为第一。既是趣了，何必实有是事并实有是人？若一一推究如何如何，岂不令人笑杀。❷

"天下文章当以'趣'为第一"云云，一方面是其游戏、玩世的人生态度在阅读欣赏中的表现，另一方面也自有其文艺理论上的意义。这种"游戏"文艺观显然是作为"村学究"们拘于真人实事、道理教条主张的对立面提出的，思想上有反礼教、反束缚的味道，艺术上则有提倡娱乐性、幽默感的倾向。

---

❶ 《李卓吾批评忠义水浒传》，见《古本小说集成》，上海古籍出版社1994年版，第2420页。
❷ 《李卓吾批评忠义水浒传》，见《古本小说集成》，上海古籍出版社1994年版，第1769页。

(二)《水浒传》批评中的"佛、魔"说

李卓吾的《水浒传》批点中使用最多的评语就是"趣"与"佛"。前者主要用于故事情节的艺术品评,后者则用于人物言行的品性判断。如第四回回评:

> 此回文字分明是个成佛作祖图。若是那班闭眼合掌的和尚,决无成佛之理。何也?外面模样尽好看,佛性反无一些。如鲁智深吃酒打人,无所不为,无所不作,佛性反是完全的,所以到底成了正果。算来外面模样看不得人,济不得事,此假道学之所以可恶也与。❶

这是针对鲁智深大闹五台山一节所批。其中有两个观点值得注意:作"恶"者具备成佛的条件,反之却不成;认真依照佛教规仪("闭眼合掌"打坐)修行,并非真修行。这前一点在关于"佛、魔"之论中申说已详,而后一点与《维摩诘经》亦有某种思想上的关联。经之《弟子品》说舍利弗在林中"宴坐",而维摩诘来教训他道:"不必是坐,为宴坐也。""不舍道法而现凡夫事,是为宴坐。"也就是说,不拘于修行之规仪才是真正高明的修行,外表与普通人等同,而内里具有佛的素质(李卓吾认为就是真率),才是真正高明的修道人。而这两点结合到一起,就形成了背离社会主流道德标准的异端倾向——这正是李卓吾评论《水浒传》人物的出发点。

作品中被指为"佛"的,主要是李逵与鲁智深,而二人之所以为"佛"的行事,皆为悖"礼"逾"法"之举。这一点,第四回回评讲得十分清楚:

> 一知礼教,便不是佛了。❷

---

❶《李卓吾批评忠义水浒传》,见《古本小说集成》,上海古籍出版社1994年版,第151页。
❷《李卓吾批评忠义水浒传》,见《古本小说集成》,上海古籍出版社1994年版,第121页。

基于此，李卓吾对鲁智深闹佛殿、打金刚，李逵闹东京、杀任原之类的举动一律批之以"佛"，赞不绝口。再推而广之，武松、石秀、阮氏兄弟等，举凡对社会成法反抗激烈者，他也大多冠以"佛"名。相反，在评论《琵琶记》时，对谨守封建道德规范人物则批以"丑""便妆许多腔"等。在《杂说》中，更把"诲淫"之作《西厢记》赞为"天下之至文"，把道德说教的《琵琶记》作为反衬，贬为"似真非真"的"画工"。可见，由《维摩诘经》的"佛、魔"观衍生出的道德观、是非观，乃是李卓吾文艺批评的一块重要基石。

（三）《杂说》中的有关内容

《杂说》是李卓吾评论文艺的专文，其中有些观点与《维摩诘经》亦不无关联。如：

> 若夫结构之密，偶对之切；依于理道，合乎法度；首尾相应，虚实相生；种种禅病皆所以语文，而皆不可以语于天下之至文也。杂剧院本，游戏之上乘也，《西厢》《拜月》，何工之有！❶

以"游戏"来看待文艺，主张"上乘"可不循常规常理，这在前面都曾涉及，此不赘论。

又如：

> 小中见大，大中见小，举一毛端见宝王刹，坐微尘里转大法轮……试取《琴心》一弹再鼓，其无尽藏不可思议……❷

"大""小"之论，"不可思议"之说，都是《维摩诘经》中的重

---

❶ 李贽：《杂说》，见《焚书》卷三，中华书局1975年版，第97页。
❷ 李贽：《杂说》，见《焚书》卷三，中华书局1975年版，第98页。

要话头,其间似亦有思路暗通之处。

另外,如《杂说》全篇之立意为贬"画工"扬"化工",而抑扬标准在是否超脱世俗规范。《维摩诘经》全篇之立意则为"弹小斥偏",贬斥的主要理由之一也是其拘泥于习见规范,在大思路上同样不无可比的地方。

总之,《维摩诘经》对李卓吾的思想、行为,以及文学批评等确实产生了深刻的影响。从一定的意义上讲,若分析李卓吾之所以为李卓吾,这是一个最为直接而切近的着手处。

"全璧"抑或"遗珠"
——论金圣叹易性写作兼及"全集"之编纂

一、从一段真实的荒诞故事说起

小鸾，字琼章……亡后七日，乃就木，举体轻软。母朱书"琼章"二字于右臂如削藕，冰雕雪成，家人咸以为仙去未死也。吴门有神降于乩，自言方（天）台泐子，智者大师之大弟子，转女人身，堕鬼神道中，借乩示现而为说法者也。乩言女人灵慧，殁后应以女人身得度者，摄入无叶堂中……俄而召琼章至。琼来赋诗，与家人酬对甚悉。泐师演说无明缘行生老病苦因缘，琼曰："愿从大师受记，不复往仙府矣。"师与审戒，琼矢口而答，皆六朝骈俪之语。师大惊曰："我不敢以神仙待子也。可谓迥绝无际矣。"遂名曰"智断"，字"绝际"。今堂中称"绝子"，又称"绝禅师"。自时厥后，泐子与醮子母女，降乩赋诗，劝勉熏修，不可胜记……余往撰《泐子灵异记》，颇受儒者谣诼，今读仲韶《窈闻》之书，故知灵真位业，亿劫长新；仙佛津梁，弹指不隔。聊假空华，永资迴向云尔。❶

这是明清之际文坛领袖钱谦益所撰《列朝诗集小传》中"叶小鸾"一节的梗概。要理解这段文字，需了解传主的家世。传主叶小鸾，是叶绍袁的三女儿。叶绍袁出生于吴江的文学世家，其妻女都是才情

---

❶ 钱谦益：《列朝诗集小传》，上海古籍出版社1983年版，第755页。

过人的诗人,但都红颜薄命。女儿叶小鸾十七岁早夭,随后其姊、其母皆因之哀伤过度而谢世。《列朝诗集小传》中并收母女三人的事迹。

《列朝诗集小传》的这段文字主要包含四层意思:一是叶小鸾去世后的"神异"状况;二是附体于某扶乩者的"泐子"的来历,以及其有关于"才女"的"无叶堂"说法;三是某扶乩者"表演"的情况:先是"泐子"降临,然后招来叶小鸾的亡灵,继而在扶乩者的笔下"泐子"与叶小鸾展开对话,内容包括诗句的"酬对";四是钱谦益以此事为自己辩解——此前,他已请过这个扶乩人为己扶乩,并就此吟诗著文,因而曾被"儒者"攻击。

前三层意思是主体,内容来自于叶绍袁编著的《窈闻》《续窈闻》。这些内容在叶书中更为详尽,钱氏在很大程度上是照搬而稍加节略而已。

叶绍袁深信妻女都是仙女谪凡,在她们去世后多方寻求沟通仙凡之路,最终找到"附体"于乩者的"泐大师"(据《窈闻》,在找到"泐大师"之前,已经通过"通灵"的严某,有过一番"上穷碧落下黄泉"的寻觅❶),并请他代招叶小鸾、沈宜修(绍袁妻)亡魂。而据钱谦益所撰《天台泐法师灵异记》:"乩所冯者金生采,相与信受奉行者戴生、顾生、魏生。"❷ 也就是说,这个扶乩人就是金圣叹,助手则是他的几个朋友。叶绍袁在《续窈闻》中详细记载了"泐大师"(即金圣叹)每次表演的内容,包括以每位女魂身份与家中人的会面、谈话,以"泐大师"身份对每位女魂的前生今世、仙界处境的说明,以"泐大师"身份对叶绍袁本人前生甚至延伸至战国时代的情况说明,还有最为复杂的是"泐大师"与各位"女仙"即时的诗歌唱和。

如果我们综合各种记载,"还原"一下当时的情景的话,大致应

---

❶ 叶绍袁:《续窈闻》,见《午梦堂集》,中华书局1998年版,第511–517页。

❷ 钱谦益:《天台泐法师灵异记》,见《牧斋初学集》,上海古籍出版社1985年版,第1123页。

该是这样：金圣叹的助手们（戴生、顾生、魏生）负责扶乩中读沙盘、记录等环节；金圣叹自己则是那位扶乩的表演者。他的表演如同一位说唱演员，有时以"泐大师"身份（附体）向"观众"（即叶氏家人）讲述并对话，有时则轮流扮演多个角色（"泐大师"、叶小鸾、沈宜修、叶纨纨），彼此进行对话（"轮流附体"的形式），彼此诗歌唱和，如同在他的身体中演出戏剧一般。

他在叶家的表演主要有三次。一次是崇祯八年，距叶小鸾去世三年。金圣叹到达叶府后，即以"泐大师"身份就叶家诸人的前生今世编造了十分复杂的故事，又讨来叶氏亲友的悼亡诗集，翻阅后当场作序一篇，继而又画四季花卉四幅，博得众口赞叹。接下来便是"重头戏"——招魂。他以"泐大师"身份招来"叶小鸾"的灵魂，再以二者身份进行一番对话与诗歌吟诵。另两次是次年四月。金圣叹到叶府的三个月后，叶小鸾的母亲沈宜修哀伤去世。在叶家一再敦请之下，金圣叹两到叶府，声称已把叶氏母女的灵魂全都招致"泐大师"为才女所建"无叶堂"中，随后又把她们一齐招到现场，来了一次四"人"联句——"泐大师"与沈宜修、叶纨纨、叶小鸾。

这里要说明的是，按照金圣叹的设计，所谓"泐大师"也是一位女仙，只是有复杂的转世及佛门背景而已。因此，在这两次降神活动中，金圣叹是以四位女性口气在进行特殊的"易性写作"。

我们先来看第一次[1]。

金圣叹"招来"叶小鸾的灵魂后，即以"泐大师"身份提出："试作一诗，用观雅韵。"然后以叶小鸾亡灵的身份吟道：

身非巫女惯行云，肯对三星蹴绛裙。清映声中轻脱去，瑶天笙鹤两行分。

---

[1] 叶绍袁：《续窈闻》，见《午梦堂集》，中华书局1998年版，第518–523页。

"亡灵"自己又主动作诗一首：

汾干素屋不多间，半庇生人半庇棺。黄鹤飞时犹合哭，令威回日更何欢。

其后双方问答，亡灵表示不再回仙府，愿皈依"泐大师"莲座前。"泐大师"便弄出一大套"审戒""授戒"的把戏，并为亡灵取了法名。这一大段彼此对话起伏跌宕，"说唱者"金圣叹一会儿以高僧大德（女仙、女尼）身份出现，一会儿以闺中少女之灵的身份出现，轮流揣摩截然不同的口气，充分显示出他的创作才能与表演天才。如：

问答未竟，师云："无明缘行，行缘识，识缘名色，名色缘六入，六入缘触，触缘受，受缘爱，爱缘取，取缘有，有缘生，生缘老死忧悲苦恼。君谛听之，我当细讲。"停乩甚久，师云："奇哉！是也。割爱第一。"又云："菩萨正妙于从空出假，子真妙悟天开也。"

女即作诗呈师，云："弱水安能制毒龙，竿头一转拜师功。从今别却芙蓉主，永侍猊床沐下风。"师云："不敢。"女云："愿从大师授记，今不往仙府去矣。"师云："既愿皈依，必须受戒。凡授戒者，必先审戒。我当一一审汝，汝仙子曾犯杀否？"女对云："曾犯。"师问："如何？"女云："曾呼小玉除花虱，也遣轻纨坏蝶衣。"

"曾犯盗否？"女云："曾犯。不知新绿谁家树，怪底清箫何处声。"

"曾犯淫否？"女云："曾犯。晚镜偷窥眉曲曲，春裙亲绣鸟双双。"

师又审四口恶业，问："曾妄言否？"女云："曾犯。自谓前生欢喜地，诡云今坐辩才天。""曾绮语否？"女云："曾犯。团香制就夫人字，镂雪装成幼妇词。""曾两舌否？"女云："曾犯。对月意添愁喜句，拈花评出短长谣。""曾恶口否？"女云："曾犯。生怕帘开讥燕子，为怜花谢骂东风。"

师又审意三恶业:"曾犯贪否?"女云:"曾犯。经营缃帙成千轴,辛苦鸾花满一庭。""曾犯嗔否?"女云:"曾犯。怪他道蕴敲枯砚,薄彼崔徽扑玉钗。""曾犯痴否?"女云:"曾犯。勉弃珠环收汉玉,戏捐粉盒葬花魂。"

师大赞云:"此六朝以下,温李诸公,血竭鬓枯,矜诧累日者,子于受戒一刻,随口而答,那得不哭杀阿翁也。然则子固止一绮语罪耳。"遂予之戒,名曰"智断"。

女即问:"何谓智?"师云:"有道种智,一切智,一切种智。"又问:"何谓断?"师云:"断尘沙惑,断无明惑。有三智应修,三惑应断。菩萨有智德断,德智断者,菩萨之二德也。"女云:"菩萨以无所得故而行,应以无所断故而断。"师大惊云:"我不敢复以神仙待子也,可谓迥绝无际矣。"遂字曰"绝际"。今无叶堂中称绝子,亦称绝禅师。❶

其中,以叶小鸾身份写作的完整诗篇一首,即"弱水安能"的绝句。此诗揣摩初皈的信女心理与口吻,是相当贴合的。不过,更为有趣的是接下来的审戒与忏悔。金圣叹以"泐大师"身份连续提出十戒的内容相审,随即再以叶小鸾灵魂身份一一应声而答。叶小鸾所答有四个可注意之点:一是每个所谓犯戒的事由都以诗句的形式出现;二是诗句描写的都是少女生活的情境,如扑蝶、葬花、画眉、刺绣等;三是在有些情境描写中,生动表现出闺中少女的心态、性情;四是这些情境、事由其实都远远谈不上"犯戒",分明是为了吟出这些诗句而设立的"审戒"问答。

今天的读者当然一眼就可以看出,这一切都是金圣叹在表演,而且应该是前一夜在家中打好腹稿,或曰写好"剧本"、编好"台词"的。但在当时,叶绍袁一家却是宁信其有——对答是那样合榫,而爱女又确确实实是诗才卓荦。金圣叹正是抓住了叶家的这种心理,把这

---

❶ 叶绍袁:《续窈闻》,见《午梦堂集》,中华书局1998年版,第522–523页。

场戏弄得更加复杂。一番问答后,金圣叹掩饰不住自我欣赏之情,先是称赞这个"叶小鸾"文才超过了温庭筠、李商隐,接下来称赞其佛理颖悟,远超一般神仙,并赠予这位初皈依者"绝禅师"的称号。这一番高调赞美,叶家自然十分满意,而金圣叹内心更加得意。他的得意是双倍的:一为自己的多方面才能得意,二为自己"英雄欺人"的造假、表演本领得意。

此后,由于金圣叹编造出的"泐大师"在他界是叶家儿女的佛门导师,在人间则成了叶夫人的导师,依托这种十分密切的关系,金圣叹与叶家的走动便频繁起来。沈氏亡故后,"泐大师"又为此到叶府说因果,第二天更是同时招来了母女三位的亡灵,加上她本人,来了一个四"人"联句:

(泐)灵辰敞新霁,密壶升名香。(母)神风动瑶天,(女一)道气弥曲廊。(母)憨燕惊我归,(女二)疏花露我床……(母)感应今日交,(女一)围绕后时长。(女二)思之当欢踊,(泐)何为又彷徨!❶

这一篇"大文章"或者说这部"小剧本",不仅四十四句一韵到底,而且还有很多前后对白,联句中间的彼此承接转换又颇多变化,实在是花费了金圣叹不少精力。不过,对于这个文学青年来说,这一次逗弄才华的机会十分难得。一是他要代言的几位女性都是文才出众的,他所模拟的诗文、谈吐必须表现出过人的才情。二是他还同时要模拟天台高僧"泐大师",其佛学修养要配得上这位虚拟的佛门大德的水平。第三,这是多人之间的对话,要求金圣叹必须迅速在几个角色间转换。应该说,金圣叹是成功地应对了上述挑战,把这场戏唱得有板有眼,声情并茂。他不但显露了快捷的诗才,表现出多种文体写作的能力,还锻炼了自己的表演

---

❶ 叶绍袁:《续窈闻》,见《午梦堂集》,中华书局 1998 年版,第 523–524 页。

才能与揣摩、虚构的想象力。

二、金圣叹易性写作的"成绩"分析

首先应该明确一点,在近一年的降神活动中❶,无论是"泐大师"所言、所写,还是"泐大师"招来的叶小鸾、叶纨纨、沈宜修所言、所写,其实都是金圣叹所言、所写。对于现代的读书人来说,这种判断应是毫无疑问的事情——尽管是金圣叹以非常特异的方式在言说,在书写。

所谓"特异的方式",是指他通过装神弄鬼(这里只是描述,不含贬义)的方式,以类似戏剧的"代言体",揣摩四个不同的女性身份、心理与文才,以多种文体来分别传达一个男性对她们生活、情感的想象及体验。

先来看他代"泐大师"的写作情况。

"泐大师"的性别较为复杂。据钱谦益《天台泐法师灵异记》:

天台泐法师者何?慈月宫陈夫人也。夫人而泐师者何?夫人陈氏之女,殁堕鬼神道,不昧宿因,以台事示现,而冯于乩而告也。乩之言曰:"余吴门饮马里陈氏女也……故天台之弟子智朗堕女人身,生于王宫,以业缘故转堕神道,以神道故,得通宿命,再受本师记莂,俾以鬼神身说法也。❷

也就是说,他有双重身份,显性的身份是一位女仙——"慈月宫

---

❶ 金圣叹第一次以"泐大师"身份到叶宅,是崇祯八年六月,记载中的最后一次则是崇祯九年的四月。

❷ 钱谦益:《天台泐法师灵异记》,见《牧斋初学集》,上海古籍出版社1985年版,第1123页。

陈夫人",隐性的身份是男性的僧人转世,这个转世灵魂因"通宿命"而记起了当初佛门的身份与使命。金圣叹绕这么大的圈子来设计如此复杂的一个附体者,原因似有两个:一是扶乩由女仙、女鬼附体原有传统,而金氏也对这样的性别转换感兴趣;二是如此设计,一个附体的灵异既有仙缘又有佛缘,即是男性又是女身,可以满足各种"客户"的需求。但是,其基本性别是女性,这也是叶家一而再地请"她"坦然拜在"她"门下的原因了。

所以,凡金氏以"泐大师"身份写下的诗文,也都应视为易性的写作。

金圣叹以"泐大师"身份写下的诗文,今日可见者计有序言一篇——《彤奁双叶题辞》,信札三通,四人联句诗中以"泐大师"口气吟出者十五句,为叶小鸾画像(未就)而作题辞一首,另有《瑶期外纪》未完之残稿。

信札、题辞与《外纪》都是装神弄鬼糊弄对方的权宜文字,如第一封信是沈宜修病重,叶绍袁请求"泐大师"施展神通救其弟子性命之时,"泐大师"的答复,略云:

> 世法之必轮转……岂惟夫人,明公亦应早自着脚。仙人情重,情重结业,业结伤性,性伤失佛,失佛大事,死又不足言也……❶

救命自然是这位假"大师"做不到的,唯一能做的就是告诫其不要动情伤心,以免失却佛性。一个月后,沈氏亡故,"泐大师"再次致信告诫叶绍袁"无以爱根缠杀佛根"。这两封书信纯以佛家常谈应付,并无性别因素在内。其后,"牍札往返",但仅存其一,谓"天下事无大无细,洵皆因缘哉"云云。

那首"题辞"则更有戏剧性。当"泐大师"多次招来叶小鸾亡魂后,叶绍袁便请她(他)为爱女画像。此前,这位"泐大师"为

---

❶ 叶绍袁:《叶天寥自撰年谱》,见《午梦堂集》,中华书局1998年版,第852页。

逗弄才华曾当众画过四季花卉，没想到弄巧成拙。金圣叹实在没见过这位才女真容，"泐大师"也就无从画起。情急之下，她（他）便以一篇"题辞"来转移了话题，走出困境。其词云：

是邪非邪耶？立而俟之,风何肃穆其开帷。是邪非邪？就而听之，声瑟瑟其如有闻。步而来者谁邪？就而问之，泪栏干其不分明。瞥然而见者去邪？怪而寻之，仅梅影之在窗云。丙子夏日，写绝子小影不得，拟李夫人体叹之。❶

文章写一缥缈的少女鬼魂似有若无、娇弱羞怯的形象，以及招魂时的期盼、疑似氛围，都十分传神。可以看出金圣叹丰富的想象力和出众的文字水平。只是此文的描述和前面那些审戒、受戒的场面描写太不一致了。好在叶家是宁信其有，又不敢怀疑神通广大的"泐大师"，这才没有"穿帮"。

金圣叹以"泐大师"身份写作的最佳作品当属《彤奁双叶题辞》。这是为《彤奁续些》做的序言。《彤奁续些》是叶绍袁编辑的亲友悼念叶纨纨、叶小鸾的诗集。"泐大师"的题辞署名"天台无叶泐子智朗槃谈"，包括了金圣叹设计的多重复杂身份。文章是一篇漂亮的骈文，略云：

吴汾诸叶，叶叶交光。中秀双姝，尤余清丽。惊才凌乎谢雪，逸藻媲于班风……岂期赋楼虽有碧儿，侍案复须玉史。妹初奔月，姊亦凌波。嗟乎伤哉，天邪人也！观遗挂之在壁，疑魂影之犹来。痛猿泪之下三，哀雁字之失二。左思赋娇，不堪更读；中郎绝调，今复谁传……❷

---

❶ 叶绍袁：《续窈闻》，见《午梦堂集》，中华书局1998年版，第526页。
❷ 叶绍袁：《彤奁续些》，见《午梦堂集》，中华书局1998年版，第673页。

这篇序文,随诗集而流传,后世言及叶家才女,多有引用者,如陈去病《笠泽词徵序》。

总体说来,金圣叹以"泐大师"身份写作的时候,注重的是佛学修养与驾驭各种文体的能力,性别的因素基本没有体现。

当金圣叹以叶小鸾身份写作的时候,文本中便时而显露出他对少女、才女心理的揣摩。我们先来看他代叶小鸾做的三首绝句:

身非巫女惯行云,肯对三星蹴绛裙。清咉声中轻脱去,瑶天笙鹤两行分。

汾干素屋不多间,半庇生人半庇棺。黄鹤飞时犹合哭,令威回日更何欢。

弱水安能制毒龙,竿头一转拜师功。从今别却芙蓉主,永侍猊床沐下风。

三首诗的水平说不上多么高明,但作者刻意表现出"自己"女仙的形象、口吻。从这个角度讲,诗还是成功的。

下面再来看那首复杂的"四人"联句:

灵辰敞新霁,密壶升名香(泐师)。神风动瑶天(宛君),道气弥曲廊(昭齐)。憨燕惊我归(宛),疏花露我床(琼章)。宿蛛胃我钗(宛),飘埃沾我裳(昭)。锈花生匣锁(宛),虫鼠游裙箱(琼)。遗挂了非我(宛),檀佛因专房(琼)。新荷为谁绿(昭),朱曦惨无光(宛)。君子知我来,清涕流纵横(宛)。(叶黄)。舅氏知我来,不复成趋跄(昭)。(时沈君晦在也)。兄弟知我来,众情合一怆(琼)。(叶平声)。婢仆知我来,洒扫东西忙(宛)。请君置家业,观我敷道场。须弥已如砥(师),黑海飞尘扬(琼)。月亦沉昆仑(师),日不居扶桑（琼）。帝释辞交珠（师），迦文掩师幢（琼）。万法会有尽（师），一切皆无常（琼）。独有芬陀华，久久延奇芳。灵光顶上摇（师），慈云寰中翔（琼）。断三而得三（师），遮双即照双（琼）。父兄亦众生，母女成法王（师）。感应今日交（宛），围绕后时长（昭）。思之当欢踊（琼），何为又彷徨（师）。

金圣叹为这首诗颇用了一番心思，对每个人的身份、彼此的关系，都有相当细致的考虑与安排。开端二十二句是第一个层次，描写三个魂灵返回家中的情景与感受，所以由"泐大师"开一个头，然后母女三人次第吟唱。三人之中，母亲为主导，两个女儿轮流承接。后面十六句是第二个层次，专论佛理，由"泐大师"与叶小鸾一唱一和，沈宜修、叶纨纨无所置喙。最后六句为结尾，"泐大师"开头，母女三人依序一人一句，"泐大师"最后收尾。全诗结构相当完整，起承转合的章法也具匠心。当然，最有意思的是金圣叹对母女三人心理的揣摩与表达。如"沈宜修"的诗句，"憨燕惊我归""宿蛛冒我钗""锈花生匣锁"确是离家归来的主妇眼中所见，而"君子知我来，清涕流纵横""婢仆知我来，洒扫东西忙"更把她这一特定身份表现得准确而生动。两个女儿的诗句虽不及母亲的贴切，却也基本是女儿亡灵的视角与口气，如"飘埃沾我裳""虫鼠游裙箱"等。至于中间谈佛论道的部分，金圣叹则是呼应十个月前他对叶小鸾的褒奖乃至"封赠"——"绝禅师"云云。"断三而得三"与"遮双即照双"都是有一定深度的佛理话题，"泐大师"与"绝禅师"吟唱之际，旗鼓相当，既照应了当初的揄扬之词，又满足了叶家的心理期待：金圣叹之用心可谓良苦！

当然，盘点金圣叹这番易性写作的"成绩"，前文提到的叶小鸾"破戒"十吟是必须重点计入的。这十吟完全是金圣叹打好腹稿的戏剧性安排，其中如"晚镜偷窥眉曲曲，春裙亲绣鸟双双""勉弃珠环收汉玉，戏捐粉盒葬花魂""生怕帘开讥燕子，为怜花谢骂东风""曾呼小玉除花虱，也遣轻纨坏蝶衣"等，表现出他对少女生活情形的细致了解，可以说是其"易性写作"的最佳成果。正因为这十吟的生动、贴切，加上审戒的戏剧性，这一段诗意问答时常为后世才子们津津乐道。周亮工的《因树屋书影》、袁枚的《随园诗话》、陈廷焯的《词则》、陈文述的《碧城仙馆诗钞》等都提到这审戒十吟，只是没有一人质疑，没有一人想到这一"诗剧"的真正作者、表演者其实是金圣叹。

三、传统易性写作与扶乩

金圣叹的表演并非独创，而是传统易性写作与扶乩术的融合，但是又深深地打上了他个人的心理印记。

易性写作，在中国古代的文坛上，基本都是男性的行为。而这一写作方式，由于复杂的原因，不仅绵延不绝，而且枝繁叶茂，形成了一种独特的文学传统。

《诗经》中颇有女子口吻的诗歌，如《氓》《伯兮》《君子于役》《将仲子》《风雨》，等等。但是，我们没有充分的理由否认其作者的女性身份。所以，严格意义上的"易性写作"，应认定自屈原开始。屈原的《湘君》为祭祀时的歌词，作者以女神的口气，抒写等待夫君的复杂情感。从此，男性作者借歌咏香草美人抒发自己政治上的失意，成了一种近乎"母题"的现象。而其中既有第三人称的旁观之作，也有第一人称的异性代言作品。不过，这一类异性代言的内容都是浮泛的，具有明显类型化的特征。历史上有具体内容的异性代言作品，最早也是最典型的当为司马相如代陈皇后所作的《长门赋》。如果说屈原一脉的创作动机主要是男性作家自我中心的发愤之词的话，始自司马相如一脉的创作动机则明显不同。我们不妨把并非出于自我政治抒情的异性代言作品归于一大类，以区别于屈骚传统。按照《男子作闺音》作者张晓梅的归纳，把男子易性写作分为了六类，不过她又承认这仍不足以包括所有的情况（本文所论就很难归入六类之一）❶。其实，我们也可以换一个思路，既然讨论的是"易"性写作的问题，那分析的焦点就应集中到这一点上。由此，我们可以把易性写作分为两大类，一类是明显的自我中心，是"借"女性身份、口气表达男性作者自身某一社会政治意图的作品，另一类则是没有这种明显的意图，"替"女性发出声音是作品的直接目的。汉魏之际，这两个传统都有继承、发展。前者如张衡的《同声歌》等，后者如曹丕、曹植兄弟的《寡妇诗》等。

另一个必须提到的传统是扶乩。扶乩起于何时，很难有准确的断定。作为降神术与占卜术的结合，六朝时的道教典籍中已经有所记载。陶弘景所撰《真诰》有降神的诸女仙留诗的记载。细玩其上下文，似乎此前的降神都不留字迹，故《真诰》开篇还借"女仙"之口对于留字迹与否做了长篇大论的说明。据《真诰》所记，在兴宁三年（东晋哀帝）时，终于有两位女仙——九华真妃与紫薇夫人"体恤下情"，俯允所恳，借道士之手，各自留诗一首。这很可能是"女仙"附体吟诗的最早记载。不过，道士们如何与"女仙"沟通，换言之，"女仙"的诗通过何种方式传达到道士笔下，《真诰》语焉不详，似乎是被附体者口中代言。这与后世的扶乩还有很大差别。

后世的扶乩具有更多民间色彩，其起因与紫姑神崇拜有关。此事的记载以苏东坡的《紫姑神记》为最详细，文中不仅详述其来历，还描写了召请紫姑神的仪式：

> 神复降于郭氏……则衣草木为妇人，而置筲手中，二小童子扶焉，以筲画字。曰："妾寿阳人也。姓何氏，名媚，字丽卿。自幼知读书

---

❶ 张晓梅：《男子作闺音》，人民出版社2008年版。

属文……公少留,儿为赋诗,且舞以娱公。"诗数十篇,敏捷立成,皆有妙思。❶

小童扶箸、以箸画字,长于韵文,这些后世扶乩术的基本要素都已齐备。似乎因为紫姑生前的妾侍身份,又是兴起于民间的仪式,所以才有了"托于箕箒"的形式。详细记述这一活动的还有陆放翁的《箕卜》:

孟春百草灵,古俗迎紫姑。厨中取竹箕,冒以妇裙襦。
竖子夹扶持,插笔祝其书。俄若有物凭,对答不须臾。
岂必考中否,一笑聊相娱。诗章亦间作,酒食随所须。
兴阑忽辞去,谁能执其祛。持箕畀灶婢,弃笔卧墙隅。
几席亦已彻,狼籍果与蔬。纷纷竟何益,人鬼均一愚。❷

竹箕、竖子扶持、若有物凭等,与东坡所记一致。不同的是二人的态度,放翁持怀疑、批评态度,所以详细描写了散场后的狼藉。

到了明代,扶乩术虽在细节上有些变化(如不再"衣草木为妇人"),但大端已经定型,只是附体的不再限于紫姑神。由于传统的缘故,这种方式的降神,召请的"神灵"中女性仍占较大比例,民间地方性"邪神"——当地普通人的亡灵也较为多见。明人笔记中多有记载,如王锜的《寓圃杂记》、焦竑的《玉堂丛语》等。

与一般的扶乩术相比,金圣叹的表演要复杂多了。首先,他不是简单的"泐大师"附体,而是由附体的"泐大师"到碧落黄泉去寻觅其他三位的灵魂,再由这四位仙灵"现场"做多方面的表演。其次,他借此机会构建了一个只属于他的天上世界,包括"泐大师"三生石

---

❶ 苏轼:《东坡全集》卷三十八,见《四库全书》集部。
❷ 陆游:《剑南诗稿》卷五十,见《四库全书》集部。

上的出入佛道，更包括缥缈之中的女儿世界"无叶堂"。另外，金圣叹逞弄才华的范围更广，他在迷狂状态下表演的写作能力覆盖了文学的多种文体，又涉及了佛学的方方面面——不仅是"泐大师"所论，而且包括叶小鸾所论。还有，由于整个过程设计较为复杂，如招来叶小鸾的魂灵后，魂灵要旧地重游，要见过故人等，金圣叹的表演才能也得到充分的展现。

与前辈的异性代言诗相比，金圣叹显然不属于屈骚一脉。他是在"替"这几位女性讲话，而且是在替出众的才女、血脉相连的女诗人们代言作诗。这种情况在文学史上从未有过。与一般扶乩术不同，金圣叹的表演更富有文学、文化的内涵、品味更"雅"一些，在一定程度上有骚人雅士异性代言创作的性质——不如此，岂能取信于钱谦益、叶绍袁等文坛名流。而与一般文士的代言诗相比，金圣叹所作所为又染上了浓厚的江湖之气，甚至诡异之气。所以，无论欣赏他的人还是贬斥他的人，都不把这些文字看作他自己的作品，一句"魔来附之""为卟所凭"，便彻底剥夺了他的著作权。实际上，无论出于多么诡异的形式，这大量的文字都出于金氏之手是毋庸置疑的。

金圣叹如此处心积虑，不是简单地"迷信""欺骗"所能解释的。笔者二十年前的一篇旧文《金圣叹钱谦益"仙坛唱和"透析》，认为金氏行为有三个方面的原因：文人假托"仙缘"的传统；晚明的时代风气；他本人的性格、心理因素。而在本人因素中，揭示了金圣叹好名、急于求名及逞弄才华的心理。

而在金圣叹这一次降神表演中，性别的因素突出了。他不仅是虚构了女性的"泐大师"，而且招来多名"才女"为她们代言，甚至"组建"了世外女性天堂——"无叶堂"，自己以"泐大师"身份成为她们（虚拟中的）的导师与领袖。如此种种，显示出金圣叹心灵深处的隐秘。即他的易性冲动。在降神的过程中，金圣叹借"泐大师"之口有一断言：

> 天下最有痴人痴事。此是发愿为女者，向固文人茂才也。❶

他认为叶纨纨这样的才女，前世是痴情才子，发愿易性转世而来。换言之，痴心的才子会发愿转世而易性。这里包含着"夫子自道"的成分。金圣叹在《第六才子书西厢记》的序言《留赠后人》中，表达了这样的意愿：

> 后之人既好读书，必又好其知心青衣。知心青衣者，所以霜晨雨夜侍立于侧，异身同室，并兴齐住者也。我请得转我后身便为知心青衣，霜晨雨夜侍立于侧而以为赠之。❷

情愿转世之后变为女性，甚至是为婢为妾，和好读书的才子成为知心。这在当时，不啻为惊世骇俗的狂言。金圣叹敢为此论，一则是以佛学撑腰（如《维摩诘经》中即有舍利弗化身为女的情节），二则表明自己确有易性体验的冲动——这在当年的叶府得到了最为充分的实现机会，现在只有在写作中来满足了。

隐秘之二是金圣叹不是一般的招魂表演，而是虚构出一座"无叶堂"，并虚拟出堂中的情景：全是女性在其中，既有数十名才女，又有数十名小婢，而主人就是与他一而二二而一的"泐大师"；他以这个名义到天上收集才女们的亡魂置于堂中由他指导、教导、管理，自言"（叶纨纨）今归我无叶堂中……今日不携之归来耳"，可见其心态；他又以导师身份对其成员在幻想中"审戒"，在现实中"收编"（如对沈宜修）。我们自不必把他说得多么不堪，但金圣叹在幻想世界中让自己支配才女们的思想与行动，并从中感受乐趣，

---

❶ 叶绍袁：《续窈闻》，见《午梦堂集》，中华书局1998年版，第519页。
❷ 金圣叹：《金圣叹全集》（第三册），江苏古籍出版社1985年版，第9页。

这也是不争的事实。

正是金圣叹这样特异的心态，才有了文学史上这一桩极其特异的易性写作。

四、金氏此番易性写作的文学史意义

《午梦堂集》于崇祯九年初刊后，至清末的不足三百年间，便有不同的刻本八种，抄本一种，可见传播之广。八种刻本，其一由乾隆年间文坛领袖沈德潜作序，其一由著名诗话作者叶燮选编，其一由晚清名士叶德辉编辑，这几位都是能够影响文坛的人物。金圣叹的上述作品附骥尾而传，读者虽大多不知与金氏有关，但"泐大师"与叶小鸾的事迹，以及此事件蕴含的思想意义会自然产生较为广泛的影响。

金圣叹自导自演的这出降神剧中，一个核心的关目是"无叶堂"的创建。《续窈闻》关于"无叶堂"的记述有以下九处❶。其一是叶绍袁归纳"泐大师"的自述——其实是金圣叹的正面讲述：

> 无叶堂者，师于冥中建设，取"法华"无枝叶而纯真实之义。凡女人生具灵慧，夙有根因，即度脱其魂于此，教修四仪密谛，注生西方。所云天台一路，光明灼然，非幽途比也。具称弟子，有三十余人，别有女侍，名纨香、梵叶、嬿娘、闲惜、提袂、娥儿甚多，自在慈月。

另一处是在叶绍袁问及叶纨纨魂灵升天后情况之时，"泐大师"的答复：

> 师云："天下最有痴人痴事。此是发愿为女者，向固文人茂才也。

---

❶ 以下引文均见于《续窈闻》，见《午梦堂集》，第 519–525 页。

虔奉观音大士，乃于大士前，日夕廻向，求为香闺弱质。又复能文，及至允从其愿，生来为爱，则固未注佳配也。少年修洁自好，搦管必以袖衬，衣必极淡而整。宴尔之后，不喜伉俪，恐其不洁也。每自矢心，独为处子。嘻！亦痴矣。今归我无叶堂中，法名智转，法字珠轮，恐乱其心曲，故今日不携之归来耳。"

然后，"泐大师"招来叶小鸾的亡魂，在叶绍袁与叶小鸾的对话中提到：

余问："……见昭齐姊否？"云："在无叶堂。""汝何以知之？"云："顷是泐师告儿也。"

另外，当叶小鸾的魂灵表示不再回归仙界，愿从"泐大师"修行之后，"泐大师"对她的安排：

师大惊曰："我不敢复以神仙待子也，可谓迥绝无际矣。"遂字曰"绝际"。今无叶堂中称绝子，亦称绝禅师。

以上是崇祯八年六月初十，金圣叹第一次到叶府，叶绍袁记录下的关于"无叶堂"的文字。四段文字，或出于叶绍袁本人的综述，或出于"叶小鸾"之口，或出于"泐大师"之口，但细推敲，其实都是出自金圣叹之口。也就是说，金圣叹在接到叶家邀请之后，设计出了"无叶堂"的总体构想，然后通过各个环节表现出来。这样，叶家的两位亡灵都在"泐大师"直接呵护、"管理"之下，金圣叹又是"泐大师"的全权代理，于是乎不仅这一次的表演因"无叶堂"而丰富复杂，而且为金氏与叶家长期往来打下了基础。两个月后，沈氏重病，作绝笔诗尚念念不忘"无叶堂"：

四大幻身终有灭，茫茫业海正深时。
一灵若向三生石，无叶堂中愿永随。

可见金圣叹的这一构想对于"才女"的吸引力及心灵抚慰功能。沈氏病逝后，叶绍袁一再敦请"泐大师"佛驾，询问妻女在"无叶堂"中的情况，半年后，金圣叹再到叶府，与叶绍袁对话中就"无叶堂"中情况描述如下：

余拜谢，敬问："亡妇沈氏，已在无叶堂中，授何法名？"师云："法名智顶，法字醮眼。摩醯首罗天王顶上一眼，大千世界雨，彼皆能知点数，取此义也。今教持首楞严咒，以断情缘。绝子则天上天下第一奇才，锦心绣口，铁面剑眉，佛法中未易多见。醮子当与不肖共树新幢，珠子则佐母氏而鼓大音，亦奇杰也。明日当同三公来，尊兄父子，不必如今日设供。酌水采花，以书端节之欢。前者犹是世缘，于今已成法眷。看绝子口吐珠玑，惊天动地，亦世外之乐也。但万勿及家事，醮公愁绪初清，恐魔娆又起耳。若绝子，则虽以万庚丝令之理，亦能一手分开；以热汤沃其顶上，能出青莲朵朵，固不妨以愁心相告也。"

对话中，还涉及"无叶堂"的两个问题。一个是叶纨纨与沈宜修是如何加入的，另一个是叶家尚有两位男童早夭，是否加入了"无叶堂"。关于前者，对话如下：

余（叶绍袁）言："……君何以得至无叶堂？"（沈宜修）云："得本师（即泐大师）导御，送至郡，对簿毕，即往也。"
余问："如何以得至无叶堂中？"（叶纨纨）云："偶尔游行虚空，为逻卒所捉，因解入上方宫，承师收授佛戒。"

后者则通过沈宜修的叙述，介绍"无叶堂"分为内宫与外宫，生前有亲属关系的男性可居于外宫；内外宫之间能够互通信息，但不能见面云云。

综观上述"无叶堂"的有关内容，可以得出以下认识：第一，金圣叹到叶家的降神活动，是以虚构的"无叶堂"之说为基础的，所以不长的《续窈闻》中竟有九处相关的文字。第二，九处文字中，有些是金圣叹为了坚定叶绍袁的信心，破除其疑虑而借魂灵名义讲述的，如加入"无叶堂"的过程等。第三，综合其余的讲述，所谓"无叶堂"可以描述如下——这是凡尘之外的一个女性乐园，进入者都是有佛缘的才女之魂灵；主持其事的是半佛半仙的"泐大师"，她既是乐园诸女性的精神导师，又是沟通女魂们与凡间的联系人、桥梁；"无叶堂"排斥男性，即使生前有亲属关系的男魂，也只有住在外堂的份；带有处子崇拜的色彩，对于叶小鸾则强调其婚前去世而来至此地，对于叶纨纨则强调"琴瑟七年，实未尝伉俪也"；"无叶堂"中，诸才女魂灵都有婢女服侍，过着舒适的生活。

类似这样的女性世外天堂，此前似乎没有见诸文字描写。而在清代的长篇小说中，却先后出现于《金云翘》《女仙外史》《红楼梦》《镜花缘》等作品里。特别是《红楼梦》中的太虚幻境，上述"无叶堂"的特征几乎全都有所表现。考虑到林黛玉的形象与叶小鸾诸多相似之处，考虑到《红楼梦》与《午梦堂集》其他方面的可比性，认为太虚幻境的构想很可能从"无叶堂"中得到过启发，恐怕也不能说成无稽之谈吧。

"无叶堂"的构建（想象之中的）强化了两性差别的观念，但仅仅是站在女性的立场上来强化的。从这个意义上说，"无叶堂"观念的提出与传播，对清代文坛的"才女崇拜"潮流具有很强的"加温"作用。另外，金圣叹一生的名山事业主要在于文学批评，特别是《水浒传》《西厢记》的两部评点，可以说是金氏名扬天下的本钱。金圣叹的文学批评理论中，"动心""现身"是两个重要的主张。

"动心"之说是金氏解决叙事作品中作者人生经历与作品情境不合的办法。《第五才子书》评点云：

> 耐庵于三寸之笔，一幅之纸之间，实亲动心而为淫妇，亲动心而为偷儿。既已动心则均矣。又安辨泚笔点墨之非入马通奸，泚笔点墨之非飞檐走壁耶？❶
>
> 作者实有设身处地之劳也。❷

"既已动心则均矣"，就是作家与所创造对象的认同。这是金圣叹对创作心理的一个规律性认识。换言之，就是说在创造人物形象时，作者要有一个忘我的幻化过程。这一点，金氏屡屡言及。例如，《圣人千案》云："人看花，人销陨到花里边去；花看人，花销陨到人里边来。"《第五才子书》第三十五回评："一部书从才子文心捏造而出，并非真有其事。"

金圣叹之前，讨论叙事作品的虚构问题只有李卓吾等数人而已，讨论的深度远不及金氏所论。特别是金圣叹强调的忘我与认同，在创作心理方面，可谓是极致的观点。当他批点《第六才子书西厢记》时，这种身临其境、认同对象的主张就更明确了。他认为《西厢记》的作者一定是把自己幻化为崔莺莺，经过一番揣摩与体验，然后才能有深入其内心的笔墨：

> 前篇《粉蝶儿》是红娘从外行入闺中来，故先写帘外之风，次写

---

❶ 金圣叹：《第五才子书施耐庵水浒传》第五十五回回评,中州古籍出版社1985年版,第898页。

❷ 金圣叹：《第五才子书施耐庵水浒传》第十八回夹批,中州古籍出版社1985年版,第313页。

窗内之香。此是双文从内行出闺外来,故先写深闭之窗,次写不卷之帘。夫帘之与窗,只争一层内外,而必不得错写者,此非作者笔墨之精致而已,正即观世音菩萨经所云:应以闺中女儿身的度者,即现闺中女儿身而为说法。盖作者当提笔临纸之时,真遂现身于双文闺中也。❶

"马儿慢慢行,车儿快快随。"二句十字,真正妙文。直从双文当时又稚小,又憨痴,又苦恼,又聪明,一片微细心地中的描画出来。盖昨日拷问之后……车儿既快快随,马儿仍慢慢行,于是车在马右,马在车左,男左女右,比肩并坐,疏林挂日,更不复夜,千秋万岁,永在长亭。此真小儿女又稚小,又苦恼,又聪明,又憨痴,一片的的微细心地,不知作者如何写出来也。❷

手搦妙笔,心存妙境,身代妙人,天赐妙想。❸

纵心寻其起尽,以自容与其间。❹

"现闺中女儿身而为说法""心存妙境,身代妙人""自容与其间",这样一些说法,在中国文学批评史上前无古人,后无来者。从这样独特的观点、表述,我们自然想到他在叶府种种表演,不正是把自己幻化为叶小鸾等,向叶家宣扬"无叶堂"的故事、宣扬佛法吗?不正是"现闺中女儿身而为说法"吗?当其时也,金圣叹不正是"心存妙境,身代妙人"吗?不正是"自容与其间",享受着大胆创造、恣意表演的愉悦吗?

因此,清人王应奎在《柳南随笔》中讲:"(金圣叹)性故颖敏绝

---

❶ 金圣叹:《第六才子书西厢记》,见《金圣叹全集》(第三册),江苏古籍出版社1985年版,第313页。

❷ 金圣叹:《第六才子书西厢记》,见《金圣叹全集》(第三册),江苏古籍出版社1985年版,第188页。

❸ 金圣叹:《第六才子书西厢记》,见《金圣叹全集》(第三册),江苏古籍出版社1985年版,第64页。

❹ 金圣叹:《第六才子书西厢记》,见《金圣叹全集》(第三册),江苏古籍出版社1985年,第144页。

世，而用心虚明，魔来附之……自为卜所凭，下笔益机辩澜翻……好评解稗官词曲，手眼独出。"❶ 我们有理由认为，青年金圣叹透过"降神／易性写作"这种极为特殊的形式，体会了虚构性叙事的乐趣与规律，对于模拟不同角色的身份、口气，有了直接的深切的经验。这种亲身体验，在形成其日后的"心动""幻化"的创作心理之见解、"设身处地""因缘生法"等虚构理论时，无疑是起到了触媒以至启悟作用的。可以说，金圣叹青年时代非圣无法的一番"胡闹"，不仅是成就其特立独行文学批评大家的重要环节，而且对清代小说也有相当程度的正面影响。

五、《金圣叹全集》处理这些材料的得与失

近些年来，金圣叹的作品有过两次以"全集"名义的整理出版。一次是曹方人、周锡山两位在20世纪80年代标点、整理的《金圣叹全集》（四卷，江苏古籍出版社1985年9月出版），另一次是陆林辑校整理的六卷本《金圣叹全集》，于2008年12月由凤凰出版社刊行。曹、周本的"全集"，搜罗了当时较为多见的十种金圣叹著述，给金圣叹研究及小说与小说批评的研究，带来了很大便利，功不可没。陆林近十余年潜心挖掘围绕金氏的种种材料，多有创获。其成绩大多体现于这部新的"全集"之中。因此，若说陆本"全集"体现出金圣叹研究近十余年长足的进步，称之为金圣叹有关之文献发掘整理的权威之作，应非过誉。

唯其如此，对于陆林在辑校整理过程中，处理前述材料的思路与做法，有些见仁见智的想法，才更有必要提出商榷。

比起曹、周本来，陆本"全集"增加的内容主要有三个方面的来源：一是《小题》，据光绪年间扫叶山房石印本；二是佚文十二则，主

---

❶ 王应奎：《柳南随笔续笔》，中华书局1983年版，第46页。

要为题跋、尺牍，其中五则录自叶绍袁《午梦堂集》；三是金氏散佚的诗作联语，计二十一则，其中两则录自《午梦堂集》，其余大半为"金圣叹书法手迹"。

就陆林采入的《午梦堂集》有关材料看，七则中五则为文，皆系金氏代"泐大师"所为❶；另外两则系于《沉吟楼诗选》卷末，一为所谓"泐大师"赠叶绍袁联语，一为前文所引之"四人联句"。也就是说，对于《午梦堂集》中所载出于金圣叹之手的文字，在陆本《金圣叹全集》中有取有舍。

何以如此取舍？陆林是这样说明的："两首七绝，均是金圣叹至叶绍袁家降乩时，在乩坛上由叶小鸾亡灵所咏……如果将之列在圣叹佚诗名下，恐怕也有窒碍之处。因为此二诗乃圣叹代言之作，他要以小鸾的身份为基准，来揣摩心思、照应风格、模拟口吻。其创作目的，是要将作品写得像是出自小鸾之手，尽可能与其存世的其他作品相似（至少在叶绍袁看来），故虽属圣叹创作，却不能视为其佚诗。犹如《红楼梦》中有那么多诗词，除了'满纸荒唐言，一把辛酸泪。都云作者痴，谁解其中味？'五绝一首外，都不能算是曹雪芹的佚作。但是那些以'泐庵'身份写下的作品就不一样了，创作这些作品的时候，圣叹与泐庵时常是融为一体的，或者无须刻意与本身不同，往往直接表达作者自己的思想意识和文学水平，表达其当下对待事物的感情态度，可以借此透视其内心世界和创作特征。"❷

这里包含着三重意思：第一，由于金圣叹"代言"时揣摩了叶小鸾心思、风格，所以这些代言之作不能算是他的作品。第二，由于他"代言"时没有揣摩"泐庵"的身份、心理，是"直接表达作者自己

---

❶ 其中《叶琼章题辞》似有小误。辑文止于："仅梅影之在窗云。"玩上下文词义，其后之"丙子夏日，写绝子小影不得，拟李夫人体叹之"应接续于"在窗云"，为《题辞》之结尾。《午梦堂集》此处标点有误，想陆林未及详察。

❷ 此事曾与陆林沟通，他作此说明，并坚持编撰体例无瑕疵。斯人已逝，本可回避此话题，转思"学术公器"之义，仍将浅见保留，为后来研究圣叹者提供一参考。

的思想意识",所以这部分代言之作可以算作本人作品。第三,以《红楼梦》为例,书中人物所吟诗歌都不能算是"曹雪芹佚诗"。看来陆林对这个问题确实费了一番脑筋,也有相当认真严肃的认识。不过,这个问题也存在着换一个角度思考,从而做出不同处理的可能。

《金圣叹全集》的《辑佚》收有署名"泐大师智朗"的书信三通、题词两篇、序一篇。如前所述,这位"泐大师智朗"是金氏虚构出的一位降神对象,既有千年前的高僧经历——且一灵不昧,又有转世为女,后成女仙的身份。那么,金圣叹在以她(及以"他")的名义写作时,难道可以不顾及这一身份,"融为一体","表达作者自己"吗?何况,前面举出的更多的唱和之作,同样署名为"泐大师",与这些信函、题词同场合同时段,为什么性质"就不一样"了呢?

这里有两个问题:一是体例。对于古籍整理十分重要的是体例的一致性,取舍的内在逻辑必须自洽。二是认识。金圣叹以降神吟唱、书写的诗文当属特殊的创作,出自他个人的构思,成于他个人的口头或笔下,属于他的作品。至于说"代言"之作能不能算是作者本人的作品,其实也是不成问题的问题。以《陆机集》为例,《为顾彦先赠妇二首》《为陆思逯妇作》《为周夫人赠车骑》皆为"代言"之作,《陆云集》则有《为顾彦先赠妇往返诗四首》等,鲍照、鲍令晖等作家亦多有"代""拟"之类的作品。这些作品还先后被收入《汉魏六朝百三家集》《昭明文选》《玉台新咏》《古诗源》等,署名皆无异议。可见,以"代言"剥夺著作权是不成立的。

金圣叹姓氏辨疑及其字号的思想文化内涵

一

金圣叹在当时与后世,常常被视为怪人,这要归之于他放言无忌的性格,但与各种如实的及失实的传说亦不无关系。而围绕其姓氏、字号就颇多此类传说。

关于其姓氏,多年来,有一种甚有影响的说法,认为圣叹本姓张,因故易为金。如无名氏的《哭庙记略》云:"金圣叹,名人瑞。庠生。姓张,原名采,字若来('采'之误——今按)。"又如《辛丑纪闻》云:"金圣叹,名喟,又名人瑞。庠姓张,原名采,字若采。"而邱炜爰的《菽园赘谈》则袭二书之语,唯称为"旧姓张"略异。现代人仍沿用前说。如《中国历代文论选》(1980年版)金人瑞条:"本姓张,名采。后改姓金,名喟,字圣叹,明亡后更名人瑞。"又如,《沉吟楼诗选》(1979年影印本)出版说明:"人瑞原名采,字若采,又名喟,号圣叹,庠姓张。"

关于其字号,更是传说多多,今排比数端:

廖燕的《金圣叹先生传》:"先生金姓,采名,若采字,吴县诸生也。……鼎革后绝意仕进,更名人瑞,字圣叹。……或问'圣叹'二字何义?""先生曰:《论语》有两'喟然叹曰',在'颜渊'为叹圣,在'与点'则为圣叹。予其为点之流亚欤!"

《痛史》本《哭庙纪略》:"金圣叹,名人瑞,庠生,姓张,原名采,字若采。……后以岁试怪诞不经黜革,下科试,顶金人瑞名……"

《甲申朝事小纪》本《哭庙纪略》:"金圣叹,名人瑞,姓张,原名采,字若采。……后以岁试文怪诞不经黜革,下科试,顶张人瑞名……"

无名氏《辛丑纪闻》:"金圣叹,名喟,又名人瑞,庠姓张,原名采,字若采。……后以岁试之文怪诞不经黜革,来年科试,顶金人瑞名……"

尤侗《金圣叹传》:"……原名喟,字若采,相传先生之父供孔子像,忽闻像上起喟叹,而先生适生,因命名曰'圣叹'云。"

王应奎《柳南随笔》:"金人瑞,字若采,'圣叹'其法号也。"

蔡丐因《清代七百名人传》:"金人瑞,长洲人,初名喟,字若采,一字圣叹。……客复问'圣叹'二字何义。曰:'予名喟,圣叹即喟然叹之意。《论语》中有二喟然叹,在颜渊则为叹圣,在曾点则为圣叹。春风沂水,予其为点之流亚欤。'"

《沉吟楼诗选·出版说明》:"人瑞原名采,字若采,又名喟,号圣叹,庠姓张。……以岁试文怪诞不经黜革,及科试,又顶金人瑞名就试……。"

《中国历代文论选》:"金人瑞,本姓张,名采,后改姓金,名喟,字圣叹,明亡后更名人瑞。"

何满子《金圣叹评传》:"金圣叹厌恶平凡,喜欢标新立异,巧立名目。……他自己的名字,就变换过多次,先名采,字若采;后来改名金人瑞;最后改为喟,字圣叹。"

这样一位文坛的重量级人物,姓名问题如此混乱而学术界竟熟视无睹,实在令人吃惊。何况,金氏的姓名字号还与其思想倾向大有关联,更应引起我们研究的兴趣。

二

辨其姓氏。

金圣叹本无易姓之事,更与张采无涉,今辨疑如下。

早在20世纪30年代,陈登原先生已就此有所考证,指出金圣叹的族兄为金昌,可知其本姓金。又指出,乾隆年间,娄县有张若采其人,"娄县与吴县不远,乾隆与顺治亦不远,当不容有第二人焉"(《金圣叹传》)。登原先生关于金昌之说,不失为解决问题的一个硬证,而张若采之说,则实未中肯綮。张采与张若采本非同名,且乾隆后期距顺治百有余年(张若采,字谷漪,乾隆五十五年进士),"不容有第二人"的推论难以成立。张姓说仍有影响,与登原先生辨之未彻抑或有关。今承登原先生之说,再加补充,从两个方面加以考索。

首先,证明金圣叹确系金门子孙,并无易姓之举。陈登原先生曾以两条理由来证明这一点。一是《四库全书总目提要》凡三见金人瑞之名,于姓氏无异词。二是族兄为金昌。今补充四点。

第一,钱谦益《天台泐法师灵异记》云:"天台泐法师者何?慈月宫陈夫人也。……以天启丁卯五月,降于金氏之乩,今九年矣。……乩所凭者,金生采。"金采即金圣叹。周亮工《赖古堂尺牍新钞》注云:"金人瑞,圣叹,一名采,吴县人。"钱、周与圣叹同时,耳目所及,记载可靠。由此可知,金圣叹有更名之举,原名为金采。天启丁卯,圣叹年甫冠,而钱氏称"降于金氏之乩"。此时钱谦益正为金圣叹等"仙坛唱和"之举背书,有直接往来,所记更无疑义。由此,圣叹本为金门子孙,而非日后因故易姓。

第二,《圣叹尺牍》[1](附于《贯华堂选批唐才子诗》)每篇后有圣叹之子金雍(即释弓)所加小注。其中称金佶为"叔祖正士佶",金昌为"家伯长文昌",金丽为"家叔若水丽",金希仁为"家叔胜

---

[1] 亦名《鱼庭闻贯》,见金圣叹:《金圣叹全集》,凤凰出版社2008年版,第95页。

私希仁",金释颜为"舍弟"。其"叔祖""家伯"之类称谓皆依金雍自己辈分,非关圣叹(《赖古堂尺牍新钞》中有"与家伯长文昌",即本于此,非圣叹之伯也。由此可知,至少圣叹上一辈(金佶)即已姓金,且族人亦复不少,与张氏无涉。值得注意的是金丽,字若水,而圣叹原名金采,字若采,名字皆成序,为同宗兄弟无疑。更可证圣叹"张姓"之无稽。

第三,《苏州府志》与《吴县志》之"艺文考"皆称:"金彩,贯华堂集。"《吴县志》"冢墓"条称:"文学金人瑞墓"。于姓氏均无异词。

第四,廖燕在金圣叹身后不久曾莅吴凭吊,并为之作传。廖极仰慕圣叹为人,又亲临其地,其记载当非后世道路之词可比。其传文称:"先生金姓,采名,若采字。吴县诸生也。"于姓氏亦无异词。另外,举凡康熙年间笔记杂谈,皆直书金圣叹或金人瑞,并无"张姓"之说。

即此数端,圣叹本为金门子孙,可无疑矣。

三

辨析"张姓"说之源起。

以金采为张采,实为年代渐远,道路传闻之误。张采非特实有其人,且与圣叹同时、同郡,性情、际遇亦有相类之处。

张采为复社领袖之一,与张溥齐名,世称"娄东二张"。《小腆纪传》云:"采特严毅,喜甄别可否,人有过,辄面斥之。"而金圣叹则"遇理所不可事,则又慷慨激昂,不计利害,直前蹈之。"(邱炜萲《菽园赘谈》)"时有以讲学闻者,先生辄起而排之。"(廖燕《金圣叹先生传》)二人皆有口无遮拦之累,且皆由舌树敌,种下祸根,此其一也。

《研堂见闻杂记》记张采之死甚详,他死于衙役恶棍之手:

受先张公,素以搏击豪强为名……是时州守朱公犹在治所,素与张公不协,因公屡发其恶,心不平,无以报,于此不无颐指之意,故一时行凶,皆衔恶。……遂有"豪宦张采既死,诸人不得更乱"一示。……盖其立身太峻,任事太切,皎皎易污,白璧易瑕,故末后受此惨祸。

而圣叹则抨击暴政,死于哭庙之案。二人皆以攻击贪官污吏而得祸,且又有巧合之处:张采几死于朱姓州守之手,而金圣叹则死于朱姓巡抚之手。道路相传,更易混淆。此其二也。

张采有《两汉文选》行世,是书梓刻于崇祯六年。前有自序,署名为"苏州太仓张采序"。此《文选》选两汉文计四十卷,间有批注、按语。当其时也,金氏各种批注书籍亦陆续行世。金氏原名金采,亦为苏州人士。百余年后,世人但知苏州有金采以批点选辑名世,遂张冠而李戴,当亦在情理之中。此其三也。

康熙间名士刘献廷,"生平极许可金圣叹"(全祖望《刘继庄传》),且为圣叹选订《沉吟楼诗选》。他乃金氏未及门之弟子,则为世人共知。其《广阳杂记》有"张采曰:周礼冬官之亡,不尽系秦禁"云云。后人知之不确,由此而生误会,亦有可能。此其四也。

要之,张采与金采同名,且同时同郡,兼有数端相类之处,而金氏又有更名之举,时代稍远,后人遂由更名臆及改姓,恰又有张采某些行迹尚存,拍之恰合,于是便有了金圣叹"本姓张"之说。

此说最早见于《哭庙纪略》,而刊于嘉庆己卯的白鹿山房《丛刻三种》本与刊于道光庚寅的《甲申朝事小纪》本略有不同(《痛史》录自白鹿山房本)。稍后则见于晚清的《辛丑纪闻》。相比照之下,可以看出,三者绝大部分内容相同,所不同之处则在个别文字方面。由白鹿山房本略事删削而成《小纪》本,删削、润饰而后更名,是为《辛丑纪闻》。比勘之下不难发现其演变痕迹。明乎此,便找到了"庠姓张"的来由。原来,白鹿山房本《纪略》的行文为"庠生,姓张"。而《纪闻》漏脱一个"生"字,成为"庠姓张"。后人不察其不词,遂于"本姓张"之外,又生"庠姓张"一说❶。

综上所述,"张姓"说实为年代久远的误会。初缘张采与金采之相淆,遂生"本姓张"之说;后由钞刻脱漏,又生"庠姓张"之说,以致金圣叹的姓氏直到20世纪80年代仍疑云重重。

四

辨其名。

金圣叹姓氏之记载所以如此混乱,与其纷杂的名、字、号情况不无关系。综合各家记载,金氏名采,又名人瑞(人瑞为所更名),字若采,则大半无异议。问题集中在三方面:第一,有无"金喟"之名?如果有,是"初名"还是最后一次的改定名?第二,"圣叹"是字是号?是否为鼎革后更名改号的新字号?其含义如何?第三,"人瑞"系何时、为何而改?

关于"金喟"说。检点有关材料,此说问世不早于晚清。所谓尤侗的《金圣叹传》见于《陈眉公、金圣叹才子尺牍》,此书为民国七年上海求古斋书帖社石印本。卷首有署名尤侗的序,称"陈徵君眉公、金先生圣叹辑著尺牍各一编,一以富浅人之贫,一以增深人之慧"云云,而其实只不过一般的尺牍程式,绝无"深慧"可言。书中题款又变为"金人瑞圣叹氏鉴定,男雍释弓撰"。且此书不见于金氏著作的任何目录中,故为托名无疑。另外,尤侗在《艮斋杂记》中对金圣叹多有诋抑,与此口吻大异。故所谓"尤传"实不足据。提到"金喟"的另两种材料是《辛丑纪闻》与《清代七百名人传》,亦均为清末民

---

❶ 黄霖兄曾撰文,称询及其前辈,得知"庠姓"之可能。惜尚缺文献依据(经检索《四库全书》《四部丛刊》《二十六史》《十三经》《古今图书集成》《汉语大词典》等,皆无所获)。

初之作❶。至于清中叶以前,特别是金氏亲朋好友的著述中,从无"金喟"之说。因而,金圣叹并无"喟"之一名,自然也就不存在"喟"为本名还是最后定名的问题了。

此讹传之由来在于廖燕《金圣叹先生传》(简称《传》)。《传》中解释"圣叹"时,称"《论语》有两'喟然叹曰'"云云,遂启后人联想之端。而蔡丏因《名人传》则以非史家应有之态度,"事为文料",想当然地杜撰出金圣叹自述"予名喟,圣叹即喟然叹之意"。

实际上,金圣叹自述语出自赵时揖《第四才子书·评选杜诗总识》:"余问邵悟非(讳然),先生之称'圣叹'何义?曰:'先生云,《论语》有两喟然叹曰,在颜渊则为叹圣,在与点则为圣叹。此先生自以为狂也。'"廖《传》当出于此。

有人据此认为,"以圣人自拟,就是他自名喟,字圣叹的原因"。这实属误解。以"圣叹"为号,确实反映出一种志趣,但不是简单地"自拟圣人",而是有着深刻思想背景的人生选择。

廖《传》云,"圣叹"为鼎革后与"人瑞"一起所更改的字与名,亦不确。金氏自号"圣叹"为明代之事。《沉吟楼诗选》之《赠顾君猷》:"今年甲申方初春……圣叹端坐秉双轮,风雷辊掷孰敢亲!"《第五才子书·序一》:"是则圣叹廓清天下之功,为更奇于秦人之火。"《第五才子书》批语中亦不罕见,如第二十二回:"圣叹于三千年中,独以才子许此一人,岂虚誉哉!?""独以"云云,说明这条批语系"六大才子书"之说尚未形成时所作。那么,金氏自号"圣叹"当在二三十岁间。

"圣叹"的出典,他自己讲得很清楚,为《论语》的"侍坐"一则(即上文"与点")。孔子命弟子们"各言其志",曾点乃称:"莫春者,春服既成,冠者五六人,童子六七人,浴乎沂,风乎舞雩,咏而

---

❶ 《辛丑纪闻》出自《哭庙纪略》,已见前文。《哭》初成文于康熙,传抄中多有改动,而改为《辛》则为晚清事。"名喟"乃在此际增入。

归。"于是,"夫子喟然叹曰:'吾与点也!'"对这段文字的阐释,是理学的一个重大理论问题,王学与朱学在此有明显分歧。王阳明赞赏曾点,认为这种洒脱的人生态度是心性修养的最高境界,并以此对抗朱熹所提倡的"兢兢业业"的敬畏人生。其赠夏东岩诗云:"铿然舍瑟春风里,点也虽狂得我情。"而夏为程朱信徒,答诗便针锋相对:"孔门沂水春风景,不出虞廷敬畏情。"可以说,高扬"曾点之志",在一定程度上就是重视主体的生命价值,是追求洒脱适性的人生境界而背离道学家拘谨敬畏的人生模式;也就是王阳明所肯定的"狂者胸次"。金圣叹之自号圣叹,正是取义于此,表明了一种人生道路的选择,一种人生价值的认同。邵悟非所云"此先生自以为狂也"之"狂",指的正是这一点。金圣叹《王子文生日》诗:"曾点行春春服好,陶潜饮酒酒人亲。"以行春之曾点与饮酒之陶潜同为人生楷模,着眼点亦在洒落疏狂上。

圣叹以此为号,纯属明志之举,既非与"人瑞"相配之字,亦非与"喟"相配之字。后人因疑"圣叹"与"人瑞"之不相关,转造出"名喟"一说,与事实相去更远。金昌为圣叹兄弟兼学友,其字为长文,而号为"圣瑗",亦可证"圣叹"非字。

至于"人瑞"之名,当为黜革生员后,再度应试时所改。查《吴县志》,县境内有两座"人瑞坊",均为明后期彰显百岁老人而立。故知此名实为临场应试,随意而起,甚至带有几分游戏味道。明清易鼎,金圣叹虽对新朝有所抵制,但远非矢志孤忠之遗民(详见拙作《金圣叹传论》第七章)。故"因鼎革而更名"之说不仅证据不足,且与金圣叹思想状况不合。

总而言之,金某原名采,字若采,二三十岁间别号圣叹,且因科考而更名人瑞。"张姓""名喟,字圣叹""因鼎革更名"诸说皆为讹传,一概可以廓清之。

《水浒》金批"忠恕说"的理论内涵

一

在金圣叹的小说理论及批评实践中,"忠恕说"都占有相当重要的地位。《第五才子书序三》把"忠恕"与"因缘生法"并列,作为《水浒》创作的纲领。

施耐庵以一心所运,而一百八人各自入妙者,无他,十年格物而一朝物格,斯以一笔而写百千万人,固不以为难也。格物亦有法,汝应知之。格物之法,以忠恕为门。

忠恕,量万物斗斛也。因缘生法,裁世界之刀尺也。施耐庵左手握如是斗斛,右手持如是刀尺,而仅乃叙一百八人之性情、气质、形状、声口者,是犹小试其端也。❶

这是金氏从小说艺术角度论及《水浒传》创作纲领的唯一一段话。他把《水浒传》的文学成就首先归之于人物的个性化描写,而这取决于作者的"格物"功夫。至于如何"格物",门径便在于"忠恕"。他又不无夸张地说:"忠恕"是衡量、评价天下万物的工具、标准,指导小说创作不过"小试其端"。不管我们怎样具体解释这个略带神秘的概念,"忠恕"在金圣叹心目中的重要性,可以毋庸置疑了。

---

❶ 金圣叹:《第五才子书施耐庵水浒传》序三,见《金圣叹全集》,凤凰出版社2008年版,第20页。

金批中关于"忠恕"的另一段正面论述见于四十二回总批：

粤自仲尼，而微言绝，而忠恕一贯之义，其不讲于天下也，既已久矣。夫"中心"之谓忠也，"如心"之谓恕也。见其父而知爱之谓孝，见其君而知爱之谓敬。夫孝敬由于中心，油油然不自知其达于外也，如恶恶臭，如好好色，不思而得，不勉而中，此之谓自慊。圣人自慊，愚人亦自慊；君子为善自慊，小人为不善亦自慊。……为善为不善，无不诚于中形于外，圣人无所增，愚人无所减，是上智之德也。何必不喜？何必不怒？何必不哀？何必不乐？喜怒哀乐，不必圣人能有之也；匹妇能之，赤子能之，乃至禽虫能之，是则所谓道也。道也者，不可须臾离也。……惟天下至诚，为能赞天地之化育也。呜呼！是则孔子昔者之所谓"忠"之义也。盖"忠"之为言，"中心"之谓也。喜怒哀乐之未发，谓之"中"；发而为喜怒哀乐之中节，谓之"心"；率我之喜怒哀乐自然诚于中形于外，谓之"忠"；知家国天下人率其喜怒哀乐无不自然诚于中形于外，谓之"恕"。知喜怒哀乐无我无人无不自然诚于中形于外，谓之"格物"；能无我无人无不任其自然喜怒哀乐，而天地以位，万物以育，谓之"天下平"。❶

这段议论论及宋明理学的若干重要论题。由于金圣叹师心横口，立论率由己意，因而增添了阐释的困难。择要而论，有这样几层意思：一是"忠"与"恕"的基本精神是对万物"任其喜怒哀乐"的包容精神；二是"忠"就是真实性情的自然表露；三是承认、肯定他人的"忠"，就做到了"恕"，实践恕道的过程就是"格物"；四是无论人、己，率情任性皆合乎大道，是天下大治的表现；五是"忠恕"与佛理相通。施耐庵以二者结合，指导了《水浒传》的创作。

这些看法，有的是金圣叹之创见，有的则师承有自。为了更准

---

❶ 金圣叹：《第五才子书施耐庵水浒传》四十二回，中州古籍出版社1985年版，第692页。

确地把握金氏"忠恕"说的真谛,我们且先来花费一番追源溯流的功夫。

二

儒学经典中,"忠恕"初见于《论语》,再见于《中庸》。《论语·里仁》篇:

子曰:"参乎,吾道一以贯之。"曾子曰:"唯。"子出。门人问曰:"何谓也?"曾子曰:"夫子之道,忠恕而已矣。"❶

《中庸》:

忠恕违道(违:距离——今按)不远,施诸己而不愿,勿施于人。❷

前者邢疏云:"忠,谓尽中心。恕,谓忖己度物也。"后者孔颖达疏云:"忠者,内尽于心;恕者,外不期物。恕:忖也,忖度其义于人。"这两种解释比较接近,与金说也有相通处。但是,这实乃后起之说。先秦至两汉的文献中,"忠"主要有二义:其一指美德,如"忠,德之正也"(《左传·文公元年》),"忠者,德之厚也"(《贾子·大政上》),"教人以善谓之忠"(《孟子·滕文公上》),"义明而物亲,忠也"(《庄子·缮性》),"忠,敬也"(《说文》)等。其二专指臣下事君之道,如"逆命而利君谓之忠"(《荀子·臣道》),"忠者,臣之高行也"(《管子·形势解》),"臣以下非其君为忠"(《后汉书·范升传》)等。到南北朝时,皇侃的《论语》疏中才有"忠,谓尽中心也"的新解。"恕"的早期

---

❶ 朱熹:《四书章句集注》,齐鲁书社1992年版,第34页。
❷ 朱熹:《四书章句集注》,齐鲁书社1992年版,第8页。

释义也较泛，如"恕，仁也"(《说文》《广雅》)，不过，以"忖己度人"解"恕"，大多数文献是一致的。

从皇侃到孔、邢，他们的共同点是，变前人伦理评价式的解释为状态描述。"尽忠心""内尽于心"都不是明显的褒赞语。由于这种解释较为抽象，可以涵括前人种种不同说法，且暗合于理学家喜谈心性的倾向，故宋代以后，言及"忠恕"者，大多据此而生发。

一般来讲，程朱及其后学虽很重视《论语》《中庸》，但对"忠恕"殊少发挥。"忠恕"是在阳明门下逐渐增加、更新了内涵，并被置于更为重要地位的。《明儒学案》记邹元标："先生之学，以识心体为入手，以行恕于人伦事物之间、与愚夫愚妇同体为功夫……其所谓恕，亦非孔门之恕，乃佛氏之事事无碍也。"❶ 邹为王阳明的再传弟子。据此，他援佛入儒，修正了孔门"恕"道，又以"恕"为日常行为之规范，显然与前代气象迥异。应该说，《论语》只提出了"忠恕"而未详加解释，《中庸》把"恕"解释为己所不欲勿施于人，意义偏于消极。相比之下，邹元标把"恕"理解为与民众平等、休戚相关的一种包容精神，并以此为道德修养的功夫，无疑是积极得多了。

实际上，这一趋向由来久矣，甚至可追溯到大程处。大程所云："天地变化草木蕃，不其恕乎？"表现了包容的宇宙观，实有"众生平等"的味道，说他受到《华严经》"事事无碍"观的影响，是毫不牵强的。至陈白沙，更着力鼓吹这种包容、宽恕的态度，他主张"心地要宽平"，"贤愚善恶一切要包他，到得物我两忘，浑然天地气象。方始是成就处"。"宇宙内更有何事？天自信天，地自信地，吾自信吾。自动自静，自阖自辟，自舒自卷，甲不问乙供，乙不待甲赐，牛自为牛，马自为马。"他虽然屡屡自辨异于释老，其实却明显吸收、融汇了佛老的观点。他在《与林缉熙书》中透露了这一消息："夫以无所著之心行于天下，亦焉往而不得哉！"直承他的处世态度受《金刚经》及禅宗的

---

❶ 黄宗羲：《明儒学案》卷二十三，中华书局1985年版，第535页。

影响。

在高扬主体作用、提倡洒脱人生态度及主张包容精神方面，陈白沙与王阳明是并轨同趋的，也都对中晚明思想产生了大的影响。而王门人才济济，声势自然更大一些，王阳明的"无善无恶"论也将包容精神阐述得十分精细，而佛学成分也相应增加。《传习录》有一段师弟对话：

侃去花间草，曰："天地间何善难培，恶难去？"先生曰："此等看善恶，皆以躯壳起念。天地生意，花草一般，何曾有善恶之分？……无善无恶者理之静，有善有恶者气之动。不动于气，即无善无恶，是谓至善。"❶

这与佛性无所不在、众生平等的大乘佛学思想，戒嗔、戒无明的佛教修持手段皆有明显相通之处。王门各派都程度不同地继承了这种包容精神，有的更直接名之为"忠恕"。如万廷言所云："忠恕尽乾坤之理。……只本今上不动丝毫，当下人已浑然，分愿各足，便是天地变化草木蕃也。"何适仁："天下之事，原无善恶，学者不可拣择去取。"王畿："常念天下无非，省多少忿戾。""是非分别太过，纯白受伤，非所以蓄德也。"邹善："人情物理，不远于吾身。苟能反身求之，又何龃龉困衡之多？盖己所不欲，勿施于人，则人我无间。"

还有一些论者谈及"忠"与"恕"联系并将二者进行比较，论点已接近于金圣叹。如聂豹的《困辨录》：

欲恶不欺其本心者，忠也，非中也；然于中为近。……推欲恶以公于人者，恕也，非和也；然于和为近。忠恕是学者求复其本体一段

---

❶ 王守仁：《传习录》，见《王阳明全集》卷一，上海古籍出版社1995年版，第29页。

切近功夫。❶

这段文字以表里如一释"忠",以己之"忠"推广及人释"恕"思想与金氏相近。聂豹嘉靖年间在金圣叹家乡苏州做过太守,在当地士人中有过较大影响——这是不应忽视的。他的后学何廷仁在《善山语录》中讲:

"平其心,易其气,良知精察,无有私意,……而天下之人亦无不好……故尽天下之性,只是自尽其性。❷

把"自尽其性"与"尽天下之性"相联系,认为是一件事的两方面,而最后归结到"天下之人亦无不好",这与金圣叹的观点已相当接近,只不过没有明确提出"忠恕"两字罢了。

"忠恕"在王门传承中逐渐具有了肯定自我性情("内尽于心""自尽其性")、主张众生平等("不可拣择去取""尽天下之性")等内涵,也和个人道德修养有了较大的关联。这种趋向在泰州学派中最为明显。颜山农的亲传弟子罗汝芳尤重"恕"道,他在《语录》中讲:

盖天地之视物,犹父母之视子,物之或栽或倾,在人能分别之,而父母难分也,故曰:"父莫知其子之恶。"父母莫能知其子之恶,而天地顾肯覆物之倾也耶?此段精神古今独我夫子一人得之,故其学只是求仁,其术只是个行恕,其志只是要个老便安,少便怀,朋友便信,其行藏,南子也去见,佛肸也应召,公孙弗扰也欲往……于人亦更不知一毫分别,故其自言曰:"有教无类。"推其在在精神,将我天下万

---

❶ 聂豹:《困辨录》,见黄宗羲:《明儒学案》卷十七,中华书局1985年版,第384页。
❷ 何廷仁:《善山语录》,见黄宗羲:《明儒学案》卷十九,中华书局1985年版,第456页。

世之人欲尽纳之怀抱之中，……真是浑成一团太和，一片天机也。

孔门宗旨，惟是一个仁字。孔门为仁，惟一个恕字。……己欲立，不须在己上去立，只立人即所以立己也。己欲达，不须在己上去达，只达人即所以达己也。❶

泰州的另一员大将徐波石也在《语录》中讲：

圣学惟无欺天性。聪明学者，率其性而行之，是不自欺也。率性者，率此明德而已。父慈子孝，耳聪目明，天然良知，不等思虑以养之，是明其明德。一入思拟，一落意必，则即非本然矣。❷

罗汝芳的弟子杨起元之《杨复所证学编》云：

恕者，如心之谓，人己之心一如也。若论善，我既有，则天下人皆有；若论不善，天下人既不无，我何得独无？此谓人己之心一如。❸

和金圣叹的"忠恕"说相比较，上述诸人的议论至少有五点值得注意：一是"恕"是孔门重要宗旨，合于天地之大道；二是学者应率性行事，纯任天然；三是行"恕"道是同时利人利己的；四是以父子亲情及耳聪目明为喻阐发"忠恕"之道；五是明儒的"恕"道中渗透，融汇了佛学观点。

当我们把金圣叹的"孝敬由于中心，油油然不自知其达于外也……不思而得，不勉而中""喜怒哀乐，不必圣人能有之也。匹妇能

---

❶ 罗汝芳：《语录》，见黄宗羲：《明儒学案》卷三十四，中华书局1985年版，第788—789页。

❷ 徐波石：《语录》，见黄宗羲：《明儒学案》卷三十二，中华书局1985年版，第728页。

❸ 杨起元：《杨复所证学编》，见黄宗羲：《明儒学案》卷三十四，中华书局1985年版（《四库》本刊漏此段），第812页。

之……是则所谓道也""天下自然无法不忠。火亦忠，眼亦忠，故喜之见忠；钟忠，耳忠，故闻无不忠""夫妻因缘，是生其子……天下之忠，无有过于其子之面者"等议论拿来对照时，甚至会发现某些思路、语气上的近似点。虽不能断定金氏读过他们的著作，但金圣叹青年时代，泰州学派在苏州一带有很大影响却是无疑的。何况，罗汝芳作过太湖令，致仕后往来于江浙讲学，"所至弟子满座"。而罗又杂学旁搜，"谈烧炼、采取、飞升""谈因果、单传、直指"，杂糅三教的风格正是金氏的先导。因此说金圣叹的"忠恕"说受到王学，特别是泰州学派的影响，甚至说其中带有罗汝芳等人观点的印痕，当非牵强之词。

三

金圣叹以率情任性释"忠恕"，而他本人的学风也率情任性。廖燕形容其学问之道："凡一切经史子集、笺疏训诂，与夫释道内外诸典，以及稗官野史、九彝八蛮之所记载……纵横颠倒，一以贯之。"尤侗则称其"以聪明穿凿书史，狂放不羁"。可以说，他的任何一种观点，都不是亦步亦趋的拾人牙慧。我们提出金圣叹"忠恕"说与泰州学派（以及整个王学）的某些联系，只是要说明思想观点有所传承，并有利于揭示其底蕴，这并不排除"忠恕"说的独创内容。就金氏以"忠恕"解释小说艺术规律而言，他的创见多于承袭。

金圣叹的创见首先表现在据"忠恕"而为梁山好汉辩护。他的逻辑是这样的：人类及万物自然表露自己的性情，便体现出天地化育之道；每个人都应自然、真实地表露自己的性情，即为"忠"；每个人也应理解、相信他人自然、真实地表露自己的性情，即为"恕"；听任自己和天下人自然表露真性情，就是理想的社会状态——"天下平"。基于这一逻辑，梁山好汉的行为便都可用"忠"为解释，同时也就被"恕"道所包容。如金圣叹盛赞李逵合乎"忠恕"之道，理由是：

奈何轻以"忠恕"二字下许李逵？殊不知"忠恕"天性，八十翁翁道不得，周岁哇哇（当作"娃"）却行得。以"忠恕"二字下许李逵，正深表"忠恕"之易能，非叹李逵之难能也。❶

这其实与李卓吾赞美李逵为"佛"属同一机杼，与罗汝芳所言"人情极平易处"正是"功夫极神圣处"，也是一个思路，都是着眼于人物的真性情，即天性自然流露上。更进一步，凡有违"恕"道，压抑天性流露的都在反对之列。金圣叹以"乱自上作"来解释《水浒传》的思想蕴涵，正是据此而立论。他在《语录纂》中的一段话可以参证：

遂万物之性为"成"，"成"里边有个秘诀曰"曲"。"曲成"之曲字，取正吹之横笛，孔里边有个曲。逐孔逐孔吹去，以上翻到最下一孔，从下转到最上一孔，天地之调已尽了。若使再开一孔，不与调相应，再跌不下，故曰人官物曲。"曲"非圣人之曲，乃万物自然之曲也。今夜冬至了，明日桃树便有红色起来，故从"兆"。到得开桃花，结桃实，已是顶调了。核中之仁，仍收到本来，却是逞乾元底曲调，在这里做物。调唱不足，再收不转；调唱足了，自然歇手。圣人于一切世间不起分别，一片都成就去。尽世间人但凭他喜，但凭他怒，自有乾元为之节。若唱了顶调，自然去不得了。末世之民，外迫于王者，不敢自尽其调，内迫于乾元，不得不尽其调，所以瞒着王者，成就下半个腔出来。朋比评告，俱出其中。弑父弑君，始于犯上，乃是别调。❷

---

❶ 金圣叹：《第五才子书施耐庵水浒传》第四十二回，中州古籍出版社1985年版，第694页。

❷ 金圣叹：《语录纂》卷二，见《金圣叹全集》，凤凰出版社2008年版，第834页。

这是金氏的政治哲学，也可以看作其评点《水浒传》的重要指导思想，而基本点正是"一片都成就去"的恕道。

《易系辞》有"范围天地之化而不过，曲成万物而不遗"的讲法，旨在说明"易"理的广泛适用与普遍包容。其中的"曲成"有委曲成全之意。金圣叹正是由此而生发。他认为，顺从、听任万物依本性自由发展才称得上"成"，而"成"与否的关键在于能不能体现"曲"的精神。本来，《易系辞》所用的"曲"字为"委曲"之意。金圣叹采取自由联想，从乐曲的原理来解释"曲"的含义。他根据旋相为宫的音乐理论，指出了音阶八度循环的道理，认为音阶的八度循环是由乐音自然属性决定的，如果人为改变，结果必不成腔调。由此，他又想到桃花之开、谢、结实，其中也体现出内在的规律。他的结论是：圣人不把自己的意志强加于万物，而是以一种宽容的胸怀，"于一切世间不起分别，一片都成就去"，把调节控制的权力交回自然——"乾元"。从这样的哲理出发，他分析了晚期的政治弊端，认为社会矛盾激化的根本原因是"王者"压迫民众。民众的生存本能、性情好恶在压迫之下不能正常实现，而内在规律——"乾元"又驱使其要求实现，于是就造成社会冲突，出现种种造反行径。

以本性天然合理为民众"不法"行为辩解，这正体现出"恕"的精神。杨起元论"恕"也曾涉及类似问题："那百姓家，多因他所居之地既卑，赖藉之资又薄，内有仰事俯育之累，外又有一切引诱之徒，如何怪得他有是恶！……凡属于人者，无善务须看到有，有恶务须看到无。看之久久，忽然自悟，便能全身藏在恕中，而能喻人矣。"可见，只要把"恕"理解为宽容，只要承认人的天性自然合理，就自然地得出谅解"不法"行为的结论。所以，杨起元与金圣叹殊途而可同归。

类似由"恕"道出发，批判专制政治，同情下层民众的言论，金圣叹在明末清初的一段时间里反复宣扬，如：

圣人不禁民之好恶。"在余一人"无好恶,尽民之所好所恶。

大君不要自己出头,要放普天下人出头。好民好,恶民恶,所谓"让善于天"。天者,民之谓也。故一个臣,亦不要自己出头,要放有技彦圣出头。若一毫身见未忘,则灾必逮之。❶

把《水浒传》金批的一些段落拿出来比较,可谓息息相通矣。如"才调皆朝廷之才调也,气力皆疆场之气力也,必不得已而尽驱入于水泊,是谁之过也","夫江等终皆不免于窜聚水泊者,有迫之必入水泊者也。若江等生平一片之心,则固皎然如冰在玉壶,千世万世,莫不共同""天下者,朝廷之天下也;百姓者,朝廷之赤子也。今也纵不可限之虎狼,张不可限之馋吻,夺不可限之几肉,填不可限之谿壑,而欲民之不叛,国之不亡,胡可得也"等,正是上述"外迫于王者,内迫于乾元""要放有技彦圣出头"等政治见解的具体体现,而其基本精神则是对梁山群雄的"恕"。

就大端而言,圣叹以前,诸人对"忠恕"的阐释,不外伦理学("德之正也""臣之高行也""仁也"等)与认识论("内尽于心""忖己度人"等)两个领域——当然,二者并非截然划分,而是交叉重叠。金氏以"忠恕"为评论《水浒传》的纲领,亦兼有这两方面的旨趣。而表现于思想内容的分析、评判,则主要为伦理方面的含义,即宽容、体恤的精神。

金批中也有一些攻击梁山义军,特别是"深恶"宋江的言论。其原因比较复杂。应该说,一定程度上确有"保护色"的考虑;同时,还有阶级立场、传统观念的局限,以及个人性格方面的原因。此外,"忠恕"说固有的矛盾也有或多或少的关系。前面引述王阳明关于"锄花间草"的议论很典型地暴露出这种矛盾。王阳明先讲"天地生意,花草一般,何曾有善恶之分?子欲观花,则以花为善,以草为恶;如

---

❶ 金圣叹:《语录纂》卷二,见《金圣叹全集》,凤凰出版社2008年版,第867页。

欲用草时，以草为善矣"，强调"无善无恶"的包容精神。而当弟子追问"草既非恶，是草不宜去矣"时，他却又说："草若有碍，理亦宜去。"明显出现矛盾。这是他人生实践之矛盾的反映——虽然王阳明大讲"无善无恶""天地生意"，但剿杀造反者却毫不手软。同时，也反映了"忠恕"之类包容理论所固有的矛盾。因为生存本身就意味着斗争，甚至誓不相立，一切包容在很大程度上只是良好愿望而已。金圣叹既倡"忠恕为量万物之斗斛"，有时又不能"恕"、不肯"恕"，其自身牴牾处，也当作如是观。

四

金圣叹对"忠恕"在认识论方面之含义所作的发挥，主要在小说人物的创作理论上。具体讲，就是试图为人物个性理论寻找哲理层面的依据。

有关人物塑造的观点是《水浒传》金批中享誉最盛的部分，如"独有《水浒传》，只是看不厌，无非为他把一百八个人性格都写出来"等。但是，应该指出，小说人物个性化的主张并不始于金圣叹，李卓吾评《水浒传》时已相当精辟地论述过这个问题。就主张人物塑造应具个性这一基本点而言，金圣叹的认识并没有超过李卓吾。

在人物论的范畴内，金圣叹真正的贡献在于以其"忠恕"说深化了对个性化问题的探讨。在序三那段关于"忠恕"的议论中，金圣叹把"因缘生法"与"忠恕"结合到一起，分析人物塑造的方法：

施耐庵以一心所运，而一百八人各自入妙者，无他，十年格物而一朝物格。斯以一笔而写百千万人，固不以为难也。格物亦有法，汝应知之。格物之法，以忠恕为门。何谓忠？天下因缘生法，故忠不必学而至于忠，天下自然无法不忠。火亦忠，眼亦忠，故吾之见忠；钟忠，耳忠，故闻无不忠。吾既忠，则人亦忠，盗贼亦忠，犬鼠亦忠。盗贼犬鼠无不忠者，所谓恕也。夫然后物格，夫然后能尽人之性，而可以赞化育，参天地。今世之人，吾知之，是先不知因缘生法。不知因缘生法，则不知忠。不知忠，乌知恕哉！是人生二子而不能自解也，谓其妻曰：眉犹眉也，目犹目也，鼻犹鼻也，口犹口，而大儿非小儿，小儿非大儿者，何故？而不知实与其妻亲造作之也。夫不知子，问之妻。夫妻因缘，是生其子。天下之忠，无有过于夫妻之事者；天下之忠，无有过于其子之面者。审知其理，而睹天下人之面，察天下夫妻之事，彼万面不同，岂不甚宜哉！❶

在这段议论中，"忠恕"首先被作为认识论的问题。"忠"作为自为的个体存在，这里强调的是其自然而然的独特性；而"恕"则是对"忠"之普遍性的了解和承认。这种了解和承认，是为了解决"一笔而写百千万人"，为了达到"万面不同"的创作目的。

金圣叹是借助"因缘生法"来具体阐发"忠恕"之理并解释这一创作原理的。他举出"火亦忠，眼亦忠，故吾之见忠"和"钟忠、耳忠，故闻无不忠"作喻例，说明既然每个事物都是个性化的存在（"忠"），那么，个性化之"因"与个性化之"缘"相结合，所生之"法"也必呈现独特个性。正如父与母为个性存在，其子自然便为独特之存在，"万面"皆由此而不同。因此，要写出富于个性的性情、气质、形状、声口，便只消设计出独特的"因"与"缘"，使之际会即可。也就是说，性格塑造离不开情节的设计；情节设计体现出独特性，情节发展中显露出的人物性格自然会富于个性。

要之，金圣叹的"忠恕——因缘生法"说同时具有认识世界（包括认识作品）与指导写作（创造艺术世界）两重功能：就前者言，是

---

❶ 金圣叹：《第五才子书施耐庵水浒传》序三，见《金圣叹全集》，凤凰出版社2008年版，第20页。

反省而知"忠",推"忠"及人而得"恕",在推"忠"得"恕"的过程中,借助"因缘生法"说明之。就后者言,是一从"因缘生法"下手,以"忠"的原则缔结因与缘,在二者和合生法的过程中,体现"恕"的精神。

金圣叹的这一理论见解富有思辨色彩,在我国古代小说的人物创作论领域,这样深刻的议论是十分罕见的。他的观点使我们很自然地想到"情节是性格的历史""丰富的性格中凝结着丰富的情节"等现代理论命题。其彼此虽有椎轮大辂之别,但某些暗合之处还足使我们为之惊叹。

《聊斋志异》评论的双璧
——冯镇峦、但明伦评点衡估

在我国文言小说中,《聊斋志异》是最受批评家青睐的一部。完稿后的百余年间,专文评论(包括序、跋、题辞与评点)者便有十数人。其中用力最勤而在理论上亦有所建树的,当推冯镇峦与但明伦。

冯镇峦生活在清朝嘉庆、道光年间,字远村,四川涪陵人,嘉庆后期曾于沈黎(四川汉源县)作过学官,而仕途蹇滞,"寒毡终老"。身后留有《晴云山房诗文集》《红椒山房笔记》。他在嘉庆二十三年应宗弟之请批点《聊斋志异》,脱稿后以抄本形式传于乡里,至光绪间始刊行。冯评包括《读聊斋杂说》、各篇总评、文中夹批三部分。一般来讲,总评较为平庸,夹批间有精警处,"一二字揭出文字精神",而理论见解主要见于《杂说》。

但明伦生年与冯约略同年代,字天叙,广顺云湖(今属贵州省)人,嘉庆末进士,入翰林院为庶吉士,后为编修,转御史。其评点乃居翰苑"典试楚浙"时所作,稍迟于冯评之时;而刊刻则大大早于冯评,道光二十二年即已付梓。据喻焜称:"但氏新评出,披隙导窍,当头棒喝,读者无不俯首皈依,几于家有其书矣。"可见当时影响之大。今日观之,以其分析作品详尽入微而论,但氏所评确为《聊斋志异》诸评本之翘楚,可惜大多停留于评论鉴赏的水平,未能上升为理论形态。

冯、但二人虽未谋面,但由于处在同一时代背景之下,且评论对象亦复相同,故评点中所见略同处颇多。这突出表现在二人皆以文章学的角度为分析评论的主要门径。

冯评的《杂说》云：

不会看书人，将古人书混看过去，不知古人书中有得意处，有不得意处；有转笔处，有难转笔处；趁水生波处，翻空出奇处，不得不补处，不得不省处，顺添在后处，倒插在前处，无数方法，无数筋节，当以正法眼观之，不得第以事视，而不寻文章妙处。此书诸法皆有。

先秦之文，段落浑于无形。唐宋八家，第一段落要紧。盖段落分，而篇法作意出矣。予于《聊斋》，钩清段落，明如指掌。❶

在夹批中，冯镇峦亦屡言"文法"，如"不说明，文家缩笔也"，"无意中点此一笔，通篇以琴作草蛇灰线之法"（《宦娘》）等。

但明伦对《聊斋志异》的"文法"更为留意，不仅夹批中经常随文指点，而且在总评中时有长篇分析议论。夹批之例如《晚霞》：

此处从解姥口中说出晚霞，是逗下笔，是横插笔……知如此用笔，则为文无散漫之笔。

既出晚霞矣，却不即叙燕子部，而先以乳莺部衬之……而夜叉部又反衬乳莺、燕子两部也。主中有客，客中又有客……而文章愈格外生新。学者悟此，则天下更无枯窘棘手之题矣。❷

总评中如《瑞云》《葛巾》《嘉平公子》《王桂庵》《西湖主》等篇，动辄数百言，几可视为论"文法"之专文了。

对于以"文法"评小说，向来毁多誉少。这种批评方法，自袁无涯、杨定见评点《水浒全传》肇端，至金圣叹批点"才子书"而臻其极，入清后又经毛纶父子继承发扬，遂成为小说评点的"正宗"。

---

❶ 蒲松龄：《聊斋志异》（会校会注会评本），上海古籍出版社1978年版，第17页。
❷ 蒲松龄：《聊斋志异》（会校会注会评本），上海古籍出版社1978年版，第1477页。

"五四"以后,随现代文学理论的舶来,这种方法便被讥为"八股腔"而弃如敝屣了。平心而论,从文章学角度评论小说,确有"八股腔"之嫌,金、毛诸评中牵强附会的"文法"之论也颇不乏其例。但是,事情还有另一面。我国古代小说大多出于下层文人之手。他们的写作基础主要是自幼受到的古文及时文训练,其创作动机往往含有"逞才"的成分,而所逞之才主要为诗文之才。这样,在他们的小说创作过程中,有意无意地表现出古文章句之法,实在是很自然的。明末清初,经过金圣叹对这一点的揭示、鼓吹,小说创作与小说批评中的"文法"之论更为普及,如《女仙外史》的某些情节安排便明显出于"文法"的考虑❶。而《聊斋志异》则尤为典型。其原因有二:一是《聊斋志异》受唐传奇影响至深❷,而唐传奇本与古文运动血脉相通;二是《聊斋志异》为文言作品,行文之法与古文无别;蒲松龄本为古文高手,以古文笔法结撰小说,理有必然。今举《胡四娘》为例,可见一斑。文中写程孝思及第后,胡府上下的表现:

申贺者,捉坐者,寒暄者,喧杂满屋。耳有听,听四娘;目有视,视四娘;口有道,道四娘也:而四娘凝重如故。

这种刻意组织的句子,正是唐宋古文家习用的"层迭"之法。又如庆贺宴席间,婢女春香带伤奔入,口述桂儿逼索之事,则是古文叙事所惯用的虚实相生之法。

因此,可以说,冯、但以"文法"论《聊斋志异》不仅不是简单的"八股腔",而且颇有正中肯綮之处。这不仅表现为随处对"句法""章法"的提示点评,更在于对古文章法影响情节结构的认识与总结。

按照通常的看法,小说的情节设计主要有两种类型:一种以故事

---

❶ 如吕熊:《女仙外史》第十九回、四十九回等,百花文艺出版社1984年版。

❷ 参见盛时彦《〈姑妄言之〉跋》。

发展的因果关系为根据，称故事性情节；一种以性格的内在逻辑为根据，称文学性情节❶。对于大多数作品而言，这种看法无疑是正确的。但如前所述，在中国小说史上，还有另一种情况亦不容忽视，即古文章法对情节设计的影响与制约。前面提到的冯镇峦所批《晚霞》那个情节就很典型。阿端与晚霞初会一节，在晚霞出场之前，先写夜叉部的涛涌霆震之狂舞，再写乳莺部曼舞轻歌，然后再写晚霞之舞。夜叉为反衬，乳莺为正衬，以表现晚霞仪态万方的天人之姿。但这既非故事之必需，亦非出于性格之表现，显然与古文家叙事的技巧直接相关。

对于这种情况，冯镇峦与但明伦都有比较明确的认识。《邵女》一篇，冯氏有一则夹批："悔后又写此一段果报，文情饱满圆足。否则头大尾小，通体不称。"本篇写金氏虐待小妾邵女，后悔过，对邵"爱异常情"。以故事而论，至此可以结束；以性格而论，也无发展余地，但作者又用相当的篇幅写金氏所遭报应。冯镇峦认为这一情节主要出于"文情"的需要，是为避免"头大尾小"的文章结构不相称而设——这一点，类似于金圣叹总结出的"獭尾法"。又如《胡四娘》一篇中，程生饱受家人白眼，终于得到以"遗才"身份参加考试的机会，不料"放榜竟被黜"，于是更名换姓困居京城。对于这个情节，但明伦批道："被黜一节，小作顿挫，此文势之必然者。上下关键，全在此处。"他认为这是很重要的一个情节，而作者设计的依据，是"文势之必然"。

上面两个例子，冯、但之评未必全面周圆，然亦不无道理。而最值得肯定的，是他们明确揭示出《聊斋志异》创作中，古文章法与故事情节之间存在着一定的联系。

比较起来，冯批中这方面的论述简略一些，点到即止，不作进一步的归纳。而但批则颇不乏长篇大论。如《西湖主》的总评：

---

❶ 参见韦勒克、沃伦的《文学理论》(浙江人民出版社 2017 年版) 与福斯特的《小说面面观》(人民文学出版社 2009 年版)。

前半幅生香设色，绘景传神，令人悦目赏心，如山阴道上行，几至应接不暇。其妙处尤在层层布设疑阵，极力反振，至于再、至于三；然后落入正面，不肯使一直笔。……后半幅问不加斧之由，问反赐姻好之由，问婢子训段之由，问不即纵脱之由，固层层点清上文，亦即以配映上半幅数层文笔，不欲令头重脚轻也。末后特表神奇，又文之余趣耳。❶

一段近五百字的评论，抓住本篇善用悬念的艺术特色，逐层分析，然后归结到章法与情节之关系，完全可做专题评论来读。又如《婴宁》的夹批、《胡四相公》《嘉平公子》的总评等，也都颇有可观之词。

但明伦在情节与章法之关系方面，最有见地的是所谓"转字诀"与"蓄字诀"。前者见于《葛巾》篇的总评：

此篇纯用迷离闪烁、夭矫变幻之笔，不惟笔笔转，直句句转，且字字转矣。文忌直，转则曲；文忌弱，转则健；文忌腐，转则新；文忌平，转则峭；文忌窘，转则宽；文忌散，转则聚；文忌松，转则紧；文忌复，转则开；文忌熟，转则生；文忌板，转则活；文忌硬，转则圆；文忌浅，转则深；文忌涩，转则畅；文忌闷，转则醒：求转笔于此文，思过半矣。其初遇女也：见而疑，疑而避矣；乃忽窥之而想想而复搜也。其搜见女也：叱而跪，跪而惧矣；乃又悔之而幸，幸而复想也。……事则反复离奇，文则纵横诡变。观书者即此而推求之，无有不深入之文思，无有不矫建之文笔矣。❷

后者见《王桂庵》之总评：

---

❶ 蒲松龄：《聊斋志异》（会校会注会评本），上海古籍出版社1978年版，第654页。
❷ 蒲松龄：《聊斋志异》会校会注会评本），上海古籍出版社1978年版，第1443–1444页。

> 文夭矫变化，如生龙活虎，不可捉摸。然以法求之，只是一蓄字诀。前于《葛巾传》论文之贵用"转字诀"矣；蓄字诀与转笔相类，而实不同，愈蓄则文势愈紧、愈伸、愈矫、愈陡、愈纵、愈捷：盖专以句法言之，蓄则统篇法言也。朗吟诗而女似解其为己，且斜瞬之，此为一伸；拾金而弃之，若不知为金也者，为一缩。……解此一诀，为文可免平庸、直率、生硬、软弱之病。❶

所谓"转"与"蓄"有异有同。相同者，皆由古文理论移植而来，皆从文章学角度探索情节设计之法则，其基本精神皆为求曲求变。如果仅就这些来看，金圣叹在《水浒传》《西厢记》的评点中已经有所论述，殊乏创新处。但评可称道处乃在对二者相异之点的辨析。但明伦提出的"转字诀"把情节的曲折多变同文章行文的转折变化联系起来，结合《葛巾》的成功经验，提出句句有变化、处处见曲折的主张，可算是微观的情节技巧论。"蓄字诀"则从全篇着眼，是宏观的情节技巧论。"蓄"的意思是控制情节发展，拖延矛盾的解决，甚至进一步退两步，小"伸"而大"缩"，使矛盾加深，进而加大情节的张力。这与袁无涯、杨定见的《水浒全传》评点中"叙事养题"之论、脂砚斋的《石头记》评点中"预述"之说都有通点。不过，但明伦强调"文势"的陡、紧、矫、捷，着眼点在推进情节的力度，并同文章自身的力度联系起来，主张依靠作者设计安排的技巧，逐步加剧矛盾冲突的态势。这是发前人所未发的。从他分析的文例看，王桂庵追求孟芸娘，艰难备尝，在终将如愿之际，作者仍不肯使故事"一往无余"，又定因王的戏言而使孟含恨沉江，这就使矛盾态势陡然加剧，正如但评所云："此一缩出人意表，力量极大、极厚。"他不仅明确提出情节的力度问题，而且总结出"小伸大缩"的艺术规律，这对于今天的小

---

❶ 蒲松龄：《聊斋志异》（会校会注会评本），上海古籍出版社1978年版，第1636–1637页。

说作家也不无启发意义。

除去文章学这一共同论题之外,冯镇峦、但明伦还各有独到之处。

冯镇峦在《杂说》中讨论了《聊斋志异》的艺术特色及文体特征问题。关于前者,他讲:

> 昔人谓:莫易于说鬼,莫难于说虎。鬼无伦次,虎有性情也。说鬼到说不来处,可以意为补接;若说虎到说不来处,大段著力不得。予谓不然。说鬼亦要有伦次,说鬼亦要得性情。谚语有之:说谎亦须说得圆。此即性情伦次之谓也。试观聊斋说鬼狐,即以人事之伦次、百物之性情说之。说得极圆,不出情理之外;说来极巧,恰在人人意愿之中。虽其间亦有意为补接、凭空捏造处,亦有大段吃力处,然却喜其不甚露痕迹牵强之形,故所以能令人人道肯也。❶

"昔人"指金圣叹,说鬼说虎之论见于《水浒传》金批。金圣叹认为写鬼易于写虎,因为鬼物可以任意描绘,而没有客观的检验标准。从反映论的角度看,金氏之说并无不妥。但冯镇峦换了一个角度,站在《聊斋志异》这样的志怪作品的立场上,讨论其特有的艺术表现方式,结论也就自然不同了。

冯镇峦得出了两个方面的结论,一关乎此类作品的内容要求,一关乎艺术标准。内容方面,他主张"以人事之伦次、百物之性情"来写鬼狐。"伦次"兼指人类的生活方式与思想感情。以"伦次"写鬼狐,正是《聊斋志异》最突出的特点。书中的狐精及幽灵或痴情,或忠贞,或义侠,或善妒,与人之情操皆无异;而其生活方式则长幼有序,男婚女嫁,吟诗饮酒,延师教子,亦全然与人类相同。《聊斋志异》生动感人,前提乃在于此。冯镇峦在《刘全》篇的夹批云:"冥间逼索,亦等阳世。《聊斋志异》往往言之。九幽主者与人间之昏官何以异:

---

❶ 蒲松龄:《聊斋志异》(会校会注会评本),上海古籍出版社1978年版,第13页。

人官耳目有不及，阴官之烛照无不周，乃亦尔耶？或曰此腐论也，《聊斋志异》不过游戏作文章耳。"既揭示《聊斋志异》据人间情状描写幽冥的特点，又指出这不过是一种艺术手法，不必看作事实。至于"百物之性情"则含有两层意义：一层是情感活动，山精树怪无不有喜怒哀乐，另一层是种属特征，如青蛙精虽具神通却终究怕蛇，狐精大多狡黠多智等。艺术标准方面，冯镇峦强调"圆"与"巧"。他认为，要以"伦次""性情"写鬼狐，现实依据与想象虚构之间需要作者着意统一协调，以便使读者觉得合情合理。虽然语涉荒唐，却要事合逻辑，不造作不牵强，这便是"圆"，便是"巧"。应该说，冯氏这方面的结论的确抓住了《聊斋志异》成功的关键之一，对于同类题材的小说创作具有一定的指导意义。

关于《聊斋志异》的文体特征，冯镇峦是在反驳纪晓岚时提出自己见解的。纪晓岚对《聊斋志异》的评论见于盛时彦的《〈姑妄听之〉跋》中，大意是批评《聊斋志异》"一书而兼二体"，混志怪与传奇于一书，所以只能是"才子之笔"，而当不起"著者之笔"。冯镇峦对此反驳道：

《聊斋》以传记体叙小说之事，仿《史》《汉》遗法，一书兼二体，弊实有之。然之。然非此精神不出。所以通人爱之，俗人亦爱之，竟传矣。虽有乖体例可也。纪公《阅微草堂》四种，颇无二者之病，然文字力量精神别是一种，其生趣不逮矣。❶

把小说同史传相类比，李卓吾、冯梦龙、金圣叹等已肇其端。特别是金圣叹，处处以史迁笔法衡量《水浒传》，不少见解由类比中产生。冯镇峦受金氏影响最深，他在《杂说》中论及《聊斋志异》的文体特征道："此书即史家列传体也。以班、马之笔，降格而通其例

---

❶ 蒲松龄：《聊斋志异》（会校会注会评本），上海古籍出版社1978年版，第15页。

于小说。"由此，他承认纪晓岚的从文体角度对《聊斋志异》的指责："一书二体，弊实有之。"但随即为《聊斋志异》辩护道"非此精神不出"——正是这种不够纯正的文体才具有好的艺术效果，才具有"生趣"。所以，尽管不合"体例"亦无妨碍。与纪晓岚相比，冯镇峦的小说观念是通达且顺乎潮流、合乎实际的。毋庸讳言，《聊斋志异》确实存在一书两体的现象。《娇娜》《青凤》之类接近于唐传奇，《山魅》《咬鬼》之类接近于魏晋志怪。但体裁之别并非泾渭，何况随文学的发展，体裁也应随之而变。故冯氏的见解高纪氏一筹。只是他终究不能无视传统的文体规范，所以不能更彻底地肯定《聊斋志异》的文体特征。

冯镇峦描述《聊斋志异》的艺术效果时，有一段极口褒赞之语：

《聊斋》之妙，同于化工赋物，人各面目。每篇各具局面，排场不一，意境翻新，令读者每至一篇，另长一番精神。如福地洞天，别开世界；如太池未央，万户千门；如武陵桃源，自辟村落。❶

这段议论主旨在于强调《聊斋志异》作为短篇集的一个特色——每篇力求翻新，不落窠臼。而其立论角度却不是一般的结构、章法等，而是"排场"与"意境"。以"意境"论《聊斋志异》，捕捉到了作品特有的诗情画意之美，非别具只眼者不能。

另外，冯镇峦还结合《聊斋志异》评论，谈了他对小说评点的认识。在《杂说》中，他讲：

往予评《聊斋》，有五大例：一论文，二论事，三考据，四旁证，五游戏。皆其平日读书有得之言，浅人或不尽解。至其随手记注，平常率笔，无关紧要，盖亦有之，然已十得八九矣。李卓吾、冯犹龙、

---

❶ 蒲松龄：《聊斋志异》（会校会注会评本），上海古籍出版社1978年版，第13页。

金人瑞评《三国演义》及《水浒》《西厢》诸小说、院本，乃不足道。

作文要眼明手快，批书人亦要眼明手快。天外飞来，只是眼前拾得。坡诗云："作诗火速追亡逋，清景一失渺难摹。"钝根者毫无别见，只顺文演说，如周静轩读史诗，人云亦云，令观者欲呕。远村此批，即昔钟退谷先生坐秦淮水榭，作《史怀》一书，皆从书缝中看出也。❶

自晚明至清嘉庆的二百年间，小说评点几至汗牛充栋。而对这一文学批评方式的探讨，却少得可怜。因此，冯氏上述议论弥足珍视。冯镇峦自述评点宗旨，列出了所谓"五大例"，即小说评点的五个方面内容，这是对他自己评点工作的总结，也反映了清中叶文学思想的动向。"五大例"中，"论文""论事"乃小说评点必有之义；"游戏"则是李卓吾、金圣叹留下的传统。只有"考据""旁证"两项是冯氏之说的特色。若从单纯文学批评的角度看，这一特色并不值得称赞。但以认识价值而论，我们由此可以看到当时"尚实""崇学"的文学倾向，对于文学史的研究不无裨益。

冯氏的小说评点论特别强调独创性，反对拾人牙慧。为此，他提出了一些具体主张：评点应"眼明手快"，借助灵感来捕捉独特的艺术感受；评点要以平素积累为基础，随时记下心得体会；要注意作品的深层含义，从"书缝"中发现真谛，从而发众人所未发。在当时评点泛滥的情况下，这些看法有很强的针对性，同时，也不失为有价值的批评理论。

但批的独到之处在于对物类特征描写的论述。他提出了"文贵肖题，各从其类"的主张，即对山精树怪的描写要顾及其本来的特性。如《阿纤》篇写一鼠精，其居室、食物等都有老鼠习性的痕迹。这确是《聊斋志异》特色之一，也是神魔、志怪类小说普遍应予注意的规律（如《西游记》孙悟空之顽皮好动、猪八戒之懒惰贪吃）。不过，但明伦在这方

---

❶ 蒲松龄：《聊斋志异》（会校会注会评本），上海古籍出版社1978年版，第11—12页。

面没有进行系统论述，只是就文论文涉及一些，如《葛巾》夹批：

> 写牡丹确是牡丹，移置别花而不得。合《黄英》《香玉》二篇观之，可知赋物之法。❶

《黄英》夹批：

> 屋不厌卑，而院宜得广，是菊花性情，是菊花身份。❷

提出应注意"赋物之法"，主张写出物类特性，都是很好的见解，可惜没有深论其所以然。

总的来看，冯镇峦、但明伦都深受金圣叹的影响，这主要表现在对小说价值的高度肯定，从"文法"的角度来认识小说的艺术规律，努力总结出小说的行文之法等方面。这些影响基本上是积极的，而冯、但二人也在金氏的基础上各自有所发明。不过，金圣叹某些偏颇之见也给他们带来一些消极影响，如冯镇峦发挥金氏的"事为文料"之说，提出"《聊斋志异》每篇直是有意作文，非以其事也"，就把章句文法强调到不适当的程度。

另外，冯镇峦、但明伦在分析作品内容时，偶尔有迂腐之论，如"忠孝亦是天生""士君子处不得意时，当自顾命薄"等，也是应该指出的。

在我国小说理论史上，冯、但均难称大家。而在《聊斋志异》的评论之中，比起王渔洋、何守奇等人，冯镇峦、但明伦的评点却是高出一筹，可谓"双璧"。

---

❶ 蒲松龄：《聊斋志异》（会校会注会评本），上海古籍出版社1978年版，第1443页。
❷ 蒲松龄：《聊斋志异》（会校会注会评本），上海古籍出版社1978年版，第1446页。

中国古代通俗小说宗教描写之人文主义传统

作为民族文化的重要组成部分，佛、道二教在我国古代产生过巨大的影响，渗透于民众日常生活与意识形态各领域之中，小说也不例外。对于小说中的宗教内容，梁启超曾有过尖锐的指责："吾中国人妖巫狐鬼之思想何自来乎？小说也。……今我国民惑堪舆，惑命相，惑卜筮，惑祈祷，因风水而阻止铁路，阻止开矿，争坟墓而阖族械斗，杀人如草，因迎神赛会而岁耗百万金钱，废时生事，消耗国力者，曰惟小说之故。"（梁启超《论小说与群治之关系》）这番话自有其合理之处：旧小说中的迷信故事对下层民众的心理确有毒害作用。但这种指责又有片面之处。且不说小说中的迷信内容本是生活中迷信活动之反映，不可倒果为因；即以小说中有关宗教的描写作全面的估量，也并非尽属迷信。相反，其中颇不乏优秀的篇章段落，表现出人文主义精神，艺术处理也往往别具特色。分析、认识这一现象，对于更全面、更准确地了解、弘扬传统文化，无疑是很有助益的。

就白话小说而言，宗教内容可说是与生俱来的。元末的《三国演义》《水浒传》中已有相当的篇幅，前者如关于于吉的描写，后者如鲁智深剃度、公孙胜师徒等故事。明中叶，以《西游记》《封神演义》为代表的神魔题材及以《金瓶梅》为代表的世情题材兴起后，小说中的宗教内容愈见增多，细致、深入的描写亦时有所见。至清中叶的《绿野仙踪》与《红楼梦》则是这两类题材中宗教描写较为成功的作品。而晚清大量的白话小说之中，此种描写反趋简单浅薄，只有《老残游记》别出心裁。这五百余年的白话小说史上，作品中宗教描写所占比重不一，主要有四种情况：一种以宗教活动为题材，全书铺衍有关宗教的传说故事，如《西游记》《封神演义》《济公传》《南海观音全传》等；一种以宗教内容作为全书情节的一个重要部分，特别是作为人物的归宿，如《金瓶梅》《红楼梦》等；一种仅以宗教内容作故事的背景或结构的框架，如《梁武帝演义》《说岳全传》《飞龙全传》等；一种偶尔涉及，只有一些无关大局的枝节描写，如《隋唐演义》《林兰香》《歧路灯》等。这样分类只是观其大略，并无严格界限，而本文所论，则以前两类作品为主。

一般地讲，我国古代大多数小说中的宗教描写只是作为一个故事或故事的组成部分，故并不看重教旨教理的传播。但也有少数作者曾潜心于释、道，自谓别有会心，便在作品中一本正经地讲起"金丹奥旨""禅学法门"来。脂砚斋在《石头记》评语中就书里的鬼神描写讲道："《石头记》……如此等荒唐不经之谈，间亦有之，是作者故意游戏之笔耶。以破色取笑，非如别书认真说鬼话也。""游戏笔墨一至于此，真可压倒古今小说。"（脂砚斋《石头记》第十六回批语）这"游戏笔墨"与"认真说鬼话"实可概括古代小说作者们对待宗教内容的两种基本态度。不过应该指出的是，由于宗教内容远比一般鬼神描写复杂，故作者们的态度也往往复杂而矛盾，以致同一部作品中，既有"认真说鬼话"的讲因果、释教义的段落，又有斥责佞佛崇道，讥嘲和尚道士的描写，如《禅真逸史》就很典型。所以下文论及某部作品某种倾向时，并不排除相反倾向的存在。

在以游戏笔墨对待宗教内容的作品中，往往表现出一种人文主义的精神，即以积极的、热情的态度对待人生，以理性的、审慎的态度对待宗教，以执着的、肯定的态度对待自我。因而，有关的描写就具有了寄托化、幽默化、世俗化的特征。

一、宗教描写中的寄托与象征

《水浒传》的宗教描写总体来看是扬道抑佛，一般的佛教人物多形象不佳，但其中最重要的一个却被大加赞颂，那便是花和尚鲁智深。不过，作为僧人，鲁智深是个十分特异的形象。作者的赞颂笔墨，并非落在其"僧人"身份上，而是落在那些"特异"之处。初上五台山剃度时，智真长老为鲁智深摩顶受戒道："五戒者：一不要杀生，二不要偷盗，三不要淫邪，四不要贪酒，五不要妄语。"而转眼间，除了"淫邪"一条外，诸戒皆破，成了杀人放火的酒肉和尚（这只是相对于戒律而言，并不含贬义）。可是，对于这样一个佛门的"叛逆"，智真长老反预言他将成正果，而那些谨守戒律虔心修行的僧人却"皆不及他"。这位智真长老因宽容、庇护鲁智深，也得作者分外青目，被描写成全书唯一的大德高僧。

在早期的梁山故事中，已有"花和尚鲁智深"的名目（罗烨《醉翁谈录》等），但事迹都比较简单。《大宋宣和遗事》中只有"僧人鲁智深反叛，亦来投奔宋江"一语。元人杂剧《鲁智深喜赏黄花峪》，实际上主角是李逵，鲁智深并没有多少戏（这出戏被施耐庵改造成桃花庄打周通，就生动多了，确乎是"杼柚献功，焕然乃珍"）。只有《癸辛杂识》中鲁智深的赞语："有飞飞儿，出家尤好。与尔同袍，佛也被恼。"虽难索确解，却也依稀透露出不守戒律的消息。总之，和尚做"强盗"，这个基本事实决定了鲁智深佛门叛逆的形象基调。但把这个基调发展起来，写出醉打山门、倒拔垂杨柳那般生动、精彩笔墨，塑造出率情任性、刚猛正直、胸襟阔大的不朽形象，却是施耐庵的功劳❶。而从思想意义上最堪品味的，是施耐庵对其"正果非凡"的判定与赞赏。这样的处理表现出施耐庵深受"狂禅"影响的佛理观。

"狂禅"是一个复杂的宗教现象，褒贬是非不可遽定。但有一点

---

❶ 《水浒传》作者尚有疑点。此为行文方便，从众以"施耐庵"称之。

可以肯定，"狂禅"对个体情性的张扬是或多或少体现出"非宗教"的人文主义倾向的。施耐庵公然为"强盗"颂德立传，则属儒生中的异端人物。他以"狂禅"为正果，把鲁智深刻划成大丈夫、真豪杰，是他本人思想倾向的折光。明中后期，禅宗复兴，狂禅亦盛。居士如李卓吾，僧人如紫柏，都表现出狂禅的作风，从而名动天下。李卓吾以思想界领袖的身份批点《水浒传》并为之作序，大大提高了《水浒传》的社会声望，使其由大众文化层面进一步融入了士人文化层面。很有意思的是，对《水浒传》一百余位好汉，李卓吾最推崇的就是鲁智深。他在批语中讲："此回文字（指大闹五台山）分明是个成佛作祖图。若是那班闭眼合掌的和尚，决无成佛之理。何也？外面模样尽好看，佛性反无一些。如鲁智深吃酒打人，无所不为，无所不做，佛性反是完全的，所以到底成了正果。算来外面模样，看不得人，济不得事。此假道学之所以可恶也与？此假道学之所以可恶也与？"这可算得是一篇狂禅宣言。他把鲁智深这个形象的潜在内涵充分揭示出来：率情任性便是真佛，吃酒打人不妨菩提之路。同时，李卓吾又由此生发，认为这个形象还具有批判道学的意义。这后一种说法明显牵强，但适逢当时思想文化领域的反礼教启蒙思潮兴起，故颇产生一些共鸣。其后的《水浒传》论者如金圣叹辈，都从"狂禅"的角度赞美鲁智深的形象（金圣叹《第五才子书》第三回评语）。李卓吾的侍者常志抄写李评《水浒传》后，极为仰慕鲁智深，也狂放起来，"时时欲学智深行径"，最后搞得李卓吾本人也消受不起（袁中道《游居柿录》），适可见一时风气。

　　鲁智深的形象经李卓吾评论而内涵更趋丰厚，但李卓吾的评论并不尽为鲁智深这个形象本身所发，"道学"云云纯属借题发挥。正如怀林所指出的："和尚一肚皮不合时宜，而独《水浒传》足以发抒其愤懑，故评之为尤详。"（容与堂本《水浒传》卷首）李卓吾评论鲁智深系别有寄托，施耐庵当年塑造这个形象似也有所寄托，因而使鲁智深的形象既有表层的义侠好汉含义，又有深层的纵情任性、挣脱束缚的含义（《红楼梦》中《听曲文宝玉悟禅机》）。后一方面对于正统的佛教、佛学无疑是一个冲击。

从佛教的角度看，鲁智深的形象是一个"另类""畸人"，自身具有矛盾的结构：不修行不持戒反能证果成佛。而从艺术的角度看，正是这矛盾的内在结构才使其产生了深层思想含义，才表现出寄托的特征。这种以畸人形象实现寄托的手法，在我国古代小说中并不鲜见，如《女仙外史》中的刹魔公主，《红楼梦》中的癞头和尚等皆然。

作为魔教领袖的刹魔公主是一个奇特的形象。作者借书中人物之口道："向称为儒、释、道者，今当称作魔、释、道矣。"书中写她是正义与邪魔的结合体，又是美丽与凶杀的结合体，于史无证，事迹飘忽不定。这不是一般的神魔形象，正如作者的好友刘廷玑在《女仙外史》卷首《品题》所指出的："若魔道……借以为寓言。"❶故要说清楚其全部含义是很难的，因为其中有对传统观念的嘲谑，有对女性的尊崇，有对历史的反思，等等。而在种种寓意中，刹魔公主的反宗教意味是很突出的。如第九十回写一火首毗耶那，神通广大，义军方面的仙人，包括观音的弟子、老子的门徒等都被他打败，只好请来刹魔公主一战成功。这个火首毗耶那隐喻男性，刹魔公主降伏他的法宝名为"软玉红香夹袋"，所喻亦很明显。另外，这个形象所表现的喜动厌静、争强好胜、蔑视法规的性格同鲁智深亦有相通之处，而和佛、道二教的追求寂灭、安静、退避、自律的消极人生哲理截然相反。

《红楼梦》中的癞头和尚是另一类"畸人"。作品中这个形象着墨并不多，对于深化主题却颇有作用。通灵玉涉足红尘便是这个和尚同他的道士伙伴携带的。而贾宝玉中邪病危时，又是这二人救治。有趣的是二者的形象，书中各以韵语描写道："鼻如悬胆两眉长，目似明星蓄宝光。破衲芒鞋无住迹，腌臜更有满头疮。""一足高来一足低，

---

❶ 吕熊：《女仙外史》，百花文艺出版社 1984 年版，第 1108 页。

浑身带水又拖泥。相逢若问家何处,却在蓬莱弱水西。"前文对这个跛足道士的描写还有:"来了一个跛足道人,疯癫落脱,麻屣鹑衣。"明明是出神入化、先知先觉的神仙者流,偏以一副肮脏丑陋的形象出现,如此鲜明的反差产生了深长的意味。类似的形象在古代小说中反复出现,几乎成为一种模式。最典型的如济颠和尚、李铁拐等。《济公全传》中描写济颠:"脸不洗,头不剃,醉眼乜斜睁又闭。若痴若傻若颠狂,到处诙谐好耍戏。踊僧衣,不趁体,上下窟窿钱串记,丝绦七断与八结,大小袼褙接又续。破僧鞋,只剩底,精光两腿双胫赤,涉水登山如平地,乾坤四海任逍遥。经不谈,禅不理,吃酒开荤好诙戏,警愚劝善度群迷,专管人间不平气。"《八仙得道》中描写李铁拐:"又黑又丑,一只脚儿长一只脚儿短。""黑如铁铸,浑身不见一点白肉。"关于这一类形象产生并流传的原因,过去有一种说法,认为反映出城市贫民,特别是无业游民的趣味。虽不无道理,但未免表面化了。实际上,僧也罢,道也罢,只是一个外壳,其内在的精神本属一致,即:外痴内灵,外丑内秀。若追溯其源,当至老庄。《老子》有"信言不美,美言不信"之说。《庄子》更直接描述过若干类似的人物形象,如"曾子居卫,缊袍无表,颜色肿哙,三日不举火,十年不制衣。……纵而歌《商颂》,声满天地,若出金石。天子不得臣,诸侯不得友""支离疏者,颐隐于脐,肩高于顶,会撮指天,五管在上,两髀为胁。挫针治繲,足以糊口;鼓筴播精,足以食十人。……足以养其身,终其天年。"(《庄子》的《让王》《人间世》)老、庄之说都含有对社会通行的价值标准的批判。表面上被社会蔑视,精神上却足以蔑视社会。这曲折地反映出下层士人的心理状态,也被自居于异端或失势于朝廷的人物欣赏。小说多出自于下层知识分子之手,故此类表里矛盾的形象也就屡屡出现,以寄托其愤世不平之气。

至于《红楼梦》中的癞僧跛道,一方面是贾宝玉的守护神,另一方面又时而点明贾宝玉的锦衣玉食生活不过是"被声色货利所迷"

的"沉酣一梦"。这样,他们就成了彻悟人生的象征。尤可注意的是,在仙界,他们的本来面目是"生得骨格不凡,丰神迥异"。而一入尘世,便换了一副肮脏癫狂的面目。这既可说是仙人游戏凡尘,也可说尘世不识真仙。联系书中所写道貌岸然、法相庄严的僧道,大多俗不可耐,如张道士、净虚尼等,癞头跛足的讽世意味岂不愈加昭然。

二、世俗化的佛与道

佛、道二教至明清皆呈衰微之势,深奥繁复的教理已少有问津者。为了自身的生存,二者不约而同地走上了世俗化的道路,这正如明末高僧永贤所叹息的:"后代称律师者,名尚不识,况其义乎?义尚弗达,况躬践之乎?"(《永觉和尚广录》),世俗化降低了二教的威信,特别在有识之士中。这种情况反映到小说中,就出现了按市民口味设计塑造的宗教生活、佛道形象,同时又伴之以尖锐的抨击与辛辣的嘲讽。

《说岳全传》首回写岳飞出世因果,本属阐扬佛理之文,却把佛教盛典描写得十分不堪。书中写道:"我佛如来,一日端坐莲台……讲说妙法真经。正说得天花乱坠、宝雨缤纷之际,不期有一位星官,乃是女士蝠,偶在莲台之下听讲,一时忍不住,撒出一个臭屁来。……恼了佛顶上头一位护法神祇,名为大鹏金翅明王……望着女士蝠头上,这一嘴就啄死了。"这哪里是什么庄严法会,简直成了混乱污浊的集市茶馆。同回书也涉及道教,长眉大仙转世的宋徽宗按道教礼仪祭天,表章上把"玉皇大帝"错写为"王皇犬帝",使玉帝大怒,降灾于人间,"使万民受兵革之灾"。"犬帝"情节明显地流露出小市民的趣味,本身并不高明。不过安排在佛、道最高领袖的有关情节中,却不期然而然地产生了大不敬的味道。

世俗化的倾向还表现在按照世俗生活来构设佛道祖师及神仙们的生活。《八仙得道》中有一段道教正、邪两派打擂台的故事。道教的领袖人物老子、通天教主本属"天之精、地之魄","混沌初开之日,修成不坏之身"的真仙,皆有通天彻地之能。二人有了矛盾却须搭起擂台,由弟子们轮番上台,一拳一脚地较量。这段描写乃自《封神演义》的"万仙阵"一段改造而成。比起来,《封神演义》似乎神仙味要浓一些,不过细推敲,大仙们虽未上擂台,比试的手段其实和《三国演义》《水浒传》的"两阵对圆""大战八十回合"也无多大分别。

更有趣的是《南游记》中对释迦如来的描写。如来初在雪山修行,后由灵鹫山经过,见景致宜人,便向山的主人——独火大王借住。当时立下文书,写明暂借一年。过了一年后火王去讨取,如来说尚未到期。取出文书一看,"一"字上已加了一竖,成了"暂借十年"。十年后去取,文书又改为"千年"。火王无奈,索一顿斋筵,如来又鄙吝不与。最后引起冲突,被如来纵容手下将火王烧死。这一段讨债赖账的故事写得滑稽、生动,分明是市井生活的漫画化。把这样的情节安放到妙悟色空、至尊至圣的佛祖身上,令人忍俊不禁。文殊、普贤本为佛门圣者,在这部小说中却成了昏庸无能之辈。华光追赶龙瑞王至清凉山,文殊、普贤欲救无策,只好开后门放龙瑞王逃生,然后装作聋哑之态绊住华光,拖延时间。玉帝为三界之主,小说却写他遇事全无主张,而且贪财护短。他派哪吒讨伐华光,打了败仗,只是骗了华光一块金砖。而他见财心喜,"传命将金砖收入御宝库,即赐哪吒御宴金花,挂彩出朝"。这些宗教人士的眼界、心态、行为方式完全如同市井细民了。

这一类世俗化的描写,作者本意虽不是自觉的宗教批判,但客观效果上的大不敬味道,使教主们的圣光大为削弱,使宗教的威信自然降低。与此连带的,是对一般教徒的更尖锐的正面抨击。通俗小说中的和尚、道士大半是被揭露、嘲弄的对象。《金瓶梅词话》《水浒传》、"三言二拍"等作品皆有恣肆的描写。

更为系统的批判见于《禅真逸史》中。作品开篇即写梁武帝"酷信佛教","朝政废驰",魏主反而"暗暗称羡",下旨建寺广行法事,于是引起了大将军高欢的一番切谏,列举了佛教的三大罪状,洋洋千言,可作一篇"灭佛论"读。高欢之言即作者之言。作品卷首有托名唐太史令傅奕的题词。傅奕是唐初辟佛健将,曾上书极诋佛法,又编有辟佛专著《高识集》。作者托名此人,全书大旨可见。不过,与前代范缜、傅奕、韩愈等人辟佛言论相比,高欢所论明显世俗化了。哲理、伦理已不是议论的要点,情欲、享受、财产方面的劣迹成为三大罪状,其中又尤以情欲为贬斥重点。这既反映了中晚明佛教的真实情况,也反映出市民阶层立足世俗生活而反宗教的倾向以及其自身的情趣。作者塑造了钟守敬的形象来证明"三大罪状"的论断。钟守敬是梁武帝特旨简选的有道高僧,主持妙相寺。有关他的描写颇具反讽味道。作者写钟守敬的形象是"飘飘俊逸美丰姿,端然罗汉转世";他人的评价是"戒行清高,立心诚实";梁武帝的诏书曰"神定而戒行精严,律明而禅机透悟";而本人讲经说法亦深中窾要,宣扬"诸经曲千言万语,只是教人守其灵明,勿使物欲迷障"。因此,"哄动了远近僧俗士女,都来听经"。但一写到具体行事便件件不堪,贪财鄙吝,忘恩负义,行险使诈,完全是一个市井徒棍。

然而,似乎矛盾的是,全书名为《禅真逸史》,并以半佛半仙的林澹然贯穿全篇(唐高祖敕封林澹然为"通玄护法仁明灵圣大禅师"),又从根本上肯定了佛、道二教。其实,这种态度很有代表性,正如钱谦益给黄梨洲信中所讲:"迩来则开堂和尚,到处充塞,竹篦拄杖,假借缙绅之宠灵,以招摇簧鼓。士大夫挂名参禅者无不入其牢笼。……第不可因此辈可笑可鄙,遂哆口谤佛谤僧。譬如一辈假道学大头巾,岂可归罪于孔夫子乎?"(《黄梨洲文集》)对生活在世俗中的和尚道士,则从世俗的角度揭之批之;而对玄奥的二教的原旨,则不妨敬而远之,存而不论。这是当时一般人对宗教的态度,也相当普遍地反映于通俗小说之中。

《禅真逸史》对佛教的批判基于世俗，其长在于贴近情理，其短未免浅薄。相比之下，《红楼梦》对贾敬佞道的描写就要高明多了。贾敬迷信于烧丹炼汞，家事一概不理，最后服食丹药中毒而死。曹雪芹对他的荒唐行为只是在故事发展中自然涉及，点到即止，而且多从众人口中提到。笔法看似超然，褒贬却寓于不言中。同时，又把批判道教迷信的内容同全书"君子之泽，五世而斩"的主题联系到一起，增加了思想深度。

三、以调侃、幽默写庄严

中国古典小说中写宗教而影响最大的当推《西游记》，以至后世的庙宇中赫然画出火眼金睛的猴王与长嘴大耳的八戒，斗战胜佛也成了正式的护法神。从这个意义上讲，《西游记》"普及"了佛、道二教的知识，又反过来"丰富"了二教的内容。但是，这些出自《西游记》的知识皆别有意味，最突出的是其中浸染的调侃、玩世情调。胡适是较早强调这一点的人。他在《中国章回小说考证》中指出：

《西游记》有一个特长处，就是他的滑稽意味。拉长了面孔，整日说正经话，那是圣人菩萨的行为，不是人的行为。《西游记》所以能成世界的一部绝大神话小说，正因为《西游记》里种种神话都带着一点诙谐意味，能使人开口一笑。这一笑就把那神话"人化"过了。我们可以说，《西游记》的神话是有"人的意味"的神话。❶

神的题材写出"人的意味"，这正体现出人文主义的精神。对于胡适的论断，鲁迅亦予首肯，并在《中国小说史略》中述及。

胡适在引作品来证实自己的观点时，主要以八戒与悟空的言行

---

❶ 胡适：《中国章回小说考证》，上海书店 1980 年版，第 362 页。

为例。实际上,作者的调侃同样用在佛、道二教的代表如来、观音、玉帝、老君身上。最典型的一段是西天如来勒索财物的描写。唐僧四众历尽千辛万苦到了灵鹫山,却只得到了一捆白纸,原因是阿傩、迦叶索要"人事"不遂。当孙悟空向如来告状时,如来竟一本正经说:"你且休嚷。他两个问你要人事之情,我已知矣。但只是经不可轻传,亦不可以空取。向时众比丘圣僧下山,曾将此经在舍卫国赵长者家与他诵了一遍,保他家生者安全,亡者超脱,只讨得他三斗三升米粒黄金回来。我还说他们忒卖贱了,教后代儿孙没钱使用。你如今空手来取,是以传了白本。"大慈大悲、普度众生的佛教无财不传经已属荒唐,法力无边、包容天地的如来佛竟数斗论升地计较价钱更令人惊讶,而最不可思议的是如来深恐"后代儿孙没钱使用",作者真是奇想天外。论者多以为这是作者对佛教的正面批判,旨在说明"并无净土"。以作品的客观意义论,此诚不谬;若以作者之意图论,则未必尽然。《西游记》对佛、道二教皆有所批判,但相对来说,作者贬道尤甚,关于佛教反而不乏正面、尊崇的描写(如来的佛法、观音的慈悲等)。故这一段索贿情节毋宁说是作者调侃世情,故意表现出玩世不恭人生态度的游戏笔墨。诚然,以此类笔墨加于"世尊"身上,未免近于渎圣,但这正是作者的目的。中晚明的士林中,傲诞玩世之风甚盛,自唐伯虎至金圣叹,颇多以此名世者。《淮安府志》记吴承恩"善谐剧",可见亦是此辈人物。这种风习自然反映于小说创作思想中。李卓吾提出:

《水浒传》文字当以此回(五十三回"李逵斧劈罗真人")为第一。试看种种摹写处,哪一事不趣,哪一言不趣。天下文章当以趣为第一。既是趣了,何必实有是事,并实有其人。若一味推究如何如何,岂不令人笑杀。❶

---

❶ 《李卓吾批评忠义水浒传》,见《古本小说集成》,上海古籍出版社1994年版,第1769页。

可以说，《西游记》全书贯穿着"趣为第一"的精神，让猴子到如来手上撒一泡尿。这些自然都不能"推究如何如何"，只能看作吴承恩"非圣无法""一笑人间万事"的情绪渲泄。至于渲泄中抹掉了宗教的庄严神圣之光环，那却是不期然而然的了。《西游记》这种玩世的笔调影响了同时及后世很多作品中的宗教描写。如《东游记》中调解八仙与天将纠纷一段，对如来、老君全无是非可否的描写。不过，限于才力，这些作品的幽默之处多不及《西游记》自然，有的则格调欠高，流于恶谑。但在化庄严为嬉笑，化仙佛为凡人的效果上，也与《西游记》的"雅谑"是一致的。

小说中的宗教描写表现出一定程度的人文主义倾向，其原因可从两个方面来认识：一方面，我国通俗小说大盛于中晚明，当时正值思想领域启蒙精神高扬，以李卓吾为代表的启蒙思想家批判"存天理灭人欲"的僵化道学，肯定现实人生，肯定情欲。他们在各方面标新立异，包括在文学领域推崇通俗小说。于是，在小说的创作与批评中，启蒙思潮的影响分外显著。另一方面，我国古代通俗小说系由说话艺术演化而来，因而形成了一些独特的传统，如关注读者的反应，迎合市民趣味等，明末清初的启蒙思潮本就具有市民意识在内，故二者相得而益彰；而诗文创作中"孤愤""寄托"的传统又影响着作者的创作态度，使他们不满足于单纯地陈述故事，而是力图表现自己，"借他人酒杯，浇自家块垒"。这就使通俗小说中的宗教描写或反映出知识分子理性化的思考，或反映出市民阶层世俗化的嘲谑，而几乎从未出现过迷狂与虔诚。

古代长篇小说的象征传统及其文化语码解析

一、象征及其在中国古典文学中的传统表现

作为文学批评的术语,"象征"是舶来品;而作为一种修辞手法与创作手法,象征又深深植根于我们本民族的文学传统之中。在西方文艺理论中,较早而又系统地论述象征问题的,是黑格尔。他立足于十九世纪回顾艺术发展史,断言象征不过是人类艺术的初级形式,是"艺术的开始","只应看作艺术前的艺术"。他的理由是,在象征中,绝对理念尚未找到适合的表现方式,因而外在形象与内在意义不能完满统一,于是出现双重视野。

黑格尔的这一结论带有明显的局限性。虽然他指出象征"主要起源于东方",但那是出自他对东方文化艺术的贬抑而提出的——尤其是对于中国的文化艺术。另外,当时正值浪漫主义在欧洲兴起之际,黑格尔不可能预料以后象征主义的崛起。因此,他的理论在现代受到大幅度的修正。柴维治认为:

> 象征主义是一种表达思想与情感的艺术。其技巧不在直接描述,亦不藉与具体意象的公开比较,来界说这些思想与情感;它利用暗示的方法来展现这些思想与情感,或透过一些不落言筌的情境,在读者心中重新创造出这些思想与情感。(《象征主义》第一章)

他打破了黑格尔绝对理念自我实现的僵硬模式,指出了象征手法

的普遍意义与生命力。但柴氏的分析囿于20世纪初的法国象征主义诗派，所论亦稍嫌偏狭。比较起来，似以韦勒克的观点更富于启发性。他讲：象征"是在个性中半透明式反映着特殊种类的特性，或在特殊种类中反映着一般种类的特性。……最后，通过短暂，并在短暂中半透明式地反映着永恒"（《文学理论》第十五章）。他认为文学作品是多层面构成的体系，而象征是属于最高层面的。"文学的意义与功能主要呈现在隐喻与神话中，人类头脑中存在着隐喻的思维和神话式的思维这样的活动。"把象征解释为人类某种普遍存在的思维方式，而且指为深化文艺作品表现力的主要手段之一，这是符合近数十年来世界文学艺术的实际情况的。

综合各家之言，并参照文学实践，我们不妨对象征作如下界说，作为本文的出发点：

象征是一种模糊暗示的表现手法。象征物一般小而具体，被象征物则大而抽象，并且带有某种不确定性，象征物与被象征物一明一暗，造成作品的双重视野。

按照这种观点，象征不同于寓言。寓言的寓意与故事是"舍筏登岸"的关系，不注重双重视野；象征也不同于比喻，比喻体与对象间关系比较确定，并不追求"模糊""不确定"的效果。

中国文学中的象征，当以上古神话为滥觞。女娲造人，半人半兽的西王母等，都有浓厚的象征意味。这些尚相当于黑格尔所谓"艺术前的艺术"。不过，在中国文学中，象征并没有因写实手法的出现（即黑格尔所谓"古典主义阶段"）而衰亡，而是渗透、融汇到各文学艺术领域之中，如庄子的散文，屈原的诗歌。同时，作为一种创作手法，象征也得到了理论上的总结，这便是传统诗论中的重要命题——"兴"。"兴"的含义比较复杂，自古迄今众说纷纭，本文不做全面讨论。但其中含有象征因素，则是显而易见的。

在其他文学式样中，我国古代散文以议论文、应用文居多，即使山水游记，也多以写实为主，象征手法较为少见。

相比之下，我国古代小说中的象征还是比较发达的。不论其繁多的手法种类，还是由低级向高级逐渐成熟的过程，都值得我们研究、总结。而为了使研究能够稍微深入一些，本文把视野限制在白话长篇小说的范围之内。

二、我国古代长篇小说中象征的主要类型

（一）名称象征

中国古典小说中的人物命名，大致有三种情况：一种是沿用历史或传说中人物原名，如《三国演义》《水浒传》等大率如此；一种是无深意的任意命名，如《醒世姻缘传》《饶花缘》等多如此；一种是弦外有音，别具含义，如《好逑传》《平山冷燕》与《红楼梦》等。第三种情况中又有谐音、影射、象征等不同方式，这里只谈有关象征的问题。

《好逑传》中男主角名曰"铁中玉"，是象征其温润高贵而又坚强刚直的品格；女主角名曰"水冰心"，是象征贞节而又聪慧的品格。《绿野仙踪》中男主角名曰"冷于冰"，是象征他超脱俗欲，摒弃富贵的"仙心"；其弟子名曰"温如玉"，则象征他资质极好，却难脱尘世俗念。《平山冷燕》中的"平如衡""燕白颔"，《红楼梦》中的"晴雯""袭人"等，皆可做如是观。

这种象征手法可溯源至传统的"比德"方式，如孔子的"知者乐水，仁者乐山"，"岁寒然后知松柏之后凋也"等论述，都是以自然物寄托人的理想，象征人的某一种品格。我们之所以称其为象征而非比喻，是因为联系自然物与人物两个意象的不是表面性状的类似，

而在于内在的价值判断上。一种独立的文化，其话语系统中多有类似的关联现象而成为自己的传统，于是使某些词语超越其所指而具有了较为复杂的文化内涵，从而形成了一类独特的"文化语码"。上述"玉""水""冰"等都属此类。不过，一个文化语码的内涵往往要视上下文之语境而定。在文学性文本中，其内涵的弹性尤为明显。不同的象征手法为文化语码提供的语境空间大小不同，其中名称象征最为狭小。

另外，构成名称象征的一个重要条件是引人注目的独创性，前举各例都有这个特点。如果已成为司空见惯的习用语，那么就不再具有文化语码的性质，也就不能发挥象征功用了，如武松之"松"、潘金莲之"莲"等。

（二）预言象征

古人迷信宿命之说，故有占卜预言之事。反映到小说中，常在大事发生前描写一段林泉高士或神仙的预言，以造成神秘的气氛。而由于"天机不可预泄"，这类预言只能出之于隐语形式，于是有些预言便产生了不同程度的象征意味。如《三国演义》六十九回"卜周易管辂知机"，写管辂为曹操占卜，预言"三八纵横，黄猪遇虎，定军之南，伤折一股"。"黄猪遇虎"，本是暗指干支年月，但从意象上与夏侯渊遭遇黄忠的战事又隐约相关，因而产生若有若无的象征意味。《说岳全传》道悦为岳飞预言："苦海茫茫未有涯，东君何必恋尘埃？不如早觅回头岸，免却风波一旦灾。""风波"暗指风波亭——岳飞殒命之所，但也有象征宦海沉浮及人生祸福难料等意味在内。这样的手法固然在历史演义与英雄传奇小说中较多，在世情小说中却也不乏其例。如《红楼梦》写贾宝玉梦游太虚幻境，见到预示诸女子命运的图册，册上的图画与判词也都颇具象征意味。如关于晴雯的是"一幅画，又非人物，也无山水，不过是水墨滃染的满纸乌云浊雾而已"，关于凤姐的则是"一片冰山，上面有一只雌凤"，其中含义都很耐琢磨。

有些预言描写采用字谜或明白昭示的方式，如《说岳全传》中的道悦给韩世忠的"老鹳河走"，《水浒后传》中的宋江送李俊的"金鳌背上气象雄"等，皆无所谓"双重视野"，便与我们所讨论的象征问题无涉了。

由此看来，预言象征就是小说在描写预言的时候，不是明白昭示，而是借助于某种意象来暗示。这种暗示有时可做多义理解，因而使预言产生象征意味。

（三）梦境象征

中国古典小说中有关梦的情节甚多，即以《三国演义》《水浒传》《金瓶梅》《儒林外史》《红楼梦》等长篇名著而论，可谓无书不写梦。其中有些梦境描写，不仅是铺演故事、发展情节所必需，而且具有不同程度的象征意味。

梦是人人皆有的生理——心理体验，却又是很少有人能讲清楚的奥秘，解梦便成了一门源远流长的学问。小说中写梦，往往不是简单地写出一个实际情况、一次体验，而是依据某种释梦学说来编织梦境。我国古代释梦学说中，《左传》的有关描写是对后世影响较大的一种。如晋楚城濮之战，"晋侯梦与楚子搏，楚子伏已而盬其脑，是以惧。子犯曰：吉！我得天，楚伏其罪，吾且柔之矣"！这种解梦方法是把梦看作未来的神秘象征，是上天对未来命运的隐晦预言。《左传》中的梦境与释梦大多属于这种预言式。这种见解与现代精神分析学派的释梦学正好相反。现代释梦学把梦看作是沉潜于心理深处的过去经历的泛起，是伪装了的过去的心理经验。二者相比，古老的预言之说自然带有原始、粗糙之迹，不过，在强调梦的象征意味上，二者又是殊途同归的。

小说中写梦受《左传》影响较大，多数也是作为预言来处理。如《三国演义》中，曹操的三马同槽梦（第七十八回）预言司马氏篡魏，关羽梦猪（第七十三回）预言荆州兵败，魏延梦角（第一〇四回）预言杀身之祸，等等。这种预言式的梦境有时还要借助于神鬼魂灵，如《水浒传》第六十四回，"托塔天王"梦中显灵，向宋江预言了灾难与出路。这类梦境描写以《说岳全传》"详恶梦禅师赠偈语"最为典型："（岳飞）心神恍惚，起身开门一望，但见一片荒郊，朦胧月色，阴气袭人。向前走去，只见两只黑犬对面蹲着讲话，又见两个人赤着膊子立在旁边。"又见"扬子江中狂风大作，白浪滔天"，"一身冷汗，却是一梦"。次日便访禅师解梦。禅师认为此梦预示风波亭内牢狱之灾。这一段描写比《三国演义》《水浒传》同类描写是有所发展的，但没有质的区别。

从象征性含义看，小说中预言式的梦又大体可分为单义与多义两种。

单义的梦境，象征的内容比较确定，梦的隐义与显义是清晰对应的。在作品中，其隐义有的是随梦随释，有的是应验不远，读者可以确知预言的事件是什么。以上诸例皆是如此。多义的梦境则含义比较模糊，而作者对梦之隐义只做提示不做限定，读者可能产生见仁见智的多种理解。《红楼梦》中贾宝玉游太虚幻境一段最为典型。从整体看，太虚幻境可看作大观园的象征，太虚幻境之游预兆了贾宝玉日后在"女儿国"的经历。但是，其中涉及秦可卿的朦胧之笔，又使人可以对隐义产生其他揣想。从局部看，对书中人物命运的预言是通过图画、判词、曲词等多次渲染的，其含义各有侧重，致使红学专家们在不少方面也莫衷一是。另外，"兼美"是秦可卿乳名，却又似宝黛合璧，还有大量的双关语，等等，都使太虚幻境笼罩于氤氲朦胧的雾气之中，隐义可意会而难于确指。

单义的预言梦只是借助于古老的释梦学来表现作者的宿命观，是一种低级的写作手法。而多义的预言梦则不仅仅着眼于预言，并且含有对预言的价值判断，以及故意渲染的神秘氛围等，故此具有了超越具体预言作用的审美意味。严格地说，这后一种梦境描写才属于文学性的象征。

古代释梦学还有一种"心性"流露的观点，即所谓"日有所思，夜有所梦"，在小说创作中也有所体现。《绿野仙踪》作者借冷于冰之口讲："世间至愚之人亦各有梦，然梦境亦见人心性。"并依照这种观点为冷于冰的四个徒弟设置了四场幻梦，写出他们各自潜藏于道心之下的欲念。这一处理颇接近于现代精神分析学观点，只是书中写的是"走火入魔"，与通常所说的梦境有所不同。写常人之梦以见心性的，小说中也有一些，如《红楼梦》八十二回"病潇湘痴魂惊恶梦"，以梦写黛玉的心病。这本是比预言梦合乎常理的描写，其中写"众人不言语，都冷笑而去""老太太呆着脸笑"等处，梦幻意味颇足。可惜处理过实，与黛玉"孤标傲世"之品格不甚相合，且缺少一些象征性的弦外之音——而这差不多是这类"明心见性"的梦境描写之通病。

除此之外，小说中的梦境还有其他写法。如《老残游记》开端写梦游渤海，以骇浪沉船比喻亡国之祸，过于凿实，理念图解而已。似此与文学之象征手法无关者，兹不列举。

综上所述，小说中的梦境象征是借助于梦本身所具有的象征特质的写作手法，有低级、高级的区别。中国古代小说中的梦境象征大多是低级的，缺少审美意味。只有少数梦境描写能够以其模糊的隐义、多义性的解释取得审美效果。

（四）环境象征

我国古代的长篇小说大多不肯在自然环境的描写上多费笔墨，这是脱胎于说话留下的痕迹（诗赞另当别论）。虽则如此，在《水浒传》《三国演义》《红楼梦》等杰作中，自然环境描写仍不乏精彩之笔，并形成了一些特色。借环境描写象征人物品格就是值得重视的笔法。

这种环境象征最成功的例子当推《红楼梦》中潇湘馆的描写。大观园初成时，书中写潇湘馆"数楹修舍，有千百竿翠竹遮映"，"后院有大株梨花兼着芭蕉"，"得泉一脉，盘旋竹下而出"，作者便已着意渲染了这里幽静的格调。黛玉住进之后,作者又先后五六次着墨——"几竿竹子隐着一道曲栏","窗外竹影映入纱窗,满室内阴阴翠润,几簟生凉","满地下竹影参差,苔痕淡淡","凤尾森森,龙吟细细"等。可以看出,作者始终抓住潇湘馆环境的特征,以清幽的氛围来衬染黛玉的情调。而抓特征的具体方法,就是反复写竹。这样写,不仅把环境特色刻入读者心目,而且在读者心中诱发出象征意味。而之所以产生这样的效果,是因为"竹"在我国文学作品中通常不仅仅是某种植物的名称,而是作为特定的文化语码出现。竹,以其挺直而有节的风姿在我国古代文人心目中有着特殊的地位,在"比德"的传统中尤为林下之士所偏爱。王徽之常对竹啸咏,称"何可一日无此君"。苏东坡更有诗云:"可使食无肉,不可居无竹;无肉令人瘦,无竹令人俗。"作者置黛玉于翠竹掩映之中,是有意以竹子的挺直有节、潇洒风韵来象征其高洁之性的。作者唯恐人们当作一般写景之笔读过,便数次加以暗示,如初进大观园,宝玉问黛玉住哪一处,黛玉答:"我心里想着潇湘馆好,我爱那几竿竹子。"后来结诗社,探春道:"当日娥皇、女英洒泪竹上成斑……如今她(黛玉)住的是潇湘馆,她又爱哭,将来她那竹子想来也是要变成斑竹的,以后都叫她'潇湘子'就是了。"更深一层,这一片竹林又隐隐指向"竹林七贤",指向"越名教而任自然"的魏晋风度。❶曹雪芹的高明之处在于,这些暗示都若隐若现,从而产生了象征所要求的"半透明氛围"。说它隐,却又使读者确有所感;说它显,却又毫无斧凿之痕。从表面看,只是自然的环境描写,而在读者心中伶仃的瘦竹却与孤高的黛玉融合到了一起。金圣叹曾提出环境要与人物形成有机的整体,"有时写人却是景,有时写景却是人","是境是人,不可复辨"。曹雪芹可谓臻此妙境了。

《红楼梦》之前,也有一些作家作过类似的努力。如《三国演义》写卧龙冈"山不高而秀雅,水不深而澄清,地不广而平坦,林不大而

---

❶ 参见本书《由"林下"进入文本深处——《红楼梦》的"互文"解读》一文。

茂盛",是有意与孔明"淡泊明志、宁静致远"的胸襟相照映。而作者也特意点上一笔:"高冈屈曲压云根,流水潺湲飞石髓;势若困龙石上蟠,形如单凤松阴里。"暗示人物与环境之间具有的关联。与《红楼梦》的环境象征比,这段环境描写缺少一个视觉焦点,又有风水地理的味道,象征意味相对较弱。与之相反的例子可举《平山冷燕》。《平山冷燕》写才女山黛才高天下,天子赐玉尺一条,面谕:"昔唐婉儿梦神人赐一称,以称天下之才。今朕再赐汝玉尺一条,汝可以为朕量天下之才。"从此,山宅盖造一座"玉尺楼",成为山黛的主要生活环境,并在其中多次"量天下之才"。这条玉尺是玉尺楼的视觉焦点,同时也是山黛妙才的象征。但作者处理过实,而且"玉尺"中缺少文化积淀的成分,因而也不及《红楼梦》之写竹远矣。

综上所述,环境象征是借环境描写象征人物的一种文学手法,其着眼点在格调的相通之处,往往借助传统比德观。成功的环境象征既有集中、明确的象征物,又要把象征意图写得若隐若现,以便保持双重视野。

(五) **本体象征**

这是最能发挥小说表现潜力的象征方式,也是最充分利用文化语码来丰富文本内涵的艺术手段。

《红楼梦》中有典型的本体象征。如"石兄"、通灵玉之于贾宝玉。贾宝玉、通灵玉间正是一种前述的"半透明"关系。贾宝玉为神瑛侍者转世,通灵玉为顽石所化;贾宝玉为"凡心偶炽"而历劫了缘,通灵玉则以贾宝玉为"载体"而旁观人生——这似乎表明二者并无内在联系。然而,作品中又时时将二者混同来写,如第二十五回,贾宝玉被魔昏迷,癞头和尚讲:"只因他如今被声色货利所迷,故不灵验了。"这个他,明指通灵玉,暗指贾宝玉。给人的印象是,通灵玉与贾宝玉是两位一体的关系。接下去和尚捧玉持颂道:"可羡你当时的那段好处:'天不拘兮地不羁,心头无喜亦无悲,却因锻炼通灵后,便向人间觅是非。'可叹你今日这番经历：'粉渍脂痕污宝光，绮栊昼夜困鸳鸯。沉酣一梦终须醒，冤孽偿清好散场。'"前一段偈语是通灵玉事迹，后一段偈语是贾宝玉事迹，而和尚却把二者视作同一个对象了。如果胶柱鼓瑟地看，作者在二者关系上似乎交代不清，因而有的研究者认为这是把两部书掺和到一起留下的痕迹。实际上，把通灵玉与贾宝玉这种若离若即的模糊关系视为作者有意的迷离之笔，可能更适合全书烟云模糊的笔调，也符合作者以石头为贾宝玉之象征的创作意图。

石头作为物理存在，既有坚硬不易变化的性质，又是冥顽不灵、俯拾即是的普通物体。在文化建构、传承的过程中，这两面分别被赋予了比喻的意义，积淀、凝固到汉语中，便有了坚如磐石、海枯石烂与玉石俱焚、玉石杂糅之类的词语。石与玉对称，着眼点是落在它的普通与无价值上。封建社会后期，失意知识分子出于疏离社会与怀疑人生的心理，常常在文学艺术中用象征手法表现对社会通行价值标准的否定。从苏东坡的"市人行尽野人行"到张岱的《西湖七月半》，意义皆在于此。而石头由于其双重物理属性，更适于自嘲与嘲世，便成为一种意味独特的文化语码。如米芾"性不能与世俯仰"，而爱石成癖，呼石为兄，论石则以"瘦、绉、漏、透"为尚。苏东坡有《双石》诗象征理想境界，他主张画石应"文而丑"。郑板桥是画石专家，则认为画石须"陋劣之中有至好"。"丑""陋"，象征不合于社会通行价值标准；"文""至好"，象征对自我人格的信心。郑板桥有一首题画诗，集中表现出"石头"在这一类文艺作品中的象征意味："顽然一块石，卧此苔阶碧。雨露亦不知，霜雪亦不识。园林几盛衰？花树几更易？但问石先生，先生俱记得。"曹雪芹生活的时代稍后于郑板桥，有趣的是，他也是画石好手。敦敏《题芹圃画石》诗云："傲骨如君世已奇，嶙峋更见此支离。醉余奋扫如椽笔，写出胸中块垒时。"准确地揭示了雪芹画石自嘲与嘲世的象征意味。很显然，《红楼梦》中以石头作为贾宝玉的灵魂象征，是与雪芹画石象征自己的人格一脉相通的。而

《红楼梦》的主要评点者畸笏叟,以爱石成癖的米芾自居,更说明了这一象征手法的渊源。

在《红楼梦》中,贾宝玉有双重身份。作为"宝二爷",他的身世、地位、相貌等都是世人欣羡的;作为"怡红院浊玉",他的"似傻如狂""不通世务",则被世人诟病、鄙夷。为了突出这双重身份的矛盾,作者以本体象征的方式分别加以渲染。于是,写通灵宝玉象征前者,被世人珍视宝藏,其实已迷失了本性;写顽石则象征后者,而这才是其本来面目。顽石为女娲所弃,自在卧于青梗峰下,正象征了不合于世俗的价值观念,象征了开始觉醒的个性,象征了追求天真自然的人生理想———一句话,象征了"异端"贾宝玉的灵魂❶。

如前文所指出,这种象征是若即若离的。这就使它不同于一个简单的比喻,而具有了广泛的联想余地。另外,作者写道石头时,借助于古老的补天神话,又写了行踪恍惚的僧道;写道石头幻化成的通灵玉时,时而有灵时而不灵,都是一派水月镜花之笔,产生出浓厚的神秘氛围,对本体象征起到很好的烘托作用。

《女仙外史》中也有一个烟云模糊的本体象征,意旨与《红楼梦》有相通之处,就是刹魔公主这个形象。作者的好友刘廷玑指出:"若魔道……借以为寓言。"❷作为魔道领袖的刹魔公主是一个虚幻而又奇特的形象,她"生下三千五百五十四年矣,誓不匹偶,还是处子","她的道行神通,虽释迦、老子也不能胜,所以魔教日旺一日","几压在二教之上"。书中写她的容貌是:"颜和皎月争辉,眸光溜处,纵然佛祖也销魂;神将秋水争清,杀气生时,任尔金刚亦俯首。"写她的抱负是:"一拳打倒三清李,一脚踢翻九品莲。独立须弥最高顶,扫尽三千儒圣贤。"她是魔教的首领,门徒是秦始皇、曹操、吕后、武则天等人物。而本人却在书中充当伸张正义的最强有力者。她鄙视庸碌

---

❶ 参见本书《〈红楼〉"碍语"说"木石"》一文。
❷ 吕熊:《女仙外史》,百花文艺出版社 1984 年版,第 1108 页。

无能的仙真,自称"若论为人报冤雪耻,还是我教中人肯烈烈轰轰做他一场"。总之,这是正义与邪魔的结合体,又是美丽与凶杀的结合体。这样一个复杂的形象,作品又把她的事迹写得飘忽不定,因此,要说清它的全部含义是很困难的。其中有对传统观念的嘲谑,有对女性的尊崇,有对历史的反思,等等。但如果联系《女仙外史》借古讽今的创作意图来看,其主旨又是很明确的:正义存在于异端之内、草野之间。刹魔公主所象征的就是"替天行道"的唐赛儿起义军,广而言之,则象征着不合于传统、不居于正统,却代表着力量、代表着正义的异端人物、草野英雄。唯其如此,这部书才"触当时忌"。

有意思的是,《红楼梦》中有一段奇谈,即贾雨村论正邪二气,意味与刹魔公主论魔道的奇谈颇相近。贾雨村的议论是烘托本体象征的一笔,刹魔公主的议论则是体现自身象征性的必要之笔。二者意旨相近,且同为象征手法服务,其间的递嬗关系值得注意。

综上所述,中国古典小说中的本体象征可概括如下:本体象征是通过对某一具体形象及其故事的近乎荒诞的处理,使其产生象征意味的手法。这种方式要求所写形象与故事不可过实,含义不可过露,象征者与被象征者应是若即若离的关系。同时,辅之以其他手法,来烘托出神秘的氛围,诱导读者领受、体会象征意味。

(六)结构象征

这一类象征的特点,可以《绿野仙踪》为例来分析。《绿野仙踪》主要用结构象征的方式,表现了封建社会知识分子对人生价值的全面思考,通过冷于冰度化温如玉等人的故事,象征人性中精神克服物欲终获自由的过程。这一点,作者是有意为之的。他的朋友侯定超在序中称冷于冰是庄子"心""形"观点的体现,陶家鹤在序言中叮咛读者"必须留神省察,始能验其通部旨归",都是对作者意图有所领悟而言的。

但是,多年来,《绿野仙踪》一直被研究者漠视,偶有介绍亦评价不高。结构正是疵议所在。有人认为,全书头绪纷繁,结构很不严密;有人认为,书中温如玉与冷于冰的神仙道化事迹了不相关,结构松散。其实,这部书的结构颇有一些名堂。就全局看,《绿野仙踪》是写冷于冰修道成仙的历程。而因为冷于冰修道成仙是通过度化连成璧、金不换等弟子最终实现的,所以写冷于冰的同时,也就写了其弟子们的一组故事。作者以"温如玉"命名,显然是与"冷于冰"相对,也是故意突出这段故事,使之成为诸弟子故事的代表,且取得与冷于冰故事相对峙的地位。这样一来,诸弟子的故事与冷于冰的故事就不仅表现出故事本身的含义,而且在相互对照中具有了更深一层的含义,在神仙道化的框架内包含了较多的社会与人生的内容:冷于冰无仙骨而有仙心,终于脱私欲广济苍生;温如玉有仙骨而无仙心,迷私欲而误己误人。冷、温对比,暗示了超脱物欲与沉湎物欲的两种人生态度,也暗示了在人生道路上灵与肉的冲突。

这种暗示效果的取得,一是如上所述,通过各种方式突出冷热对比的结构特色;二是杂用其他象征手法,造成"半透明"的氛围,引导读者留心省察。如名称象征:冷于冰、温如玉皆可做多方面联想;又如本体象征:丹炉暗示人的生命,等。诚然,《绿野仙踪》对这些内容的艺术处理并不尽完满,特别是冷于冰关于烧丹炼气的议论过多,使全书蒙上了"认真说鬼话"的色彩,反而影响了象征的效果。

这一象征类型还见于《儒林外史》与《红楼梦》。《儒林外史》第五十五回,写了一系列半独立的文人故事。孤立地看,这些故事在文本中的地位似乎并无二致。但若从整体结构来看,则又可察知作者匠心别具。作品一头一尾写王冕与四奇人,皆是行真儒之事而不在儒林之中的,而中间第五十三回才是儒林中的人物与故事。这样的结构形式也是富于象征意味的。王冕预言了"一代文人有厄",四奇人感叹一代文人的风流云散,同作为儒林外人物,前后呼应,引人注目,发人联想。由这一结构而产生的象征意味主要在两个方面。一方面象征了理想人格的沉沦。王冕与四奇人同是作者理想的象征。王冕才艺绝世，特立独行，平交王侯，是古代传统的理想人格的化身。四奇人各擅一艺，合在一起，则象征理想人格的丰富和谐，但他们含光和尘，寄迹市井，任情适性，则是涂上了当代色彩的理想人格。他们只能屈身市井，远非王冕高蹈山林傲视冠冕之比。这里的意味是深长的，暗示了传统的理想人格在现实中碰壁，历劫后的沉沦。而另一方面，二者构成作品通体的大框架后，又形成了理想人格与现实儒林的对照，象征了理想与现实的不协调。

《红楼梦》中结构象征的主要表现是甄、贾二府的对峙设置。甄府是贾府的影子，甄宝玉是贾宝玉的对峙物。从故事情节看，甄府与甄宝玉都无存在的必要，作者实际上也几乎没花费什么笔墨（有的红学专家据脂评认定甄府在佚稿中有大篇文字，此乃非"红学家"们不敢问津的专门学问，故不置论），其全部意义在于"甄——真，贾——假"的谐音对峙。作品中这个影子家庭与影子人物的存在，本身有多重意味存在。如真（甄）府暗示北京贾府之事系江南真事的摹写，真（甄）宝玉的人生选择象征社会通行的价值观念等。而甄贾对峙的特殊结构方式既与贾雨村、甄士隐的故事相呼应，又与开篇"真顽石"幻化"假宝玉"的情节相呼应，构成全书多层次的真假对峙的复杂结构。通过这一结构形式，象征了觉醒的自我同社会价值标准的矛盾，从而加强了作品反思的意味。

《儒林外史》与《红楼梦》中的结构象征也是与其他的象征手法相结合的。《儒》在王冕及四奇人的章节中写了背景，有一定的象征性。《红》的结构象征则是建立在本体象征基础上，为了强化"真顽石——假宝玉"这一本体象征而设计的。

综上所述，中国古典小说的结构象征可做如下概括：结构象征是通过刻意设计的某种结构形式，使作品产生象征意味的手法。这种方式要求作品结构有明显特色，能够启发读者联想；另外，往往与他种象征方式杂用，造成作品神秘、迷离的氛围，引导读者注目于超出故事本身的第二重视野。

上述六种类型自然不能把我国古典小说的象征手法网罗无遗，但观其大略，斯已足矣。用我们在开始对于"象征"的界定来衡量，这六种类型象征意味自有强弱之别，因而可以分出高下。名称象征与预言象征形式简单，含义单薄，是小说中象征的初级形式；梦境象征与环境象征较前者复杂，可视为中级形式；唯本体象征与结构象征最能发挥小说的表现潜力，含蓄深厚、变化多端，是小说象征的高级形式。

三、中国古代长篇小说中象征手法的发展轨迹

前文对六种象征类型的分析，只是横向的罗列。如果从小说艺术史的角度做纵向观察，便可看出，我国古代长篇小说的象征传统既是相续相禅的，又是由初级向高级有序发展的。观察这一发展轨迹，我们可以得到下列规律性的认识。

（一）象征手法的发展大致与小说中作家个性色彩的增加同步

我国古代长篇小说是世代累积型向个人创作型发展的。元明作品以世代累积型为主，《三国演义》《水浒传》《封神演义》皆属此类。清代文人个人创作渐多，最终成为小说创作的主要方式。世代累积作品虽也大多定稿于一人之手，但毕竟受既成事实的约束，个人色彩不能充分显露；而文人创作小说虽有借鉴前人之处，但终属枝节，且取舍在我，并无挂碍，所以从思想情趣到形式风格，均显示出较强的个人色彩。

依照这一线索来观察分析象征的六种类型：高级象征——本体与结构之象征主要出现于文人创作小说，而累积型作品中一般只是名称、梦境等较低级之形式。推究其原因，累积型作品在其成形的一段时间里，多经过书场、舞台、案头的往复创作修订，作品须经过市民

层的多次过滤、改造，于是，凝结到作品中的观念、情趣等大都体现着这个社会层次的一般水准。倘若在这个过程中曾有过闪现个人智慧火花的妙思，也会很自然地熄灭在集体创作的过程中。因而，这类作品中的象征只能是比较显豁、比较简单的，而个人创作则不然。我国古代小说作者大多为失意才士，他们为了隐蔽地抒情泄愤，或为了显露才华，往往在表现手法上煞费苦心，所采用的象征方式也就颇有独出心裁之处。

我们做一个对比，以转世投胎作为整部书的结构框架，在古代长篇小说中很常见。《水浒传》的天罡地煞星下界，《说岳全传》的大鹏鸟转世等都属此类。在这两部作品中，转世框架只是简单地体现了市民社会的宿命观与变形的价值判断。而类似的形式在《红楼梦》中就大不相同了。曹雪芹匠心独运，设计了石化通灵与神瑛下凡两个转世过程，又把它们扭结、叠和在一起，于是就产生了美妙的本体象征。

再如《西游记》与《西游补》。前者也有言外意、弦外音，但比较显豁，主要还是属于浪漫主义的神魔小说（其中虽有些明心见性的成分，却只能以寓言视之，而非象征）。《西游补》纯系个人创作，实乃我国古代小说中象征之作的代表。全书从整体看，孙悟空游历"鲭鱼世界"象征了人生的追求、幻灭与醒悟；从局部看，凿天象征国家与社会的危机，万镜楼象征世事的纷扰迷乱，小月王象征情缘情孽，等等。《西游记》毕竟是以铺演故事为主，流传至今的主要也是那变幻奇诡的故事。《西游补》作者本意即在象征，故刻意采用了名称象征、梦境象征、环境象征、本体象征、结构象征，而全书的故事也因此笼罩于一派恍惚朦胧的迷雾之中。这样的写法有得有失。从一般读者的角度看，故事过于虚化便缺少吸引力，此书影响远不及《西游记》，原因便在于此。但是，从艺术探索的角度看，《西游补》在象征手法与叙事方法上都是独树一帜的。

应该说明的是，并非文人创作的小说都有高级的象征形式，更不是文人创作的小说必高于世代累积的作品。上述比较只是就象征手法的发展轨迹而言,同样使用象征手法,文人创作的小说更富有创造性,更富于个性色彩。而象征的生命就在于独创,象征手法的发展自然是与作家个性色彩的增加同步了。

(二)象征手法的使用与作家创作思想相关

我国古代小说理论的一个重要特点是教化论盛行,这自然是居于正统地位的儒家文艺观的反映。这种理论观点反转来影响小说作者的创作思想,在相当一部分作品中留下明显的说教痕迹。作为整体来看,我国古典小说主要包含三种成分:讲故事、说教与抒情写意。除去少数低级粗糙的作品外,大多数长篇小说都不是单纯地讲故事,而是有所寄寓,并显示出两种不同的创作倾向:以劝世说教为目的的,思想观点外露,围绕预定的主题编造情节、人物;以抒情写意为目的的,借他人酒杯浇自家块垒,情先于理,意隐于形。前者如《好逑传》等明清之际作品及《醒世姻缘传》《歧路灯》《儿女英雄传》等,后者则如《红楼梦》《儒林外史》等。注重劝世说教的作品,以道德教条为主题,表现方法上自然追求显豁明白,因此很少使用象征。即使偶然采用某种文化语码,也是置之于尽可能简单的语境中,显豁其寓意。反之,抒情写意之作,寄托大多不合时宜,而又多含深微曲折的人生反思,故表现方法上有意追求朦胧模糊,象征便成为适宜的艺术手段。同时,对于语码的处理则尽可能复杂化,为之提供释放潜能的充分空间。

《红楼梦》中的象征素材不少借鉴了明清之际的小说。我们略取几则加以比较,可看出创作思想对表现手法的影响。《红楼梦》中那块无才补天的顽石,来源自是上古神话,但触动作者灵机的,或与《五色石》不无干系。《五色石》序云:"五色石何为作也?学女娲氏之补天而作也。……青毡既叹数奇,红颜又嗟命薄,或赤绳误牵,或蓝田虚种,或彩云易散。伤哉,玉折兰摧,或好事难成;痛矣,钗分镜破,或暌违异地，二美弗获相通。……吾今日以文代石而欲补之，亦未知其能补焉否也。"其中用语、取象颇有近于《红楼梦》"太虚幻境"一回。但《五色石》中的"石"是作者的比喻，意义很显豁：世道人心有所不足，以此小说补之。曹雪芹写女娲补天也隐含着有憾于天道不足之意，但他把这个神话及石头都同整部作品揉在一起，于是成了含义丰富的象征手法。又如，《红楼梦》两个女主角的命名与《平山冷燕》的山黛、冷绛雪似有联系。"冷绛雪"在《平山冷燕》中并无深意，曹雪芹由"雪"而生"薛"，亦属小技，但从"冷"而生出"冷香丸"这一绝妙象征，则令人叫绝。再如，贾宝玉衔玉而生的情节与《玉娇梨》红玉降生有几分相似，而《红楼梦》这一情节是本体象征的组成部分，《玉娇梨》则别无深意了❶。

由劝世教化到抒情写意，反映了理论批评界对小说创作规律认识的深化，也体现出小说作者走向自觉的进步。从这个意义讲，象征在我国古代长篇小说中的发展是与小说史的进程同步的。

（三）象征手法受题材因素的制约

鲁迅先生把我国古代长篇小说的题材分为四类，其中最先由话本演化而成的是历史演义和英雄传奇，神魔与世情则迟至明后期才相继各张异帜。

历史演义与英雄传奇的作品中，象征手法使用较少，而且只是简单的低级方式。究其原因，除掉读者素质的原因外，题材的制约容或有关。历史演义乃铺演正史而成，英雄传奇也大多附会某段历史，因而在写作中，想象的翅膀受到一定程度的束缚，往往不能充分展开，便难以形成"双重视野"。

至于神魔与写实两类，情况比较复杂。虽然本体象征与结构象征主要出现在这两类作品中，但《西洋记》《四游记》之类神魔之作，《歧路灯》《官场现形记》等世情作品，皆与象征手法无缘。这是因

---

❶ 参见本书《自我遮蔽的"血缘"——〈红楼梦〉与"才子佳人"》一文。

为,神魔、世情的题材为使用象征手法提供了较大的可能,但并非必要充分条件。象征的产生往往要求对这两类题材进行"反方向处理"。所谓"反方向处理",就是"虚者实之,实者虚之"。神魔小说题材本为虚幻,却要写出现实的人生感受,如《西游补》《绿野仙踪》是也。世情小说题材本为现实,却要经过幻化处理,为之涂上几分朦胧之雾,如《红楼梦》《儒林外史》是也。这样处理的结果,作品很自然地产生出"双重视野"与"半透明"的效果。而"虚者实之,实者虚之"就是对题材本身的超越,是在故事之外开发出读者想象的空间。而《西洋记》《歧路灯》一类作品,虚而加幻,实而加泥,拘执于题材的规定性,自不会有深的挖掘。

由此观之,就题材因素而言,象征手法是与小说领地的扩大及小说艺术的进步同向前进的。综上所述,我国古代长篇小说中的象征手法是相当发达的。明末到清中叶,是我国古典小说的鼎盛期,小说的象征手法也随之五彩纷呈。在象征手法由低级向高级进步的过程中,较低层次的手法不是被取代、淘汰,而是与较高层次的手法并存共济,成为后者的辅助手段,乃至组成部分,从而形成古典小说中比较丰厚的传统。

长篇白话小说叙事艺术在明清之际的发展

叙事艺术是小说创作论的重要问题。近年来,对我国古代小说叙事艺术的研究已初步展开,成果可观,分歧亦颇大。有的研究者认为,中国古代白话小说在叙事艺术的各方面均停留在初级阶段,无实质性变化。这是笔者不能苟同的。本文拟就明清之际白话小说叙事艺术的概况作一番梳理,并从渊源流变的角度加以分析,旨在说明这个时期小说叙事艺术确有新的因素孕育。

由于本文着眼于史的角度,侧重于提示新艺术现象的出现,而非探讨理论概念之专文,故对国内外过于细密的叙事理论,如热·奈特的"焦点调节"与"演述时间"、让·布荣的"叙述体态"与"叙事语式"等,仅作介绍。文中论及叙述角度时,只分析人称及知觉范围的差异;论及叙述时间时,只涉及时序结构。

一

这个时期,白话小说的创作方式与作品题材均有明显变化,从而对叙事艺术产生了积极的影响。我国白话小说由宋元话本发展而来,早期作品均为世代累积式的创作。明中叶虽有文人独创的《皇明开运英武传》《于少保萃忠传》,但艺术上全仿旧制。至万历年间,《金瓶梅》问世,始开文坛新局。嗣后,以"才子佳人小说"名世的婚恋世情之作,《西游补》《续金瓶梅》《后水浒》等续补之作,以及《禅真逸史》《梁武帝演义》《女仙外史》等传奇、神魔新作,一百年间异彩纷呈,均为下层文人的个人独创。这一转变对小说艺术的影响是深远的。小说作家把学识、修养融入创作之中，作品反思人生、批判社会的意识渐趋浓厚，同时也在艺术手法上求新求变。他们借鉴传统文学，主要是古文的叙事技巧，而又掺之以戏曲手法，使小说叙事艺术取得多方面进展。与此同步，小说题材逐步向世俗人情转移，这也对表现手法产生了影响，推动了叙事艺术的新变。

在这样的背景下，白话小说的叙事艺术呈现为新旧并存的状态：传统叙事模式仍居主流，新的萌芽日益茁生。

传统叙事模式的主流地位突出表现在三个方面：一是作品中说书人仍普遍存在，并直接露面讲话；二是大多数作品仍采取全知全能的角度叙事；三是顺时序叙事仍为大多数作品的主要时序结构。

这些皆属不待烦言而可辨的事实。今试以抽样统计的方式略加说明。"天花藏主人小说十种"（春风文艺出版社重印）为这一时期代表作之一，包括《玉娇梨》《平山冷燕》《赛红丝》《玉支矶》《金云翘传》《定情人》《麟儿报》《飞花咏》《两交婚》《画图缘》，时代接近，作者不一。基本模式皆为说书人全知全能顺序叙述。除《金云翘传》外，其余九种回前回末都有"话说""却说""只因这""有分教"等套语。《金云翘传》虽少，书中却有"看官，你道后来这许多事，都只因少了这一说。所以，天下事到该讲的时候就要讲"（第十三回）这样的说书人插入语。诚然，套语与插入语的存在，主要应视为惰性沿袭的表现，同话本及说书体小说比，说书人在叙事过程中的作用已大为减弱。不过，普遍未脱故套的现象也反映出此时的作者们仍在一定程度上把小说创作等同于讲故事。正因为如此，讲故事所惯用的全知、顺序之叙事自然仍受青睐了。

虽则如此，新的叙事艺术萌芽还是在创作、修订与理论批评等方面不约而同地显现出来了。

就创作而言，全篇采用新叙事模式的作品尚未出现，但作者有意尝试于局部者却颇有几部，如《警世阴阳梦》《西游补》《后水浒》等。

而在一些小说修订本中，针对叙事模式的加工则更为明显，如贯华堂本《水浒传》（即"第五才子书"）、"新刻绣像"本《金瓶梅》等。就理论批评而言，金圣叹的见解很值得研究。他明确把作者讲述成分同人物主观叙事区分开来，强调书写人物之叙事要"设身处地"，并提出了局限性叙事的"影灯漏月法"❶。在他对《水浒传》再加工时，这些理论观点都贯彻于实践之中了。张竹坡在《金瓶梅》的评点中，提出了"趁窝和泥法"（第十九回），讲文学性情节与故事性情节的关系，也涉及叙事时序问题。另外，这个时期的一些作者也对此有理论性思考。如《醒世姻缘传》第二十回写晁源死后，家人媳妇赵氏在公堂招出晁家种种隐私，然后作者插入道："所以第十九回上叙的那些情节都从赵氏口中说出来的。不然，人却如何晓的？"这段插话嵌在小说中当然不够高明，但作者思考的问题却是小说叙事理论的根本问题：局限性与可信度。他的思路与后世纪晓岚对《聊斋志异》的诘难是一致的，正说明小说在走向案头化的过程中，叙事角度问题已自然而然引起有识作者的思考了。

二

在这个时期，现代小说叙事角度的主要种类——第三人称局限叙事、第一人称叙事、客观叙事，均已有不同程度的尝试。

我们来做一个有趣的比较。容与堂本《水浒传》第二十七回"武都头十字坡遇张青"中，武松佯饮了蒙汗药，作品写道：

武松也把眼来虚闭紧了，扑地仰倒在凳边。那妇人笑道："着了，由你奸似鬼，吃了老娘的洗脚水。"便叫："小二、小三快出来！"只

---

❶ 《第五才子书施耐庵水浒传》，见《古本小说集成》，上海古籍出版社1994年版，第1119页。

见里边跳出两个蠢汉来,先把两个公人扛了进去。这妇人后来桌上,提了武松的包裹,并公人的缠袋,捏一捏看,约莫里面是些金银。那妇人欢喜道:"今日得这三头行货,倒有好两日馒头卖,又得这若干东西。"把包裹缠袋提了入去,却出来,看这两个汉子扛抬武松。……那妇人一头说,一面先脱去了绿纱衫儿,解下了红绢裙子,赤膊着,便来把武松轻轻提将起来。❶

在贯华堂本中,金圣叹把这段文字改写作:

武松也双眼紧闭,扑地仰倒在凳边。只听得笑道:"着了!由你奸似鬼,吃了老娘的洗脚水。"便叫:"小二、小三快出来!"只听得飞奔出两个蠢汉来,听他把两个公人先扛了进去。这妇人便来桌上提那包裹,并公人的缠袋,想是捏一捏,约莫里面已是金银。只听得他大笑道:"今日得这三头行货,倒有好两日馒头卖,又有这若干东西。"听得把包裹缠袋提入去了。随听他出来,着这两个汉子扛抬武松。……听他一头说,一头想是脱那绿纱衫儿,解了红绢裙子,赤膊着,便来把武松轻轻提将起来。❷

两相对比,计有十处改动,而关键在于开头的一处。原文"把眼来虚闭紧了",金氏改为"双眼紧闭"。依前者,似乎是武松眯缝着眼,故店中一切变故皆收眼底,未免近于儿戏。而"虚闭"且"紧",也有些费解。详观全文,作者并不强调武松是否看到店中情景,下面的"只见里边"云云,是说书体的习用语,全知的叙述人以之引导读者的视线而已。金圣叹改作"双眼紧闭",一则避免了上述费解、儿戏

---

❶ 《李卓吾批评忠义水浒传》,见《古本小说集成》,上海古籍出版社1994年版,第872-874页。

❷ 《第五才子书施耐庵水浒传》,见《古本小说集成》,上海古籍出版社1994年版,第1493-1495页。

之弊，二则为自己提供了探索叙事角度的机会。金氏的改动强调店中的所有变故都是武松听到与猜想的。由于武松的"双眼紧闭"，叙事人的视线与读者的视线同时被切断。而武松的听觉与想象力仍然活跃，因而事态只能在"只听"与"想是"中叙述。于是，文章的叙事角度由全知的散漫多变状态集中固定到了武松身上，随武松的感知局限而调整叙事的内容、方式，成为比较典型的第三人称局限叙事。

金圣叹对上述修改的意义是很自觉的。同在此回书中，金圣叹有一段批语：

> 此句不是写出畅快，正显上文数行，都自武松眼中看出，非作者自置一笔也。❶

显然，他对两种叙事角度（"自武松眼中看出"与"作者自置一笔"）的差别有相当清醒的认识。从整部《水浒传》看，由于"列传体"所限，以全知叙事最为自然。但具体到某一"传"，在中心人物确定的情况下，却也宜于第三人称的局限叙事。在施耐庵的时代，小说初脱胎于说话，未遑细味叙事角度之同异。至金圣叹始从叙事文的角度看小说，务求其腾挪变化，便觑出这一逞才试笔的机会。他对自己的改定很得意，自称"旧时《水浒传》，子弟读了，便晓得许多闲事。此本虽是点阅得粗略，子弟读了，便晓得许多文法"❷。在上述改动处，他不厌其烦地批上"'听得'，绝妙""'想是'，妙绝""俗本无八个'听'字，故知古本之妙"。足见对自己叙事艺术方面的创见是何等重视。

金圣叹批改《水浒传》是即兴的、断续的❸，所以没有把这种改

---

❶《第五才子书施耐庵水浒传》，见《古本小说集成》，上海古籍出版社1994年版，第1483页。
❷《第五才子书施耐庵水浒传》，见《古本小说集成》，上海古籍出版社1994年版，第30页。
❸ 徐增：《才子必读书·序》，见《金圣叹全集》，凤凰出版社2008年版，第144页。

动统一于全书。但在他感兴趣的章节还是颇有精彩之笔的。《水浒传》第二十一回宋江杀惜,原文中有一段典型的全知叙事:

> 却说宋江坐在杌子上,只指望那婆娘似比先时,先来偎依陪话,胡乱又将就几时。谁想婆惜心里寻思道:"我只思量张三,吃他搅了,却似眼中钉一般。那厮倒直指望我一似先前时来下气,老娘如今却不要耍。只见说撑船近岸,几曾有撑岸就船!你不睬我,老娘倒落得。"
> 看官听说,原来这色最是怕人。若是他有心恋你时,身上便有刀剑水火;也拦他不住,他也不怕;若是他无心恋你时,你便身坐在金银堆里,他也不睬你。常言道:"佳人有意村夫俏,红粉无心浪子村。"宋公明是个勇烈大丈夫,为女色的手段却不会。这阎婆惜被那张三小意儿百依百随,轻怜重惜……如何肯恋宋江?当夜两个在灯下,坐在对面,都不做声,各自肚里踌躇,却似等泥干掇入庙。❶

这一段文字中有说书人的讲述("却说宋江""当夜两个"云云)、评论("原来这色")、分析("宋公明是个"),而且还有他出入于宋、阎内心,对二人心理活动的揭示。这是典型的全知叙事。在金批本中,这一大段全部删掉。而同一回书中,有这样一段:

> (阎婆惜)正在楼上自言自语,只听得楼下呀地门响。婆子问道:"是谁?"宋江道:"是我。"婆子道:"我说早哩,押司却不信要去,原来早了又回来。且再和姐姐睡一睡,到天明去。"宋江也不回话,一径奔上楼来。那婆娘听得是宋江回来……❷

金圣叹则在贯华堂本中改为:

---

❶ 《李卓吾批评忠义水浒传》,见《古本小说集成》,上海古籍出版社1994年版,第644页。
❷ 《李卓吾批评忠义水浒传》,见《古本小说集成》,上海古籍出版社1994年版,第651页。

（阎婆惜）正在楼上自言自语，只听得楼下呀地门响。床上问道："是谁？"门前道："是我。"床上道："我说早哩，押司却不信要去，原来早了又回来。且再和姐姐睡一睡，到天明去。"这边也不回话，一径已上楼来。那婆娘听得是宋江了……❶

他在改动之后，特意加批："不更从宋江走来，却竟从婆娘边听去。神妙之笔！""一片都是听出来的，有影灯漏月之妙。"按原文，叙事者全知全能，叙事焦点时而落在楼上，时而移向楼下。而金圣叹则把焦点固定在阎婆惜处。这样，楼下的情景便只可听得，无法看到。依金氏所改，则阎婆惜先朦胧听到门声响动、床上语声、门前语声，尔后渐辨出是宋江来。叙述者的知觉受到了限制，等同于阎婆惜的知觉方式与范围。于是，伸向楼下的目光被隔断，故谓之"影（遮住）灯"；而听觉描写突出了，此即所谓"漏月（月光）"。很明显，这一改动的手法及效果皆与十字坡武松一段相类。而联系前文的大段删减，金圣叹对小说叙事角度问题的自觉认识与其对第三人称局限叙事的偏爱，岂不很显然吗？

不过，金圣叹毕竟不是原作者，他对叙事角度的调整、修改只能是局部的、个别的，而且尚须托言"古本"，遮遮掩掩。在创作中，直接体现出叙事角度变化发展的，是《警世阴阳梦》。此书刻于崇祯之初，是抨击魏忠贤阉党的时事小说。全书分《阳梦》与《阴梦》两部分。《阳梦》述魏阉由微贱而发迹而覆亡事，《阴梦》述其在地狱遭报应事。就整体艺术水平言，此书中下而已。但作品的叙事角度却是同期白话小说中最具特色的一种。

原书题"长安道人国清编次"，在卷首题识中称："长安道人与魏

---

❶ 《第五才子书施耐庵水浒传》，见《古本小说集成》，上海古籍出版社1994年版，第1119页。

监微时莫逆。忠贤既贵，曾规劝之，不从。六年受用，转头万事成空，是云阳梦；及既服天刑，道人复梦游阴司，见诸奸党受地狱之苦，是云阴梦，云云。"编次者同时是故事的观察者和参与者，这在白话小说史上是个首创。有研究者认为，"长安道人"只是作者子虚乌有的假托，亦言之成理。但即使为假托，并不改变小说中叙述人参与故事的事实。依"题识"所言，叙述者与魏阉莫逆相交，所叙皆身历目击之事。这在作品中确很显明，特别是《阴梦》卷末，写道人从阴世还阳后，"捉笔构思，写出《阴阳梦》"。由于以故事的参与者为叙述人，顺理成章，作品当为第三人称局限叙事。然而，既为首创，便难求备。作者虽然采用了新叙事形式，却并非完全自觉，还是要表现所述信实有征。因此，全书的叙事角度不够严谨，亦不统一。大略说来，《阳梦》部分虽写了叙述人参与故事的若干段落，总体却仍为全知叙事。《阴梦》部分以叙述人游地府为主线，所叙皆为道人的耳目所及，则是比较完整的第三人称局限叙事了。

把《阳梦》与《阴梦》的叙述内容加以比较，叙事角度的差异显而易见。从故事情节看，《阳梦》虽写了长安道人参与故事，但大半情节与其无关，甚至是他既不在场，也无从得知的。如魏忠贤土地祠自阉（第七回）的情景，与崔呈秀密谋的言语（第十五回）等。而《阴梦》，则全属道人见闻，或介入其事，或冷眼旁观。从人物描写看，《阴梦》写魏忠贤等在地狱遭报，惨状丑态颇多描绘，然无一语涉及其心理活动。偶有表现，也是从道人眼中看出其"有羞渐懊悔不堪之状"（第八回）。特别有意思的是，当作者必欲写魏阉心理活动时，竟不惜以其自言自语的方式来表现，也不肯越雷池一步而代庖（第七回）。其他如杨涟等人也无一笔心理描写。只有叙述人长安道人有"自想""寻思""自悔"的写心之笔。看来，作者对自己的笔锋所至是很清醒的，注意到局限于叙述人的感知范围之内。而相形之下《阳梦》的人物描写无拘无束，任意出入每个人物的内心。仅以魏忠贤的内心活动言,第二回、第四回、第七回、第十回等都有直接描写。其他人物,详如崔呈秀,略如水营官,也都如此。与《阴梦》的写法差别昭然。

《警世阴阳梦》的结尾点明叙述人为长安道人,但在《阴梦》开篇处又有这样一段:"说话的,俺北京城,如今是有道之世,阳长阴消的时候,有什么阴梦,你说与咱们听着。看官们,听小子说……这几个都是阴梦了。如今又有个长安道人,新编阴梦,听咱道来。"这样,全书就形成了多层次的叙事模式,即魏忠贤的故事是由长安道人叙述的,长安道人的故事是由说书人叙述的。以图示之:

阳梦开篇语　　　　阳梦(全知叙事为主)
　　说书人　　　　　　　　叙述人
　　　　　　　　　　　　　(长安道人)
阴梦开篇语　　　　阴梦(第三人称局限叙事)

似此把叙述人与说书人明确分开的叙事结构,既表现出了小说叙述艺术趋向复杂的进步,又显示出传统说书体在形式上的惰性影响。这种多层次的叙事模式到了《石头记》中,更致完备。而溯源追流,《警世阴阳梦》则功不可没了。

在我国白话小说史上,完整的第一人称叙事的作品至晚清才见问世。但作为局部的叙事手法,则明清之际已露端倪。

《西游补》第六回、第七回写孙行者闯入古人世界戏弄项羽的故事。全书幽默首推此节。孙行者变作虞美人,乔嗔弄痴,哄得项羽神魂颠倒。为讨美人欢心,项羽对行者道:"美人,我今晚多吃了几杯酒,五脏里头结成一个块垒世界。等我当讲平话相伴,二当出气。"他所演述的"平话"是兴兵灭秦的故事,本人为故事主角,所以用第一人称讲述。这一段"平话"有头有尾,近两千字,贯穿第一人称,在我国白话小说史上是罕见的。作者采用这种写法,固然属行文之自然,却也包含深刻用心。书中插入项羽的故事，本是讽世之笔。用第一人称自述，可以表现出虚骄狂妄者的自我感觉，不待另加评论而针砭已见。如项羽讲诸侯朝见一段：

俺……登时传令，叫天下诸侯都进辕门讲话。巳时传的号令，午时牌儿换了，未时牌儿又换了，只见辕门外的诸侯再不进来。俺倒有些疑惑，便叫军士去问那诸侯："既要见俺，却不火速进见，倒要俺来见你？"我的说话还有一句儿不完，忽然辕门大开，只见天下的诸侯王个个短了一段。俺大惊失色，暗想："一伙英雄，为何只剩得半截的身子？"细细儿看看，原来他把两膝当了他的脚板，一步一步挪上阶来……只听得地底上洞洞儿一样声音，又不是钟声，又不是鼓声，又不是金筲声。定了性儿听听，原来是诸侯口称"万岁，不敢抬头"。想当年项羽好耍子也。❶

在《史记·项羽本纪》中，这只是一句话："项羽召见诸侯将，入辕门，无不膝行而前，莫敢仰视。"作者铺衍为七百余字的一段大文，而又变为项羽自述的"平话"。从那明显夸张的言辞里，项羽的虚荣骄慢的神态跃然而出。与前文所写独坐高台张大旗自称"先汉名士"、后文行者揶揄"话自己叫做无颜话"相映，讽时伤世之意毕现。另外，由于变换了叙事角度，才有可能写出"只见天下的诸侯王个个短了一段""定了性儿听听，原来是诸侯口称万岁"的妙笔。这种对史实夸张变形的叙述，显示出了叙述人好名夸诞的畸形心态。于叙述中自显叙事者的主观心态，正是局限叙事，特别是第一人称局限叙事的旨趣所在。

如前所述，董说对小说叙事艺术的追求是比较自觉的，《西游补》中插入多段平话、弹词、戏曲，目的之一便是变化叙事手法，挖掘小说的表现潜力。但由于时代的局限，他的探索与理论认识不能达到现

---

❶ 董说：《西游补》，上海古籍出版社1983年版，第29-30页。

代的高度。他插入项羽自述的平话，造成作品叙事角度的灵动变化。而对这种变化的含义，他却不尽知其所以然，也就未能进一步利用、发展它，形成完整的艺术风格，以致虽有新意，到底不过是"补白"式的插曲而已。

《西游补》之后，类似的插入说唱一类形式，造成局部的第一人称叙事便时有所见。如《续金瓶梅》中"应花子失目喂狗"一节，应伯爵弹唱《捣喇张秋调》，演述西门庆家事与自己的生平（第四十五回）。《林兰香》"金谷重悲弹鬓女"一节，红雨唱弹词《小金谷》叙述耿家盛衰事迹，亦以"人传往事谈如画，我忆当年泪似梭"的第一人称演出（第六十三回）。但听插入部分与全书缺少有机联系，第一人称叙事的特点不显明，艺术价值不能与《西游补》上文相比。

《痴婆子传》大约是我国最早的一部完整的第一人称之作。全书主体部分为唐阿娜的自述，另有说书人结构全篇。全书除个别段落外，严格以唐氏见闻为限。

客观叙事的倾向则在《金瓶梅》版本的演变中有所体现。《金瓶梅》由于以家庭生活为题材，喝酒、闲谈之类的场面居多，"隐大段精采于琐碎之中"（《第一奇书金瓶梅·凡例》），情节相对平缓，所以全书情节与场面的直接描述较少，而大段对话比历史演义、英雄传奇作品明显增多。例如，第七回西门庆搬取孟玉楼嫁妆一节，全文一千三百余字，对话近千字。张四阻拦，孟玉楼哭辩，杨姑娘撑腰，张四受挫，一系列情节都在对话中发展完成。其余三百余字，基本上类似于戏剧的行动提示。整个情节如同戏剧的一幕，作者没有出面讲一句话，一切在读者面前自行展示开来。似此通过大段对话达到叙事目的，既无明显褒贬，又无追溯、分析，已很接近于客观叙事了。

不过，在词话本《金瓶梅》中，类似的戏剧场面主要是题材的需要，形格势禁，自觉改变叙事角度的意图并不明显。而演变为《新刻绣像金瓶梅》（即通常所谓"崇祯本"）时，修订者（或云李渔、或云冯梦龙）

才对此自觉起来。"新刻绣像"本最明显的改动是作品的开端,以西门庆热结十兄弟换掉了武松打虎,从而减弱了《水浒传》的影响痕迹。由于"热结"全出于修订者之手,故而有利于考察其对叙事艺术的贡献。

"热结"的写法极类剧本,表现为:一是场景集中。整个故事的场面转换了三次,而叙述到的事情却很多,远至武松打虎、李桂姐家邀客,近至花子虚、李瓶儿境况,全借人物对话及人物上下场叙述出来。例如西门庆与应伯爵等在客厅拟议,作者此时要介绍李瓶儿,并表现西门庆的垂涎,可是他并不把场景转移到李瓶儿处,而是大写西门庆支派玳安"下场"去花家,他本人仍在原地谈笑,待玳安"上场",由玳安口中讲述李瓶儿境况,再引发西门庆的有关话题。看来,修订者无论为冯为李抑或他人,皆属深谙梨园之道者。二是情节在对话中发展。如上述客厅拟议一节,西门庆等闲谈到卜志道之死,由卜死提及结拜,由结拜说起花子虚,进而引出李瓶儿。其不仅完成了拟议结拜的情节,又为下文作了重要铺垫。又如庙中结拜一节,对话中谈到景阳冈的老虎,引出了下文应伯爵邀看虎的情节,进而把故事转换到潘金莲一边。三是作者不加褒贬。"热结"的情绪几乎全部通过对话完成,作者只是冷静地记下了每个人在特定场合的语言,而让读者去品味其中展示的灵魂,把握其中透露的情节发展线索。如谈到十兄弟中卜志道的死讯,西门庆与应伯爵轻描淡写的对答,从叙述的角度看是客观的,而有心的读者却可以体会到很多——"兄弟"间的虚伪、人情的凉薄、帮闲的识趣,乃至西门他日的结局,等等。这种准剧本式的写法,比起说书人无所不在的话本来,无疑是明显的进步。由于摆脱了说书人的介绍、评论,整个故事的演进显得亲切、可信。与现代的客观叙事小说相比,"新刻绣像"本的上述处理在对话方面几无逊色,所差的是冷静的行为描写较少。另外,就全书而言,则仍不能脱下说书人的宽大外衣。

三

在这个演变时期，白话小说的叙事时序也渐多变化。补叙手法前已有之，此时应用趋繁，而插叙也时有出现。这两种方法脱胎于"花开两朵，各表一枝"的传统交错叙事方式，但在时序上有所变化。补叙多为先写结果，再补充叙述前因，因而可视作局部的倒时序叙事。插叙则使故事主线的叙述时钟变慢或暂停，插入一段与主线无明显因果关系的情节，其实质也是叙事时间的局部扭曲，但由于没有因果关系束缚，叙述的范围较补叙更大些。

补叙是《后水浒传》的叙事特色。《后水浒传》为"青莲室主人"辑，其人不详。书前有"采虹桥上客题于天花藏"的序，云："大都天心又将北眷，国运已入西山。庙堂大奸大诈，草野无法无天之人事，又并横行于世，而不知回避……日移日促，希图一日之安，即至沉晦丧亡。"虽指宋事，实刺时政。又，序后有"素政堂""天花藏"的印章。刘廷玑《在园杂志》亦提到此书。由此种种，定为清初之作当可无疑，全书写宋江转世为杨幺，其他水浒好汉中又有三十五人转世，陆续聚合，重于洞庭聚义事。为把这三十六人串联到一起，作者采用了以杨幺故事为经，他人故事为纬，纵横编织的方法。在这样的整体结构中，补叙便成为不可缺的叙事形式。

以第十三至第二十三回的十回书为例，主要的故事是杨幺抗暴被刺配过程中的种种曲折，其中陆续出场的重要人物有殷尚赤、孙本、王摩、马蠡等。表面看，这与《水浒传》中宋江出逃、刺配、遇诸好汉相似，其实具体写法大有不同。殷、孙、王的出场都是在某一戏剧性冲突中蓦然露面，然后以大段补叙交代冲突的前因。如第十七回杨幺到汴京为孙本送信，忽听孙本被捕，罪名是通匪，押在府堂审讯。下文便倒转时序，补叙孙本得罪之由。第十九回杨幺路宿村店，见人厮打，便上前分开众人放走被困的王摩，下文便追溯被困前因。而王摩事中出现马霭,便再补叙马霭之事。这种手法《水浒传》原已有之,如二打祝家庄后嵌入二解故事,宋江在柴进庄上邂逅武松等。但细察却有区别。孙立故事在形式上是吴用的口述,武松故事由此转入下文,都没有明显的倒因果关系,因此叙述时序的倒转亦不明显。另外,《后水浒传》的补叙使用频繁,仅此十回书就出现四次,篇幅占去一半以上,其中殷尚赤的故事长达三回,王摩的故事亦近三回。这在此前的白话小说中是不曾有过的。

《后水浒传》的补叙手法有新意,但其叙事角度却无创新处,全篇一味由全知的说书人讲故事,结果使上述补叙也只能成为呆板的故事套叠,虽有可取,却终非上乘。相比之下,稍早些的《西游补》反而更灵动多姿一些。

前面提到的项羽讲平话,从叙事时序看,便是一段巧妙的插叙。孙悟空本身的故事发生在唐代,因误入"古人世界",见到了活生生的项羽与虞美人。这本身已包含时序倒转的因素。而这个活生生的项羽又讲述秦末战争,时序倒转就更明显了。作者处理这一倒转时序的情节时,淡化插入部分与主线孙悟空故事之间的联系。项羽故事演述时,孙悟空的故事时钟便停摆了。这样,项羽故事无论长短,对孙悟空自身故事的进展都没有影响,可谓"插叙已千古,主线刹那间"。实际上,整部《西游补》的叙事时间皆循此原则。第一回末,悟空化斋闯入鲭鱼气,唐僧等正在牡丹树下酣睡。至第十六回,他被虚空尊者唤出,回到"旧时山路,忽然望见牡丹树上日色还未动哩"。原来整部书的上天入地描写只是一段插曲。插曲虽长,对于取经故事来说,不啻弹指而已。作者这样构想的根据,作品中亦有交代:

唐僧喝住八戒,便问:"悟空,你在青青世界过了几日,吾这里如何只有一个时辰?"行者道:"心迷时不迷。"唐僧道:"不知心长,

还是时长？"行者道："心短是佛，时短是魔。"❶

这一段师徒对话其实是代作者立言。讨论的问题与现代小说理论的所谓心理时间颇有关联。"心迷""魔"指心理活动的不受羁络，其表现类似意识流。而在此境况中，便会出现"时短""时迷"，亦即时间尺度改变。"心短"，即神定思静；"时不迷"，即现实世界的客观时间尺度。董说插入这段心、时关系讨论，很明显是为全书叙事时间的变化无方找根据。虽然借用佛学话头显得有些迷离，且未明白宣示与小说创作的关联，但其中确乎包含了有对作品叙事时间的思考、解释，应该说是十分难得的。这在小说思想史上实应大书一笔。

基于这样的理论认识，董说在《西游补》的叙事时序方面作了不少文章。他不仅构思了"古人世界"，还异想天开地写出一个"未来世界"，让唐代的孙悟空超越客观时序，审理宋代的岳飞、秦桧案（第八、九回）。同时，全书中类似项羽平话的插叙亦有多处，如隔墙花弹奏琵琶调弹词，演述三藏西天取经的故事（第十二回）；天字一号镜中映出秀才放榜故事（第四回），宫女自言自语讲出风流天子故事（第二回），等。另外，还有倒因果关系的补叙，如踏空儿讲述的小月王凿天故事（第三回）。这些插叙、补叙部分的叙事方式变化多端，叙述人或为故事旁观者（宫女），或为参与者（踏空儿），或为纯客观观照（镜），叙述内容或为追述既往（天子故事、小月王故事），或为展示当今（秀才放榜），或为自古而今竟与现实重合（琵琶调）。叙事方式如此复杂多变，为我国古代小说所仅见。

《女仙外史》中有一段插叙另有特色。第二十六回写唐赛儿部下与燕军相遇，"双双猛将穴中斗"。第二十七回却笔锋一转，插入唐赛儿邀刹魔公主的情节。其中写诸仙真登山远眺，"只见莱州东大路上，列着两阵,四员大将如走马灯一般盘旋交战。刹魔主将手指向东一弹，

---

❶ 董说：《西游补》，上海古籍出版社 1983 年版，第 74 页。

那边阵上一将,双泪迸流,不能措手……这里阵上军士,涌杀过去,那边大败亏输。"从仙人们眼中写出两军会战,已与前文接上了榫,而下文继续写仙人的欢会。从时间上说,战事已成过去。可是到了第二十八回又重接第二十六回,写两军相遇,四将交锋,一将忽然眼疼,以致大败云云。插入的神魔一节,与故事主线既脱离又有所重合,导致第二十七、第二十八两回书的时序错综。作者这样处理也自有其想法,类似于董说的"心长时短"观。他在第二十七回末讲:"道家神通能藏世界于一粒粟中,佛家神通能安须弥山于一针锋上,总皆不可思议。"只因所叙是"不可思议"的仙家事迹,故出现"洞中七日,世上千年"的时间尺度变化就很自然了。吕熊这样写主要是渲染仙魔神通,但也没有在艺术上创新、在叙事上探索之意。其友人王竹村指出:"小说家亦偶有叙及两处同日事发者,多不能措手,只以止有一枝笔,却无两张口,文饰完局,到相接处,显然露出笋痕。余看《外史》取青、莱既同一日,而刹魔与鬼尊下降,又与两军接战同时。如此纷纭,偏能堂堂叙出,另起头脑。至其绾合,则有灵脉贯通,出自天然。始知才之相越,岂仅什佰已哉?"❶他的评价稍嫌过誉,但对这段文字在叙事时序方面的特征及吕氏尝试的用心,提示得尚有见地。

叙事模式的变化产生了相应的艺术效果,除上文提及的外,还表现在读者的认同程度、作品的表现能力等方面。

全知叙事,由于叙述人上帝般无所不能,使读者被动地居于"听故事者"的地位。而话本与说书体小说更由于说书人不断直接插入介绍、说明、议论等,使读者明确感到自己局外人的被动身份,拉大了读者与作品的距离。而局限叙事,叙述人的观察角度固定(或阶段性固定)在作品某人物身上,读者随此人见闻而见闻,很自然在想象中认同于叙述人,产生身临其境的感觉。上文所引贯华堂修订本的两个例子都是显证。《金瓶梅》中潘金莲到西门府一段也很典型。词话本

---

❶ 吕熊:《女仙外史》第二十七回回末批语,百花文艺出版社1984年版,第307页。

此段已有局限叙事的因素，作者对西门庆诸妻妾的介绍不是让说书人出面来介绍，而是通过潘金莲的眼睛来描写。不过，词话本受传统叙事模式影响较深，此段中又插入全知式的介绍，如谓吴月娘"因是八月二日生的，故小字叫做月娘"等。这些介绍使读者的想象力收敛翅膀，离开叙事现场，重新意识到"听故事者"的身份，于是拉开了作品与读者的距离。"新刻绣像"本则把这些插入语全部删除，使多余的说书人隐去，叙事角度基本固定于潘金莲身上。读者随潘金莲的目光进入现场，一切从特定角度逐步展示，便在想象中与故事人物贴近了。

另外，随叙事角度的局限化，叙事的主观色彩增加，作品还可以产生"一喉两歌"❶的效果。《金瓶梅》上述段落中写潘金莲"坐在旁边，不转眼把众人偷看"，"这妇人一抹儿都看在心里"。潘金莲面前的四个女人都是她的情场对手，故她的观察伴随着忖度、对比、褒贬。她眼中的吴月娘是"举止温柔，持重寡言"，李娇儿是"肌肤丰肥，身体沉重""风月多不及金莲也"，孟玉楼则是"裙下双弯与金莲无大小之分"。这些既是吴、李、孟的形貌描写，又隐含有潘金莲的心理活动：她所见容貌是与自己比较的容貌，而心中联想到的是风月场。由此，潘金莲的性格便已见一斑。张竹坡对此很表赞赏，批道：

从金莲眼内，将众人都照出。
将月娘众人具在金莲眼中描出，而金莲又重新在月娘眼中描出。文字生色之妙，全在两边掩映。❷

---

❶ 所谓"一喉两歌"是戚蓼生对《石头记》叙事艺术的概括，意思是由于局限叙事的主观色彩，使作品展开情节的同时表现出人物个性。

❷ 《皋鹤堂批评第一奇书金瓶梅》第九回批语，吉林大学出版社1994年版，第144，147页。

485

这一笔中既写了众人，又显出金莲的特色。若与末流作品那种逐个"沉鱼落雁"一番的呆笔相比，直不啻霄壤。前文提到《西游补》中项羽演述的平话，效果亦与此相类。

叙事艺术的灵动变化还可以使作品产生反讽意味。如项羽平话与史实大相出入而本人却在一本正经地表演，同时平话中的项羽与演述者项羽的气魄、品性也迥然有异。这样，作者并无褒贬之语，而读者却在叙述中感到了冷峻的嘲讽。《金瓶梅》中也有这样的片断，如韩道国对人讲述他和西门庆的交往，极尽夸张之能事，自称"掌巨万之财，督数处之铺，甚蒙敬重，比他人不同""彼此通家，再无忌惮"云云，而下文即写他出妻献女的丑行。作者不动声色，讽刺与幽默意味俱见于言外。（第三十三回）其他于应伯爵、蔡状元等人也颇多此种笔墨。后世《儒林外史》的冷面幽默手法正与此一脉相承。

总之，明清之际，由于白话小说叙事艺术多方面的发展，作品的表现力与艺术品格都相应有所提高。虽然这一发展尚未波及全局，但显示出的艺术进步的倾向却弥足珍视。

折射士林心态的一面偏光镜
——清初小说文化心理分析

清初的三四十年间，政局动荡不定，人心亦颇不稳。因此，满族统治者对汉族士人采取了笼络羁縻与打击镇压的两手策略。一方面，崇儒尊孔，开科取士，重用部分降臣；另一方面，对不合作者则严加镇压。顺治二年，下剃发令，"不随本朝制度者，杀无赦"。三年，将"在籍文武未经本朝录用者"的绅衿特权"尽行革去"。九年，下令严禁生员议政干政。十七年，下令严禁文人结社。其间又屡兴大狱，如科场案、奏销案、哭庙案等，"仕籍、学校为之一空"。

这种形势引起了汉族士人的分化。一部分人争相归附，一部分人坚持抵抗，而更多人则依违两端，表现出复杂矛盾的心态。这些人都不同程度地屈从于暴力，有的被迫改节仕清，有的违心"披发左衽"，愤激与绝望、困惑与愧恶交织于心头，由此流露或发泄于文学作品之中。这正如金圣叹所讲："欲哭不敢，诗即何罪！"

在文学诸体裁中，言志、缘情之诗自是此种心态下的首选。但不可忽视的是，通俗小说也成为中下层文人书写怀抱的载体。而由于文体特性的要求，小说所反映的士人心态，往往不是写实直述，而是隐曲变形的。然唯其如此，这面"偏光镜"才更加引发我们研究的兴趣。

一

《金云翘传》是这种"偏光镜"意义上的典型之作。

中晚明的近百年间，王翠翘的故事被反复改编。由《纪剿徐海本末附记》的五百余字的大略,发展到《三刻》中的一回书,情节愈见曲折,人物的形象也趋于丰满。但是,作者(或编者)们的动机始终停留在讲述一个传奇故事上,虽对人物各有所抑扬,却并无更多的意味。而到了顺治年间❶,青心才人综合前人作品加以再创造,写出了中长篇的《金云翘传》(以下简称《传》),在思想内涵方面方有了一个质的飞跃。与前人诸作相比,《传》刻画王翠翘有四点不同:一是更加推崇她的德行与才华。论德,仁义、胆识、智勇无一不备;论才,诗文、音律、谈吐皆可称道。在多情的青心才人(青心为"情")笔下,这个不幸的风尘女子几乎可称完人了。二是刻意渲染她所遭受的磨难。作者似乎在追求一种"才女(或佳人)蒙难"的煽情效果,因而不仅为王翠翘的苦难历程增设了更多的曲折,而且浓墨重彩地反复描绘其惨受折磨的残酷场面。三是强调她的良民出身,特别突出其纯情少女时代的美好爱情。同时又为她和初恋的情人安排了破镜重圆的喜剧结尾。四是针对王翠翘多舛的命运,尤其是其多次惨遭凌辱,虽德高而"节操"不保的情况,提出一种新的评价标准——"身辱心贞",并把这一标准贯穿于全书。这四点相互关联,是作者实现其寄托的主要手段,也是我们解读作品、挖掘其深层意蕴的主要门径。而其中,又以第四点尤为关键。

作品第二十回"金千里苦哀哀招生魂 王翠翘喜孜孜完宿愿",写王翠翘历经磨难终于得救。但当她的旧情人金重欲践前盟时,她却以"虽失身而必不失节苟合者,盖欲保全贞节。……今不幸遭此百折千磨,花残矣,月缺矣,玉碎矣,香销矣"为理由,严词拒绝。可是金重随即讲出了另一番更加堂皇的大道理:"贤夫人此言愈大谬矣。大凡女子之贞节,有以不失身为贞节者,亦有以辱身为贞节者,盖有常有变也。夫人之辱身,是遭变而行孝也。虽屈于污泥而不染。……较

---

❶ 对于《金云翘传》的初刊时间,董文成、欧阳健均主明末说,似尚可推敲。而张荣起主康熙说,未详何据。

之古今贞女，不敢多让。"于是，王翠翘作出让步，二人"拥入绣帏"，"千般恩爱，百种欢娱"去了。

假如全书只是让金重讲这么一次"以辱身为贞节"的道理，那还不妨看作是编造大团圆结尾的题中应有之义，不一定说明太多的问题。然而，作者接下去反复渲染这一点，如让金重称道王翠翘"励名节"，"原来夫人非女子也，竟是圣贤豪杰中人"，"以千古烈妇自得"，"夫人此情，贞烈之情也"，等等。这实在是不同一般的笔墨。如果我们想到前文也同样不同一般的另一种笔墨——反复描写王翠翘的失身受辱：两落娼门，四易其"夫"，那自会从如此强烈的对照中感到一点"别有用心"的味道。

事情还不止于此。二人欢会之余，王翠翘又"再展别技"，"信笔题诗十首"。其中竟有四次提到受辱时死节与苟活的话题，如"若更死此身，知节不知义。""时时颠沛亡，处处流离碎。死得没声名，死又何足贵！""胡以悦强暴？若不暂相从，深仇何以报！""其死实由妾……一死尽于节"❶。这至少说明作者对于受辱与节操，苟活与死节的人生难题，是相当留意，相当认真的。

这个难题实际上是当时士林一块共同的心病。明鼎倾覆，江南士子颇有死节者。仅《甲申朝事小记》便列举近百人。《南都死难纪略序》专论死节之道："报国之途非一，而身殉者其一端……从容自裁，是为死节。"但是，对于整个士林来说，"艰难千古唯一死，伤心岂独息夫人"？真的"玉碎"者毕竟是极少数。不过，大多数人虽"瓦全"了，但他们心理上却长期笼罩着阴影，承担着很大的压力。这既来自经义圣训转化成的"超我"，也来自身边的"光辉榜样"。如以下诗作中流露的：

故人往日燔妻子，我因亲在何敢死！憔悴而今困于此，欲往从之

---

❶ 《金云翘传》第二十回，春风文艺出版社1985年版，第212页。

愧青史。（吴伟业《遣闷》）

忍死偷生廿载余，而今罪孽怎消除？受恩欠债应填补，总比鸿毛也不如。（吴伟业《临终诗》）

多见摄衣称上客，几人刎颈送王孙。死生总负侯嬴诺，欲滴椒浆泪满尊。（朝宗，归德人，贻书约终隐不出。余为世所逼，有负夙诺，故及之）（吴伟业《怀古兼吊侯朝宗》）

喔喔荒鸡到枕边，魂清无梦未安眠。起看历本惊新号，忽睹衣冠换昨年。华岳空闻山鬼信，缇群谁上蹇人天？年来天意浑难会，剩有残生只惘然。（冯舒《丙戌岁朝》）：

风雨千年痛哭声，海天寥落听韶䕫。澄心堂内新词好，衔璧凄凉愧众伶。（陈宏绪《失题》）

才说求生便害仁，一声长啸出红尘。精忠大节千秋在，桎梏原来是幻身。（钱邦芑《途中口占》）

这些人入清后的遭遇、抉择各有不同，但苟活于异族统治者淫威之下的屈辱却是共同的。因此，对于"余生""残生""偷生"皆或愧或悔或惘然。

按照心理学的看法，人们在违心行为之后，总难免产生程度不同的心理压力，且连带产生消解这种压力的欲求，即以近乎"阿Q"式的方法，为自己辩解，找出行为的理由。而其目的主要是"说服自己"，以求心理平衡。这在心理学中，称为"自我正当化"。"自我正当化"是普遍的心理规律。我们读清初汉族士人的文集，也时常会感受到他们的这种心理活动。吴伟业是非常典型的例子。他长时间陷于心灵痛苦之中，反复进行"正当化"的努力。如《遣闷》："故人往日燔妻子，我因亲在何敢死！憔悴而今困于此，欲往从之愧青史。""亲在"是一个理由。又如《贺新郎》："吾病难将医药治……追往恨，倍凄咽。故人慷慨多奇节。为当年沉吟不断，草间偷活。……脱屣妻子非易事，竟一钱不值何须说！""妻子"又是一个理由。显然，"我因亲在何敢死""脱屣妻子非易事"，都是以具体而实在的理由为个人"自我正当化"。而更多人的"正当化"努力则表现为寻找并阐发更为宏观而具有普适性之理由。如陆世仪《感遇诗》："天道不可知，叹息徒彷徨。""气数苟在天，匹夫岂能争？""区区卑贱子，含垢安足嗔！"以"天意"与"位卑"为正当化之借口，即把受辱之责归于不可抗拒的命运，这是最为普遍，也最为堂皇的说词。又如，孙奇逢为改节仕元的许鲁斋辩解："我读公遗书，知公心最苦。……众以此诮公，未免儒而腐。道行与道尊，两义各千古。"(《读许鲁斋集》)这是以行道救民的责任为由，并直率地指出，此种选择与守节殉道之举可同垂不朽。

我们回过头去，把《金云翘传》的那种有关女主人公生死节辱的描写，与当时这士林大背景联系起来体会，个中滋味当不难发觉。而其中有一奇特之笔，更能证实我们的感觉。作品写金重误以为翠翘已死，"临江设位吊奠……乃歌宋玉《招魂》辞以挽之。"然后大段抄录了《招魂》辞的原文。《招魂》所吊为屈原❶。歌《招魂》与录《招魂》，都非情节之需要，甚至使人有不伦之感。作者如此处理，无论其"别有用心"否，文本都会产生"别有意味"的阅读效果——在女人的贞节问题与士大夫的节操问题之间建立起类比的关系。其实，把女人的节操问题与士人乃至国家的命运联系起来，这并非青心才人的首创。不要说古已有之的传统，就在当时，很多文人早已在诗文中使用这种比拟、寄托的手法了。如吴梅村咏女道士卞玉京之命运道："但教一日见天子，玉儿甘为东昏死。"以未曾"承恩"为女子的不死节辩解，其喻托显而易见。谈迁则既有"女子垂千古，吾颜已忸怩"之自愧语，又有"男儿身七尺，忍活犹可为。贱躯何足道，亦复偷斯须。一辱万事丧，转眼无可追"之感慨语。金圣叹与众不同，以"偷眼碧江春"的女子形象来嘲讽标榜节操者的矛盾与虚伪。而钱谦益更直截

---

❶ 《招魂》作者向有两说：即宋玉作，所吊为屈原；或屈原作，所吊为楚王。

了当地讲出了："国破家亡，士大夫尚不能全节，乃以不能守身责一女子耶？"（《荷锸丛谈》）对此，时人亦以"平而恕"相许，足见一时之舆论。明乎此，就可以领悟《金云翘传》的那些曲折笔墨了。

对于《金云翘传》的深层意味，同时代的天花藏主人颇有会心。他在序言中将其进一步理论化：

> 闻之天命谓性，则儿女之贞淫，一性尽之矣。……未有不原其情，不察其隐，而妄加其名者。大都身免矣，而心辱焉，贞而淫矣；身辱矣，而心免焉，淫而贞矣。此中名教，惟可告天，只堪尽性，实有难为涂名饰行者道也。❶

"身辱"，是现实的行为上的受辱；"心免"，是想象的精神上的幸免。"身"虽辱而"心"可免，这一来，原本具有一定现实约束力的"节操"标准便荡然无存了，而所有失节的行为、受辱的遭遇都可以据此得到"豁免"。对于当时被迫剃发、被迫科考、被迫出仕而愧耻之意尚存的汉族士人来说，没有比这样的"自我正当化"更为彻底的了。

二

如上所述，清初士林"自我正当化"的理由之一是"天道""天数"。而这类话题也频频出现于通俗小说之中，最典型的当数吕熊的《女仙外史》。

《女仙外史》中涉及此的描写比比皆是，即以第一回为例，便连篇累牍有："恐将来数到，不能不为了局。""大约有个数在那里。""下民劫数，亦是众生自己造来。""朕（天帝）乃是顺运数以行赏罚，非

---

❶ 《金云翘传》卷首，春风文艺出版社1985年版，第1页。

以赏罚而为运数也。""还有一大劫数，应汝掌主。""既动此念，便是数中人物。""臣妾谪下，已知数定。"无论何种文体，如此频频讲"数"的作品实不多见。究其原因，是此书独特的故事情节所致。《女仙外史》讲的是一个完全虚构的神魔故事。与同类小说比，它的独特之处在于：作者所认同的正义一方，虽然道德高尚，虽然法力无边，却不得不终归失败；而作者所厌弃的一方，虽是恶的代表，虽神通法力不及，却总在关键时刻邀天眷顾。作者为了解决情感态度与情节设计之间的矛盾，只好祭出一个高于道德尺度与实力原则的标准，便是"数"或"天数"：

（天狼星）数该做三十三年人间帝王。我辈神通虽大，亦不能拗数而行。❶

少师止论其理，独不知数乎？……运至而兴，数尽乃灭，虽上帝亦不能置喜怒于其间。

却象个天公知道月君有伐燕之举（即"正义之师"），故降此灾殃，以止厄他的……又象个天公为月君道术广大，故意生出这样东西来坏他国运的。

对于作品的这一题旨，其评点者也深有会心。如李渔村之评：

天之所兴者，人皆恶之；人之所立者，天则厌之。是天之所以畀邪黜正哉？❷

对于无可奈何的历史命运，强委之于"天数"，这在此前的历史演义中，并不鲜见，如人所共知的《三国演义》的"上方谷""五丈原"

---

❶ 吕熊：《女仙外史》，百花文艺出版社1984年版，第304页。
❷ 吕熊：《女仙外史》第十七回回末批语，百花文艺出版社1984年版，第197页。

等情节。但与前人相比，《女仙外史》有两点明显不同：一是文中直接言及"天数"之频，二是由"天数"说引申出了异端思想。这后面一点特别值得注意。

吕熊匪夷所思的一笔是"魔、释、道"之说。作品中正义一方既得不到"天"的眷顾，只好别寻靠山。于是，作者便设计出一个刹魔公主的形象，并使其法力、地位都堪与上帝及佛祖并列。

> 刹魔公主计生下三千五百五十四年矣，誓不匹偶，还是处子。说她的道行神通，虽释迦、老子也不能胜，所以魔教日旺一日……自刹魔主掌教之后，凡转轮帝王者，几压在二教之上。向称为儒、释、道者，今当称作魔、释、道矣。
> 一拳打倒三清李，一脚踢翻九品莲。独立须弥最高顶，扫尽三千儒圣贤。❶

作者对这个形象钟爱有加，经常写她的高谈阔论，扫陈腐之说，翻历史旧案，思路怪异而豁人耳目；又喜写其通天彻地的法力，凡对方（天狼星）出现了高手，最后全要靠她来解决问题，并特意写道：

> 刹魔主道："若论为人报冤雪耻，还是我教中人肯烈烈轰轰做他一场。"❷

作者笔下的这个魔头俨然是正义的化身，又是新思想的传声筒。

无独有偶，同时代的《豆棚闲话》也是既喜谈"天道""天数"之类的话题，又好借小说人物之口大发"怪论"。如：

---

❶ 吕熊：《女仙外史》，百花文艺出版社1984年版，第298页，354页。
❷ 吕熊：《女仙外史》，百花文艺出版社1984年版，第305页。

上帝震怒,即唤天神天将……世界人民物畜,一半都被震烈飘扬,化作纤细微尘,不知去向……当今时世,乃是五百年天道循环轮着的大劫,就是上八洞神仙,也难逃遁。

世运将变,人民应该遭劫,……天地气数所致,万民生灵所遭……❶

与《女仙外史》稍有不同,此书作者理解的"数"不是"天地不仁,以万物为刍狗",而是更进一步,以"上天亦好杀"来解释"天下涂炭"(七则)。这显然与儒家传统的天道观大相径庭。

《豆棚闲话》的作者自承"在此摇唇鼓舌,倡发异端曲学"(十二则),而作品中最为"异""曲"的,当属对伯夷叔齐故事的文本颠覆。伯夷叔齐的事迹在儒学中占有十分重要的地位:《论语》《孟子》谈到伯夷十余次,并赠其"圣之清者"的美誉;《史记》将《伯夷叔齐列传》摆在全部列传之首;韩愈作《伯夷颂》,称夷、齐"昭乎日月不足为明,崒乎泰山不足为高,巍乎天地不足为容也";程颐则讲"要知伯夷之心,须是圣人",等等。《豆棚》却把这段道德"楷模"的事迹改写成一幕闹剧,无中生有地编出了"首阳山叔齐变节"。表面上看,作者是单贬叔齐,实际上却是全面嘲讽伯夷叔齐的行为,以及支撑这种行为的道德准则。书中十分尖刻地描写守节的"逸民":

那同心共志的,走做一堆,淘淘阵阵,鱼贯而入,犹如三春二月烧香的相似,都也走到西山里面来了。

弄得一付面皮,薄薄浇浇,好似晒干瘪的菜叶;几条肋骨,弯弯曲曲,又如破落户的窗棂。

学了时人虚憍气质,口似圣贤,心同盗跖,半醒半醉,如梦如痴,

---

❶ 艾衲居士:《豆棚闲话》,上海古籍出版社1983年版,第84页。

也都聚在这里。❶

最后，又安排了一个"玉皇驾前第一位尊神，号为齐物主"的，来作最高裁判：

> 齐物主遂将两边的说话，仔细详审，开口断道："众生们见得天下有商周新旧之分，在我视之，一兴一亡，就是人家生的儿子一样，有何分别？譬如春夏之花谢了，便该秋冬之花开了。只要应着时令，便是不逆天条。……你们不识天时，妄生意念，东也起义，西也兴师，却与国君无补，徒害生灵。况且尔辈所作所为，俱是腌臢龌龊之事，又不是那替天行道的真心，终什么用？……道隆则隆，道污则污……生生杀杀，风雨雷霆，俱是应天顺人，也不失个投明弃暗。"❷

与《女仙外史》的刹魔公主相似，这个齐物主也是毫无倚傍，凭空虚构的形象，也俨然是真理的化身。当然，这里所谓"真理"是作者的观念，与时论大相径庭。

虚构出一个三教外的人物，来宣示人间的最高法则，维护世界的正义与公道，这看似无稽，实则真实地反映出"天崩地解"大背景之下，读书人信仰动摇后的迷惘与探索。清初的三四十年间，稍有头脑的士人都经历过这一心路历程，而相当一些人曾有过程度不同的偏离正统观念的言论。如归庄自陈其困惑心态："斯人困蓬累，茫茫焉税驾？未能判死生，空尔谈王霸。问天天无言，中心独悲咤！""托业无长策，栖身无宁宇。屏营复彷徨，何去亦何取？"（《卜居》）然后便大放厥词：

> 笑笑笑，笑那唠叨置闰的老唐尧，怎不把自家的丹朱来教导？笑

---

❶ 艾衲居士：《豆棚闲话》，上海古籍出版社1983年版，第73-76页。
❷ 艾衲居士：《豆棚闲话》，上海古籍出版社1983年版，第80-81页。

笑笑，笑那虞廷受禅的女夫姚，终日里咨益稷，拜皋陶，询四岳，杀三苗，省方巡狩远游邀，到头来只落得湘江两泪悲新竹，衡岳枯骸葬野蒿。……最可笑那弄笔头的老尼山，把二百四十年的死骷髅提得他没颠没倒。更可怪那爱斗口的老峄山，把五帝三王的大头巾磕得人没头没脑。……都只是扯虚脾斩不尽的葛藤，骗矮人弄猢狲的圈套。（《击筑余音》）❶

从尧舜，到孔孟，把儒家的宝贝一笔抹杀，其失望、愤激之情溢于言表。又如腼颜事清的钱谦益，心理负担更重，亦时有呵天詈地之辞：

我为天帝元会运世八万六千岁，安能老而不耄长久精勤无差忒！……《春秋》请高阁，《洪范》仍屋壁。仲舒《繁露》诚大愚，刘向《五行》徒恩恻。❷

而在思想家的著作里，这种动摇与怀疑终于升华为更加深刻的理论，如黄宗羲的"为天下之大害者，君而已矣"之说，金圣叹的"末世之民，外迫于王者，不敢自尽其调；内迫于乾元，不得不尽其调……弑父弑君，始于犯上，乃是别调"之论，唐甄的"自秦以来，凡帝王者皆贼也"之言，还有王夫之关于"正统"的驳议，等等，均不免于"非圣无法"之嫌。

信仰动摇的根本在于"天道福善祸淫"观念的破灭。中华民族的道德观念在基本点上本就包含着辩证的要素。孟子的"性善"说、"四端"说，指向自律的道德观；而"性恶"说、"福善祸淫"说，则指

---

❶ 归庄：《击筑余音》，见《归庄集》，上海古籍出版社 1984 年版，第 161-162 页。
❷ 钱谦益：《戏为天公恼林古度歌》，见《有学集》，1996 年版，第 54-55 页。

向他律的道德观❶。对于社会的大多数成员来说，无疑"他律"是更为坚实的道德基石。明末"天崩地解"的过程中，善者无福，恶者无祸，这使"他律"的力量急剧衰减，社会道德愈加失范，最终不能不引起人们对天道的怀疑。"天数""劫运"之类说法，正是滋生于这片怀疑的土壤中。但此类说法可以满足多数人解疑释惑的需要，却解决不了少数追根究底者的信仰重建问题。所以，在清初的半个世纪里，思想相当活跃，出现了一批试图构建新体系的人物。而应特别指出的是，供这些人物采撷的思想原料，除却儒释道外，还有西方传教士带来的"新思维"。前面所举钱谦益那首《戏为天公恼林古度歌》便有："二十八宿纠连炁孛罗计四余气，控诉西历频变易。……吁请真宰乞主张，我为一笑付闵默。"虽为"戏说"，却深刻地反映出异域文化对传统造成的冲击。又如《豆棚闲话》中论及天象道："天体轻清，时时运行……昼在上者，夜必随时序而渐转于下。夜在下者，昼必随时序而渐转于上。"似乎也和"西历"传入有些关系。再如方以智作《物理小识》，自述缘起，也是与"万历年间，远西学人"直接相关。

循此思路，我们再来看"刹魔公主"及相关的魔教描写，看《豆棚》中那个几乎毁灭人类的"上帝"，似乎可以得出两点看法：一是这种异端或"准"异端的笔墨是与弥漫于士林的信仰动摇的迷雾有关联的；二是此类描写，中土文化前所未有，反而与基督教的某些内容相近，不排除直接或间接受"远西之学"影响的可能。

为了证实上述看法，我们不妨再来看一看同时代的另一部小说《续金瓶梅》。其中有这样两段：

因上帝恨这人人暴殄，就地狱轮回也没处报这些人，以此酿成个劫运，刀兵、水火、盗贼、焚烧，把这人一扫而尽，才完了个大报应。

这天地的大劫，要翻覆这乾坤，出脱这些恶业，因此使生的死，

---

❶ 这种情况同样见于佛教，与禅宗与净土宗有自力、他力之别。

死的却生；富的贫，贫的却富；贵的贱，贱的却贵；巧的拙，拙的反巧。……花花世界弄作一锅稀粥相似，没清没浑，没好没歹，真象个混沌的太古模样。……一部纲目，把这天地运数只当作一个大裁缝、大烧窑匠、大铜铁炉火道人、极大的一个棋盘，岂不勾销了一部二十四史！❶

无论是对社会混乱、道德失范所表示的愤激与困惑，还是对传统价值标准的怀疑，都和《女仙外史》《豆棚闲话》如出一辙。更令人吃惊的是，关于"上帝"的形象塑造，竟也相似乃尔。这一方面有助于证明我们以上对清初小说社会文化心理的分析，另一方面也使我们更充分地估计明末清初基督教文化在中国的影响。

从社会文化心理的角度研究清初小说，启示是多方面的。

首先，可以使我们对清初文学思潮有更全面的认识。治文学史者，每至宋元以后，便分两脉，小说戏曲一脉，传统诗文一脉，而二者多不相干，形同泾渭。而实际上，在文学思想的层面上，彼此应是相通的。即以清初而论，异族入主带来了强烈的心理震荡，故文坛形成了汉族（特别是江南）士人孤愤兴寄之作的创作主潮。而随统治者政策的张弛，以及士人个性的差别，此类作品或慷慨或低徊，或显豁或隐晦，手法与风格千姿百态。对于这一主潮，研究者多注目于少数人的慷慨显豁之诗作，而忽视了其他。至于通俗小说中的有关表现，尤乏专门性研究。虽然限于篇幅，我们只涉及少量作品，但已经可以清楚看到共同的社会文化心理在各种文体的映现。而饶有趣味的是，不同的文体自有其不同的映现方式，互释互证之，便可得到文坛的全息图景——从这个意义上讲，"偏光镜"也是不可或缺的。

其次，有助于更准确地解读小说文本，洞悉其底蕴。在此基础上，可以深化小说史及小说艺术史的研究。例如，在重新解读《金云翘传》

---

❶ 丁耀亢：《续金瓶梅》，见《金瓶梅续书三种》，齐鲁书社1988年版，第134–135页。

之后，我们就不会简单地把它归之为"才子佳人"之类而一语带过。我们可能会联想到《林兰香》中的一些笔墨，如女子的才高命蹇，女子悲剧命运与家国不幸的关联，才女与忠臣之间的类比等。由此扩大视野，我们还可以在更多的表现女子命运的叙事文本中发现相似之处。而再进一步，通过比较研究，也许会引发我们对这一时期小说表现手法、社会文化功能的重新思考。又如，在重新解读《女仙外史》的基础上，我们可以把它同《绿野仙踪》《野叟曝言》等作品进行比较分析，既研究士人文化心态的演变之迹，又在异同之中考察清代小说不同时期在表现手法、社会文化功能方面的递嬗过程。

《中国小说通史》总序 *

　　自从 80 多年前鲁迅《中国小说史略》问世，小说史研究无论在深度和广度上都在不断进步。特别是从 20 世纪 80 年代以来，中国小说史的书写进入了繁盛期，20 多年间先后出版的各种小说史论著有百种之多，这是一个令人赞叹的巨大数目。而在各种文学通史、断代史中，也包含着小说史的研究内容。

　　尽管不是每部小说史的撰写者都有明确、自觉的小说史书写理念，但小说史的书写模式无疑是每位作者不能忽略的问题，体例、结构的经营都体现着一定的小说史认识。在所谓"重建文学史"的大理论背景下，大家都试图在小说史的新书写中作出努力。从系统框架的建构到阐释角度的选择和调度，都在发挥自己的认识和想象。从总体来看，应当说小说史家们的努力是非常有益的，有些也是相当成功的。

　　小说史书写从始至终遇到的困难就是"体例"的确定，具体说就是处理作家作品和历史脉络的关系问题。这是一个老问题，也是新问题。这里有过两种不同的看法和书写模式：有的认为，作为文学史家，首要工作是"优美作品的发现和评审"❶。有的则主张把历史的内容还给历史，"尽可能真实而科学地恢复原有的风貌"❷。现在流行的小说史大致都可以归为两种类型，或者是游移于两种类型之间：其一是以小说的变迁为中心，其二是以作家作品为中心。这两种体例孰优孰劣，历来争论不休，其要害自然是小说史理念的差异。就是说，小说史应当是作品的评价和串连，还是应当突出史的品格？抑或是将二者有机结合起来？

＊　《中国小说通史》为李剑国与笔者联袂主编，本文亦为合作。
❶　夏志清：《中国现代小说史》，刘绍铭等译，复旦大学出版社 2005 年版，第 15 页。
❷　陈大康：《明代商贾与世风》，上海文艺出版社 1996 年版，第 1 页。

在我们看来，"小说史"这个词语中，"小说"和"史"是两个关键词，缺一不可。小说史的基本任务就是描述、解读和评判历史上存在过的小说作家、作品，同时还要模拟地再现小说演变、发展的历史图景和轨迹，考索和填补散佚的历史环节。作为一种专门史，小说史实际上具有双重品格：一方面，它是小说"史"，以小说现象的历史过程作为研究对象，因此它是一门历史科学；另一方面，它又是"小说"史，研究的对象是具体的小说作品，必然具备文艺学的特点。小说史的书写模式自然应该是多样的，这就像文论中讲的"文无定法"一样。不过无论是哪种书写模式，无论如何"重写"小说史，实际都应当基于对"小说"和"史"、对二者关系的比较科学的理解和把握，忽略任何一方面都不是完全意义的小说史。

小说史的构成因素，其核心自然是小说作品及其创作者。作品本身是最主要的观照对象，包括作品的话语体系——题材、内容、思想、文体、艺术表现及传播、影响等。作品又紧密联系着创作主体，一个作品是创作主体和创作客体的凝结物。这应当是下大力气予以高度关注的。

美国学者韦勒克、沃伦在《文学理论》一书中说："确立每一部作品在文学传统中的确切地位是文学史的一项首先任务。"[1] 这显然强调了对作品进行地位确立和价值判断的重要性。这里首先涉及对作家作品的选择，一个很自然的也是常见的选择就是高度关注名家名作。就一部小说史的局部来说，所谓对"优美作品的发现和评审"，始终是重要任务，但在作家作品层面上来说，只关注"优美作品"肯定远远不够。美国汉学家斯蒂芬·欧文在《盛唐诗》"序言"中说："文学史不是名家的历史。文学史必须包括名家。"[2] 这话可以理解为文学史是由名家和非名家、经典和非经典共同构成的历史。这样，小说史的书写应当是建构小说创作的全景观，是一种"宏大叙事"，是面的展现，不是点的选择和连缀。

---

[1] 韦勒克，沃伦：《文学理论》，刘象愚等译，三联书店1984年版，第299页。
[2] 宇文所安：《盛唐诗》，贾晋华译，三联书店2004年版，第1页。

无疑的，点越多越密集，越能显示整体面貌和运行轨迹。有位学者说，写一部小说史，必须穷尽一切地对中国几千种文言和白话小说加以全面梳理和观照。意思很好，小说史不是几棵大树，是一片广袤的森林。但这当然不是说将全部作品一一罗列，也还需要选择和概括。

实际上对名家和经典的评判依赖于对时代创作背景和创作氛围的把握，依赖于共时性和历时性的观照。没有整体照应，也无法凸显名家和经典的价值。诚如斯蒂芬·欧文所说，"文学史最重要的作用，在于理解变化中的文学实践，把当时的文学实践作为理解名家的语境"。而且，对作家作品的评判也不能是个别的、孤立的。韦勒克、沃伦在其《文学理论》中又说，文学史"另一项任务是按照共同的作家或类型、风格类型、语言传统等分成或大或小的各种小组作品的发展过程，并进而探索整个文学内在结构中的作品的发展过程"❶。这就是说，研究者的重要工作是给看似孤立的作品以逻辑的联系，并以此作为描述历史的基础。

对于小说史来说，全景观书写不仅表现为一般文学史共有的处理名家和非名家、经典和非经典的二元论关系，还有一个自己特有的二元论关系，就是文言小说和白话通俗小说的关系。文言小说，作为一种独立的书面文体早在战国时期就已形成，到"五四"后仍有创作。鲁迅《中国小说史略》对文言小说高度关注，可说是文白并重。但这个传统在以后的许多小说史论著中并未得到强调，不同程度地出现重白轻文的现象。诚然，就社会史含量和艺术含量来说，《搜神记》无法和《红楼梦》相比，但就像描写人类史一样，不应因为北京猿人的大脑远不如爱因斯坦发达，就忽略了他的存在。在小说史系统中，文、白这两个子系统存在着前后衔接、相互并行和交融的复杂关系，小说史必须反映文言小说的存在，反映它的创作、成就和传统，反映它和白话通俗小说的血缘关系。

就小说史"史"的品格而言，它描述的是小说的动态现象。对小

---

❶ 韦勒克，沃伦：《文学理论》，刘象愚等译，三联书店1984年版，第293页。

说作出历史阐释,这里既包含"变化中的文学实践",包含着小说分期,包含着小说文体史、题材史、艺术史、理论史、传播史等自身的内容,也包含着与运行于历史语境中的小说密切相关的其他文学的和非文学的历史因素。

关于分期,从大的时间段落上说,实际是历史分期,如战国、秦汉,直至唐、宋、元、明、清。整部小说史就被装在这样的历史朝代的框架中。所有小说史、文学史都是这样的模式。表面看,文学模式被置换为历史模式。倘若有一种完全不考虑历史朝代的变化而纯然以文学自身变化设计的新模式,那确实是有意义的实验,但我们还设计不出来。其实,朝代模式的采用是有道理的,也是切实可行的。文学史的变迁往往和历史王朝的兴衰更替契合,政治和社会从来就是对作家和文学发生深刻影响的因素。举例说,唐传奇的衰微过程伴随着唐室的衰微和五代的动乱;宋人小说的市井化和道学化,也与所谓"宋型文化"的特征相符。另外一个事实是,小说史文体的兴起、运用和盛行,也明显表现出时代特征,如唐传奇、宋话本、明代长篇章回等。这样,以朝代划分大的段落就使小说史描述不仅获得了人人都可感知和接受的明确的时间坐标,而其自身轨迹的节奏感和清晰度也可获得保证。在每一历史段落中也还有分期问题,但此时的分期显然不能以王朝的下一级时代分割——帝王年代——为标准。这里遵循的主要是"变化中的文学实践",包括文体、题材、流派、思潮等的变化,它们的标志性出现与隐退,以及其他的重要现象。

小说史分期的内涵是小说文体、题材、流派、思潮等的变迁,小说史的"史"品格的形成就是对这些变迁的把握和描述。描述是在历时性和共时性的共同观照中展开的,就是说,在小说史中我们一般不可能把其中某一项集中作历时性描述,但在相对静态的共时性描述中却应包含着动态的历时性描述的眼光和思路。

小说史的书写是笼罩在文学史书写之下的"子目录",而文学史书写又是笼罩在历史书写之下的"子目录"。因而，小说史的书写不能不顾及更上方的层次。社会状况、政治风云、文化思潮、文学艺术创作、社会审美心理，都可以对小说家及其创作——创作思想和动机、题材选择、叙事策略、语言风格——产生根源性的制约和影响。可以说，小说史书写面临的问题相当多的是"总目录"问题的延伸，我们在思考小说史书写问题的时候，不能不厘清小说自身以外的这些问题。从这个意义上说，小说史不仅是小说文体、主题、语言、艺术的流变史，也包含着大量社会文化史的因素。

小说史阐释本质是一个历史的阐释，其含义是多方面的。就具体作品的解读和评价而言，历史分析、历史比较也是其中的重要因素。而当需要将每部作品纳入小说史链条的时候，就意味着小说编年史的建构。韦勒克、沃伦所说的"确立每一部作品在文学传统中的确切地位是文学史的一项首先任务"，在我们看来，确立每部作品在文学传统的地位，就是在历史坐标中确立它的价值，而这首先就意味着只有确定了每部作品在文学史历史坐标中的具体位置后才好对它的种种进行阐释和判断。很难想象，没有对每部作品精确或比较精确的时间定位，该如何确立它的历史价值，又该如何组织清晰可见的小说链条。

小说编年史的建构，基础是对作家作品及相关事实和文献的考据。小说家的活动史不同于帝王将相的活动史，从来不是史家的关注对象和书写目标。小说长期的不入流，使大量小说家的身影乃至姓名被湮没，作品大量"断烂"或变异。历史对文献的淘洗、侵害、窜改，使得考据成为小说史家的负担。考据曾受到严厉批判。但既然要建构小说编年史——在时间流程、时间框架里将作家作品和有关事件按时间顺序进行排列，并对它们进行描述，就得下功夫——运用版本学、目录学、校勘学、辑佚学、辨伪学等文献方法和历史考据方法，尽可能寻觅作者的身影，最大限度地复原作品的面貌，对被时光淘洗和发生断裂的环节进行接续。这项远离"文本分析"、很不"文学"的工作是小说史书写的基础,并也应当成为小说史书写的环节。

在我们看来,文学史和小说史内部,应当包含两个有机结合的体系或者说要素:史实和文献体系,阐释和思想体系。就前者来说,作家作品的考据和编年,各种相关事实的说明和澄清,都服务于这个目的。还原历史是任何历史家、文学史家、小说史家的愿望和努力方向。但作为史学品质的还原真相,其实只是一种理想和追求。历史无法还原,我们书写的历史其实都是发掘、整理、模拟出来的历史。因为我们的文献依据,实际上都经过了两重修剪,一是时光的自然破坏,二是人为的加工改造。文献的"断烂"难以修补,修补出来已非原样。而文献本身也无不经过了前人的选择和取舍,其可靠性也就多少打了折扣。法国史学家福柯说:"就其传统形式而言,历史从事于'记录'过去的重大遗迹,把它们转变为文献,并使这些印迹说话,而这些印迹本身常常是吐露不出任何东西的,或者它们无声地讲述着与它们所讲的风马牛不相及的事情。"[1]这段有点"虚无主义"的话头表达了对历史文献的不信任。这还是就现存文献而言,即便是每个文献都是完整准确的,所谓"知识考古"仍然摆脱不了困境,因为全部文献——包括甲骨文、简帛、金石、纸质文献乃至文物——无论如何"汗牛充栋",每部文献记录无论多么完备,文献都不可能对历史作出全息反映,不能指望如宇宙般复杂的历史在文献中留下每个细节。但不管如何说,我们终究不能在历史文献面前束手无策,我们也只能从历史文献哪怕是"断烂"文献中获取信息。我们要做的是对文献的发掘、甄别、辨析、修复,钩沉索隐,去伪存真。我们固然无法完全准确无误地复原历史,但我们有可能最大限度地接近历史。此间最重要的品格是实证,虽然离不开想象和推断。

是用今人的观点和标准去审视衡量历史,还是以历史的眼光和尺度去阐释、复原(接近和模拟)历史,这在西方史学史上有"辉格史学"

---

[1] 福柯:《知识考古学》,谢强、马月译,生活·读书·新知三联书店1998年版,第7页。

和"反辉格史学"之争。辉格派的历史学家主张站在今天理论认识的制高点上,用今日的理论框架和观点来编织历史,认为一切历史书写都带有主观色彩,包括主观的路数,主观的价值判断。而反辉格派则不然,他们主张校准自己的位置,把自己置于与我们时代不同的历史中,用当时那个时代的眼光去看待古人,用他们那个时代的价值标准去理解他们的一切,而不是把今日变成一种绝对。辉格派重视历史阐释的现代性和阐释者的主体性,意大利克罗齐提出"一切被书写的历史都是当代史"❶的观念,也包含这个意思。事实上,不可能有心如止水、不偏不倚、纯然忘我、无"我执"、无"法执"的历史书写,任何书写都是一种干预,也包含一种介入,材料的取舍、抑扬、详略之间,就已经表现出了价值判断。但是"反辉格史学"也有其真理性,辉格派的主观书写很容易滑入将历史当成小姑娘随意打扮的危险境地。陈寅恪先生在其《冯友兰中国哲学史上册审查报告》中曾指出:"今日之谈中国古代哲学者,大抵即谈其今日自身之哲学者也。所著之中国哲学史者,即其今日自身之哲学史者也。其言论愈有条理统系,则去古人学说之真相愈远。"❷倘若历史书写的"现代化"成为古人的"现代化",历史的真相就被歪曲了,反辉格史学正是基于这种担心对辉格史学作出校正。

由此可见,我们讨论小说史的书写,讨论小说史的解读和阐释,也就自然而然地和一切历史书写一样,要在这样一种"历史的"和"现代的"两难境界中找到一个平衡点,找到一个度,也许只有这样,才可能带来对小说史的真正理解与把握。小说史的阐释应当是对其中蕴含的历史的知识、思想、信仰的发掘和分析,而这些是属于古人的,不是属于今人的,更不是属于今天的外国人的。强调这一点,乃是强调对历史的尊重。当然,阐释历史、阐释小说史,必然要站在今天的理论高度上,运用科学的研究方法。历史的知识、思想、信仰固然是

---

❶ 克罗齐:《历史学的理论和实际》,傅任敢译,商务印书馆1997年版,第8页。
❷ 陈寅恪:《金明馆丛稿二编》,生活·读书·新知三联书店2001年版,第280页。

属于古人的,历史阐释又必须具备高于古人的眼光,则是属于今人的。一个基本原则是,不管用什么理论和方法,它不应当成为阐释者与书写者的游戏或想当然的臆想,都应遵循求真务实的分析原则,要解释对象内在的意义,而不是强加附会上什么意义。

小说作品的阐释与小说史的阐释,应当是多元的、多维度的。不仅必须有美学的、艺术学的阐释和批评,也必须有其他角度。有一种观点叫作"回归文学"。小说史、文学史观照的就是文学,但是文学是社会的反映,不能理解社会也理解不了文学。因此,文学阐释和批评不纯然是美学、艺术学的阐释和批评——虽然它是非常重要的,也是历史的、社会的和文化的阐释批评。文学无非是写什么和怎样写。怎样写涉及美学和艺术问题,自然要予以关注,写什么是文学阐释批评的题中应有之义。特别是小说,它是叙事文体,讲故事的文体,再没有什么文体能像它那样细大不捐地、纤毫毕现地展示社会。小说的这种特性,就使小说阐释在更为广阔的范围内展开,在"总目录"的背景下展开,使跨学科、跨文化、跨文体研究成为必然。孔子讲"知言""知人",孟子讲"知人论世","知言—知人—论世"成为中国传统的阐释方法。诚如前人所说:"知人论世,分明拈出千古读书要旨。"❶ 抛开作者和社会,所谓纯粹的"文本分析"并不能完成小说作品的分析评判任务,更不用说对全部小说史现象的阐释了。

文学史、小说史的书写与一般历史书写并不相同,因为文学史和小说史所研究、观照的对象具有特殊性。当我们研究古代政治史的时候,我们研究的对象已经作古,无论是唐太宗还是成吉思汗,只是作为一种历史符号出现在我们面前,他们的意义只是帮助我们了解历史内容和历史意义。文学史和小说史则不然。我们研究的对象一方面是"化石",如作家、作家所经历的事件,如小说传播的途径等,从这些"化石"中我们模拟出历史场景和历史过程,同时给出阐释和理解。可是

---

❶ 王志坚:《四六法海・凡例》,见《四库全书》集部八。

文学史和小说史还有另一面，作为主要观照对象的文学作品，其中的人物、意象，其中的精神世界、情感世界，它们不是落在字面上的抽象符号，用符号学的概念说它们是"艺术符号"，是"有意味的形式"，"具有独特的能指和所指"。❶ 它们作为一种精神的有机体还活在今天人们的精神世界里，而且还在生长着、发育着，并不断抽绎着新的枝叶，开着新的花朵。也就是说，它们还活着，它们还是生命体，还作为生动的事物被今天的读者感受着、欣赏着。而今天的读者之所以能够感受、欣赏它们，是因为有着相通的心理机制和阅读期待。因此，我们的小说史、文学史书写，必须考虑这样一种阅读性质，如果我们忽略了这种性质，我们给予读者的就是不完全的信息。因此，小说史书写应当包含着对"艺术符号"的"能指"和"所指"的感悟和解读，引导、启发读者欣赏、理解作品的因素。如果说历史书写主要诉诸理性的话，文学史、小说史书写还要诉诸感性。书写者应该有饱满的激情，对作品的艺术生命、艺术个性有一种展示的冲动，有一种心灵的呼应和情致的感发，要通过书写者与文本之间的精神沟通与共鸣来唤起读者和文本，以及和书写者之间的会心、共鸣，使作品的艺术的、审美的潜质在书写中得到足够的张扬，使它的魅力得到充分的展现，使读者得到审美的启示和享受。应当注意，小说史毕竟不能停留在鉴赏的层面上，我们的书写应该有我们敏锐的、多维度的对于作品本身可能有的意义的阐发，同时还应该具备对作品的意义在历史长河中的演变和演变的规律的一种解释，而这种解释应该带有一种追究"所以然"的性质。这样，它就不是一般的赏析，它具备学术的品格。

根据阅读目的和阅读对象的不同，有学者将文学史概括为三种不同的类型，即"研究型文学史、教科书型文学史和普及型文学史"❷。其中最多的是教科书型，或带有教科书性质，主要以大学文学专业的

---

❶ 黄华新，陈宗明：《符号学导论》，河南人民出版社2004年版，第191页。
❷ 陈平原：《小说史：理论与实践》，北京大学出版社1993年版，第27页。

研究生、本科生为阅读对象；普及型是针对一般意义上的文学爱好者或比较宽泛的、大范围的相关文学从业者；研究型则是专业的小说史研究，以研究专著的形式出现。三种类型的对象不同，阅读目的不同，书写要求也不同。如果是教科书型，就要兼顾历史的存在、历史文献的存在、历史文化现象的存在，尽可能描述全景，同时在描述全景的过程中将有关学术意义的问题提出来，有所阐发；同时，兼顾必要的文学文本的分析和艺术的阐发。如果是给一般意义的文学从业者读的，后者应该进一步增加，涉及学术问题的内容应该减少。假如作为研究专著，阅读对象假定在不大的圈子里，有类似的知识结构和基础，这种书写更多是对史和文献尽可能完备的描述。同时，更多是对背后"所以然"进行分说，特别是对一些有争议的问题、没有被发现的问题进行独立研究，并将研究结果写进书中。至于文本的分析，不必过多铺陈。除了简略的普及型，实际上研究型和教科书型书写模式并无巨大差别。一般来说，研究型的学术个性强烈，而教科书型则相对平和、平稳。

当今的种种小说史论著，绝大多数是断代史和部门史，后者如体别史、艺术史、源流史等。少数小说通史，也取旨简要。这个事实表明，撰写一部多卷本的小说通史殊非易事。因为一部小说史应当主要是撰写者自己多年研究成果的累积、整理和总结，而不是现贩现卖的拼凑或者浮光掠影的表述。南开大学文学院具有由一、二代学者——如朱一玄、许政扬、宁宗一、鲁德才等——开创奠定的古代小说研究的良好传统，通过研究生培养途径又不断增添第三代研究力量，二三十年来老传统得以发扬光大。二、三代研究力量又不断培养第四代新人，出现了不少成绩显著的新秀。有鉴于此，在国内古代小说研究界成绩斐然、进步巨大的背景下，发挥集体力量撰写一部比较详尽的《中国小说通史》的时机已经基本成熟，且南开大学中文系曾出版过一本《中国小说史简编》（人民文学出版社1979年出版）。由这本《简编》到这部《通史》，记录着南开大学古代小说研究几代学者的行进轨迹。

《民国中国小说史著集成》总序及各卷题解 *

总序

　　20世纪90年代，学界的目光开始向20世纪二三十年代回望。人们惊异地发现，曾经长期被漠视的那个时间段落里，竟然绽放着大量异卉奇葩。于是，学者们开始了发掘、研究，也开始了编辑、出版。学术史的研究给了当下思想文化界特殊的滋养，说是"别开生面"毫不为过。

　　20世纪二三十年代有其不可替代的独特的文化背景。晚清到民国初年的历史巨变，摧垮了两千余年的文化体系，在破坏的同时也打碎了僵硬的思想外壳，域外的思想文化之风强劲地吹拂过古老的神州大地。这块土地上一批既有旧学根基，又接受了外来影响的才智之士，开始了在思想文化各个领域的探索、建设。而政局的变化也给思想、学术的自由留出了缝隙。于是，新与旧，中与西，有了前所未有的交融，也就结出了一大批前所未有的思想文化的果实。用今天的标准衡量，可能会发现其中相当多的青涩、瑕疵。但是，不可否认，中国的现代意义上的"学术"正是由此而全面奠基。

　　在这样的大背景下，审视中国小说史在当时的发生、发展状况，是很有趣味的一件事情。一方面，与其他领域一样，中国古典小说现代意义的学术性研究，20世纪二三十年代是奠基、发轫的阶段。另一方面，由于特殊的文化传统，这一领域的"新变"又显得分外的滞重。

---

　　* 《民国中国小说史著集成》由笔者主编，与王振良合作。

"小说"这个名词,古今的内涵相去甚远。作为一种文学文体的专名,经历了一个相当长的演变过程。这一过程是从晚明肇端,由冯梦龙、金圣叹等倡导,中间颇多曲折,直到清末民初西学东渐,才最终明确下来。这时的"小说",既明确了具有现代意义的叙事性文学文体的专名意义,又把传统的对"小说"的轻蔑态度有意无意地夹带进来。所以,这一时期,编撰中国文学史、文学批评史的,大多数仍然对小说、小说批评认识不够,有的甚至付诸阙如。因此,这一时期的小说史方面的著述相对较少,除了鲁迅、胡适等少数大家之外,仅有的几种也流传不广,影响不大。

但是,这些著作又自有其价值。我们现在小说史研究的格局,基本是鲁迅、胡适确定的——鲁迅的大架构,胡适深入的个案范式。这是历史形成的,也是学术选优的自然结果。不过,学术研究是个十分复杂的话题,那些被时间冲刷到边缘的著作,并非一无是处。它们既是学术史的对象,也很可能蕴含着一些合理的因子,可能存在着新框架、新范式的某些"染色体"。如本丛书所收刘开荣的《唐代小说研究》,作者的女性身份、中西合璧的知识结构,都使其对作品的剖析时有特异的闪光;又如孙楷第,其《中国通俗小说书目》为治小说史者所必备,以此为基础,他对小说史的陈述也就别具特色。至于郭希汾编译的《中国小说史略》,在 20 世纪 20 年代曾引发学术、思想界的一场论争,而该书此前很难见到。收入本丛书,无疑对于研究民国思想、学术史的朋友不无裨益。而徐敬修的《说部常识》,当年出版当月即再版,七年间印行七次,其中撰写的经验对于今人亦不无启发。

正是有鉴于此,才有了这套丛书的裒辑、刊行。"王杨卢骆当时体",我们在裒集时注意到把自己的审读目光调整到"当时"的语境,希望读者朋友也能注意到这一点。

这套丛书所收大多为 20 世纪二三十年代的著作,其中大部分在

1949年之后未曾刊印过。还有两种为海内孤本，一种为手稿本——仅从文献的角度看，也是有其独特价值的。从内容来看，本丛书所收之体例可以概括为两句话：中心明确，不拘一格。所谓"中心明确"，指的是所收皆为中国古代小说的研究著作，而尤以"史"的研究为重点；所谓"不拘一格"，则指某些专段、专项、专书研究也纳入了收录范围。相信这样处理，会为研究中国小说史、近代文学史和近现代学术史的同仁提供一些助益。

这套丛书付梓之际，忽然想到元好问的那两句诗："论功若准平吴例，合着黄金铸子昂。"对于这项工作来说，王振良的贡献也可准此例而行。如果没有他多年来持续的裒辑之功，这套丛书至多是一种设想而已。

第一卷

张静庐《中国小说史大纲》

张静庐（1898—1969），现代出版人，原名张继良，民国五年起用笔名"静庐"，从此以"张静庐"名世。一生致力于出版事业，为新文化运动做出了较大贡献。著有《在出版界二十年》和《中国近代出版史料》及续编、补编等。

《中国小说史大纲》一册，泰东书局民国九年六月二十日初版，民国十年三月二十日再版，印刷者泰东图书局，发行者赵南公。列为"上海新潮丛书（文学系）第二种"，卷首有王无为、周剑云序及作者自序。

本书作为中国第一本小说史，它所提出的学界需求小说史的迫切性，研究小说应具世界的眼光，研究小说的潮流必先考察社会的思想、环境的变迁等，都是可取的意见。加之作者以第一个吃蟹者般的勇气，来尝试第一本小说史的著述，其旨趣与魄力都是值得称许的。

本书1949年后未再刊行。

鲁迅《中国小说史略》

鲁迅（1881—1936），原名周树人，浙江绍兴人，为20世纪中国的重要作家，新文化运动的领导人、文化运动的支持者，中国现代文学的开山巨匠；现代文学家、思想家、革命家。鲁迅的作品包括杂文、短篇小说、评论、散文、翻译作品，对于"五四"运动以后的中国文学产生了深刻的影响。

《中国小说史略》一册，初为1920年秋在北京大学和北京女子高等师范学校授课讲义，曾以《小说史大略》名义油印若干，仅十七篇约六万字。民国十一年至十二年修订增补后初次排印，易名《中国小说大略》，凡二十六篇十余万字。民国十四至十五年再次补充乙正，最终定名《中国小说史略》，交北京大学新潮社正式印行（上卷1923年12月初版，下卷1924年6月初版），全书增至二十八篇，近十六万字。民国十六年，北京北新书局将上下卷合为一册再版，作者略有修订。此后，北新书局几乎每年都要重版这本书：民国十七年三版，十八年四版，十九年五版和六版，二十年七版，二十三年八版（订正本），二十四年九版，二十六年十版（最后修订本），二十七年十一版。嗣后，各种出版机构对史略频繁重印，其数量已经超过百种，亦可谓出版史上之奇观。这些印本，皆以1935年最后修订本为依归，其中最通行者为1981年人民文学出版社《鲁迅全集》第九卷所收注释本。

新潮社是中国现代文学史上的重要社团，成立于1918年，由北京大学的学生傅斯年、罗家伦、徐彦之等发起，出版《新潮》杂志是其主要活动之一。

第二卷

郭希汾编译《中国小说史略》

郭希汾（1893—1984），即著名学者郭绍虞，原江苏省吴县人。

家贫无力读书，业余自学成才。1918年创办东亚体育专科学校，编印《中国体育史》作为教材，成为中国首部体育史著作。1949年后任复旦大学中文系主任、图书馆馆长。著有《中国文学批评史》《战国策详注》等。

《中国小说史略》一册，盐谷温著、郭希汾编译，上海中国书局印行，民国十年初版。上海新文化书社印行，民国二十二年再版，民国二十三年六月四版，二十三年十一月五版，皆署郭希汾编辑，封面作"小说史略"，然内页及版权页仍为"中国小说史略"。本书的印行在20世纪20年代曾引发学术、思想界的一场论争。

本书1949年后未再刊行。

孙楷第《小说史》

孙楷第（1898—1986），河北沧县人，古典文学研究专家、敦煌学专家、戏曲理论家，1928年毕业于北京师范大学国文系，曾任燕京大学教授，以考证通俗小说中的历史人物见长，主要著作有《水浒人物考》等。

《小说史》一册，铅印，凡六十一页。正文右上题"小说史"，下署"孙楷第"；版心上题"小说史"；下署"国立北平师范大学"。此书为孙楷第于北平师范大学讲授小说史课程讲义。未注明出版时间。

今书仅存于国家图书馆，钤"长乐郑振铎西谛藏书"朱文印。书多有残损，讲义首页即为"第三篇明清之讲史书"，后接"小说选读""中国小说历史"。

本书1949年后未再刊行。

徐敬修《说部常识》

徐敬修，生卒年不详，苏州星社成员，据题署知为江苏吴江人。著有"国学常识"丛书十种，此为其中第十种。校阅者张廷华，浙江吴兴人，编有《骈体自修读本》等。校阅者程讷，上海人，其所校阅之图书颇多，皆由大东书局出版，当是书局负责校勘之职员。

《说部常识》一册，版权页署吴江徐敬修编辑，吴兴、张廷华、上海程讷校阅。上海大东书局印行，民国十四年出版，当年再版，民国二十一年七版。七版另增署发行人沈骏声。本书出版当月即再版，七年后印行至第七版，可见极受读者欢迎。

《说部常识》的大部分篇幅，用于介绍小说作品之梗概，与小说史研究了无关涉。然谈及小说变迁之时，亦偶有意见切中肯綮。本书各版纸型完全一致，凡三章十八节，一〇八页，三万余字。首有作者《说部常识提要》，相当于序言。

本书1949年后未再刊行。

第三卷

范烟桥《中国小说史》

范烟桥（1894—1967），乳名爱莲，学名镛，字味韶，号烟桥，别署含凉生、鸥夷室主、万年桥、愁城侠客。江苏吴江人，后移居苏州温家岸。曾与郑逸梅等创立苏州著名文学社团星社。他多才多艺，小说、电影、诗歌、小品、谜语、弹词无不通谙，还工行草，善扇册。著述另有《烟丝》《范烟桥说集》《吴江县乡土志》《唐伯虎的故事》《鸥夷室杂缀》《林氏之杰》《离鸾记》《苏州景物事辑》等。

《中国小说史》一册，出版者苏州秋叶社，总经销处苏州小说林书社（观前西脚门），民国十六年首版。首有包天笑《弁言》，胡寄尘、黄觉、赵眠云《序》，江红蕉《我的感想》及作者之《引》。书凡六章，三四〇页，约十七万字。另夹带有活页"校勘记"一纸。

《弁言》作者包天笑，苏州人，著名小说家，著译主要有《上海春秋》《馨儿就学记》《钏影楼回忆录》等。序作者胡寄尘即胡怀琛，著名学者。黄觉,字若玄,苏州星社成员。赵眠云名昌,以字行,别署心汉阁主,江苏吴江人,工书擅画,苏州星社成员。《我的感想》作者江红蕉,名铸,字镜心,原江苏吴县人,著有《交易所现形记》等。

陈汝衡《说书小史》

陈汝衡(1900—1989),曲艺理论家。江苏扬州人。早年就读东南大学,曾在中央大学、暨南大学任教。1949年后任上海戏剧学院讲师、教授。20世纪50年代,在《说书小史》基础上写成《说书史话》。另有《宋代说书史》《说书艺人柳敬亭》等。

《说书小史》一册,民国二十五年出版。发行者上海中华书局有限公司,版权页钤有"著作权证"篆章。本书凡一一二页,约四万字。首有作者《叙》和《凡例》。正文分十二章,包括《说书源流》《宋代说书概况》《话本》《大说书家柳敬亭》《说书两大派别》《评话》《弹词》《苏州说书》《上海说书》《扬州说书》《开篇》《说书之艺术》等。

第四卷

胡怀琛《中国小说研究》

胡怀琛(1886—1938),原名忭,字季仁;后易名怀琛,字寄尘。安徽泾县人。光绪二十四年(1898年)游学上海,后任《神州日报》编辑。宣统二年(1910年)加入南社,与柳亚子共主《警报》《太平洋报》笔政。1916年执教沪上大学,兼卖文为生。1932年,受聘上海市通志馆编纂,1937年抗日战争爆发闲居,翌年逝于胃疾。著述主要有《中国文学史概要》《国学概论》《南社始末》《新诗概说》《大江集》等。小说史著另有《中国小说研究》《中国小说的起源及其演变》《中国小说概论》等,详情后述。

《中国小说研究》一册,上海商务印书馆发行,民国十八年初版。

为王云五主编"万有文库"之一种。

胡怀琛对俗文学研究比较深入,故其中国小说史著作,时有自出机杼之处。本书从形式上将中国小说分为记载体、演义体、描写体、诗歌体,虽未尽科学严谨,但其思考仍予治小说史者颇多启发。书凡四章十五节,一四四页,六万余字。无序跋。

本书1949年后未再刊行。

胡怀琛《中国小说的起源及其演变》

《中国小说的起源及其演变》一册,胡怀琛著。南京正中书局出版,民国二十三年初版。发行人吴秉常。

本书一三二页,四万余字。无序跋,正文凡六章,包括《本书所说到的范围》《小说的起源及小说二字在中国文学上涵义之变迁》《中国小说"形"的方面的演变》《中国小说"质"的方面的演变》《现代小说》《研究中国小说参考的书目》。其中末章含三种专目:《研究中国小说的专书》《散见报纸或杂志上的论文》及《今人搜辑民间故事的专书目录》,可略见当时中国古代小说研究的基本情况。本书出版单行本之前,曾以胡寄尘之署名,连载于《珊瑚》第二卷第二期至第十二期(民国二十二年),但内容只有前五章。

本书1949年后未再刊行。

胡怀琛《中国小说概论》

《中国小说概论》一册,胡怀琛著,上海世界书局印行,民国三十三年新一版,发行人陆高谊,为刘麟生主编的"中国文学丛书"之一种,冠有《中国文学丛书编辑旨趣》。据《民国时期总书目》,本书民国二十三年十一月由上海世界书局初版。

本书凡五十四页,四万余字。分为八节,包括《绪论》《中国古代对于小说二字的解释》《古代所谓小说》《唐人的传奇》《宋人的平话》《清人传奇平话以外的创作》《西洋小说输入后的中国小说》《总结》。无序跋，其《绪论》部分，可视为本书自序。

本书1949年后未再刊行。

刘永济《小说概论讲义》

刘永济（1887—1966），湖南新宁人，字弘度，别号诵帚，晚号知秋翁，室名诵帚庵。历任东北大学、武汉大学、浙江大学、湖南大学教授。1940年后重返武汉大学教授古代文学至终，曾任武汉大学文学院长、代理校长，著有《文学论》《文心雕龙校释》《词论》《十四朝文学要略》等。

《小说概论讲义》由商务印书馆函授学校国文科出版，现仅存于无锡图书馆。内页署"新宁刘永济弘度著"，未注出版年月，万余言，用文言撰成，语颇雅致。全书分为《绪论》《两汉六朝杂记小说》《唐代短篇小说》《宋元以来章回小说》共四章。根据内容，本书应改自刘永济《说部流别》一文，原文载于《学衡》1925年4月第8期。《说部流别》一文附录其后。

本书1949年后未再刊行。

第五卷

谭正璧《中国小说发达史》

谭正璧（1901—1991），字仲圭，笔名谭雯、佩冰、璧厂、赵璧等。上海人。早年入上海大学中文系，旋以经济不支中辍。其后在上海神州女校、上海中学乡村师范部、上海民立女中、上海务本女中等处任教。抗日战争胜利后在中国书报编译所等处任职。1958年任华东师范大学教授。1979年受聘为上海市文史研究馆馆员。平生著述多达一百五十余种，其中关于中国古代小说和通俗文学者另有《中国佚本小说述考》《古本稀见小说汇考》《三言两拍资料》《评弹通考》《弹词叙录》《木鱼歌潮州歌叙录》《说唱文学文献集》《曲通蠡测》等。

《中国小说发达史》一册，上海光明书局出版，民国二十四年初版。印刷者光明书局（福州路二百八十五号），发行者王子澄。总计四七一页，近二十万字。首有作者《自序》。正文前冠《绪论》、末附《结论》，凡七章四十二节。

本书1949年后未再刊行。

第六卷

阿英《弹词小说评考》

阿英（1900—1977），本名钱杏邨，笔名钱谦吾、张若英、阮无名等。安徽芜湖人。1926年加入中国共产党，1927年从芜湖逃亡，到武汉和上海从事革命文艺活动，与蒋光慈等发起组织太阳社，编辑《太阳月刊》《海风周报》等。抗日战争期间，任上海《救亡日报》编委，《文献》杂志主编。1941年到苏北参加新四军。1946年起任中共华东局文委书记、中共大连市委宣传部文委书记。1949年后任天津市文化局长、华北文联主席、全国文联副秘书长等。一生著述宏富，涉及古代小说和通俗文学的有《小说闲谈》《小说二谈》《小说三谈》《小说四谈》《弹词小说评考》《女弹词小史》等。

《弹词小说评考》一册，民国二十六年二月发行。发行者上海中华书局有限公司。本书凡一八六页，约十三万字。收录关于弹词的考证文章十四篇，虽皆属于单篇文字，但所述极具小说史意义。首有作者《自序》。

本书1949年后未再刊行。

阿英《晚清小说史》

《晚清小说史》一册,阿英编纂。民国二十六年五月初版。上海商务印书馆发行,发行人王云五。底本扉页钤有"陈罗荪印"藏书章。

本书是第一部晚清小说的断代史,对其发生、发展和繁荣的原因进行了全面讨论,对重要作家作品也有比较中肯的评介。值得注意的是,本书还特别辟有专章,论述素不为文学史家重视的翻译小说。凡二八七页,约十三万字。总计十四章,无序跋。本书1949年以后屡屡重印,版本有四五十种至多,仅次于鲁迅《中国小说史略》。

第七卷

郭箴一《中国小说史》

郭箴一,生卒年不详,湖北黄陂人。1931年复旦大学新闻系毕业。1941年同丈夫潘方到延安,在中央研究院中国历史研究所工作。另著有《上海报纸改革论》《中国妇女问题》《少女之春》,都出版于作者早年在沪期间。

《中国小说史》二册,长沙商务印书馆出版发行。收入"中国文化史丛书"第二集,主编者王云五、傅纬平。全二册,民国二十八年初版,凡七一二页。约三十万字。

本书基于社会发展的脉络,对小说演进之历史进行了阶段划分,进而对各时期小说的体式、特征、作家、作品等进行全面介绍。该书因行文之间大量沿袭鲁迅等人成果,故此颇受学者诟病。但作为中华人民共和国成立前部头最大的中国小说通史著作,仍有不少可圈可点之处。首有作者《序言》,末附《本书参考书目》。

第八卷

胡适《中国章回小说考证》

胡适（1891—1962），原名胡嗣穈，行名洪骍，字希疆，后改名适，字适之，笔名天风、藏晖等。安徽绩溪上庄村人，因提倡文学革命而成为新文化运动的领袖之一。胡适兴趣广泛，著述丰富，在文学、哲学、史学、考据学、教育学、伦理学、红学等诸多领域都有深入的研究。

《中国章回小说考证》一册，胡适著，大连实业印书馆出版。影印底本版权页已失，据《民国时期总书目》，知原书一九四三年一月初版。凡五七一页，约二十五万字。

本书收录作者关于《水浒传》《红楼梦》《西游记》《三国志演义》《三侠五义》《官场现形记》《儿女英雄传》《海上花列传》《镜花缘》九部中国古代章回体小说的考证文字凡十七篇。无序跋。该书并非小说史著作，但其研究中国古代小说之方法论，对其后中国小说史的研究和小说史著的撰写影响十分深远。

第九卷

蒋伯潜、蒋祖怡《小说与戏剧》

蒋伯潜（1892—1956），名起龙，又名尹耕，以字行。浙江富阳人。早年在阆苑小学、美新小学任教。1920年考入北京高等师范国文系，受钱玄同、胡适、鲁迅等名师熏陶，学业日益精进。毕业后到浙江省立第二中学等校任教职。1927年，任《三五日报》主笔。后到上海大夏大学、无锡国学专修学校任教，兼任世界书局特约编审。抗日战争期间回乡，专门从事著述。抗日战争胜利后，任上海市立师范专科学校中文系主任、杭州师范学校校长等。1949年后，任浙江图书馆研究部主任。1955年，受聘为浙江省文史研究馆馆员。主要著作有《经与经学》《十三经概论》《经学纂要》《诸子通考》《诸子学纂要》《中国国文教学法》《校雠目录学》《字与词》《章与句》《体裁与风格》《诗与词》《散文与骈文》等。

蒋祖怡（1913—1992），蒋伯潜子，无锡国学专修学校毕业。抗日战争时期，任教于浙西三中、富阳简师。1948年受聘浙江大学文学院，1952年转浙江师范学院中文系，1958年任杭州大学中文系副主任。长期从事文艺理论和中国文学批评史的研究教学，著有《文心雕龙论丛》等，整理有《全辽诗话》（与张涤云合作）。

《小说与戏剧》一册，世界书局印行，民国三十年出版。本书为蒋伯潜、蒋祖怡父子共同著述。发行人陆高谊。本书为"国文自学辅导丛书"之一种，凡二五五页，约十四万字。首有蒋伯潜《自序》和《编辑例言》，正文计三十章。

本书1949年后未再刊行。

蒋祖怡《小说纂要》

《小说纂要》一册，作者蒋祖怡。作为正中书局"国学汇纂丛书之六"于民国三十七年初版。本书共五章，即《小说的领域及其本质》《中国小说之源流及其形态》《中国小说内容之演化》《中国小说外形之嬗变》《中国小说之整理与研究》。凡一百八十九页，约十二万言，胪列了近三十年"专门研究中国小说之文"，其中包括鲁迅《中国小说史略》等十七种专书、刘永济《说部流别》等四十三篇论文与札记。

《小说纂要》作为20世纪上半期最后一部小说史著作，作者"吸纳积学、熔铸新知"，于此领域颇有建树。

本书1949年后未再刊行。

第十卷

刘开荣《唐代小说研究》

刘开荣（1909—1973），湖南衡阳人。1949年后，历任南京金陵女子文理学院、南京师范学院、江苏师范学院中文系教授。

《唐代小说研究》一册，刘开荣著。民国三十六年初版。上海商务印书馆出版发行，发行人朱经农。封面题签陈寅恪。

《唐代小说研究》是作者的研究生毕业论文。正文分两篇，上篇论传奇小说（第一章至第六章），下篇论"俗文"小说（第七章和第八章）。凡八章三十四节，无序跋。首有作者《序论》，阐述全书大旨。末附录《古镜记》等唐代传奇原作十篇。凡二二〇页，约十四万字。

本书1949年后未再刊行。

许寿裳《中国小说史》

许寿裳（1883—1948），1948年2月18日被害身亡。

本书为手稿本，是1939年11月至1941年6月许寿裳在成都华西大学任教时的讲义草稿，共两份，独立装订，有封面。

手稿一连封面一百二十八页，五万余字，阐述了作者对神话传说、汉人小说、六朝志怪、唐人传奇、宋元话本等作品的看法，并附录有陈寅恪、陈垣为《敦煌劫余录》撰写的序言及鲁迅的讲词《魏晋风度及文章与药及酒之关系》作为参考资料。其中少数文字与本书内容无关，如第二十六页末行论及民权主义的文字，估计为作者利用写过其他文章的稿纸所致。

手稿二连封面八十四页，两万七千余字，大致从讨论唐代小说兴盛之原因说起，继之为宋话本小说，随后为明清小说之代表作的讨论。本篇手稿中，许寿裳征引了鲁迅多篇文章，并加以圈注，同时也征引了胡适、郑振铎等多位同时代的学者相关研究成果，足见其学术视野的广阔。

黄庐隐《中国小说史略》

黄庐隐（1898—1934），原名黄淑仪，又名黄英，福建省闽侯县南屿乡人，作家。曾在北平师范大学附属中学、上海工部局女子中学任教。出版有《海滨故人》《灵海潮汐》《曼丽》《东京小品》等书。

《中国小说史略》一文，原连载于《晨报复刊·文学旬刊》[1922年6月21日（第三号）至9月11日（第十号）]。

全文包括：第一节"神话传说时期"；第二节"两汉六朝小说"；第三节"唐代小说"；第四节"宋代小说"；第五节"元代的小说"；第六节"明代的小说"；第七节"清代的小说"。作者大学时曾听过鲁迅"中国小说史"的课，故此稿留有乃师影响的显著痕迹，如在论及上古神话不发达的原因时，与鲁迅所言如出一辙。而其分期与部分内容，则源自盐谷温的著作，如唐代小说的分类，则完全依照盐谷氏的模式分为四类，即"别传""剑侠""艳情""神怪"等。此外本文在小说史中比较注重某一作品对后世文学的影响，是为创新。

沈从文《中国小说史》

沈从文（1902—1988），原名沈岳焕，现代著名作家、历史文物研究家、京派小说代表人物。1924年开始文学创作，抗日战争爆发后到西南联大任教，1931—1933年在山东大学任教。1946年回到北京大学任教，1949年后在中国历史博物馆和中国社会科学院历史研究所工作，主要从事中国古代历史的研究。1988年病逝于北京。

《中国小说史》一书，上海暨南大学出版社1930年出版。全书包括：《绪论》《第一讲：神话传说》《第二讲：汉代的小说》《第三讲：魏晋南北朝的小说》《第四讲：唐代的小说》《第五讲：宋代的小说》《第六讲：元代的小说》《第七讲：明代的小说》《第八讲：清代的小说》。其中绪论与第一讲为沈从文著，第二至第八讲为孙俍工著。目前，国内图书馆藏仅见沈从文著第一讲单行本，未见孙俍工所著第二至八讲。本文依据北岳文艺出版社 2002 年版《沈从文全集》第十六卷编排。

本书 1949 年后未再刊行。

俞平伯《谈中国小说》

俞平伯（1900—1990），原名俞铭衡，字平伯，现代诗人、作家、红学家，清代朴学大师俞樾曾孙，与胡适并称"新红学派"的创始人。本文由俞平伯在燕京大学讲座整理而成，写毕于民国十六年九月八日，原载《小说月报》第十九卷，全文万余言，共分"小说的名称与解释""小说的分类""其缺点所在与解释""个人的玄谈与妄测"四个部分。